罪恶有终

刘忱 著

上

辽宁人民出版社

© 刘忱 2023

图书在版编目（ＣＩＰ）数据

罪恶有终 / 刘忱著. — 沈阳：辽宁人民出版社，2023.4
　ISBN 978-7-205-10722-2

　Ⅰ.①罪… Ⅱ.①刘… Ⅲ.①长篇小说－中国－当代 Ⅳ.①I247.5

中国国家版本馆 CIP 数据核字（2023）第 025765 号

出版发行：辽宁人民出版社
　　　　　地址：沈阳市和平区十一纬路25号　邮编：110003
　　　　　电话：024-23284321（邮　购）　024-23284324（发行部）
　　　　　传真：024-23284191（发行部）　024-23284304（办公室）
　　　　　http://www.lnpph.com.cn
印　　刷：北京长宁印刷有限公司天津分公司
幅面尺寸：170mm×240mm
印　　张：32
字　　数：452千字
出版时间：2023年4月第1版
印刷时间：2023年4月第1次印刷
责任编辑：娄　瓴
助理编辑：辉俱含
装帧设计：琥珀视觉
责任校对：吴艳杰
书　　号：ISBN 978-7-205-10722-2

定　　价：99.80元（上下册）

罪,
并不是一般人所想象的,
如盗窃、说谎。
所谓罪,
是指一个人通过另一个人的人生,
却忘了留在那里的雪泥鸿爪。

——远藤周作《沉默》

目 录
Contents

第一章	局长被抓	/001	第十五章	"卧底"出狱	/127
第二章	刑满归来	/008	第十六章	月黑杀人	/136
第三章	重回故里	/017	第十七章	螳螂捕蝉	/146
第四章	还原现场	/027	第十八章	暗度陈仓	/155
第五章	深夜"入宫"	/036	第十九章	"捞人"行动	/164
第六章	兄弟交易	/044	第二十章	黑白无间	/173
第七章	心猿意马	/053	第二十一章	江边男尸	/183
第八章	一起小案	/062	第二十二章	发现线索	/191
第九章	突击审讯	/072	第二十三章	线索中断	/200
第十章	雇凶杀人	/081	第二十四章	云谲波诡	/208
第十一章	双面脸皮	/089	第二十五章	如梦初醒	/217
第十二章	深谋远虑	/099	第二十六章	假币风波	/226
第十三章	内外布局	/108	第二十七章	假币"说话"	/235
第十四章	转包杀手	/117	第二十八章	沆瀣一气	/244

第一章

局长被抓

2021年8月的一个下午，在中国北方松江省双阳市的迎宾大道上，三辆黑色商务旅行车打着双闪灯在穿梭的车流中疾驶，很快就拐进了大道旁边的市政府大院。

车子在会议楼前戛然而止，车门一开，几个身着白衬衣、黑裤子，脚穿黑皮鞋的年轻人和几个穿着制服的警察迅速跳下车，跟着一位个子高高的领队，快步走向了会议楼的二楼，"哗"的一声，推开了会议室的红漆大门。

此时，双阳市女市长程妍秋正端坐在会议室长方形的会议桌中间主持着市政府办公会，见突然闯进来几个与会议无关的人，她一下子愣住了。

领队冲着程妍秋点了点头，疾步走到坐在她对面的杨大海面前，很有礼貌地问道："你是双阳市副市长、公安局长杨大海吗？"

杨大海被这突如其来的场面吓了一跳，脸上的金丝边眼镜险些滑落到鼻梁子的下面，他大声回答道："我是杨大海，你们不认识我吗？"

领队展开手里的一份红头文件，字正腔圆地宣布道："杨大海，我们是省纪委监委的工作人员，鉴于你涉嫌严重违法违纪，经省委批准，省纪委监委决定对你立案审查调查。"

领队的话音未落，他带来的警察已经站到了杨大海身后，不由分说就抓住了他的两只胳膊。

警察低声命令道："杨大海，请你跟我们走一趟吧！"

杨大海只感觉自己的身子被警察从座位上拉了起来，他挣扎着，大声叫道："放开我！我是公安局长。"

领队厉声呵斥道:"杨大海,我们在执行公务,请你配合我们的工作!"

领队说着,手脚麻利地对杨大海搜了身,他见杨大海身上没有佩带武器,便对他身后的警察使了个眼色。

走廊里,候会的人们见杨大海被警察押着走出了会议室,开始小声议论:"杨大海是公安局长,怎么被警察给抓走了?"

"是啊!他不是管警察的吗,警察怎么还敢抓他?"

"抓他的警察肯定是省公安厅派来的!"

"哪儿呀,一定是公安部派来的!"

杨大海顾不上理睬耳边的议论声,他头上冒出了冷汗,两条腿也开始打颤,就连他身上的白色警监制式衬衣都被臭汗打湿了一大片。

杨大海被人架着走出了会议楼,他的眼前停着三辆黑色的商务车,中间那辆车的车门开着,车门前有人在示意他上车。

杨大海在车门前止住脚步,他东张西望寻找着随从人员,可周围除了身穿"人民的名义"标配服装的纪委监委工作人员以外,早已不见了秘书、办公室主任以及司机的身影。

"杨大海,请你上车!"

随着催促声,杨大海的上身被工作人员拽进了车内,可他的腿和脚还停留在车门的外面,尽管纪委监委的工作人员在车内使劲地拽他,可他的双腿就是赖在车门外面不肯挪动半步。

工作人员见杨大海要耍无赖,一把按住了他的后脖颈,押解他的警察一边推他的屁股,一边说道:"杨大海,你的秘书、司机、办公室主任都被我们控制了,你车上的手枪也被我们缴获了,你就放老实点,别再抱有什么幻想了!"

杨大海一听自己的随从已经被控制,头上顷刻便滚出了豆大的汗珠,当他听到自己的手枪都被缴获时,顿感大限将至。这时,杨大海又感觉有人在使劲儿推着他的后背,便嘶哑着声音,提出了一个绝望的条件:"让我喘口气儿,就跟你们上车。"

杨大海站在车门前,他活动了一下肩膀,歪头眺望了一眼政府办公楼上悬挂的共和国国徽，觉得国徽绽放出来的光芒是那样刺眼；他又将目光转向了头顶的蓝色天空，觉得只有此时的空气才是最清新的。

杨大海艰难地挪动了一下双腿，可他的双脚就像踩进了泥泞不堪的沼泽，虽然目光能看见远方，可身子却在下沉，他长长吁了一口气，觉得眼前已是一片灰暗。

杨大海上了车，他听到了车门关闭的"砰"声，还发现在他的前后左右都坐着看押他的工作人员，杨大海这才意识到这辆商务车的座椅是为他特意改装的。

杨大海一下子想到了自己平常坐的那辆专车，那也是一辆改装车，后勤部门改装时考虑他人高马大，腿又长，便在车子的后排为他特制了一个宽大的电动按摩座椅，为的是让他坐着更舒服些。杨大海喜欢在车上抽烟，后勤部门还在电动按摩座椅两侧的扶手里，特意为他加装了烟缸、烟盒和自动打火机，为的是让他更方便些。此时，杨大海虽然上了他曾经熟悉的车，却没有找到他熟悉的座位。

车轮启动，车速加快。杨大海的心跳一阵比一阵加快，刚才在会议室内那种趾高气扬的神态顿时荡然无存，就连脸上的血色都消失得一干二净。

杨大海知道这是他最后一次坐商务车了，再过一会儿，他就将被带到连个窗户都没有的纪委监委留置室，去接受一轮又一轮的审查调查了。他十分清楚，用不了多长时间，自己严重违法违纪的消息，就将在各大媒体上刷屏，至于全国优秀公安局长的光环，副市长、公安局长的头衔，还有那些贪来的钱、房子以及被他金屋藏娇的那些女人，都再也不会属于他了……

杨大海被抓了，同时被抓的还有他的情妇雪梅。

当专案组人员叩响雪梅家的房门时，雪梅正在她家的地下室里为杨大海私藏的巨额钱款打扫着灰尘。

"丁零零，丁零零——"雪梅的手机响起了清脆的铃声，她刚一接听电话，听筒里立即传来一个铿锵有力的声音："你是雪梅吧？我们是杨大海专案组的工作人员，请你赶快把门打开，我们要对你家进行搜查。"

雪梅一听"杨大海专案组"和"搜查"几个字，双腿立即不听使唤起来，她使劲儿掐了一把不断颤抖着的大腿，随手按动了伪装墙的电动按钮。

"唰"，雪梅见通往藏钱室的门已经变成了一面严丝合缝的隐蔽墙，嘴里一边念叨着"神仙保佑"，一边向挂在墙上的两位门神画像连连作揖。

她见尉迟恭和秦琼两位门神在画像里好像冲着她在微笑，便轻轻拍了拍快要跳出来的心脏，慌忙走出地下室前去开门。

雪梅的家住在一个高档小区的一楼，她透过明亮的玻璃窗，见院子里站满了荷枪实弹的警察，意识到杨大海一定是出了大事儿。

雪梅打开了房门，一名警察向她出示了一张盖着大红印章的搜查证。

雪梅瞅了一眼搜查证，又看了一眼警察的身后，只见院子门前的小马路上停了好几辆带有"武装押运"标识的警用车辆，她一下子便瘫软在了地上。

雪梅眼看着工作人员砸开了地下室里伪装的假隐蔽墙，又见堆积如山的人民币和美钞被装在一个专用箱里抬到了武装押运车上，她"嗖"的一下站起身来，拼命号啕着："这是我的钱，你们不能拿走！钱是我的啊！"

雪梅一会儿捶胸顿足，一会儿又唉声叹气，很快便被工作人员带上了警车，去了一个她该去的地方……

押着杨大海的商务车在双阳市的迎宾大道上飞驰。杨大海双手托着下巴，脑子在飞速运转，开始了沉思，他要借着还没有被留置审查的短暂时间，想出对抗审查的对策：省纪委监委既然对我采取措施了，看来他们是获得了我违法犯罪的证据，那么，他们是掌握了全部还是部分？是买官卖官、索贿受贿的职务犯罪，还是涉黑涉恶？是否还能涉及杀人命案呢？

杨大海飞快地捋着思路，他寻思着很多的可能和不可能，抉择着什么事情可以交代，什么事情坚决不能承认；什么事情可以承担，什么事情必须死扛。此时，他已拿定了主意，要把关乎掉脑袋的命案，全都推到他二弟杨大江身上，甚至要把杀掉"迷彩服"的罪恶，也推到三弟杨大河身上，反正他要千方百计保住自己的脑袋。

杨大海一想到二弟杨大江枪杀林鑫鼎，当时的场景即刻浮现在了他的眼前。他在心里问着自己：杨大江已经自杀了，雇凶杀人的罪名还能安到我身上吗？杨大海摇了摇头，算是对自己做了回答。

杨大海又想到了三弟杨大河，他认为坏事儿就坏在这个胆小怕事的三弟身上。他心里埋怨道：大河呀大河！你千不该万不该，不该主动投案自首啊！杨大海心里怨恨着杨大河，脑袋像炸裂一般难受，他担心杨大河会说出"迷彩服"被他杀害的整个经过，担心他这颗脑袋是否还能保得住。

杨大海抬头看了一眼车窗外的城市街景，眼前浮现出了自己父亲的形象，父亲临终前让他照顾好两个弟弟的叮嘱，又回响在了他的耳畔。

杨大海闭上眼睛，他回想着父亲的音容笑貌，嘴角开始微微颤抖了起来。

过了一会，杨大海颤抖着的嘴角又开始慢慢蠕动，他想要说话，想要对父亲说：儿子对得起您，儿子没有辜负您的期望！儿子践行了您的教诲，实现了"仕宦要做执金吾，娶妻当娶阴丽华"的夙愿，儿子无愧于杨家的列祖列宗。他又想对父亲说：老爸啊老爸！儿子为了当这个"执金吾"、娶到那个"阴丽华"，付出的代价也真是太大、太大了！

商务车一个急转弯，直接驶进了双阳火车站的站台，杨大海被戴上了一个黑色的头套，无缝对接上了一列火车。

公安部和纪委监委领导已经决定，要把杨大海带到一个完全陌生的环境，对他实施异地留置审查。

列车一声长鸣驶离了双阳市，杨大海坐在动车的车厢里。他在头套里睁着眼睛，可是眼前一片漆黑，什么也看不见；他侧耳细听着周围的响动，可除了车轮碾轧铁轨发出有节奏的"铿锵"声以外，他什么也听不到。

杨大海活动了一下手腕，突然感觉到了冰凉，他这才意识到自己已经被戴上了手铐。

杨大海一声长叹，身子软得像一摊泥，双腿不由颤抖了起来，身子险些从座位上滑落下来。

不知过了多长时间，杨大海被带到了邻省的一间留置审查室，他见审讯桌前坐满了表情严肃的审讯人员，双腿哆嗦着，主动坐在了审讯桌对面的单人座椅上。

审讯人员给杨大海看了搜查雪梅住处的视频，然后指着武装押运车上的一箱箱现金问道："杨大海，你在雪梅家里一共藏了多少现金？"

杨大海瞪大眼睛看着视频，他见自己放在雪梅家的巨款已经被全部装上了押运车，便慢慢闭上了眼睛。

审讯人员大声说道："杨大海，请你回答我的问话！"

杨大海拉长了本来就长得很长的大脸，苦笑了一下，回答道："那些钱不是我的。"

审讯人员冷笑了一声，追问道："不是你的？那又是谁的？"

杨大海翻着眼皮看了看审讯人员，心想，反正钱上又没有印着我杨大海的名字，我干脆让那些钱改姓林算了，于是清了清嗓子回答道："雪梅是林鑫鼎的二老婆，她家里的钱，当然是林鑫鼎的了！"

审讯人员又问："林鑫鼎是什么人？他哪来这么多钱？"

杨大海喉咙一阵发紧，他轻轻咳嗽了一下，回答道："林鑫鼎是双阳鑫鼎财富管理投资有限公司的董事长，他是双阳市有名的'现金王'。"

审讯人员见杨大海把搜查出来的1.5亿现金，白白"送"给了一个死人，觉得挺可笑，便问："据雪梅交代，那些钱可是你卖官鬻爵和给人介绍、承揽工程收受的各种贿赂，你又当做何解释？"

杨大海额头上的汗珠越来越多，他沉思了一会儿，回答道："我没卖过官，也没收受过任何人的贿赂。"

审讯人员拿出了几份讯问笔录，问道："杨大海，我手里有你的下属李强和梅玲的讯问笔录，据他们交代，你在提拔他们之前，都分别收受过他们的巨额贿赂，你该不会不记得有这事儿吧？"

杨大海眨了眨眼睛，他透过金丝边眼镜的玻璃片看着审讯人员手中厚厚的讯问笔录，慢吞吞地说道："他们给我钱倒是不假，但那不是买官的贿赂。他们都是我的人，我愿意给他们官儿，他们又愿意给我送钱，这是一种正常的人际交往，与买官卖官扯不上半点关系。"

审讯人员鼻子一哼，轻蔑地问道："他们不给你钱，你能提拔他们当官儿吗？"

杨大海嘶哑着声音说道："那肯定不能，我如果不收他们的钱，他们就不会相信我会提拔他们，也不会死心塌地效忠我。所以，我收他们钱只是接受他们成为我心腹的一种承诺，是感情投资的一种方式，不是简单的买和卖的关系。"

坐在审讯人员身旁的纪委领导，气愤地问道："杨大海，你手中的权力是党和人民赋予你的公权力，你却把公权力当成了私人之间的交易，你对得起党的培养和人民的重托吗？"

杨大海仰起了头，大声说道："正因为我的权力是党和人民赋予的，所以我杨大海做的每一件事情都是代表国家在行使权力。我为保卫国家安全呕心沥血；我为社会安定鞠躬尽瘁。我为打击犯罪殚精竭虑；我为公安建设煞费苦心。我是全国优秀公安局长，我做的每一桩、每一件事都是对得起党和人民的。而被我提拔的那些人就不同了，他们是我的人，他们手中的权力是我给的，他们只要效忠我一个人就足够了！"

第二章

刑满归来

审讯人员结束了初审,杨大海被带进了一间由监管保安看守的留置休息室。

休息室的房间不大,除了一张单人床以外别无他物,杨大海环视了一眼用软包装装饰的四壁,耷拉下了脑袋。他知道,在未来的很长一段时间内,他都将面对马拉松式的审讯过程,杨大海不知道审讯人员到底掌握了多少他的犯罪证据,只知道自己只要稍一疏忽,那些犯罪证据就将被他主动送到审讯人员的面前。而杀人的证据一旦掌握在了专案组的手里,那自己的脑袋还会结结实实长在脖子上吗?怎么办,难道自己就在这里等死吗?

夜深人静,杨大海躺在硬板床上眼望着天花板,一点儿睡意都没有。

杨大海深知自己作恶多端,死有余辜。他怕死,更怕等待死亡的过程。于是,他想到了逃脱。

杨大海翻身下床,敲响了屋门。

看押他的保安不知道发生了什么事情,将门打开了一条缝,问道:"你要干什么?"

杨大海趴在保安的耳朵轻声说道:"兄弟,你放了我,我给你 100 万人民币。"

保安没有理会,刚要关上门,杨大海又低声说道:"1000 万人民币也行啊!"

保安瞪了杨大海一眼,"啪"的一声关上了屋门,就听杨大海在屋里嚷道:"我还能让你当官儿呢!"

杨大海听到了"砰"的关门声,他突然想起了不知哪位诗人写的一句诗:

时来天地皆同力，运去英雄不自由。他认为，这句诗正是对他目前处境的真实写照。

杨大海自嘲地撇了一下嘴，转身又躺到床上。一会儿思考着对抗审讯的办法，一会儿又寻思着怎样才能逃出去。

杨大海苦思冥想了一整夜，他终于想出了一个既能抗拒审讯，又能侥幸逃脱的鬼主意：装疯！

第二天一大早，看守保安给他送来了早餐，杨大海突然指着保安的鼻子大声叫道："我认识你，你叫关云长，你妈叫武则天，你爸叫王八蛋，对不对？"

杨大海说着"哈哈"大笑了起来，他抓起塑料餐盘里的一块馒头，往嘴里一塞，竟然把稀粥泼在了保安的脸上。

听到了杨大海疯疯癫癫的笑声，门口的保安不知道屋里发生了什么事情，呼啦一下，冲进来十几个保安。

杨大海被保安制服在了床上，他在床上翻滚着，嘴里胡乱唱道："大海航行靠舵手，万物生长靠太阳，雨露滋润禾苗壮，干革命靠的是毛爷爷思想。"

几个保安被杨大海的举动弄蒙了，他们将杨大海绑到了床上，一溜小跑，赶紧去向上级领导汇报。

杨大海趁机甩掉了裤子，他一使劲儿，竟将大便拉到了床上。

杨大海奋力挣脱了保安的绳索，一把一把地抓起了自己的大便，又一口一口地塞进了嘴里。一边塞，还一边津津有味地说道："好吃，好吃！太好吃了！"

杨大海吃着大便，眼前突然出现了一种幻觉，他感觉到好像有人在拽他起来，又将他按倒在了硬板床上。杨大海仔细辨认，才认出来，既拽他起来又按倒他的人不是保安，而是自己的发小陈小文。

在杨大海模糊的记忆里，陈小文就像一个夜空里的幽灵，一直在死缠着他，从来没让他消停过。

杨大海想起了很多与陈小文的往事，思绪竟像海面上的波涛，即使无风都难以平静……

杨大海的记忆回到了五年前，那天，他的心情历经了冰火两重天，完全可以用一半是火焰一半是海水来形容。

上午，杨大海见到了新上任的双阳市市长程妍秋，从程市长与他"秒过"的眼神中，他对自己未来的前途充满了希望。

下午，杨大海又见到了发小陈小文，在此之前，他记忆中的陈小文已经死在了监狱，可他怎么也想不通，一个死人怎么竟能活生生地站在他的面前。

那是2016年初冬的一个中午，那天，杨大海坐着一辆奥迪轿车，快速行驶在双阳市宽敞整洁的街道上，他斜靠在轿车的后座上，眼望着车窗掠过的路边街景，眼前浮现出了一张熟悉的面庞，耳朵里也响起了一个女人娇嗔的声音："大海，你是不是嫌弃我长得不好看？我告诉你，用不了多长时间，我就会换上一副和西施一样的容颜。"

杨大海耳畔回响的是程妍秋20多年前对他说过的话。一个小时以前，当杨大海坐在市政府大礼堂的主席台下，翘首观望主席台中央端坐着的新市长时，惊讶地发现，这位新上任的双阳市长，竟是他似曾相识的美女。

杨大海揉了揉眼睛，辨认了好半天才看清楚，这位春风满面的美女市长，正是他25年前的顶头上司，年龄比他还大的程妍秋。如今，丑小鸭果然变成了白天鹅，杨大海打心眼里佩服整容师的创造力。

25年前，杨大海从部队转业，在双阳大学保卫科当了保卫干事，当时，程妍秋是保卫科的代理科长。后来，杨大海抓获了杀人凶手陈小文，程妍秋觉得保卫科能出现一位见义勇为的英雄，与她的英明领导是分不开的，于是她找来政工干事，对下属杨大海赤手空拳斗歹徒的事迹进行大肆渲染，还添油加醋地往她自己脸上贴了金。

不久，杨大海被授予"双阳市见义勇为英雄"的称号，程妍秋也成为教育系统的优秀领导干部。后来，她带着杨大海到省内外大专院校去做勇斗歹徒的先进事迹报告，在教育系统全面推广了双阳大学的安全保卫经验，再后来，程妍秋就当上了教务处长，而杨大海也接替程妍秋当上了学校的保卫科长。

此后，程妍秋官运亨通，坐上了双阳大学校长的宝座，她不忘旧情，提拔杨大海当了学校项目办公室的主任，两人的配合已经到了珠联璧合的程度。

当时，双阳大学也有很多人对他们俩有着这样那样的流言蜚语，什么"傍姐儿"了，什么"老牛吃嫩草"了，这些新编词汇都是大家送给他们的"美誉"。

杨大海听到过这些"美誉"，但他并不在意，也不去辟谣，那阵子，他的座右铭就是鲁迅先生的两句名言，一句是：走自己的路，让别人去说吧。另一句是：猛兽永远独行，牛羊才成群结队。他当时下定了决心：宁做令人憎恨的猛兽，也不做任人宰割的牛羊；他要坚定不移地走升官发财的道路，别人爱怎么说就怎么说。

后来，杨大海和程妍秋在仕途上一个高歌猛进，一个顺风顺水，程妍秋调到了省教育厅，担任副厅长；杨大海也进入学校领导班子，当了副校长。从那以后，两人就分道扬镳，各忙各的事情，谁也没有再主动联络过对方。

奥迪轿车一路急行，杨大海心里想着程妍秋说话时的声调和一举一动，内心荡漾起涟漪。

车子很快开进了双阳大学大院，杨大海平静了一下思绪，下了车。

院内，下属彬彬有礼地与他打招呼："杨副校长，您回来了！"

走廊里，办公室主任看到杨大海不经意流出的一丝笑靥，笑嘻嘻地与他开着玩笑："杨副校长，看您的气色不错，是不是又有什么好事儿了？"

杨大海板着脸，掩饰着内心的喜悦，走进了自己的办公室，砰的一声关上屋门。

此时，他再也抑制不住内心的兴奋，把公文包往办公桌上一扔，一屁股坐在了高靠背真皮转椅上，一边摇晃着转椅，一边哼起了小调儿，美了一会儿，还把双脚交叉着架在了办公桌上，有节奏地晃起了脚尖。他叉开了五个手指，习惯性地向脑后梳理着黝黑的大背头，脸上洋溢出了少有的灿烂。

第二章 刑满归来

"程妍秋果然变成了'西施'，她回双阳来当市长，怎么也不事先告诉我一声？好歹我们也一起度过多年的激情燃烧的岁月啊！"杨大海心里想着程研秋，在电脑里寻找着自己留存的程妍秋照片，回忆着他与程妍秋的花前月下。

杨大海生于1964年，那年刚好52岁，一米八六的身高，体格健壮，表情严肃，浑身上下都彰显着男子汉的阳刚。他白净脸、小眼睛，方方正正的国字脸上经常装出一副一本正经的面孔，即使心里想着肮脏的事儿，写在脸上的仍是浩然正气，给人的印象就是一个堂堂正正的君子。

"当当当"，杨大海办公室的门外响起了轻轻的叩门声。

杨大海关上电脑，从回忆中回到了现实，他迅速从办公桌上抽回双脚，头也不抬地说了一声："进来。"

"吱扭"，办公室的门被轻轻拉开，进来的是戴着一副近视眼镜的学校办公室李文书。

李文书轻手轻脚地走到杨大海的办公桌前，悄声说道："杨副校长，门卫保安来电话，说有一位老朋友想见您。"

杨大海伸直了脖子，往高靠背座椅上仰了仰头，问道："老朋友？有约吗？"

李文书欠了欠身子回答道："没有预约，不过，他正在门卫接待室里等着您呢！"

杨大海凝视着李文书，脑子在想着这个老朋友会是谁。他沉思了片刻，不耐烦地挥了挥手："我的老朋友多了去了，没有预约，不见！"

李文书苦笑着摊开手，慢吞吞地解释道："杨副校长，门卫保安说，那人说了，今天见不到您就不走，直到见到您为止！"

杨大海一听，把脸一沉，说道："怎么着，还赖上了不成？撵走，撵走！"

李文书见杨大海有些不高兴，马上又说道："保安说了，撵不走他，他说是你的发小。"

"发小？"杨大海嘴里嘟囔着，微微皱起了眉头。过了一会儿，他眨巴眨巴眼睛，直勾勾地瞅着李文书的脸，问道："门卫保安问没问他是哪个单位的？叫什么名字？"

李文书看了看杨大海的表情，他在犹豫说不说来人的名字，因为他已经问过门卫保安，来人名叫陈小文。他还亲自跑下楼去见过了来人，只见这个人面容憔悴，身上的装束邋里邋遢，虽然不像个坏人，但也好不到哪儿去。

杨大海见李文书不言语，便弯曲着中指轻敲着办公桌问道："门卫保安没有登记吗？也没问过他叫什么名字吗？"

"校长，门卫保安根本就不想让他进来，所以就没问他叫什么名字。"李文书小心地回答着杨大海的问话，他怕杨大海疑心自己知道的事情太多，便故意没有说出陈小文的名字。

"一起长大的发小？"杨大海对自己发着疑问，他尽管没有获得来人的名字，但还是在记忆中搜索着众多发小的名字，突然，一张熟悉的面孔闪现在了他的眼前，转瞬便化作了一个身影，那个身影在他的眼前跳来跳去，还在用手指点着他的鼻子。

杨大海"呼"的一下站起身来，抖动着额头上的青筋问道："陈小文？他是叫陈小文吗？"

李文书被杨大海的举动吓了一跳，他战战兢兢地转过身，庆幸自己没有直接说出陈小文的名字。

"校长，我这就去给派出所打电话，让陈所长派人来把他带走！"李文书说着，转身走向了门口。

杨大海在转椅前僵立着，身上的汗毛都在倒竖，他一屁股坐回到了转椅里，稍微稳定了一下情绪，对已经走到办公室门口的李文书说道："人家也没闹事儿，你总麻烦派出所民警干吗？我一会儿下楼去看一眼就是了！"

"好的！一会儿我陪您一起去。"李文书说着，推开了杨大海办公室的门。

"不用了，你回去忙你的吧。"杨大海冲着已经走出门的李文书背影大声说道。

第二章 刑满归来

杨大海见李文书已经关上了屋门,便紧走几步来到窗前,他向着大门口张望,随手拨通了门卫的电话,电话听筒里立即传来门卫的声音:"杨校长,我问了,那人叫陈小文,他说,他说……他是刚刚从监狱里出来,今天非要见到您不可。"

杨大海使劲儿皱了一下眉头,他抬头瞅着窗外,压低声音问道:"他是刚从监狱里面出来的陈小文?你没听错吗?"

门卫回答道:"杨校长,他就是这么说的,是真还是假,我可不知道。"

杨大海愤怒地摔了电话,嘴里骂道:"妈的,果然是他!他不是死了吗?怎么又活了?"

突然,杨大海感觉右眼皮"唪唪"跳动起来。

常言道:左眼跳财,右眼跳灾。杨大海笃信这一民间俗语,他知道这可能是大祸临头的预兆,于是使劲揉起了眼睛,揉了一会儿,他觉得眼皮跳得不那么厉害了,便随手从报纸上撕下一小块纸屑,蘸着唾沫将它贴在了右眼皮上,又用手指轻轻地按摩起太阳穴。

"陈小文,你不是早就死在了监狱里面吗?你怎么又活了?"杨大海心里默念着,眼中两道寒光直接射向了大门旁的接待室,仿佛要穿透接待室的墙,看到屋里的陈小文。

"20多年前,是监狱管教员亲口告诉我,陈小文已经死了,死人还能复活吗?"杨大海自言自语着,手指使劲儿按摩着太阳穴。

"不管是死是活,过去看看不就清楚了嘛!"杨大海心里想着,伸手拿掉了眼皮上的纸屑。

杨大海离开窗户,转身向屋门口走去,刚走到屋门口又停住了脚步:"不行,不能和他见面,见了面,他要是和我胡搅蛮缠起来,那可怎么办?"

杨大海在屋子里踱起了步,他从衣兜里掏出手机,拨通了派出所陈所长的电话:"陈所,我有一件事儿想求你帮个忙,你能不能马上把……"杨大海正要说出陈小文的名字,突然又改变了主意:"陈所,改天请你吃个饭吧!"

"杨副校长要请我吃饭,陈某是不是听错了?整个双阳大学谁不知道,你大海校长可是从来不请人吃饭的'抠门儿'呀！"电话听筒里传来陈所长诙谐的笑声。

放下了陈所长的电话，杨大海又将目光投向了窗外，他搓着手，皱着眉头思忖着："既然祸从天降，躲也躲不过！如果自己不马上露面，这小子再胡说八道可就坏了，得先把他支走了再说。"想到这儿，杨大海挺起了胸脯，阴沉着脸，走出了办公室。

双阳大学的门卫接待室距离办公楼只有十几米的距离，杨大海从办公楼里出来，不到一分钟就来到了接待室的门口。

"杨校长，您来啦！"门卫保安笑嘻嘻地与杨大海打着招呼，伸手拉开了接待室的门，往屋内让着他。

杨大海没有理会门卫保安，他迈步直接走进接待室，"砰"的一声，反手将门卫保安关在了屋外。

杨大海进了屋，还没等他站稳脚跟，便被一个又瘦又高的中年人一把抱住了双肩。

中年人身高一米八开外，皮肤黝黑，身体消瘦；他的胡须很邋遢，眼窝也深陷，但眼睛里却闪着光芒。

中年人沙哑着声音问："大海，你当校长了？"

杨大海凝视着眼前的人，眼神和嘴角露出了惊讶和不安的表情。他微微抖动了一下嘴唇，裤管里的双腿似乎都在流着冷汗。

"大海，你怎么不说话？我是你大哥陈小文呀！你看看，我活着出来了！"黑脸中年人兴奋地摇晃着杨大海的肩膀，继续说着。

杨大海还是没有说话，他镇定了一下，脸上的惊讶立即被故作的平静所代替，他表情严肃地掰开中年人攥着他肩膀的手，压低声音说道："大哥，这里说话不方便，你住在哪儿？下班后我到你家去看你。"

陈小文怔住了，刚刚抱住杨大海时的那种兴奋神情顷刻便消退了许多，他慢慢松开杨大海的肩膀，惊愕地问："二弟，我住在哪儿，你还不知道吗？"

"哦，知道，知道。我以为你早就搬家了呢！"杨大海随口应着。

陈小文紧盯着杨大海那张严肃的面孔，语无伦次地说道："搬家？我在监狱里面待了 25 年，我……"

"大哥，这里不是说话的地方，回家等我去。"杨大海急忙打断了陈小文的话，没有让他再说下去。

陈小文眼框里滚动着晶莹的泪花，他还在絮叨："大海，我们都 25 年没有见面了……"

杨大海板着面孔，再次打断了陈小文的话："大哥，我不是说过了，这里说话不方便吗！"

听了杨大海的话，陈小文哽咽着问："大海，这里有什么不方便？我们……"

杨大海不耐烦地挥了挥手，说道："大哥，我马上要出去开会，你回家等我去。"

陈小文抹了一把溢出眼眶的泪水，深情地看着面无表情的杨大海，眼睛里的光芒开始变得有些模糊。

陈小文挪动了一下脚步，杨大海赶紧过来帮他转动了肩膀，将他推送到了门口。

陈小文似乎感到了杨大海推他肩膀的力量，他很不情愿地走出了接待室，每走一步，都要回头看一眼板着"战斗脸"的杨大海，渐渐远去。

杨大海站在接待室的门口，目送陈小文佝偻的背影慢慢离开了学校的大门，他这才看清陈小文身上穿着的是一件早已褪了色的军大衣，大衣的后背还迸溅上了一片油渍。

杨大海快步回到办公室，使劲关上了屋门，嘴里开始骂骂咧咧："妈的，他不是死在监狱了吗？怎么又神奇地复活了？怪不得我的右眼皮一个劲儿地跳，原来是这个冤家从天而降了！"

杨大海伸手从中华烟盒里抽出一支，抓起打火机，"嚓"的一声点燃了嘴里的香烟，长长吐出了一股烟雾。

杨大海闭上眼睛，满脑子都是孩提时陈小文与他在一起玩耍的情景；他睁开眼睛，眼前浮现的还是陈小文憨厚的形象……

第三章

重回故里

"大海,我今天在'沙子坑'旁边堆沙堡时,遇到了一位电影导演,她说要拍一部儿童电影,准备让我去当小童星。"陈小文兴高采烈地把喜讯告诉给了杨大海。

杨大海眨着眼睛,羡慕地问:"真的?导演让你去当童星?"

"嗯,导演说让我去试试镜头,她还给了我一个地址,让我明天去见她。"陈小文说着,将一张字条递给了杨大海。

杨大海接过字条看着,心里萌生出嫉妒。

陈小文问:"大海,明天你跟我一起去,好吗?"

"导演让你去试镜头,又没让我去,我不去。"杨大海说着,一溜烟跑开了。

当天晚上,杨大海正在家里吃晚饭,陈小文从外面将屋门推开了一条缝,招呼他来到了屋外。

陈小文拽着杨大海的袖子小声问道:"大海,明天你到底跟不跟我去?"

"我不去。"杨大海说着,一甩袖子就要往屋里走。

陈小文有些失望地说道:"大海,你要是不去,就把那张字条还给我,我让我爸送我去。"

杨大海回过头来,翻着眼皮问:"字条?什么字条?我没看见过呀!"

陈小文瞪着眼睛问:"大海,我不是把导演写给我的那张字条交给你了吗?"

"哦?我没看见呀!"杨大海红着脸说着谎。

陈小文了:"大海,我记得清清楚楚,我把字条给你看了,你看后没有还给我呀！"

"没有，我就是没看见！"杨大海一转身跑进了屋内，把陈小文晾在了屋外。

吃罢晚饭，杨大海一把拉过父亲的手，挤着眼睛对他说道："爸爸，告诉你一个好消息，有个电影导演看上我了，明天你带我去试镜吧。"说着，他将那张写着地址的小字条递给了父亲。

杨大海的父亲接过了那张字条，一把将大海抱起来，"啧啧"地亲着大海的小脸蛋，说道："好啊！我儿子要当小童星了，这可是天大的好事儿啊！"

父亲抚摸着杨大海的头，脸上像开了一朵花儿，他畅想道："儿子，你要是演了电影，就能当明星了；你要是当了明星就能光宗耀祖，我们家祖坟都会跟着冒青烟了。"

"当当当"，爷儿俩正憧憬着光宗耀祖的未来，门外传来了敲门声。

杨大海父亲开门一看，只见陈小文的父亲拉着陈小文站在门口，陈小文父亲礼貌地向大海父亲说明了来意："杨大哥，小文说有个电影导演给了他一张字条，让他明天去试镜。小文把那张字条交给了你家大海，我和小文是来找大海要那张字条的。"

杨大海的父亲叉着腰站在门外，目光扫视着陈小文和他父亲，一脸嘲讽道："小文他爸，电影导演会看中你家陈小文，这怎么可能啊？"

陈小文父亲有些不高兴地说道："杨大哥，话可不能这么说。导演看上谁是导演的眼光，我们来是为了要那张字条的，还是请你让大海把那张字条还给我家小文吧。"

"没有，你们不要在我家门前无理取闹，让邻居看见，还以为我家大海做了什么见不得人的事情呢。"杨大海父亲说着，就往外推搡陈小文的父亲。

陈小文见杨大海的父亲有些蛮横，拉着爸爸的手，抽泣道："爸爸，我们回家吧！大海比我长得好看，他可能更适合当小演员。"

陈小文流着眼泪，拉着爸爸转身就走，没走几步，他又回头冲着躲在屋里的杨大海嚷道："大海，等电影上映时，别忘了送给我一张电影票啊！"

陈小文一边说，一边偷偷擦着眼泪，他拽着父亲的衣襟，离开了杨大海家……

杨大海睁开眼睛，从回忆中又回到现实，他将还没有吸完的半支香烟往烟缸里一按，近乎咆哮地吼道："妈的，大白天见了鬼！真是活见鬼！活见鬼！"

杨大海咆哮了一会儿，稳定了一下情绪，再次点燃了一支香烟，一边使劲地吸着，一边发着狠："出狱就出狱，用不着怕他！他从小就没我心眼儿多，谅他也不能对老子耍出什么新花招来！"

抽罢了烟，杨大海又看了看手表，嘀咕道："常言道，小心驶得万年船。晚上我还真得过去会会他，看他葫芦里卖的都是些什么药。"

杨大海心情烦躁地在屋里踱着步，再也没心思去回想他和程妍秋的往事。他一会儿望望窗外，一会儿又在屋里打着转，好不容易熬到了下班时间，便开着他的黑色奥迪轿车，向着陈小文家居住的棚户区驶去。

杨大海开着车，沿着双阳大道驶上了二环路，他知道，从二环路西北的匝道口下道，便是他和陈小文从小生活的工人村棚户区。

"工人村啊，工人村！自打我当了双阳大学的保卫科长，就离你远去了，如今你还是'晴天灰漫天，雨天泥满地'的那副模样吗？"杨大海在心里问着自己，他掐指一算，自己已经有20多年没有再回过从小长大的工人村了。

工人村始建于20世纪50年代初，那时候，双阳市的城市居民大多数还都住着烧煤取暖的砖瓦平房，而这里已经是有着几十栋联排二层红砖小楼的住宅小区了。小区的面积很大，二层小楼也整齐划一，小楼的门前种植着一簇簇低矮的灌木，灌木前面是长长的休闲长廊和宽敞的健身广场。那时，住在这里的居民都是附近那家军工企业的职工，他们都为能生活在绿树成荫、花红柳绿的花园式小区里感到自豪，于是，都亲切地称这里为"工人村"。

到了六七十年代的特殊时期，大量无房族闯进了工人村，在这里"破旧立新"，闹起了"革命"。他们毁掉了休闲长廊和健身广场，腾出空地盖起了横七竖八的违建住房，盖房子的建筑垃圾和各家各户的生活垃圾随意堆放，污水任意流淌，工人村里一下子出现了很多臭水沟、沙子坑，花园式小区再也名不副实了。

北方的初冬，天黑得特别早，当杨大海开车驶进了工人村里面的劳动街时，街路边已亮起了路灯。

杨大海将轿车停在了劳动街的路边，他记得劳动街是一条死胡同，街的尽头曾是一个挖防空洞时留下的大沙坑。

杨大海不会忘记大沙坑曾经给他带来的快乐，那个沙坑由于常年积着水，自然形成了大小不同的水面。水面大而深的被称作工人湖，小而浅的被叫作"沙子坑"。

那时，"沙子坑"里的水清澈见底，夏天，孩子们光着屁股在水里游"狗刨"、打水仗，把这里当成了天然的野浴场；冬天，积水冻成了光滑的冰面，孩子们在冰面上滑冰车、打冰尜、坐冰爬犁，不玩儿到深夜都不回家。

杨大海在"沙子坑"附近走着，寻找着孩提时的记忆。

在他的记忆里，他的家住在"沙子坑"后面的生产街，生产街路旁的大杂院就是他和陈小文的家。

杨大海凭着残留的记忆找到了自己的家门，老房子虽然还在，但如今已物是人非。

杨大海在他家的老房子门前停住脚，他的耳边突然响起了陈小文揪心的哭声，眼前又仿佛出现了陈小文穿着蓝白横条背心的身影，不过，那已经是25年前的事情了……

那天，陈小文拎着两瓶罐头，端着一大蒸锅散啤酒来到他家，一进门就哭丧着脸对他说："大海，哥找你喝酒来了。"

"喝酒？"杨大海先是一怔，他一边接过陈小文手里装散啤酒的大蒸锅，一边问，"大哥，不过年不过节的，怎么想喝酒了？"

陈小文没有正面回答杨大海的问话，倒是问起了与喝酒无关的话题："大海，你说哥的命怎么这么苦啊？"

杨大海有些纳闷，他拿出两只大饭碗摆在了餐桌上，又把装满啤酒的大蒸锅放在了桌旁，不冷不热地问："大哥，你爸还没有达到退休年龄就把'接班'的指标让给了你，你现在不但是军工厂的正式职工，还把咱小妹李梅也娶回了家，这些好事儿都让你一个人给占全了，这命要是还苦，你让别人还活不活？"

陈小文沉着脸没有说话，他用菜刀切开他带来的鲭鱼罐头盖子，往餐桌上一放，一屁股坐在了凳子上，用"二大碗"在大蒸锅里舀着啤酒，说道："大海，大哥没心思和你开玩笑，大哥心烦，过来找你喝点闷酒。"

杨大海看着一脸阴沉的陈小文，猜想他一定遇到了什么难心的事儿，便接过酒碗，对陈小文说："大哥，有啥事儿你就说出来，别憋着。"说着，两人端着啤酒碗，就着罐头喝起了酒。

陈小文"咕咚咚"喝了半碗酒，哽咽着声音说道："大海，哥可能活不了多长时间了，医生说我得了肝癌。我害怕，我真的害怕极了！"说着，将酒碗里的啤酒喝了个精光。

杨大海与陈小文碰了酒碗，刚喝了一半，就听见了陈小文说的话。

杨大海有些不敢相信自己的耳朵，手里端着剩下的半碗酒，紧盯着陈小文问道："大哥，真的吗？你可别吓唬我啊！"

"大海，哥不是吓唬你，这可能是咱哥儿俩最后一次喝酒了！"陈小文说着，抽泣了起来。

杨大海放下酒碗，拍着陈小文的肩膀安慰道："大哥，看你这窝囊样，不就得了个病吗，有什么可怕的？赶快上医院去做手术不就行了吗？真是的！"

"大海，你说得倒是轻松，哥得的可不是一般的病，哥得的可是要命的病啊！你听说过有几个癌症病人能活得长远？你别忘了，我爸爸就是患肝癌去世的。再说了，即使能手术，那得花多少钱啊！"陈小文说着，又甩起了大鼻涕。

杨大海不再喝酒，他半信半疑地问："大哥，医院确诊了吗？"

第三章 重回故里 **021**

"我没敢去大医院，但是区医院可是给确诊了。"陈小文说着，又泣不成声了。

杨大海举着手中的酒碗，对陈小文说道："大哥，区医院看得不准，明天我陪你去大医院检查一下，你就别一惊一乍的了。来，喝酒，想点开心的事儿。"

陈小文放下了酒碗，他双手捂着脸，伤心地说道："大海，哥哥刚结婚不久，你嫂子又怀了孕，哥不想死呀！"

杨大海的酒碗停在了嘴边，他吃惊地问："嫂子怀孕了？你俩结婚也没有多长时间啊！"

陈小文"嗯"了一声，说道："我这两天发现她吃东西总想吐，我估计她是怀孕了。"陈小文抹着眼泪，越说越伤心，进而又"呜呜"大哭起来。

杨大海瞥了一眼陈小文，喝光了碗里的酒，他打着酒嗝说道："怀孕不是个好事儿吗！你还哭个屁。"

陈小文"咕咚咚"地一个劲儿喝酒，连一口罐头都没吃，他哭咧咧地说道："大海，怀孕是好事儿，可我不是活不长了吗！孩子一出生就没有爸爸，还不得让人欺负一辈子啊！"

杨大海随口说道："大哥，瞧你说的，哪有一辈子被人欺负的人呢！"

"大海，你小子鬼点子多，哥从小就听你的，你给哥出个主意，说说哥哥应该怎么办！"陈小文鼻涕一把、眼泪一把地说着，一口接一口地往嘴里灌着啤酒，就连啤酒洒满了全身，他都全然不顾。

杨大海不高兴地说道："大哥，我不是和你说过了吗，你还得去大医院再检查检查。"

"我不去，到大医院一折腾，街坊邻居就会都知道我活不长了，我才不让他们指着我后背嚼舌头呢，那样我会死得更快。大海，不瞒你，我现在感觉肝都疼，我可能真活不了几天啦。"陈小文说着，竟把手伸进背心里轻揉起了肝的部位。

杨大海被陈小文的举动弄得也有些不知所措，一时也找不到更好的语言来安慰他，便说："大哥，你别伤心了，既然你不愿意去大医院，就让我再想想，还有没有其他的办法！"

陈小文摇了摇头，止住了哭声，他流着眼泪说道："大海，哥哥拜托你一个事情，你一定得答应我！"

杨大海似乎预感到陈小文可能要对他安排后事，于是马上应允道："大哥，弟弟答应你，什么事儿？你说吧！"

陈小文抹了一把眼泪说道："大海，咱哥儿俩可是从小一起光屁股长大的发小，我家有什么好吃的、好玩的，大哥都先依着你，对吧？"

杨大海从大蒸锅里舀了一碗酒，头也不抬地说道："没错啊！"

陈小文一把抓过杨大海的肩膀说道："大海，等我死了以后，你一定答应替我照顾好你嫂子，但不许你打她的歪主意，听明白没？如果你敢碰她一下、想占她的便宜，我在阴曹地府里也不会饶恕你的，知道不？"

"不能！不能！大哥，大海向你发誓！嫂子是大海的小妹，咱哥儿仨情同手足，弟弟哪能做出不仁不义的事情呀！"杨大海说着，喝光了碗中的酒。

陈小文使劲摇晃着杨大海的肩膀，极为认真地说道："还有，我要是有了儿子，让他认你当干爹。你当过兵，部队上熟人多，你把他送去当兵吧。他要成了军人，就没有人敢欺负他了。这件事儿，行不行？"

杨大海毫不犹豫地回答道："行！没问题。"

"大海，谢谢你！哥敬你一杯！"陈小文说着，与杨大海碰着酒碗，"咚咚咚"喝光了酒。

杨大海看着有些崩溃的陈小文，心想：人之将死，其言也善！看来，今天陈小文真是来找他托孤的。

说句实在的话，在杨大海的内心里，最瞧不起的人就是陈小文，他觉得陈小文窝囊，一扁担都压不出一个屁来；杨大海的内心还特别嫉恨陈小文，他不知道陈小文这个窝囊废是怎么把本来属于他的李梅弄到手的。在他杨大海的眼里，李梅就是一朵鲜花，可这朵鲜花却偏偏插在了陈小文这摊"牛粪"上。杨大海心里很不服气，自己哪一点不比"牛粪"强，可抱得美人归的为什么却是这摊"牛粪"？

杨大海瞅了瞅眼前的"牛粪"，心里打上了李梅的坏主意，他挪动了一下屁股，凑到陈小文身旁说道："大哥，你想没想过，你要是真去见了马克思，你让嫂子和孩子日后怎么生活？你把她们托付给我，又让我拿什么去养活她们？"

"这……"陈小文怔怔地想着，忽然，转身抓住杨大海的肩膀急切道，"是啊！大海，你这话说到我心坎里了，其实我死了还真的无所谓，可我就怕拖累你嫂子和还没有出生的孩子。大海，你快给我出出主意，我该怎么办？"

"要我说，你与其坐着等死，不如造福一方。"杨大海翻着眼皮说着，在内心里完善着他的坏主意。

"大海，大哥不懂你的意思。快告诉我该怎么办啊？"陈小文央求着。

杨大海突然发问："大哥，你是不是个快死的人了？"

陈小文捶着胸口说道："那还有假呀！"

杨大海神秘地看了看左右，冲着陈小文的耳朵，给他出着馊主意："我们双阳大学历史系的文物陈列室里，有不少教学用的教具，你可以偷出几件来，把它交给我。我卖钱后，再把钱全交给嫂子，这样你就可以无后顾之忧了。"

"偷教具？那些东西能值几个钱？"陈小文好奇地问。

"有的不值钱，但也有值钱的。"杨大海认真地对陈小文说着。

陈小文问："你快告诉我到底能值多少钱吧？"

杨大海故作神秘地说道："不好说，那要看把东西卖给什么人了，还得看看你拿出来的是些什么东西。"

陈小文眨着眼睛，仿佛马上就要行动一般问道："可我不知道什么东西值钱呀！"

杨大海望着天真的陈小文，半闭着眼睛说道："让我好好想想。"

杨大海瞅着已经动了心的陈小文，心想：我刚才只是想试探一下你陈小文的胆量，没承想，你小子还真给个棒槌就当针了。于是，脑子里飞快地制定着一个阴险的计划。

杨大海歪着头，想了一会儿，说道："前不久，早年从双阳大学毕业的海外老华侨听说我们学校开始面对海外招生了，便向学校历史系捐赠了几件青铜器，用来向外国留学生传播中国历史与文化。我听说，这几件青铜器教具挺值钱的，你就把这几件东西偷出来就行。"

陈小文发问："教具？放在哪儿呢？好偷吗？"

杨大海眯着眼睛回答道："东西就放在陈列室的窗户旁边的玻璃陈列柜里，这个陈列室和其他教室没什么两样，只是大门上加了一把大锁头而已。目前，还没更多的人知道这件事儿。"

陈小文犹豫了一下，又问："大海，我不懂什么是青铜器。你对我说实话，这些教具是不是文物？如果是文物的话，那偷文物的罪名可挺大呀！"

杨大海摇了摇头，接着说道："我只知道学校并没有把这些东西当作文物来管理，陈列室也没有安装任何防盗设施，所以说，它就是教具。"

陈小文寻思了一下，问道："那我一旦被抓了，会不会进监狱？"

杨大海瞪了陈小文一眼，问道："大哥，你是不是傻？"

陈小文没有领会杨大海问话的意图，认真回答道："大海，我不傻。你只要告诉我这些东西长得什么样儿，我保准能记得住。"

杨大海白了陈小文一眼，假装生气地给他打气道："大哥，说你傻，你还真是傻！你都是快死的人了，还在意进不进监狱吗？"

陈小文摇着脑袋说道："可是，可是我还是不敢偷东西呀！"

杨大海脑海里迅速制定好了计划，他慢声慢语地说道："大哥，说你傻，你就是傻！我是学校的保卫科干事，陈列室的安全保卫由我负责。我事先把陈列室的锁头撬开，你在我值班的时候进去拿，我在门外给你放哨，你还有什么顾虑？"

陈小文反问道："那万一我被抓了呢？"

杨大海冲着陈小文挤了挤眼儿，说道："你被抓，也是我抓你。我抓了你以后，我就是见义勇为的英雄了，说不定还能被提拔当保卫科长呢！"

陈小文脸上竟然露出了一丝兴奋，他问："大海，你说的是真的？你真能当官？"

杨大海觉得说走了嘴，于是赶紧往回拉着话茬："大哥，我说的是可能，我怎么能踩着你的肩膀去捞政治资本呢！"

此时，陈小文的神经已经麻木了，他相信了杨大海的话，便说："弟，你踩哥的肩膀没事儿，哥就希望你有出息。不过，你必须答应我，你要是当了官，可别忘了哥哥的一家老小；你还要向我发誓，我偷来的东西，你卖了钱以后一定得给你嫂子。"

杨大海见陈小文真的动了心，便连哄带骗地忽悠道："大哥，我向你发誓，我一定把你偷来的文物，不，不是文物，是教具。我一定把卖教具的钱都交给嫂子，让她过上好日子，不过，你也得给我发个毒誓，不论你是死还是活，就是枪毙了，也不能出卖我。"

陈小文一拍胸脯，十分肯定地说道："大海，大哥发誓，永远不会出卖你！"说着，陈小文举起了拳头……

第四章

还原现场

杨大海凝视着自己家的老房子,他乘人之危,给陈小文设圈套时的情景,又清楚地出现在了眼前。杨大海没有忘记,25 年前的 1991 年,他就是在这间屋子里与陈小文订立的攻守同盟。

"大海,你来了!我在这儿等你半天了。"杨大海的思绪被身后一个沙哑的说话声打断。他顺着声音望去,只见穿着军大衣、戴着棉帽子的陈小文,正在昏暗的路灯下冻得搓着手。

"大哥,你怎么在这儿?"杨大海吃惊地问。

陈小文嘴里吐着哈气说道:"哥怕你找不到我家,就在你家门前等你。哥知道,你就算找不到哥哥家,也能找到自己的家。"

杨大海有些被陈小文的话所感动,他握着陈小文的手说道:"哥,你还别说,我都 20 多年没回过工人村了,还真有点发蒙。"

"看,让我猜对了吧!走,跟哥回家去!"陈小文说着,与杨大海一起走进了一条幽暗的小巷。

这是一条不太宽的小巷,巷子里的路灯光十分昏暗,巷子两侧是低矮的红砖瓦房,房顶的烟囱里冒着烧煤取暖的青烟。

巷子里的小路坑坑洼洼、崎岖不平,年久失修的柏油路面早已破损,低洼处还残留着一片片残冰。

一阵北风呼啸而过,杨大海打了一个冷战,他看了一眼在前面领路的陈小文,只见陈小文身上的那件破旧军大衣,被夜风吹动,飘摆着。

北风在杨大海的耳边呼呼作响,他下意识立起羊绒大衣的衣领,在寒风里小心地迈着脚步。

这条小巷对两人来说都很熟悉，杨大海的家住在这条小巷的入口，陈小文的家住在小巷的尽头。陈小文家的后窗户面对着的就是他妻子李梅的家。

杨大海、陈小文、李梅都是同龄人，他们出生在20世纪60年代。陈小文属兔，1963年出生；李梅属蛇，1965年出生；杨大海比陈小文小，比李梅大，他出生在1964年，属龙。

那时候，上学没有严格的年龄界限，由于仨人的家距离都不远，又都是一般大的孩子，自然就在一个年级上学，还是一个班级的同学，用情同手足来形容他们之间的感情，一点儿都不过分。

俗话说，龙生九子，生性不同。仨人虽然相处得好，但脾气秉性大相径庭，陈小文为人忠厚、诚实，是勇于吃苦、甘于吃亏的大哥；杨大海头脑灵光，是"鬼点子"最多的"机灵鬼"；小妹李梅性格开朗、处事大方，她游刃有余地相处在两位哥哥的中间，自然得到了两人不少呵护。两位大哥打心眼儿里都喜欢这个小妹。

"大海，进来呀！"陈小文说着，推开一扇没有上锁的屋门，屋内立即飘出一股难闻的发霉味道。杨大海鼻子一皱，两道浓眉立即凑到了一起。

进了漆黑的屋子，陈小文"嚓"的一声，用打火机点燃一根蜡烛，蜡烛火苗的微弱光亮照亮了整个屋子。杨大海借着烛光看到了外间屋内的餐桌和书桌，还有里间屋里的那张木板床。

小时候，杨大海几乎天天都来陈小文家，陈小文是家里的独生子，爸爸妈妈都是军工厂里的正式职工，家里的生活条件要比其他人家好一些，杨大海没少来这里蹭饭、解馋。陈小文与李梅结婚后，杨大海还是单身，他仍然是陈小文家里的常客，邻居们都以为他是来找陈小文，实际他心里想念的人却是李梅。

"哥，怎么不开灯？现在哪还有用蜡烛的呀？"杨大海摘下了皮手套，一脚门里一脚门外地问着陈小文。

"这房子常年没人住，早就被断电了。"陈小文说着，缩了缩脖子，立起了大衣领子。

杨大海关心地问道:"你就住这儿?这屋子也太冷了呀!"

陈小文拉过一把椅子坐了下来,他回答着杨大海的问话:"我刑满释放后,第一时间就回了家。可家里空无一人,既没水又没电,好歹还有张床和被子,我就凑合着住下了。"

杨大海瞥了一眼还在哈气暖手的陈小文,心里一阵难受,他问:"大哥,这大冬天的,屋里和外面的温度也没有什么差别,怎么住人啊?"

陈小文互相碰撞着两只棉鞋,暖着脚,嘴角露出一丝笑容说道:"没事儿,我穿着大衣、戴着棉帽子睡觉,大衣上面再盖床被子就不冷了!"

听了陈小文慢声慢气的话语,杨大海鼻子一阵发酸,他感觉与他年龄相仿的大哥陈小文,与25年前的憨厚劲儿还是一模一样。

杨大海的目光又投向了里间屋,他一下子看到了那张他熟悉的木板床。25年前的那天夜里,李梅在床上对他大喊大叫,与他拼命厮打的场面,仿佛再现在了他的眼前。

杨大海不敢正视陈小文,他害怕陈小文邋遢的胡须顷刻会变成一支支钢针刺向他;他也不敢再看里间屋子里那张木板床,他害怕李梅抓挠他的那双手,他感觉那双手正在抓着他发了黑的心肝。

杨大海戴上皮手套,站起身来,对陈小文说道:"大哥,你还没吃饭吧?弟弟带你吃火锅去。"

杨大海开着车,一踩油门离开了工人村,他再也不想看到这个既熟悉又陌生的犯罪地点。

李梅带着孩子搬到哪里去了?她们是死了还是活着?杨大海心里问着自己。

杨大海只知道当年他强暴李梅以后,李梅带着一岁的孩子离开了工人村,但这相依为命的娘儿俩去了哪里,他却一无所知;当时,他只知道自己欠下了李梅一笔孽债,但今天他看到了"死而复生"的陈小文,才意识到除了孽债以外,还有一笔血债。

轿车驶离了工人村,不一会儿,就来到了双阳大道上的一家肥牛火锅店。

火锅店内热气扑面,身穿棉旗袍、围着白色长毛披肩的女迎宾员鞠着躬,礼貌地与他们打着招呼。

陈小文跟在杨大海身后进了一个小包间，他偷看了一眼穿着蓝色羊绒大衣、夹着公文包的杨大海，竟发现他的脸上好像有泪痕。

陈小文一边脱着军大衣，一边问："大海，你怎么哭了？"

杨大海假装哽咽着说道："哥！我，我看你这个样子心里难受。"

女服务生摆好了餐具，彬彬有礼地对杨大海做着介绍："先生，您点的极品肥牛肉、上脑、眼肉和虾滑，都上齐了，有什么需要我帮忙的，您就按这个门铃，5号服务生愿意为您服务。"

杨大海扫视了一眼丰盛的桌面，问道："怎么没有海鲜汁？"

女服务生微笑着对杨大海做着解释："先生，每个人的口味不同，海鲜汁需要自己调，不过我也可以帮您调。"

陈小文没有听懂杨大海和女服务生的对话，他脱掉了大衣，摘下了棉帽，坐在餐桌前使劲吃起了肥牛肉。

"弟，别笑话哥哥啊，这肉也太好吃了！哥好久、好久都没吃过这么好吃的肉了。"陈小文狼吞虎咽地边吃边说，不好意思地问，"大海，你刚才说，还要什么来着？"

"大哥，我在给你要蘸料，其实就是酱油。你慢慢吃，别烫了嘴。"杨大海说着，又把头转向了女服务生。

女服务生将盛海鲜汁的小碗，分别放在了陈小文和杨大海的面前，她"咯咯"笑着说道："先生，您说话真逗，我还第一次听客人把海鲜汁说成酱油呢！"

杨大海侧过了脸，一股淡淡的香气扑面而来，他知道这是女服务生身上香水的味道。

杨大海被香水的味道所吸引，他抬起眼皮上下打量着眼前的女服务生，发现她的脸很白、腿很长，人长得也十分秀气，尤其是旗袍包裹的"三围"，该凸起的地方凸起，该收起的地方收起，既有姿色又很性感。

杨大海的目光跟随着女服务生的动作，像一只老猫见到嘴边的腥鱼一样，眼睛瞪得溜圆。

杨大海是一个拈花惹草的高手,他指着海鲜汁,开始挑逗女服务生:"美女,你可能不知道,吃肥牛不蘸酱油是要被拘留15天的。"

美女服务生没有听懂杨大海话语中的含义,她忽闪着长睫毛问:"先生,吃肥牛不蘸酱油能被拘留,会有这种事儿?"

"哦,是这样的。有个家伙在吃肥牛时没有蘸酱油,被邻桌人嘲笑了一番,他感觉伤了自尊心,便动手打了嘲笑他的人,结果被警察拘留了15天。拘留所里,管教员问他是因为什么事情被拘留的?他大声回答:'报告,是因为吃肥牛没蘸酱油!'"杨大海绘声绘色地给女服务生讲着他胡诌八扯的故事,包房内的气氛顿时活跃了起来。

"先生,您真幽默!"女服务生听着杨大海讲的故事,她捂着嘴"咯咯"地笑,笑声竟像百灵鸟一般动听。

杨大海不但有"审美"的眼力,更有将美女勾引到手的能力,他与女服务生开了一番玩笑之后,趁机加上了她的微信,并记住了她的微信名是"貂蝉"。

杨大海回过头看了一眼身旁的陈小文,转过身来对他说道:"哥,你慢点吃,没有人跟你抢。"

陈小文打着饱嗝,不住点着头,他稍微停顿了一下问道:"弟,你怎么不吃呢?"

杨大海点燃了一支香烟,吐着烟雾说道:"我下班时候,在食堂吃过了。"

陈小文填饱了肚子,问道:"弟,哥一直想问你,你嫂子和孩子搬到哪里去住了?"

杨大海心里一阵紧张,由于他真不知道李梅和孩子的下落,于是随口说道:"我还是20多年前,在你刚出事儿的时候见过嫂子,她现在住在哪儿,我也不知道。"

陈小文把脸一沉,盯着杨大海问道:"弟,你不是答应过我,要照顾好李梅吗?怎么连她的下落都不知道?"

"哥,你刚出事儿那会儿,我一直照顾着嫂子,可后来,嫂子和我翻了脸,再也不允许我登你家门,所以我就不知道她的下落了。"杨大海编着瞎话,糊弄着陈小文，心里却想着陈小文还会问他些什么问题。

陈小文愣了愣神，他有些不大相信杨大海的话，反问道："你照顾李梅，她反倒会和你翻脸？我不信！"

杨大海见陈小文有些怀疑他说的话，赶忙又用谎话来解释着他编的瞎话："那天，她看完《双阳日报》以后，就和我吼了起来。说真话，我还是第一次看到嫂子发火呢！"

陈小文还是不相信杨大海的话，接着又问："李梅真的能和你发火？"

杨大海假装认真地说道："那还能假！"

陈小文见杨大海说话很认真，便安慰道："你嫂子脾气不好，你别和她一般见识！"

杨大海听了陈小文的话，轻松了许多，他紧吸了几口香烟，吐着烟圈说道："没事儿，我没往心里去。"

陈小文又想起来在他进监狱之前，妻子怀了孕，便问："大海，李梅生的是丫头还是小子？"

杨大海似笑非笑地说道："大哥，嫂子给你生了个儿子。"

陈小文一听自己有了儿子，双手攥着拳头用力挥向空中一挥，叫道："儿子，儿子！苍天有眼，我老陈有儿子了！我有后了！"

杨大海想起来在他强暴李梅的时候，床上有个睡觉的小男孩，于是赶紧夸奖起来："大哥，你儿子长得虎头虎脑的，可像你了。"

陈小文饱餐了一顿，眼睛开始发光，思维也开始活跃了起来，他盯着杨大海，说道："弟，哥哥今天真高兴，我有了儿子！不过，凭我对你嫂子的了解，还是怀疑你一定是做了什么对不起你嫂子的事情，她才会和你发火。"

杨大海品了品陈小文说话的味道，觉得陈小文似乎对他有了怀疑，他想了想决定继续用谎言掩盖他强暴李梅的罪恶。

杨大海试探着，瞎编道："那是在你进去一年多以后，那天，《双阳日报》报道了你被判死刑的消息。"

陈小文打断了杨大海的话，他大声纠正道："我被判的是死缓，不是死刑！"

"对对对，死刑，缓期两年执行。看我这记性，怎么把缓期两年给忘了。"杨大海说着，又将一支中华烟叼在嘴里，掏出打火机，点燃了香烟。

陈小文用汤勺舀着火锅汤，头也不抬地问道："大海，你是不是特别希望我死？"

杨大海似乎听出来陈小文的话外之音，赶忙赔着笑脸道："大哥，老弟怎么能希望你死呢？明天我让人给你把房子重新收拾收拾，把水、电、煤气都搞定，然后我再想办法给你解决一套好一点儿的住房。哦，对了，我再给你留点零花钱。"

"服务生！"杨大海冲着门外大声喊着，竟忘了去按桌上的呼叫门铃。

"'貂蝉'，麻烦你把收银台收到的现金都给我拿来，我给你刷卡。"杨大海吩咐着微信名叫"貂蝉"的这位女服务生。

"先生，对不起，我们不给客人提现。""貂蝉"说着就往屋外走。

杨大海拿出手机，给"貂蝉"的微信转账了500块钱，然后对她说道："我给你微信转了点手续费。"

"叮叮"，"貂蝉"听到了微信转账提示的声音，她看了一眼自己微信到账的500块钱，微笑着转身去了吧台。

杨大海把双肘架在了餐桌上，若有所思地问道："大哥，我有一件事一直想问，你说小妹李梅为什么会死心塌地嫁给了你？"

"你嫂子说我善良，她嫁给我踏实。"陈小文想着李梅对他说过的话，脸上露出了少有的笑容。

很快，他又想起了杨大海对他说过的话，便又收起笑容，问道："大海，那年你抓了我，立功了吗？"

杨大海觉得陈小文这个话题无关紧要，便兴致勃勃地炫耀了起来："立了，不但立功受奖，还被市政府授予了双阳市'见义勇为英雄'荣誉称号，后来双阳大学还提拔我当了保卫科长呢！"

陈小文摇着头说道："你如愿以偿了，可是哥哥却白白在监狱里蹲了整整25年呀！"

杨大海见陈小文提起了往事，便拍着胸脯表态道："大哥，兄弟信守诺言，一定不会亏待你！我除了给你换个大房子之外，再给你一笔钱，你说个数，要多少，我给多少。"

"老弟，我知道你现在当了校长，有的是钱，可钱能换回我失去的青春和丢掉的名声吗？25年来，我在监狱里一直怨恨着自己，为什么我就那么听信你的话？如果当年我不相信你的话，能落得个妻离子散、家破人亡的下场吗？"陈小文说话的声音虽然不是很大，可句句如同炸雷，在杨大海耳边"轰轰"作响。

杨大海赶紧推脱着责任："大哥，当年你不是已经肝癌晚期了，才让我给你出主意吗？怎么全怪起我来了？"

突然，杨大海说着又像想起了什么，他问："对了，你的肝癌是怎么治好的？"

陈小文气愤地拍着桌子，险些咆哮起来："妈的，都是他妈一群庸医信口开河！"

"大哥，不对呀！你被判刑进监狱以后，我曾经去看过你。一开始，监狱管教员说你是重刑犯，不让家属会见，后来，我再去看你的时候，管教员说你死了。大哥，我得到你的死讯后，哭了好几场呢，人都瘦了好几斤。"杨大海说着又开始假装掉了几滴眼泪。

陈小文瞅着杨大海的脸问："大海，我怎么感觉你最盼望我死，对不对？"

"大哥，你太冤枉老弟了！"杨大海说着，扭过脸去，不敢再正视陈小文那张沧桑的脸。

陈小文紧盯着杨大海的眼睛问："老弟，我第一次去陈列室偷东西的时候，整个楼里只有在保卫科值班的你和楼上偷东西的我，可第二次去时，怎么又突然冒出来个糟老头子？"

杨大海一脸无奈地做着解释："哥，那个被你打死的老头儿是我们学校食堂的更夫，我也不知道那天他怎么就上了楼。那天，我按照咱哥儿俩约定好了的时间，到楼上去抓你。可我看到的却是那老头儿拦着你，被你一拳打倒了。"

听了杨大海的解释，陈小文皱了皱眉头，他接着又问："大海，我第一次去陈列室偷东西的时候，陈列室门口的走廊里什么东西都没有。可我第二次再去的那天晚上，陈列室门前怎么突然多了好几个铁柜子？如果没有那些支棱巴翘的铁柜子，即使我给了那个糟老头子一拳，他顶多会倒个趔趄，能至于被撞死吗？大海，我记得很清楚，那天我就打了他一拳，他怎么就死了？我还就被定了一个故意杀人的罪名。"

杨大海听着，头上开始冒出冷汗，他吞吞吐吐地说道："你虽然打了老头儿一拳，可他的太阳穴不偏不倚，磕在铁柜角上死了，你说这不是故意杀人又是什么？"

陈小文寻思了一会儿，说道："不对，我总觉得这些事情，好像都是你事先安排好了的。"

杨大海连忙摆手说道："大哥，你可不能这么胡思乱想，我们两人是情同手足的亲兄弟，难道我还能害你不成？"

陈小文静静观察着杨大海的表情，两人僵坐了良久，各自想着心事。

过了好半天，陈小文突然问道："大海，我偷的那6件文物呢？"

杨大海假装吃惊地反问道："文物？我不知道你在说什么呀！"

陈小文把脸一沉，用命令的口吻说道："大海，你就不要在我面前演戏了，快告诉我，你把东西放在哪儿了？一半天，就得给我送过来。"

"哦，你是说那6件破教具呀！我，我都给嫂子了。"杨大海又在扯着弥天大谎。

陈小文板起了面孔，他瞪着眼睛质问道："教具？你能给李梅？我才不信呢！我说大海，别看我在监狱里面被关押改造了25年，但我已经清楚了你让我干的是个什么事儿。你所说的那些教具，该不会与喝酒有关吧？你不会不知道，那是一些古代的青铜酒具吧？"

杨大海听着、听着，豆大的汗珠顺着面颊滚落下来……

第五章

深夜"入宫"

"丁零零,丁零零",就在杨大海被陈小文问得张口结舌的当口,杨大海的手机响起了清脆的铃声。

杨大海接通了电话,听筒里传来一个女人的声音:"大海呀!能听出我的声音吗?"

杨大海内心一阵喜悦,毕恭毕敬地说道:"程市长好,大海怎么能听不出您的声音呢?"

"大海呀!你马上到我这里来一趟,我把位置发给你。"程妍秋说罢,挂断了电话。

杨大海急忙送走了陈小文。他按照程妍秋给他发过来的地址,来到了双阳市郊一幢独栋别墅前。

杨大海下了车,他仰望了一下夜空,只见苍穹一片灰暗,只有一弯淡月躲在云层后面正窥视着自己;他又看了看手表,此时正好是21点整。

大门外,杨大海在看表。别墅内,程妍秋也在看着时间。她从监控器上看到了杨大海的身影,见他是准时赴约,便按动了茶几上的大门遥控器。

杨大海正要下车去按门铃,只见别墅的两扇大铁门,在屋内遥控器的操控下,正"嚓嚓"地向两侧徐徐拉开。同时,杨大海的微信又收到了程妍秋给他发过来的四个字:"开车进院!"

杨大海将车开进了院子,身后的大铁门又"嚓嚓"地自动合在了一起。

杨大海借着车灯的光亮扫视了一眼院内,院内除了二层小楼里面亮着灯外,整个院内漆黑一片。

杨大海习惯地拍了拍衣服上的褶皱,迈步走上小楼的台阶,轻轻地推开了虚掩着的入户门。

"吱扭"，入户门开了一条缝，杨大海从门缝里看见了躺在沙发里看电视的程妍秋。

杨大海在门厅里轻声咳嗽了一声，见程妍秋没有理会他，又见门厅里没有摆放拖鞋，也没有找到挂衣服的地方，便手托着羊绒大衣，穿着袜子走进了客厅。

此时，程妍秋穿着一身淡黄色的丝绸睡衣，像蛇一样躺在真皮沙发里，她光着脚丫、侧着脸，头枕着沙发扶手，正在神情专注地盯着电视机屏幕，根本没有正脸看站立在身旁的杨大海。

杨大海几步走到程妍秋躺着的沙发前，哈着腰，轻声说道："程市长好！"

程妍秋从沙发上坐了起来，眼睛也从电视屏幕移到了杨大海的身上，似笑非笑说道："瞅你这副德行，让三宫六院侍候惯了，衣服不会自己脱，连拖鞋都不会自己穿了，哈？"

听到了程妍秋的讥讽，杨大海的脸"腾"地一下红到了脖子根儿，他心里在说：你今天要不是新上任的市长，老子才不会半夜三更过来被你这个老妖婆数落呢。

杨大海虽然心里有怨气，可嘴上还在为自己做着漂白："程市长真会开玩笑。您知道，大海是守规矩的人，虽然老婆孩子都在国外，却没有您说的'三宫六院'之事。"

程妍秋鼻子轻轻"哼"了一声，她明明知道杨大海在说谎，也不愿意当面揭穿他，因为，她今天晚上临时召唤杨大海到她家里来，并不是为了核实他的桃色新闻，而是要亲自考核杨大海对她的忠诚程度，看看他是不是对自己仍然百依百顺，以便让他顶替双阳市公安局长的空缺，把素有"铁拳""利剑"之称的公安队伍，牢牢把控在自己手中。

程妍秋与杨大海虽然已经有好多年没有见过面，但她还清楚地记得，25年前的那个夜晚，她是怎样假装醉酒，把杨大海勾引到她床上的。

那个夜晚，她对杨大海的整个过程都十分满意，甚至紧搂着杨大海的脖子，嗲嗲地叫着"老公"，这种叫声，她对自己老公都没有过几次。

程妍秋收起遐想，拍了拍身边的沙发，酸溜溜地说着："大海，过来坐在我身边，让我好好看看你这个夜夜做新郎的杨大校长。"

杨大海听出了程妍秋说话的弦外之音，他心想：这老妖婆人虽然不在双阳了，可耳朵还挺长，自己与女下属那点破事儿，还是瞒不过她的耳朵。但他转念又一想，程妍秋回双阳当市长的第一夜就招呼他"入宫"，绝对不是要对他"兴师问罪"，没准儿又会有什么好事儿在等着他，于是，乖乖坐在了程妍秋的身旁，不露声色地"忽悠"道："程市长，我们虽然有好多年没有见过面，但您的光辉形象一直印在大海的脑海中，融化在大海的血液中，就是做梦都时常叫着您的名字。"

"拉倒吧，你的意思是我永远活在你心中吧！"程妍秋说着，抿着嘴笑出了声。然后，眯着眼睛看着久违的老情人，脑海里瞬间浮现出了25年前，杨大海从部队转业，刚来到保卫科时的情景。

那天，杨大海身穿一身绿色军装、背着一个军用挎包来到程妍秋的科长室，声音洪亮地向她敬了一个标准的军礼："报告科长，杨大海向您报到。"

"欢迎、欢迎！"程妍秋热情地与杨大海打着招呼，用欣赏的眼神儿仔细端详着眼前这个血气方刚、潇洒英俊的小伙子。

杨大海不知道程妍秋在想着与他初次见面时候的情景，他刚要开口说话，便被程妍秋摸不着头脑的问话所打断："大海，还记得我跟你说过的话吗？"

杨大海稍微愣了一下神儿，问："哪句话？"

程妍秋笑着说道："我早晚会变成一只白天鹅啊！"

杨大海很快就反应过来，赶忙恭维道："市长，您真漂亮！上午您开会跟大家见面时，我差一点儿都没认出您来。"

程妍秋见杨大海夸奖着自己整容后的效果，脸上立即露出了灿烂的笑容，她一屁股坐在了杨大海的大腿上，娇嗔地问道："真的吗？"

杨大海知道女人都喜欢听到男人对她的赞美，尤其说她年轻漂亮，便满脸堆笑地"忽悠"道："真的，说您是二三十岁的姑娘都有人相信。"

程妍秋听出杨大海"忽悠"她的话，假装生气地说："杨大海，你撒谎脸都不红一下，是不是？"

杨大海脸一红，说道："不不不，市长，您真像……"

程妍秋马上打断杨大海的话，带着满嘴酸醋味儿说道："拉倒吧！我听说你现在到处金屋藏娇，你说实话，有没有这事儿？"

杨大海装出一副委屈相，他拍着胸脯为自己辩解道："市长，大海向您保证，那些都是谣传。您可千万不能轻信谣言啊！"

程妍秋看了一眼杨大海紧张的表情，突然朗声大笑起来，她要的就是杨大海这种可怜巴巴的奴才相。

杨大海被程妍秋笑得有些发毛，突然，他看到了程妍秋满口洁白的烤瓷牙。杨大海清楚记得，25年前，当他第一次与她接吻时，她的牙齿绝对是那种传统的"四环素牙"。

程妍秋在笑声中，就势倒在了杨大海的怀里。她闭上眼睛，一边贪婪地嗅着杨大海身上的男人味道，一边勾住他的脖子，问道："大海，想我了吗？"

杨大海看着程妍秋含情脉脉的眼神儿，又开始端详起了她的整个面容，并将他怀里的程市长与25年前的程科长做着对比：她一定是割了双眼皮儿，又做了拉皮儿手术，眼睛变得可比以前漂亮多了；她的鼻梁一定也做了隆起术，整个脸也比以前俊俏多了。

杨大海发现程妍秋的吊眼梢不见了，鱼尾纹消失了，就连脸上的横肉都做了"亮化"处理，整个人就如同换了一张"嫩模"的脸皮。杨大海在心里赞叹道：这个女人对自己下手可真够狠的，仅就换这张脸，投资都少不了！

程婉秋见杨大海没有正面回答她的提问，立马生气地问："大海，你想什么呢？你不知道，我最不喜欢三心二意的男人吗？"

杨大海马上解释道："我，我在欣赏您的美貌！"

程妍秋见杨大海在赞美她的容颜，脸上又重见了笑容，她轻轻地拍了拍自己的脸蛋儿，美滋滋地问道："怎么样，效果还不错吧？"

杨大海见程妍秋问起了她的脸蛋儿，趁机拍马屁道："嗯，简直就是

第五章 深夜"入宫"

换了一个人。"

程妍秋笑容可掬地命令道："杨大海，抱我上楼去，我要让你看看更神奇的地方。"

一阵云雨过后，程妍秋稍微休息了一下，迫不及待地下了床，披上了一条浴巾，又将一只手背到了身后，柔声问道："大海，姐像不像维纳斯？"

"市长，您比维纳斯可漂亮多了！"杨大海继续吹捧着程妍秋，心里还在盘算着程妍秋除了找他寻欢之外，还会不会有其他的什么事情，是好事儿，还是……

程妍秋低下头，欣赏着自己胸前的深沟，问："隆胸的效果不错吧？"

杨大海直勾勾地盯着程妍秋的胸，无限地遐想着："嗯，相当漂亮！像亭亭玉立的少女！"

程妍秋转过身，又翘起了屁股："这个呢？你看这个像啥？"

杨大海靠着床头，仔细地端详着程妍秋经过"改装"的屁股，与她25年前的屁股做着比较。那时，她的屁股是瘪巴巴的，一点儿都不性感；如今，她的屁股是圆滚滚的，让人看一眼便有一种犯罪的冲动。

杨大海喘着粗气说道："市长，你现在真的变成了一只'白天鹅'。"

程妍秋叹息道："大海，你可不知道，为了变成'白天鹅'，姐可遭老罪了，仅去韩国手术都不下三四次，美容、整形、瘦身、美体，所有项目都让我做全了。"

杨大海问："那得花不少钱吧？"

"嗯，小钱儿不算，美臀就花了50万人民币，隆胸还花了20万人民币。"

杨大海坐起身来，情不自禁地欣赏着程妍秋的"美体"，隐约感到她这次能杀回到双阳市来当市长，也可能与她对自己外貌投资和内部修饰有着密不可分的关系。

程妍秋见杨大海不住地瞅着自己，调整了一下呼吸，问道："大海，你想什么呢？"

杨大海见程妍秋看出自己在想心事，马上煽情道："我在想，这一晃儿，我们俩都在一起20多年了，要是当初要个孩子，现在可能都大学毕业了。"

程妍秋忍不住笑了起来，她侧身看着杨大海，深情地说道："大海，我是有夫之妇啊！"

"那怕什么？我那时候是单身，你可以离婚啊！"杨大海说着，一把将赤裸裸的程妍秋揽在了怀里。他心想：就你那副姥姥不亲、舅舅不爱的长相，倒贴给我钱，我都不会娶你。那天，要不是你喝多了酒；那天，你要是不答应提拔我，老子才不能趴到你平坦的"飞机场"上呢。

程妍秋被杨大海的谎言所打动，她若有所思地说道："大海，这么多年了，我还头一次听你说要娶我这样的话，不管真假，我都很感动。"

杨大海双手把玩着程妍秋洁白如脂的屁股，默不作声地听着她的独白，心想：你这个老妖婆，不就是靠着手中的权力来诱惑老子吗？当年，你要不是我的直接领导；今天，你要不是双阳市的市长，老子才不会在你面前如此下贱呢！

"大海，你年轻那会儿确实很有阳刚之气，我知道你内心瞧不上我，所以当时就暗中发誓，等我有了钱，就是不吃不喝，也得改变自己的形象。"程妍秋说着，翘起了肥臀，又展开了双臂，做出了天鹅飞翔的样子。

杨大海轻轻地拍打着程妍秋价值 50 万的天价肥臀，突然想起了一个试探她的话题。于是，他停止了手上的动作，轻声问程妍秋："市长，你那个大学同学叫什么名字来着？我怎么一下子想不起来了？"

程妍秋听了杨大海的话一怔："你说的是哪个同学？"

杨大海回答道："就是省城建筑大学那个后勤科长啊。"

程妍秋一听杨大海问起了自己的闺密李梦茹，赶忙惊讶地问："大海，你怎么突然想起她来了？"

杨大海赶忙解释："市长，我问她名字是想感谢她。25 年前，要不是她和你喝了个一醉方休，我哪有吃'天鹅肉'的艳福啊！"

程妍秋恍然大悟，她笑呵呵地说道："哦，我明白了，原来你是说我当年带你去省城做见义勇为报告的那天晚上，我同学李梦茹请我们喝酒那件事儿啊！"

杨大海连连点头："对对对，那天晚上，你和那个叫李梦茹的女同学真没少喝酒，你要是不喝醉酒，我们也不能住在一起吧？"

"你个傻子，李梦茹是我的托儿！我那天是装醉，就是想要吃你这块大肥肉。"程妍秋手舞足蹈地说着，差一点儿把眼泪都笑出来。

听了程妍秋的表白，杨大海深感意外。原来他感觉程妍秋只是变态，今天才发现她除了变态，还戴着一副高深莫测的假面具，于是更加怀疑她今天半夜三更召他"入宫"的真实目的来。

程妍秋慢慢收起了笑容，她光着身子走向了浴室，头也不回地说道："大海，你刚才的话倒是提醒我了，我今后还真得找个好位置安排一下李梦茹，吃水不忘挖井人嘛！"

杨大海眨着眼睛，琢磨着程妍秋话语中的含义，马上一语双关地对她说道："应该，应该！程市长是个不忘旧情的人，您老人家得道升迁了，我们这些鸡呀、犬呀，都会跟着沾光的！"

卫生间里传出了"哗哗"的流水声，过了一会儿，程妍秋从卫生间里出来，浑身滴着水珠，站在了杨大海的面前。

杨大海看着宛若出水芙蓉一般的程妍秋，好半天才将一条浴巾披在了她的身上，殷勤地说道："市长，您太美了！您身上的水珠，大海一滴都舍不得擦！"

程妍秋微笑着抖了抖湿漉漉的头发，歪着头，对杨大海说道："大海，你今天的表现让我很满意，你今天通过了本市长对你的考核。"

杨大海一愣，疑惑地问："考核？什么考核？"

程妍秋一扭杨大海的大鼻子，一本正经地说道："你不是说我不忘旧情吗？接下来，我就要把你调到市政府来，你可要不辱使命，不能辜负组织对你的信任和我对你的希望啊！"

杨大海一听程妍秋果然对他有了安排，心里"怦怦"一阵狂跳，急忙问："市长，您准备把我安排到市政府的哪个部门？"

程妍秋眯着眼睛看了看杨大海的表情，多少年来，她就喜欢欣赏杨大海这副猴急的模样，于是故意卖起了关子："你猜？"

杨大海急不可耐地冲程妍秋连连作揖道："市长，大海就是您的鸡犬，哪能猜出来您老人家的心思啊！"

程妍秋听了杨大海的自我比喻，笑着说道："瞧你那副'官迷'的德行！实话告诉你吧，双阳市公安局长刘硕退休了，我想让你接替他，来当双阳市的公安局长！"

杨大海简直不敢相信自己的耳朵，他诚惶诚恐地问："市长，您，您是要让我去当市公安局长？大海没有听错吧？"

程妍秋拍了拍杨大海的肩膀说道："没错，你当过保卫干部，赤手空拳抓过歹徒，曾经是双阳市见义勇为的英雄，还是教育系统的学习标兵，这个经历还是不多见的。另外，你现在是双阳大学分管保卫工作的副校长，级别也不低，当个公安局长也理所应当嘛！"

杨大海压抑不住内心的喜悦，他光着身子"啪"的一下给程妍秋打了一个立正礼，大声表着忠心："请市长放心，大海永远跟您走，永远听您指挥。您指到哪里，大海就打到哪里！您让大海什么姿势，大海就什么姿势，绝不会有半点含糊。"

"行了，行了！我还没见过光着屁股敬礼的呢！记住，今后你不但要听我的话，还要让公安队伍为我所用，动用一切手段，替我铲除异己，为我保驾护航，记住没有？"程妍秋说着，做出了一个挥刀下砍的手势……

第六章

兄弟交易

杨大海从程妍秋的别墅里出来,简直喜出望外,他一边开车,还一边哼起了小曲儿:

"幸福的花儿心中开放,幸福的歌儿随风飘荡,我们的心儿,飞向远方,憧憬那美好的革命理想……我们的生活充满阳光。"

哼着,唱着,杨大海觉得眼前的幸福来得太突然,他怎么也不敢相信这件事情是真的,便大声地问着自己:"杨大海,是你要当双阳市的公安局长吗?"

"是啊!就是我杨大海要当公安局长啊!"杨大海拍着胸脯自问自答着。

杨大海又问:"杨大海,你是不是在做梦?"

"做梦?"杨大海似乎感到他确实像是在做梦,便使劲掐了掐自己的胳膊,直到感觉到了疼痛,才觉得这不是梦。

杨大海兴高采烈开着车,很快就来到了女下属俞莜莜家的楼下。

杨大海下了车,推了推楼宇门,见楼宇门里面上着锁;他掏出手机准备给俞莜莜打电话,可刚按下了电话号码,突然又停住了手。心想:莜莜嘴上没有个把门儿的,不能让她过早知道我要当公安局长的这件事儿,免得传得满城风雨,再节外生枝。

杨大海又看了看手表,见时间已是次日零时,便开着车,向着自己家的方向驶去。

凌晨的双阳,人车稀少。杨大海开着车,很快就驶上了双阳大道,眼前出现了昨晚他请陈小文吃饭的那家火锅店。

火锅店虽然已经关店，但店门口的霓虹灯仍然闪烁着耀眼的光芒。

杨大海侧眼看了一眼火锅店的大门口，隐约中，好像看到了那个穿着紧身棉旗袍，笑盈盈向他招手的"貂蝉"。

杨大海急忙按下电动车窗玻璃，冲着"貂蝉"也挥起了手，他正要靠边停车，忽然发现"貂蝉"身后还站着一个邋里邋遢的男人，仔细一瞧，那人竟是陈小文。

"嘎吱"，杨大海一个急刹车，瞪大眼睛仔细观瞧，只见火锅店门前黑漆一片，连一个人影都没有。

"陈小文啊，陈小文！你到底是人还是鬼？"杨大海嘴里骂骂咧咧，他意识到是自己出现了幻觉。

"大海，我偷的那些教具呢？你嫂子李梅呢？还有……"杨大海耳边响起了陈小文沙哑的声音，他突然感觉到陈小文出狱归来，是要与他算总账了。

杨大海将车子停在了路边，点燃了一支香烟，脑子里回想着几个小时以前陈小文对他说过的每一句话，先前要当公安局长的那种喜悦顷刻烟消云散。

车内，杨大海一支接一支地抽烟，他自语道："陈小文既然知道了那些东西是价值连城的宝贝，就一定不会善罢甘休的。这几件宝贝在我手里已经精心呵护了25年，怎么能轻易给他？再说了，我已经打算好了，等退休后把这几件东西折腾到国外卖了，我后半生的荣华富贵还指望它变现呢。至于我将来是去欧洲安家，还是美洲与妻女团圆，等到时候再做决定。"此时，杨大海下定决心，一件文物都不能分给陈小文。

"对了，陈小文还问起了他媳妇的下落。李梅去哪儿了，她是死是活，我上哪儿知道啊？李梅都20多年杳无音信了，我料定陈小文一定找不到她。"想到这儿，杨大海紧张的心又恢复了平静。

杨大海心里刚刚有了一点儿轻松，便又把事情想到了最坏处："不是还有那句话吗：世上无难事，只怕有心人。他陈小文是个一条道儿跑到黑的执着之人，只要李梅不死，他没准真就能找到她。他们夫妻一旦见了面，

第六章 兄弟交易

李梅肯定会说出那天晚上我强奸她的事儿。果真如此的话，陈小文再老实、再善良，能不和我拼命吗？"杨大海预感到陈小文是不会轻易饶过他的。

杨大海想了一会儿陈小文，又开始想起了李梅："李梅啊，李梅！你现在到底是死了还是活着？你要是死了，事情也就到此为止了，可你万一还活着呢？"

杨大海忽然意识到李梅不会轻生，因为那天晚上，他分明看到了李梅身边还有一个男婴在睡觉，不用说，他也知道那个小崽子肯定是陈小文的儿子。

"李梅性情刚烈，又能吃苦耐劳，她一定不会轻易抛弃自己的骨肉寻短见的，所以，她或许还真的活着。"一想到李梅还活着，杨大海竟吓出了一身鸡皮疙瘩。

杨大海将车子开到了松江边，他站立在岸边，眺望着冰雪交融的江面，开始胡思乱想起来。

此时，夜空下的松江江面，白皑皑、灰茫茫，分不清哪里是积雪，哪里是黑冰。

突然，江面上刮起了一阵狂风。狂风裹着冰面上的残雪"嗖嗖"打着旋涡，吹到了杨大海的脸上，针扎一般难受。

这时，杨大海的耳边忽然传来一阵声嘶力竭的叫喊声："大海，快给我钱，不然恶鬼要吃我的肉了！大海，快给我钱啊！"

杨大海双腿不住地打着颤，他一会儿看看天，一会儿又瞧瞧地，怎么也找不到声音是从哪儿传来的。

"呼呼呼"，一阵北风呼啸而来，风声中还夹着凄厉的喊叫声："大海，快救救我！我的好儿子……"

杨大海瞪大了眼睛，只见仙逝多年的父亲正在风雪中向他招手。

杨大海没有看清父亲的脸，但他立即意识到，自己已经好多年没有给父亲上坟烧纸钱了。于是，他赶紧翻着衣兜，翻出了一叠人民币。

杨大海顺手又翻出了打火机，他三步并作两步跑到了江边，跪在冰面上点燃了手里的人民币。

杨大海将手中燃烧着的钱币，一张张抛向了天空，嘴里不住地念叨着："老爸啊，老爸！儿子给您送钱来啦！这次给您送的可是真钱啊！"

一阵烟灰飞向了夜空，不一会儿，就听到江面上传来杨大海父亲"哈哈"的笑声，虽说是笑声，但听起来比哭都难听。杨大海连连作揖、不住地磕头，他连滚带爬跑上车，一脚油门回到了家中。

进了屋，杨大海一头栽倒在沙发里，浑身仍在发抖。他不住地问着自己："这是怎么了？陈小文来找我讨债，老爸又找我要钱，我是中了哪门子的邪啊？"

杨大海从酒柜里拿出一瓶红酒，狠狠骂着："妈的，我要是有枪，非一枪毙了那个该死的陈小文，让他也变成厉鬼，去给我老爸当一只哮天犬，免得他老人家大半夜出来吓唬我！"

杨大海给自己倒了一杯压惊酒，突然发现酒杯里仿佛出现了父亲的笑脸，他赶忙又取了个酒杯，给父亲也倒上了一杯酒。

杨大海一手举着自己的酒杯，一手又托起了父亲的酒杯，轻声说道："老爸，儿子陪您喝一杯！"说着，两个酒杯砰的一声，碰在了一起。

"老爸，您是个杀猪的屠夫，活着的时候都天不怕、地不怕，怎么死后还怕起鬼来了？"杨大海说着，将杯中的红酒一饮而尽。

杨大海又给自己倒了一杯酒，他摇晃着酒杯问道："老爸，我知道您瞧不起我。在您眼里，我总是不如您二儿子杨大江会讨您喜欢，也不如您三儿子杨大河孝顺您，对不对？"

杨大海苦笑了一下，接着说道："老爸，其实您老人家就是偏心眼儿！跟您说句心里话，您那两个儿子哪个都不如您大儿子杨大海。我现在是双阳大学的副校长，老二只不过是公安分局刑警大队的副大队长，老三也只是个食堂的采购员而已。"

"老爸，您刚才不是找我要钱了吗？我毫不犹豫就给了您好几千块钱，要是您找老二和老三要钱，他们能给您买几十块钱的烧纸就不错了。老爸，您的三个儿子当中，当数您大儿子有出息，您大儿子现在不但当了官，而且马上还要当大官，您就瞧好吧！"杨大海自斟自饮，对父亲说着心中的喜悦。

"老爸,儿子小时候最爱听您给我们哥儿仨讲的《后汉演义》,儿子始终记得您告诉我的汉光武帝刘秀名言:仕宦当作执金吾,娶妻应得阴丽华。告诉您一个好消息,您大儿子马上就要当上双阳市的公安局长了,公安局长就是东汉时期负责京城安全保卫的中尉执金吾。仕宦当作执金吾,您大儿子做到了;娶妻应得阴丽华,您大儿子更不在话下。阴丽华不就是东汉时期倾国倾城的大美女吗?不瞒您说,我现在的'三宫六院',姿色和容貌哪个都不在阴丽华之下。"杨大海说着笑出了声,美得把酒都当成了蜜。

杨大海把脸喝得通红,他刚要继续向父亲吹嘘,突然又板起面孔"咕咚"一声跪在地上,恳切地说道:"老爸,您大儿子眼看就要为杨家光宗耀祖了,您就别再出来吓唬我了!我是您的亲儿子,今后会经常给您烧纸送钱的,您就保佑我一帆风顺吧!"杨大海说着,喝着,很快便醉倒在了沙发里。

杨大海刚刚闭上眼睛进入梦乡,就听门外传来一阵"砰砰"的敲门声。他一骨碌从沙发上爬起来,耳边旋即响起了陈小文声嘶力竭的喊叫声:"杨大海,开门!杨大海,你快点给我滚出来!把我的文物还给我!把你嫂子交出来!"

"吱扭",杨大海心惊胆战地打开屋门,只见楼门口漆黑一片,连条狗都没有。

"妈的,又遇见鬼了!"杨大海骂骂咧咧地进了屋,一脚踹翻了身旁的茶几,茶几上父亲没有喝下的那杯红酒"啪嚓"一声滚落到了他的脚下。

正在这时,杨大海的手机响起了刺耳的铃声,显示屏上显示出了杨大江的名字。

杨大江急促地问:"大哥,你这么早给我打电话,出什么事儿了吗?"

听了杨大江的问话,杨大海一怔,随口说道:"我没给你打电话啊!"

"没事儿,那可能是你不小心误拨了手机。不过,误拨都能打给我,看起来你的心中只有我这个亲弟弟啊!"杨大江说笑着,挂断了手机。

"看起来你的心中只有我!"杨大海回味着弟弟的话语,突然来了一线灵光:"对呀!只有这小子能帮我'摆平'陈小文啊!"

想到这儿，杨大海立即回拨了杨大江的电话："弟，这次不是误拨，你赶快到我家来一趟，马上来！"

半个多小时后，杨大江急三火四地来到杨大海的家，一进门就大着嗓门问："大哥，出啥事儿了？"

杨大海此时醒了几分酒，见弟弟进了屋，他晃了晃手中的中华烟，说道："弟，我们到养心园，边抽边聊。"

杨大海说的养心园实际就是与他家客厅相连的一个露台。这个露台原来是露天的阳台，差不多有一间屋子大，杨大海为了冬夏都能养鱼、养花儿，抽烟喝茶，特意给阳台加了玻璃顶，把露台变成了阳光房，还特意给阳光房取了名字，叫"养心园"。杨大江每次过来，哥儿俩都要在养心园里抽烟聊天。

杨大江在他们杨家哥三个当中排行老二，他和大哥杨大海的长相十分相像，都是一米八开外的大个子，又都是膀大腰圆的大块头，两人的白净脸儿也相差无几。只是杨大江的眼睛细而长，面相凶狠一些；杨大海的眼睛圆而大，看起来更斯文一些。

杨大海坐在了茶台旁，一边打开养心园的排烟天窗，一边给弟弟递过去了香烟盒。

杨大江急不可耐地问："大哥，半夜三更叫我来，到底出了什么事儿？"

杨大海十分了解弟弟急脾气的秉性，他对付杨大江这种火爆子脾气的常规办法就是，你急我不急。于是，他一言不发，低着头，想着如何开口让弟弟去摆平陈小文。

杨大江见哥哥不说话，一把抢过杨大海手中的香烟盒，"啪"的一声点燃香烟，问道："哥，你倒是说话啊？是不是你们学校又征地了，要我找人去摆平动迁户？"

杨大海摇了摇头，还是没有回答杨大江的问话，可心想却在盘算：这小子这辈子就和钱亲，过去虽然帮我雇用黑道人物摆平过动迁钉子户，但每次都是事先跟我谈好了价码，他才会接"活儿"。可今天摆平陈小文这个"活儿"，又该怎么与他谈价码呢？

杨大江见哥哥不吭声，拍着胸脯打着包票："哥，你别难心，有你这个当刑警队长的弟弟在，动迁多少'钉子户'都不在话下。"

杨大海见弟弟拍起了胸脯，便又故弄玄虚起来："弟，你猜我今天，不，准确说应该是昨天，昨天，我见到了谁？"

杨大江一听杨大海这没头没脑的问话，差一点儿把烟卷扔在地上，他一拍大腿说道："嗨！你见了谁，我怎么能知道？"

杨大海看着杨大江猴急的模样，心里有了主意，他要采取欲擒故纵的方式，先不急着说出让他摆平陈小文的事儿。于是，他抬起头，挺直了腰板说道："大江，昨天上午，我见到新上任的双阳市长了。"

杨大江早就听说双阳市空缺的市长要"空降"，听哥哥这么一说，马上好奇地问："新市长上任了？他是哪儿来的？叫什么名字？"

杨大海不紧不慢地说道："新来的市长叫程妍秋，是我原来的顶头上司。"

杨大江十分熟悉程妍秋这个名字，知道她原来是双阳大学的校长，还知道她是提拔大哥的恩人，马上追问："哦，是不是你们原来双阳大学的那个程校长？"

杨大海脸上露着喜悦，点头说道："没错，就是她！"

杨大江立即兴奋起来，他解开衣领的纽扣，凑到杨大海身边，使劲咽了一口唾沫问道："大哥，你们私下见面了没有？"

"见了，她把我约到了……"杨大海正要说出"她把我约到了她家里"，又把话咽了回去。

杨大江见哥哥没有把话说完，继续追问："哥，她把你约到哪儿了？"

杨大海一把推开杨大江，板着脸说道："不说，无可奉告！"

杨大江出于刑警职业的习惯，凡是都要刨根问底，杨大海越是不说，他越是要问个明白："大哥，你们见面都说啥了？有没有……"

杨大海见杨大江急得都快脱了相，笑着拍了拍他的肩膀，说道："她对我有了承诺。"

杨大江从杨大海的表情中看出了端倪，他挤眉逗眼地问："大哥，她承诺你什么了？是不是让你当校长？你要是当上'一把手'，学校的基建活儿我全承包了，你就坐在家里等着分钱吧！"

杨大海瞥了一眼心花怒放的杨大江，突然认真地说道："她没有让我当校长的打算，她打算把我安排到你们公安局。"

杨大江惊得瞪大了眼睛，他问："什么，什么？你说什么？她，程市长让你去公安局？"

杨大海站起来，倒背起了手，摆出公安局长的派头说道："是啊！她让我去当双阳市的公安局长。"

杨大江抬头看了一眼派头十足的大哥，惊呼道："哥呀！你说的是真的吗？"

杨大海用手指点着杨大江的鼻子说道："当然是真的了，不过，你切不可外传，组织还需要走程序呢。"

杨大江"呼"地一下站起身来，他一把抱住杨大海，冲着他的耳朵说道："我的好大哥，这我还能不懂吗！大哥，晚上我请你吃大餐，先庆祝庆祝吧！"

杨大海压抑着内心的喜悦，也冲着弟弟的耳边说道，"不用了。大江，你今后你一定要记住，做人、做事不能张扬，得学会低调。"

杨大江撒开了拥抱杨大海的双手，紧接着又攥着拳头，振臂高呼道："我的天呀！我大哥要当公安局的老大了！我也要出人头地了！"

杨大江挥了一会儿拳头，马上又把嘴凑到杨大海耳边，压低声音说道："大哥，你要是当了公安局长，一定得给弟弟办件事，花多少钱都行。"

杨大海把脸一扭，说道："那得看看是啥事儿了，违反原则的事情，大哥可不能做。"

杨大江见杨大海跟自己装起了假正经，赶忙揭着他的老底，还故意学着京腔京调说道："大哥，您可别和我打官腔，成不成？您以前找我办的那些个事儿，哪个不是违反原则的？就是违法犯罪的事儿，大江不也都替你'摆平'了吗？"

杨大海一听，立马撂着脸子问："你什么时候给我办过违法犯罪的事儿了？"

杨大江摊着手，一本正经地说道："大哥呀！你以为你们学校出点钱，

第六章 兄弟交易 051

那些动迁户就能痛痛快快地搬走吗？如果不是有我撑腰壮胆儿，你以为那帮黑道上的人敢打打杀杀呀？他们打伤、打残废了多少人，你知道吗？不瞒你说，被他们打伤、打残的人当中，现在还有人躺在医院呢！"

杨大海见杨大江在与自己翻旧账，脸色有些难看。他仔细琢磨了一下弟弟的话，也觉得有一定的道理，便转过身，问道："说吧，你让我给你办什么事儿？"

杨大江见大哥缓和了语气，直截了当地说道："大哥，你让我去交警支队当个支队长吧！'一把手'不行，当个政委也行啊！刑警这行当，整天和黑道搅在一起，不是啥好差事。"

杨大海不解地问："交警整天站在马路上风吹雨淋的，有什么好处？"

杨大江见哥哥没有拒绝，便一语道破了天机："大哥，交警队伍大、干部多、岗位多，随便调整个岗位就能挣到钱，就别说提拔谁当官啦。再说了，对外还有管车辆、管车牌的权力呢，给谁办事儿能白办呀？"

杨大海皱了皱眉头问："这些情况，你是怎么知道的？"

杨大江见自己说走了嘴，赶忙吐了吐舌头，说道："都是交警那帮哥们儿告诉我的，我也不知道是真是假！"

看着杨大江贪婪的笑脸，杨大海得意地笑了。他心想：兄弟，既然你喜欢钱，我就给你个挣钱的机会，但前提是你得为我"平事儿"……

第七章

心猿意马

一连几天，杨大海的心情都很烦躁，他时而浮想联翩，时而又坐卧不宁，原因就是程妍秋再也没有给他打来电话，组织部门也没有人来找他谈话，就连未卜先知的民间组织部，都没有关于他出任公安局长的任何传闻。

杨大海急得像热锅上的蚂蚁，几次想给程妍秋打电话询问一下，可每次拨号前，他都想起了程妍秋不让给她打电话的叮嘱，只好又放弃了念头。

此时，正是大专院校放寒假的时间，杨大海只好将自己关在家里，抽烟、喝闷酒、刷手机，打发着无聊时光，等待着好消息的到来，就连从未中断过的与情人幽会，他都取消了。

杨大海想起了他的女下属俞莜莜，他知道莜莜已经怀上了他的孩子，需要他陪着，可眼下，也只好忍痛割爱。

"丁零零"，杨大海的手机响起了清脆的铃声，他无奈地接听了电话。

"大海，怎么好几天都看不到你的踪影，你上哪儿去了？你儿子都想你了！"莜莜在电话里撒着娇。

杨大海知道莜莜是那种只要稍微给点阳光就会灿烂的女人，他怕莜莜转瞬就会"飞"到他的身旁，便不冷不热地回答道："我身体出了点小毛病，在家歇着呢。"

"你生病了？吃药了吗？要不要我陪你去看医生？"莜莜关心地问着，杨大海心里一阵暖和。

俞莜莜不等杨大海回答，又急着说道："你等着，我马上就到你家看你去。"

杨大海知道俞莜莜认识他家，更知道她"出马一条枪"的直来直去性格，马上推托道:"不要,我马上得出去办点事儿,回头再给你打电话。"

俞莜莜是杨大海最近"收编"的一个情人,"收编"之前,她还是双阳大学学生科的一位普通工作人员,也住在家属大院。

那天,杨大海到学生科去检查指导工作,他发现俞莜莜性格十分开朗,人也非常热情,尤其是她那双水汪汪的大眼睛似乎在对他说着只有他们两人能听懂的话儿。

杨大海是个情场上的高手,别人看不懂的眼神,他能心领神会,于是,他很快便提拔了俞莜莜,让她当了掌管全校几千名大学生的学生科科长。

意外的喜讯让俞莜莜兴奋至极,她用特殊的方式回报了对她有着知遇之恩的杨副校长。没过多长时间,俞莜莜便投桃报李,成了杨大海的秘密情人,住进了杨大海的一处私宅里。

杨大海刚放下俞莜莜的电话,琳琳又把电话打了过来,杨大海只好又与她编着瞎话,婉言拒绝了她的盛情邀请。

杨大海是一个为人处世很另类的人。他性格孤僻,做事小心谨慎,既不像有些人那样锋芒外露、口若悬河;也不像有些人那样整天把自己拴在酒局上,结交社会上的三教九流。他喜欢钱,但他生财有道,从来就不收熟人送来的钱;他贪恋权势,但他也有底线,从来不行让人看着就恶心的谄媚之举。他喜欢女人,但他对情人却有着严格的"用人标准",只要符合他的需求,不惜金屋藏娇,也要把她养起来。

杨大海之所以要提拔俞莜莜,是因为他发现俞莜莜身上有一种潜在的"管理"能力,觉得她将来会是一个"理财"的好手。他养了琳琳,是因为琳琳青春靓丽,和她在一起会使自己永远春心荡漾。杨大海还迷恋琳琳的妈妈雪梅,在他眼里,雪梅既任劳任怨,又贤惠过人,她就像一个港湾,只要停靠在她那里,就会如释重负,有了船到码头、车到站的安全感。

杨大海谢绝了俞莜莜和琳琳的"好意"之后,突然想到了在国外读书的女儿,于是拿出一部专用手机与大洋彼岸的女儿通了半个多小时的电话,然后又拿出一张以琳琳妈妈名字开户的银行卡,给女儿转了一大笔生活费。

转完了钱,他又销毁了这张银行卡。

杨大海做事谨小慎微，他所有的"外快"收入都是现金，在雪梅家的地下室，还有一间专门用来装钱的仓房。

杨大海使用银行转账时也十分小心，他用不同情人的名字开了许多银行卡，只要卡里的钱被花掉，或者被转出，便即刻销毁这张银行卡。

杨大海为人也相当低调，他虽然有着好几处私宅，可自己表面上仍然住在学校教师大院的一处普通三居室里，根本就没有人知道他在外面还有着"彩旗飘飘"的故事。

杨大海觉得有些饿了，便拿出一瓶红酒和几个小菜，准备喝点闷酒。

杨大海很注重自己的形象，为了时刻保持清醒的头脑，他对外宣称自己酒精过敏，很少参加任何理由的酒局宴会，可一回到情人身边，便与情人喝花酒。他坚信，酒能刺激他的荷尔蒙，使他在床上变得更加神勇。

杨大海给自己倒满了一杯红酒，可眼前却没有"三宫六院"陪他喝花酒。他摇晃着大肚子玻璃酒杯，眯着眼睛欣赏着杯中晶莹剔透的酒液，忽然发现，酒杯里出现了杯弓蛇影，进而闪出了一个人的影子。

"真是一个过目不忘的美人啊！"杨大海嘴里念叨着，竟产生了一种特别想吃火锅的欲望。

"这个小妮子一打眼就讨人喜欢，她人长得漂亮不说，说话的声音也特别甜美，简直就像一只活蹦乱跳的百灵鸟。"杨大海一想到火锅店里的那个女服务生，便压抑不住内心的冲动。

"走，找她开心去。"杨大海打消了自己喝闷酒的念头，打了辆出租车，去了火锅店。

出租车上，杨大海翻动着手机，他找到了微信名为"貂蝉"的女服务生，给她发了一条微信："亲，给哥留一个小包房，哥一会儿就到。"

微信刚刚发出，杨大海就收到了"貂蝉"回复的一个"'OK'小手"。

杨大海下了出租车，一眼就看到了站在火锅店门口迎宾的"貂蝉"。

"貂蝉"还是穿着那件紫色棉旗袍、披着那件白色毛皮披肩，一见杨大海，便礼貌地与他打着招呼："先生，欢迎您的光临！"

杨大海微笑着，冲"貂蝉"点点头，险些过去拥抱她。

第七章 心猿意马

"貂蝉"笑盈盈地在前面引路，脚下的黑色高筒皮靴发出了"哒哒"的响声。

杨大海跟在"貂蝉"的身后，有意放慢了脚步，他在欣赏着她的细腰和翘臀。他觉得仅凭这苗条匀称的腰身，称"貂蝉"，一点儿都不夸张。

"貂蝉"将杨大海带入了小包房。

杨大海借着包房内柔和的灯光，上下打量着个子高挑的"貂蝉"，他发现"貂蝉"比他们初次见面时还要水灵：圆润的脸蛋儿里透着红晕，皮肤如同凝脂一样细腻；长长的睫毛、水汪汪的眸子，红红的嘴唇、洁白的皓齿。好像是从天上下凡的仙女。

包房里，"貂蝉"笑呵呵地问杨大海："先生，您要吃点什么？"

杨大海色眯眯地望着"貂蝉"，风趣地说道："给我来一只二斤重的鲍鱼吧。"

"貂蝉"瞪大了眼睛，惊恐问道："您，您要的是一只二斤重的鲍鱼吗？"

杨大海看着表情十分认真的"貂蝉"，心里一阵好笑，他坏笑着刚要解释，却发现"貂蝉"那张惊愕的脸，顷刻变成了一朵花儿。

"貂蝉"学着小品中"小沈阳"的样子说道："大哥，这个没有。"

杨大海见"貂蝉"已经反应过来自己是在对她说着小品中的台词，便眨了眨左眼，继续说着台词："这个可以有。"

"貂蝉"心领神会，她也学着杨大海的样子，眨了眨眼睛，回答道："这个真没有。"

"哈哈哈"，两人见他们不用彩排就能对上小品中的台词，心有灵犀地笑了起来。

杨大海笑了，连续几天的苦恼一扫而光，他觉得眼前这个如花似玉的女孩儿，不论是容貌还是智慧都堪称绝佳，便暗下决心要把她弄到手。

杨大海闭上一只眼睛，挑逗道："我刚才左眼一闭。"

"貂蝉"落落大方地回答道："我知道您要联系。"

"貂蝉"也换了一只眼，一睁一闭，反问道："我刚才右眼一闭。"

杨大海板着面孔，加重着尾音回答道："我表示同意。"

两人像谍战剧中接头人一样，对上了暗号，互相对视着，笑得前仰后合，紧接着又互相击起了掌，异口同声地说道："默契！"

"貂蝉"笑了一会儿，理了一下飘到眼前的刘海，将菜单递给了杨大海："先生，我早就知道你还会再来吃火锅。"

杨大海接过菜单，看都没看一眼，便又将菜单回递给了"貂蝉"，还趁机还碰了碰她细嫩的手背，说道："你想吃什么就点什么！今天大哥请客！"

"貂蝉"见杨大海有点不怀好意，便"唰"地一下抽回了手，脸上泛着红晕说道："我们店里有规定，不许服务生陪客人吃喝。"

杨大海见被"貂蝉"拒绝，立马又献起了殷勤："店里不让你陪客人吃喝，也没说不让客人请你吃喝呀！我一口一口地喂你吃，不就行了吗？"

"貂蝉"又被杨大海说红了脸，她觉得眼前这个人神经似乎有点不正常，便机警地岔开了吃喝的话题："先生，您太幽默了！不过，看您今天的气色可比上次见面好多了。"

杨大海见"貂蝉"在夸他的气色，立即摆出了一副公安局长的派头，威风凛凛地跷起了二郎腿，从中华烟盒里抽出一支烟，习惯地掰掉了过滤嘴，"啪"的一声点燃了香烟，吐出了一条长长的烟雾，大着嗓门说道："嗯，人逢喜事精神爽嘛！"

"貂蝉"见杨大海自我陶醉，又对他说起了感激的话："先生，上次您让我给您朋友提现金，事情还没办呢，就给我转了500元'手续费'，太让我过意不去了！"

杨大海嘴里吐着烟圈，全神贯注地盯着"貂蝉"旗袍里面的大长腿，心想：这条腿长得怎么这么直，还这么长！隔着长袜都能感到皮肤的弹性，她要是脱了长袜，那皮肤说不定得有多细嫩呢！杨大海贪婪地欣赏着"貂蝉"的美腿，压根儿就没有听到"貂蝉"在跟他说着什么。

"貂蝉"见杨大海走了神儿，又发现杨大海正专注着自己旗袍的下摆，整张脸都红到了脖子根儿。她赶忙整理了一下自己的旗袍，生气地说道："看什么呢？眼珠子别掉出来！"

杨大海正要抓住"貂蝉"整理旗袍下摆的瞬间机会，继续往她旗袍里面看，不想却被"貂蝉"发现了。他收回目光，不好意思地傻笑了一下，悻悻地目送"貂蝉"出去端菜。

过了一会儿，"貂蝉"端着菜盘又回到房间，她摆好了肉、菜，站立在杨大海面前问道："先生，您的菜都上齐了，您要喝点什么酒水？"

杨大海拿过了一个空碗，不停地往空碗里夹着涮肉，说道："我从来不喝酒，喝矿泉水就行。来来来，我给你涮点肉吃。"

"先生，我刚才告诉过您了，服务生不能陪客人吃东西。""貂蝉"客气地说着，心里问着自己，这个人的记性怎么这么差？她转身就要离开房间。

杨大海见"貂蝉"要离开，赶忙找理由挽留道："那你陪我坐一会儿，总该可以了吧？我可是专门过来看你的。"

"貂蝉"转回身，微笑着说："先生，陪坐也是要被罚款的，我站着陪您聊聊天还可以。"

杨大海软磨硬泡地留住了"貂蝉"，这回他不敢再看"貂蝉"的大长腿，又开始欣赏起她的漂亮眸子来。杨大海看着看着，发现眼前的"貂蝉"似乎有点面熟。

"貂蝉"见杨大海的目光又在走神儿，忽然想到了陈小文。

那天，她一见陈小文和杨大海的面，就对他们两人的身份产生了好奇：一个穿戴讲究、一脸正气的绅士，怎么会请一个衣衫褴褛、一脸苦相的叫花子吃饭？"貂蝉"揣测着他们之间的故事，疑虑地问道："哦，对了，先生，您是做什么的？您的朋友怎么没和您一块儿来？"

杨大海没有正面回答"貂蝉"的问话，他没有忘记自己来这里的目的，于是开始对她展开了攻势："美女，你叫什么名字？多大年龄？结婚了吗？"

"貂蝉"咯咯一笑，不假思索地回答道："我今年23岁，传媒大学刚毕业，还没有结婚呢！我的名字……我就叫貂蝉。"

"哦，大学生啊！我说你怎么这么有气质呢！你在这儿工作，一个月能挣多少钱？"杨大海问起了"貂蝉"的收入，他"拿下"女人的惯用伎俩就是用钱"砸"。

"貂蝉"落落大方地回答道:"3000元,额外还有点奖金。"

杨大海拿起筷子,连连摆手说道:"3000元太少了,太少了!不行我给你换一个挣钱多的工作吧!"

"貂蝉"不知道杨大海说的话是真是假,便彬彬有礼问起了他的职业:"先生,您是做什么工作的?"

杨大海放下筷子,拿出打火机和香烟,反问道:"你看呢?"

"貂蝉"知道男人都喜欢听奉承的话,于是顺情说着好话:"我看您像市长。"

"啪嚓",杨大海拿打火机的手一抖,打火机掉在了包房的地毯上,他瞪着眼睛问:"你,你说我像什么?"。

"我说您像市长啊!""貂蝉"捂着嘴,"咯咯"地笑,心里在嘲笑杨大海禁不起忽悠。

杨大海一开始还不知道"貂蝉"是在忽悠他,以为她听到了自己要高升的消息,并且认出了他这个即将上任的副市长兼公安局长,但只过了几秒钟,他便从"貂蝉"的表情中看出了她是在恭维自己。于是,杨大海板着脸,真就摆出了一副市长的派头说道:"小同志,你明天到市政府去找我,我安排你到办公厅去工作。"

"貂蝉"觉得杨大海的神态很认真,她笑着,给杨大海深鞠一躬,配合着他,说道:"谢谢市长大人!"

杨大海看着"貂蝉"可爱的表情,心里在想:这美女居然还颇有表演的天赋,我一定得想办法把她弄到我的床上去。

"貂蝉"不知道杨大海在想着什么,她继续即兴做着表演:"市长大人,您贵姓?"

"哦,我姓……我姓肇,肇事的肇。"杨大海说着,自己都笑出了声。

"貂蝉"信以为真,她忽闪着眸子问道:"市长,您原来是满族啊?"

杨大海假戏真做地问:"你怎么知道我是满族?"

"我知道,肇姓的人,原姓是爱新觉罗,八旗中的镶黄旗;清朝的皇族,现在的满族。对不对？""貂蝉"滔滔不绝地说着肇姓的历史。

听了"貂蝉"的话，杨大海觉得她更加有魅力，便开口表扬道："哦，算你猜对了，看来你对清朝的历史还挺精通啊！"

"貂蝉"见杨大海在夸奖着她，神采飞扬地对他说道："肇市长，民女对清史虽然谈不上精通，但对清朝宫廷戏却非常痴迷。我的梦想就是写一部描写当代都市美女生活的电影剧本《麻辣美女》，让我剧中的主人公穿越回到《还珠格格》的剧情中，让她去皇宫寻找失散300多年的姐姐小燕子，你说好不好？"

"好，本市长支持你完成这一凤愿！但我建议你不仅仅要写剧本，还要当女一号演员，最好还能当导演，自编、自导、自演，充分展示你的才华，你说对不对？"杨大海使劲地吹捧着"貂蝉"，他开始给她挖陷阱了。

"不行，不行。剧本能不能写出来还不一定呢，哪里还敢想导和演啊！""貂蝉"说着又红了脸，杨大海此时才发现"貂蝉"有一说话就好脸红的毛病。

"美女，不，'貂蝉'，你不要对自己不自信，要相信自己是最棒的。世上无难事，只怕有心人。记住，世上没有做不到的事情，只有不想做事情的人。这样吧，我先给你交一笔定金，买你《麻辣美女》的版权怎么样？我给你出这个数。"杨大海像父亲鼓励孩子一样，激励了"貂蝉"一番之后，对她伸直了一个手指头。

"貂蝉"的脸又红了，她看着杨大海伸出来的一个手指头，笑着问："100元吗？"

杨大海将伸着的手指弯曲了一下，又直挺挺地伸了出来，他摇晃着脑袋说道："不对。"

"貂蝉"咯咯笑着问："那是多少，1000元吗？"

杨大海继续晃着脑袋说道："不对。"

"貂蝉"渐渐止住了笑，轻声问道："1万元，这回对了吧？"

杨大海看都没看"貂蝉"一眼，脑袋摇得像个拨浪鼓似的说道："还不对。"

"貂蝉"吐着舌头问道："10万元，这回总该对了吧？"

杨大海还在摇头,把一直向上的手指头,轻轻点在了"貂蝉"的鼻子上,说道:"不对,我这是一直,我要一直给你,给到你实现了你的全部梦想为止。"

"貂蝉"脸上露出惊愕的表情,她瞪大眼睛、吃惊地问:"您,您真的是市长?您不是在跟我开玩笑吧?"

杨大海收起手指,平静地说道:"我是不是市长并不重要,但我不是和你开玩笑。"

正在这时,杨大海的手机突然传出清脆的铃声,他拿起电话一看来电显示,只见屏幕上跳出了"程妍秋"三个字。他屏住呼吸,立即接听了电话……

第八章

一起小案

"貂蝉"下班回家的路上,脑海里不断出现着"肇市长"的形象,她觉得"肇市长"冲她伸出的那根手指头,就像一根燃烧着的蜡烛,指引着她回家的路。

回到家,她给哥哥袁小雨发了微信:"哥,在不?"

袁小雨回复:"在,有事儿吗?"

"貂蝉"问:"哥,干吗呢?"

袁小雨回复:"在刑警大队值班呢!"

"貂蝉"开始兴奋地在手机微信上码着字:"哥,告诉你一个好消息,今天有个来火锅店里吃饭的大哥,要买我《麻辣美女》剧本的版权;他还要培养我当导演,当女一号演员呢!"

袁小雨问:"你的剧本写出来了吗?"

"貂蝉"飞快回复:"没,我还在火锅店体验生活,寻找创作灵感呢。"

"小竹,你太天真了,剧本八字还没有一撇就想卖钱,你以为你是著名剧作家吗?这件事情不靠谱啦,小心陷阱!"袁小雨写完"小心陷阱"几个字后,又在对话框里加了三个感叹号。

"貂蝉"赶紧回复:"哥,我说的是真事儿,那个大哥说话挺认真,不像开玩笑。"

袁小雨对妹妹袁小竹发出了警告:"小竹,小心上当受骗,不要听信陌生人的花言巧语,别忘了,轻信是魔鬼!"

袁小竹显然有些生气,她在微信上发出了一长串愤怒的表情,接着又码了一行字:"哥,你不要把任何人都看成坏人,职业病!神经病!"

袁小雨见妹妹有些生气，仍在告诫："小竹，社会复杂、鱼龙混杂，你大学刚毕业没有社会经验，千万不要轻易相信人。"

袁小竹岔开了话题，问起了题外话："周日回家吗？"

袁小雨回复："如果没有案子就回去看妈。妈这几天身体怎么样？"

袁小竹回复："还行，只觉得她最近好像心事很重。"

袁小雨见自己的话题有些跑偏，赶忙又问："你刚才说的那个大哥是做什么的？他多大岁数？"

袁小竹描述道："那个人面相挺和善，说话也特幽默；年龄看上去有40多岁，不过我感觉他实际年龄得有50多岁。"

袁小雨一听妹妹说的那个大哥是一个四五十岁的人，立即提醒道："他是在勾引你，别再与他有往来。"

"哥，我看你就是职业病。跟你说实话吧，那个人是市长！这回你总该相信了吧？"袁小竹发完了文字，又发了一串生气的表情。

袁小雨显然不相信袁小竹的话，他又问："那就更不可信了，一个去吃火锅的市长，要花钱买女服务生的剧本，你不觉得这件事很荒唐吗？"

袁小雨见妹妹迟迟不回复，又追问："对了，他姓什么，叫什么？"

袁小竹见哥哥在追问，不耐烦地回复："他没告诉我。"

袁小雨正与袁小竹发着微信，见有电话打进来，便要中止和妹妹的聊天："妹，不要忘了哥哥的提醒，注意自身安全！我有电话进来，不和你聊了。"

袁小雨退出了微信，他看了一眼手机的来电显示，知道来电人是自己警院的学弟，中山路派出所民警毛雨辰，立即接通了电话。

毛雨辰在电话里请求道："袁哥，我今天抓了一个小偷，我感觉她身上有案子，可我审了一下午，也没能拿下她的口供。你能过来帮我审一审吗？我借机会也跟你们'金童玉女'学学审讯的技巧。"

袁小雨一屁股坐在了办公桌前的转椅上，晃动着转椅对毛雨辰说道："审一个小偷还用我们吗？你自己动动脑筋，拿口供得耐心，手里得有制服他的炮弹，明白吗？"

毛雨辰解释道："袁哥，我明白你的意思，但这个小偷很特别，她是个女贼，要不我怎么会向你们二位求助呢？"

袁小雨身子往后一仰，问道："哦，是个女贼呀！那你告诉我，她偷了什么东西？"

毛雨辰慢条斯理地回答道："中午，我在面馆吃面时，见她顺手牵羊在偷邻桌一个老大妈的手机，就当场把她抓获了。带回派出所审查后，我发现她的身份证是个假的，可任凭我怎么追问，她都是徐庶进曹营，一言不发。我实在没有办法了，才想到了倪雪，便向你们'金童玉女'探案组求助了。"

袁小雨回味了一下毛雨辰的话，点头说道："好吧，我和值班大队长请示一下就过去。"

袁小雨摆正了一下腋下斜挎着的"92式"手枪的位置，从转椅上取下牛仔上衣，转身去请示副大队长杨大江。

袁小雨出了杨大江副大队长的办公室，一边下楼，一边给搭档倪雪打电话："倪雪，你在哪儿呢？"

电话听筒里传来倪雪爽朗的笑声："我在烧烤店'撸串'呢！你要过来一起吃吗？我身边可有好几个美女呦！"

袁小雨见倪雪在聚餐，便对着电话听筒说道："倪雪，中山路派出所毛雨辰抓了一个偷手机的女贼，你要不要和跟我一起去审讯？"

倪雪不太情愿地婉拒说道："小雨，我好不容易才和闺蜜聚个会，你就别扫我的兴了。"

袁小雨见倪雪不肯来，又说："倪雪，我觉得偷手机这件事儿有点荒唐。现在都什么年代了，怎么还有人偷手机？而且还是个女贼。"

倪雪一听是个女贼，略微沉思了一下，问道："小雨，你怀疑什么？"

"我说不清楚，过去审审再说吧。"袁小雨说着，发动了警车。

过了大约20分钟，袁小雨开着警车来到中山路派出所，毛雨辰立即迎上前去，拉开车门，哈着腰说道："袁哥好！热烈欢迎袁大侦探！"

"虚伪！"袁小雨说着，"啪"的一声，关上了车门。

毛雨辰见警车上只有袁小雨，赶忙问："怎么就你一个人过来？倪雪姐呢？"

"她和闺密聚会呢，过不来了。"袁小雨说着，将毛雨辰拉到了一边，小声问道："你说说，最近，丢手机的报案多不多？"

毛雨辰想了想，回答道："没有，一起也没有。现在旧手机也不值钱，即使丢了也就买个新的，哪还会有人因为丢个手机就来报案呢。"

袁小雨自言自语分析道："这就奇怪了，一个女的，干吗去偷个不值钱的东西？"

毛雨辰见袁小雨产生了疑虑，急忙补充道："袁哥，还有更奇怪的事情呢！她的身份证也是假的。"

袁小雨紧皱了一下眉头，没有再说话。

毛雨辰接着说道："我觉得她是一条'大鱼'，所以才请你们'金童玉女'过来帮忙！"

两人正说着话，就听见身后传来一声清脆的汽车喇叭声。袁小雨回头一看，只见一辆小轿车一个急转弯，开进了中山路派出所院内。

"雨辰，倪雪来了！"袁小雨说着，示意毛雨辰去给倪雪开车门。

倪雪下了车，快人快语地说道："小雨，你到得好快呀！"

袁小雨问："你不是说你不来吗？"

倪雪眨着眼睛，与袁小雨开着玩笑："我说我不来了吗？我要是不来，你一个人怎么审女贼啊？"

毛雨辰上前一步，使劲儿握住了倪雪的手，像革命战友胜利会师似的上下晃动，调皮地说道："谁不知道你们'金童玉女'形影不离？就用不着和我打哑谜了吧！"

倪雪见毛雨辰紧攥着她的手，好半天都不撒开，便抬起了被毛雨辰紧攥着的手，故意让袁小雨看。

毛雨辰不好意思地撇了撇嘴，赶忙松开了倪雪白皙的嫩手。

倪雪和袁小雨是警院刑事侦查系的同班同学。三年前，两人同时被分配到了城南分局刑警大队，龙岩大队长一见他们的面，就喜欢上了这对儿俊男靓女，还随口送给他们了一个"金童玉女"的雅号。

第八章 一起小案

那天，龙岩大队长在会议室正在部署工作，会议室门口突然传来了一男一女的报告声。

"报告！警院毕业生袁小雨报到。"

"报告！警院毕业生倪雪报到。"

龙岩听见了门口的报告声，他扭过头去，只见袁小雨古铜色的皮肤，重眉毛、大眼睛，又瘦又高，面容十分冷峻，骨子里有着一种威严的正气，一看就是当刑警的材料。

龙岩又瞧了瞧倪雪，见她的个头虽然比袁小雨要矮一些，身高也能有一米七零。她身材匀称、皮肤白净；眉宇清秀、短发齐耳，一笑露出两个甜甜的酒窝，如果不当警察肯定是个影星。

龙岩仔细打量了袁小雨和倪雪差不多有20秒，才转头向大家介绍道："同志们，我们刑警大队又增加了新鲜的血液，他们就是这对儿'金童玉女'。我现在宣布，从今天开始，他们两个就给我做徒弟啦！"

说着，龙岩又站起身来，站到了袁小雨和倪雪两人的中间，示意刑警们给他们拍照。

就这样，袁小雨和倪雪留下了参加公安工作的第一张照片，从那天以后，"金童玉女"便被叫开了。

袁小雨和倪雪并肩走进派出所的审讯室，坐在了女贼对面的审讯桌前。

袁小雨平常少言寡语，他习惯性地用手拄着下巴，静静打量着眼前的这个女贼：女贼的年龄有30多岁，眼睛又圆又大，皮肤黑里透红。乍一看，像个农村丫头，仔细瞧上去，又觉得眉眼有些清秀，穿着也挺时髦。

女贼坐在审讯桌子对面的铁凳子上，她眼珠子滴溜转着，琢磨着袁小雨和倪雪的身份。她见两人的目光紧盯着自己，下意识地用戴着手铐的双手，擦了擦鼻尖沁出来的汗珠问道："你，你们俩是一家人吗？"

毛雨辰厉声呵斥道："你给我老实点，他们是我们城南分局刑警大队著名的'金童玉女'探案组。发生在我们双阳市的那几起大要案，都是他们这对神探组合侦破的，实话告诉你，嘴巴再硬的案犯到了他们手里都得'竹筒倒豆子'，你就趁早跟他们讲实话吧。"

女贼翻着眼皮瞅着毛雨辰问道："'神探组合'？没听说过；'金童玉女'组合，倒是见过。"

毛雨辰被女贼气得使劲儿拍着审讯桌子大声说道："你少耍贫嘴，先说说你的真实姓名。我把双阳市叫'梁艳'的照片都调出来了，哪张照片都不是你，你还有啥话要讲？"

"我就叫'梁艳'啊，身份证都给你看过了，这还会有错吗？"女贼挑着眉毛说着，眼睛的余光一刻不停地在观察着倪雪和袁小雨的一举一动，左右手指在手铐里不停地做着多余的动作。

袁小雨观察了一会儿"梁艳"，对倪雪使了一个眼色，倪雪微微点了点头。倪雪是个十分聪明的女孩儿，虽然袁小雨不太爱说话，但她总能揣摩出他的心思；倪雪头脑灵光，反应也快、说出话来又十分幽默，正好弥补了袁小雨的沉默寡言。所以，她一看袁小雨的眼神，就明白了他的意思，于是，两人默契地开始"演戏"。

只见袁小雨站起身来，将毛雨辰叫到面前，说道："一个小毛贼，行政拘留她15天算了。"说着，转身离开了座位。

毛雨辰见袁小雨要走，不情愿地拦住他，说道："袁探长，不能就这么轻易便宜了她呀！"

倪雪目不转睛地盯着"梁艳"，观察着她对袁小雨说的话有什么反应，从中寻找着突破口。

"梁艳"见袁小雨要拘留她，摇晃着手铐，央求道："大哥，你先别走，'押'我7天行不？我下星期还有个事儿要办呢！我保证再也不拿别人的东西了。"

袁小雨把脸一沉，怒斥道："你以为这是在菜市场买白菜呢？还跟我们讨价还价？"

倪雪一听"梁艳"脱口而出的"押"字，心里顿时有了底数，如果她是第一次作案或者是第一次与公安人员打交道，绝对不会把拘留说成"押"这个公安习惯用语的。于是，倪雪心里有了主意。

倪雪走到"梁艳"的身旁，点着"梁艳"的鼻子说道："行，我同意，就'押'你7天！"

"梁艳"见对面的警官挺好说话，自己只被拘留了7天，总算放下了在心里活蹦乱跳的小兔子。

袁小雨和倪雪一先一后出了审讯室，袁小雨搂着毛雨辰的脖子，小声说道："她目前的行为只触犯了《治安处罚条例》，只能对她行政拘留的。你在她被拘留的这7天里，拿着她的照片去周边餐馆去调录像，看看有多少顾客丢过手机；然后，你再去二手手机市场，看看有没有人收过她的手机。我们回去查她的身份，7天以后，等我们做足了功课，再用证据来拿她的口供。"

第七天的早晨，太阳刚刚露出笑脸，袁小雨和倪雪便开着警车来到了双阳市公安局行政拘留所的大门前。

"咣当"，拘留所大铁门中间的小门被从里面打开了半扇门，一位穿着警服的看守警察将"梁艳"带出了拘留所。

"梁艳"回头看了一眼"双阳市公安局行政拘留所"的牌子，又理了理垂在眼前的刘海，转身就要离开拘留所。

"'梁艳'，我们又见面了，还认识我吗？"倪雪说着迎上前去，"咔嚓"一声给"梁艳"戴上了手铐。

"梁艳"甩着膀子，对倪雪大喊大叫："你，你为什么铐我？我拘留期满了，我被释放了啊！"

"我知道你被释放了，才在这里等你。"倪雪说着，连推带搡地将"梁艳"拽到了袁小雨开的警车门前。

警车门一开，"梁艳"一眼看见了坐在驾驶员位置上的袁小雨，她摇晃着戴着手铐的双手，问道："我已经被你们拘留了7天，为什么还要抓我？"

袁小雨将头往警车的座椅上一仰，从后视镜里看着"梁艳"，说道："我们得给你来一个'回勺'，这回可不是押你7天的事情啦。"

"梁艳"一听，脚下一软，险些瘫倒在警车门前，倪雪一把抓住"梁艳"，像拎小鸡一样将她拎进了警车。

刑警大队的审讯室内，"梁艳"被铐在了一把专门审讯犯罪嫌疑人的铁凳子上。她心里七上八下打着鼓，不知道"金童玉女"是查到了她的真实身份，还是她花假币的事情露了馅儿。

"金童玉女"把"梁艳""晾"在了审讯室，直到她的精神接近了崩溃的边缘，才开始对她审讯。

倪雪看了一眼六神无主的"梁艳"，劈头说道："'梁艳'，从我第一次见到你时，你的神态和语气就告诉我，你不是偷手机的小偷，更不叫什么'梁艳'。"

正在坐立不安的"梁艳"一听倪雪说她不是偷手机，吓得浑身不住地颤抖着。

倪雪见"梁艳"慌了手脚，不紧不慢地问道："你在拘留所里待了7天，我们在外面工作了7天。现在你的情况我们都查清楚了，就看你自己的认罪态度了。"

倪雪的话像一记重锤，击垮了"梁艳"的心理防线，她瘫坐在椅子里，紧张得差一点儿背过了气，刚编好的谎言一下子没了头绪。过了好半天，才嘟囔道："我，我确实是偷手机的啊。"

"这是监控录像拍摄到你作案时的画面，你看看还有什么要说的吧！"倪雪说着，将一摞照片递给了"梁艳"。

"梁艳"低下头，哆嗦着手，翻了翻她面前的照片，脸色变得惨白。她再也不敢吱声，静等着"金童玉女"对她的发问。

沉默了一会儿，袁小雨突然大声问道："'梁艳'，你为什么偷手机？"

"我为什么偷手机？""梁艳"琢磨着袁小雨的问话，心里一阵暗喜：原来他们没有发现我去花假币啊！"梁艳"心里悬着的那块大石头"咣当"一声落了地。

"梁艳"又重新构筑了心理防线，开始顺着袁小雨的思路，继续编着瞎话儿："为了卖钱啊。"

"梁艳"的话音刚一落地，倪雪马上追问："卖哪儿了？卖给谁了？"

"梁艳"赶忙扯着谎道："卖给二手手机市场了。"

倪雪走到"梁艳"的面前，盯着她的眼睛问："二手手机市场哪一家门店？"

第八章 一起小案 069

"梁艳"抬起头，故作镇定地回答道："二楼，具体哪一家，我记不清楚了。"

倪雪一把拽住"梁艳"的衣袖说道："走，带我们去指认。"

"梁艳"甩了一下袖子问："美女警官，我可以带你们去，可是我确实记不住是哪一家了，我总不能冤枉人家吧？"

袁小雨用手指轻轻叩着桌子，冷笑着说道："你不要以为我们识破不了你的那点小把戏，你以为我们会抓住你偷手机的事情不放吗？"

"梁艳"正在想方设法与倪雪周旋，突然又被袁小雨的问话吓得一"激灵"，她掂量着袁小雨话语中的含义，心里一下子没了底。她心想：现在，"大下巴"是死是活还不知道，如果他们没完没了追查下去，再发现了假币，那"大下巴"可真就必死无疑了；如果"金童玉女"再查出我的真名叫丁艳，然后顺藤摸瓜下去，那事情可真要闹大了。

倪雪见"梁艳"眼珠子落在了袁小雨的身上，知道她又在盘算着怎样回答袁小雨的问话，便又拽了一下"梁艳"的衣袖，大声问道："我问你话呢，你看他干什么？"

"梁艳"急忙又把目光转向了倪雪，心想：她刚才问我什么来着？

袁小雨见"梁艳"眨着眼睛看着倪雪，"啪"的一拍桌子，厉声叫道："'梁艳'！看着我，回答我的问话！"

此时，"梁艳"已经被"金童玉女"弄得有些蒙头转向，她心想：如果自己跟着这两个人东一榔头、西一棒子的思路走下去，即使他们不掌握我花假币的事情，自己都会说走了嘴，到那时可就覆水难收了。为了给丈夫"大下巴"保命，不让那 100 万假币露馅，也为了避免警方查出她的真实身份，她只好想出了一个金蝉脱壳的脱身办法。于是，眨巴着眼睛与"金童玉女"谈起了条件。

"梁艳"一甩头发，问道："二位警官，我要是检举立功，你们能不能放我出去？"

袁小雨眉头微微一皱，他在琢磨着"梁艳"为什么突然要检举立功。

倪雪偷眼看了看袁小雨的表情，又瞅了瞅"梁艳"魂不守舍的模样，冷笑了一声说道："那要看你检举的是什么事儿了。"

"梁艳"看着袁小雨仍然疑惑的神情，又瞅着倪雪神情自若的表情，决心孤注一掷，扔出"三撇了"来确保她脱身，反正"三撇了"跟自己也没有什么特殊关系。

"梁艳"挺直了腰板，理了理落在前额的一缕乱发，对"金童玉女"提出了要求："你们要是答应能放了我，我就检举一起杀人案，一起雇凶杀人的惊天大案……"

第九章

突击审讯

入夜，双阳市突然下起了入冬以来的第一场雪，成片的雪花，在黑漆漆的天空中肆意飞舞，不大一会儿，双阳市便披上了一层银装。

城南分局刑警大队大队长龙岩站在办公室的窗前，凝视着窗外的银白世界，想着一桩令他百思不解的心事。

室外，天寒地冻；屋内，暖气扑面。龙岩办公室的玻璃窗上很快涂上了一层水蒸气。

龙岩用手指在布满水蒸气的窗玻璃上写下了一个"丁"字，嘴里振振有词地说起了一段童谣："一个老丁头，欠我两个球，他说三天还，四天还没还。"

他一边嘟囔，一边在丁字的竖钩两侧画了两个圆圈当作"球"；又在丁字一横的上面写了三条横线，还在丁字下面写了一个"四"字。这样，玻璃窗上就出现了一个睁着圆圆眼睛、长着四方大嘴，还有三道抬头纹的"老丁头"。

龙岩凝视着窗户上的"老丁头"，嘴里喃喃自语道："老丁头啊，老丁头！你的死因确实有些蹊跷啊！"

龙岩心里想的这起离奇的案件，是源于他在省城当医生的老伴儿不久前给他提供的一份 25 年前的抢救病例。那份病例上显示的死者就是这个老丁头，死因是窒息死亡。龙岩调取了这起案件当年的存档资料，只查到了案由是杀人，却没有找到这起案件的详细卷宗。龙岩开始疑惑了：既然是一桩杀人案，死者为什么会是窒息死亡？

为了解开心中的疑团，龙岩反复琢磨着办理这起疑难案件的人选，如果我让"金童玉女"去追查老丁头的死因，他们能完成这一艰巨、复杂的任务吗？

龙岩之所以想到袁小雨和倪雪，原因有二：一是因为他俩办案子有一种打破砂锅问到底的吃苦精神；查线索也有见微知著、发现蛛丝马迹的能力。二是因为他俩入警时间不长，头脑灵活、思维活跃，办案时不会墨守成规。袁小雨性格内敛、说话耿直；倪雪性格活泼、机警幽默。两人在性格上能够形成互补，相互配合也非常默契，绝对是侦查办案的一对好搭档。龙岩觉得二人身上已经具备了优秀侦查员的良好素质，只是还缺少办大案的经验。所以，龙岩便有意将一些疑难案件交给这对"金童玉女"来办，给他们受锻炼的机会。

7天前，当袁小雨和倪雪从中山路派出所出来，打电话向他汇报假"梁艳"的有关案情，和他们准备二次抓捕"梁艳"的大胆设想时，龙岩感觉到两人能够透过一起小案的表象，发现小案之中隐藏着的大案踪迹，实在难能可贵，便鼓励了他们的做法，又批准了他们杀"梁艳"一个回马枪的"突击审讯"计划。

虽然，龙岩还不能确定"金童玉女"突审"梁艳"是否会取得成果，但他坚信那句"事出反常必有妖"的至理名言。他确信眼前之所以出现了"妖"，就是因为"金童玉女"窥视到了"梁艳"身上的反常举动。为此，他特意回到刑警大队，耐心地等待着"金童玉女"对"梁艳"的审讯结果。

"报告！"办公室门外传来报告声，龙岩听出这是袁小雨的声音，他猜想一定是"金童玉女"突审"梁艳"有了进展。

"请进！"龙岩说了一声，用手掌在玻璃窗的雾气上胡乱一抹，擦掉了画在窗玻璃上面的"老丁头"。

"金童玉女"进了办公室，向龙岩大队长敬了礼，大声说道："报告龙队，我们有重要情况，需要向您汇报！"

龙岩微笑着，看了看手下的两名爱将，示意他们坐在自己对面的座椅上。他习惯地拿出案件记录本，一边准备做记录，一边说道："我就知道你们一定会拿下'梁艳'口供的，果然不出我所料吧？说吧，拿下了什么案子？"

"金童玉女"落座后，袁小雨开始向龙岩汇报："龙队，案子一起也没拿下来，但却获得了一个雇凶杀人案件的重要线索，由于案情重大，所以就急着向您汇报，以便按着您的指示继续开展深挖。"

袁小雨的汇报刚开了个头，就听身后"咣当"一声响，办公室的门被从外面重重地推开。

刚在记录本上写下"雇凶杀人案"几个字的龙岩，头也不抬地问："谁呀？不会敲门吗？"

龙岩的话音未落，副大队长杨大江一脚门里一脚门外地走进了办公室，随口说道："龙队，是我！"

龙岩抬起头，示意他坐在了办公室靠墙的长条沙发上，说道："哦，杨队啊，你来得正好，'金童玉女'获得了一个重要案件线索，你也一起来听听案情。"

杨大江一屁股坐在了长条沙发的中间，将双腿架在了茶几上，身子往后一仰，瞪着长条眼问道："哦，是什么重要线索？"

龙岩瞥了一眼盛气凌人的杨大江，嘴上没说话，心中却很不高兴，他心想：现在外界都在传说你大哥杨大海要来当双阳市的公安局长，可他人还没有到位，你就不可一世；如果他上位，你还不得上九天揽月啊？

杨大江见龙岩没有吭声，把脸扭向了坐在龙岩对面的袁小雨，没好气地问："小雨，我问你话呢，你没听见吗？"

袁小雨见杨大江在问自己，赶忙扭过头，对他说道："哦，杨队，是一起雇凶杀人案的线索。"

袁小雨"雇凶杀人"四个字刚一出口，杨大江的大长脸"唰"的一下拉得更长。他皱了皱眉头，眨着长条眼问："什么？你说什么？"

"杨队，我说的是一起雇凶杀人案。"袁小雨重复着，又说了一遍。

杨大江双腿像过了电似的，不自然地颤抖了两下，吃惊地问："什么？雇凶杀人？"

袁小雨没有注意到杨大江的反常表现，他语气坚定地回答道："对，是一起雇凶杀人案的线索。"

杨大江见袁小雨说话十分肯定，有些沉不住气，他急切地问："雇凶杀人案？谁雇的？杀了谁？"

袁小雨表情严肃地回答道："具体案情还不太清楚。"

杨大江一听案情还不太清楚，表情略微放松了一下，他长吁了一口气，脸上也出现了一丝平静。

几秒钟以后，杨大江稳定了情绪，突然"啪"的一拍茶几的玻璃台面，冲着袁小雨吼道："不太清楚？不太清楚，你就隔着锅台上炕吗？我是主管大案、要案的副大队长，你有案件线索不先向我汇报，直接汇报给了龙大队，你还懂不懂规矩？你眼睛里还有没有我这个主管领导？啊？"

龙岩见杨大江冲着"金童玉女"发起了火，知道他在借题发挥，敲打着自己。联想到杨大江屡次在他这个"一把手"面前耀武扬威，心里顿生一股无名火。

龙岩想与杨大江翻脸，甚至公开和他吵架，但话到嘴边又咽了回去。他想：自己是刑警大队的"一把手"，有责任维护领导班子成员之间的团结，便压了压心中的怒火，不冷不热地说道："杨队，你我都是大队的领导，跟谁汇报不都一样吗？他们也是为了破案，你何必挑这些用不着的理儿呢？"

杨大江见龙岩有些不高兴，鼻子"哼"了一声，掏出香烟，往嘴里一扔，然后用舌头摆正了过滤嘴在嘴里的位置，啪的一声，点燃香烟，吐出了一团烟雾。

龙岩见杨大江傲慢地抽着烟，转过脸来，对"金童玉女"说道："小雨、倪雪，你们接着汇报吧。"

杨大江一听龙岩还要继续听汇报，意识到龙岩还没有了解雇凶杀人案的案件经过。为了不让龙岩了解更多的案情，也为了阻止"金童玉女"继续对嫌疑人开展审讯，他赶紧又转移了话题："龙队，我不是挑理儿，我是在给年轻人立规矩。刑警办案要一级请示一级，你说对不对？"

杨大江见龙岩没有吱声，想借机把"金童玉女"领到他的办公室去问情况，便拽着袁小雨的胳膊，对倪雪说道："走，你们两个先到我办公室去，等我听完汇报后，再向龙队汇报。"

龙岩见杨大江当着他的面就要把"金童玉女"支走，"腾"地站起身来，阻拦道："杨队，请你也讲点规矩，我是刑警大队主持全面工作的'一把手'，我有权力听侦查员的案情汇报吧！"

杨大江毫不示弱，他正要与龙岩理论，却见倪雪笑呵呵地站起身来当起了"和事佬"。

倪雪做了一个让大家冷静的手势，说道："龙队、杨队，情况是这样的。根据假'梁艳'的供述，有个叫'三撇了'的吸毒人员，最近突然出手很阔绰，引起了'猴三儿'的怀疑，'猴三儿'就问他发了什么财？'三撇了'告诉'猴三儿'，有个老板出钱让他去杀一个人，他从中对缝了50万元现金以后，又将杀人这个'活儿'给转包出去。"

杨大江一听，心里就像十五个吊桶打水，七上八下了起来。他暗自问道：莫非"老黑"被抓了？不能啊！"老黑"早就远走高飞、隐姓埋名了；难道双阳市还有另外一起雇凶杀人案吗？

龙岩没有理会杨大江，他皱着眉头问："'梁艳'是怎么知道'三撇了'雇凶杀人这件事儿的？"

倪雪翻看着讯问笔录回答道："'梁艳'说，她是听'猴三儿'说的。"

杨大江不知道倪雪的笔录上都记录了什么，只想知道"三撇了"和"猴三"是不是与"老黑"有关系以及双阳市到底发生了一起还是两起雇凶杀人案。于是，阴沉着脸问："'猴三儿'和'三撇了'的大名叫什么？"

倪雪看了看讯问笔录，接着说道："'梁艳'不知道'猴三儿'和'三撇了'的大名，她只知道他们的绰号。"

龙岩追问："那么'梁艳'和'猴三儿'又是什么关系？她是在什么情况下得知这一情况的？"

倪雪合上了笔录说道："'梁艳'说，她以前和'猴三儿'在一起吸过毒，不过，她说，她早就戒毒了。"

杨大江听着龙岩和倪雪的对话，大脑飞快地思考着"三撇了"到底是什么人。他心里盘算着：我大哥要除掉陈小文这件事儿，是我拿钱让"老黑"

干的，这件事情安排得非常缜密，不可能有第二个人知道。如果"三撇了"与"老黑"没有任何关系，那双阳市就有可能还有另外一起雇凶杀人案；如果"三撇了"是"老黑"雇的杀手，那就一定是"老黑"把这个"活儿""转包"给了"三撇了"。

杨大江预感事情有些不妙，他心里骂着"老黑"，要使出浑身解数把这个案件线索压下去。

龙岩停下手中的记录，他咬着笔帽，陷入了沉思。过了一会儿，他问倪雪："'梁艳'吸过毒，然后又戒了毒，是这样吗？"

倪雪回答道："是的，她是这么供述的。"

龙岩给倪雪出了个主意："'梁艳'不是没有报真名吗？你把她的照片发到双阳市戒毒所去，请他们帮助辨认一下，她是否在戒毒所里戒过毒，看看能不能弄清楚她的真实身份。"

袁小雨在一旁插话道："龙队，这个叫'梁艳'的人，看起来不像本地人，说话口音也不太像是双阳人。她的吸毒史也是无意间流露出来的，还无法确定她在哪个戒毒所戒过毒。如果她是在外地戒毒，那工作量可就太大了。"

杨大江见龙岩已经开始部署工作了，赶忙说道："我同意小雨的判断，我们办案要重证据，不要轻信口供。所以，不能轻易采取措施。"

杨大江说着，又把脸扭向了倪雪，问道："倪雪，你们是在哪儿抓到这个'梁艳'的？"

倪雪回答道："杨队，'梁艳'是中山路派出所毛雨辰抓获的。"

杨大江一听毛雨辰的名字，气得就要跺脚。他心里骂道：好你个毛雨辰，平时不管大事小事，你没完没了地向我汇报，抓了这么一条"大鱼"却一声没有了，你他妈的还想不想干了？

杨大江压了压心中的怒火，又在鸡蛋里挑着骨头："你们接了派出所移交给刑警大队的犯罪嫌疑人，为什么不向我汇报？"

袁小雨稍微思考了一下，对杨大江说道："杨队，'梁艳'不是派出所移交的，中山路派出所按偷手机押了她7天拘留。我和倪雪怀疑她身上还有更大的案子，就在她行政拘留期满被释放时，将她抓回来，继续突审了。"

杨大江一听袁小雨说出突审二字，眼前顿时一亮，终于找到了"金童玉女"办案的瑕疵。于是，他使出了叫停审讯"梁艳"的第一个杀手锏："突审？我说袁小雨、倪雪，你们这不是用'疑罪从有'的思维在办案吗？'梁艳'偷手机已经被行政拘留了7天，你们什么证据都没有，就把人家又抓回来继续审讯，这是违法办案。难道你们不知道一个违法行为不能重复处理的道理吗？"

龙岩一听杨大江给"金童玉女"扣了违法办案的大帽子，心里非常不悦，他问："杨队，'梁艳'报假名，袁小雨他们带着传唤证去传唤她，是要弄清她的真实身份，并不是要重复处理她的违法行为。你违法办案这个定义不太准确吧？"

杨大江见龙岩在袒护"金童玉女"，便问："龙队，如果在24小时内，拿不下犯罪嫌疑人的口供怎么办？现在正是公安队伍执法规范化教育整顿时期，在这个节骨眼上出了负面报道，谁来负责？"

龙岩见杨大江强词夺理，反问道："杨队，那你的意见呢？"

杨大江看了看手表，对"金童玉女"说道："既然龙队让我拿意见，我的意见就是严格遵守国家法律和办案程序，趁留置'梁艳'的时间还不到24小时，赶快把她放了。"

倪雪一听杨大江要放人，提高了嗓门儿说道："队长，'梁艳'可是犯罪嫌疑人啊！"

杨大江瞪着"长条眼"，扭头问倪雪："我问你，她犯了什么罪？"

倪雪被杨大江问得哑口无言，委屈得差一点儿流出了眼泪："队长，'梁艳'偷手机的案子太蹊跷了，我和小雨想了好多天，才想出了这个给她'回勺'的办法。现在突审工作刚刚开始就急着放人，不前功尽弃了吗？"

袁小雨也在一旁恳求道："队长，这个案子疑点很多，她为什么要使用假身份证，还没有查清楚呢！"

龙岩咬着笔帽，认真听着"金童玉女"的分析判断。如果他不觉得这起案件疑点重重，也不会同意他们的"回勺"方案，可眼下，杨大江断章取义抛出了违法办案的严重话题，况且"金童玉女"也确实无法保证在24

小时之内，就能拿下"梁艳"的口供，这又该怎么办？龙岩陷入了沉思。

龙岩在思考着办法，他一会儿看看"金童玉女"，一会儿又瞅瞅杨大江，一时间也拿不定主意。

杨大江一边听着"金童玉女"的分析判断，一边想着如何阻止他们继续审讯的办法。他在想：如果这起案件不牵扯到雇凶杀人，我也不会阻止"金童玉女"把案子继续审下去。可若要让"金童玉女"把案子继续审下去，万一他们再深挖出雇凶杀人案的幕后元凶是"老黑"，"老黑"再接着"咬"出了我……到那时候，我大哥还没有上任，天都可能塌下来了。

袁小雨观察到了龙岩瞅杨大江的眼神儿，他转过身来说道："杨队，您是老刑警了，'梁艳'这么轻而易举就供出雇凶杀人的重大线索，说明她立功心切。她这个行为，很明显在避重就轻，隐藏大案。所以，您只要给我们一点时间，我们一定会拿下她的口供，弄清她身上的秘密。"

倪雪也把脸扭向了杨大江，激动地说："杨队长，'梁艳'检举的雇凶杀人案还有许多细节没有问清楚，也需要继续审讯，请您相信我们一定会撬开'梁艳'的嘴巴的！"

如果说袁小雨的话还或多或少打动了杨大江的话，倪雪的话则险些要了他的命。只见他"腾"地一下站起身来，用手指点着"金童玉女"的鼻子，使出了他的第二个杀手锏："你们说什么，你们保证要撬开她的嘴巴？难道你们要刑讯逼供吗？难道你们不知道'非法证据排除'的法律规定吗？"

袁小雨和倪雪被杨大江的无理取闹气得呼呼喘气，他们不约而同地站起身来，理论道："杨队，我们'金童玉女'办案都是遵法守法，从来没有搞过刑讯逼供，请你不要侮辱我们的智商，好不好？"

龙岩见"金童玉女""围攻"起了杨大江，心里也在盘算：杨大江今天是搭错了哪根神经？他为什么要千方百计地阻止"金童玉女"的突审计划，还拿出"违法办案"和"刑讯逼供"来危言耸听？杨大江啊，杨大江，你也不问问你自己，整个双阳市谁不知道你"杨大巴掌"的绰号？你难道不知道你这个绰号是怎么来的？难道你又忘了你这个刑警队副队长是怎么当的？如果你不是靠刑讯逼供犯罪嫌疑人起家，人们能把"杨大巴掌"的绰号送给你吗?

　　杨大江见"金童玉女"急了眼,龙岩又暗中庇护着他们,赶忙又使出了第三个杀手锏。只见他把手一背,冲着龙岩大声说道:"我实话告诉你们,双阳市公安局的新局长马上就要上任了,他需要稳定的政治局面和安定的社会治安环境。在这个关键时刻,你们搞什么无中生有的雇凶杀人案,既不合时宜,又不讲政治。"

　　龙岩见杨大江搬出了他哥杨大海,更加觉得意外。尽管他一时半会儿还揣摩不出杨大江阻止继续审讯的真实意图,但此时却想好了一个欲擒故纵的对策。

　　于是,龙岩斩钉截铁地下达了命令道:"立即放人!"

第十章

雇凶杀人

杨大江成功阻止了"金童玉女"的突击审讯行动,他从龙岩办公室出来,赶紧回家取出与"老黑"单线联络的手机,迫不及待地给"老黑"拨打了电话。

"您拨打的电话已关机……"杨大江见"老黑"关机,不情愿地将手机甩在了一边,等待着"老黑"开机后,能给他把电话回拨过来。

杨大江感觉有点累了,想靠在沙发上睡会儿觉,可他刚一闭上眼睛,眼前便出现了他与龙岩和"金童玉女"惊心动魄的舌战场面。他庆幸自己及早发现了他们的突击审讯行动,否则后果真是不堪设想。

说实在话,杨大江根本不相信在双阳市会发生两起雇凶杀人的案件。他心里十分清楚,"金童玉女"从"梁艳"嘴里审出来的雇凶杀人案,就是"老黑"所为,而且雇凶之人就是他自己。可他百思不得其解的是,这起只有雇主和凶手密谋的杀人案,"金童玉女"怎么会从一个报假名字的"梁艳"嘴里获知?

杨大江胡思乱想着"三撇了"和"猴三儿"都是何方的神仙,想了半天也想不出个子午卯酉来。他索性脱掉衣服,走进了淋浴间,要用热水把自己的思路冲刷得清晰一些。

"哗哗哗",花洒喷头的流水模糊了他的视线。在他的眼前,出现了他与大哥杨大海在"养心园"里,密谋除掉陈小文的情景。

当时,杨大江想了许多替大哥消除隐患的办法,但都觉得不能"去根儿"。后来,他反复权衡了利弊,才决定雇"老黑"去干掉陈小文。

那天晚上,杨大江在双阳宾馆开了一个房间,给他信得过的"老黑"打了电话以后,便倒在房间的大床上,思考着应该如何让"老黑"服服帖帖地去杀掉陈小文。

午夜时分，双阳宾馆铺着红色地毯的走廊里，出现了一个穿着黑色羽绒服的矮个子。

"矮个子"在杨大江开的房间门前止住脚步，摘下羽绒服帽子，看了一眼门牌号，按响了门铃。

"叮咚，叮咚"，房间响起了柔和的门铃声。杨大江看了一下手表，又把眼睛贴在门镜上向外观瞧，当他看清楚门外"老黑"后，拉开了房门。

"老黑"进了房间，笑嘻嘻地与杨大江打着招呼："杨大队长，'老黑'接了你的电话就赶紧过来了，让你久等了吧？"

杨大江没有理会"老黑"，他探出头，向走廊里张望了一番，轻轻关好了房门，回过头来，满脸堆笑地说道："'老黑'呀，咱哥儿俩可有好几年没见面了吧，你怎么越活越年轻啊！"

"老黑"一龇牙，露着满口的黄牙，"嘿嘿"笑着，对杨大江说道："杨大队长，您老人家就别拿我开心了，'老黑'也是四十好几的老爷们儿了，早就不年轻了。"

杨大江帮"老黑"脱掉了羽绒服，将他让到了沙发上，一屁股坐在了他的对面，习惯性地将双脚架在了茶几上，笑呵呵地说道："'老黑'，几年不见，你的气色越来越好了，看来你与小媳妇的日子过得蛮不错嘛！"

"老黑"傻笑着。他听到了杨大江的夸奖，往前欠了欠瘦小枯干的身子，说道："杨大队长净拿'老黑'开玩笑，有什么事儿，你就只管说！'老黑'愿为杨大队长效犬马之劳！"

听了"老黑"的表态，杨大海心里挺高兴，他眯着长条眼端详了"老黑"几秒钟，突然笑了起来。他换了个称呼问道："黑哥，咱哥儿俩认识几年了？"

"老黑"就喜欢别人称他"黑哥"，他见杨大江也管他叫"黑哥"，不好意思地掰着手指计算着："那可有年头了，10年？不对，怎么也有二十几年了吧？"

"老黑"数着手指头，心里却在揣摩着杨大江半夜三更把他约到宾馆来的意图。

杨大江掏出一支香烟，自己点燃后，又将香烟盒和打火机扔给了对面沙发里的"老黑"，吐着烟雾说道："嗯，差不多有 20 年了。黑哥，你还记得我们俩是怎么认识的吗？"

"老黑"也点燃了香烟，深吸一口，吐出了一个烟圈，他边回忆边说："杨队，'老黑'要是没记错，咱俩还是在山东认识的吧？那年，我被青州公安局给抓了，要不是你把我接回来，老黑还不得被关进山东的监狱里呀。"

有了"老黑"的提醒，杨大江也想起了两人的见面地点，他接过"老黑"的话茬回忆道："对对对，我也想起来了，咱俩是在山东认识的。当年我刚入警队不久，我们刑警大队接到了青州公安局核查你身份的协查通报，我们当时正好怀疑你负案外逃，领导就派我带人去山东把你押解回双阳。对了，你在山东报的是假名吧？"

"老黑"不好意思地红了脸，他"嘿嘿"笑着说道："都是过去的事儿，不提了。不过，在回双阳的火车上，我求你过年时，给我送点饺子吃。没承想，你还真在大年三十儿晚上把饺子送进了监舍。我当时非常感动，下决心要交你这个朋友，这一交，不就二十几年吗？"

杨大江点着头，谈笑风生地与"老黑"回忆起了往事："嗯，后来你被劳动教养了，刚被释放出来，就来刑警大队找我了。记得，那天咱哥儿俩好像喝了一场大酒，喝着，喝着，就'拜把子'成了好哥们儿，而且一直好到今天。你说对不对？"

杨大江滔滔不绝地讲着他与"老黑"之间发生的老故事，"老黑"心里在纳闷：他半夜三更把我约到宾馆，难道就是要和我叙旧的吗？

杨大江见"老黑"沉默不语，顺手拿起事先准备好的两条中华烟，"嗖"的一声扔进"老黑"的怀里，说道："拿去抽吧，抽完了还给你。"

"老黑"双手敏捷地接过"飞"到眼前的中华烟，更加莫名其妙起来。他心不在焉地听着杨大江讲的老故事，仿佛一会儿在云里，一会儿又在雾里。

好半天，"老黑"才冒出一句话："杨队，你请我到这儿来，该不是就为了送给我两条烟吧？"

杨大江在笑，他从衣兜里掏出一盒中华烟，从烟盒里抽出一支烟往嘴里一扔，上下嘴唇一张一合，叼住了抛进嘴里的烟卷，说道："黑哥的眼睛还跟当年一样，就是揉不进去沙子。我就喜欢你一眼就能看透人心的聪明劲儿。"

"老黑"见杨大江嘴里叼着的香烟还没有点燃，便"嚓"的一声，用打火机给他点燃了香烟，说道："杨大队长抽烟这派头，满双阳市也找不出来第二位呀！"

杨大江伸出被香烟熏得发黄的两个指头，夹着叼在嘴里的烟卷，一边吸，一边说道："黑哥，老弟就欣赏你这股子机灵劲儿！"

"老黑"心里就像揣了一只活蹦乱跳的小兔子，"怦怦"跳个不停。直到此时，他还没有琢磨出来杨大江葫芦里到底卖的是什么药。

杨大江使劲吸了一口香烟，歪着身子，用拉家常的口气问道："黑哥，你说句实话，哥们儿对你好不好？"

"老黑"小眼珠"滴溜"转着，嘴上像抹了蜂蜜一样"忽悠"道："没说的呀！我家现在住的房子还是你当年帮我解决的呢。老黑一辈子都感激你们哥儿俩的大恩大德，就连八辈儿祖宗都念着你们哥儿俩对老黑的恩情呢！"

杨大江又笑着说道："黑哥，既然你提到了我大哥，我就把一个好消息提前告诉你，我哥要……"

杨大江刚要说出"要当公安局长"了，马上想到了大哥不让他外传的叮嘱，便把到了嘴边的话改成了"我哥要请你吃饭呢"。

"老黑"一听杨大江的大哥杨大海要请他吃饭，立即兴奋起来。他连连作揖，好像杨大海就站在他眼前一般虔诚。

作完了揖，"老黑"又动情地说道："杨队，你们哥俩真是'老黑'的贵人，替我谢谢老大，一有好事儿总能想着我！"

"老黑"与杨大海的交往并不多，但他一直称杨大海为"老大"，原因就是他在杨大海手里挣到过很多钱。所以，当他一听说杨大海要请他吃饭，立马感觉到挣钱的机会又来了。

"老黑"问："杨队，我多问一句，双阳大学又买了哪儿块儿地？拆迁的活儿，老黑全包了！"

杨大江点着"老黑"的鼻子说道："黑哥，你是不是尝惯了暴力拆迁的甜头？一提到拆迁，你的眼睛笑得都快和眼皮长到一块儿了。"

"老黑"赔着笑脸说道："杨队，你是了解老黑的，这些年，我为老大赶走了多少动迁的'钉子户'？你也是知道的。我老黑对双阳大学的贡献是大大的，是不是？"

杨大江见"老黑"拍着胸脯在吹牛皮，不高兴地打断了他的话："拉倒吧，你不吹牛皮能死吗？要不是我在背后为你撑腰，你一个'钉子户'都赶不走，你说对不对？"

"老黑"见杨大江揭了他的老底，挠了挠纷乱的头发，嬉皮笑脸地说道："那是，那是，咱俩不是好哥们儿吗！你不罩着我，谁罩着我啊？"

杨大江见"老黑"不再吹牛皮，便不冷不热地说道："算你小子有良心，还知道我在背后罩着你。"

"老黑"眯缝着眼睛讨好道："杨队，老黑是个讲究人儿，知道吃水不忘挖井人的道理，所以，这些年不一直在鞍前马后地侍候你吗！没有你，老黑算个屁呀！"

"老黑"说着，走到了杨大江的身后，还轻轻地给他按摩起了肩膀。

杨大江抻着脖子，享受着"老黑"按摩的手法，他想马上说明意图，又觉得自己作的铺垫还不到火候儿。毕竟杀人不像强拆那么简单，要想让"老黑"心悦诚服地接干掉陈小文这个"活儿"，光套近乎、打感情牌还不够，得让他心服口服，浑身上下哪儿都服，不敢违命才行。杨大江想到了"你要让他去替你卖命，得把他的命攥在你手心里"的道理，便决定要给"老黑"身上绑上一颗"定时炸弹"，让他命悬一线，想活命就只得服从。

杨大江晃了晃脖子，盯着"老黑"的眼睛，问道："黑哥，我问你，你媳妇10年前是怎么死的？"

"老黑"听了杨大江没头没脑的问话，脑袋像突然挨了一闷棍，他抽回给杨大江按摩的双手，急忙问："杨队，你……你刚才说什么？"

杨大江见"老黑"双腿似乎在打颤，知道他这枚"定时炸弹"已经绑在了"老黑"的身上。于是大声重复了刚才说过的话："我问你，10年前，你媳妇是怎么死的？"

听清楚了杨大江的问话，"老黑"险些栽倒在地，他双手扶住了沙发的靠背，哆哆嗦嗦地回答道："小偷入室盗窃，我媳妇舍命不舍财，她就被小偷给杀了，这些事儿你都知道啊！"

杨大江把脸一沉，对"老黑"摆出了一副审讯犯罪嫌疑人的架势。

只见他啪地一拍茶几，厉声呵斥道："'老黑'，水贼过河，你就甭使狗刨了。当年，你为了向警察证明你没有作案时间，故意买了案发前去省城的火车票，以此来证明案发时你不在双阳，对不对？"

"老黑"双腿一软，差一点儿一屁股坐在地毯上，他战战兢兢地问："杨队，这可是人命关天的大事儿，你千万不要吓唬老黑呀！"

"老黑"说着，又看了看坏笑着的杨大江，问道："杨队，你怎么又提起了这陈芝麻烂谷子的破事儿？"

杨大江从"老黑"的表情和表现中，已经看出他这颗"定时炸弹"的威力。为了彻底征服"老黑"，他决定乘胜追击，直到把"老黑"制服为止，便说："'老黑'，我是在提醒你，你欠我一个人情。不，你是欠我一条人命。"

杨大江见"老黑"此时已经乱了方寸，一瞪长条眼，继续向他施压道："'老黑'，你还记得你当年曾经送给我5万块钱的事情吗？"

"老黑"刚从杨大江的"提醒"中缓过神儿来，又被他突如其来的"炮弹"轰得一哆嗦。

"老黑"不知道杨大江今天要把他怎么着，但他隐约感到，杨大江是在拿重型武器威胁自己，至于要达到什么目的，眼下还不太好判断。

"老黑"毕竟是在黑道白道上行走多年的"老皮子"，越是处于危险的境地，越是冷静。他给自己点燃了一支烟，回答道："那……那是我感谢你大哥白给了我一套三居室，跟别的事情没有半毛钱关系。"

杨大江知道在这个老奸巨猾的"老皮子"面前，不拿出致命的证据是不会镇住他的，于是，将身子向沙发后靠背一仰，发出了瘆人的笑声："'老黑'，你是不是忽视了一个细节？捆那5万块钱的纸绳，可是双阳市保险公司的专用纸绳啊！"

"老黑"听到了"保险公司"四个字，吓得心脏差一点儿跳出来，他哆嗦了一下，马上又故作镇定地说道："杨队，老黑听不明白你的意思。"

杨大江噗的一声，将一口烟雾直接吐到了老黑的脸上，他拍着茶几大声叫道："'老黑'，在你媳妇被杀之前，你给你媳妇办过一份高额的人身意外保险，对不对？在你媳妇被杀一周年的前夕，你到双阳市保险公司领取过一笔大宗保险理赔金，对不对？'老黑'，你媳妇被杀的命案，至今尚未破案，我现在高度怀疑你就是杀妻骗保的罪犯。要不要我把你带到刑警大队去问话？"

"老黑"不止一次见过杨大江拍桌子、瞪眼睛的举动，知道这是杨大江讹诈他人时惯用的伎俩。此时，他已经明显感觉出来杨大江今晚是醉翁之意不在酒，仗着胆子问道："杨队，您既然掌握了这么多情况，为什么不在10年前就抓我？"

杨大江见"老黑"的话里软中带着硬，知道此时收兵恰到好处，便开心地笑道："'老黑'，我不想让你进去呀！更不想看到你被枪毙呀！"

听了杨大江的表白，"老黑"如释重负地瘫软在沙发里，他心里骂道："杨大江，你这个王八蛋，都说我是流氓，我看你比我还他妈流氓！"

"老黑"不再吱声了，他"吧嗒、吧嗒"不停地抽着烟，好半天才问道："杨队，你打开天窗说亮话吧，今天找老黑来，到底要让我做什么？"

杨大江见两人已经心照不宣，觉得时机已经成熟，便言归正传，直奔了主题："黑哥，你误会了，我找你来，是要给你送钱啊！"

一听杨大江要给他钱，"老黑"顿时明白了他是在说反话，心想：你杨大江今天晚上施展软硬兼施的手段，绕来绕去地折腾我，无外乎就是想让我白干活儿，不给我付费罢了。于是，他马上表态："杨队，既然你刚才把话都挑明了，这次帮老大强拆的费用，就都由老黑自己出了。你们不用给我拿钱，就算老黑把欠你的人情还给了你就是了。"

杨大江走进房间的里间，将一只拉杆箱拽到了"老黑"的面前，说道：

"黑哥，说你误会，你还真误会了不是。我真是要给你送钱，不信你看，钱都给你带来了。这次，咱们上打租，先付钱后干活儿，你看怎么样？"

"老黑"看着杨大江手里的拉杆箱，彻底蒙了圈。

杨大江将拉杆箱往往前一推，伸出了两个指头说道："黑哥，这个数，你数一数，拿走吧！"

"老黑"被杨大江的举动惊呆了，他实在搞不明白，既然不是为了不给钱，干吗费那么大的周折，都要扯上人命官司了。于是，他眨巴眨巴眼睛，瞅着杨大江问："20万吗？"

杨大江没有说话，他瞧着"老黑"，又使劲摇晃了一下他伸出来的两个指头。

"老黑"又问："那就是2万喽？"

杨大江的两根手指还在摇晃，显然是"老黑"没有说对钱数。

"老黑"有些发毛，他颤抖着声音接着问："不是2万，又不是20万，难道是200万不成吗？"

杨大江哈哈大笑，一把拉开了拉杆箱的拉锁，说道："对喽，我的好黑哥，这里面装的是整整200万人民币呀。"

"哗啦"，200万现金堆在了茶几上。"老黑"望着堆积如山的票子，使劲地咽着唾沫，他贪婪地问："这些钱都是给我的？"

杨大江毫不犹豫地说："没错，都是给你的。不过……"

"老黑"心领神会，他按着以往拆迁的常规，抢答道："不过，我得在最短的时间内，用最快的速度把'钉子户'都撵走对不对？"

杨大江见"老黑"的思路一直停留在拆迁的事情上，马上板起脸，说道："黑哥，你还是误会了，这钱不是给你拆迁用的。"

"老黑"一听不是给拆迁用，立马慌了手脚，他瞪大眼睛，磕磕巴巴地问："不是给拆迁用的，那是干什么用的？"

杨大江一把搂住"老黑"的肩膀，紧贴着"老黑"的耳廓，低声说道："我要让你去给我杀个人……"

第十一章

双面脸皮

　　春节前夕，杨大海经过漫长的等待，终于盼来了当公安局长的好消息。

　　各大媒体同时公布了杨大海出任双阳市公安局长的简短新闻，他如愿以偿地当上了双阳市的"执金吾"。

　　这天早晨，杨大海坐着双阳大学的奥迪轿车，前来双阳市政府报到。

　　北方的天气，变化无常。出校门时还是晴天，可车子一上路，天空就开始变得灰暗下来，紧接着就飘起了雪花。

　　纷纷扬扬的雪花很快就变成了绒毛一般的雪片，遮天蔽日、漫天飞舞，不大一会儿，就给大地铺上了雪白的"地毯"。

　　"地毯"越来越厚，车子开在上面就像走旱船。杨大海好不容易才赶到了市政府，此时的天空仍然灰暗一片。

　　轿车进了市政府的大院，杨大海戴上了前一天刚配好的金丝边眼镜，他透过没有度数的眼镜片，一眼就看到了站在办公楼前台阶上的市长程妍秋。

　　程妍秋穿着一身职业装，披着一件黑色的羊绒大衣，头上、身上落满了雪片，远远望去，就像一只长了白毛斑秃的黑天鹅，骄傲地站在风雪中。在她的身后，一字型排列的是市政府的其他官员和身着警服的市公安局领导班子成员。

　　轿车在办公楼前停住，一名穿着黄色执勤服的女交警拉开了车门，向杨大海敬了一个标准的军礼。

　　杨大海用眼睛的余光扫了一眼端庄靓丽的女交警，竟感觉有些眼熟，好像是他父亲给他描绘的汉朝美女"阴丽华"。杨大海霎时明白了，从今天开始,他就是双阳市真正的"执金吾"了。

程妍秋见杨大海下了车,几步走到他的面前,热情地向他伸过了手,连声说道:"欢迎杨局长,欢迎杨局长。"

杨大海伸出了双手,他深情地望着比他矮了一头还多一点的程妍秋,见她白嫩的脸上挂满了灿烂的笑容,浑身上下都彰显着成熟女性的高雅气质,虽然已是50多岁的年龄,但身材依旧苗条。只是奇怪,程妍秋为什么向他伸过来的却是一只左手。

杨大海脸上露出了微笑,他跟在程妍秋的身后,在稀稀拉拉的掌声中走进了市政府的会议室。

程妍秋笑容满面地坐在了会议室长方形会议桌的中央,环视了一下会场,做了开场白。

"同志们,我给大家介绍一下,这位就是双阳市公安局的新任局长杨大海。"程妍秋挥着手臂,介绍着坐在她对面的杨大海。

杨大海站起身,向程妍秋和其他人员点了点头。

程妍秋将目光投向了杨大海,满面春风地说道:"大海局长,从今天开始,我就把这个有着百万人口的双阳市交给你了……"

程妍秋刚一开口,就意识到自己有些失言,赶忙纠正道:"我是把双阳市的社会治安交给你了。如何确保双阳市的社会稳定,给百万双阳人民创造安居乐业的良好环境,为双阳市的经济建设保驾护航,是摆在你面前的重要任务。大海,你身上的担子可不轻啊!"

程妍秋像背台词一样说着,还用挥手的动作,配合着她的讲话。杨大海这时才发现,程妍秋之所以习惯使用左手,是因为她的右手上生出了一块很明显的老年斑。

杨大海掏出笔记本,认真记录着程妍秋市长的重要指示。他有个习惯,凡是比他官大的领导讲话,他都要做记录,至于记录的都是些什么内容,有时候连他自己都认不出自己写的字。

"大海局长,今天你们公安局领导班子的成员都在,你也表个态吧!"程妍秋说着,对杨大海做出了"请"的手势。

杨大海合上笔记本，抬起头。与会人员的目光"唰"地一下集中到了他的脸上。

杨大海大高个儿、大脸盘，身材魁梧，体格健壮；他眉骨高、眼睛大，鼻直口方、表情严肃。

杨大海清着嗓子说道："感谢组织对我的信任，也感谢市政府领导对我的支持。为此，我向各位领导保证，一定要不忘初心、牢记使命；廉洁奉公、恪守职责；锐意进取、永挑重担。"

杨大海说话的声音瓮声瓮气，讲话时也不苟言笑，给人的第一印象就是人很正派，就好像电影里的正面人物一样，给大家留下了一个正人君子的形象。

杨大海做了简短发言以后，站起身来端端正正地向程妍秋敬了一个他在部队时练就的标准军礼。简短的欢迎会在热烈的掌声中结束。

杨大海坐着市公安局派来的越野吉普车，与其他领导一起来到了双阳市公安局，走马上任。

市公安局按照惯例，同样为杨大海举行了欢迎会。这次，杨大海神态自若地坐在了会议室长方形会议桌的中央。

常务副局长刘鸣放向与会的科所队长介绍了杨大海以后，便带头鼓起了掌。

杨大海没有起立，也没有向大家敬礼，他用手指推了推装饰在他大眼睛上的金丝边眼镜，掏出打火机和中华烟，在会议桌上找着烟缸。

会服人员见新上任的局长要抽烟，手忙脚乱找了好半天也没有找到烟缸，便尴尬地将目光投向了常务副局长刘鸣放。

刘鸣放随手将一个纸杯当作烟缸，摆到了杨大海面前。会服人员又往纸杯里加了点水，算是应对了这次"突发事件"。

杨大海掰掉了香烟的过滤嘴，啪的一声，点燃了香烟，傲慢地吐出了一团烟雾。他一会儿看看墙上挂着的"禁止吸烟"标牌，一会儿又瞧瞧面面相觑的各级领导干部，一种推倒旧规矩、建立新秩序，当家做主人的喜悦立即涌上心头。

杨大海内心明白，自己现在已经是双阳市公安局的新主人了。主人，说白了就是家长！当家长，就应该有家长的威严，得让孩子怕你，所以，他在构思就职演说时，准备跳出先肯定成绩，再提出要求的常规模式，要一开场就抡起大棒子，耍一耍官威。

杨大海内心比谁都清楚，公安机关是维护国家政权的专政机关，是准军事化的专业队伍，而他自己并不是公安专业出身，对法律和公安业务也不是很精通，要想管好双阳市这支最大的公务员队伍，不让程妍秋市长失望，就得先来个下马威，用"一把手"至高无上的权力让几千名公安民警对他俯首称臣。否则，他自己就不能成为双阳市名副其实的"执金吾"了。

刘鸣放观察着杨大海抽烟的动作，见他已经将掰下来的过滤嘴扔进了纸杯烟缸里，便清着嗓子说道："同志们，下面请杨局长做重要指示！"

杨大海板着面孔，开始讲话："同志们，在我上任之前，听到了许多有关公安队伍的负面传闻，说我们有些领导和基层民警滥用职权、以权谋私；玩忽职守、办案不公。我认为，这些现象就是存在公安队伍中的腐败问题。这些腐败问题有的违反了公安机关的纪律，有的触碰了法律的红线，严重影响了公安队伍整体形象，既到了不能容忍的程度，更到了非解决不可的时候。因此，我上任的第一件事儿就是在公安内部开展一场全方位的反腐斗争。反腐斗争要面向全局每一个人，要人人自检，人人过关；要用自己的刀来削自己的把儿。要用刮骨疗毒的方式切掉自身的毒瘤，把公安队伍打造成一支让党和人民放心，让广大人民群众拥护；令犯罪分子心惊胆战的铁军，使公安机关这把利剑更加锋利。"

杨大海的声调一声比一声高，会议室内鸦雀无声，都能听清楚有些人紧张的呼吸声。

散会以后，会议室外的走廊里传来人们的窃窃私语。

秘书科长说："杨局长的讲话也太硬气了，反腐要人人过关，能行吗？"

后勤科长说："你当个秘书科长怕个屁，你看那帮有权有势的科所队长们，一个个上班是人、下班是鬼的那副德行，不收拾收拾他们，也真不行了。"

又有人问:"杨局长是从哪儿调来的,怎么这么霸道?"

"消息灵通"人士马上回答:"他原来是双阳大学的副校长,上面有人,根儿硬着呢!"

杨大海在走廊里亲耳听到了人们的议论声。他坚信,只有把存在少数人身上的个别现象无限夸大,采取只要有一个人生病,就让全家人吃药的方式,才能达到人人自危的震慑效果;只有人人自危了,才能起到杀鸡儆猴的蝴蝶效应。

杨大海在会上向全局民警释放了要整顿队伍的信号,他下定了与公安队伍腐败现象做斗争的决心;也表达了他要勇闯地雷阵的信心。他要以一种超常规的方式稳住阵脚,让外行人也能管理好内行人。

杨大海戴着新装饰在脸上的金丝边眼镜,夹着黑色公文包,穿着政府官员标配的深色夹克,在局办公室王秘书的引导下上了二楼,在人们的窃窃私语中走向了局长室。

还没等他走进局长的办公室,就见几位身着警服的警官已经站在了他办公室的门前。

杨大海虽然还弄不清楚这几位警官的身份,但从他们与众不同的气质和警衔,足以看出他们都是一些气度不凡的高级警官。

警官们看见了杨大海,纷纷立正,"咔咔"地向他敬着礼。

"杨局长好!"喊声此起彼伏,响彻了整个走廊。

杨大海像检阅仪仗队的首长一样,在站立两侧的警官中间走进了办公室。

进屋后,他问跟在身后的王秘书:"走廊里的那些警官是干什么的?"

王秘书很有礼貌地回答道:"他们都是市局各部门的'一把手',特意赶过来向您汇报工作的。"

杨大海"嗯"了一声,向秘书要来了花名册,他手指着交警支队长的名字,对王秘书说道:"让他进来!"

交警支队长见王秘书叫他,在门外喊了一声:"到!"随后走进了局长室。

杨大海示意交警支队长坐在自己对面的座椅上问:"你们交警支队有

多少民警？"

交警支队长回答道："2000人左右。"

杨大海盯着他问："我在问你准确的人数。"

交警支队长眨了眨眼睛，说道："2150人。"

杨大海不知道这个数字是否准确，又问："有这么多人吗？"

交警支队长看了一眼面无表情的杨大海，随口说道："我们是全局最大的业务部门，各区、县大队的交通民警都归我们支队垂直领导。如果再加上警辅人员，整个队伍的人数还要再多上一倍。"

杨大海瞅了瞅交警支队长，问道："什么叫垂直领导？"

交警支队长见杨大海不懂得公安机关的隶属关系，傲慢地说道："垂直领导就是我们的各基层大队不归区、县管，由支队'一竿子插到底'。"

杨大海见交警支队长流露出了看不起他的表情，他看了看干部花名册上的名字说道："我记住你了！我回头调研一下，把你们直管的交警大队都划拨给各区、县管理，这样你们就用不着垂直了。"

交警支队长一下子愣住了，吃惊地问："这恐怕不行吧？"

杨大海斜视了一下交警支队长，十分霸气地说道："不行吗？我说行就能行！"

杨大海看了看瞪大了眼珠子的交警支队长，又瞅了瞅他虎背熊腰的背影，心想：你不是以庙大自居的"牛人和尚"吗？我先拆了你的庙，看你还是"牛人和尚"不？

杨大海又让王秘书把技侦支队长叫了进来，他问："你们支队都担负着什么工作职能啊？"

技侦支队长回答道："用秘密侦查手段为现实斗争服务，比如说侦查破案，都要靠我们给予的技术支持。"

杨大海想了想支队长说话的含义，嘴里重复道："用秘密手段为现实斗争服务。"

技侦支队长点着头，十分肯定地说道："是这样的！"

杨大海突然想出了一个坏主意，他推了推鼻梁上的金丝边眼镜说道："回头我给你一份名单，你要掌握他们的一切动态，然后随时向我汇报。"

技侦支队长明白了杨大海的用意，他惊愕地说道："杨局长，这样做不行，使用秘密侦查手段是要有严格审批程序的。"

杨大海翻着眼皮，看着技侦支队长，心想：你不是和我说"No"吗？过几天，我安排个会说"yes"的人来顶替你，看你的"No"还能说给谁听。

杨大海没有再看技侦支队长，他又翻看了一下《干部花名册》，冷冰冰地说道："我记住你了，你可以走了！"

……

杨大海就这样轮班召见着前来向他汇报工作的"一把手"，不经意地向他们释放着自己的"创新理念"和"重要举措"。此时，他已经下定了"重新洗牌"的决心，他要让每个人都担心还能不能保住自己的岗位，更要让"一把手"们整天为自己的官帽提心吊胆。他要把自己扮演成一个狠人的角色，宁可让少数人骂，也要让大多数人怕。

"叮咚，叮咚"，杨大海的手机不断传来短信和微信的提示声音。他伸了伸懒腰，拿过手机一看，只见满屏都是一颗颗爱心和一片片关心，有些微信的内容还让他无比暖心。

杨大海从头到尾翻看着微信，只见第一时间给他微信发的是俞莜莜："老公，你当了公安局长也不告诉俺一声，晚上让你好好开心开心！"

"老公，听说你当了公安局长，晚上给你做点正宗的韩国料理，外加东北红烧肉！"琳琳妈雪梅也给杨大海发来了微信。

"老公，琳琳好想你哟！晚上一定……"琳琳在微信里都在撒着娇。

杨大海见天色已晚，他看了看夜空里的一弯明月，收拾好了办公桌，打了一辆出租车来到雪梅的住处，他要吃她做的韩国料理和东北红烧肉。

杨大海有许多情人，所以程妍秋才为他有"三宫六院"而酸溜溜地吃醋。

杨大海不愿意结交男性同事和朋友，但对几种类型的女人却从不放过。他的妻子和女儿已经在国外定居，为了不使自己成为"裸官"，他与妻子办理了离婚手续，因此，他可以肆无忌惮地与他喜欢的女人同居。

雪梅在他众多情人当中年龄最大，杨大海只知道她比自己大3岁，是朝鲜族。雪梅的长相并不十分靓丽，看上去很像个普通的家庭妇女，但杨大海却喜欢她的温柔贤惠，更喜欢她对自己的体贴入微的各种关心。

杨大海与雪梅相识是在四年前，那年，双阳大学新开了艺术专业，他在招生的时候，遇见了一个活泼开朗的小姑娘，小姑娘名叫琳琳，是杨大海喜欢的那种既苗条丰满，又青春靓丽的小巧玲珑型。

杨大海一眼就相中了她，毫不犹豫地将琳琳招入了双阳大学首届艺术班。

琳琳很开放，也很务实，她主动攀附、贴靠杨大海，对他使出了美人计，杨大海将计就计，在校外给她提供了住房，便将她金屋藏娇，他每星期都到"金屋"里来度周末。

后来，杨大海在"金屋"里遇见了琳琳的妈妈雪梅，雪梅的厨艺很好，不论是朝鲜风味菜，还是东北大炖菜，她都做得有滋有味。

杨大海见雪梅的文化程度不高，却有城府，不像他前妻那样总以教训、教导、教育的口吻对他说话，遇到杨大海做了不尽如人意的事情，雪梅也总是用讲别人故事的方式提醒、暗示一下，便对她产生了好感。

时间一长，杨大海发现雪梅身上有着无穷的魅力，便把她收入了情人的编队中，也给她提供了一处有地下室的洋房。当着琳琳的面，杨大海叫雪梅"妈妈"，上床时叫她"姐姐"，而雪梅却从来都没有管杨大海叫过一声"姑爷"，一直都叫他"老公"。

杨大海在距离雪梅住处稍远的路边下了出租车，走了几分钟的路便到了楼门口。他用钥匙打开了屋门，一进屋便把那张正人君子的脸皮扔到了一边。

他脱掉大衣，笑呵呵地凑到餐桌前，提鼻子闻着满桌子的菜香，学着雪梅的腔调说道："好香哟！"

雪梅摘下了围裙，露了蝉翼一般的紫色的睡衣，她眼盯着杨大海鼻子上的金丝边眼镜，夸赞道："老公，这副眼镜好漂亮哟，你戴上比学者教授还要有风度。"

杨大海笑了，眼睛都眯成了一条缝，他一把将雪梅抱到了餐桌前，将一块韩国泡菜放进了她的嘴里，开心地问："好不好吃？"

雪梅坐在杨大海的怀里，美滋滋地嚼着泡菜，她把一块东北红烧肉送到杨大海的嘴里，轻声说道："老公，我喂你吃。"

雪梅从来不当着女儿的面与杨大海撒娇，但在他们的二人世界里，她做得比女儿还要过分，每次吃饭她都不让杨大海亲自动手夹菜，每一口菜都是由她来喂。

雪梅看着杨大海大口嚼红烧肉的模样，突然春心荡漾起来："老公，今天是周末，你又有高兴的事儿，咱俩喝点酒吧！"

雪梅将胳膊勾住杨大海的脖子说道："老公，祝贺你当上公安局长！"

杨大海抿了一口酒："同喜，同喜！"

雪梅每次喝这种酒都无比兴奋，几口酒下肚，马上发挥了能歌善舞的特长，连说带唱了起来。

歌舞完毕，雪梅又搂着杨大海的脖子，嗲声说道："老公，你当上了公安局长，整个双阳市的警察都归你管了，雪梅打心里为你高兴。"

杨大海也喝了一大口酒，红光满面地说道："你老公当了大官儿，你脸上当然有光了。"

雪梅连连摆手，妩媚地说道："姐不需要沾光，就需要你不变心，一辈子都对姐好就行！"

杨大海拍起了胸脯："姐，大海不但要对你好，还要对琳琳好，等我把这帮警察'收拾'老实了，我让他们在你的门前站岗，一见到你就敬礼！"

杨大海海誓山盟地吹嘘着，突然感觉浑身发热，竟然甩掉了身上的所有衣裤。

雪梅也在脱着睡衣，她嗲声嗲气地说："那姐可不敢，姐就是一个平头百姓，可不敢造次！"

杨大海又将胸脯拍得啪啪作响，说话声音的分贝也提高了许多，他大着嗓门儿说道："老公今天第一次给警察开会，就给他们来了一个下马威。会议室原来挂着'禁止吸烟'的牌子，可我就要在牌子下面抽烟，满屋子的警察看着我吞云吐雾，竟没有一个敢吱声的。他们连个屁都不敢放，老公好开心啊！"

两人在大床上尽情地翻滚，连琳琳进屋开门的声音都没有听到……

第十二章

深谋远虑

第二天是双休日，杨大海特意起了个大早，天不亮就打车离开了雪梅的住处，回到了自己在双阳大学宿舍的家。他进屋冲了个澡，换上了运动款的羽绒服，戴上风雪帽，天亮时分，已经漫步在双阳大学家属区的休闲广场上。

双休日在学校操场上晨练，是杨大海故意养成的习惯，不管冬天还是夏天，他都尽量坚持这么做。他之所以这样，就是要让邻居们亲眼看到他在校园健身的身影。既然能起早到户外健身，那肯定就是住在家里。杨大海之所以用这种方式向学校师生们传递信号，无疑就是在用实际行动向外界辟谣，那就是他杨大海的妻子女儿虽然都在国外，但他并没有传说中的"三宫六院"。

杨大海伸着胳膊、踢着腿儿，在休闲广场悠闲散着步，早起的人们热情地与他打着招呼："杨校长，哦，现在得称呼杨局长才对啊，杨局长早上好！"

杨大海点着头，算是做了回应。

有人在私下调侃："杨局长戴上金丝边眼镜以后像个教授，以前没见他戴眼镜啊！"

热心的人做着解释："那还用说，一定是公安局给配发的呗。"

博古通今的人拿出了论据在"古为今用"："杨校长当公安局长，是双阳大学的光荣，文人挂武将衔儿，古代也常见！"

杨大海"咯吱、咯吱"踩着校园休闲广场里的积雪，在人们的打招呼和议论声中，走了一圈又一圈，直到走得额头上开始微微发汗，才离开大家的视线。

杨大海没有回家，他开着私家轿车，出了家属区的大门，向距离家属区不太远的兰亭山方向驶去。

兰亭山地处双阳市的东部，是一座连绵起伏的群山，这座群山的海拔虽然不是很高，但山上高耸入云的苍松翠柏却非常壮观。相传，这些苍松在山上已生长了几百年，最粗的那棵"迎客松"，几个人都合抱不过来。

兰亭山的主峰很奇特，山顶上怪石林立，素有"石林"的美称。圆圆滚滚的石头像龟背；方方正正的石头像棋盘；又细又长的石头像钟乳。相传，古代文人墨客曾多会于此，有一块十几米高的龟背石上，至今还留存着王羲之324字的《兰亭序》石刻，这座群山才被称作兰亭山。

半个多小时以后，杨大海来到了兰亭山的山脚下，拐进了一条不起眼的林间小路，小路蜿蜒曲折延伸到山里，路的两旁是挺拔的高大乔木和茂密的低矮灌木林。

杨大海按下电动车窗，一股清新的空气扑面而来，他深吸一口，感到浑身上下哪儿都舒坦。

杨大海领略着路旁树枝上的冰雪"树挂"，倾听着车轮碾压雪地发出的"咯吱咯吱"声，在小路上慢慢开着车，不一会儿，就到了一处砌着高墙的大院门前。

这个大院是杨大海的一处私宅，5年前，这里有几间低矮的小平房，还住着几户人家。一次偶然的机会，杨大海发现了藏在半山腰里面的这块风水宝地，他灵机一动，便借着掌管学校基建的权力，让施工队去买这几户人家的房子，可谈了好几轮，这几家就是不卖房。

那阵子，杨大海好像着了魔，白天一有空就来看这块山间宝地，夜晚做梦也时常梦见他是这块地的主人。后来，他找来了当刑警的弟弟杨大江，也不知道杨大江使了什么魔法，没过多长时间，这几户人家"乖乖"搬了家，这块宝便"顺顺当当"落到了杨大海的手中。

杨大海让给双阳大学盖楼的工程队扒掉了那几座小平房，按着他自己的设计，建成如今这座山林中的大宅院。

这座宅院东西宽度差不多有60米，南北长度差不多有50米，四周围墙的高度都在2米以上。别看宅院的外表很普通，里面却是匠心独运的世外桃源。杨大海非常喜欢这处深宅大院，他在这里还养了一条价值上百万元的德国牧羊犬"战狼"。

杨大海将车子停在了宅院的大门前，下车按响了门铃。没多大一会儿工夫，一个穿着一身迷彩服的年轻人，提着个大扫帚，一瘸一拐地从里面给他开了门。

杨大海将轿车开进了院子，下车后，与"迷彩服"打着招呼："老弟，早上好！"

"迷彩服"将扫帚戳在了大门后面，憨厚地笑着，算是与杨大海也打了招呼。

进了院，杨大海问："上礼拜我送过来的牛肉，'战狼'喜欢吃吗？"

"迷彩服"一听杨大海问起了牛肉，赶忙学着狗吃肉的样子，憨笑着说："哎呀妈呀！我从来没看见'战狼'吃东西这么凶猛的时候。那天，我将牛肺子埋在狗食盆里，想看看它能不能发现。哪承想，这家伙一口就叼出了牛肺子，'吭哧吭哧'几口就把整个肺子吞进了肚子，看着都瘆人！"

"嗯，这才像我的'战狼'嘛！"杨大海说着，进屋换了一身工作服，摘掉了金丝边眼镜，拎着一条牵引绳走向了狗房。

狗房里的"战狼"一见杨大海向它走来，兴奋地摇起了大刀一样的长尾巴，嘴里发出了"汪汪"的叫声。

杨大海在狗房外用手指着"战狼"大声喊道："'战狼'，坐！"

听到了口令，那只叫"战狼"的德国牧羊犬"啪"的一声地坐在了地上，昂着大黑脑袋，竖着双耳，转动着褐色的眼珠子，一动不动地注视着杨大海。

"好狗！"杨大海说着，打开了狗房门，"战狼""呼"地一下冲出狗房，扑向了杨大海。

杨大海一闪身，手里摇晃着牵引绳，吆喝道："'战狼'，坐下！"

"战狼"摇着长尾巴围着杨大海跑了一个圈，乖乖地坐在了杨大海的身旁。

第十二章 深谋远虑 101

杨大海一边往狗脖子套着牵引绳,一边拍着"战狼"的脑门问:"'战狼',想我没?"

"战狼"汪汪叫着,大黑脑袋使劲蹭着杨大海的裤子。

杨大海开心地笑着,一边拍着狗头,一边夸奖着:"好狗!好狗!"

杨大海给"战狼"系好了牵引绳,牵着狗,在"迷彩服"刚除过雪的石子路上,慢慢地跑了起来。

杨大海这个院子分前后两院,前院中间有一个一米多深的水塘,水面上修建了石拱桥、凉亭,水塘中还有假山和怪石。

杨大海牵着"战狼"沿着水塘刚跑了一圈,头上便开始冒汗。

"迷彩服"站在远处,眯着眼睛欣赏着这一人一狗跑步的姿势。"战狼"的四只爪子交叉跑动、着地时候有节奏,而杨大海的两只脚跑起来笨笨磕磕,怎么看都觉得他们的步调并不一致。

看了一会儿,"迷彩服"一瘸一拐地走到杨大海身边,一边去接牵引绳,一边说道:"歇一会儿吧!"

杨大海没有理会"迷彩服",他解下牵引绳往"迷彩服"手里一扔,又从地上捡起一个冻满冰碴儿的矿泉水瓶子,奋力抛向了远方,向"战狼"发出了口令:"'战狼',叼回来。"

"战狼"领会了杨大海的意图,弯着两只前腿,蹬着两只后腿,"嗖嗖"几步便跑到了矿泉水瓶子落地的地方,几秒钟后就把瓶子叼了回来。

杨大海反复扔着瓶子,"战狼"一次次地叼回了瓶子,杨大海开心地笑着,回头对"迷彩服"吩咐道:"给我抓两只鸽子过来。"

"迷彩服"没有明白杨大海的意思,他从鸽笼子里抓过两只鸽子,递给了杨大海。

杨大海拔掉了一只鸽子翅膀的长羽毛,将再也飞不起来的鸽子抛向了空中,命令道:"'战狼',抓回来!"

"战狼"仰着头,眼珠子盯着在空中奋力扑棱着的鸽子,不等鸽子落地,便"呼"地一下,扑向了半空中的鸽子。

鸽子挣扎了几下,被"战狼"叼在了嘴里,几秒钟便被咬断了气。

第十二章 深谋远虑

杨大海如法炮制，又拔掉了另一只鸽子尾巴的羽毛，将没有尾巴的鸽子抛向了远方。

鸽子扑棱着翅膀，像小鸡一样连蹦带跳地在雪地里乱窜。

"战狼"奔跑过去，用大爪子戏耍着这只鸽子，没过几个回合，这只鸽子也被咬掉了脑袋，栽倒在雪地里。

杨大海命令"战狼"将鸽子叼到他的手里，他拎着血淋淋的鸽子，笑着对"迷彩服"说："拿去烤鸽子吃吧。"

"迷彩服"被杨大海的举动惊呆了，他张着嘴，想说话，却没有发出声音来。

正在这时，大门外传来了"嘀嘀"的汽车喇叭声。

"我的两个弟弟来了，快去开门。"杨大海一边拍掉手上残留的鸽子毛，一边对"迷彩服"说着。"迷彩服"急忙一瘸一拐地前去开门。

"吱嘎"，大门徐徐开启，杨大江开着轿车拐进了大院。

"战狼"见有车进院，"呼"地一下冲到车门前，冲着车门张开大黑嘴巴，"汪汪"地叫个不停。

杨大江见"战狼"堵着车门叫，便按下电动车窗，从车里面挥着"大巴掌"叫道："混蛋玩意儿，给我滚开！滚开！"

"战狼"并不后退，冲着杨大江越叫越凶，眼看就要冲进车窗。杨大江赶紧关上车窗，躲在风挡玻璃里面认怂了。

杨大海看着一脸窘相的杨大江，差一点儿把眼泪都笑出来，他掸了掸身上的尘土，吆喝住了凶猛的"战狼"。

"迷彩服"赶紧一瘸一拐地将"战狼"送进了狗房，关上了狗房门。

杨大江下了车，嘴里嘟囔道："这家伙也太他妈凶了，我得离它远点，别让它给咬了！"

杨大河也从副驾驶位置下了车，他瞥了一眼嘟嘟囔囔的杨大江，与二哥开着玩笑："哈哈，你'杨大巴掌'也有害怕的时候啊！"

杨大江和杨大河有说有笑来到杨大海的面前，杨大江"啪"的一声，给杨大海打了一个立正，一本正经地说道："报告局长，杨大江报到！"

杨大海瞅了瞅一脸认真的杨大江，又瞧了瞧笑容满面的杨大河，伸开双臂，开心地搂着两个弟弟的肩膀，脸上露出了灿烂的笑容。

"迷彩服"看了一眼亲密无间的哥儿仨，抬起袖子擦掉了额头上冒出的细汗，沉着脸，拎着铁锹去掩埋两只鸽子的死尸。他一边挖坑，一边想：这哥儿仨本是同根生，老三杨大河怎么不像两个哥哥那样膀大腰圆，他足足比两个哥哥矮了半头，而且也比较斯文呢？

杨大海打开了通往后院的大门，哥儿仨肩并肩走进了影壁墙后面的院子。

杨大江对杨大海说道："大哥，咱们哥仨不是定好了中午过来吗，你干吗来得这么早？"

杨大河扬了扬手里的塑料袋说道："大哥，我和二哥买了你最爱吃的肥牛和毛肚，一会儿咱哥儿仨涮火锅吧！"

杨大海看着两个弟弟手里提着的一大堆吃的东西，笑着说道："你们别说，我还真有点饿了呢！"

后院是一处正房两处厢房的大院落，院子的大门上挂着名家手刻的"憩园"木匾，门前有两座汉白玉的石狮子；院子的中央栽着两棵高大的柏树，柏树的树枝上披着厚厚的雪片。

哥仨踩着松软的雪地直接走进了正房的餐厅，支上了电火锅，火锅冒着腾腾的热气，立马给餐厅送来了温暖。

"大哥，你昨天的就职演说也太霸气了，整个双阳市公安局都被你给镇住了，弟弟敬佩你，来，大江敬你一杯！"杨大江说着，笑呵呵地举起了手中的红酒杯。

"二哥，你可是开车来的，别酒驾。"杨大河嘴里嚼着肉，伸手拦住了杨大江的酒杯。

杨大江一把推开了杨大河的手，故意沉着脸说道："我大哥是全市公安的老大，哪个交警敢查我的酒驾？"

杨大海一把夺下了杨大江举起的酒杯，说道："大江，大河说得对，今后你得学会低调，尤其管住你的嘴和手，别总是大大咧咧的。"

杨大河见二哥正在兴头上，赶忙从大哥手中接过酒杯，又递给了二哥，说道："二哥，回去我开车，你陪大哥喝吧！"

"你们哥儿俩喝酒，回去我开你们的车，我的车不开了。"杨大海说着，将自己的红酒杯又递给了杨大河，自己随手倒了杯矿泉水。

杨大江摸索着眼前的酒杯，沉吟一下，抬头对杨大海说道："大哥，市局的领导班子中，主管刑侦工作的辛然副局长和我是铁哥们儿。你要在公安局内部搞反腐斗争，就是他打电话告诉我的，他百分之百对你效忠。"

"好哇，刑侦工作是尖刀，刀把子必须牢牢地控制在我们自己手中。"杨大海满意地点着头。

杨大江喝光了酒杯里的酒，又给自己斟满了一杯问道："大哥，我还有个建议，不知当不当说？"

杨大海喝着水说道："大江，你是我弟弟，想说什么就只管说。"

杨大江向杨大海提出了建议："大哥，公安队伍非常复杂，你得培养起来忠诚于你的小圈子，不然，没人会替你去卖命。"

杨大海点着头，说道："有道理。"

杨大江接着又说："大哥，你暂时不要安排我去交警支队了，最好把我从城南分局刑警大队调到市局刑警支队去，我要替你掌管全市的大要案，这样刀把子就攥在你的手中了。"

杨大江说着，眼睛直勾勾地看着杨大海，他之所以改变了去交警支队的想法，绝对是因为"金童玉女"审出了那起雇凶杀人案，他现在实在不能确定"老黑"是否真正干掉了陈小文。

杨大海不知道杨大江的真实意图，但二弟的说法却正中他的下怀，于是连忙点头说道："大江，这就对了，做事确实要顾全大局，不能只看到眼前的蝇头小利。"

杨大江不好意思地"嗯"着，他此时的想法就是要想方设法去截留有关那起雇凶杀人案的所有线索，去弥补自己雇凶杀人过程中的过错，以免造成城门失火、殃及池鱼的严重后果。

杨大海接着说道："大江，既然你和辛然副局长是铁哥们儿，就让他

第十二章　深谋远虑　105

在班子会上提出你去刑警支队的理由，到时候我拍板就行了。"

杨大海说着，又把头转向了三弟说道："大河，你的事儿，我也替你想好了，过几天你就辞掉在双阳大学的工作，申请开个律师事务所。我和你二哥当官儿，你发财，这样我们家就完美了。老爸去世前让我照顾好你们哥儿俩，我当大哥的，不能辜负父亲对我的重托，有责任把你们都安排好！"

杨大河摊着手，苦笑着说道："谢谢大哥！可是我没有律师证，又不懂法律，还是让我干点别的吧！"

杨大江白了弟弟一眼，一语道破了天机："我说大河，你傻呀！大哥的意思你是不是没有听明白？干律师事务所又不是让你去帮人打官司，你就往屋里一坐，生意就会主动找上门来，你就只管收费就行。求你的人不是看中你的律师所，他们是看中你后面的局长大哥，不用你去当搂的耙子，你只当装钱的匣子就行。这回懂没懂？"

杨大江说完，又把脸扭向了杨大海，问道："大哥，我说的没错吧？"

"没错，还是大江懂我的心，不过你们俩要记住，天机是不可泄露的。"杨大海说着，停顿了话语。

杨大河见大哥欲言又止，赶忙表态："大哥，二哥，大河懂了，你们就放心吧！"

杨大江略微沉思了一下说道："大河，过几天，我帮你找个可靠的律师，让他当律师事务所的法人，你就当实际控制人就行了。"

杨大海站起身来，说道："对，大江说得对，小心驶得万年船嘛！这件事儿就这么定了。"

哥儿仨的酒杯"砰"的一声，碰到了一起，三人开心地笑到了一起。

杨大江喝着酒，忽然又瞅着窗外问："大哥，刚才我无意间看到了门口那个瘸子的眼神儿，我感觉有点不对劲儿，要不要把他撵走？"

杨大海问："哦，怎么不对劲儿？"

杨大江摇着头说道："我也说不好，也许就是一种职业的敏感吧！大哥，你是从哪儿把他雇来的？你了解他的底细吗？"

杨大海略加思索，解释道："他是由给我们学校施工的工程队长给我介绍的。他来喂狗以后，我每周都调取监控录像看，没发现他有什么可疑之处啊！"

杨大河不等杨大海把话说完，立即对杨大江说道："二哥，你看谁都像坏人，真是的！"

杨大江也觉得自己确实有些神经过敏，于是赶紧岔开了话题："算了，算了，不说了！不说了！喝酒，喝酒！"

杨大河一杯酒下肚，突然想起了一件事，他轻声对杨大海说："大哥，我们学校新来的李校长，还让我请你吃饭呢？"

听了三弟的话，杨大海先是一愣，紧接着又问："谁？"

杨大河爽快地回答道："李梦茹，就是双阳大学新来的校长。"

杨大海一听"李梦茹"三个字，立即想起了她是程妍秋的闺蜜，于是赶忙对杨大河说了一句："三弟，我有主意了，你就在双阳大学附近找个房子，办个法律咨询服务公司……"

第十三章

内外布局

　　一轮红日从东方冉冉升起，照耀着双阳市未化开的积雪，反射出晶莹的光亮，新的一周开始了。

　　周一的早晨，杨大海踌躇满志地来到市公安局，开始正式行使他"执金吾"的权力。

　　王秘书早早就在公安局的大门口等着杨大海，一见面，就接过了他手中的公文包。

　　杨大海叉腰站在市公安局的大院，看了一眼大楼顶上耀眼的警徽，问王秘书："给我领警服了吗？"

　　王秘书笑呵呵地说道："市局政治部正在与公安厅联系，如果上级机关能尽快任命您为副市长，您就能被授予二级警监。"

　　"哦。"杨大海应了一声，转身上楼，坐在了办公桌后面的高靠背真皮沙发上。他正要向王秘书吩咐工作，兜里的手机突然响起了清脆的铃声。

　　杨大海接听了电话，听筒里传来一个标准的女中音："杨局长，您好！我是双阳大学的新任校长李梦茹，接到了您的邀请电话，我过来了，现在就在门卫室等您呢。"

　　"好，我马上派秘书去接你。"杨大海说着，向王秘书示意了一下，王秘书赶忙下楼将李梦茹领进了局长办公室。

　　"欢迎李校长光临！祝贺李校长荣升！"杨大海说着，热情地握住了李梦茹伸出来的手。

　　李梦茹握着杨大海的手，微笑着说道："杨局长，您是不是要开会？我看门口有警察在等您，要不我在门口等会儿，别耽误了您的公务啊！"

"没事儿，让他们等着吧，咱俩先聊。"杨大海拉着李梦茹的手说着，将她让到了沙发上。

杨大海将身子往宽大的沙发靠背上一靠，跷着二郎腿说道："李校长，本来是想请你吃个饭，可是我又不会喝酒，怕陪不好你，就把你请到了办公室，你可千万不要介意呀！"

李梦茹瞧了一眼派头十足的杨大海，在记忆里搜寻着当年与大学同学程妍秋一起和杨大海喝酒时的情景，她微笑着说道："杨局长太谦虚了，20多年前，梦茹可是亲眼领教过您的酒量的呦！"

杨大海不好意思地摆着手，说道："那时候年轻，现在都老了，早就没有酒量了。"

李梦茹感觉杨大海刚一当上公安局长就约她过来，肯定会有什么好事儿，便有意与他套起了近乎："杨局长的酒量可不是一般人能比得上的，那天，我和妍秋两个人都喝不过您呀！"

听了李梦茹的话，杨大海知道她是在提及当年程妍秋带他去省城做见义勇为报告时，她与程妍秋上演双簧，将自己灌醉的事情。于是脸一红，急忙又摆着手说道："那都是过去的事儿了，不提了！"

李梦茹见她故意套近乎的话题并没有引起杨大海的兴趣，也就不再与他寒暄叙旧，开口问道："杨局长，您今天找我过来，有什么好事儿吧？"

杨大海点燃一支香烟，习惯性地掰掉过滤嘴，深吸一口，对李梦茹说道："李校长，咱们是老朋友，又都是程市长信得过的人，我打开天窗说亮话，今天请你过来是要与你合作办一件事情，绝对是一件你想不到的好事儿。"

李梦茹见杨大海首先打出了程妍秋市长这张王牌，猜想这件事儿应该不是小事儿，她笑着说道："杨局长请讲，梦茹洗耳恭听！"

杨大海吐着满嘴烟雾说道："李校长太客气了。"

李梦茹被杨大海吐出来的烟雾呛得"咳咳"咳了两声，她用手扇着烟雾，又捂住了嘴。

杨大海见状，赶忙说了一声"对不起"，将只吸了两口的香烟扔进了烟缸。

杨大海见李梦茹的脸上露出了笑意，接着说道："李校长，我想让双

第十三章　内外布局　109

阳市公安局与双阳大学合作，搞一个能够实现双赢的战略合作项目。"

李梦茹眨着眼睛，不解地问："让公安局与双阳大学战略合作？杨局长，梦茹没听懂您的意思！"

杨大海故意卖起了关子："哦，是这样的，这只是我的一个设想，希望我们能够合作成功。"

李梦茹看着杨大海信心满满的样子，心里纳起了闷：还不知道是什么项目，就能合作成功？于是问："杨局长，您能说说，是个什么项目吗？"

杨大海坐直了身子，伸出一根手指，说道："这个项目就是我们两家联合办一个教育培训基地，也就是联合办学。"

"联合办学？办什么学？宗旨是什么？"李梦茹快人快语，连连发问。

杨大海放下了二郎腿，心里想着他的"一石二鸟"计划，冠冕堂皇地说道："李校长，我们公安机关队伍大、警员多，很多警员的文化水平不高，个人素质也参差不齐，还时常出现一些违纪违法现象，所以我到任以后抓的第一件事儿，就是在全局内部搞反腐斗争，也就是以反腐败为抓手，来整顿队伍中存在的问题。"

杨大海说着，看了看李梦茹的反应，他见李梦茹的脸上露出了狐疑的表情，接着说道："但是，反腐败斗争只能处理个别民警违法违纪的典型案例，却提高不了整个队伍的综合素质。所以，我便构思了一个针对几千名民警的全员轮训计划，准备与双阳大学联合建立一个公安民警培训基地，让民警吃住在基地，分期分批接受集中管理和轮训，全面提升公安队伍形象和战斗力。"

李梦茹不等杨大海把话说完，把头摇得像拨浪鼓似的，立即提出了反对意见："杨局长，您是不是开玩笑？警察吃住在我们高等院校，那学校不成被警察管制了？不行，不行，肯定不行！还有，你总不能让你的警察穿着警服和我的大学生们一起去食堂抢饭吃吧？这个联合办学肯定行不通。"

杨大海见李梦茹根本就没有理解他的真实用意，便又在拔高着他的项目："李校长，通过全员培训来改变公安队伍形象、提高整个公安队伍的战斗力，这既是双阳市百万市民的期待，也是你我义不容辞的责任啊！"

李梦茹眨了眨眼睛，摊着手说道："杨局长，这是你们公安内部的事情，跟我们双阳大学有啥关系呀？我可担负不起这么大的责任。"

杨大海见李梦茹在婉言拒绝，便开始打消着她的顾虑："李校长，你没懂我的意思。对警员的轮训由我们警官负责，不用你们学校出人，也不用学校出钱，只是借用双阳大学的一方宝地而已。"

李梦茹一边摇头，一边说着困难："那更不行了，我们学校自己的教学楼还不够呢，哪还能外借？"

杨大海站起身来，走到办公桌前，从公文包里拿出一本事先准备好的双阳大学图画册，说道："李校长，你刚刚上任，还不了解我当年在建设双阳大学新校区的时候的整体规划，我要借用的不是你的教学楼，也不会在学生食堂吃饭。"

杨大海说着，翻看着画册，开始给李梦茹做讲解："李校长，你看，这一片是学校教职员工的办公区域；这一片是大学生们的生活休息区域；这一片是学校家属的居住区域；而这块儿闲置的两栋6层楼和这个独立的院子，就是我当时预留的区域。你只要把这两栋楼和院子借给我用，我们就算联合办学了。"

李梦茹见杨大海要借用那两栋被学校教师称为腐败楼的违章建筑，一下子明白了他的用意，于是说道："哦，您是说我们学校后面的违建楼啊！杨局长，我可听说那两栋6层楼在双阳市城建档案中，根本没有存档资料，说不定什么时候就要被当作违建楼给拆除了呢！还有，学校有很多教师还在……"

杨大海用手势打断了李梦茹的话，他表情认真地辩解道："李校长，我知道你要说什么，现在我就把这个所谓腐败楼的来龙去脉告诉你，以便你了解更多的情况。"

杨大海见李梦茹竖起耳朵在听，接着说道："当时，我之所以要建这两栋6层楼，是考虑到了双阳大学未来几十年的发展需求。只要大楼启用了，既成事实了，我是有办法补办合法手续的；有些不明真相的人告我'御状'，说我为了吃'回扣',故意加大建设成本,其实根本就不是那么一回事儿。"

李梦茹微皱了一下眉头,问道:"杨局长,难道您当年盖楼时就想到了今天的用处?难道您当时就知道今天能当上双阳市的公安局长?"

杨大海脸色有些不自然了,他摆手说道:"那倒不是,我当时就是想自己栽树,让后人在树下乘凉。今天才知道,原来李校长就是这个来乘凉的人啊!"

李梦茹听着杨大海牵强附会的说辞,方才醒悟杨大海之所以要与她联办教育培训基地,是要借用她的力量启用违建楼,来堵住那些上访告状教师的嘴,替他把屁股擦干净。

李梦茹心想:这哪是什么好事儿?分明是事先给我挖坑,又逼着我往里面跳啊!想到这儿,她语气坚定地拒绝道:"杨局长,梦茹佩服您高瞻远瞩的眼光,但我认为联合办学不是一件简单的事儿,所以,我们还是打住吧!"

杨大海见李梦茹还在拒绝,脸色变得很难看,他见以借用的形式不行,又心生一计,于是试探着问道:"李校长,我要是租你的那两栋楼,我们能不能联合办学?"

李梦茹见杨大海执意要联合办学,更加坚定了自己的判断。她在想,我李梦茹初来乍到,凭什么帮你擦屁股?难道就因为你是从双阳大学走出来的公安局长?你也太低估我李梦茹的智商了吧!于是,她又找出一个新的借口推脱道:"租也不行,你给我的租金我都没有地方下账,说不定哪天再被当成小金库给举报了,我可担负不起法律责任,所以,我劝你还是找一家公安院校合作,就别再打我们学校的主意了。"

杨大海心想:我要是与公安院校合作,能让腐败楼合法化吗?如果腐败楼不尽快合法化,能堵住那帮"告御状"人的臭嘴吗?

杨大海微闭二目,思考了一会儿,便又想出了一个能够吸引李梦茹的好主意:"李校长,你知道,在我们省内没有公安院校,如果与外省公安院校合作,我又会成为帮别人作嫁衣的傻狍子;如果在本市,与你们双阳大学搞合作,那情形可就不一样了。"

李梦茹见杨大海仍不死心，敷衍了一句："有什么不一样？"

杨大海见李梦茹有些不耐烦，心想，我都说得天花乱坠了，可她还是无动于衷，莫非她猜到了我的内心想法？不能啊！她又不是我肚子里的蛔虫，怎么会揣摩到我的心思。

杨大海摘下了金丝边眼镜，一边揉着眼睛，一边琢磨着办法，他断定天下没有不喜欢钱的女人，料定李梦茹也一样会贪钱，关键是看从谁的手里贪钱才安全。想到这儿，杨大海决定拿公安局做背书，用金钱来诱惑李梦茹接受与他合作。

于是，杨大海用公安局长的语气，非常霸气地说道："李校长，不一样的地方就是：你既能花到公安局给你送的钱，又能合法赚到你应该赚到的钱！"

李梦茹沉默了一会儿，疑惑地问："我？我能赚到合法的钱？"

杨大海"嗯"了一声，戴上金丝边眼镜，说道："李校长，我们合作以后，我会把经费按培训费和食宿费分别打到你双阳大学的账号上，钱由你来支配，你只要保障培训就行。你说，你是不是花了公安局白给你送过去的钱？至于合法赚到你应该赚到的钱，就不用我挑明了吧！"

李梦茹认真听着、仔细想着杨大海的话，她内心十分清楚，其实联合办学并不难，双方合作，对双阳大学来说也不吃亏，问题在于这个合作对我李梦茹有什么好处。现在，杨大海已经把话挑明了，培训经费取之于警、用之于警；可食宿经费……那可是一个肯定赚钱的生意啊！李梦茹想到这儿，马上改口说了一句模棱两可的话："杨局长，给我点时间，容我回去再想一想。"

杨大海见李梦茹已经松了口，知道她已经给了金钱的面子，马上跟进道："李校长，这件事儿不用浪费更多的时间。我提议，你我各出一个人，先期进行筹备，你为主，我为辅，怎么样？"

听了杨大海的提议，李梦茹的脸上露出了不易察觉的微笑。她知道，自己只要再新成立一个培训学院，再安插一个自己信得过的人来当院长，就既可名正言顺，又可以把财务牢牢把控在自己的手中。李梦茹想到了食宿经费这块大肥肉，便站起身来，微笑着对杨大海说道："杨局长，回头我出一个落地的实施方案，咱俩再最后敲定。"

杨大海见李梦茹的脸上又出现了春风满面的笑容，便站起身来主动去握她的手："好，李校长，我等你消息。"

"好的！"李梦茹爽快地答应着，离开了杨大海的办公室。

送走了李梦茹，杨大海又坐回到高靠背座椅上，他思忖了一下，给俞莜莜发了微信。

当天晚上，杨大海打了一辆出租车直接回到了他和俞莜莜的住处，他准备让惜财如命的俞莜莜替他管理这笔大财务。

连日来，俞莜莜一直心乱如麻，她从媒体上早已看到了杨大海担任双阳市公安局长的消息。她给杨大海打电话祝贺，杨大海轻描淡写地应付她；她给杨大海发微信，杨大海回复说他在开会。俞莜莜拿出她记事的一本台历书，数着这个月杨大海没来到她身边的天数，心情变得越来越坏。她轻轻摸着渐渐隆起的肚子，精神都快崩溃了。

"宝贝儿，晚上等我！"今天上午，俞莜莜突然收到了杨大海给她发来的微信，她高兴得眼泪都快要流了出来，赶忙去浴宫洗了澡，又去美容院做了美容，回到家里的时候，天已经黑了下来。

俞莜莜想给杨大海做点好吃的，她还要像以往那样陪他喝点红酒，可转念一想，又觉得应该试探一下杨大海对她是否变了心。

俞莜莜从衣柜里翻出几件衣服装在了拉杆箱里，又把拉杆箱放在了门厅，然后将门钥匙也放在了餐桌上。她躺在床上，饿着肚子等着杨大海，等着等着，连衣服都忘了脱，就睡着了。

"叮咚，叮咚"，不知过了多久，俞莜莜被门铃的响声惊醒，紧接着就传来用钥匙开门的声音。她知道肯定是杨大海回来了，便将被子往头上一蒙，假装睡觉。

"宝贝儿，老公回来了！"杨大海一脚门里一脚门外地说着进了屋，他一眼看见了门厅里放着的拉杆箱，又看到了餐桌上放着的门钥匙，顿时一愣。

"宝贝儿，你在哪儿？"杨大海在客厅、餐厅里都没有见到莜莜的身影，三步并作两步冲进卧室，这才发现莜莜正在蒙头大睡。杨大海觉得有点不太对劲儿，因为他从来没有见俞莜莜有过穿衣服睡觉的时候。

杨大海摸着俞莜莜的额头轻声问道："宝贝儿，你发烧了吗？"

哪知道他刚一开口，俞莜莜竟捂着脸"呜呜"地哭了起来。

杨大海一把抱起俞莜莜，轻声问道："宝贝儿，你怎么了？"

俞莜莜根本没有理会杨大海，她呜呜哭着，鼻涕和眼泪都流到了一起，就连肚子都发出了"咕噜咕噜"的叫声。

杨大海听见了莜莜肚子的"咕噜"叫声，他趴在肚皮上听了一会儿，一骨碌翻身下床，连跑带颠地跑进了厨房，不一会儿，就将一碗热乎乎的肉丝面端到了俞莜莜的面前。

俞莜莜看了一眼端着面条的杨大海，"扑哧"一下笑出了声。她一把抢过饭碗，狼吞虎咽地吃着面条，没多大一会儿工夫，就把肉丝面吃了个精光。

"老公，莜莜错怪你了。"俞莜莜嘴里嘟囔着，吃完了面条。她光着脚丫跑到了门厅，一把拉开拉杆箱的拉链，三下五除二便将箱子里面的衣服扔进了衣柜。又把自己身上的衣服脱下，随手甩在地上，跑回卧室，一下了扑到杨大海的身上，娇嗔地说道："老公，莜莜和你儿子都想你了，你得先看看你儿子。"

杨大海理着莜莜的秀发，抚摸着莜莜细腻如脂的后背，轻声说道："莜莜，老公今天有个好消息要告诉你。"

"不听，不听。"俞莜莜在杨大海身上撒着娇，瞬间，两人便滚在了一起。

一阵云雨过后，俞莜莜抚摸着杨大海密密麻麻的胸毛问道："老公，你刚才说要告诉我什么好消息？是要给我买别墅吗？"

杨大海平静了一下呼吸，将莜莜揽在了怀里，说道："今天老公约见了你们学校的李梦茹校长，她答应我要提拔你当培训学院的副院长。"

听了杨大海的话，俞莜莜简直不敢相信自己的耳朵，她"扑腾"一下坐了起来，问道："老公，你说什么？"

杨大海轻轻地拧着俞莜莜高挺的鼻子说道："傻丫头，我是说，你要当院长了，这回听见没有？"

俞莜莜被弄得丈二和尚摸不着头脑，她皱着弯月一般的眉头说道："老公，莜莜还是没听明白。"

"我和李梦茹今天做了一笔生意，她马上要成立一个培训学院，来培训我的公安民警。她答应让你去当这个学院的副院长了，这回听明白没有？"

俞莜莜一听，喜出望外。她"咯咯"笑着，轻轻拍了拍隆起的肚皮，说道："儿子，听到你爸说什么了吗？"

第十四章

转包杀手

时间过得飞快。一转眼，寒冬褪去，清明已悄然而至。

这天，杨大海约了两个弟弟，来到了他在兰亭山的"憩园"，他要与两个弟弟商量一下，如何给父母扫墓。

客厅里，杨大江首先提出了建议："大哥，我建议在兰亭山找一块风水宝地，给父母修建一座大大的陵墓。"

杨大河拍着胸脯马上表态："我同意，仰仗二位大哥，我的律师事务所开张以来，生意特别红火，现在我手里有的是钱，修建陵墓的事情由我包办了。"

杨大海否定了两个弟弟的意见，提出了自己的想法："不行，修建陵墓太张扬。我看还是给二老买一块好一点儿的墓地，将他们的骨灰盒从殡仪馆存放骨灰盒的地方请出来，安葬在墓地里，让他们入土为安！"

"大哥，前几天，还真有个卖墓地的来向我推销墓地。他给我留了墓地的资料，我顺手装进提包里，幸亏没当垃圾给扔掉。"杨大河说着，从提包里拿出一本印着墓地图片的宣传图册。

杨大江接过图册，刚胡乱翻了几页，就见从图册里滚落出来一个优盘，还有几张照片。

杨大江拿起照片一看，全是些乱七八糟的青铜器，随手将照片撕成两半，嘴里骂道："妈的，又是卖假货的骗子。这样吧，明天我去找兰亭山墓园的老板，让他给我找一块最好的墓地。"

被撕成两半的照片不偏不正，正好滚落到了杨大海的脚下。他低头一看，脸色立即变成了土灰色。他弯腰捡起地上的照片，拿照片的手都在颤抖。

杨大海蹲在了地上,将撕碎的照片拼接起来看,越看手抖得越厉害。他把破碎的照片一片片揣进了兜里,好半天才站起身来。

杨大江见大哥的脸色十分难看,神情也有些异样,便摇晃着手里的优盘说道:"大哥,这儿还有个优盘呢!"

杨大海一把抢过优盘,快步走到了电脑旁,将优盘插进了电脑主机。

电脑的显示屏幕上出现了一只龇牙咧嘴的狼狗,狼狗对面的暖气管子上还绑着一个人。杨大海定睛仔细观看,眼珠子差一点儿都蹦出了眼窝,他分明看见那个被绑的人就是自己出资200万,让杨大江雇人杀掉的发小陈小文。

杨大海嗖的一声拔下了优盘,电脑显示器瞬间便成了黑屏。

杨大海呼呼喘着粗气,盯着电脑的黑屏,攥紧了拳头,恨不得一下子将手里的优盘都攥成碎渣。他"腾"地站起身来,冲着在一旁翻看墓地画册的杨大江大吼一声:"杨大江,你给我滚出来。"

杨大江被大哥的喊声吓了一跳,他不知道发生了什么事情,一愣神儿的工夫,已经被大哥扯着衣领子,拽到了屋外。

杨大海咬着牙,从牙缝里挤出了几个字:"杨大江,人命关天的大事儿,你都敢忽悠我,是不是?"

杨大江看着脸色铁青的杨大海,脸上露出了惊愕的表情,他哆哆嗦嗦地问:"大哥,出了什么事儿?"

杨大海压低声音问道:"你不是说陈小文被你雇人杀了吗?"

杨大江拍着胸脯发誓道:"哥,陈小文肯定被干掉了,监控录像我都给你看了呀!"

杨大海抹了一把脸上湿漉漉的冷汗,恶狠狠地说道:"杨大江,你还和我撒谎,是不是?实话告诉你,我就是完蛋了,也得先抓你做垫背,咱俩谁也跑不了!"

说罢,杨大海将杨大江往旁边用力一推,气哼哼地走出大门,开车离开了他的"憩园"。

杨大江在原地傻愣愣地站着,他望着大哥远去的背影,额头上滚出了冷汗。

杨大江冲进屋内，把目瞪口呆的杨大河推到一边，抓起那本墓园画册，拼命翻找着是否还有剩余照片，好半天才发现了一张青铜器的照片。

杨大江拿起照片仔细观瞧，他不明白大哥为什么对他发火。他又去寻找那个优盘，见优盘已经被大哥拿走。便一下子明白过来，大哥一定是在那个优盘里发现了什么秘密。

杨大江瘫坐在了地上，反复想着这个秘密会是什么。

"陈小文！莫非你真的还活着？'老黑'，难道老子真的被你耍了不成？"杨大江心里骂着，耳边响起了"金童玉女"清脆的声音："队长，'梁艳'供出了一起雇凶杀人案！"

杨大江顿时明白了大哥看了优盘就被气疯的原因，只是还不明白这张青铜器照片与陈小文以及他大哥之间有着什么关联。

杨大江清楚了眼前发生的事情，反思道：如果陈小文还活着，那就一定是"老黑"那边出了问题。杨大江回想着几个月前，他对"老黑"下令去杀掉陈小文的那个夜晚，眼前出现了"老黑"当时接"活儿"时候的情景……

"老黑，我想让你杀个人！"那天，杨大江是把嘴巴贴在"老黑"的耳边，向他下达杀陈小文的命令的。

当时，杨大江认为自己经过几个小时的铺垫和软硬兼施的威胁，已经对"老黑"产生了恰到好处的威胁作用，便将拉杆箱里的200万现金倒在了茶几上。

起初，"老黑"还以为杨大江给他的这200万现金，是让他去动迁"钉子户"。当他从杨大江的嘴里得知这200万现金是给他杀人的雇佣金以后，吓得瘫倒在了地毯上。

杨大江见"老黑"吓瘫了，像拎小鸡一样，拎着他衣领，将他拽到了眼前，对着他耳朵说出了陈小文的名字，然后一松手，"老黑"仰面朝天，脸都没了血色。他呆呆地望着天花板，吓得一句话都说不出来。

"砰"，"老黑"听到了一声关门的声响，他估计是杨大江已经出门，便赶忙瞪大眼睛去寻找茶几上的钱。

在"老黑"的印象中，杨大江刚才将一大堆的现金，都倒在了宾馆的茶几上。可眼前，茶几上怎么没有了那些钱，只剩下一堆像金字塔一样的小山？"老黑"的视线模糊了。

"老黑"腾地一下从地毯上爬起来，使劲儿摇晃着脑袋，视线渐渐变得清晰起来。

"妈的，'金字塔'不就是钱嘛！""老黑"嘀咕着，欣喜若狂地扑向"金字塔"，呼的一下，将"金字塔"压在了身下。

"老黑"趴在"金字塔"上，双手抱着茶几，"嘿嘿"笑着说道："这钱可都是我的了！"

过了一会儿，"老黑"又坐在地上，将200万人民币一捆捆地往拉杆箱里装，一边装，还一边嘟囔："杨大江，你也太高看我了，我哪敢杀人啊！拿了钱，我立即就会从你的眼前消失得无影无踪。"

杨大江从卫生间的门缝里窥视着"老黑"见钱眼开的那副德行，差一点儿笑出了眼泪。

"老黑"像刨土的小鸡，两个爪子拼命地"捯饬"着茶几上的钱，一捆捆地往拉杆箱里装，他正装得起劲儿，身后突然传来杨大江"哈哈"的笑声。

"老黑"以为遇到了鬼，吓得一屁股坐在了地上。

杨大江走到他的身边，拍着他的肩膀说道："黑哥，你要携款潜逃吗？"

听到了杨大江的说话声，"老黑"骨头一软，险些背过了气。

"老黑"回过头，哆哆嗦嗦地问："杨队，你不是走了吗？"

杨大江嬉皮笑脸地说道："不看见你把钱收起来，我能走吗？"

"老黑"战战兢兢地问："杨队，我刚才分明听到了你关门的声音啊！"

"没错啊！那是我去卫生间的关门声。"杨大江说着，笑得更加开心。

"老黑"一屁股坐在了拉杆箱上，擦着冷汗说道："杨队，能不能不戏耍'老黑'？'老黑'都快被您吓成精神病了！"

杨大江把脸一板，说道："老黑，我还是那句话，水贼过河甭使狗刨。我可警告你，拿人钱财，与人消灾，这是道上的规矩，你要是跟我耍花招，可别怪我对你下黑手！"

"老黑"无奈地点着头。

杨大江又瞪起了长条眼，说道："你小子记住，你的小命时刻都攥在我的手里，我给你的时间只有三天，三天之后，你提着人头来取钱。三天之内，你不许与外界接触，更不许回家，这个房间我给你包下来了。"

杨大江向"老黑"宣布完了"纪律"，一把将坐在拉杆箱上的"老黑"扒拉到一边，将他没装完的钱都装进了拉杆箱子里。

"老黑"瞪圆了眼睛，他见杨大江装好了钱，拉着拉杆箱要往外走，便站起身来拦住了他的去路："杨队，你别走啊，咱俩的事儿还没办完呢！"

杨大江见"老黑"果然对钱动了心，心里一阵暗喜，为了再加重筹码，他一边往门外拽拉杆箱子，一边说道："黑哥，我不是告诉你，三天后提头来见吗？到时候，这些钱都是你的，一分钱都不会少。"

"杨队，别价呀！您刚才不是说好了，这次是'上打租'，先付钱，后'干活儿'嘛！这箱子你不能拿走，我'干活儿'也得有费用啊！""老黑"说着，依依不舍地开始往回拽着拉杆箱。

杨大江觉得火候到了，将拉杆箱往"老黑"手里一推，说道："那好，我说话算数，'上打租'就'上打租'。不过，你可记住，三天，就三天！"

望着杨大江关门离开的背影，"老黑"心里骂道："妈的！你他妈的比毒蝎子还要狠毒。"

杨大江刚走到门口，又转回身来对"老黑"说道："黑哥，你是不是在骂我？"

"老黑"赶紧回答："没，没呀！"

"那好，把你的手机交给我，免得被人给定位了。我还要告诉你一声，你的一举一动，都在我的监控之下。"杨大江说着，砰的一声关上屋门，扬长而去。

"妈的，你他妈的真比狐狸还狡猾。""老黑"嘴里骂着，将拉杆箱拽到了床边。

"老黑"嘴里嘀咕道："唉，好多年都不干'大活儿'了，还真有点打怵。俗话说，打仗亲兄弟，上阵父子兵。我还真得把我'二黑'老弟找过来，和他好好合计合计该怎么下手。"

"老黑"又在衣兜里摸着手机，摸了半天才想起来手机已经被杨大江拿走了，便又骂了起来："他妈的，手机还让他给拿走了，这回真他妈与外界隔绝了。"

"老黑"想了想"二黑"的电话，可怎么也凑不齐11位数字，只好用房间里的座机给他媳妇打了电话："老婆，你打电话让'二黑'马上到双阳宾馆1003房间来一趟，我找他有事儿。"

"老黑"给媳妇打完了电话，心里又在盘算是什么人得罪了杨大江，让他非得动了杀机不可！他从拉杆箱里取出了杨大江留给他的那个信封，他要看看杨大江让他去杀的是个什么人。

"工人村，平房，五十多岁单身老头儿。""老黑"端详着陈小文的照片，琢磨着他在工人村的住址。虽然照片上没有名字，但陈小文的脸谱已经深深印在了他的脑海中。

"叮咚"，不知道过了多长时间，"老黑"听到了门铃声，他赶忙开门。

"二黑"见了"老黑"，劈头便问："大哥，接到嫂子的电话，我连跑带颠就过来了，出什么事儿了，这么急？"

"老黑"拿出陈小文的照片，小声说道："老弟，有人雇我干掉这个人。"

"二黑"接过陈小文的照片，瞅了一眼，问道："大哥，你疯了？现在是什么时候了，你还敢干'大活儿'？"

"老黑"拿过杨大江给他的一条中华烟，扔给"二黑"说道："我不是没办法了，才找你过来合计该怎么办吗！"

"二黑"盯着"老黑"问道："大哥，这么说你接'活儿'了？"

"没办法，人家把钱都拿来了。""老黑"说着，冲着拉杆箱努了努嘴。

"二黑"问："多少？"

"老黑"咽着吐沫回答道："200万。"

"二黑"点着头说道："嗯，钱还不少。"

"老弟，你敢干不？你要是敢干，这钱就都是你的了。""老黑"说着，看着他的反应。

"二黑"撇着嘴,摆手拒绝道:"大哥,这是杀人,不是杀鸡!你都不敢干,我哪里敢干啊!"

"老黑"见"二黑"不肯干,便问:"那可怎么办?你给哥哥出个主意。"

"二黑"嘿嘿一笑,马上给出主意:"跑呗!咱哥儿俩拿着钱远走高飞不就完事儿了吗?"

"老黑"把脸一沉,脑袋摇得像个拨浪鼓似的说道:"你他妈的拿雇主当傻子呀?要是能跑,我他妈早就跑了,还找你干个屁。"

"二黑"见"老黑"不同意跑路,眼珠一转,又出了一个馊主意:"转包啊,我们拿他的钱再去雇别人干,咱哥儿俩对个缝儿,让'二包'干这个'大活儿'去。"

"老黑"深思了一会儿,点着头说道:"你还别说,我看这个主意可行。"

刚说完,"老黑"又苦笑着问:"可是雇主给的时间只有三天,上哪儿去找'二包'呀?"

"哥,你先别着急,让我想想,谁敢干这个'活儿'。""二黑"说着,闭上了眼睛。

过了一会儿,"二黑"一拍脑门儿:"干这个活儿的人首先得是亡命徒,而且还得特别缺钱花,我得在吸毒的小崽子当中物色一个敢干的。"

说罢,"二黑"又闭上了眼睛,在脑子里过了一会儿电影,然后又拍着脑门说道:"大哥,有了!我看'三撇了'能行。这小子是倒腾'白粉'的,手里缺钱。"

"好嘞!你赶快给'三撇了'打电话,约他到这里来谈,我到工人村去'踩点'。""老黑"说着,穿上了羽绒服。

"二黑"见"老黑"要出门,赶忙阻拦道:"大哥,'活儿'都兑出去了,谁接'活儿',谁'踩点',你还过去踩个屁'点'。"

"老黑"回过头来,冲着"二黑"诡异一笑,说道:"这你就不懂了,我这叫欲擒故纵。我越是不干的'活儿'越得装作干'活儿'的样子。起码得让雇主从监控里能看到我去过现场,否则,他是不会相信我的。你在这儿等着我,我去工人村监控镜头底下晃一圈就回来。"

第十四章 转包杀手　　123

"老黑"出了客房,打了一辆"的士",按着杨大江提供的地址去了"工人村"。两个多小时以后,回到了双阳宾馆。

"老黑"用房卡开了门,人还没有进屋便对着屋内小声说道:"我回来了。"

"老黑"一边脱去了羽绒服,一边说道:"'二黑',工人村凡是有监控镜头的地方,都留下了我的身影。"

"老黑"见"二黑"没有搭茬,心里一惊,急忙跑进里屋,叫喊着:"'二黑','二黑',你在哪儿?"

"老黑"在套房里外屋叫着"二黑",满屋子找了一个遍,也没有见到"二黑"的身影,他慌慌张张打开衣柜,只见那只拉杆箱还在。

"老黑"啪地一下拽出拉杆箱往床上一扔,打开拉杆箱的拉链,一捆捆地数着拉杆箱里面的钱。

"老黑"数着钱,额头开始冒汗:"怎么剩180万了?"

"老黑"反复数了两遍,确认箱子里少了20万块钱。他一屁股坐在地毯上,甩着鼻涕哭咧咧地骂起来:"'二黑',你他妈的,竟敢劫我的要命钱,你不得好死呀!"

"老黑"一遍遍骂着,不停地在屋里转着圈,一时间没了主意,他不知道该如何收场了。

"叮咚,叮咚",正当"老黑"一筹莫展的时候,突然传来了门铃声。

"老黑"腾地一下跳下床,光着一只脚,另一脚上趿拉着拖鞋,连跑带颠地去开房门,嘴里还"嘀咕"着:"'二黑',你他妈还真回来了!"

"吱扭","老黑"拽开了房门,只见门外站着的不是"二黑",心里顿时凉了半截。

"老黑"瞅了瞅门外站着的陌生人,问道:"你找谁?"

"你是黑哥吧?"陌生人说着,进屋关上了门。

"老黑"警惕地打量着来人问道:"你是?"

"黑哥,我是'三撇了',二哥说你给我介绍了一个'大活儿',我一听说你给现钱,立马打车过来了。""三撇了"说着,脱去了身上穿的军大衣。

"老黑"想起了"二黑"要兑"活儿"的话，心里略微踏实了一些。他心里骂道："'二黑'，算你他妈还有点良心。"

"老黑"定了定神，用手在脖子下面画了一条横线问道："你敢干这个'大活儿'？"

"三撇了"一屁股坐在了沙发上，嬉皮笑脸地说道："黑哥，有钱能使鬼推磨，只要你给现钱，我就敢干！黑哥，你能给多少？"

"老黑"想起被"二黑"劫走了20万元，心想：我他妈的也得对个缝儿，于是伸出一个手指头，说道："100万！"

"三撇了"挤着眼儿，说道："黑哥，100万要不了命，只能干残废。"

"老黑"想了想，冷冷地说道："干残废不行，我不要活口。"

"三撇了"板着脸，开始与"老黑"讲价："黑哥，不要活口就得加钱，200万，你再加100万，咱俩就成交。"

"老黑"见"三撇了"开了价，心里骂道：我他妈哪里还有200万给你呀！现在满打满算也就剩下180万了。于是还价道："200万太多了，我再加20万，120万总该行了吧？"

"三撇了"摇着头，也给"老黑"还了价："黑哥，干这么大的'活儿'，哪是轻而易举的事儿呀？我少要你20万，你给我180万，咱俩就成交！"

"老黑"一听180万的钱数，差一点儿气昏过去，他心里又在骂着："'二黑'呀，'二黑'！你他妈一点缝儿都不给我留，是不是？"

"老黑"骂完了"二黑"，点燃一支烟，对"三撇了"说道："我最多再给你加10万，一共130万！"

"黑哥，这么大的'活儿'，130万做不下来，我看你还是找别人去做吧！""三撇了"说着，转身就要走。

"老黑"见"三撇了"要走，马上沉不住气了，他咬了咬牙，说道："'三撇了'，算你狠！我再加20万，150万总该可以了吧？"

"三撇了"一听150万，立马龇着牙说道："黑哥，你咋不早说呢？早说，早就成交了，何必磨叽这么半天呢！拿钱！拿了钱，我好去干'活儿'。"

第十四章 转包杀手　　125

"老黑"见"活儿"已经兑了出去，自己又赚了30万，又有点不放心地走到"三撇了"对面，一把抓过他的衣领子，凶狠地说道："'三撇了'你可听好了，黑哥也是黑道上的狠人，你要是骗我，小心你的脑袋。"

"三撇了"赶忙向"老黑"做着保证："黑哥，你就放心吧！拿人钱财，替人消灾，老弟要是不懂这规矩，就白在黑道上混了。"

"老黑"从衣兜里掏出陈小文的照片和地址，递给"三撇了"，说道："两天，我就给你两天时间，两天之内，我要看到这个人的人头。"

"三撇了"接过陈小文的照片和地址，压低声音说道："放心吧，黑哥！"

第十五章

"卧底"出狱

杨大江像过电影一样，在脑子里回放着事情经过。他虽然搞不清楚大哥杨大海为什么看了那几张青铜器照片就大惊失色，也不知道大哥在那个优盘里看到了什么。既然大哥坚信陈小文还活着，那陈小文就一定还活着。此时，杨大江也坚定地认为"金童玉女"从"梁艳"嘴里审出来的那起"雇凶杀人案"就是陈小文被害案，只是这起案件出现了另外一个结果，那就是被害人并没有死。

杨大江心里已经十分清楚，陈小文之所以没有被除掉，是因为"老黑"没敢直接下手，而是将杀陈小文的"活儿"出兑给了"下家"。

"下家"接"活儿"后，又继续转包给"下家"，这样"二包""三包"地不停往下转包，最后谁也没能得手，还分掉了他杨大江"上打租"的200万元雇佣金。

杨大江捋清了思路，他越想越憋气，自己打了一辈子的大雁，怎么反倒被大雁啄瞎了眼？杨大江气急败坏地怒吼了起来，他觉得整个过程太蹊跷，太戏剧化，简直令人无法置信。杨大江想到了那句"事出反常必有妖"，他预感到这件事情超乎了常规，确信这件事情里面一定有个妖人在作祟，杨大江下定决心要揪出这个"妖"。

杨大江不愧是一名经验丰富的刑警，他分析得一点儿都没有错。导致陈小文一直活着的人，真就是一个"妖人"，一个对杨大海恨之入骨，恨不得嚼碎了杨大海和杨大江骨头的人。

这个"妖人"原名叫张鑫，20多年以前，在双阳大学当过管理员。一次偶然的机会，他发现学校历史系文物陈列室丢失了老华侨捐赠的6件春秋战国时期的青铜酒器，便向学校保卫科报了案。哪承想，保卫科负责调查此案的杨大海，怀疑是他借着能够出入陈列室的机会，监守自盗，便把他送进了派出所。

也怪张鑫命不该绝，那天晚上，他借着审查他的民警杨大江熟睡之际，戴着手铐奇迹般地逃出了派出所，偷渡到了韩国。在韩国，张鑫隐姓埋名躲藏了十几年，积攒了一些家业以后，他整容换了一张脸皮，又回到了双阳。他要与杨大海一决雌雄，慢慢下一盘大棋，看看究竟鹿死谁手。

张鑫用林鑫鼎的名字，注册了"鑫鼎财富投资管理有限公司"，当上了放贷公司的大老板，名字自然也就改成了林鑫鼎。

林鑫鼎个子不高，圆脑袋、大肚子，说话声音有些嘶哑，整容后的长相酷似老电影《小兵张嘎》里面的胖翻译官；他经常戴着一副和胖翻译官一样的黑框圆眼镜，就连做派都与胖翻译官极为神似。

林鑫鼎不喜欢手下人称呼他老板或者老总，他给自己戴上的桂冠就是校长。他时常对手下人说，当校长，曾经是他最崇高的理想。

双阳大厦是双阳市的地标性建筑，由于大厦的外形像一座高耸入云的圆形塔，又被称为双阳塔楼。

塔楼共有100层楼，"鑫鼎财富管理投资有限公司"购买了最顶的两层楼，把塔尖第100层超大圆形写字间改造成了林鑫鼎的私人空间；又把第99层用作了员工集资、放贷的办公场所。

林鑫鼎在他的私人空间里完善了吃喝玩乐一切功能，还给这个空间起了个"天上人间"的雅号。林新鼎经常站在"天上人间"圆弧形的落地玻璃窗前，极目远眺兰亭山，俯瞰脚下车水马龙的双阳市街景，自诩是仙境里的高人。

这天，双阳市迎来了入冬以来少有的一个晴天，天空像一个巨大的穹顶，用湛蓝色笼罩住了披着银装素裹的双阳市。

林鑫鼎背着手，在落地窗前一圈一圈地踱着步，鸟瞰着眼前的蓝白世界，突然，想到了有人向他介绍的水墨画《富春山居图》。他虽然不知道《富春山居图》出自哪个朝代，也不知道画家的名字，更不懂得这幅画的收藏价值，但只要他想得到的东西，想什么办法也要得到，而且还想不花钱就能得到。

"叮咚"，"天上人间"的门外传来了门铃声，林鑫鼎瞥了一眼监控器上的显示屏，按动了开门的按钮。

"天上人间"的门一开，林鑫鼎的弟弟"二林子"手提着一个沉甸甸的拉杆箱，轻手轻脚地走到了他的面前，压低了声音对他说："校长，'狐狸夜总会'的侯峰总经理过来，他说了一个十分重要的情况。"

林鑫鼎背靠着落地窗的扶手栏杆，瞅着对面的"二林子"，问道："什么重要情况？"

"二林子"上前一步，回答道："侯总说，有个叫'三撇了'的小厮，到夜总会去找下家，他说要出资100万，雇凶杀人。"

林鑫鼎用食指推了推架在鼻梁上的黑色眼镜框，问道："100万？雇凶杀人？"

"二林子"回答道："是的，侯总说，他看'三撇了'像是个'对缝'的，他估计'上家'给的钱数要高于100万。"

林鑫鼎皱了皱浓黑的眉毛问："要杀个什么人？"

"二林子"回答："侯总说是住在工人村的一个50多岁的单身老头。"

林鑫鼎晃了晃滚圆的大脑袋问道："一个50多岁的单身老头，能值100多万吗？"

"二林子"赶忙回答："侯总也觉得不值，才过来向您反映，他还拿来了那个老头的照片和地址。100万雇佣金，他也带来了。"

林鑫鼎挺着圆滚滚的肚子，接过了照片，仔细端详了好半天才，突然喜上眉梢，他自言自语道："是你吗？我的宝贝？你终于回来啦！"

林鑫鼎闭上眼睛，开始沉思，好半天以后才说道："老弟，我们的好运气来了！你记住，只有控制住了必要的人，才能赚到必需的钱。"

"二林子"不明白林鑫鼎这句话的意思，点头说道："嗯，记住了。"

林鑫鼎又拍着"二林子"的肩，吩咐道："你马上到黄培家，把他给我接过来。剩下的事情，你就全明白了。"

"二林子"吃惊地问："校长，黄培出来了吗？"

林鑫鼎眨了眨眼睛，诡异地说道："我的直觉告诉我，他肯定出来啦！"

一小时多以后，林鑫鼎的"天上人间"又传来了"叮咚"的门铃声，他瞥了一眼监控屏幕，只见"二林子"领着一个瘦小枯干的中年人站在了门口。

"二林子"将中年人送进了"天上人间"，转身出去。中年人站着，东张西望看着窗外的蓝天白云，好半天才想起来向林鑫鼎鞠躬："老大，我回来了！"

林鑫鼎让中年人坐在了沙发上，问道："黄培，你出来几天了？怎么也不过来向校长报告一声呢？"

黄培一怔，他疑惑地问："校长？哪个校长？黄培在监狱里都被关傻了，不知道谁是校长啊！"

"哦，不知者不怪！不知者不怪！"林鑫鼎慢声慢语地说着，将侯峰拿过来的照片递给黄培道，"你看看照片上的这个人，你认识不？"

黄培接过照片一看，赶忙站起身来，连连说道："老大，黄培没有完成好您交给我的任务，黄培对不起您！"

林鑫鼎眯着眼睛看着黄培，习惯地用食指推了推鼻梁上的眼镜框，问："黄培呀，你说说，我对你怎么样？"

听了林鑫鼎的问话，黄培知道林鑫鼎嘴上说的是面子，实际指的是里子，便鞠着躬说道："老大，黄培实在对不起您！前几天，监狱管教员说我和陈小文是在同一天释放，可不知道为什么，我比他晚释放了两天。就这样，我把他给弄丢了。不过您放心，用不了几天，我就会把他找回来。"

林鑫鼎没有正眼看黄培，他指着沙发，说道："哦，坐下说，别总站着啊！"

黄培低着头，像是面对监狱里面的管教警察一样说道："老大，黄培有罪，黄培站着就行！"

林鑫鼎抬起头，看了一眼战战兢兢的黄培，换了一副笑脸问道："你老妈怎么样？她身体还好吗？"

黄培见林鑫鼎问起了自己的母亲，赶忙又深鞠一躬说道："托老大的福，老太太身体非常好。我一回来她就对我说，经常有人给她买米、买油，还给她零花钱。我知道，她这些年多亏了您的照顾，不然都活不到等我出来这一天。"

林鑫鼎微笑着，晃着大脑袋说道："不不，老太太又不认识我，托我什么福？"

黄培脸上的刀疤抽动了一下，说道："老大，老太太虽然不认识您，可我知道，您这些年给她的生活费少说都有好几万，再加上黄培欠您的债和利息，恐怕下辈子也还不上了。"

林鑫鼎歪着头，瞥了一眼黄培的"刀疤脸"，拍着圆圆的肚子说道："还不上就不用还了，本校长不差你这百八十万的钱。"

黄培见林鑫鼎一张嘴就免了他的债务，赶忙表态："老大，黄培永远记住您的大恩大德，不出三天，我保证找到陈小文。要死的还是要活的，您老人家只要吭一声就行，黄培绝对不说半个'不'字。"

林鑫鼎又眯起了眼睛，脸上露出了一丝笑意。他站起身来，轻轻拍了拍黄培的肩膀说道："坐下来说话，不要那么客气嘛！"

黄培忐忑地坐在沙发上，双手放在膝盖上，小心翼翼地问道："老大，您找黄培过来有什么吩咐吗？"

林鑫鼎眨了眨眼镜片后面的小眼睛，问道："黄培，还记得在你进监狱之前，我安排你的事情吗？"

黄培见林鑫鼎问起了陈小文，立即拉开了话匣子："老大，记得，记得，您的怀疑没有错，我看他肯定就是那个偷文物的贼。"

林鑫鼎又皱了皱浓黑的眉头，嘶哑着声音问道："哦，他承认了吗？"

黄培清了清嗓子，对林鑫鼎讲起了他与陈小文在监狱里的交往经过。眼前同时浮现出了他与陈小文在一起的监狱生活……

5年前，黄培因敲诈勒索进了监狱，他被林鑫鼎买通关系，特意安排到了双阳监狱的第二监区，与陈小文在同一监区服刑。

起初，黄培并没有主动去接触陈小文，而是暗中观察他的一举一动。后来，他发现陈小文一进监狱的图书阅览室，就翻看《文物》杂志，才开始有意接近他。

那天，陈小文又聚精会神地看起了《文物》，杂志中一篇介绍《中国酒文化》的文章吸引了他，文章很通俗，又图文并茂，陈小文看得有些入了神。他用手指着文中的图片，心里默念着：觚、觯、角、爵、斝、觥，这些文字原来都不知道怎么读，更不知道它是什么意思，这回对照图片才弄明白，原来这几件青铜器就是古代喝酒用的酒杯、酒壶啊！

陈小文闭上眼睛寻找着自己的记忆，他一会儿看看文字，一会儿又翻过来掉过去，调整着图片角度，显然已经进入了"钻研"的状态。

这时，身穿"203"号囚服的黄培，凑到了身穿"101"号囚服的陈小文身边，挤眉弄眼地对他说："'101'，看来你对文物很有研究啊！"

陈小文被问话声吓了一跳，他侧脸一瞅，看到了长着"刀疤脸"的黄培。陈小文没有理会黄培，他下意识地抬头瞅了一眼正在阅览室内巡视的监管队长，挪动了一下屁股下面的板凳，转过身把后背晾给了"203"。

黄培见陈小文没有搭理他，便贴着陈小文耳朵问道："'101'，你是研究文物的，还是偷文物的？"

陈小文有些烦了，他举着右手，冲着巡视的监管队长喊道："报告队长，'101'报告。"

监管队长听到了陈小文的报告声，转过脸大声问道："'101'，你有什么事情要报告？"

陈小文放下举着的右手，指着黄培对监管队长说道："报告队长，'203'干扰我学习。"

监管队长背着手，走到黄培身旁，严肃地说道："'203'，你到那边去，不要影响'101'学习。"

陈小文见"203"号犯人离开了紧挨着他的座位，便又端正了坐姿，眼睛也回到了那本杂志的图片上。

过了一会儿，监管队长看了看手表，大声命令道："阅读时间到，全体起立，回房间就寝。"

陈小文站起身，将杂志放回了书架。同其他犯人一起，排着队走回了寝室。

犯人的寝室是一个有着两层楼高的封闭空间，通透的铁网和步廊，将封闭空间隔成了上下两层。上层是监管队长看守犯人的看管区域；下层才是犯人休息就寝的地方。监管队长只要在步廊上层巡视，下层犯人的一举一动都被他会尽收眼底，因此，犯人只能在警官的视线下迅速就寝。

陈小文回到寝室，他躺在木板床上，心里还在想着《文物》杂志上介绍的各种古代酒杯和酒壶：原来杨大海让我偷的都是古代的酒器啊！看来这小子对古代酒器早有研究，而不是像他对我说的，只是一些破教具。陈小文翻来覆去地翻着身，一整夜都没有合眼。

从那天开始，黄培便开始主动接触陈小文。不知怎么的，在黄培向陈小文"暗送秋波"时，陈小文竟也"鬼使神差"地与他有了"眉来眼去"。这样一来二去，"203"和"101"在监管队长的眼皮子底下，有了心灵的沟通。后来，监区重新调换犯人寝室，黄培便被调到了与陈小文同一个寝室。

夜深人静，隔壁犯人的寝室发出了一阵阵鼾声，黄培借着二层屋顶微弱的灯光，发现陈小文还睁着眼睛，便轻声问道："'101'，你叫什么名字？"

"我叫陈小文，你呢？"陈小文自报了姓名，又反问黄培。

"我叫黄培。"黄培也与陈小文互通了姓名，两人有了第一次沟通。

黄培问陈小文："你因为什么事儿进来的？"

"杀人，你呢？"陈小文小声问着黄培。

"敲诈勒索，我帮老大去催高利贷，人家报警了。警察就把我给抓了。"黄培轻声做着回答。

陈小文又问："你判了几年？"

"5年，你判了几年？"黄培反问道。

陈小文回答："死缓，改判后，刑期还剩5年。"

黄培侧着身子来了兴致："那咱哥儿俩说不定能同一年出狱呢。"

"嗯"，两人像蚊子一样"嗡嗡"唠得正起劲儿，监管队长巡视到了他们的头顶。

监管队长轻轻地敲着两人头顶上的铁网，对他们说道："你们两个不许说话，快睡觉。"

……

林鑫鼎静静地听着黄培叙述他与陈小文的接触经过，尤其是听到陈小文对文物的兴趣以后，鼻子一"哼"，说道："看来我的直觉没有错。"

林鑫鼎的脸上露出了一丝微笑，他关切地问："后来你们相处得怎么样？套出他的话来了吗？"

黄培赶紧回答："老大，我们相处得非常好，在监狱里处成了好哥们儿。"

林鑫鼎着急地又问："我在问你套出他的话来没？你们处得好不好，跟我没有什么关系。"

黄培摇着头，失望地回答道："老大，这家伙表面上看着挺憨厚，是那种一扁担都压不出来一个屁的蔫巴人，从来都不多说话，嘴巴特别严。我每次提及文物的事情，他都守口如瓶。"

林鑫鼎有些不高兴地问："黄培，我让你接近他，是想证实是不是他干了偷文物的事儿，是不是还有同伙，可不是让你对我也守口如瓶吧？"

"老大，黄培对您绝对忠诚，不会对您有半点隐瞒。不过，我从他的表情和言谈话语判断，他一定是那个偷文物的人。回头我去找他，肯定会拿下他的口供，不会让您失望的。"黄培信誓旦旦地表着态。

"哦，这就对了嘛！黄培，看来我还是没有看错你，你这5年遭的罪，我会加倍给你补偿的。你要是有什么要求只管说出来，我会满足你的。"林鑫鼎一边给黄培画饼，一边偷眼观察着他的表情，他在给自己的下一步打算做着铺垫。

黄培见林鑫鼎对他有了许诺，趁机提出了一个要求，其实，他也是想试探一下林鑫鼎对他的承诺是否能够兑现。于是说道："老大，黄培没有什么额外要求，只是想给老娘换一个好一点儿的房子，让她老人家的晚年能过得舒坦一些。"

林鑫鼎见黄培提出了要求，马上应允："好，我林某从来不与不孝顺父母的人交朋友。这件事儿，我回头让人去安排。"

黄培见林鑫鼎答应得如此爽快，起身鞠躬道："谢谢老大！"

林鑫鼎见黄培又鞠躬，一把抓住他的胳膊说道："不过，你马上还得去给我办一件事儿。"

　　黄培立即挺直了腰板，说道："老大，别说一件事儿，就是十件八件事儿，黄培都在所不辞。"

　　"好，你拿上箱子里的100万现金，今晚就去把他给我做掉！"林鑫鼎说着，冲着放在门口的拉杆箱努了努嘴。

　　黄培看着林鑫鼎眼睛里露出的凶光，又瞧了瞧门口的拉杆箱，双腿不自然地打起了颤。他哆哆嗦嗦地问："老大，是，是去'做掉'陈小文吗？"

　　林鑫鼎把脸一板，学着电影《追捕》中矢村警长的台词，一语双关地问道："怎么你害怕了？你的腿怎么发抖了？"。

　　黄培不知道林鑫鼎在说台词，他惊慌失措地问："老大，黄培不是害怕，我刚出大狱……再晚两天行不？"

　　林鑫鼎"嘿嘿"笑着，站起身来，拍着黄培的肩膀说道："我不是让你真杀他，我是让你假扮成杀手，去制造一个给雇凶杀人的雇主看的杀人现场，然后把他领到兰亭山脚下，你的第一个任务就算完成了。"

　　黄培的脸上恢复了平静，他问："还有第二个任务吗？"

　　林鑫鼎将目光转向了落地窗外，思索了一会儿，说道："然后你再配合我，拿下他的口供……"

第十六章

月黑杀人

黄培按着林鑫鼎的授意，连夜就要去"谋杀"陈小文。当晚，天色幽暗，月黑风高，不时还伴着一阵阵大风。

黑夜里，黄培戴着鸭舌帽、穿着破棉袄，悄悄溜进了陈小文家的小院子，静静观察着屋内的动静。

一阵北风呼啸而来，将陈小文家窗户上钉着的防寒塑料布吹得哗哗作响，紧接着又吹开了他家那扇年久失修的破木门。

黄培借着呼呼的风声，哧溜一下溜进了陈小文家的外间屋，躲在了屋门后面的水缸旁边，只要陈小文从里间屋里出来关门，他就要动手"杀人"。

此时，陈小文家室内的温度很低，比屋外也暖和不到哪儿去，他穿着军大衣，盖了两层旧棉被，还冻得瑟瑟发抖。

突然，他听见了外间屋门被大风吹开时发出的"咣当"声响，又感觉有一股冷风袭入了屋内，便举着蜡烛出来关门。

陈小文怕蜡烛被风吹灭，将手遮挡在蜡烛的前面，小心翼翼地走到屋门口，他刚要关门，就见从门后闪出了一条黑影。

"黑影"一个箭步蹿到了陈小文的身后，左手捂着他的嘴，右拳重重打在了他的太阳穴上。

陈小文被打得一个趔趄，手上的蜡烛"咕噜噜"飞到了一边，屋内瞬间变得一点光亮都没有。

陈小文大声喊叫："什么人？你要干什么？"

"黑影"二话不说，拦腰抱住陈小文，就要把他摔倒。陈小文抬起右脚，向身后用力一踹，正好踹在了"黑影"的膝盖上。

"黑影""啊"的一声怪叫,一个下蹲,顺势抱住了陈小文的双腿,将他摔了一个"嘴啃泥"。

黑影嗖的一声,抽出一把寒光闪闪的匕首,将刀尖顶在了陈小文的后脑勺上,压低声音呵斥道:"小子,记住今天的日子,明年的今天就是你的周年。"

陈小文使劲儿一歪头,躲闪过了刀尖,一骨碌翻过身来,仰面朝天地问道:"好汉,咱们没怨没仇,你干吗要杀我?"

黄培瞪着眼睛说道:"少说废话,有人雇我杀你,你就得死。"

说话间,黄培的刀尖又扎到了陈小文的咽喉上,正当他要用力捅刀的时候,却听到了陈小文惊恐的声音:"哥们儿,你是谁?我怎么听着有点耳熟?"

黄培见陈小文可能听出了他的声音,故意提高了声调说道:"少他妈和我套近乎,我一刀捅死你。"

这次,陈小文听清楚了说话的声音是他的狱友黄培,大声问道:"哥们儿,你是黄培老弟吧?"

黄培见陈小文叫出了他的名字,故作惊讶地问道:"你是谁?"

陈小文一把将黄培的匕首扒拉到了一边,大声叫道:"黄培老弟,果然是你呀!我是和你一起劳改的陈小文啊!"

黄培见陈小文叫出了他的姓名,假装吃惊地问:"陈小文!怎么会是你?"

陈小文一把揪住了黄培的胳膊,把脸凑到他的面前,说道:"老弟,你好好看看,不是我是谁?"

黄培拎起了陈小文的脖领子,假装仔细看着他的脸,手一松,叹息道:"文哥,怎么会是你呀?这,这可让我怎么下得去手啊!"

陈小文从地上爬起来,拍了拍身上的尘土,露出了笑脸,他问:"老弟,你是哪天回来的?"

黄培捡起被陈小文打掉在地的匕首,又从衣兜里翻出一张字条,问道:"文哥,你看看这个地址是不是你家?我别走错了屋。"

陈小文重新点燃了蜡烛，用烛光照着写有他家地址的字条，莫名其妙地说道："没错，这是我家的地址，你怎么会有我家的地址呢？"

黄培一把抓过字条，冲着陈小文的耳朵说道："文哥，有人花100万雇我杀了你，才给了我你家的地址。"

陈小文一听有人要杀他，摇头摆手道："老弟，你可别开玩笑了，哥的兜儿比脸都干净，这条烂命哪能值100万啊！"

"文哥，别多说话了，外面可能还有人在监视我，你快给我找一条大一点儿的麻袋，咱俩赶快离开这儿。"黄培对陈小文说着，开始假装东张西望找麻袋。

陈小文疑惑不解地问："老弟，你要麻袋干什么？"

黄培趴在陈小文的耳边，轻声说道："我把你装进麻袋，扔进松江里，我的'活儿'就算干完了。"

陈小文急了，他惊慌地问："黄培老弟，你还真要把哥哥扔江里呀？咱俩可是朝夕相处了五年多的好哥们儿啊！"

黄培没有吭声，他从屋里找到了屋外，趁陈小文不注意，从院子里拎进了一条他事先准备好的麻袋，急切地说道："文哥，快钻进这条麻袋里，出去时，你只能挣扎，不许出声，以免被监视我的人看清楚咱哥儿俩是在做戏。"

陈小文听黄培这么一说，顿时明白了黄培的用意，他"哧溜"一声钻进麻袋，主动做了黄培的道具。

黄培一边用绳子扎住麻袋口，一边说道："文哥，你听好了，双阳大桥边上有一个垃圾站，那个地方是监控的死角。我骑三轮车假装撞垃圾桶，你钻出麻袋以后，从左边第一个垃圾桶里拿出一个拉杆箱，那个箱子里面有100万现金，你拿着拉杆箱到火车站前的纪念塔旁边去等我。"

黄培对麻袋里面的陈小文做着安排，又在脑子里捋了一遍他精心构思的下一步打算，脸上露出了一丝得意的冷笑。

一分多钟以后，黄培扛着装有陈小文的麻袋，疾步走出陈小文的家门。

不远处停放着他骑过来的平板三轮车，黄培"咚"的一声，将麻袋包扔到了三轮车的厢板上，骑着三轮车，离开了陈小文家的幽暗小巷。

黄培飞快地骑着三轮车，左拐右拐驶上了一条偏僻的小路，不大一会儿，就来到了双阳大桥旁边。

"咣当"，三轮车撞倒了路边的垃圾桶，装着陈小文的麻袋包"骨碌"一下滚落到了垃圾桶的后面，麻袋包里面的陈小文险些被摔得晕了过去。

黄培快速解开系麻袋口的绳子，放出了里面的陈小文，随手又从另一个垃圾桶里取出了他事先放进去的两个煤气罐，麻利地将煤气罐装进了麻袋。

黄培看了一眼装着煤气罐的麻袋包，又试了试麻袋的重量，感觉和陈小文在里面时差不多少，便"咣当"一声，将扎上麻袋口的麻袋包扔到三轮车上。

黄培紧蹬着三轮车，很快上了双阳大桥，他将三轮车停在了大桥的中央，连拉带拽，将装着煤气罐的麻袋包推到了大桥下。

"扑通"，麻袋包应声落入江中，落水时溅出了一簇黑色的浪花。

黄培趴在桥栏杆上俯瞰，只见距他有十几米深的江水，打着旋儿顺流而下，麻袋包早已被波涛卷入了黑漆漆的江底。

黄培"干掉"了陈小文，制造了完美的杀人现场，转身跨上三轮车，双脚用力蹬着车脚蹬，十分惬意。

三轮车借着桥面下坡的惯性，"咕噜噜"向桥下飞驰，不一会儿，就消失在夜幕中。

双阳火车站广场的纪念塔下，陈小文坐在黄培交给他的拉杆箱上，焦急地等着黄培。他心想：黄培啊，黄培！你这是演的哪出戏呢？你当我是傻子，是不是？我家根本就没有什么大麻袋，你却能从我家院子里能找到我压根儿都没有看见过的麻袋；另外，垃圾桶里的煤气罐也是你事先准备好的道具吧？陈小文回想着刚才发生的一切，从中发现了破绽。

半个多小时以后，陈小文见黄培急匆匆地向他走来，便站起身，说道："老弟，你可来了，都快把我给急疯了。"

黄培用脚踢了一下拉杆箱，感觉到拉杆箱挺有分量，便小声说道："100

万还在，就万事大吉了。"

陈小文偷眼观察着黄培的一举一动，心想：黄培啊，黄培！你拿你陈大哥真当成傻子了，是不是？你以为我会相信能有人用100万块钱来雇你杀我吗？

陈小文见黄培又在弯腰检查拉杆箱的拉链，嘲讽道："你把这么重要的东西交给我，也不怕我拿钱逃跑了？"

黄培没有理会陈小文在说着什么，他拎起拉杆箱，试了试重量，说道："文哥，你到那个厕所前面去等我，我去找票贩子买火车票，咱俩马上得离开双阳市。"

陈小文一听黄培要带他离开双阳市，不解地问："上哪儿去啊？"

黄培沉思了一下，说道："去省城。"

陈小文一听黄培说要去省城，更加狐疑，他刚要拒绝，转念又一想：反正自己现在是一个人吃饱、全家都不饿的单身汉，既然你在演戏，我就配合你把戏演下去，看看你这出戏到底会是个什么样的结局。

火车站的月台上，黄培和陈小文一前一后，连跑带颠登上了开往省城的火车，他们刚走进车厢，火车便"呜"的一声长鸣，驶离了双阳站。

黄培和陈小文在车厢的前排和后排各自找了个座位，黄培望着火车窗外渐渐远去的双阳城市夜景，长长舒了一口气。

陈小文坐在车厢后排靠窗子的座位上，远远看着坐在前排的黄培，心里还在胡思乱想：我陈小文活了50多年，还从来没有听说过，有人提着现金来杀人的事情呢！

陈小文想着黄培为什么要上演这出戏，想着想着，慢慢闭上眼睛，迷迷糊糊地打起了瞌睡。

"旅客朋友们，列车前方到站是省城车站，下车的旅客，请检查随身携带的物品，从列车右侧车门下车。"

不知过了多长时间，陈小文被列车的广播声音惊醒，他站起身来，要去找坐在车厢前排的黄培，可黄培的座位上已经空无一人。

陈小文心里一阵紧张，他正在纳闷儿，一回头，却发现黄培拽着拉杆箱，早已站到了他的座位后面。

黄培和陈小文坐火车来到省城时，已经是第二天的上午。

黄培打开拉杆箱，从里面抽出一叠百元大钞，随便递给陈小文两三张人民币说道："你去买点熟食和酒，顺便再买点生活日用品，我去租房子。"

黄培通过中介租了房子，陈小文买了香肠、猪头肉、牛腱子，两人进了荔湾小区的一间出租房。

这间出租房是一个视野开阔的两室两厅精装房，屋内暖气扑面、家电一应俱全，地上还铺着地毯。

陈小文一进屋便倒在了松软的大床上，他仰望着天花板，连声赞叹："老弟，这辈子我都没见过这么好的房子，就更别说住了。"

黄培拿着手纸，一边走向卫生间，一边说道："文哥，一会儿咱哥儿俩喝点小酒，我给你压压惊！"

陈小文见黄培到卫生间里去拉屎，便想要趁机解开心中的疑团。一路走来，他反复掂量了黄培对他说过的每一句话，既不相信自己会有仇人，更不相信黄培拉杆箱里面真装有100万现金。

陈小文翻身下床，快步走到拉杆箱前，"哗"地一下拉开拉链，一捆捆人民币"哗啦"一下滚落到了他的脚下，陈小文顿时傻了眼。

陈小文看着眼前一捆捆的人民币，眼珠子都要冒出来了，他默默数着捆儿，心都要跳到了嗓子眼儿。突然，他反问起了自己：莫非真有人要杀了我？

陈小文一想到有人要杀他，顿时倒吸一口凉气。

陈小文手忙脚乱地将散落在地上的一捆捆人民币装进了拉杆箱，又将熟食和酒菜摆在了客厅的地毯上。他坐在地毯上，眼睛死死地盯着那个装有100万现金的拉杆箱，呆呆地发起了愣。

此时，陈小文已经开始相信黄培说的话，他感到黄培并不是在演戏。既然一切都是真的，那陈小文用脚指头都能想明白，要杀他的人肯定就是杨大海，只是想不通昔日情同手足的好兄弟为什么要杀他，难道就是为了那6件文物吗？

第十六章 月黑杀人

过了一会儿，黄培出了卫生间，他见陈小文将下酒菜摆在了地毯上，便问："我说文哥，你能不能讲究点，人家又不是没有餐桌、餐椅，干吗要坐地上喝酒啊？"

陈小文将两条腿往一块儿一盘，说道："老弟，哥喜欢坐地上喝酒的感觉。"

黄培心想：在哪儿喝酒不重要，套出你心里隐藏的秘密才是我把你领到这里的真实目的。于是，他瞅了瞅摆在地毯上的酒菜，装出一副笑脸说道："好好好，既然文哥喜欢坐地上，老弟就陪你一块儿坐。反正我们从监狱里出来的人，又不是不会盘腿儿。"

两人席地而坐以后，陈小文打开了两小瓶"二锅头"，两人吃着下酒菜，手把瓶，开始喝起了俗称"小二"的"二锅头"白酒。

陈小文喝了一大口"小二"，对黄培说道："老弟，哥跟你说句实话，我进监狱前的最后一餐，就是和我兄弟坐在地上喝的散啤酒。那天，我买了一大蒸锅啤酒，全让我们哥儿俩给喝光了。"

黄培嘴里嚼着牛腱子，瞅着陈小文问："文哥，没听你说过，你还有个兄弟呀！他是做什么的？"

陈小文心里想着杨大海，脑海里全是杨大海的画面，他语无伦次地回答着黄培的问话："我兄弟和我从小一起长大，我们俩情同手足，我们……"

陈小文动情地说着，话没说完，声音开始哽咽。

陈小文一口喝光了手里那瓶"小二"，一想到他与杨大海的"最后晚餐"，竟触景生情地掉下了伤心的眼泪，仿佛坐在他对面的人不是黄培，而是杨大海。

陈小文声音颤抖着问："兄弟，我的好兄弟！你，你为什么要杀我呀？"

黄培不知道陈小文将他当成了杨大海，还以为陈小文是在问他，不好意思地苦笑了一下，回答道："文哥，原谅我，我不是也没有别的办法了吗！我自罚一杯。"

陈小文觉得眼前的黄培就是杨大海，他声泪俱下地说道："兄弟，没有办法，也不该对亲兄弟下手啊！我……实在没想到，你竟会对哥哥下黑手。"

黄培见陈小文有些激动，主动自罚着酒，他要换一个话题，让陈小文走出悲伤，酒后吐真言地说出埋在他心里的秘密，于是说道："文哥，事情都过去了，就别斤斤计较了，兄弟敬你一杯，给你压压惊。"

陈小文一口一口地喝着酒，脑子里想着杨大海的音容笑貌，一听黄培说事情已经过去了，还真觉得黄培说话的口气与杨大海一模一样。

陈小文的嘴角不停地抽动，眼泪扑簌簌地流出了眼窝，他端着"小二"对黄培说道："兄弟，你能过去，我可过不去。你千不该万不该，不该要我的命啊！"

黄培见陈小文险些一口喝光了第二瓶"小二"，而且越说还越伤心，一时间也找不到更好的话题插话，只能陪着他继续喝酒。

陈小文连喝了几大口白酒以后，觉得头有些发晕，视线也开始模糊，他摇摇晃晃站起身来，用手指着黄培的鼻子，满嘴酒气地骂着对面的"杨大海"："你个杀人犯！你没有好下场！"

陈小文说罢，跟跟跄跄回到了卧室，一头栽倒在大床上，"呼呼"地打起了呼噜。

黄培听了陈小文酒后吐出的真言，眨巴着眼睛，慢吞吞地自言自语道："文哥，你别说，你这句话说得还真对，我他妈肯定没有好下场！"

黄培此时虽然也有了几分醉意，但他的头脑还十分清醒，他想着昨天"二林子"来找他时的情景，脑海里又出现了林鑫鼎在"天上人间"，让他真戏假做去"杀"陈小文时，对他说过的话，心里立即像十五个吊桶打水，七上八下了起来。

黄培摸了一下脸上的那条刀疤，心想：林鑫鼎，你这个老奸巨猾的家伙，你以为我看不出你的阴谋诡计吗？你让我制造杀人现场以后把陈小文带到兰亭山脚下，那不是要绑架陈小文吗？你为了探听陈小文盗窃文物的虚实，就能把我送进监狱去当"卧底"，现在你得到陈小文，还不得把我给杀人灭口了？

黄培发现了陈小文的价值，他没有按着林鑫鼎的安排去做，而是使了一个金蝉脱壳之计，自己将陈小文绑架到了省城。

黄培本打算借着陈小文酒醉，套出陈小文关于文物的下落，再拿文物要挟林鑫鼎给他老妈买房子，可不承想，陈小文却喝得酩酊大醉，黄培听着陈小文有节奏的鼾声，想到了自己5年的监狱生活，心里越发恨起了林鑫鼎。

黄培和林鑫鼎的相识是在八年前，他接受林鑫鼎让他到陈小文身边去当卧底是在五年前。

八年前，黄培为做生意，向林鑫鼎的放贷公司借了10万元高利贷。三年以后，生意亏了本，10万元本金连息带利驴打滚、利滚利已经滚到了40多万元。

林鑫鼎派人上门来催债，黄培还不起这笔债，林鑫鼎便收集了证据，把他送进了监狱。

进监狱前，林鑫鼎给黄培开出了条件，只要黄培答应到陈小文身边去做卧底，搞清楚陈小文身上的秘密，除了免除他所欠的40多万元债务以外，还可以帮他照顾老妈。

就这样，林鑫鼎又通过关系，把黄培与陈小文安排到了同一个监舍，目的就是要让黄培掌握陈小文的一举一动，以获得他林鑫鼎想知道的秘密。

黄培不知道25年前双阳大学丢文物的事情，也不知道林鑫鼎与文物之间存在着什么联系，只是感觉林鑫鼎与陈小文之间的关系高深莫测。

黄培想着往事，突然又反向思维了起来，他觉得自己的金蝉脱壳之计有些幼稚，实施起来也不会像他想象的那样一帆风顺。

黄培忽然一惊，他问自己：林鑫鼎是什么人？他知道我背叛他，把陈小文领跑以后，能善罢甘休、让我白白拿走100万元现金吗？

黄培想到了事情最坏的可能性，觉得自己已经站到了悬崖的边上，一不小心，就会跌入万丈深渊。他瞥了一眼熟睡中的陈小文，突然觉得陈小文指着他的鼻子说他没有好下场的话，是对他的提醒，他甚至已经闻到了血腥的味道。

想到这儿，黄培有些坐不住了，他想趁着陈小文酩酊大醉，甩掉这个烫手山芋，反正自己手里攥着100万现金，不论逃到哪里都能活命。

黄培拿定了主意，他迅速将自己的日用品装入那个装有100万现金的拉杆箱里，瞅了瞅鼾声如雷的陈小文，嘴里嘟囔道："文哥，自己的梦，你就自己圆去吧，老子可要远走高飞了。"

说罢，黄培悄悄地打开了房门……

第十七章

螳螂捕蝉

黄培蹑手蹑脚走出屋门。走廊里寂静无声，漆黑一片。他正要回头关门，忽然觉得肩膀被人重重拍了一下。黄培被吓得"妈呀"一声怪叫，差一点儿坐在地上。

黄培壮着胆子，猛一回头，只见两个"黑影"站在了他的面前。就听"黑影"问道："黄培，你小子这是要去哪儿啊？"

黄培脸色霎时变得如同一张白纸，他使劲儿咳了一下，借着走廊感应灯发出的亮光，看清说话人是一个长着大下巴的瘦高个儿，在"大下巴"的身后还跟着一个穿着大皮靴的年轻人。

"大下巴"一把揪住黄培纷乱的头发，像拎小鸡一样，将他拎进室内。

"大皮靴"不由分说，一巴掌将黄培打倒在地，一脚踩住他的脸，压低声音问道："黄培，我问你，老大让你把姓陈的那个小子送到兰亭山脚下，你怎么把他领到省城来了？"

黄培见自己的金蝉脱壳把戏露了馅，知道这两个人是林鑫鼎派过来的打手，像泄了气的皮球，身子软成了一团。

黄培在"大皮靴"的脚底下翻着白眼儿，嘴被皮靴踩得歪到了一边，舌头都有些不听使唤。他含糊不清地说道："黄培该死，黄培见钱眼开，黄培该死……"

"大皮靴"嗖的一声，从腰里拽出一把尖刀，一边往刀尖上吐着唾沫，一边问道："黄培，你知不知道背叛老大，该受什么样的惩罚？"

黄培半拉脸着地，半拉脸贴着"大皮靴"的鞋底子，五官都被皮靴踩得挪了位。他喘着气，断断续续地说道："知道，知道，轻者挑大筋，重者见阎王爷！"

"大皮靴"将尖刀递给了比他高出半个脑袋的"大下巴"，说道："你现在就挑了他的大筋，让他当一辈子瘸子。"

"大下巴"接过尖刀，弯腰撸起了黄培的裤腿，冲着他的脚踝就要下刀子。

黄培蹬着腿儿，奋力挣扎，声嘶力竭地叫道："不要不要，我给你们两人100万元现金，求你们饶了我吧！"

听到黄培的叫喊声，"大下巴"停住手，他抬头瞅了瞅踩着黄培的"大皮靴"，用眼神在问他是否还要继续挑大筋。

"大皮靴"看懂了"大下巴"的意思，他犹豫了一下，抬起脚问黄培："你小子刚才说什么？"

黄培躺在地上，活动了一下差一点儿被踩扁的脑袋，仰望着"大皮靴"，使劲咽了一口唾沫，说道："我有100万现金，你们哥儿俩拿走吧！"

"大皮靴"不相信黄培说的话，又把大皮靴踩在了黄培的脸上，脚下一用力，黄培立即发出了"妈呀、妈呀"的叫声。

"大皮靴"瞪着肉包子似的眼睛问道："就你这副德行，能有100万现金？"

黄培在"大皮靴"的鞋底子下面努力点着头。

"大皮靴"再次抬起皮靴，一把抓住黄培的脖领子，将他从地上拎了起来，问道："你他妈的说话当真？"

黄培站起身来，抹了一把脸上的冷汗，活动着被踩得发麻的脑袋，将目光投向了一旁的拉杆箱，说道："真的，100万元现金就在那里。"

"大下巴"几步蹿到拉杆箱前，拉开拉链一看，果然看到了拉杆箱里面的一捆捆人民币。

黄培见"大下巴"在心里数着钱数，心疼地捂住了刀疤脸，一屁股坐在地上，声音沙哑着说道："求你们俩给我留点，十万八万也行啊！"

"大下巴"与"大皮靴"对了一下眼神儿，拎起拉杆箱转身出了门，他们回头威胁道："今天碰上了我们哥儿俩，算你白捡了一条命！回头跟

第十七章 螳螂捕蝉 147

任何人都不许说出今天的事儿。"

随后走廊里便传来了"蹬蹬"的下楼声音。

黄培坐在地上，听到了两人下楼的脚步声。他知道这两人是为躲避监控，才走了步梯；他还知道自己摆脱林鑫鼎、劫持陈小文的计划，瞬间便被粉碎，便捂着脸，放声大哭起来。

黄培的哭声惊醒了熟睡中的陈小文，陈小文揉着惺忪的眼睛，走到黄培身旁，低头问坐在地上哀号的黄培："老弟，你怎么了？"

黄培一见陈小文，气得破口大骂："去你妈的，你他妈的就知道睡觉，我的100万元现金被人给抢走了！"

陈小文一屁股坐在了黄培的身边，拍着他的肩膀安慰道："老弟，别哭了，钱是身外之物，人没事儿就好！"

黄培一甩胳膊，冲着陈小文怒吼道："去你妈的，那可是100万现金啊！没有钱，我们还怎么活？"

陈小文挠了挠脑袋，不解地问："老弟，这笔钱不是人家雇你杀我的费用吗？你没做成事情，就当人家又把钱要回去了，不就不心疼了吗？"

黄培马上一翻白眼说道："你知道个屁，这可是江湖人称'林老狠'的钱啊……"

黄培话说到一半，突然觉得说走了嘴，马上又改口说道："他知道我把你藏到这里了，他会杀了我的。"

听了黄培的话，陈小文感到十分困惑，他眨着眼睛问道："让你杀我的人是'林老狠'？可是我不认识他，他为什么要杀我呀？"

黄培止住哭声，突然又想出了一个自救的办法，他心想：只要问出陈小文身上的秘密，我不还能与林鑫鼎做成交易吗？于是擦掉了眼泪，问道："文哥，你是不是有什么秘密瞒着我？"

陈小文一脸迷茫地回答："没有啊！"

黄培赶忙把陈小文拉到身边，问道："文哥，我们哥儿俩在监狱共同生活了5年，用情同手足来形容我们哥儿俩的感情不过分吧？"

陈小文把腿一盘说道："不过分，一点儿都不过分。所以'林老狠'

雇你杀我，你才舍不得下手，还带我跑到了这里，对不对？"

黄培又问："文哥，既然如此，你能不能把你心里藏着的秘密告诉给我？"

陈小文莫名其妙地说："老弟，我没有任何事情瞒着你啊？"

黄培把屁股挪到了陈小文的对面，盯着他的眼睛问："文哥，你能不能跟我解释一下，'林老狠'为什么要杀你？"

陈小文看着一脸认真的黄培，反问道："我怎么会知道？我还一直在纳闷呢。"

黄培阴着脸又问："那你能不能再给我解释一下，'林老狠'让我杀了你以后，他能得到什么好处？"

此时，陈小文已经完全醒了酒，他在心里问着自己："林老狠"是什么人？他是杨大海的化名吗？此时，陈小文内心十分清楚，不管是"林老狠"，还是"李老狠""张老狠"，想杀人灭口、独吞文物的人，只能是杨大海。

陈小文的脑海里又出现了杨大海那张道貌岸然的脸，他虽然恨杨大海，恨不得千刀万剐了他，但又不想向黄培泄露出他与杨大海 25 年前的秘密，便随口说道："那我可不知道。"

黄培见陈小文仍然守口如瓶，便手指着陈小文的鼻子，恶狠狠地说道："陈小文，咱俩现在已经命悬一线，如果你能和我说实话，或许咱俩还能活命；如果你再跟我装疯卖傻，咱俩谁也活不成了。"

陈小文见黄培翻脸比翻书还快，赶紧问道："老弟，事情有那么严重吗？"

黄培一把抓住陈小文的衣领，大声叫道："陈小文，你他妈的到底是真傻还是假傻？实话告诉你，'林老狠'早就怀疑你是盗窃双阳大学文物的江洋大盗，你要是能把藏文物的地方告诉我，咱俩或许还有一线生路，否则……"

黄培的话还没有说完，就听到身后"吱扭"一声，屋门大开，只见"大下巴"和"大皮靴"神不知鬼不觉地再次推门而入。

黄培见"大下巴"手里摇晃着绳子，"大皮靴"手里拎着黑头套，正向他身边走了过来，浑身的汗毛都倒立了起来。

"大下巴"站在了黄培和陈小文的身旁，狞笑着说道："起来，跟我

第十七章 螳螂捕蝉

们走！"

黄培眼睛盯着"大下巴"，哆哆嗦嗦地问："你，你们是怎么进来的？"

拿着黑头套的"大皮靴"挤着眼睛说道："我们刚才出去以后，你没有锁门呀！"

黄培害怕了，他知道自己可能死到临头，便瞪着眼睛，从牙缝里往外挤着字："哥们儿，道上的规矩是拿人钱财替人消灾，你们这么做，有点不讲究吧！"

"大下巴"摇着手中的绳子，吼道："去你妈的，什么规矩不规矩的，赶快跟我们走。"

黄培突然来了一股激劲儿，他"呼"地站起身来，冲着"大下巴"和"大皮靴"吼道："你们，你们言而无信，你们不讲江湖义气！"

"大下巴"顺手将两条手巾塞进了黄培和陈小文的嘴里，骂道："你他妈少废话！赶快跟我们回双阳去，校长还等着你呢。"

黄培一听要回双阳，顿时傻了眼，他见"大下巴"和"大皮靴"用绳子将自己和陈小文捆了个结结实实，又给他们戴上了黑头套，意识到自己的小命就要报销了。

"大下巴"和"大皮靴"连推带搡，将黄培和陈小文押上了停在楼下的一辆轿车。

"大皮靴"开着轿车，风驰电掣地行驶在了返回双阳的高速公路上。

午夜时分，他们回到了兰亭山脚下的林家大院。

坐落在兰亭山脚下阎家沟村的林家大院是林鑫鼎的私人宅院。20多年前，他由张鑫改名林鑫鼎，逃亡到了韩国，打工时结识了从阎家沟村来韩国的寡妇雪梅。

林鑫鼎和雪梅同是双阳人，又同在异国他乡，两人很快就勾搭在一起，一边打工，一边"搭伙"过起了小日子。

林鑫鼎和雪梅在韩国生活了10年，积攒了一些家业以后，便返回了双阳市，住在了阎家沟村雪梅的家里。

林鑫鼎见雪梅家的房子背靠大山，风水不错，便推倒了她家的老房子，盖起了二层小楼。为了炫耀自己有钱,他还买了一辆韩国进口轿车。一时间,林鑫鼎成了阎家沟村人人都羡慕的首富,雪梅自然就成了富婆。

雪梅好打扮又会打扮,她经常花枝招展地在街坊邻居面前招摇过市,村民们免不了向她投来羡慕和嫉妒的目光。

"雪梅,你在韩国发了大财,做的是啥生意啊?"每每有人这样问她,雪梅总是假装谦虚地摆手说道:"挣点小钱,不值一提。"

"雪梅,能不能带着我们一起挣钱啊!"

"雪梅,能不能告诉我们,怎么能出国?"

"雪梅,外国的月亮也是圆的吗?"

村里人缠着雪梅,七嘴八舌地问这问那,雪梅故意装作矜持,就这样,林鑫鼎和雪梅在国外发大财的信息,形成了"蝴蝶效应",迅速传遍十里八村。

林鑫鼎趁机开了一家出国服务中介公司,靠向韩国输出劳务,赚到了回国后的第一桶金。

后来,阎家沟村里的人一个接着一个,一家接着一家到韩国打工,林鑫鼎有了做更大"生意"的打算,他秘密去了一趟韩国,回来以后便开始在村里购买老房子,扒掉了买到手的老房子,在原址建成了这座气势宏伟的大院,取名林家大院。

"大皮靴"开车进了阎家沟村,远远看见林家大院高高的围墙,赶忙给林鑫鼎打电话:"校长,我们把那两个小子押到林家大院大门口了。"

林鑫鼎在电话里吩咐道:"好,你们把他俩押到后院'地牢'里关起来,然后把黄培那个拉杆箱给我送过来。"

"大皮靴"和"大下巴"早就商量好要私分这笔百万巨款,于是假装吃惊地说道:"校长,您说什么?我们逮住黄培和那个姓陈的老小子的时候,没有看见有拉杆箱啊!"

林鑫鼎一听100万现金不翼而飞了,气得一拍桌子,大声叫喊:"什么?拉杆箱没有了?那100万元钱哪儿去了?"

"大皮靴"在电话里给林鑫鼎提着醒:"校长,黄培既然能在省城租房子,就不能把钱寄存在省城的其他什么地方吗?"

第十七章 螳螂捕蝉

林鑫鼎略微思考了一下，像公安局长给下属下达命令一样，对"大皮靴"命令道："你们两个把他们押到'地牢'后，连夜开始审讯，要想方设法撬开他们的嘴，既要把100万元钱给我找回来，又要让那个姓陈的把东西交出来。"

"大皮靴"见自己用谎话骗过了林鑫鼎，乐得嘴都瓢了，他满口答应："校长，您放心，我们俩立即执行您的命令。"

"大皮靴"放下电话，和"大下巴"一起拽着黄培和陈小文下了轿车，将他们带到了林鑫鼎说的"地牢"。

"地牢"是林家大院后院地下室的一个房间，房间的面积虽然不算大，可房间内的各种刑具却一应俱全。

"大皮靴"和"大下巴"解开了陈小文和黄培身上的绳子，将他们用手铐铐在"地牢"的铁管子上以后，才摘掉了他们头上戴的头套。

陈小文和黄培晕头涨脑地睁开了眼睛，觉得眼前到处都是闪闪的金花。这时，一股发霉的臭气和阴冷的潮气又扑面而来，两人恶心得连连作呕。

陈小文眨巴着眼睛，好不容易才消除了眼前的金花，他借着室内微弱的灯光看清楚了"大皮靴"的模样，一边挣扎，一边叫喊着："放了我！你们这是要干什么呀？"

"大皮靴"挥手给了陈小文一个嘴巴，吼道："老实点，等老子吃饱了、喝足了，再回来收拾你们。"

"大皮靴"转身出了门，随手关掉了电灯，室内立刻变得漆黑一片。

没过多大一会儿工夫，门外走廊里便传来一阵阵"汪汪"的狗叫声，紧接着房门一开，一条黑乎乎的狼狗吐着舌头冲进了"地牢"。

"咣当"，随着关门的声响，黄培和陈小文与狼狗一起被锁在了屋内。

狼狗进了屋，瞪着褐色的眼珠子"打量"着黄培和陈小文，嘴里发出了"汪汪"的叫声。狗叫声在本来就不太大的房间内，响着回音。

陈小文借着走廊里透过的一点点亮光，看到了狼狗伸出来的长舌头，吓得险些尿了裤子。

黄培倒是没有害怕，他嘴里喊着狼狗的名字："黑虎，黑虎！"

狼狗听到有人在叫它，止住了叫声，竖起耳朵辨别着声音，然后摇着尾巴向黄培和陈小文的方向走了过来。

陈小文天生怕狗，他隐约感觉狼狗正在向他走来，吓得腿肚子都拧到了小腿的前面，他惊恐地冲着黄培嚎叫道："黄培，不要，不要让它过来，我怕，怕狗！"

黄培瞥了一眼陈小文被铐的地方，突然闻到了一股尿臊的味道，他知道陈小文已经被狼狗吓出了尿。

黄培见陈小文被"黑虎"吓出了尿，觉得如果趁机拿下陈小文口供，或许还能向林鑫鼎交差，便挺着胸脯大声说道："陈小文，你死到临头了，快说实话吧！"

陈小文虽然怕狼狗，但他并不怕黄培，便心惊胆战地对他说道："黄培，你问我什么？"

黄培尽管被铐住了双手，还是摆出了"预审员"的架势，他咬牙切齿地说道："陈小文，你要是不说出文物藏在哪里，我就让'黑虎'把你活活咬死！"

陈小文见狼狗褐色的眼珠子里闪动着两道瘆人的红光，慢慢走近了自己，又似乎感觉到"黑虎"毛茸茸的脑袋已经触碰到他的身体，赶忙哆哆嗦嗦地求饶："黄培，我的好兄弟！我说，我说还不行吗！"

黄培见陈小文要交代了，乐得脸上的刀疤都险些裂开了，他对狼狗吆喝道："'黑虎'，'黑虎'，过我这边来！"

"黑虎"听到了黄培的吆喝声，在陈小文的身边站立了片刻以后，走到了黄培的身边，亲昵地用爪子拍打起了黄培，刚才还是"汪汪"的叫声，旋即化作了"哼哼"的亲昵声。

陈小文借着走廊里透进屋内的微弱光亮，把一切看得清清楚楚，他声音颤抖着问："老弟，你认识这条狗吗？你告诉哥哥，你到底是什么人？"

黄培本来想蹲下来和"黑虎"玩耍一下，见自己的双手还被铐在铁管子上，既不能下蹲又不能抽出手来摸"黑虎"，只好用无奈的眼神瞅着"黑虎"，嘴里回答着陈小文的问话："陈小文，实话对你说吧，我是'林老狼'

第十七章 螳螂捕蝉　153

派到你身边卧底的线人,他5年前就惦记你偷的文物了。你要是不说实话,他绝不会让你活着走出这个地牢的,这回你该明白了吧?"

听了黄培的自白,陈小文一惊,赶忙追问:"这是什么地方?"

黄培一边让"黑虎"闻着自己的鞋,一边对陈小文说道:"这个地方是'林老狠'给欠他高利贷的人建的牢房。当年,建'地牢'的主意还是我出的呢,没想到,今天我掉进了自己挖的坑里!"

陈小文明白了眼前的一切,他瞪着眼睛骂道:"黄培,你他妈的真不是个好东西,幸亏我没对你说过实话。"

黄培"嘿嘿"笑着,得意地说道:"文哥,算你说对了!我黄培真不是什么好东西,我以前和刚才那两个人一样,也是替'林老狠'催债的打手,要不我能认识'黑虎'嘛!"

陈小文跺着脚想骂黄培,突然感觉到整个下身都被自己的尿浇得又湿又凉,便活动了一下腿,摆出了一副视死如归的架势说道:"黄培,你和'林老狠'都想错了,我真没偷过什么文物,就是打死我,也说不出来文物长什么模样啊!"

黄培见陈小文突然改变了态度,知道自己又被陈小文给耍了,他正要发怒,只听"地牢"的铁门"咣当"一声,被人从外面打开,又见"大皮靴"慌慌张张地跑了进来,冲着他连连作揖:"哥们儿,林校长亲自过来了,你可千万别说我拿走了你的100万元钱啊!"

黄培见"大皮靴"要与他订立攻守同盟,翻着眼皮问道:"我不说你拿的,那我说谁拿的?"

"大皮靴"凑到黄培身边,小声说道:"老弟,跟你说句实话吧,跟我一起来的那个'大下巴'拿着你给我的那100万元钱跑路了……"

第十八章

暗度陈仓

杨大海向外界透露出了他要调整干部的信息，消息像长了腿立即传遍了整个警局。有着进步"需求"的"各路神仙"，使出了浑身的解数，想方设法与杨大海进行了各种各样的"沟通"，杨大海很快就有了自己心中的人选。

杨大海之所以快速做出了调整干部的决定，是因为他看到了陈小文还活着的优盘。

那天，杨大海在他的"兰亭憩园"，与两个弟弟商量给父母买墓地的时候，从推销墓地人送来的宣传资料中，意外发现了几张双阳大学当年丢失文物的照片和陈小文现身的优盘。他立即意识到，陈小文并没像杨大江说的那样被他雇人杀掉，而是被莫名其妙出现的"妖魔鬼怪"给绑架了。

杨大海心里明白，"妖魔鬼怪"之所以要给他看优盘和照片，一定是要拿陈小文做筹码，要挟他做交易，而不是要将他杨大海置于死地。

杨大海想起了"兵来将挡，水来土掩"的那句老话，心里琢磨道：现在，自己已经是手握重兵的"执金吾"了，还怕"妖魔鬼怪"出来兴风作浪不成？于是，他要迅速网罗一批对他忠诚的亲信，将他们都安插到重要部门，形成一支对他忠心耿耿的"敢死队"，来替他斩妖除魔。

为了让他"敢死队"的人选在班子会上能顺利通过，杨大海博古论今地说道："古人讲：举外不避仇，举内不避亲。所以，我要提议杨大江担任市局刑警支队的副支队长。"

杨大海的话音未落，常务副局长刘鸣放当即提出了反对的意见。杨大海不慌不忙，他瞅着主管刑侦工作的副局长辛然，问道："你同意杨大江担任这个职务吗？"

"我……"辛然挠着脑袋，不知如何表态才好。

杨大海掏出了一张任命书说道："辛然，你被任命为常务副局长了。"

杨大海宣读完对辛然的任命决定，又一语双关地问辛然："你同意吗？"

此时，辛然正沉浸在意外的惊喜之中，他觉得幸福来得太突然，听杨大海在问他，毫不犹豫地大声说道："同意。"

杨大海接着又施展"指鹿为马"的手段，"统一"了班子成员的思想，就这样，他拟定的人选都"脱颖而出"，走上了各级领导岗位。

杨大江被破格提拔以后，并没有表现出超乎寻常的兴奋，他在为自己错用"老黑"这个杀手，感到懊悔；更为没有完成哥哥交给他的"神圣使命"，深感内疚。他埋怨自己瞎了眼睛，让"老黑"给耍了，他觉得辜负了哥哥对自己的信任。

杨大江一心想要弥补自己的过失，为哥哥彻底消除隐患。他要抓住背信弃义的"老黑"，迅速除掉"惹是生非"的陈小文，可陈小文现在又在哪里呢？

杨大江给"老黑"打了无数次电话，还把他可能的落脚地点找了个遍，最后得出的结论是"老黑"溜了。

找不到"老黑"就无法从上游入手找到下落不明的陈小文，于是杨大江想到了从下游入手倒查上游，也就是从走漏风声的"猴三儿"身上入手，先找到"猴三儿"；然后再通过"猴三儿"找到他的上线"三撇了"，最后由"三撇了"再往上捋线索，搞清楚他是在何时何地从何人手中接的"活儿"，又把这个"活儿"兑给了什么人。只有这样，才能知道陈小文是在哪个环节上漏网的。

可"猴三儿"是谁？他又躲在哪里呢？杨大江思来想去，觉得打鬼还得借助钟馗，于是决定启用最初获得雇凶杀人案件线索的"金童玉女"，让他们重新捡起几个月前，被他紧急叫停的那起雇凶杀人案。

杨大江制定了一个"明修栈道，暗度陈仓"的方案。明修栈道是侦查破案；暗度陈仓是杀人越货，让陈小文死无葬身之地。

这天，杨大江开着刑侦支队的霸道吉普车，进了城南分局刑警队的大院，"嘎吱"一声，将车直接停在了楼门前。他甩步下车，径直向"金童玉女"的办公室走去。

杨大江大步流星走进了"金童玉女"的办公室，此时，"金童玉女"正在向刑警队长龙岩大队长汇报工作。

袁小雨和倪雪见杨大江推门进屋，立即起身向他敬礼："杨支队长好！"

杨大江向"金童玉女"摆出一副趾高气扬的架势，对他们说道："请坐。"

杨大江坐在了沙发上，他习惯性地将双腿架在了茶几上，掏出了一个小木梳，一边梳着大背头，一边对龙岩说道："龙队，你也在啊！"

听了杨大江的话，龙岩心里很不自在，什么叫"你也在"？难道你小子一直都在拿我这个刑警队长当空气不成？他白了一眼神采飞扬的杨大江，没有说话。

杨大江清了一下嗓子，用大领导在台上做报告的口吻，神秘兮兮地说道："同志们，今天我特意过来，是向你们部署一项秘密的侦查任务。"

龙岩皱了皱眉头，他心存疑惑地问道："什么侦查任务，这么神秘？"

杨大江挺直了腰板，说道："同志们，还记得几个月以前，'金童玉女'审理出来的那起雇凶杀人案吗？"

倪雪一听杨大江又重新提起了被他自己叫停了的那起雇凶杀人案，心里一惊，心想：杨大江怎么知道我和袁小雨正在向龙队长汇报这起案件的进展情况？莫非他知道我们一直没有放弃追查这起案件？倪雪想着，心都快跳出了嗓子眼儿。

袁小雨虽然故作镇静，心里也在打鼓，他和倪雪对视了一下，两人又都将目光投向了龙岩。

龙岩不露声色，心里也在纳闷：难道我背着杨大江部署给"金童玉女"的侦查任务，走漏了风声？

杨大江并没有注意到仨人的表情都有了变化，开始一本正经地"明修栈道"起来："同志们，我最近得到了线人的报告，几个月前，我市好像确实发生了一起雇凶杀人案。我们是做刑侦工作的，对任何蛛丝马迹都要

第十八章　暗度陈仓

一查到底。所以，我命令你们迅速开展秘密侦查，想方设法找到那个叫什么'艳'提到的'猴三儿'，然后通过'猴三儿'再顺藤摸瓜找到那个叫'三撇了'的犯罪嫌疑人。"

杨大江停顿了一下，略微沉思了片刻，又接着说道："我再宣布两条纪律：一是要对案件的侦查过程和结果要绝对保密，不能向任何人透露任何案件信息；二是对发现的任何线索，都要第一时间向我汇报。没有经过我的批准，不许抓捕有关嫌疑人。"

龙岩听了杨大江的工作部署，心里更加纳闷儿了：当初不让追查案件线索的是你，现在让继续侦查的还是你，你怎么突然来了一个180度的大转弯？

龙岩紧锁眉头，他在揣摩着杨大江葫芦里卖的是什么药。

倪雪听了杨大江宣布的两条纪律，也觉得很蹊跷，便直截了当地问道："杨支队，如果我们突然发现了嫌疑人，来不及请示，要不要抓人？"

龙岩静静地观察着杨大江的表情，判断着杨大江听了倪雪的话，会做出怎样的反应。近几个月来，他不断梳理着"金童玉女"获得的每一条案件线索，已经对这起"雇凶杀人案"有了自己的判断。

龙岩见杨大江没有表态，赶忙瞪了倪雪一眼，假装生气地将了杨大江一军："倪雪，杨支队刚才不是说过了吗，要服从命令、听从指挥，没有杨支队的命令不许抓人。"

倪雪明白了龙岩说话的潜台词，转过脸默契地对龙岩说道："龙队，不及时抓人就会贻误战机，让嫌疑人跑了该怎么办？"

龙岩并没有去看倪雪，却把目光转向了杨大江，故意大声说道："你不要忘了，服从杨支队长的命令是你的天职！"

杨大江本想假借"明修栈道"之名，来实现他的"暗度陈仓"之意，利用"金童玉女"替他追查出谁是"猴三儿"、谁是"三撇了"，并不想让他们把这个案子弄个水落石出。听龙岩这么一说，他赶快做着解释："我不是不让你们抓捕犯罪嫌疑人，而是考虑到抓捕过程的危险性，想让刑警支队特警小分队去执行抓捕任务。"

龙岩见杨大江的话前后矛盾，便问："如果让特警小分队出手，那样动静会更大，不是违背了你秘密侦查的原则吗？"

杨大江不想向龙岩和"金童玉女"做过多的解释，他果断地下了"暗度陈仓"的命令："这样吧，如果你们见到了'猴三儿'可以先行抓捕，然后把人送到刑警支队预审科，我安排有经验的预审员来录口供。"

袁小雨见杨大江只让他们抓嫌疑人，却不让他们审讯，便不解地问："杨支队，预审是侦查的继续，为什么不让我们审讯嫌疑人？"

杨大江瞪了袁小雨一眼，不高兴地说道："为了提高办案质量，我已经决定：今后侦查办案和审讯报捕，要分开进行，侦查员和预审员要各自发挥优势作用，不能侦审合一。"说罢，杨大江拂袖而去。

杨大江走后，袁小雨走到龙岩身旁，小声说道："龙队，我看杨支队刚才的工作安排，有些不能自圆其说，我觉得这里面肯定有文章。"

倪雪接过了袁小雨的话茬，也对龙岩说道："龙队，几个月前，他千方百计阻挠我们突审'梁艳'，还给我们扣了'违法办案'的大帽子。今天怎么突然大变脸，又让我们捡起这起案件？如果当初不是您支持我和小雨继续暗中调查，'梁艳'提供的案件线索早就无从查起了。"

龙岩背着手，在屋里踱着脚步。过了好一会儿才问："我让你们搞清楚'梁艳'的身份和社会关系，你们搞清楚了吗？"

倪雪见龙岩继续问起了案情，马上汇报道："龙队，由于这起雇凶杀人案的案件来源是在'狐狸夜总会'，我们便把侦查的目标锁定在了这家夜总会。经过几个月的化装侦查，现在已经初步摸清楚了案件的大致脉络，同时也搞清楚了几个犯罪嫌疑人的基本情况。"

龙岩掏出他随身携带的案件记录本，对倪雪说道："你先说说嫌疑人的情况。"

倪雪点了点头说道："'梁艳'的准确年龄和真实姓名目前还在调查中，她在'狐狸夜总会'的公开身份是一家贷款公司的业务经理，在夜总会里向'溜冰'、赌博人员和'三陪'小姐提供小额贷款，方式是'套路贷'，使用的假名是'梁艳'。"

龙岩一边记录，一边问："'猴三儿'和'三撇了'的情况呢？"

袁小雨回答道："据我们了解，'三撇了'确有其人，是个贩毒的'瘾君子'；'猴三儿'原来是公务员，犯了错误以后，被原单位辞退了，他现在夜总会门前当保安。'梁艳'说，她是从'猴三儿'嘴里得到的雇凶杀人案案件线索，是对我们说了谎话。"

龙岩头也不抬，一边记录，一边说道："既然'猴三儿'原来是公务员，你们就应该通过他原来的同事、好友，做一做他的工作啊！"

袁小雨接着回答道："龙队，我们通过朋友将'猴三儿'请出来喝了几次酒。他是一个不喝正好、一喝就多的'酒蒙子'，我们从他嘴里了解了许多'狐狸夜总会'的秘密。"

龙岩追问道："哦，他都告诉你们什么秘密了？"

袁小雨面带笑容地说道："他不但把贩毒人员进出'狐狸夜总会'的秘密通道告诉了我们，还告诉了我们黄赌毒的黑窝在哪里。"

龙岩抬起头，继续问道："哦？说说看。"

倪雪抢先回答道："龙队，'猴三儿'告诉我们，从表面上看，'狐狸夜总会'只有一、二楼，但实际上还有个十分隐蔽的三楼。这个三楼除了有卖淫嫖娼的场所以外，还有赌博机和'溜冰'室。"

龙岩微闭双目，开始沉思。过了一会儿，他问："'三撇了'的情况呢？"

袁小雨回答道："'猴三儿'说，'三撇了'已经很长时间没有来过'狐狸夜总会'了。他最后一次来夜总会时，手里提着一个沉甸甸的拉杆箱，出来的时候却空着手。拉杆箱里面装的是什么，他又把拉杆箱交给了什么人，他就不知道了。"

倪雪补充道："龙队，还有一个情况，'猴三儿'还告诉我们夜总会的总经理叫侯峰，大家都叫他三哥，是一个 30 多岁的'冷面男'，夜总会的黄赌毒黑窝就由他直接掌控。"

龙岩停止了记录，他站起身来又开始踱步。

倪雪见龙岩好半天都不说一句话，走到他的身边，小声说道："龙队，我和小雨曾经有个大胆的推测，如果'三撇了'拉杆箱里装的是现钞，那侯峰就有可能是雇凶杀人案闭环中的最后一环。"

龙岩搓着手,静静地听着,虽然表情看不出有任何变化,可内心里已经有了完整的构思。

过了一会儿,袁小雨问:"龙队,我们下一步应该做哪些工作?"

龙岩一回头,冲着袁小雨毫不犹豫地说道:"抓人呀!"

倪雪急忙问:"抓谁啊?"

龙岩转过身来问:"杨支队是不是同意你们抓'猴三儿'了?"

袁小雨见龙岩挑起了眉毛,脸上似乎带出了几分喜悦,急忙问:"没错啊!可'猴三儿'不是犯罪嫌疑人啊?"

龙岩鼻子一哼,用手指点着"金童玉女",反问道:"我说你们两个怎么一会儿聪明,一会儿糊涂呢?我问你们,姓侯,外号三哥,谁能说他不是'侯三儿'?"

"金童玉女"见龙岩用此"侯三儿"非彼"猴三儿",偷换了概念,互相对视了一下眼神儿,又同时将目光投向了老谋深算的龙岩。两人互相击着掌,会心地笑了。

"狐狸夜总会"地处双阳市的主城区,几十年前是一个老军阀的私人戏院,新中国成立后改造成了大戏院,几年前,被一个韩国商人购买,翻新建成了今天的"狐狸夜总会"。

夜总会里的一层,是一个很大的圆形大厅,大厅的中央是一个下沉式的圆形舞台,围绕圆形舞台周围是大小不同的餐台。

餐台犹如体育场的观众看台,分成高低不同的几个层面,形成了一圈又一圈的就餐空间。来这里就餐的客人坐在不同的层面,一边喝酒聊天,一边居高临下眺望舞台上的表演,感觉特别有情调。由于最近夜总会新来了一个合伙人,舞台上出现了艺术表演的专业团队,所以,来夜总会就餐、看演出的人越来越多,夜总会的生意也越来越火爆。

"金童玉女"按照龙岩的部署,像一对恋人一样,挎着胳膊,走进了夜总会的大厅。

他们刚在一张酒桌旁坐下来,照明灯唰地一下熄灭,大厅顿时黑暗了

第十八章 暗度陈仓

下来。

"唰",舞台上亮起了追光灯。

灯光下,一个小丑模样的主持人,做着鬼脸走上舞台,风趣地在麦克风前挑逗着前来边喝酒、边看演出的食客:"朋友们,接下来我们将把夜总会'圈养'的几只'花狐狸'放出来,看看我们的'骚狐狸'能给大家带来哪些惊艳!"

主持人的话音刚落,下沉舞台瞬间亮起了眼花缭乱的舞台灯,环绕音箱同时传出了《狐狸的故事》的主题音乐。

台下喝酒、侃大山的嘈杂声音戛然而止,大家翘首观望着色彩缤纷的舞台,等待着"花狐狸"的出现,就连在楼上环形包房里面就餐的贵宾,也都三三两两地走出包房,零星地坐在了圆形走廊铁艺扶手旁的散座上,将目光全神贯注地投向了舞台。

几秒钟过后,夜总会舞台的舞台灯光再次熄灭,舞台上亮起了几柱雪白的聚光灯,聚光灯的灯影里趴着几只裹着狐狸皮毛外衣、蜷缩着身体的"花狐狸"。

"唰",又有几道五颜六色的彩色灯光,打在了几个"花狐狸"的身上。"花狐狸"在彩色灯光下扭动着身子,身上的狐狸皮毛波浪般地抖动,仿佛是一只只刚睡醒的狐狸正在伸着懒腰。

"花狐狸"伸罢了懒腰,弓着后背,渐渐挺直了身子,一边做着跑动的动作,一边还在抖落着身上的狐狸皮毛。

"哗啦","花狐狸"身上的皮毛瞬间掉落在了舞台的地板上,一个个抹着狐狸眉眼儿油彩、穿着狐狸皮"三点"式内衣的"花狐狸",在欢快的音乐声中,亮相在了观众的眼前。

"狐狸狐狸我爱你,就像老鼠爱大米。"舞台后台响起一阵阵有节奏的叫喊声。

"花狐狸"在叫喊声中,美滋滋地做着各种挑逗观众的动作,一片片白花花的肚皮,一条条长长的大白腿,调动着台下观众的眼神。台下瞬间便响起了此起彼伏的口哨声。

倪雪瞥着舞台上的"花狐狸",对袁小雨愤愤地说道:"低级、下流!前几次来,我们怎么没有看到这个色情表演的节目呢?"

袁小雨凑到倪雪的耳边说道:"今天是周末,这个表演只有周末才会上演,你没看见今天夜总会楼上楼下的座位全都爆满吗?"

倪雪扭过头来,掐了一把袁小雨的胳膊,酸溜溜地说道:"你是不是背着我也来看过'骚狐狸'?"

袁小雨瞅了瞅像个"醋坛子"似的倪雪,心里得意地"哼"了一声。

夜总会环绕音箱的声响越来越大,《狐狸的故事》的旋律也越来越激昂。台上的"花狐狸"在音乐的伴奏下,扭着屁股、踢着长腿,做着各种下流的动作。

倪雪捂着耳朵,皱着眉头,连连摇头。

突然,袁小雨的微型耳麦里传来龙岩的声音:"袁小雨,袁小雨,目标出现,目标出现。"

袁小雨弯下身子,假装捡掉在地上的东西,他对着胸前的微型送话孔问道:"目标在什么位置?"

在"狐狸夜总会"门外布控的龙岩,用耳麦向袁小雨传达着信息:"目标进了夜总会的大门,你们在秘密通道附近守候,跟踪目标到经理室,争取人赃俱获,秘密抓捕'侯三儿'。"

袁小雨压低了声音问:"目标的体貌特征是什么样儿?"

"身高一米七左右,长脸,有点偏头,穿着一件棕色的皮夹克。"龙岩对着耳麦做着描述。

"明白。"袁小雨答应着,拉着倪雪悄悄离开了座位,向秘密通道慢慢靠近……

第十八章 暗度陈仓

第十九章

"捞人"行动

"金童玉女"抓获了被龙岩称作"侯三儿"的总经理侯峰,将他带离了"狐狸夜总会"。

城南分局刑警队的审讯室里,侯峰坐在冰冷的铁凳子上,仰望天花板一言也不发,他以沉默的方式对抗着"金童玉女"对他的讯问……

与此同时,林鑫鼎站在双阳大厦顶楼"天上人间"的落地玻璃窗前,正俯瞰着夜色中的城市街景。

街面上出现了首尾相连的汽车长龙,上行的车尾灯和下行的前照明灯光,形成了红白两色的洪流,在距离他脚下400米的大地上蜿蜒蠕动。

林鑫鼎掏出手机,调整着焦距,正要拍下这一壮观的城市夜景,手机却响起了"叮铃铃"的铃声。

林鑫鼎接听了电话,听筒里传来了对方急切的声音:"校长,'狐狸夜总会'出事儿了。"

林鑫鼎一怔,急忙问:"你说什么?出什么事儿了?"

听筒里的声音加大了分贝:"校长,就在刚才,侯峰总经理被便衣警察给带走了。"

林鑫鼎下意识地推了推眼镜框,嘴角微微抖动了一下,对着电话听筒下达了命令:"赶快把三楼那几个房间都关闭了!"

林鑫鼎放下了电话,挠着脑袋自言自语道:便衣警察来抓人,李强所长怎么也不事先知会一声?

林鑫鼎觉得事情有些蹊跷,赶紧把电话打给了派出所所长李强:"李所长,我平常待你不薄吧?怎么连个招呼都不打,就到我的夜总会里来抓人了？"

　　李强所长懵懵懂懂地做着解释："董事长，我也是刚刚才听说，还没来得及告诉你呢！抓走侯总的人是刑警队龙岩大队长手下的'金童玉女'。他们没跟派出所打招呼，我事先一点儿风声都没有觉察到。"

　　林鑫鼎问："哦？刑警队为什么来抓人？难道侯峰犯了什么案子？"

　　李强所长说道："这个我可不太清楚，不过，我可以帮你打听打听。"

　　林鑫鼎不假思索地对李强说道："不用打听了，你赶快想办法把人给我'捞'出来就是了，其他的事情都按老规矩办。"

　　李强所长十分为难地说道："董事长，这个事情不太好办啊！最近，市局刑警支队下了通知，各办案单位抓人、放人都得向杨大江副支队长请示，他现在是一手遮天，别人说话不好使。"

　　"杨大江……"林鑫鼎嘴里念叨着杨大江的名字，两只眼睛像老猫一样，一会儿睁得发圆，一会儿又闭合成了一条缝。他走到落地窗前，背靠着窗栏杆，一声不响地分析着侯峰被刑警队抓走的原因。

　　林鑫鼎思考良久，觉得警方的这次行动不是来夜总会"扫黄打毒"的，既然不是"扫黄打毒"，那会不会是"三撇了"犯了案子，供出了把杀害陈小文这个"活儿"兑给了侯峰这件事？

　　一想到雇凶杀人，林鑫鼎倒吸了一口凉气，他虽然相信侯峰在刑警队里不会乱说乱咬，更不会轻易把他林鑫鼎给供出来，但还是觉得不能坐以待毙，要抢时间尽快把侯峰从警局里"捞"出来。

　　林鑫鼎在脑海中过着电影，他在思考着能把侯峰"捞"出来的人选，这时，他想起了李强所长刚才的提醒：要想从刑警队里捞人出来，只能去找杨大江。

　　林鑫鼎有些犯难了，说句老实话，林鑫鼎并不愿意去求杨大江，原因就是杨大江又狠又黑。

　　远在20多年前，林鑫鼎还在双阳大学当管理员的时候，杨大江就曾经把他抓到了派出所，要以"监守自盗"的名义给他治罪，要不是他半夜跳楼逃出了派出所，他早就被杨大江送进监狱了。

　　近在前几年，林鑫鼎放高利贷时，有个还不起他高额利息的人去刑警

第十九章　"捞人"行动　　165

队报了案，杨大江闻讯后立即敲他的竹杠，一张口就要 20 万元。林鑫鼎为了息事宁人，只好极不情愿地将 20 万送到了杨大江的手中。

林鑫鼎想着和杨大江的这些"过节"，有些进退两难了。不向杨大江求情，怕夜长梦多；向他求情，他这张脸又能值几个钱？

林鑫鼎左右犯难，想了好长时间也没拿定主意，最后只好硬着头皮拨通了杨大江的电话。

林鑫鼎在电话里自报着家门："杨支队长好！鑫鼎财富管理投资有限公司董事长林鑫鼎，祝贺杨支队长高升！"

杨大江听了林鑫鼎的问候，带搭不理地"哼"了一声，不冷不热地问道："哦，是林董事长啊。你找我有什么事儿吗？"

林鑫鼎觉得杨大江这句话一点儿都不友好，但还是无可奈何地说道："杨支队长，林某今天有一事相求。我的一个好兄弟在'狐狸夜总会'被你们刑警队的'金童玉女'给抓走了，你能不能给我个面子，把人给放了，林某一定会重谢的！"

杨大江一听"金童玉女"动手抓人了，气得脸色铁青，他立即冲着电话发起了火儿："'金童玉女'到'狐狸夜总会'去抓人了？他们为什么不请示我？眼里还有没有我这个支队领导，难道把我的重要指示当耳旁风不成？"

林鑫鼎听出了杨大江是在冲"金童玉女"发火，马上火上浇油："杨支队长，被他们抓走的人叫侯峰，是'狐狸夜总会'的总经理。人家一不偷、二不抢，绝对是遵纪守法的好公民，麻烦你给过问一下，是不是抓错人了？"

"抓错人了？"杨大江嘴里嘟囔着，转瞬一想，便听出了林鑫鼎既想求他办事，又不想花人情钱的话音儿。

杨大江平生最瞧不起的就是这种巧使唤人的人，于是，在电话里大声说道："林董事长，我们公安机关不会冤枉一个好人，更不会放过一个坏人！既然你说侯峰是好公民，又是总经理，你还找我干什么？"

林鑫鼎一听杨大江拒绝，赶忙开门见山地向他摊牌："杨支队长，你误会了，我说的不是这个意思。我是讲规矩的人，你就直说，让我拿出多少钱才放人吧？"

杨大江见林鑫鼎听明白了他的话意，故意唱起了高调说道："林董事长，我知道你有钱。但是我告诉你，不是什么事情都能用钱来摆平的。"

林鑫鼎见杨大江与他话不投机，便开始揭他的老底："杨支队长，我们之间又不是不了解，也不是没有办过事儿，你就高抬贵手通融通融吧！我这次出50万元现金，你看行不行？"

杨大江一听林鑫鼎开出了50万的价码，心里顿时有了底数，于是使出了他惯用的欲擒故纵的伎俩，说道："我杨大江秉公执法、不徇私情，你就留着你那50万吧！"

杨大江挂断了林鑫鼎的电话，他心里明白，只要侯峰被关在刑警队，这50万元，随时都能落到他的手上。

杨大江开着霸道吉普车，急匆匆地来到刑警队，他既要训斥"金童玉女"不请示他就擅自抓了侯峰，又要为放走侯峰找出天衣无缝的理由。

杨大江快步上楼，人还没有进屋，就在办公室门口嚷嚷："'金童玉女'，你们为什么不请示我就抓人？"

倪雪见杨大江前来兴师问罪，故作委屈地说道："杨支队长，抓'侯三儿'之前，我们请示过你，你是同意的呀！"

杨大江一听说抓获了"猴三儿"，竟掩盖不住内心的喜悦，忙问："你们抓获的嫌疑人是'猴三儿'？"

杨大江见倪雪点头，急忙走进了关押侯峰的审讯室。尽管他还不知道面前这个"侯三儿"，并不是他需要的那个"猴三儿"，但他似乎已从"明修栈道"的布局中，似看到了"暗度陈仓"的结果……

林鑫鼎刚才在杨大江的面前吃了个"瘪"，他感到无地自容，恨不得找个地缝钻进去。

"叮铃"，正在这时，林鑫鼎手机发出了微信的提示声响，他瞥眼一瞧，见是他的一个女人给他发来的微信，惨白的脸上渐渐恢复了血色，头上的冷汗也开始一点点地消退。

林鑫鼎推了推鼻梁上圆圆的眼镜框，嘴里"嘀咕"道："常言道：狭

第十九章 "捞人"行动

路相逢勇者胜，看来我也只好孤注一掷，走一招险棋了。"

林鑫鼎找出一个电话号码，毅然决然地拨通了杨大江的哥哥、公安局长杨大海的电话。

此时，杨大海刚刚走进雪梅家的屋门。他正在脱外衣，兜里的手机便响起了清脆的铃声。

杨大海接通了电话，耳机里顷刻便传出林鑫鼎亲切的问候声："杨局长您好，我是您的老朋友，还能听出我的声音吗？"

杨大海没有听出林鑫鼎的声音，他反问道："你是谁？"

林鑫鼎在电话里自报着家门："我是咱们双阳市的政协委员林鑫鼎，想请您出来谈点事儿。"

"哦，林委员啊！你有什么事情，明天到公安局来找我谈吧！"杨大海冷冷地回绝了林鑫鼎的邀请。

"杨局长，我的事儿很急，今天晚上就想见到您。"林鑫鼎在电话里恳切地说着。

杨大海见对方的话语有些强硬，不高兴地说道："你这个人怎么这么不懂规矩？有这么勉强一个公安局长的吗？"

林鑫鼎鼻子"哼"了一下，心里骂道：杨大海，你跟我摆什么臭架子，老子既然敢给你打电话，就压根儿没把你这个公安局长放在眼里，看来，我要是不亮出真经，你是不会敬我这尊真佛啊！想到这儿，林鑫鼎冷笑着说道："杨大局长，您还别不识抬举，难道我非得让陈小文来出面请你，你才能过来，是不是？"

杨大海一听"陈小文"三个字，吓得手机差一点儿滑落到地上，他惊诧地问："你到底是什么人？"

林鑫鼎特意把对杨大海的称呼由"您"改成了"你"，他带着威胁的口吻说道："杨局长，我是什么人不重要，重要的是，你马上得到双阳大厦100层楼来。不过，我可把丑话说在前面，如果你要把警察也带过来，可别怪我把陈小文写的自述发到网上去，让你立马就现原形。"

杨大海被林鑫鼎的电话搞得有些发蒙，他急忙穿上皮鞋，快步走出了雪梅家的屋门。

出了门，杨大海迅速拨通了杨大江的电话："大江，你马上带领特警小分队赶到双阳大厦楼下，跟我去抓一个人。"

杨大海打完电话，站在路边招呼着出租车。他眼看着一辆辆出租车匆匆驶过，心里掂量着这个林鑫鼎会不会就是那个给他送优盘和照片的"妖魔鬼怪"。

20分钟以后，杨大海赶到了双阳大厦门前的停车场。他刚下出租车，就看见了离他不远处的特警运兵车。

杨大江在车上也看到了哥哥，他"呼"地一下跳下运兵车，对杨大海说道："大哥，特警小分队奉命赶到，到哪里去抓人？"

正在这时，杨大海的手机响了，他刚把手机放到耳边，就听到了林鑫鼎嘶哑的声音："杨大海，你要是敢让警察上楼，我马上就带着陈小文上北京去告你。"

杨大海抬起头，仰望着大厦的顶端，顿觉有点眩晕，他冷静了一下，对杨大江吩咐道："你们在车上等我，没有我的命令不要擅自行动。"

杨大海按着林鑫鼎在电话里的指引，上了电梯，很快就来到了100层楼。

电梯门一开，眼前出现了一个戴着黑框圆眼镜，腆着大肚子、倒背着双手的"胖翻译官"。

林鑫鼎主动与他打着招呼："杨局长，别来无恙啊！"

杨大海环视了一下林鑫鼎的"天上人间"，警惕地问："你就是刚才打电话的林鑫鼎委员吗？"

"没错，鄙人就是林鑫鼎，双阳鑫鼎财富投资管理有限公司的董事长。这层楼是我的私人空间，我给它起了个名字，叫作'天上人间'。"林鑫鼎说着，指手画脚地带领杨大海在"天上人间"转了一圈，然后将他领到了一个双人间的小茶室。

小茶室的面积不大，也就20来平方米，屋内除了一张红木茶台和两把明式圈椅以外，再有就是墙上挂着的名人书画了。

林鑫鼎在茶台的主人座位坐下，对杨大海做出了一个"请"的手势，让他坐在自己对面的圈椅上，又用一支木夹，将一盏功夫茶送到了杨大海的面前。

林鑫鼎彬彬有礼地说道："杨局长，请品茶！"

杨大海端起茶盏，呷了一口茶问道："林董事长，你请我过来，就是让我来品茗的吗？"

林鑫鼎不自然地笑了笑，他推了推圆眼镜框，慢条斯理地说道："我不喜欢别人叫我董事长，我喜欢听人叫我林校长。"

杨大海瞅了瞅傲慢的林鑫鼎，问道："林校长？请问，你在哪个学校当过校长？"

林鑫鼎摘下了圆眼镜，眨着眼睛说道："双阳大学啊！不过我不如你，我没有当过双阳大学的校长。但是，当双阳大学校长曾经是我的梦想。"

杨大海隔着金丝边眼镜的玻璃片，仔细观察着林鑫鼎的一举一动，当他听林鑫鼎一连三次说出双阳大学的时候，突然有了一种不祥的预感。

杨大海上下打量着林鑫鼎圆乎乎的大脑袋，问道："林董事长，不，林校长，我好像在哪儿见过你，不然，怎么会这么眼熟呢？"

林鑫鼎使劲点了一下头，说道："杨局长，你的眼力不错。你看着我眼熟，我对你刻骨铭心，我们彼此之间的感觉是不一样的。"

林鑫鼎见杨大海没有听懂他的话，接着说道："20多年前，我被你和程妍秋扣上了'监守自盗'的大帽子。一个有着当校长梦想的热血青年，便被你们逼得妻离子散，不得不流亡到异国他乡，过起了颠沛流离的漂泊生活。"

"唰"，杨大海的脸色顷刻变得惨白，他吃惊地问："你，你是……"

林鑫鼎揉了揉有些湿润的眼睛，说道："杨局长，请你再仔细看看我的模样，好好听听我的声音。我想，你的记忆不会差到连老朋友都记不住的程度吧？"

杨大海仔细观瞧着林鑫鼎的面容，突然惊恐地问道："你是张鑫！你整容了？"

林鑫鼎撇嘴道："没错，我就是张鑫。当年，我为了不让你弟弟杨大江把我送进监狱，只好隐姓埋名逃到了韩国，过上了漂泊流浪的生活。为了能够回到双阳，回到我日思夜想的家乡，我又只好换了一张不为人知的脸。杨大海，这些都是被你给逼的，所以，我要找你算账！"

杨大海疑惑地问："可是，可是我听说张鑫早就死在了韩国，你怎么又活着回来了？"

林鑫鼎换了一副嘴脸，义正辞严地说道："杨大海，我知道你特别盼我死，因为我死了以后，就再也没有人揭发你的罪恶，你就可以高枕无忧，当大官儿了，是不是？你自以为，你伪装得天衣无缝；你自以为，你犯下的罪恶不会露出马脚。呸，你想错了，我告诉你，人民群众的眼睛是雪亮的，他们是敢于同坏人坏事做斗争的。"

杨大海见林鑫鼎原形毕露了，"啪"地一拍茶台，大声呵斥道："张鑫，你住口！别以为你改名换姓了，老子就不能逮捕你。实话告诉你，我的特警队已经包围了整个大厦，你即使肋生双翅，今天也难逃法网了。"

林鑫鼎歪着头，侧耳听着杨大海的呵斥，脸上没有一丝惊慌的表情，几秒钟后，他突然指着杨大海的鼻子，大声说道："杨大海，你也太自以为是了！不掌握你的犯罪证据，我林某敢向你这个一言九鼎的公安局长亮剑吗？"

杨大海"腾"地一下站起身来，也指着林鑫鼎的鼻子怒吼道："张鑫，你血口喷人，我堂堂的一个公安局长，难道还怕你威胁不成？"

林鑫鼎也不甘示弱，他"呼"地一下站起身来，拍着茶台叫道："杨大海，你少在我面前装得人模狗样的。实话告诉你，为了报复你当年对我的栽赃陷害之仇，我在你身上花费了20多年的工夫。你犯下的累累罪行，早已掌握在了我的手掌心里，现在已经到了该清算的时刻！"

林鑫鼎平静了一下情绪，接着又叫："远的不说，几年前，双阳大学建设新校址时，你为收取巨额'回扣'，违规建设了违建楼，对不对？还有几个月前，你雇了杀手，要置陈小文于死地，这是不是事实？"

杨大海被林鑫鼎一顿连珠炮似的发问弄得蒙头转向，额头、鬓角旋即冒出了冷汗。

林鑫鼎看了一眼面如死灰的杨大海，嘴角露出了一丝得意的冷笑。他慢慢地坐回到圈椅上，拿出一支香烟，点燃后递给了满头冒冷汗的杨大海，说道："杨局长，你还用不用把你的特警调上来逮捕我呀？"

杨大海接过了香烟，使劲儿吸了一口，换了一张比哭都难看的笑脸，向林鑫鼎连连摆手说道："不用，不用！林委员，不不，林校长误会了！咱们友情为重嘛！"

林鑫鼎见自己的一顿炮轰，镇住了刚才还是盛气凌人的杨大海，觉得向他摊牌的时机已经成熟，便对他说道："杨局长，既然你提到了友情，那么，林某就拜托你一个事情。"

杨大海做出了一个"请"的手势，说道："什么事情，你尽管说出来！"

林鑫鼎凑到了杨大海的耳边，轻声说道："我的一个小兄弟名叫侯峰，他是'狐狸夜总会'的总经理，现在被你弟弟他们抓到了刑警队，请杨局长把他放了，不算为难你吧？"

第二十章

黑白无间

杨大海见林鑫鼎向他提出了释放侯峰的要求，方才恍然大悟。他慢慢冷静了下来，脑海里回想着林鑫鼎刚才对他说过的每一句话，很快便看清楚了林鑫鼎葫芦里卖的是什么药。

此时，杨大海清醒地意识到，林鑫鼎不论是拿盖违建楼受贿一事来恐吓自己，还是用雇凶杀人事件来威胁自己，目的都是"围魏救赵"，恐吓、威胁只是手段，救出侯峰才是目的。

杨大海稳定了一下情绪，心里骂道：好你个由张鑫蜕变成的林鑫鼎，你也太小瞧我杨大海了，就你这点雕虫小技也敢跟我这个掌管几千名"御林军"的"执金吾"过招？我一个呼风唤雨的公安局长，怎么也不能被你一个偷渡国境的逃犯恐吓住吧！

想到这儿，杨大海迅速捋清了思路，提高了嗓门，柔中带刚地说道："林校长，刑警队抓侯峰肯定是有理由的，我在没有搞清楚事情缘由的前提下，是不能下令释放他的。"

听了杨大海的表态，林鑫鼎一怔，刚才，他分明发现杨大海已经被他打出去的两发"炮弹"炸得乱了方寸，怎么只过了几分钟，他又缓过神儿来了？林鑫鼎心里顿时没了底数，他试探着问："杨局长，这么说，你是不准备给林某这点薄面喽？"

杨大海在林鑫鼎面前踱着脚步，不紧不慢地说道："林校长，不是大海不给你面子，而是你今天的表现很糟糕，没有给我一个能够释放侯峰的合适理由。"

林鑫鼎见杨大海语气虽然有些缓和，但态度依然强硬，有些沉不住气。

他原以为杨大海会在他"违建楼受贿"和"雇凶杀人"这两发"炮弹"威慑下俯首称臣，可万万没有想到，自己费尽心机打出去的这两发"炮弹"，不但没有打中杨大海的要害，反而将他给炸得清醒了。

林鑫鼎眨了眨眼睛，用手指向上推了推圆眼镜，决定用他掌控的陈小文作为筹码与杨大海继续交锋。他心里十分清楚，这将是一场你死我活、必须分出输赢的较量，如果自己成为胜者，杨大海就将会成为自己的保护伞、大靠山；如果自己败下阵来，那后果……

林鑫鼎觉得，他眼下正在与杨大海对弈，只要一着不慎，就会满盘皆输，所以必须小心谨慎走好每一步棋。于是，他冷冷地说道："杨局长，林某给你的理由就是担心侯峰在警局里'胡说八道'，把你这个雇凶杀人的后台老板给交代出来，那样就会威胁到你这个公安局长的安危了。"

杨大海见林鑫鼎又在拿雇凶杀人的事件说事儿，不等他把话说完，便"啪"地一拍茶台，指着林鑫鼎的脑袋呵斥道："姓林的，你把话说明白一点儿，谁是杀人凶手？"

林鑫鼎见杨大海与他耍起了威风，反倒露出了笑容："杨局长，难道不是你用100万雇佣金，雇侯峰去杀掉陈小文的吗？"

听了林鑫鼎的话，杨大海心里一惊，他怎么也想不到，杨大江雇佣的杀手竟会是侯峰。但转念一想，又觉得林鑫鼎的话既可信又可疑，可信的是，他确实让杨大江雇人去杀陈小文；可疑的是，他出的雇佣金并不是100万，而是200万。

杨大海也是在江湖上闯荡多年的老手，他想到了自己出的200万元有被黑道杀手从中截留，再转包下家的可能，但他不相信最后接盘的会是一个夜总会的总经理。于是，他仰着头，冷笑着问："林校长，你是怎么知道这些事情的？"

林鑫鼎见杨大海还在装腔作势，收起了笑容，没好气地反问道："杨局长，侯峰是我的小兄弟，你想，他办什么事情，能不和我说吗？"

杨大海见林鑫鼎的信息来源竟是侯峰，便不屑一顾地问："林校长，这么说是侯峰告诉你，我要杀掉陈小文的喽？"

林鑫鼎见杨大海还在试探他的底牌，便用手指使劲儿地敲打着茶台，大声说道："杨局长，实话告诉你吧，你要杀掉陈小文这件事儿，不是侯峰告诉我的，而是陈小文亲口对我讲的。"

听了林鑫鼎的话，杨大海联想到了那个有着陈小文身影的优盘，但他又觉得优盘里的画面有可能是拼接的，便板着面孔问道："哦，既然是陈小文亲口告诉你的，那你就把证据拿给我看看吧？"

林鑫鼎见杨大海仍然不相信他说的话，心里也在打鼓，虽然，他对陈小文使用了各种酷刑，可陈小文并没有如实招供，所以，他目前除了有陈小文这个人证以外，还没有能够令杨大海害怕的其他证据。于是，他皮笑肉不笑地与杨大海周旋道："杨局长，跟你说实话吧，几个月以前，确实有人要雇侯峰去除掉陈小文，可当时，侯峰耍了一个心眼儿，他留下了雇主的100万元雇佣金以后，把陈小文给藏了起来，而且一直藏到了今天。"

林鑫鼎的话像一记重磅炸弹，在杨大海的头上炸响，杨大海觉得耳朵"嗡嗡"乱响，身子都有些摇晃，急忙问："林校长，陈小文现在哪里？"

林鑫鼎见自己的重磅炸弹起到了一定的震慑作用，立即乘胜追击道："杨局长，陈小文在我的手里呀！侯峰把陈小文藏起来以后，又把他转让给了我，是我把陈小文藏到了今天。"

对林鑫鼎的话，杨大海虽然不敢不信，但又不能全信，他努力调整着紧张的情绪，构思着应对的策略。

林鑫鼎见杨大海在想心事，编了个假话挑衅道："杨局长，实话告诉你，经过我对陈小文的亲自审讯，他什么事情都招了。"

杨大海有些沉不住气，他问："他，他都招什么了？"

林鑫鼎站起身来，像外国电影里的大侦揭谜底一样，在杨大海周围一边踱着脚步，一边开始叙述案情："杨局长，其实林某并不是预审专业出身，也没有什么审讯的技能，所以拿他口供的时候非常费劲儿。不过，林某既有发现问题的能力，更有解决问题的办法，我与陈小文几次过招以后，发现他虽然不怕我，倒是特别怕我身边的狗。于是，我就派我豢养的狼狗去跟他对话，结果他不想对我讲的话，全都对我的狼狗招了。"

林鑫鼎停顿了一下话语，接着说道："唉，杨局长，我至今都搞不明白，为什么有的时候狗能听人的话，可有的时候人却要听狗的话？"

杨大海仔细地听着林鑫鼎的表述，此时，他显然不再怀疑林鑫鼎对他的威胁是空穴来风，但还是不能确信这些话的真实程度，便向林鑫鼎提出了一个要求："林校长，既然你说他什么都招了，那你能不能让我看看他都招了什么？"

林鑫鼎鼻子一哼，心想：看来你是不见棺材不掉泪啊！反正陈小文在林家大院里留的是影像视频又没有说话声音，便将事先准备好的监控画面出示给了杨大海。

杨大海反复观看着监控画面，长相和衣着都与他最后见到的陈小文一模一样；他又把监控画面与他前不久看到的那个优盘画面在大脑里做了比较，只见监控画面上清楚地记录着时间，于是长叹一声，低下了一直高昂着的头。

林鑫鼎从杨大海的叹息声中，仿佛看到了胜利的曙光。他料定，此时的杨大海距离"任其摆布"只有一步之遥，只要再加上一个砝码，杨大海即刻就会成为他的"囊中之物"。

林鑫鼎取出了事先准备好的几张照片，回到了座位上。他将几张文物照片摆在了茶台上，像摆弄扑克牌一样，故意挪动着照片摆放的位置。

杨大海瞅了瞅林鑫鼎手中的"扑克牌"，垂头丧气地问道："这么说，我得到的那几张照片，也是你送过去的了？"

林鑫鼎停住了手中的"扑克牌"，他看着瞪大眼睛瞅着他的杨大海，歪着脑袋回答道："没错，照片是我派人给你弟弟送过去的，不过，那几张照片都是赝品，如果林某没有猜错的话，真东西应该在你杨大海的手里吧？"

听了林鑫鼎的话，杨大海像踩了电门一样，立即跳了起来，他大声吼道："陈小文胡说八道！他栽赃陷害！"

林鑫鼎见他的疑问句，在杨大海的嘴里变成了肯定句，知道自己即将迎来胜利的曙光，便慢声语地说道："杨局长，请你不要怪罪陈小文。其实，我看陈小文对你还是蛮够意思的,五年前,我把一个小兄弟派进了监狱,与他朝夕相处,他一字都不提双阳大学丢失文物的事情。害得我欠了那个小兄弟的人情,连他的老妈,我都得一直养着。"

杨大海抹了一把脸上湿漉漉的冷汗,问道:"姓林的,我问你,你为什么对陈小文这么上心,竟然还把卧底派进了监狱?"

林鑫鼎见杨大海蔫巴了下来,说道:"杨局长,你错了!我不是对陈小文上心,而是对你不放心。实话对你说吧,20多年前,是你毁了我的美好前程,让我当校长的远大理想成为泡影,这个深仇大恨我一辈子都不能够忘记。当初,你把我找到保卫科,说我是'监守自盗'时,我还真以为你是火眼金睛,你想,我在双阳大学当了那么多年的保管员,手脚能干净吗?可后来我被抓进了派出所,才发现审我的警察竟是你弟弟杨大江,我就渐渐想明白了,如果不是我把学校丢失文物的事情捅了出来,又怎能引来杀身之祸呢?"

林鑫鼎看了看丢了魂儿似的杨大海,接着说道:"我逃到韩国以后,有一次,巧遇了双阳大学一个老师的儿子,我就向他打听,有没有听说过学校丢失文物的事情?他竟像说评书一样,绘声绘色地给我讲起了文物大盗张鑫偷文物的故事。我当时就完全明白了,这个故事的原作者就是你杨大海,是你欲盖弥彰把黑锅甩到了我张鑫的头上。当时我就痛下决心,一定要将文物丢失的事情弄个水落石出,揪出真正的文物大盗,还张鑫一个清白。"

林鑫鼎抑扬顿挫地讲完陈年往事,突然指着杨大海怒吼道:"杨大海,我唯一的怀疑对象,就是你这个人面兽心的东西!"

杨大海摘下了金丝边眼镜,双手捂住了脸。

林鑫鼎见到了胜利的曙光,又把大脑袋凑到了杨大海的眼前,一边用手揉着嘴巴,一边说道:"杨局长,你知道你弟弟那个大巴掌打在我脸上时,那种火烧火燎的滋味吗?杨局长,你想知道那天晚上,我是怎么逃出派出所,流落异国他乡的吗?那些惊心动魄的场面,我至今仍历历在目,仿佛就发生在昨天。"

杨大海双手仍然捂着脸,头也不抬地说道:"我不想听了。"

林鑫鼎一把打掉杨大海捂着脸的手,声嘶力竭地叫道:"杨大海,这个闹剧的编剧、导演、主演都是你,所以,你不想听也得听!"

林鑫鼎将眼睛眯成了一条缝,一边回忆往事,一边接着说道:"那天晚上,杨大江喝了酒,他用手铐把我铐在了派出所的行军床上,一边往我脸上吐着酒气,一边用大巴掌扇我的嘴巴,非让我承认学校丢的东西都是我'监守自盗'的。他打着打着,打累了,也打困了,便躺在了床上,睡觉前,还对我说,第二天要接着'收拾'我。"

林鑫鼎说着,眼窝里滚出了一汪泪水:"我听说过杨大江'杨大巴掌'的绰号,更知道他'收拾'人的厉害。心想,落在他手里真是倒了八辈子血霉,于是,我想到了跳楼自杀。到了后半夜,我见杨大江已经鼾声如雷,又发现铐着我的行军床能够折叠,便轻手轻脚地把铁床折叠起来背在了肩上,纵身跳到了窗外。当时,我唯一的想法就是从窗户跳出去一死了之,没承想,竟跳到了窗户下面的雨搭上;我在雨搭上缓冲了一下,又继续往下跳,竟一下子跳到了地面上。这时,我才明白关押我的房间是个二楼,就这样,我背着折叠床侥幸逃出了派出所。回到家,我媳妇帮我砸掉了手铐,我抱着媳妇痛哭了一场,依依不舍地逃离了双阳,过上了背井离乡的逃亡生活。"

林鑫鼎抹了一把眼泪继续说道:"杨局长,我逃出双阳市以后,到处流浪,在码头扛大包时还经常挨饿、挨打。后来,我混进了一艘韩国的货船,躲进货舱的木箱里,伴着'哗哗'的海浪声,一觉睡到了韩国。这才有了今天能在双阳横空出世的林鑫鼎。"

林鑫鼎慢慢停住了话语,他斜着眼睛,隔着圆圆的眼镜片使劲儿盯着杨大海,观察着杨大海的表情。

此时,杨大海已无心再听林鑫鼎的独白,他把手伸进兜里抓住了手机就要给杨大江打电话,准备让杨大江带特警上楼来逮捕林鑫鼎,无意间,却瞥到了林鑫鼎从眼镜片里射出来的两道凶狠目光。

杨大海握着手机的手轻轻抖动了一下,飞快地活动了一下心眼儿。他转念一想,既然林鑫鼎胆敢开口让他放人,还敢对他这个公安局长说出自己隐姓埋名的秘密，说明他林鑫鼎如今的势力和财富已经到了不可一世的境地。

杨大海环视了一下眼前林鑫鼎这个高入云端的"天上人间"，又看了看林鑫鼎那张狰狞的面目，突然想到了林鑫鼎手中的人质陈小文，于是，灵机一动，一个借刀杀人、借林鑫鼎这双手除掉陈小文这个心腹之患的想法顷刻袭上心头。杨大海拿定了主意，假装良心发现，装出了一副内疚的表情，哽咽着声音说道："林校长，你不要再说了，我现在就打电话，让他们把人放了！"

杨大海说着掏出手机，把电话打给了在楼下严阵以待的杨大江。

此时，杨大江正忐忑不安地坐在特警运兵车里，为哥哥的安危急得抓心挠肝。一听电话铃声，立即拿着手机，不等杨大海开口说话，便急三火四地问："大哥，几楼？我马上带人上去！"

杨大海清了清嗓子，向杨大江下达了命令："不用了！大江，你带人回去吧！我这边什么事儿都没有。对了，还有一件事儿，你马上把被刑警队抓走的侯峰给我放了！"

"哥，侯峰可是'猴三儿'啊！我通过他可以找到……"杨大江正要继续说出能找到'三撇了'，进而还能追查到陈小文的下落。只听杨大海打断了他的话："好了，不用再说了，马上执行吧！"

林鑫鼎在一旁倾听着杨大海哥儿俩的对话，脸上露出了胜利者的微笑，他在暗自庆幸自己今晚的演出获得了圆满的成功。

杨大海放下电话，又站起身来说道："张鑫啊！念在20年前我们哥俩曾经是同事的份儿上，咱哥儿俩从今天开始，冰释前嫌，谁也不要提及过去那些不愉快的往事了，让过去的事情永远过去吧！"

林鑫鼎望着身材魁梧的杨大海，突然觉得杨大海的形象瞬间高大了许多，于是上前一步，紧紧握住杨大海的双手，以胜利者的姿态说道："大海，原谅林某小肚鸡肠，今后我就是你亲哥，你就当我的亲弟弟吧。"说罢，还表演式地挤出了两行"鳄鱼的眼泪"。

杨大海也使劲儿摇晃着林鑫鼎的双手，凝视着他眼角的皱纹说道："张鑫兄，你老了！"

林鑫鼎擦掉了两行"鳄鱼的眼泪"，说道："大海，你还是叫我老林吧，在我心里，张鑫早就死了！"

杨大海见林鑫鼎有些激动，拉着他的手，说道："林兄，走，大海请你吃夜宵去。"

林鑫鼎笑了，他挽着杨大海的胳膊，走向了茶室隔壁的一间小餐厅："看把我高兴的，都忘了请弟弟吃夜宵了。"

林鑫鼎小餐厅的面积和茶室差不多大，一张一米见方的方形餐桌上，摆着两个圆形的小火锅和两瓶红酒。林鑫鼎轻轻按了一下餐桌上的电铃，不大一会儿，一位穿着紫色旗袍的美女，手里端着装满食物的餐盘，走到了他们的身旁。

美女摆好了餐具和食物，又给他们的酒杯里斟满了红酒，笑盈盈地对杨大海点着头。

杨大海端起酒杯，若有所思地问道："林兄，你怎么知道我喜欢喝红酒？"

林鑫鼎赶忙摆手说道："杨局长多虑了，林某只是随便准备了一点儿酒水而已。"

杨大海没有多想，他端起酒杯说道："林校长，既然我们把话都说开了，今后就不要再叫我杨局长了，我们今后一定要以兄弟相称。"

林鑫鼎赶忙喝了一大口红酒，笑呵呵地说道："好的，好的，既然我们哥儿俩是好哥们儿了，你的事情就是我的事情，过些时候我帮你运作，保证能在你的公安局长头衔前面加个副市长的称谓。"

杨大海立即站起身来，对外始终绷着的"战斗脸"顷刻就变成了灿烂的笑容。

他一口喝光了酒杯里的红酒，就像回到家里一样，脱掉了外套，红着脸对林鑫鼎说道："林兄，够意思！"

林鑫鼎见杨大海一口干了杯中的红酒，也将自己的杯中酒一饮而尽，并将杯口朝下甩了甩，说道："好老弟，来日方长，来日方长！"

两人互相称兄道弟地喝着酒，林鑫鼎突然像想起了什么事儿，他出去拿了一摞文书，对杨大海说道："老弟，哥哥送给你一个认哥哥的礼物。这是给你建违建楼那个老板向我贷款的合同书，上面清清楚楚地写着他用1000万现金，是为了给你'回扣'。现在，我把这份合同送给你，免得日后落到纪委手里，给弟弟带来不必要的麻烦。"

杨大海接过文书，随便翻看了几页，便倒吸了一口凉气。他从合同书上看到的不仅是一颗随时能够引爆的定时炸弹，而且还看到了林鑫鼎那颗阴险毒辣的黑心。

杨大海小心翼翼地收好合同书，马上表态道："谢谢林兄，今后弟弟愿唯老兄马首是瞻。"

林鑫鼎见自己终于拿下了不可一世的杨大海，掩饰不住内心的喜悦，嘴角都快咧到了耳朵，他频频向杨大海举杯，两人俨然成了亲密无间的好兄弟。

杨大海见林鑫鼎越喝越高兴，便借着酒劲儿向他恳求道："大哥，弟弟还有一件事儿，请哥哥务必给兄弟个面子。"

林鑫鼎早已预料到杨大海一定会对他提出这个要求，而且他也做好了相应的打算，便不假思索地说道："兄弟请讲，别说一个面子，就是十个、百个面子，哥哥都会给你的。"

杨大海见林鑫鼎十分慷慨，直截了当地说道："哥哥，你把陈小文交给我吧！"

林鑫鼎假装不情愿地说道："老弟，这件事儿可让哥哥为难了。哥哥该劝你一句，做人要有胸怀，做事要有肚量，不要和小人一般见识。"

杨大海也料到林鑫鼎会拒绝他的这一要求，但是如果他不把陈小文灭口，总觉得心里不踏实，甚至还怕再节外生枝。于是恳求道："哥哥，弟弟咽不下这口气！不干掉他，弟弟死都不能瞑目。"

林鑫鼎又在假装犹豫，过了好半天，才开口说道："那好吧，既然你认我这个大哥了，哥哥就答应你的要求，为你永除后患，老弟你就等着看他的尸首吧。"

杨大海见林鑫鼎要替他除掉陈小文，喜出望外，他急着问："哥哥，大海多长时间能看到陈小文的尸首？"

林鑫鼎斩钉截铁地回答："七天之内。"

哥儿俩谈成了交易，愉快地喝着酒，这时，窗外突然传来"轰隆隆"的雷鸣声。

一道道闪电撕裂了苍穹，将天空映得一会儿黑，一会儿又白了……

第二十一章

江边男尸

春风轻拂着双阳大地，江边的柳树吐出了嫩绿的丝条，街边的桃树和梨树相继绽放出了粉红和清白色的花朵。春天，迈着轻盈的脚步悄悄回来了。

星期天，一年一度的义务植树活动开始了，双阳市机关、企事业单位的干部、职工以及市民志愿者扛着铁锹，纷纷来到松江两岸，他们要用自己的双手将百里松江堤坝打造成绿色的生态长廊。

团市委组织的1000多名青年志愿者，是这次义务植树活动的主力军，他们坐着大客车，浩浩荡荡来到冠名为"青年林"的植树工地。挖树坑、扛树苗，两个多小时过后，已经把一万多株高大乔木和低矮灌木都栽植在了河堤上。

双阳市的义务植树活动吸引了众多传统媒体、新媒体和自媒体的记者、主播，他们通过电视画面和网络平台，迅速将植树盛况传播到了千家万户。

上午10点，双阳电视台要向全市直播"青年林"的开园仪式。

电视机的荧屏里首先出现了拍摄空镜头的无人机，无人机"嗡嗡"叫着腾空而起，蓝天白云下的江岸盛景和"青年林"全景，展示在了观众的眼前。

紧接着，电视画面切换到了植树现场，电视台的女主持人站在松江南岸的小土坡上，背对着挖坑植树的青年志愿者，开始直播："各位观众，本台记者正在松江岸边向大家现场直播我市'青年林'的开园仪式。现在，植树活动已近尾声，志愿者们正在热火朝天地挖最后一批树坑，我们过去采访一下。"

女主持人说着，紧走几步，将话筒递到了一位穿着红色冲锋衣的女志愿者面前："这位女士您好，请问，挖树坑的大小，有具体要求吗？"

"我们挖树坑的大小是要根据树根土坨的大小而定，不能太深也不能太浅。我们这片林子要栽植的树木是五六年生的银杏树，挖的树坑直径一般都在50厘米左右，深度差不多也得50厘米，这样才能确保树木的成活。"女志愿者一边给做示范，一边向主持人做着介绍。

摄像记者给志愿者拍了特写和近景之后，又把镜头推向了远处的堤坝。

突然，摄像记者的镜头里出现了一群围观的人群，而且还有更多的志愿者在往围观人群那边跑。

"那边好像发生了突发事件，我们快去那里直播。"新闻意识非常敏感的摄像记者对主持人说着，和女主持人一起跑向围观人群，前去抢新闻。

女主持人跑到了围观人群的身后，气喘吁吁地说道："各位观众，我现在来到了围观的人群当中，让我们大家看看志愿者到底挖出了什么宝贝……"

女主持人说着，摄像机的镜头"唰"地一下对准了围观人群脚下的一个土坑。

女主持人拨开人群，刚走到土坑旁，只听她"妈呀"一声大叫，惊呼道："哇，这哪里是什么宝贝，分明是一具没有脑袋的男尸……"

女主持人的脸吓得顿时没了血色。见此画面，正在转播车上传输电视信号的图像编辑，赶忙中止了转播。

此时，双阳市公安局长常务副局长刘鸣放，正坐在家里的沙发上看电视，当他从电视画面里看到松江南岸惊现无头男尸的直播时，"腾"地一下从沙发站了起来。尽管此时电视台已经中断了直播，可他还是瞅着满屏雪花点的电视屏幕发愣。

少顷，他拨通了城南分局刑警大队大队长龙岩的手机："龙岩啊，刚才我从电视台的直播中看到松江南岸'青年林'里发现了一具无头男尸，你赶快带人和我一起去现场。"

接了刘鸣放的电话，龙岩心里一惊，他一边通知"金童玉女"和正在值班的刑侦技术人员，一边开着车，火速赶往了出事地点。

与此同时，杨大海也在电视机前看直播，当他从屏幕里看到了男尸身上穿的那件旧军大衣时，马上意识到这是陈小文的尸体。

杨大海长呼一口气，他正要给林鑫鼎打电话验证，就听到了手机微信"叮铃"的提示音响。

杨大海瞅了一眼微信，只见是林鑫鼎给他发过来的一个"OK"。杨大海心领神会，脸上露出了一丝满意的微笑，他刚要给林鑫鼎回复个"收到"，转瞬间便又改变了主意……

"丁零零，丁零零。"杨大海的手机响起了清脆的铃声，他看了一眼来电显示上的名字，接听了电话。

"杨局长，我是刘鸣放，松江南岸义务植树工地发现了一具无头男尸，我正在赶往现场，您有什么指示吗？"刘鸣放在电话里向杨大海做着请示，其实他是在提醒杨大海：命案现场勘查，需要他临场指挥。

杨大海听懂了刘鸣放的提醒，但他却不愿意赶往现场，他虽然时刻都期盼着陈小文的死讯，但却不想亲眼看到晦气的尸体。于是，对刘鸣放扯着谎："刘局长，我正在医院打点滴，你先过去指挥现场勘查，有什么情况，随时联系我。"

杨大海放下电话，拿起一支香烟，掰掉了香烟的过滤嘴，一边点燃香烟，一边心有余悸地问着自己：这具男尸，真能是陈小文吗？

杨大海想着，手机再次响起了"叮铃铃"的铃声，他一看来电显示，站起身来，对着手机听筒，毕恭毕敬地说道："王厅长好！"

松江省公安厅王厅长在电话里关切地问："杨局长，现在朋友圈里都在转发松江岸边发现的无头男尸，现场是个什么情况？"

杨大海愣了愣神儿，赶快又在电话里对王厅长说谎："报告厅长，我正在赶往现场，了解完情况以后，马上向您报告！"

杨大海不得不亲临现场了，他听过不少有关鬼神的传说，说冤死的人即使下地狱、做了鬼，也会阴魂不散。杨大海害怕陈小文不会放过他，便要开枪驱除陈小文尸体上阴魂，但他不敢在大庭广众之下开枪，于是想到了警服，他相信警察能够驱鬼辟邪，便特意穿上了三级警监的警察制服，硬着头皮上了警车。

丰田霸道警车鸣着警笛，风驰电掣般地赶往松江岸边。杨大海坐在副驾驶的位置上，心里盘算的不是迅速破案、缉拿凶手，而是想着应该如何让这起"无头男尸案"自生自灭。

十几分钟后，杨大海乘坐的警车驶入了沿江大道，远远就看见了拉着警戒线的"青年林"植树工地。

杨大海下了警车，假装镇定地向发现尸体的地方走了过去。

蹲在无名男尸旁，正在与龙岩和刑侦技术人员勘查现场的刘鸣放，见杨大海正向他这边走来，便站起身来。

这时，一股清风迎面而来，吹掉了杨大海头上的警帽，跟在他身后的司机，赶紧把警帽从地上捡了起来。

杨大海没有去接司机递过来的警帽，他没好气地对司机说道："你们给我领警帽的时候也不看看大小，这么大的帽子，我能戴吗？"说着，一巴掌打掉了司机手里的警帽。

刘鸣放常务副局长没有理会杨大海这个不拘小节的动作，他指着尸体周围杂乱无章的脚印，汇报道："杨局长，发现尸体的时候，志愿者们正在挖树坑植树，现场脚印很混乱，无法提取足迹。"

杨大海"嗯"了一声，意识到这是林鑫鼎选择在众目睽睽之下埋尸的险恶用心，于是问："这里是杀人现场吗？"

听了杨大海的问话，龙岩马上回答："杨局长，这里不是杀人的第一现场，是杀人后移尸的现场，技术人员正在提取痕迹物证和生物物证，等他们勘查完现场，或许还会有更多的发现。"

杨大海微微皱了一下眉头，不屑一顾地瞥了一眼正在摘掉白手套的龙岩，皱着鼻子走到尸体旁，毫无表情地瞅了瞅尸体的衣着、体态，又辨别了一下尸体的身高。这时，他才确信这具无头男尸就是发小陈小文。

确认了陈小文的尸体，一种如释重负的轻松一下子袭上了杨大海的心头，他转身离开了埋在泥土里的陈小文，觉得脚步霎时变得轻盈了许多。可没走几步，他又觉得脚下仿佛被缠上了一个无形的枷锁，每迈一步都十分吃力。

杨大海悻悻地离开了埋尸现场，轻描淡写地向王厅长做了汇报，便返回了办公室。

一路上，他的手机接二连三地响个不停，给他打来电话的除了省市相关领导以外，还有一些社会名流，与他通话的内容都没有离开这起"无头男尸案"。有的领导用质问的口气批评他，为什么把双阳市的社会治安搞得如此糟糕？还有的上级领导明确向他下达了限期破案的指令。

杨大海把自己关在办公室里，一支接着一支地抽着烟，上位公安局长不到半年时间，他第一次感到身上有了压力。

杨大海将双腿架在了办公桌上，靠着高靠背真皮座椅，摘下了金丝边眼镜。一会儿，用手指向脑后理着头发；一会儿，又用两个指头轻轻按压在太阳穴上。

说句老实话，杨大海并不太在意这些来自方方面面的压力，他在思考着该怎样利用"一把手"至高无上的权力，去平息这些声音。他坚信，只要他还能坐在公安局长的宝座上，不管风吹浪打，他都可以胜似闲庭信步。

杨大海理了一会儿头发，觉得头脑似乎清醒了一些，脑海里又浮现出了陈小文那张饱经沧桑的面孔。

半年前，当他时隔25年又见到陈小文那张熟悉的面孔时，杨大海感觉陈小文的脑袋仿佛就是一颗定时炸弹，脸上的青筋就是定时炸弹的一条条导火线。他担心这颗定时炸弹将自己炸得粉身碎骨，才让弟弟杨大江为他拆除这颗炸弹。

半年后，杨大海不知道杨大江是采用什么方式拆除炸弹的，只知道自己白白搭上了200万元钱，还不得不与林鑫鼎做了交易。现在，他虽然没有目睹林鑫鼎的"拆弹"过程，但却亲眼看见"炸弹"支离破碎的残骸。杨大海在愉悦之余，还真为再也看不到陈小文那张危险的面孔而感到有些惋惜。

这时，刘鸣放又给杨大海打来了电话，向他请示是不是马上开一个案件分析会，以确定"无头男尸案"的侦查方向。

杨大海在市公安局会议室亲自主持召开了案情分析会，常务副局长刘鸣放，新提拔的常务副局长、主管刑侦工作的辛然，市局刑警支队支队长张江，副支队长杨大江和城南分局刑警大队大队长龙岩等领导参加了会议，"金童玉女"和一些经验丰富的侦查员以及刑侦技术人员列席了会议。

杨大海一脸正气地坐在会议桌的中央，他首先让刑警支队的宋法医介绍现场勘查的情况。

宋法医面对会议室大屏幕的现场照片，介绍道："各位领导，今天上午10时许，在我市松江南岸的义务植树工地，青年志愿者在挖树坑的时候，挖出了一具无头男尸。经初步勘验：死者为男性，年龄应该在50岁以上；身高在一米七五以上。死者体态瘦弱，身着一件绿色的旧军大衣；脚穿43码黑色系带的棉布鞋。大衣里面穿着一身很旧的蓝色衣裤、毛衣毛裤；贴身内衣内裤都是崭新的。经对尸体做初步检验，尸体的颈部有勒痕，手腕上有被手铐铐过的痕迹，头部是用铡刀分尸；死亡时间大约在三天以前。目前尸检还在进行中，详细报告还没有出来。"

杨大海认真地听着宋法医的讲解，仔细看着屏幕上的一张张现场照片，脑海里闪动着陈小文与他在一起时的一幕幕场景。经过对号入座，他更加确信这具无头尸体就是陈小文。

杨大海的心理活动不为人知，而坐在他左手边的刘鸣放却紧皱起了眉头，脑子里画着一个又一个的问号。

刘鸣放问："宋法医，根据你的经验判断，这是一起什么性质的杀人案件？"

宋法医略微思考了一下，说出了自己的观点："我认为仇杀和情杀的可能性都很大。但我个人认为，仇杀的可能性会更大一些，因为死者手腕上的勒痕告诉我，他死前曾遭到过拘禁；死者被切下的头颅还告诉我，杀人凶手和死者仇恨很深。这两点，虽然既符合情杀也符合仇杀，但我个人倾向于仇杀。"

刘鸣放接着问："宋法医，我同意你的判断，不过，我有一个疑问：你能确定杀人凶手分尸的作案工具是铡刀吗？"

宋法医解释道："没错，这种铡刀是那种给牲口铡草用的大型刀具，刀刃上有凸凹不平的锯齿，这些特征在尸体上都有所显现。"

刘鸣放又问："宋法医，对杀人凶手割掉死者头颅这一情节，你有什么判断？"

宋法医回答道："我认为，凶手是在故意隐瞒死者的身份，起码不让我们过早查到他的身份。"

刘鸣放接着又问："那凶手为什么不碎尸，或将尸体掩埋在深山老林里，却埋到了这么被容易发现的地方，这不互相矛盾吗？"

宋法医皱着眉头说道："我认为，这是本案的一个重要疑点。"

刘鸣放结束了与宋法医的对话，把目光转向大家，说道："同志们，宋法医说出了本案的一个重要疑点，我认为还有一个疑点也不能被忽视，那就是死者身上穿着崭新的内衣内裤。大家可以想象一下，杀人凶手为什么要给尸体穿上一身新的内衣内裤？这个情节对认定案件性质至关重要，搞不好会误导我们的侦查方向。"

主管刑侦工作的副局长辛然见刘鸣放滔滔不绝，成了案件分析会的主角，内心十分反感。他认为刘鸣放抢了他的风头，便故意与他唱起了反调："我认为，这一点恰恰说明案件的性质不是仇杀而是情杀，因为，只有与死者有情感关系的女人，才会给死者换上新的内衣内裤。所以，我们更应该首先考虑奸情杀人的可能性，如果我们按照奸情杀人的思路确定侦查方向，可能很快就能查找到死者的身源。只要查明了死者的身份，知道了他姓甚名谁，这个案子就会一揭两瞪眼，凶手立即就会浮出水面。"

杨大海见刘鸣放和辛然两位常务副局长提出了不同的侦查方向，立即有了主意，他心里十分清楚，如果按照刘鸣放的思路确定侦查方向，无疑会少走许多弯路，可能很快就会破获此案，但这是他不希望看到，也不可能接受的结果。如果按照辛然的意见开展侦查，就会使案件陷入南辕北辙的境地，破案之路就会越走越远。

想到这儿，杨大海马上表态道："两位局长的分析虽然都很有道理，但我还是同意辛然副局长的意见。假设杀人凶手因为争风吃醋杀了死者，又不想让我们查到死者身份，刚才宋法医说的这些疑团，可能就会迎刃而解了。"

杨大海说罢，又做出了工作部署："同志们，我们马上抽调全局的精兵强将，迅速成立侦破'无头男尸案'的专案组。这个专案组由我来当组长，市局其他副局长都是副组长。专案组在刑警支队下设破案指挥部，负责破案的组织、协调、线索搜集和后勤保障等工作，指挥部要利用目前掌握的线索，制定出调查、摸底、排查条件，下发给全局民警，迅速开展侦查工作。我们要围绕作案工具进行'地不漏房、房不漏户、户不漏人'的调查，对犯罪嫌疑人更要进行'地毯式'的排查。争取在最短时间之内破获此案，向党委、政府以及双阳市人民交上一份满意的答卷。"

杨大海慷慨激昂地部署着工作，一转身，瞅见了老成稳重的张江，便对他说道："张江同志，你是市局刑警支队的支队长，你要以党性和职务来向我担保，在省厅给我们规定的时间内，破获这起'无头男尸案'。如果你破不了这起案子，你要主动辞职，这是我给你立下的军令状。"

杨大海说话的声音虽然不高，但却像"音爆"一样，将会议室震得"嗡嗡"作响。大家谁也没有想到，杨大海竟突然挥起了军令状这根大棒，要对一向谨小慎微的张江下手，于是，都把目光投向了老实巴交的张江。

杨大海不等张江说话，又向大家宣布了一条纪律："在案件侦破的过程中，要明确责任、严明纪律；对在破案中有失职、渎职行为的人员，一律从严从重处理，该开除的开除，该辞退的辞退。不管是谁，绝不姑息！"

杨大海部署完了侦破工作，站起身来正要宣布散会，一眼看见了坐在角落里正在看手机的袁小雨。他下意识地皱了一下眉头，指着袁小雨问道："那位年轻同志，你是哪个单位的？"

龙岩大队长回头看了一眼袁小雨，马上起立，介绍道："报告局长，他是我们分局刑警大队的侦查员。"

杨大海向龙岩做了一个坐下的手势，仔细打量了一下袁小雨，盯着他的眼睛问道："你叫什么名字？"

袁小雨站起身来，向杨大海敬了一个标准的军礼，说道："报告局长，我叫袁小雨。"

杨大海点了点头说道："哦，袁小雨，我记住你了！"

第二十二章

发现线索

案件分析会结束以后，袁小雨回到家，见妈妈袁枚已经睡觉，便轻手轻脚给她掩了掩被子，回到了自己的房间。

"吱扭"，随着房门的一声响动，袁小竹下班回家，轻轻地推开了屋门。

袁小竹在门厅里看到了哥哥的鞋子，又见妈妈已经睡觉，轻轻敲了一下哥哥的屋门，也不等袁小雨在屋内搭腔，便推门进了哥哥的房间。

袁小雨见妹妹进来，将手指挡在嘴唇上"嘘"了一声，示意她小点声说话，免得惊醒了妈妈。

袁小竹冲着哥哥做了个鬼脸，笑呵呵地坐在袁小雨的身边，小声说道："哥，我给你提供一个破大案的线索，你能给我出多少钱？"

袁小雨见妹妹又在"敲诈"他，一推她的胳膊说道："去，回屋睡觉去，别又换着法儿'讹诈'我。"

袁小竹一噘嘴，眨着眸子说道："哼，真是好心当成驴肝肺。你狗咬吕洞宾，不识好人心！"

袁小竹转身走到门口，又回过头来，神神秘秘地说道："袁小雨，你抠门儿，活该你破不了案！"

袁小雨瞥了一眼妹妹的背影，觉得她的神态不像是和自己开玩笑，便"嗖"的一声下了床，紧随其后进了袁小竹的房间，用手指当作手枪，顶着妹妹的后腰低声说道："举起手来，我是警察！"

袁小竹见哥哥和自己玩起了童年的游戏，慢慢地举起了双手，猛的一个回转身，摆开了一副要与哥哥"格斗"的架势，冲着袁小雨一勾手指，攥着拳头说道："过来，我不怕你！"

袁小雨拨开了袁小竹的拳头，笑着说道："不玩了！快告诉哥，是什么线索？"

袁小竹一屁股坐在床边，脸色绯红地亮出了手心："拿来，线索费！"

袁小雨见妹妹的表情极为认真，急忙回房间取出一张百元人民币，往妹妹手里一塞，说道："这回该说了吧！"

袁小竹一把将100元钱攥在手心里，把头晃得像拨浪鼓似的说道："不行，太少了，我这条线索最少也能值500块钱。"

袁小雨无奈地摇了摇头，只好又取出4张百元钞票塞给了妹妹，点着她的脑门儿说道："小无赖，你也太黑了！"

袁小竹捂着嘴"咯咯"笑着，将手里攥着的500元人民币装进了钱包，忽闪着水汪汪的大眼睛说道："哥，我见过松江岸边发现的那具男尸！"

"啊？"袁小雨被妹妹的话吓了一跳，瞬间便将眼睛瞪得滚圆，他问："你见过被害人？什么时候，在哪儿？"

袁小竹见哥哥急得眼珠子都要冒了出来，故意卖起了关子，她一边往屋外推着袁小雨，一边说道："我困了，等我睡醒以后再告诉你！"

袁小雨急忙回到房间，又拿出200块钱，在妹妹眼前一晃，说道："袁小竹，这回能说不？"

袁小竹一把抢过袁小雨手里的200元钱，绘声绘色地给他讲述了半年前，陈小文来火锅店里吃火锅时候的情景。

袁小雨认真听着，若有所思地问："小竹，你怎么就能确定吃火锅的那个人，就是今天江边出现的那具无头男尸？"

袁小竹见哥哥对她的判断有所怀疑，噘起了嘴，假装生气地说道："哥，你忘了我到火锅打工是为什么了吗？你妹妹可是为了写剧本才去体验生活的。不观察客人的穿着打扮和行为举止，我怎么写剧本？不瞒你说，我今天在朋友圈里一看见那具无头男尸的穿着打扮，就联想到了来我们店里吃火锅的那个人。当时，他身上穿的就是军大衣，脚上穿的也是黑布鞋。"

袁小雨见妹妹说话十分肯定，故意问："傻妹妹，你以为你是在写推理小说吗？你难道不知道那具尸体是无头的吗？"

袁小竹见哥哥不相信她的话，不高兴地反问道："无头怎么了，不就是没有脑袋吗？"

袁小雨见妹妹一脸稚气，轻轻拍着她的肩膀说道："我的傻妹妹，无头就是没有辨认条件，让谁都认不出来。你这个傻丫头，仅凭一件军大衣和一双黑布鞋，就能断定死者生前去你们饭店吃过饭，你也太异想天开啦。"

袁小竹见哥哥说她异想天开，生气地说道："哥，你不要动不动就主观臆断，也不要小瞧你妹妹的观察、想象能力。你可以想一想，军大衣虽然司空见惯，可脏兮兮的军大衣会常见吗？还有那双黑布鞋，我还是第一次见过系鞋带的黑布鞋呢。对了，那双布鞋的鞋底子也是布的千层底。这么和你说吧，我对那双鞋和大衣的印象太深了，就凭这非同一般的军大衣和黑布鞋，我就敢断定那具无头男尸就是他，绝对不会错的！"

袁小雨闭上眼睛，脑海里回闪着他在现场看到那具无头男尸的衣着，心里暗暗钦佩着妹妹的观察能力。

袁小雨寻思了一会儿，又问："你说的那个人长得什么样？"

袁小竹眨巴着眼睛，一边回忆，一边描述道："长瓜脸，大眼睛，皮肤不白也不黑；身高一米七五左右，身体消瘦，胡子拉碴的有些邋遢。说得好听一点儿是一张饱经风霜的脸，说得难听一点儿就是一张苦大仇深的脸。还有，他眼窝深陷，目光深邃，说话的声音也有些嘶哑，他的眼神儿，好像……好像和你的眼神儿差不多。"

袁小雨指着自己的鼻子，吃惊地问："你说的是我吗？"

袁小竹皱了一下弯弯的柳叶眉，回答道："是啊！没错啊！我是说，他的眼神儿和你挺相像。"

听着妹妹的描述，袁小雨在脑海里勾勒着那个人的长相，脑子里有了大概的印象，他接着又问："那人多大年龄？"

袁小竹描绘道："他一眼看上去能有60多岁，但仔细观瞧，也就50多岁。哥，我一辈子都不会忘记那个人的长相，我还准备在我的剧本中，刻画出和他一模一样的人物形象呢！"

此时，袁小雨觉得妹妹突然长大了，他感到眼前的袁小竹，不论是观

第二十二章 发现线索

察判断能力,还是演绎推理能力,都像推理小说家柯南·道尔笔下的大侦探福尔摩斯。于是,半开玩笑地问道:"福尔摩斯先生,根据你的经验,你看他像是干什么的?"

袁小竹见哥哥假扮起了福尔摩斯的助手华生,也学着福尔摩斯的神态,思考了一会儿,说道:"华生,我看他好像是刚从监狱里面被释放出来的。"

袁小竹说着,眼望天花板,将纤细的手指搭在了唇边,一边遐想,一边自言自语道:"接下来,我还要把这个无头男尸案创作成一部精彩的网络小说,把你袁小雨塑造成一个大侦探的形象,由迷雾重重的无头男尸开始推理、演绎,慢慢让无头男尸慢慢长出头来指认凶手……"

袁小竹像推理小说家一样构思着小说的情节,突然,她灵光一现,又来了兴致:"这个凶手是个伪装极深的大善人,他被指认以后,没有任何人相信他会杀人,于是他继续作案,就连你这个火眼金睛的大侦探都被他蒙蔽了……"

听了袁小竹的描述,袁小雨不禁倒吸了一口凉气,他赶忙捂住了妹妹的嘴,不让她再往下瞎编。

回到房间,袁小雨觉得妹妹反映的这条线索非常重要,便马上给龙岩大队长发了个微信:"队长,我有一个紧急情况,需要马上向您汇报!"

几秒钟以后,袁小雨的手机"叮铃"一声有了回音,只见龙岩在微信里回复道:"我在办公室呢,你过来吧!"

袁小雨穿上衣服,马上走出家门,一边走,一边给倪雪打着电话。

"丁零零,丁零零",一阵急促的电话铃声将睡梦中的倪雪惊醒,她闭着眼睛,迷迷糊糊地接听了电话:"谁呀?这么烦人!"

袁小雨在电话里说道:"雪儿,你马上过来接我,我们一起去向龙队长汇报一个重要的情况。"

倪雪睡意蒙眬地说:"不去,人家还没睡醒呢!"

袁小雨见倪雪不肯去,学着妹妹的腔调说道:"不去拉倒,狗咬吕洞宾,不识好人心!等我破了案子,别说没给过你立功受奖的机会啊!"

倪雪一听有了破案的线索,赶紧翻身下床,揉着眼睛答应道:"你等着,我马上去接你。"

十几分钟以后,"金童玉女"便来到刑警大队龙岩大队长的办公室。

龙岩坐在办公桌前,笑着对"金童玉女"说道:"我一猜,你们俩就会一起来。"

倪雪见龙岩似乎话里有话,赶忙解释道:"龙队,人家在家睡得正香,是袁小雨打电话把人家给吵醒的。他还让人家去他家接他,你说他烦人不烦人?"

龙岩听明白了倪雪的解释,假装坏笑了一下,一边冲倪雪点头,一边问袁小雨:"说吧,什么重要情况?"

袁小雨汇报道:"龙队长,刚才我妹妹向我反映,无头男尸案的被害人在半年以前,曾经去过一家火锅店吃火锅。"

龙岩他简直不敢相信自己的耳朵,"呼"地站起身来,他又惊又喜地问:"小雨,你妹妹是怎么知道的?"

袁小雨赶紧将他在妹妹那里"买"来的情报,一五一十地汇报给了龙岩,然后问:"队长,你认为这条线索有没有价值?"

"有啊!"龙岩说着,习惯地在笔记本上做了记录,然后三笔两笔勾勒出来了一个人物头像。

龙岩拿着他画的人物头像问倪雪:"你看这个人,像不像小雨刚才描述的那个被害人?"

倪雪接过龙岩的笔记本,调换着角度看了一会儿,说道:"龙队长,我怎么看这个人有点像咱们的小雨哥呢?"

袁小雨一把抢过倪雪手中的笔记本,左看右看,也觉得有点和自己连相,便问:"龙队长,你画的是我吗?"

龙岩接过笔记本,表情严肃地说道:"不是啊!我为什么要画你呢?这是我脑海里的死者形象。"

袁小雨一怔,他看了看一脸诧异的倪雪,又瞅了瞅表情认真的龙岩,挠着脑袋说道:"不会吧?"

龙岩收起笔记本,站起身来对"金童玉女"说道:"这条线索确实很重要,

第二十二章 发现线索

我得马上向破案指挥部汇报。"

龙岩首先将电话打给了刑警支队支队长张江,接着又向刘鸣放常务副局长做了汇报,然后对"金童玉女"说道:"我得马上到指挥部去,你们等着我的消息。"

张江放下龙岩的电话,觉得情况紧急,又将电话打给了主管副局长辛然。

辛然见有了被害人的线索,一边通知杨大江,一边向杨大海做了汇报。

半个多小时以后,几位领导相继赶到了刑警支队小红楼的会议室。

张江支队长见各位领导已经就座,冲着龙岩说道:"龙大队长,把你们获得的线索,向各位领导汇报一下吧。"

杨大海坐在长方形会议桌的中央,他摘掉了金丝边眼镜,用懒洋洋的目光扫视了一下坐在他对面的龙岩,一边漫不经心地听他的汇报,一边微闭二目按摩着太阳穴。

刘鸣放和张江坐在杨大海的左边,辛然和杨大江坐在杨大海的右边,他们不约而同也都将目光都对准了龙岩,不知道龙岩到底有什么重要情况,需要连夜汇报。

龙岩掏出笔记本,将袁小竹在火锅店里曾经见到过的被害人长相做了描述。

杨大海闭着眼睛听着,没过多一会儿,按摩太阳穴的手指便渐渐停了下来,他飞快戴上那副根本就没有度数的金丝边眼镜,突然觉得自己的大脑产生了一种幻觉。

杨大海隔着眼镜片瞪大了眼睛,发现不知道什么时候龙岩已经换上了黑色的法官袍,正在义正辞严地向他宣读着判决书。

杨大海觉得心脏都快要跳出来了。他偷眼环视了一下四周,见所有人都在认真地做着记录,就连龙岩的眼睛也在瞅着他自己的记录本,便向身后挺了挺僵硬的脖子,悄悄拿出记录本胡乱写着什么,努力平息着自己紧张的情绪。

龙岩汇报完毕,见杨大海局长还在"认真"记录,便静静等着他发表重要指示。

刘鸣放合上了记录本，面带喜悦地说道："龙岩啊，你这个线索很重要，我建议马上请上海的刑侦专家来给死者画一张像，然后在媒体上悬赏寻找死者身源。我相信，有了准确的画像，被害人的身源肯定能够找到，这个案子也一定能够破获。"

辛然副局长见刘鸣放率先做出了表态，心里很不舒服，他总觉得刘鸣放处处都在抢着他的风头，心里暗想：刘鸣放，你我虽然都是"常务"，可我是主管刑侦工作的副局长，凭什么你总抢在我面前发表意见？现在案子有了进展，你是不是要摆老资格与我争抢破案的指挥权？

想到这儿，辛然看了一眼正在做记录的杨大海，说道："杨局长，上海的刑侦专家肯定不如警院教授画像准确，我看还是请学院派的专家画像吧！"

已经走了神儿的杨大海，没有听清楚辛然的前言，只听到了他的后语，连连点头说道："好，好，好！"

杨大海六神无主地回到办公室，他虽然懵懵懂懂，没有听清楚龙岩汇报的全部内容，但却清楚地记得，提供"无头男尸案"死者长相的人，是那个曾经让他心动的女服务生。

杨大海在手机里寻找了半天，终于找到了"貂蝉"的微信，他刚要给"貂蝉"发微信，又改变了主意。

杨大海看了看手表，见已经是次日凌晨，便毫不犹豫地驱车赶往了双阳大厦，去找林鑫鼎……

两天以后，双阳市主流媒体都刊登了市公安局的"悬赏寻尸启事"。

杨大海看着"悬赏寻尸启事"上的男人画像，根本就与陈小文大相径庭，心里悬着的石头才算落了地。

袁小雨从媒体上看到了"悬赏寻尸启事"，立即惊呆了！难道是妹妹向画像专家的描述出了问题？袁小雨不相信妹妹的描述会出问题，他也不怀疑画像专家能将被害人的"长瓜脸"故意画成"方脸盘"。可为什么会出现面貌迥异的死者画像？袁小雨迷惑不解，只好回家去找袁小竹问个究竟。

袁小雨一进家门,就听到妹妹的房间里传出了"呜呜"的哭声。他心里一阵发毛,赶紧跑进袁小竹的房间,只见妹妹正倒在妈妈的怀里,披头散发哭成了泪人。

妈妈袁枚见儿子回来,"咳咳"咳嗽了两声,一边擦着女儿的眼泪,一边对袁小雨说道:"小雨啊,快看看你妹妹这是咋的了,她就这么一直哭,一句话也问不出来,都快急死我了。"

袁小雨看了一眼脸色苍白、浑身抽搐的妹妹,一下子明白了她是受了惊吓。他要问妹妹是不是受到了什么人的威胁,又怕吓着身体虚弱的妈妈;他想过去安慰一下妹妹,可又怕再刺激到她。袁小雨心疼地抚摸着妹妹的一头乱发,眼泪像断了线的珠子,扑簌簌地滚落下来。他呆呆地站立了良久,转身跑出了家门。

出了家门,袁小雨给倪雪打了电话,在电话里竟止不住地抽泣起来。

倪雪不知道发生了什么事情,她见袁小雨情绪有些反常,赶紧开车过来,大老远就看见袁小雨正蹲在地上,捂着脸哭泣。

袁小雨见倪雪站在了他的面前,一把抱住倪雪,失声痛哭起来。

倪雪被袁小雨的举动惊呆了,她和袁小雨朝夕相处、共同奋战在刑侦战线这么多年,还从来没有见过这个钢铁汉子有过失态的举动,立即预感一定是出了大事。

倪雪轻轻地拍着袁小雨的后背,悄声说道:"小雨,冷静点,快告诉我发生了什么事情。"

袁小雨搂着倪雪,好半天才止住哭声,说道:"雪儿,我心里难受,想喝酒!"

"好好好,我陪你喝酒去!"倪雪说着,搀扶着快要散了架子的袁小雨上了她的车。

袁小雨跟着倪雪来到了一家夜店,坐在一张小桌前,他低着头,一杯接着一杯地喝着啤酒,满脑子里都是妹妹憔悴的面容。他不敢去想是什么人伤害了妹妹,只知道是龙岩把他妹妹给出卖了。

倪雪坐在袁小雨的对面,满脸疑惑地看着他,声音也有些颤抖地问:"小雨，到底发生了什么事情，你倒是说话啊？"

袁小雨抬头看了看倪雪，摇着头，端起了酒杯，眼泪又开始在眼窝里面打转，内心像被刀绞了一样难受。

倪雪见袁小雨两眼直勾勾的，一个劲儿地喝酒，一把抢过他的酒杯问道："小雨，你倒是说话啊！瞅你这样子，我心里能好受吗？"

袁小雨央求道："雪儿，你就让我喝个够吧！我实在不能说啊！"

倪雪急了，她冲着袁小雨叫道："袁小雨，你还是不是个男人？你非得要急死我，是不是？来，我陪你喝酒。"说着，"咕咚咚"地喝起了啤酒。

袁小雨见倪雪脸都喝得发了白，一把夺过她的酒杯，喃喃地说道："你看看这个'悬赏寻尸启事'，就知道我要说什么了。"

倪雪接过袁小雨递给她的"悬赏寻尸启事"，问道："哦，怎么把被害人画成了'方脸盘'，这也不像你啊？"

袁小雨声音颤抖着对倪雪说道："雪儿，我怀疑有人威逼我妹妹做了假的描述，故意把死者的'长瓜脸'画成了'方脸盘'。我妹妹是个从来不会说谎的好孩子，她现在受到了惊吓，神经都崩溃了。我看到她被伤害的样子，又看到我妈为她难受的样子……雪儿，我真受不了。"

听了袁小雨的话语，倪雪拍起了桌子，她愤怒地嚷道："小雨，这，这怎么可能呢？"

袁小雨瞪着大了眼睛问："雪儿，这不是可能不可能的事情，这是发生在眼前的事实啊！"

倪雪"呼"地一下站起身来，大声问道："为什么？为什么会这样？"

袁小雨十分坚定地说道："这不很明显嘛，有人在故意干扰我们的侦查视线啊！"

第二十三章

线索中断

倪雪摇着头问："我就不明白了，怎么会有人故意干扰我们的侦查视线呢？"

袁小雨见倪雪发出了疑问，启发道："雪儿，你再仔细回忆一下，我们第一时间把小竹提供给我的案件线索，告诉给了谁？"

倪雪惊恐地望着袁小雨，反问道："小雨，难道你在怀疑龙大队长？"

袁小雨没有正面回答倪雪的问话，他将头扭到了窗外，眼睛盯着黑洞洞的夜空，一句话都说不出来了。

倪雪见袁小雨没有理会她的问话，使劲儿搓着双手，不住地跺着脚。突然，她抓起酒桌上的一瓶啤酒，"咚咚咚"地将整瓶酒喝了个精光，然后将空酒瓶用力将往酒桌上一戳，带着哭腔说道："小雨，龙队是个好人，你不应该怀疑他！"

袁小雨看着情绪有些失控的倪雪，歪着头问："不是他，还能有谁？你看他老谋深算的那副怪模样，谁知道他肚子里怀着什么样的鬼胎。"

倪雪一把抓住袁小雨的胳膊，哽咽着声音问道："小雨，你不能怀疑龙队长，龙队长为人正直，绝不会是你想得那般坏！你再想一想，会不会是小竹那边出了问题？"

一听倪雪说是妹妹出了问题，袁小雨吼道："雪儿，不允许你怀疑我妹妹，我冲天发誓，她绝对不会说谎的。三天前，她还是一说话就脸红的小姑娘，你再看她现在的模样，简直变成一个披头散发的'白毛女'了。"

袁小雨停顿了片刻以后，突然又哽咽着大声叫道："倪雪，你知道吗？小竹她疯了！"

袁小雨说罢，一边自斟自饮，一边哭咧咧地说道："那天晚上，她伸手管我要'线索费'的神情，是多么天真快活啊！怎么一转眼……小竹，哥哥对不起你！是哥哥没有保护好你呀！"

倪雪看着捶胸顿足、不断自责的袁小雨，一时间也找不出更好的话语来劝慰他，只好一杯接着一杯地喝酒，泪水不一会儿就打湿了她的面颊。

过了一会儿，倪雪见袁小雨喝得满身、满嘴都是酒液，摇晃着他的胳膊，颤抖着声音说道："小雨，别喝了！小雨，别这样作践自己啊！"

袁小雨一把抓过倪雪摇晃他胳膊的纤手，激动地说道："雪儿，你不了解我的家庭状况，我和妹妹从小就没有父亲，母亲又体弱多病，我既要照顾妈妈，又要拉扯妹妹。不瞒你说，小竹妹妹小时候拉屎，都是我给她擦屁股；她是骑在我脖子上长大的，我看不得她受到一丁点的委屈。你知道吗？雪儿！"

倪雪一把抱住了袁小雨，抽泣着说道："小雨，别说了，这些我都能理解！"

袁小雨鼻涕一把、眼泪一把地说道："雪儿，小时候，我们家住在农村，生活条件非常艰苦，我宁可自己挨饿都得让妹妹吃饱，宁可自己挨冻都得让妹妹穿好。今天看到妹妹被惊吓成了精神失常，我这个当哥哥的实在受不了了。"

倪雪见袁小雨越说越伤心，也忍不住哭了起来。她一边哭，一边说道："小雨，快别说了，今后，我和你一起照顾小竹好不好……"

倪雪泪流满面地说着，一头扎到了袁小雨的怀里，两人抱头痛哭起来。

夜店内，前来喝酒的"夜猫子"们都渐渐离去；夜店外，东方已经渐渐泛出了鱼肚白。

倪雪踉跄着打了一辆出租车，两人互相搀扶、摇摇晃晃地回到了倪雪的住处，一觉就睡到了上午9点多钟。

"丁零零，丁零零。"睡在沙发上的袁小雨被急促的电话铃声惊醒，他一看来电显示，赶忙去招呼睡在卧室里的倪雪："倪雪，倪雪，队里给我打了好几遍电话，一定有什么事情了！赶快起床，我们上班去！"

"金童玉女"慌忙起床洗漱，待他们风风火火赶到刑警大队的时候，杨大江正在大会议室里做着报告。

两人猫着腰溜进了大会议室，刚在后排坐下，就听杨大江在主席台上慷慨激昂地讲着话："同志们，市局这次在全局范围内开展的'大整顿、大轮训、大提高''三大'主题纪律教育活动，是市局党委为整顿队伍现状、提高警员素质，提升队伍战斗力，开展的前瞻性、全面性教育整顿活动；是着眼实战、着眼未来的一次创新尝试。这次活动以'抓两头、带中间'的形式，在三个层面稳步推进全员培训活动。今后，凡是要被提拔的后备干部，都要进行培训；对有违纪问题、需要组织帮助教育的警员，也要实行培训。对全体民警，也要分期、分批开展轮训。"

杨大江停顿了一下话语，见大家正在全神贯注地聆听他的讲话，便提高了嗓门，接着说道："双阳市公安局与双阳大学实施战略合作，在双阳大学联合建立了教育培训基地，市局为此还专门成立了教育培训处，对参加培训的警员一律实行集中食宿、封闭管理。每个脱岗培训的周期，都不少于20个工作日。"

"哇！那不是要进行一个月的封闭管理嘛！这期间，家里的老人孩子由谁来管啊？"

"一个月的食宿费用由谁来承担啊？"

"交通问题怎么解决？"

"这种集中管理有法律依据吗？"

"这是谁出的馊主意？这不成了限制人身自由了吗？"

主席台下传出了一阵阵的窃窃私语声，而且声音越来越大，很快就变成了"嗡嗡"的喧哗声。

杨大江见会场的秩序有些混乱，脸色一沉，立即发起了火，他冲着麦克风大声说道："同志们，我们公安机关是国家准军事化的行政部门。担负着依法管理社会治安、打击各种刑事犯罪的神圣使命，任何行为都要有铁的纪律来约束，不能无组织、无纪律。作为双阳市公安机关中的一员，我们要做到服从命令、听从指挥，对市局做出的任何规定都必须无条件执行。"

杨大江在台上大声喊叫着,仍然无法制止台下的嘈杂声音。于是,他一把抓起主席台上的麦克风,"呼"地一下从座位上站了起来,指着刚在后排落座的"金童玉女",大声喊道:"'金童玉女',你们俩给我站起来!"

"金童玉女"不知道发生了什么事情,听到杨大江在"麦克风"里在叫着他们,立即站起身来,将目光对准了站在主席台上的杨大江。

整个会场"唰"地一下静寂下来,连掉地上一根针都能听到响声。

杨大江见会场静了下来,清了清嗓子继续说道:"'金童玉女',你们刚才进会场的时候,我看了一下手表,你们俩整整迟到了一个半小时。这么重要的会议你们都敢迟到,可见你们的组织纪律性都松懈到了什么程度。我不管你们平时的工作有多么积极主动,也不管有谁在为你们撑腰壮胆,就冲你们两人今天的散漫作风,我现在就决定将你们俩确定为首批脱岗培训人员。你们俩下午就移交手头的工作,明天到双阳大学培训基地去报到。"

杨大江站在主席台中央振振有词地说着,环绕的音响,震得整个会场都"嗡嗡"响着回音。

大家又不约而同地将目光投向了"金童玉女",袁小雨和倪雪面面相觑,恨不得有个地缝都能钻进去。

杨大江宣布散会,一甩袖子离开了会场,他在为自己能在大庭广众之下"收拾"了"金童玉女"感到欣慰。

杨大江大步流星往前走着,就听到身后有人在小声说话:"哥们儿,连'金童玉女'都被送进脱岗培训班了,我看咱们还是老实点,领导让干什么就干什么吧。"

杨大江美滋滋地听着身后的议论声音,脚下像生了风一般轻盈起来。

突然,杨大江听到身后有人在叫他:"杨支队长,请留步!"杨大江回头一瞧,喊他的人正是刑警大队大队长龙岩。

杨大江停住脚步,扭头问道:"龙队,有事儿吗?"

龙岩紧走几步来到杨大江身旁,拉着他的胳膊将他拽到了自己的办公室,"砰"的一声,关上了办公室的屋门。

第二十三章 线索中断   203

站在远处的袁小雨拍了拍倪雪的肩膀，对她轻声说道："看见没？他不知道又要对我下什么绊子了！"

倪雪见龙岩神经兮兮地将杨大江拉进了办公室，也愣住了。

龙岩将杨大江拽进了办公室，不等他站稳脚跟，便气鼓鼓地质问道："杨支队长，你让'金童玉女'参加脱产培训班的决定太随意了，这样做不行。"

杨大江见龙岩摆出了一副兴师问罪的架势，指着他的鼻子说道："怎么不行？是你归我管，还是我归你管？"

龙岩见杨大江在指着自己的鼻子说话，更加不悦，他不甘示弱地说道："杨支队长，你虽然是上级领导，但也不能独断专行，更不能想怎么办，就怎么办！"

杨大江看了一眼脸色铁青的龙岩。为了隐藏自己"收拾""金童玉女"的真实目的，便缓和了一下语气说道："我说龙岩，你我共事这么多年，彼此之间都了解脾气秉性，既然我在会上都宣布了，你就执行吧，谁让你没有我的官儿大了！"

龙岩压了压心中的怒火，给"金童玉女"说着好话："杨支队长，'金童玉女'还年轻。我劝你还是给他们一个机会，让他们在大会上做个深刻的检查，保证今后不再迟到，既保全了你的面子，又息事宁人，这样做不好吗？"

杨大江见龙岩没完没了地给"金童玉女"说情，突然拍起了桌子："龙岩，你给我听好了，这件事情没有什么好商量的，既然我已经做出了决定，你，还有他们……你们都得无条件服从。"

龙岩见杨大江耍起了威风，强压住内心的愤怒，用近乎恳求的口吻说道："杨支队长，既然你执意要让'金童玉女'参加脱岗培训，我也可以服从你的决定。可是，现在我们区内刚刚发生了'无头男尸案'，他们俩又都是破案能手，能不能让他们暂缓参加培训，等破了案子再去培训，行不行？"

杨大江见龙岩又提起了"无头男尸案"，一下子想到了半年以前"金童玉女"突审出来的那起让他虚惊一场的"雇凶杀人案"，脑海里同时浮现了龙岩和"金童玉女"与他唇枪舌剑的那个夜晚，于是暗下决心，等"收拾"完了"金童玉女"，就想办法让龙岩也卷铺盖卷走人。

想到这儿，杨大江板着"战斗脸"，语气平缓了一下说道："龙队长，你就不要再以破案为借口为他们开脱了。我相信，离开了谁，地球都会照样转，没有他们一样会破大案。"说着，"砰"地一摔门，把龙岩关在了屋里，自己转身下楼。

"叮铃"，正在这时，杨大江的手机响起了微信的提示音，他掏出手机一看，是自己的亲信宋法医要见他，便直接来到了法医室。

进了法医室，杨大江见宋法医有些神不守舍，便问："老宋，你找我过来，有什么事儿吗？"

宋法医一脸苦相地说道："杨哥，不不，是杨支队长，我犯错误了，你得帮帮我！"

杨大江一屁股坐在法医室的沙发上，将二郎腿往茶几上一架，晃着脚尖问道："老宋，你平时一向严格要求自己，怎么也会犯错误呢？"

宋法医愁眉苦脸地说道："杨支队，开会前，龙岩大队长发现'无头男尸案'的物证中少了100块钱，我反复回忆了一下，那100块钱肯定是让我给弄丢了。杨支队长，我出了这档子事儿，你怎么处分我都行，就是别把我送进脱产培训班学习。我父亲有病需要我照顾，孩子上学也得我去接送，家里离不开我啊！"

听着宋法医没头没脑的话，杨大江有些丈二和尚摸不着头脑了，他眨巴眨巴眼睛问道："老宋，先别说处分不处分的事情，我问你，那100块钱是怎么回事？"

宋法医支支吾吾地回答道："就是……就是我从那具无头男尸大衣兜里提取的一张百元新票。"

杨大江疑惑地问："从死者尸体身上提取的百元新票？"

宋法医"嗯"了一声，点了点头。

杨大江心里泛起了狐疑，他不相信做事情一向严谨的宋法医，会把这么重要的案件物证给弄丢，于是又问："宋法医，你从尸体衣兜里提取这张纸币的时候，都有谁在场？"

第二十三章 线索中断

宋法医略微思考了一下说道:"当时在场的有龙岩大队长,还有'金童玉女',好像刘鸣放副局长也在吧!当时现场非常混乱,有些场景我记不清楚了。"

杨大江皱了皱眉头,问道:"老宋,你是说龙岩在第一时间就看到了这张纸币,然后又是他发现你弄丢了这张纸币,对不对?"

宋法医十分肯定地回答道:"嗯,就是这么回事。"

杨大江仔细观瞧着宋法医的表情,觉得他描述的情节有些不对劲儿。凭着多年的经验,他判断这张百元纸币是不可能在宋法医手里丢失的,退一万步来讲,即使宋法医真的弄丢失了这100块钱物证,只要他自己再拿出一张同样票面的纸币来"调包",也是不会被龙岩发现的。

杨大江转念一想,如果不是宋法医弄丢了这张纸币,那另外一种可能就应该在龙岩身上。一想到让他头痛的龙岩,杨大江心里顿时没了底数,他觉得这张纸币里面一定大有文章,或许是破获"无头男尸案"的一个关键证据,于是决定威逼宋法医,让他说出这张纸币丢失的真相。

杨大江从茶几上抽回了腿,站起身来,向宋法医慢慢走过去。

宋法医不知道杨大江在想着什么,他见杨大江目露凶光地向他走来,胆战心惊地问:"杨支队长,你要干什么?我不是表态愿意承担责任,也愿意接受处分了吗!看在我们多年交情的份儿上,你只要不把我送进脱产培训班,就算够哥们儿意思了。"

杨大江见宋法医还在往自己身上揽着责任,更加担心这张纸币里面会透露出人所不知的破案信息。作为双阳市公安局主管大要案侦破的副支队长,他当然不会放过任何能够破获"无头男尸案"的蛛丝马迹;但作为局长杨大海的亲弟弟,他却要对哥哥"尽职尽责",将一切有价值的破案线索,统统扼杀在摇篮中。

此时,杨大江虽然还弄不清楚松江岸边那起"无头男尸案"是什么人干的,但他从杨大海暗示他给画像专家施压以及后来袁小竹疯疯癫癫的神态中,已经敏感地意识到这具尸体就是陈小文。

既然大哥亲自安排人让陈小文成了一具尸体,作为能为哥哥遮风挡雨的亲弟弟，他又怎能再让尸体"说话"，"说"出谁是杀人的真凶呢？

为了破解丢失纸币的谜团，杨大江迈着方步走到了宋法医的面前，拍着他的肩膀问道："老宋啊，你我都是老刑警，又是多年的好哥们儿，你就别跟我兜圈子了。其实，这里面的事情是明摆着的，不要因为区区100块钱影响你的前途啊！"

宋法医连连点头回答道："杨支队长，是我工作失责，我甘愿接受纪律处分！"

突然，"哈哈哈"，杨大江发出一阵冷笑，他一把抓住宋法医的肩膀，张开要吃人的大嘴，吼道："宋法医，你不要以为给你一个纪律处分，你就可以相安无事了，你难道不知道法医丢失痕迹物证，是失职渎职的职务犯罪行为，需要承担法律责任吗？"

宋法医一听杨大江将纪律处分升格到承担法律责任的层面，额头上顷刻冒出了几滴冷汗。他明明知道龙岩从他手里借走的物证是一张100元的假币，但他实在没想到龙岩会只借不还。宋法医不敢拿100元真钱来"偷梁换柱"；他也找不到100元假币来"李代桃僵"，只好寻求自保。可他万万没想到杨大江会步步紧逼，甚至还要让他承担法律责任。宋法医一时间没了辙，他在考虑着该不该说出龙岩。

杨大江见宋法医神色有些慌张，一把将他推了个趔趄，大声呵斥道："老宋，你今天不把事情说明白，我马上把你关禁闭，追究你的刑事责任。"

宋法医见杨大江要对他动真格的，也有些害怕了，他哆哆嗦嗦，连连摆手说道："别别，杨支队，看在我们这么多年哥们儿的份儿上，您别声张，我对你说实话还不行吗？"

第二十四章

云谲波诡

杨大江见宋法医说出了实情，意识到这张假币在龙岩那里早晚都会"说话"。他害怕袁小雨通过无头男尸的体貌特征查到陈小文的身源；更担心龙岩与这张假币"对话"后会获得破获"无头男尸案"的线索。所以，他要立即采取措施中断破案线索，让"金童玉女"和龙岩都远离"无头男尸案"的专案组，使这起令大哥胆战心惊的"无头男尸案"永远挂起来。

俗话说，打虎亲兄弟，上阵父子兵。就在杨大江利用职权为大哥分忧解愁的同时，杨大海也在紧锣密鼓下着一盘一石二鸟的大棋。他要堂而皇之地开展一场轰轰烈烈的"三大教育整顿"活动，用"大整顿、大教育、大提高"的理念，把全局民警的注意力都吸引到教育整顿活动中来。

杨大海要用一块"巨石"打中"二鸟"：一要削弱大家的破案积极性，尽快让"无头男尸案"在人们的印象中消失，彻底摆脱来自陈小文的威胁；二要给自己擦干净屁股，用公安局的培训经费，来堵住自己在建设违建楼时留下的"窟窿"，以避免双阳大学上访告状的教职员工们再起波澜。

这天上午，双阳市公安局在双阳大学举办了首批教育整顿培训班开班典礼，杨大海特意请了市长程妍秋和校长李梦茹来为自己站台。双阳市的各大媒体记者蜂拥而至，市公安局的"三大教育整顿"活动一下子成了新闻报道的热点。

上午9时40分，程妍秋市长率领市政府相关部门的领导提前来到了培训基地，她一下轿车就看见了站在车门前迎候她的杨大海和李梦茹。

程妍秋热情地与两位老友握着手，脸上露出了灿烂的笑容。她首先参观了学员的宿舍，接着又参观了学员食堂、健身房和教学楼。程妍秋站在教学楼顶层大礼堂的玻璃窗前，眺望整个双阳大学校园，一种喜忧参半的怀旧之情油然而生。

程妍秋凝望着双阳大学操场上已经露出嫩绿的草坪，一下子想到了满目桃红柳绿的老校区以及在那里度过的激情岁月。

程妍秋在心里默默吟诵着刘禹锡的《再游玄都观》：百亩庭中半是苔，桃花净尽菜花开。种桃道士归何处？前度刘郎今又来。思绪瞬间回到了30年前。

30年前，程妍秋为了能够把"双阳大学"那枚红色长条形状的校徽戴在胸前，毅然将新婚丈夫留在了老家，独自一人在双阳市闯荡，开启了她当大学教师的人生旅途。

30年间，程妍秋历经风霜雪雨，用青春和智慧谱写了一曲成功人士的凯歌。

30年过去了，程妍秋从一名普通教师逐渐成长为这所大学的校长，如今又成为这座城市的市长，睹物思情，她又在心里暗暗膜拜着这个成就她辉煌一生的福地。

程妍秋在开班典礼仪式上发表了热情洋溢的讲话，她的讲话稿虽然是杨大海让市公安局政工干事代写的，但从程市长的嘴里一出，即刻成了市政府对公安工作的高度肯定。

敏感的新闻记者非常会找报道角度，杨大海成了"敢于用自己的刀，来削自己的把儿"的铁腕领导。

第二天上午，当和煦的阳光洒满校园绿色草地的时候，培训班的学员们已经身着整齐的警服，"一、二、三、四"地开始在双阳大学操场上进行军训了。

军训的学员共有三个方队，第一个50人的方队是被称作"快班"的后备干部方队，他们雄赳赳气昂昂地喊着口号，每个人脸上都洋溢着幸福的笑容。让人意想不到的是，刚参加公安工作不到二年的中山路派出所民警毛雨辰，就在这个方队的队列当中。

紧跟在第一方队后面的100人方队，是被称作"中班"的全员培训方队，队伍的步伐虽然不如"快班"队伍整齐，但也个个精神抖擞。

走在最后面的50人方队是被称作"慢班"的被帮教学员方队，意外的是龙岩大队长竟成了这个方队的排头。倪雪和袁小雨在队列中见到了自己的大队长，两人顿时蒙了圈。

就在学员们进行军训的同时，杨大海坐在办公室的高靠背真皮沙发上，开始翻看起了当天的《双阳日报》。

……杨大海局长对本报记者说，双阳市公安局开展的"三大教育整顿"活动，就是要让每个民警都检查自己是否丧失理想信念、是否在执法过程中出现过差错；是否牢固树立了为人民服务的意识。为此，杨局长提出了"牢记宗旨、重塑形象，自查自纠、轻装上阵"的16字方针……

杨大海一边津津有味地读着报纸上的内容，一边仔细端详着自己身着警服的题图照片。看着看着，他觉得眼前的报纸开始有些发黄、发旧，报纸上的内容也不再是公安局教育整顿队伍的文字，而是他20多年以前，赤手空拳擒获杀人凶手陈小文时的英勇事迹，那张题图照片也变成了他当年风华正茂时的形象。

杨大海清楚记得，当年那篇为自己仕途奠定了里程碑意义的通讯报道，就出自他的顶头上司程妍秋之手。当时，程妍秋还是双阳大学的保卫科长，而自己则是刚从部队转业被安排到保卫科的普通干事。

杨大海饮水思源想到了程妍秋，十分感激程妍秋昨天能亲自过来为自己站台。官场上有着这样一条潜在的规则，只要上级领导来为你站台，既是认可了你这个人，又是认可了你所做的事，即使这项工作不尽如人意，也没有人敢与你理论。

常言道：水是有源的，树是有根的。杨大海知道程妍秋对他的大力支持是有原因的，杨大海不会忘记，为了攀附程妍秋这棵大树，他还是下过一番苦功的。

那还是他刚到保卫科的那会儿，善于察言观色的杨大海，发现程妍秋有洁癖，他每天都提前一小时来到单位，把她的办公室打扫得窗明几净、四壁无尘，并把程妍秋喝水用的玻璃杯擦得里外干净，还把她放在办公桌下面的鞋子擦得一尘不染，摆放得整整齐齐。

那时候，杨大海从程妍秋满意的眼神中，看到了自己努力劳动的成果和对未来的憧憬。

杨大海放下了手中的报纸，脑海里又浮现出他和程妍秋发生"第一次"时的情景。

那天，程妍秋带着他在省城做"见义勇为先进事迹"报告，当晚，程妍秋的大学同学李梦茹请她吃饭，自然带上了杨大海去作陪。

酒席宴间，杨大海明显感到程妍秋喝醉了酒，当他和李梦茹将程妍秋搀扶到宾馆房间后，李梦茹就离开房间回家了。

杨大海见程妍秋嘴里"哼哼唧唧"，仰面朝天地倒在了床上，以为她真喝醉了酒，便给她脱掉了鞋子，盖好了被子，又在她床头放了一杯热水。

杨大海守在程妍秋身边，见她闭着眼睛似乎睡着了，便轻手轻脚地向房间门口走去。

"大海，我渴！大海……"杨大海刚走到门口，就听到身后程妍秋在轻声呼叫着他的名字。

……

说来也巧，就在杨大海感激程妍秋配合他在公安局下了一手好棋的时候，程妍秋也坐在办公室宽大的老板台前，翻看着《双阳日报》。她看着报纸上杨大海的照片，觉得身着警服、正气凛然的杨大海，似乎比20多年前还要英俊潇洒。

程妍秋想着与杨大海保持了多年的"战斗友谊"，内心忽然产生了一丝冲动。她来到窗前，望着窗外车水马龙的街景，又看了看湛蓝色的天空，感觉心情格外舒畅。

程妍秋回到老板台的真皮座椅上，从抽屉里拿出了一个信封，飞快地浏览着信上的内容。看罢信，她给杨大海发了条微信，转身出了市政府大院，打了出租车来到自己在双阳大厦休息的套房去等杨大海。

杨大海看到了程妍秋给他发来的微信，准时来到她在双阳大厦的房间，一进门就看见程妍秋穿着睡裙，正坐在套房外间屋的沙发上剪指甲。

杨大海脱掉了外衣，哈着腰说道："市长，大海来晚了，真有点不好意思！"

程妍秋瞥了一眼太监一般的杨大海，像"老佛爷"一样眯着眼睛说道："大海呀！我看你还是穿着警服，看着更威武！"

"市长过奖了！"杨大海说着，小心翼翼地坐在了程妍秋旁边的沙发上。

程妍秋一边修理着手指甲，一边夸赞道："大海，昨天出席了你们培训基地的开班仪式，感觉你的威信很高啊！这才半年多的时间，你就把这么大一支公安队伍摆弄得服服帖帖，你可真霸气，看来我没有看错你！"

杨大海摘下金丝边眼镜，假装揉眼睛，偷眼窥视着程妍秋睡裙里面露出的，虽有些松弛，但依旧白嫩的皮肤。当他无意间看到程妍秋右手上那块明显的老年斑时，露出了嘲讽的坏笑。

程妍秋放下指甲刀，将身子向沙发靠背上一仰，用睡裙的下摆遮掩着大白腿说道："大海，继续努力！想办法让上级公安机关肯定你带队伍的成功经验，给你一个什么'优秀公安局长'的荣誉称号，我就可以名正言顺地提名你当副市长兼公安局长了！"

杨大海一听程妍秋要提名他为副市长，立即心花怒放。他再也顾不上在程妍秋面前装矜持，像往常一样，一把将她抱在怀里，三步并作两步走进套房的里间屋，将她扔在了松软的大床上……

一阵"暴风骤雨"过后，大床上恢复了平静，程妍秋趴在杨大海满是胸毛的胸前问道："大海，我找你过来，还有另外一件很重要的事情。"

杨大海问道："市长，什么事情？你尽管吩咐。"

程妍秋歪着头反问道："大海，你跟我说实话，你当年给我的那50亩地，是怎么回事？"

杨大海往床头上靠了靠，略微思索了一下，回答道："市长，实话实说，你那块地是我们学校建设新校址，在李家窝棚村买地的时候，我用学校买地的钱，给你买的一块荒地。后来，那个村的村主任李放又把荒地填平，变更成了农耕地，然后就帮助你出租了。由于那块地不与学校用地为邻，所以，没有人知道这件事儿。"

程妍秋扬着眉毛，明知故问道："大海，你用公款给我买地，怎么做的账？"

杨大海回答道："市长，我们学校当年出了2.5亿元人民币，在李家窝棚村买了1000亩土地。这1000亩土地就是双阳大学现在新校址的总面积，每亩地的单价就是25万元人民币，可这个价格是李家窝棚村村主任李放给我报的价，我的还价是，一亩地单价20万人民币，李放见我一讲价就减少了5000万人民币，就答应另外再给我增加50亩荒地，回填以后，他可以变更土地使用性质，从事种植和养殖的耕地。事情就是这样的。"

程妍秋略加思索说道："哦，我明白了，李放主任额外给你的地，就是你给我的这块地，对不对？"

杨大海点头说道："市长，当时我与李放另外签了一份购买那块土地的合同，由于不能在购买合同书里写上你的名字，我就在合同书上签了个陈开火的名字。"

程妍秋问："谁叫陈开火？"

杨大海一边在手心里比画着字，一边给程妍秋做讲解释："市长，陈是你程姓的谐音，开和火都是你名字中妍和秋字的部首，所以陈开火就是你程妍秋。"

程妍秋笑了，她将头又靠在了杨大海浓密的胸毛上，说道："大海，你也太有才啦，亏你想得出来！"

杨大海理着被程妍秋焗得乌黑发亮，却掩盖不住白发根的头发，问道："市长，我说的经过你都知道，买地的合同也在你手里，怎么又突然问起了这件事情？"

程妍秋毫不掩饰地说道："是的，合同是在我手里，所以，这几年我每年都能收到几万块钱的土地租金。"

杨大海问："市长，几万块钱是不多，可细水长流、旱涝保收，每年都有收益，这样不是也挺好的吗？"

"大海，这样是挺好！可是前不久，我突然收到了一封匿名信，你看，就是这封信。"程妍秋说着，从皮包里取出了一个信封，递给了杨大海。

第二十四章 云谲波诡 213

杨大海打开信封，仔细阅读着匿名信里所的内容，头也不抬地问道："市长，你能把这块地批成商业用地吗？"

程妍秋摇着头，说道："大海，跟你说句实话，能批倒是能批，不过得需要补充很多手续，非常麻烦。"

杨大海不假思索地说道："市长，如果你能把这50亩耕地批成商业用地，那这块地的价值就会翻十几倍，到时候把你把这块地转手一卖，留着大把大把的现金该有多好啊！"

程妍秋指着那封匿名信说道："大海，你说的没错。实话告诉你吧，最近，省里要在双阳市的东部地区筹建一个国家级自由贸易区，那50亩地正在征地的范围之内，所以地价自然而然就增值了。可是这件事情只是省里的意向，怎么就有人突然给我写匿名信呢？"

杨大海明白了程妍秋的用意，他拍着黑乎乎的胸毛表态道："市长，你把这封信交给我，我回去安排手下人去查一下是什么人写的信，然后我找个罪名把他抓起来，你就可以放心了！"

程妍秋又问："大海，你估计这封信是什么人写的？"

杨大海"哼"了一声说道："哼，准是李放那老小子。"

程妍秋警觉地问："李放怎么知道你把那块地给了我？"

杨大海赶快表白："他不可能知道我把那50亩地给了你呀！我也肯定没有向他透露过半句有关你的任何情况。"

程妍秋静静观察着杨大海说话时的表情，尽管她与杨大海有着"这种关系"，但她还是怕被他暗算或者出卖。便问："那就奇怪了，他为什么给我写匿名信呢？"

杨大海分析道："市长，这不难想象。李放人很精明，你的亲属每年向外租地时是不是得通过他？他能不联想到这块地的真正主人是你嘛，尤其听说省里将要在这个地区筹建国家级自由贸易区，他能不知道这块地会打着滚儿向上翻价吗？"

程妍秋沉思了一会儿，渐渐打消了对杨大海指使他人写匿名信的怀疑，她使劲儿点了点头，说道："嗯，有这种可能。"

程妍秋又问:"大海,针对李放,你有什么打算?"

杨大海微闭双目说道:"请市长放心,我会有办法的。"

程妍秋见杨大海说话胸有成竹,露出笑脸,说道:"大海,我相信你!"

杨大海见程妍秋脸上绽放出了笑容,突然又心生一计,于是自言自语道:"不过……"

程妍秋见杨大海欲言又止,赶紧追问:"大海,不过什么?"

杨大海趁机敲着程妍秋的竹杠:"市长,我想,我还想麻烦程市长把我建的那三栋楼也给办成合法的手续,免得让那些不怀好意的人,总在背后说三道四,搞我的黑材料。"

听了杨大海的话,程妍秋立即明白过来这只老狐狸要"雁过拔毛",但考虑到她也要利用杨大海摆平李放,平平安安地得到那块土地的巨额补偿金,便眨了眨眼睛,故作惊讶地问道:"大海,你说的是不是你们培训基地正在使用的那几栋楼?"

杨大海点着头:"没错,就是那几栋楼。"

程妍秋习惯地挥着左手说道:"大海,这件事情好办。你以市公安局的名义给市政府打个请示报告,我召开一个市长办公会议,协调相关审批部门形成个会议纪要,最后由我签字,就妥妥的了!"

杨大海看着程妍秋挥手的动作,知道她又在有意隐藏她右手上的老年斑。当他见程妍秋愉快地答应了他趁火打劫要办的事情时,立即欣喜若狂。

杨大海"呼"地一下掀掉了身上的被子,就像亲手推倒了压在他头上的"三座大山"一样,翻身上马,再一次将高大的身躯压在了程妍秋经过美容美体改造后的身子上。

程妍秋用力推下身上的杨大海,喘着粗气说道:"等会儿,我还没说完话呢,你猴急个什么?"

杨大海滚落马下,不太情愿地问:"市长,你,你还有什么事情吗?"

程妍秋拉长了脸,表情严肃地说道:"大海,跟你说句实话,我要赶在省里征地之前,把那块地批成商业用地,你必须向我保证这块地不能出问题。至于你留在双阳大学的烂摊子嘛,我也保证替你擦干净。大海,你是个聪明人，该不会不懂我的意思吧？"

杨大海终于明白程妍秋今天找他过来，并不是为了寻欢作乐，而是醉翁之意不在酒。

程妍秋见杨大海使劲点头，心中暗想，老娘之所以把公安局长这么重要的位置白白给了你，就是要让你成为我挂在墙上的一根拐棍儿，用的时候摘下来，用完以后，再挂上去。

第二十五章

如梦初醒

夜幕降临，繁星璀璨。公安教育培训基地结束了一天的喧嚣，寂静下来，夜空里也吹来了柔柔的晚风。

吃罢晚饭，袁小雨回到寝室，心神不定地躺在床上，他眼望着天花板，满脑子想的都是龙岩在操场上参加军训时候的疲惫身影。

袁小雨知道龙岩大队长今年已经年满 55 岁，这个岁数虽然还算不上是个老年人，但看到他和年轻人一样"立正、稍息，走队列"，总觉得心里不是滋味。他担心龙岩的身体吃不消，更为这个在公安战线上叱咤风云的刑警大队长被送进学习班感到愤愤不平。

袁小雨知道龙岩与他住在同一个宿舍楼，本想到他的房间去看望他，与他聊聊天，可一想到教育培训基地关于不让学员之间相互走动的规定，袁小雨只好把他的想法埋在了心里，默默为龙岩祈祷。

倪雪现在又在做什么？不知道为什么，袁小雨每到心慌意乱之时总会想到倪雪，他与倪雪在刑侦战线上一同摸爬滚打了 5 个年头，早就在内心里将她当成了自己的亲密女友。

袁小雨从心里往外喜欢倪雪，他喜欢倪雪思维敏捷、聪明伶俐，也喜欢她活泼的性格，更喜欢她直来直去的处事方式。在袁小雨心目当中，倪雪简直就是他生活中不可缺少的一部分，没主意时候的"诸葛亮"，生气时候的"出气筒"。袁小雨猜想，此时倪雪应该正在健身房里练功，便换上一身警用作训服，向教育培训基地健身房走去。

一进健身房的大厅，袁小雨果然看见穿着一身白色跆拳道运动服的倪雪，正在跆拳道训练区域，全神贯注地踢打着一个大沙袋。

袁小雨轻手轻脚走到倪雪的身后，刚要对她来个"突然袭击"，只听耳边传来一阵风声，紧接着，他刚攥紧的拳头便被倪雪的"旋风脚"踢中。

倪雪收住"旋风脚"，一个急转身，亮出双拳，又叉开了双腿，对袁小雨摆出了一副格斗的架势。她目光炯炯地盯着袁小雨，说着跆拳道格斗场上的术语："准比（准备），西乍（开始）"。

袁小雨见倪雪要与他动真格的，赶忙用手做出了篮球比赛赛场上常见的暂停手势，用跆拳道格斗场上的术语回答道："喜干，喜干（暂停）。"

倪雪见袁小雨挂起了免战牌，收住了进攻的步伐，理了理垂到眼前的刘海，说道："袁小雨，我一猜准是你要偷袭我，怎么不敢比试了？"

袁小雨晃了晃被倪雪踢疼了的拳头，龇牙咧嘴地说道："算你狠！"

倪雪咯咯笑着，继续挑衅："我就是要让你尝尝'旋风脚'的厉害，不然你就不知道我后脑勺还长着眼睛了。"

袁小雨活动着手腕，一屁股坐在训练场旁边的长条休息板凳上，说道："雪儿，今天没心情与你比试，我问你一件正经事儿，你知道龙队长因为什么事情被送进培训班的吗？"

倪雪边擦汗边说："我也一直在纳闷，要不是教育培训基地规定学员之间不许互串寝室，我早就到他的寝室去看望他啦。"

袁小雨见倪雪与他有了同感，继续说道："雪儿，一个在刑侦战线上功勋卓著的刑警队长，竟成为教育整顿的培训对象，我实在想不明白这是为什么。所以，我很担心龙大队长是不是能扛住这种打击？"

倪雪正在往运动包里装着衣物，听了袁小雨的话，惊讶地扭过头来。她用手指指点着袁小雨的脑门，小声问道："我说你这个人怎么这么奇怪？前几天还怀疑是龙队长出卖了你妹妹，今天怎么突然来了个180度大转弯，替人家担忧起来了？"

袁小雨见倪雪揭了他的老底，脸一红，不好意思地说道："怀疑是怀疑，关心是关心，这是两码事儿。我只是觉得他这么大年龄，也和我们年轻人一样参加军训，怕他吃不消。"

倪雪满意地点了点头，伸出大拇指夸奖道："袁小雨，你这个煮熟的鸭子，就是嘴硬。不过，你既能爱憎分明，又能深明大义，倒像个男子汉，倪雪为你点赞！"

听了倪雪的表扬，袁小雨并没有像往常那样高兴，尽管他以往很在意倪雪对他的表扬，可今天却板着面孔摇了摇头，没有再与她搭话。

倪雪见袁小雨心事重重，换了一个话题问道："小雨，你说毛雨辰怎么能被选进后备干部培训班？他参加公安工作才几天啊？"

袁小雨随手将倪雪放在长凳上的一条白色毛巾披在了她的肩上，说道："这件事儿，我同样也想不通。不过，我听说他有个舅舅在我们局里是个当官儿的，也许是他舅舅帮他运作的吧！"

倪雪用毛巾擦着胳膊上的汗珠说道："这可没准儿，毛雨辰头脑灵光，情商又高，当个派出所所长也是早晚的事儿。"

袁小雨努力平抑着内心的不平，他忽然站起身来走到窗前，眼望着窗外漆黑的夜空，头也不回地问道："雪儿，我这几天一直在想，杨大江为什么要把我们送进教育整顿培训班？难道真是因为我们两人开会迟到那点破事儿？"

倪雪一边擦汗，一边安慰道："小雨，你就不要胡思乱想了，这件事情谁也不能怪，咱就自认倒霉算了，谁让咱俩都是'倒霉蛋儿'呢？"

袁小雨好像没有听见倪雪安慰他的话，目光仍然在盯着黑色的夜空，突然，他冲着黑漆漆的苍穹，大声叫道："培训、培训，培训个球！"

倪雪被袁小雨的举动吓了一跳，她一把将他拉回到凳子上，用手指拦着自己的嘴巴"嘘"了一声："小雨，小心隔墙有耳，被别有用心的人打了小报告！"

袁小雨用手指往空中一指，气鼓鼓地嚷道："我才不怕被打小报告呢！怎么着，难道他杨大江还能把我降级为副民警吗？我头上的警徽又不比他的警徽小一圈，我才不怕他呢！"

倪雪见袁小雨的情绪有些激动，安慰道："小雨，别动不动就指名道姓的，让人听见多不好。其实，我看在这里培训也挺好，吃住条件这么好，学习训练也不算紧张，上哪儿找这么好的机会免费疗养啊？"

听了倪雪的话，袁小雨更加气愤，他瞪大了眼睛，扭过头来大声喊道："倪雪，你不要忘了你是刑警队里侦查员，你身上还担负着打击犯罪的神圣职责呢！"

倪雪见袁小雨急了眼，脸色涨得通红，她将肩上的毛巾往袁小雨怀里一扔，气哼哼地说道："袁小雨，你不可理喻。"

袁小雨见倪雪生了气，又将怀里的毛巾搭在了她的肩上，降低了语气问道："雪儿，你再想一想，对我们刑警队员来说，什么事情最重要？"

袁小雨见倪雪没有理会他，又攥起拳头自问自答说道："侦查破案啊！侦查员的天职就是侦查破案，为民除害呀！"

倪雪见袁小雨有些激动，拍了拍他的肩膀，压低了声音说道："小雨，我看你今晚的情绪有点失常，正好健身房里又没有旁人，你有什么心里话，就对我说出来，别拐弯抹角让人摸不着头脑。"

袁小雨将拳头往空中用力一挥，愤怒地说道："雪儿，我不是失常，更不想拐弯抹角，我就是想不通他杨大江，为什么让我们当逃兵？"

倪雪见袁小雨仍在指名道姓地说着杨大江的名字，赶忙抓住他的胳膊说道："小雨，你冷静点儿，好不好！"

袁小雨用力甩了一下胳膊，指着窗外的黑色天空，大声说道："雪儿，犯罪分子在光天化日之下杀人分尸，还公然把被害人的尸体摆在了我们的眼前，这不是向我们公安机关示威，又是什么？不是在公开亵渎我们的头上的国徽，又是什么？我们是人民的卫士，是刑侦战线上的侦查兵，是双阳市几百万市民的守护神。双阳市民把身家性命都寄托在了我们身上，他们需要我们创造一个安宁的生活环境；他们正用期待的目光看着我们，看我们何时能够将犯罪嫌疑人抓捕归案，让他们的生活更加平安。而我们却在这种安逸舒适的环境下，拿着他们纳税的钱，远离破案战场！倪雪，你说说，这不是逃兵又是什么？"

倪雪见袁小雨越说越激动，她本想与他产生共鸣，但又怕共鸣以后会起到火上浇油的作用，便轻轻按了按袁小雨的肩膀："小雨，你不要这么激动！教育、整顿、培训也是很重要的公安工作。不就半个月的时间吗？

很快就会过去的！等培训一结束，你我就会在第一时间回到破案第一线。我向你发誓，倪雪一定陪你奋战到底，命案不破，我……我们誓不罢休！"

倪雪说得正起劲儿，突然听到身后发出了"噼里啪啦"的掌声。她回头一瞧，只见穿着警服的毛雨辰，正站在他们身后拍着巴掌。倪雪"呼"地一下站起身来，一边跺脚，一边冲着毛雨辰嚷道："毛雨辰，你为什么偷听我们说话？"

袁小雨转回头，也发现了正坏笑的毛雨辰，他站起身来随声附和道："毛雨辰，你小子走路怎么也没有个响动，你是人还是鬼？"

毛雨辰见"金童玉女"都在撑他，急忙后退几步，笑嘻嘻地说道："对不起，我来得不是时候，你们俩人还是继续发誓吧。"

毛雨辰转身走向了门外，一边走还一边轻声唱道："阿哥阿妹情意长，好像那流水日夜响……"

倪雪见毛雨辰不怀好意地用情歌暗喻她和袁小雨是一对儿，上前一步揪住毛雨辰的耳朵，又将他拎了回来。

毛雨辰见倪雪的手揪住了自己的耳朵，趁机故意去抚摸着她细嫩的手背，还美滋滋地闭上眼睛陶醉了起来。倪雪的脸"唰"的一下子红到了脖子根儿，手上一用力，疼得毛雨辰"哎呀"一下，叫出了声。

袁小雨使劲儿白了倪雪一眼，倪雪松开了手。袁小雨示意毛雨辰坐在了自己的身边，说道："雨辰，你来得正好，我有件事情还正要问你呢！"

毛雨辰回头一看，见又有其他学员来健身房做运动，冲着"金童玉女"向窗外努了努嘴，"金童玉女"心领神会地点了头。

三人走出健身房，并肩走在了校园操场旁边的林荫小路上。

倪雪关切地问："雨辰，听说你和龙队长住在同一个寝室，我问你，龙大队长现在的情绪怎么样？"

毛雨辰笑呵呵地回答道："他呀，一回寝室就闭目养神，也不知道他在构思着什么宏伟蓝图。不过，他的精神状态倒是非常好！"

袁小雨吃惊地说道："一个堂堂的刑警队长，被送进了教育整顿学习班，情绪还能不受影响，真不可思议！"

毛雨辰爽快地补充道："没错啊！他就像泰山顶上的青松一样，永远顶天立地。他身上的那股子英雄气概，一直在鼓舞着我前进；他在我心目中的形象永远高大，我从小就崇拜他！"

听了毛雨辰的介绍，倪雪和袁小雨都不再发问，他们沉默了一会儿，倪雪忽想起了什么事儿，将手搭在了毛雨辰的肩上，打趣地问道："雨辰，你能不能告诉我，你是怎么'混'进后备干部培训班里面来的？"

毛雨辰把脸一沉，不高兴地说道："我说倪雪姐，我进后备干部培训班是经过政工部门填表盖章，走了严格的审批程序的，怎么能叫'混'进来的呢？"

袁小雨见毛雨辰在为自己辩解，接过话茬说道："哼，我就不相信，你小子没有办过歪门邪道的事情。"

毛雨辰眨了眨眼睛，又用目光怒怼了一眼袁小雨，大声说道："袁小雨，你不要吃不到葡萄就说葡萄酸。我接近领导、向领导表忠心，又不是花钱买官，怎么能算是歪门邪道呢？我不这样做，人家领导凭什么器重我，又怎么能够提拔、重用我呢？看在你们俩都是我崇拜的偶像的份儿上，我就实话告诉你们，你们今后要是想当官儿，就必须进入大领导的视野，成为他小圈子里的人才行，否则全是瞎忙活。不瞒你们说，我现在已经进入了一位大领导的小圈子，他布置给我的每一项任务，我都完成得非常漂亮，所以才得到了他的认可。别说什么后备干部了，就是把后备去掉，也就是早一天晚一天的事儿，这回你们听明白没有？"

倪雪不等袁小雨做出回答，马上又问："毛雨辰，你能不能告诉我，你给领导完成了什么光荣伟大的任务？是不是把我们给出卖了？"

毛雨辰调皮地做了一个鬼脸，说道："这个嘛，无可奉告！"

倪雪一把抓住毛雨辰的手腕，往肋下一带，问道："说不说？不说就给你来一个翻腕儿！"

毛雨辰用力甩着手腕，嘴里嘟囔道："女魔头！看以后谁敢娶你！"

倪雪红了脸，她正要再次向毛雨辰出手，被袁小雨拦住。

袁小雨问道："雨辰，你刚才说的那位大领导，是不是杨大江？"

毛雨辰眨巴眨巴眼睛，反问道："你是怎么知道的？"

袁小雨指着毛雨辰的鼻子回答道："毛雨辰，这还用问吗？你的脸上清清楚楚地写着呢。"

毛雨辰胡乱抹了一把脸，神秘地说道："小雨，你还别说，这件事情，还真与你们俩有关系呢！"

倪雪惊奇地叫道："什么？难道你还真出卖了我们啊？"

毛雨辰赶忙解释："'金童玉女'，你们可不要污蔑后备干部哟，我刚才只是说与你们有些关系，才没说出卖过你们呢！"

倪雪着急问："毛雨辰，你快说是什么事儿，到底与我们又有着什么关系？"

毛雨辰看了看"金童玉女"，问道："倪雪，小雨，你们还记得半年前，被我抓现行的那个女贼吗？"

"金童玉女"异口同声地回答："怎么不记得，不就是'梁艳'吗？"

毛雨辰十分肯定地说道："没错，就是她。不过，她的那个案子，我们都给办错了！"

"金童玉女"再次露出了惊讶的表情："我们办错了案子？不可能吧！"

毛雨辰一本正经地说道："'金童玉女'，我说你们俩人能不能谦虚点，你们又不是电视剧《神探亨特》中的亨特和麦考尔，错了就是错了，又没有出现什么严重的后果，你们有什么不服气的？"

袁小雨急切地问："雨辰，快告诉我们，案子错在哪儿了？"

毛雨辰瞥了一眼"金童玉女"说道："好吧，那你们可听好了，我现在就把事情的原委告诉你们。"

毛雨辰清了清嗓子，说道："在你们把'梁艳'从拘留所带回刑警队突审的那天晚上，我先后接到了两个电话。一个是杨大江副支队长打来的；一个是龙岩大队长打过来的。他们俩都向我部署了一个同样的任务，那就是等你们俩把'梁艳'释放以后，让我秘密跟踪她，掌握她的住址。我完成了这一任务以后，觉得这件事情有些蹊跷，就把杨支队长让我跟踪'梁艳'的事情报告给了龙大队长，却没有把龙大队长让我跟踪'梁艳'的事情告

第二十五章 如梦初醒

诉给杨支队长。"

倪雪蹙着眉头，惊出了声："毛雨辰，你竟能在两个领导面前耍手腕儿，你小子的鬼心眼儿也太多了！"

毛雨辰"嘿嘿"一笑，冲倪雪说道："严肃点，听听后备干部给你们传经送宝，保你能进步！"

倪雪见毛雨辰和她摆起了后备干部的架子，又要去揪他的耳朵，毛雨辰只好告饶，只听他接着说道："我把这一发现告诉给龙队长以后，他让我再重新捋一捋当时抓'梁艳'时候的细节，这样，我就又回到我当时抓'梁艳'时候的那个面馆去找老板了解情况。面馆老板对我说，在他去银行存钱的时候，银行没收了他饭店收入款里的一张 100 元假币。他回来调出了监控录像，发现这张假币是'梁艳'消费的。这时候，我才恍然大悟，原来我们给她下的女贼定义是错的，她应该与制贩假币有关。"

袁小雨问："雨辰，这么重要的线索，你为什么不告诉我们？"

毛雨辰看了看手表，接着说道："我当时就把面馆老板说的情况报告给了龙大队长。前几天，龙大队长还派我到银行去调取'梁艳'那张假币，可遗憾的是，银行已经把那张假币给销毁了。"

袁小雨认真回味着毛雨辰说的话，若有所思地问："雨辰，你知道龙大队长是因为什么事情，被送进培训班的吗？"

毛雨辰环视了一下周围，小声说道："我听杨支队长说，龙大队长把'无头男尸案'的物证给弄丢了。"

听了毛雨辰的话，"金童玉女"简直不敢相信自己的耳朵，倪雪惊讶万分地问道："什么？你说龙队长会弄丢物证？"

袁小雨也把脑袋摇得像个拨浪鼓似的，摆手说道："不能，不能，绝对不能！这件事情绝对不会发生在龙大队长身上！"

倪雪在一旁跺着脚，说道："我也不信，我坚决不相信！"毛雨辰慢吞吞地说道："没错，听说，被他弄丢的物证是那具无头男尸大衣兜里的 100 块钱。"

袁小雨一听被龙岩弄丢的物证竟是 100 块钱，突然停住脚步。好一会儿后，他才拍着毛雨辰的肩膀说道："雨辰，这里面一定有隐情，你马上回寝室请示一下龙队，就说我和倪雪要去见他。"

毛雨辰再次看了看手表，说道："你们真是心有灵犀一点通！实话告诉你们吧，我今天来找你们，就是奉了龙大队长的指示。他请你们俩在其他学员就寝以后，马上去他的寝室，他说有一项非常重要的任务要交给你俩去办。"

第二十六章

假币风波

一个小时以后，教育培训基地学员宿舍楼寝室都熄了灯，有的寝室内还发出了有节奏的鼾声，只有龙岩和毛雨辰的寝室，还亮着柔暗的灯光。

"金童玉女"蹑手蹑脚来到龙岩寝室的门前，他们回头张望了一下空无一人的走廊，轻轻推开了虚掩着的屋门。

此时，龙岩表情严肃地坐在沙发里，他见"金童玉女"进来，站起身来与他们打了招呼。

"金童玉女"啪的一声，向龙岩敬了一个标准的军礼。倪雪上前一步，紧握住龙岩的大手，小声说道："龙队，我们来啦！"

袁小雨也向前跨了一步，刚要去与龙岩握手，又想起自己前几天还在误解他，便不好意思地又将手缩了回来。

袁小雨笔直地站在龙岩的面前，像一个犯了错误的孩子似的搓着手，千言万语不知道从何开口。

龙岩回坐在了沙发里，他挺着腰板看了看"金童玉女"，嘴角上露出了慈祥的微笑。

龙岩瞅了瞅倪雪，又瞧了瞧袁小雨，示意他们坐在单人床的床边，轻声说道："好了，你们用不着对我嘘寒问暖说客套话儿了，咱们还是言归正传说说正事儿吧。"

"金童玉女"坐直了身子，像即将奔赴战场的战士一样，静静地等待着指挥员向他们下达指令。

龙岩首先把目光投向了袁小雨问道："小雨，你知道你妈妈和妹妹的近况吗？"

袁小雨站起身来回答道："龙队，我来培训班学习之前回过一次家里，袁小竹的神志还是很恍惚，她疯疯癫癫的，一句话也不和我说。"

龙岩微微点了一下头，对袁小雨做着请坐的手势，语重心长地对他说道："小雨啊，你妹妹被伤害这件事儿，是我们谁也不愿意看到的一个意外事件。对这件事情的发生，我深感内疚，也难辞其咎，所以，我今天诚恳地向你和你的妹妹道歉！"

袁小雨见龙岩言语非常诚恳，一把抓住他的胳膊，语无伦次地说道："队长，你？这件事情……不能怪你呀！"

龙岩握着袁小雨的手，小声说道："袁小雨，你嘴上虽然说不怪我，可心里却在恨我。这几天，我从你的表情中已经看出来你对我的怨恨有多深了。说句真心话，在处理这件事情的过程当中，我确实负有不可推卸的责任，我不应该在没有采取保护措施的情况下，把你妹妹的个人信息告诉给……"

龙岩犹豫了一下，没有继续往下说。过了一会儿，他接着说道："不过，这件事情也给了我们一个教训、向我们敲响了警钟。前事不忘、后事之师，今后我们不论办理什么案件，都得首先保证知情人的人身安全，不能再让为我们提供破案线索的人出现任何意外。另外，凡事都要一分为二地看，有一弊就有一利，通过这件事情，也让有些人露出了马脚。如果他们与这起无头男尸案没有关系，为什么会有恐吓袁小竹事件的发生，又为什么有人故意错画了被害人体貌特征的画像？答案很简单，就是有人害怕我们按照袁小竹描述的被害人体貌特征，找到死者的身源，然后顺藤摸瓜揪出杀人的真凶来。"

袁小雨听了龙岩的表述，头发根儿唰的一下倒立了起来，他瞪大了眼睛，开始从头到尾掂量着龙岩每一句话的分量。

倪雪见龙岩几乎要把话挑明了，赶忙"嗯"了一声，对龙岩挤着眼，然后将目光瞥向了坐在一旁的毛雨辰。她在用眼神提醒龙岩：毛雨辰不是自己人，当心被他告密。

龙岩看明白了倪雪的心事，他瞅了瞅毛雨辰，微笑着说道："毛雨辰，

第二十六章 假币风波

有人对你不放心，怕你出卖了我们，你是不是需要回避一下啊？"

毛雨辰见状，往倪雪身边探了探身子，压低了声音问道："倪雪姐，难道是你怕我出卖了你们？"

倪雪的脸"唰"变得通红，她正要对毛雨辰解释，就见毛雨辰指着自己的鼻子，对她和袁小雨说道："你们俩也太小瞧我了，我毛雨辰不是一个靠出卖灵魂攀附权贵的人。我是一名人民警察，捍卫法律和恪守道德，是我做人做事的两条底线，不论到任何时候，我都不会突破这两条底线的。"

听了毛雨辰的表白，倪雪不好意思地握住了毛雨辰指着自己鼻子的手，目光里充满了歉意。

毛雨辰见倪雪来握他的手，又趁机将他的另一只手搭在了倪雪的手背上，一边抚摸，一边闭着眼睛开始享受。

龙岩笑了，他指着毛雨辰说道："这小子啊，是一个很有智慧的'双重间谍'，有人把他安插在我身边当卧底，可他又反过来充当了我的线人。"

龙岩介绍完了毛雨辰的"身份"，话锋一转，接着说道："常言道：狐狸再狡猾也敌不过好猎手。我龙岩虽然算不上是一个好猎手，但我也绝不是一个没有头脑的愚蠢猎手。袁小雨把他妹妹提供的线索汇报给了我，我又只向很少几个人做了汇报，为什么会走漏了风声，又是什么人恐吓、伤害了袁小竹，我难道会不清楚吗？"

"金童玉女"认真听着龙岩的话，他们互相对视了一下，不约而同地点着头。

袁小雨接过龙岩的话茬说道："龙队长，其实早在我们突审'梁艳'的那天晚上，我心里就产生了疑惑。他不让我们突审'梁艳'的理由太牵强了，让我们释放'梁艳'的决定也令人费解。"

毛雨辰诙谐地说道："小雨，你这么说可就不对了，你们要是不释放'梁艳'，就没有我在领导面前表现的机会了。如果是那样，我还怎么进入领导的法眼，当上后备干部啊！"

龙岩瞪了一眼毛雨辰，站起身来走到袁小雨身旁，拍着他的肩膀说道："小雨，昨天晚上，我让毛雨辰连夜把你母亲和妹妹送到省城我的家里，我老伴在省人民医院当医生，她一方面能保护好她们娘儿俩的安全，确保她们别再出现什么意外；另一方面，她还能为你妹妹找到最好的医生，对她进行康复治疗，让她早日恢复健康。这件事情，我事先没有征得你的同意就擅自决定了，希望你能谅解。"

听了龙岩的话，袁小雨的眼泪开始在眼窝里打转儿，他努力控制着自己的情绪，一句感激的话都说不出来。此时，他感到龙岩就像一个和蔼可亲的父亲，形象更加高大。

袁小雨一步跨到龙岩的面前，一把抱住龙岩的肩膀，浑身颤抖着抽泣起来。

龙岩拍了拍袁小雨的肩膀，又轻轻地抚摸着他的头，压低声音说道："小雨，只要有我们这些有良知的人民警察在，任何人也休想在我们面前掩盖他们的罪恶！"

时间在一分一秒地流逝，屋内的气氛也稍微平静了下来。龙岩见"金童玉女"的表情轻松了，便问："你们是不是还想知道，我是因为什么事情也被送进'慢班'参加培训的？"

龙岩见"金童玉女"连连点头，随手从培训学员手册的夹层里抽出一张 100 元票面的人民币，对他们说道："这张假币是那具无头男尸大衣兜里的一个物证，不论对查找身源还是破获案件，都将起到至关重要的作用。我受到了你们的启发，又接受了袁小竹被伤害的教训，觉得这个物证在宋法医手里不安全，便从他那里'借'出了这张假币。就这样，我便因为'只借不还'弄丢了物证，被领导送进了'慢班'参加学习了。但是，我没有忘记我是一名人民警察，不管我处在什么艰难困苦的环境下，都不会忘记我身上担负的神圣使命；侦查破案、为民除害的决心和行动，都不会有一丝一毫的泯灭。"

袁小雨接过龙岩手中的假币，借着昏暗的灯光，翻过来倒过去地仔细端详了好一会儿后，又将假币递给了倪雪，转身问道："龙队，我不明白，你为什么说是受到了我们的启发？"

龙岩用手指点着"金童玉女"，笑呵呵地说道："小雨，倪雪，我记得你们到'狐狸夜总会'去执行侦查任务时，曾经向我汇报说'梁艳'是搞小额贷款的一个经理，我当时就记住了她的这个身份。后来，毛雨辰通过面馆里的监控录像，获取了'梁艳'用假币在面馆消费的证据，我就觉得她的身份应该有接触更多假币的条件。所以，当宋法医向我汇报说尸体大衣兜里的那张100元钱，经过鉴定是一张精密度极高的假币的时候，我立即就想到了让那个令我们百思不得其解的'梁艳'。"

倪雪一扬眉毛，兴奋得叫出了声："对呀！龙队的分析一点儿都没错。"

龙岩伸出一个手指问道："如果我们大胆做一个推理，假设'梁艳'手中的假币与死者大衣兜的假币是同一版式，那会给我们什么启发？"

倪雪抢答道："那就说明死者与'梁艳'之间有着微妙关系，所以，我们只要追踪到了'梁艳'，那么死者的身份就会浮出水面。"

龙岩晃动着手中的假币点头说道："倪雪的判断非常符合逻辑，你们想一想，杀人凶手之所以割下死者的头颅，不就是怕我们知道他是什么人吗？可常言道：智者千虑，必有一失。杀人凶手虽然把案子做得自以为天衣无缝，却恰恰忽视了一个重要细节，那就是死者大衣兜里的100多块零用钱当中，竟然有一张'会说话'的假币。只要这张假币开口'说话'，就会给我们指出明确的侦查方向，所以，我是不会让这个'会说话'的唯一证据落到别人手里，再不明不白地'失踪'的！"

听了龙岩石破天惊的分析判断，"金童玉女"茅塞顿开，他们不约而同地将崇敬的目光投向了龙岩。

接着，龙岩又用十分坚定的语气说道："我们现在虽然远离了侦查破案的第一线，但环境越是艰苦，越是考验我们意志的时候。在这种尴尬的处境面前，我们一分钟也不要耽搁，必须争分夺秒地抓住破案的契机，不能让时间冲刷掉任何破案的痕迹。"

听了龙岩的话语，"金童玉女"站起身来，异口同声地说道："龙队，需要我们做什么，下命令吧！为了早一天破获这起无头男尸案，我们即使赴汤蹈火也在所不辞。"

龙岩攥紧了拳头说道："好，既然我们意见一致，我就命令你们立即去找'梁艳',让她辨认这张假币;要对她动之以情、晓之以理,争取得到她的配合,尽快让这张假币'说话',千万不要再贻误战机。另外,你们还要让'梁艳'提高警惕,最好换一个地方居住,以免她再出现什么意外。"

毛雨辰见龙岩没有给他部署任务,马上请缨道:"龙队,我知道'梁艳'的住处,让我和他们一起去吧。"

龙岩摇了摇头,对毛雨辰说道:"不行,你是'快班'的学员,我这个'慢班'的区队长,管不了你这个后备干部。你应该继续当好'余则成',隐蔽工作也十分艰巨。"

袁小雨着急地对毛雨辰说道:"雨辰,你把'梁艳'的住处告诉我们,我们明天天亮就去找她。"

龙岩摆着手说道:"不行,培训基地不准学员擅自离开基地,你们得想个法子,找一个让我能给你们准假的理由。我这个'慢班'的区队长只有在学员遇到紧急特殊情况时,才有准假2天的临时权力。你们必须在2天之内做通'梁艳'的工作,安全回来。"

龙岩走到窗前,一把拉开窗帘,深呼着夜空里的新鲜空气说道:"他们以为找个画家画一张假画像,就能误导我们的侦查方向了。哼,他们也太小瞧我们这些头顶着国徽的侦查员了!"

龙岩向"金童玉女"布置好了任务,他看了看手表已经是深夜,便轻轻打开屋门,将"金童玉女"送到了门口。

倪雪回头一看毛雨辰没有跟在龙岩的身后,趴在龙岩的耳边,问道:"龙队,你为什么这么信任他?"

龙岩看出了倪雪对毛雨辰的担心,对着她的耳边,轻声说道:"毛雨辰呀,他是我亲外甥!"

袁小雨在身后听到了龙岩说的话,他吐了吐舌头,自言自语道:"我只知道他有个亲属在局里当大官儿,原来这个大官儿是龙大队长啊!"

第二天上午,阳光明媚,微风习习。一阵嘹亮的集合号声响过之后,教育培训基地三个区队的200名学员纷纷来到操场,开始了新一天的军训。

军训学员分为后备干部的"快班"区队、全员培训的"中班"区队和教育整顿的"慢班"区队。三个区队在各自区队长的带领下，雄赳赳气昂昂地喊着口号，摆着手臂，"啪啪"地踢起了正步。

"慢班"区队的区队长龙岩站在排头，"一、二、三、四"地喊着口令，操场上只能听到学员们"唰唰"的走步声。

突然，"慢班"区队队伍中的学员袁小雨一个趔趄栽倒在地，紧接着便吐出了一口口的"鲜血"。

"报告队长，袁小雨吐血了！"学员队伍中有人在向龙岩区队长报告，龙岩疾步跑到袁小雨的身旁，袁小雨翻着白眼儿，假装昏迷了过去。

龙岩回过头来大声喊道："倪雪，出列！"

"是！"倪雪一边回答，一边跑步来到龙岩的面前。

"你认识他的家人，赶快通知他的家属，一起把他送到医院去。"龙岩大声命令着倪雪，队伍中的学员都听到了他的决定。

"是！"倪雪爽快地答应着，向龙岩敬了一个军礼，开着袁小雨的轿车，风驰电掣地将他送往了"医院"。

倪雪开车离开了培训基地，她和袁小雨按照毛雨辰指点的路线，来到了"梁艳"居住的小区。

他们首先调取了"梁艳"出入小区的监控录像，然后将车子停在了"梁艳"家楼门前的一个车位里，两人坐在轿车的后排，静等着"梁艳"的出现。

夜幕降临，万籁俱寂。夜空里，众多繁星陪伴着一弯明月在云层里穿梭，给大地送来了忽明忽暗的光亮。

此时，"金童玉女"守候在"梁艳"家的楼下已近10个小时，仍不见她回家的身影。

倪雪在轿车后座伸着懒腰，不耐烦地问："小雨，你说'梁艳'会不会还有别的住处？都快凌晨1点了，怎么还不见她回来？"

"不用急，耐心等待。监控录像显示，她每天早出晚归还算有规律，我们只要在这里安心守候，我相信，一会儿，就会看到有一只大白兔子来撞树。"袁小雨与倪雪开着玩笑，目不转睛地盯着楼门口。

倪雪又问："小雨，你说龙队长为什么这么着急让我们找'梁艳'？"

袁小雨回答道:"他可能预感到了什么吧!不过,我相信他的判断。"

倪雪忽然想起了白天袁小雨装病时候的情景,好奇地问道:"小雨,你今天喝了什么东西,竟能口吐鲜血?"

"哪天我给你也喝点,你就知道我喝的是什么东西了。在刑警队里当侦查员,没点绝活儿哪成啊!"袁小雨说着,下车从轿车后备厢里取出几个空易拉罐,放在了"梁艳"家的楼门口。

袁小雨上了车,对倪雪吩咐道:"雪儿,我刚才在'梁艳'家的楼宇门口放了几个易拉罐,你既得盯人,又得听声。"

倪雪"嗯"了一声,将头歪靠在了袁小雨的肩上,上下眼皮开始打起了架。

袁小雨见倪雪打起了瞌睡,躲闪了一下肩膀,悄声说道:"雪儿,你瞧,它们在看我们呢!"

倪雪被袁小雨闪了一个趔趄,她坐直了身子,瞅着车窗外问道:"哪儿呢,我怎么没看见有人在看我们?"

袁小雨瞥了一眼东张西望的倪雪,差一点儿没笑出声来。他坏笑着对倪雪说道:"你往天上看,是月亮公公在偷看你睡觉呢!"

倪雪一下子明白了袁小雨的用意,她不由分说,冲着袁小雨的肩膀就是一拳,凶巴巴地说道:"你这个坏蛋,月亮公公让我狠狠地揍你一顿!"

正在这时,"梁艳"家的门口突然传来脚踢易拉罐的响声,响声虽然不大,但在静寂的夜晚,声音还是传进了"金童玉女"的耳朵。

袁小雨悄声说道:"瞧,'梁艳'回来了!"

话音未落,就见一个穿着风衣、留着披肩发的黑影,出现在了楼门口。

倪雪指着黑影对身边的袁小雨说道:"没错,是她!"

"走,我们跟她进屋去。"袁小雨说着,两人轻手轻脚地下了轿车。为了不惊动"梁艳",他们暂时隐蔽在了黑暗中,观察着动静。

倪雪对袁小雨说道:"小雨,我看她身旁没有其他人跟随,你就不要跟着我了,我们女人之间单独交谈可能还会方便一些,你就在车里等着我的好消息吧!"

几秒钟以后,倪雪紧跟在"梁艳"的身后,来到了她的家门口。就在"梁

第二十六章 假币风波

艳"打开屋门的瞬间，将她推进了屋内。

"梁艳"没有看见跟在她身后的倪雪，只感觉自己被一阵风"刮"进了屋内，吓得"妈呀"一声怪叫，差一点坐在地上。

"梁艳"大着胆子回头一看，原来是被人推进了屋，便战战兢兢地问："你是什么人？"

倪雪看了一眼魂不守舍的"梁艳"，打开屋内的电灯对她说道："'梁艳'，怎么这么快就不认识我了？我是刑警队的倪雪啊！"

"梁艳"借着灯光看清了来人确实是倪雪，惊魂未定地问道："哦，我认识你，可你为什么跟踪我？"

倪雪没有回答，她跟着"梁艳"进了黑黢黢的屋内，借着门口感应灯的光亮，一眼就看见门厅地上摆放着一双男人的拖鞋……

第二十七章

假币"说话"

屋内立刻亮起了不太明亮的灯光。倪雪借着暗淡的灯光观察了一下"梁艳"的住处,发现这是一间一室一厅的房间,屋内没有什么像样的家具,一看就是一个临时居住的出租房。

"梁艳"见只有倪雪一个人跟她进了屋,脱下上衣,低头走进了客厅,一屁股坐在沙发上。她一边打量倪雪,一边嘟囔道:"夜猫子进宅,好事不来。"

倪雪没有听清楚"梁艳"在嘟囔着什么,她坐在了"梁艳"身旁的沙发上,只见"梁艳"穿着一件紫色的紧身衬衣和浅蓝色的牛仔裤,衣裤紧裹着她丰腴的肌体,与当初在派出所见面时的那个"农村姑娘"判若两人。

"梁艳"甩了一下遮住半张脸的披肩发,不经意地理理额头的刘海。

倪雪观察着"梁艳"甩头发的动作,一下子想到了半年前,她和袁小雨受毛雨辰之托,在中山路派出所第一次审讯她时,就发现她有甩头发的习惯动作。

"梁艳"见倪雪在观察自己,心里又开始盘算倪雪深夜进宅的缘由。她思来想去,觉得无外乎有两种可能:一种可能是自己花假币的事情暴露了,另一种可能便是为了那具震惊双阳市的无头男尸。

倪雪见"梁艳"在沉思,把与"梁艳"两次打交道的过程,在脑子里过了一遍,思考着应该如何开始与"梁艳"的对话。她总不能开门见山,一见面就拿出那张100元的假币让"梁艳"辨认吧。

倪雪思考片刻,觉得还是先与"梁艳"聊一聊毫不相干的闲话,等与她拉近了距离,再把话题引到那张100元假币上来。

两人相互对视了有一分多钟,倪雪刚要开口说话,就听"梁艳"冷冰冰地问："你为什么要跟踪我？"

倪雪没有正面回答"梁艳"的问话，她知道，作为一名优秀的侦查员，除了具备察言观色的能力以外，还必须能够控制问话的节奏，把握谈话的内容，驾驭问话的局面。于是，她要先入为主、占据说话的主动权，把"梁艳"的思路引导到与她相同的频道上来。

想到这儿，倪雪选择了一个女人都喜欢听的话题，与"梁艳"开始了对话："'梁艳'，半年不见，你可漂亮多了！"

"梁艳"见倪雪不直接回答她的问话，开口便与她套近乎，很是反感，她没好气地反问道："你大半夜地跟踪我，就是为了来夸我吗？"

倪雪的话被"梁艳"噎了回来，她见自己精心打出去的"感情牌"，瞬间便被"梁艳"撅了回来，决定不再按常规出牌。

倪雪想到了刚进门时，在门厅里看到的那双男人拖鞋、黑皮靴和挂在门后的那身迷彩服，便试探着问："'梁艳'，我怎么好像认识你老公？"

听了倪雪的问话，"梁艳"一下怔住了，她刚才虽然判断倪雪半夜登门有两种可能，但还是猜测倪雪是冲着她花假币一事而来，为此，她给自己构筑好了思想防线，决定采取"徐庶进曹营"的方式，一问三不知，决不能让倪雪从自己的嘴里获知假币的来源。因为她心里十分清楚，只要她不提供假币的来源，公安机关就只掌握了她花假币这一种行为。"梁艳"是一个蹲过监狱的人，有着与公安打交道的经验，她知道，即使自己有花假币的行为，只要主观上不是明知和故意，自己还是不构成犯罪，倪雪即使有三头六臂也不能再把她送进监狱。

"梁艳"见倪雪开口便提起了她的老公，迅速调整了思路，她分析，今晚倪雪来找她，并不是要与她算花假币的账，因此，"夜猫子进宅"就只有另外那种可能了。

"梁艳"一想到那种可能，浑身都起了鸡皮疙瘩，她一边想着该如何回答倪雪的问话，一边也想从倪雪的口中证实一下那具无头男尸，到底是不是自己的老公。

"梁艳"沉默了一会儿，问道："你在哪儿见到他？"

倪雪听"梁艳"的话音儿，是在询问她老公的下落，马上感到"梁艳"已经长时间没有见到她老公了，可自己连她老公姓甚名谁都不知道，又怎么能知道他在哪儿？

倪雪实在无法回答"梁艳"的问话，她哼了一声，无可奈何地摇了摇头，既不肯定也不否定地说了一句含糊其词的话："我也挺长时间没有见到他了。"

听了倪雪的回答，"梁艳"有些失望，眼睛里出现了一丝迷茫，她眨了眨眼睛问道："你真认识我老公？"

倪雪瞥了一眼半信半疑的"梁艳"，又迅速在脑子里回想着她进门时，看到的那双黑皮靴的号码和迷彩服的尺码，脑子里飞快计算着"梁艳"老公的身高、体态，同时分析着他的职业。她觉得"梁艳"的老公一定是个好动拳脚的人，而一般擅长动拳脚的人，大都受过基础训练，或者有一些武术功底的职业人，这些人有一个共同的特点，就是讲哥们儿义气，思维方式简单得不是"死心眼"，就是"一根筋"。

倪雪想着，慢声慢语地说道："你老公这个人啊，虽然讲义气，但就是为人死心眼，做事儿一根筋。"

听了倪雪的话，"梁艳"唉声叹气地说道："唉，你说的一点儿都不错，他这个人呀，就是个讲义气，好冲动。不过，他要是不这样，我还看不上他呢！"

倪雪见自己瞎编出来的话，引起了"梁艳"的共鸣，接茬问道："于是，你们就结婚了，对不对？"

"梁艳""嗯"了一声，从茶几的烟盒中抽出一支香烟，用打火机嚓的一声点燃了香烟，一边吐着烟雾，一边说道："我从小在孤儿院里长大，上班后还进过监狱，从来就没有见过哪个男人真正对我好过，只有我老公对我忠心耿耿，我当然要跟他一辈子啦。"

倪雪见"梁艳"又没有给她留下接下去的话茬，便又问："你们好久没有见面了吧？"

"梁艳"又"嗯"了一声，慢吞吞地说道："所以，我才怀疑双阳岸边那具无头男尸就是我老公。"

听了"梁艳"莫名其妙的话，倪雪心里"咯噔"一下，她实在想不明白，"梁艳"为什么能如此肯定地确认那具无头男尸就是她的老公。便问："是不是你老公，你到公安局尸检中心去辨认一下尸体，不就能知道了吗？何必胡乱猜测呢？"

"梁艳"使劲儿吸了一口香烟，满嘴吐着烟雾说道："我去过尸检中心了，可是，有一个姓宋的法医说，我描述的体貌特征与那具尸体不相符，就没有让我辨认。"

倪雪皱了皱眉头，随声附和道："是啊，尸体又没有头颅，辨认起来确实有一定的难度，他是怕你受到刺激吧！"

"梁艳"把烟头往烟缸里一按，带着怨气说道："他也不想想，有谁会到尸检中心找尸体去认亲？我都跟他说了，我老公屁股上有一块明显的胎记，这个特征一目了然。再说了，他身上有几根肋条，我闭着眼睛都能摸得出来，根本就不会认错人，我只是想让他早一点儿入土为安。"

"梁艳"说着，掉了几滴眼泪，接着又说："他呀，真是太'死心眼儿'了，就是个九头牛也拉不回来的'一根筋'。唉，他这一死啊，又把我给推到风口浪尖了。"

倪雪见"梁艳"捂着脸抽泣起来，在心里问着自己：莫非那具无头男尸真是"梁艳"的老公？如果真如此，那案情可就越来越复杂了。

倪雪感到"梁艳"既然对这具尸体有如此肯定的判断，其中必有不为人知的秘密，为了进一步探索其中的奥秘，故意说道："最好不是你老公！"

"梁艳"停止了抽泣，十分肯定地说道："你就不用安慰我了，尽管他们给他的尸体换上了别人穿过的大衣和布鞋，但我心里清楚，这些伪装都是故意给我看的。这件事儿，我心里有数，这具尸体就是我老公。"

倪雪见"梁艳"如此坚定地判断"无头男尸"就是她的老公，心里翻起了巨浪。

过了片刻，"梁艳"又不由自主地流下了眼泪，她抽泣着说道："他们也太狠了！连个全尸都不给我留。"

倪雪见"梁艳"十分伤感，接着她的话茬追问："'梁艳'，你说的他们是什么人？"

"梁艳"哭咧咧地说道："这个我可不敢说，也不能说，你就别问了！"

倪雪发现了端倪，她拍着胸脯说道："'梁艳'，我是一名刑警，如果你告诉我他们是什么人，我们就会把他们抓起来绳之以法，为你申冤报仇。"

"梁艳"甩了一下披肩发，眼睛里闪动着晶莹的泪花，她连连摇头，无可奈何地说道："他们背后的势力太大了，别看你是警察，你们也奈何不了他们。"

听了"梁艳"垂头丧气的话，倪雪一下子激动了起来，她大声问道："'梁艳'，你想一想，他们势力再大，能有人民政府势力大吗？能有我们公安机关的威力大吗？"

"梁艳"止住哭声，她睁大了眼睛看着倪雪，思索了一会儿，又摇着头说道："算了吧，你的好意我心领了，这件事情我老公自身也有毛病。如果你真想帮我，就帮我和那个姓宋的法医说一声，让我辨认一下尸体，我得尽快让他入土为安，然后，我也远走高飞。"

倪雪见"梁艳"不肯说出隐藏在她心中的秘密，换了一个角度，想进一步了解一下她老公的背景，为日后破案打下基础，便对"梁艳"说道："这样吧，我回去沟通一下，然后你让你老公的其他亲属再去辨认一下尸体，以确定到底是不是你老公。"

"梁艳"道："我老公当特种兵转业回到地方后，他一个人住在双阳市，据我了解他没有其他亲属。"

倪雪见从"梁艳"嘴里已经了解到了她老公的一些基本情况，又想进一步了解她老公的身份，接着说道："那让他单位领导出面也行啊。"

"梁艳"连连摆手说道："不行、不行，他单位的领导……""梁艳"突然止住了话语，沉默了片刻，又说道："他没有单位，也没有领导。"

倪雪见"梁艳"欲言又止，便故意套着她的话："他怎么会没有单位？我看他的职业……"说着，倪雪故意停顿了话语，等着"梁艳"接她的话茬。

"梁艳"叹息着，果然接过了话茬："唉，他呀，就是死在了他这个职业上。不过，不干这个，他又能干什么呢？结婚前，他一直答应要给我买一个属于我们自己的房子，他还说要保护我一辈子！唉，老公呀，你死得好惨啊！我会为你报仇的！"

　　"梁艳"说着，一转身，把脸贴在了沙发靠背上，双手捶着沙发靠背，哀号起来。

　　倪雪见状，轻轻拍着她的肩膀，大声说道："'梁艳'，你把真实情况告诉我，请你相信，我们人民警察一定会给你报仇雪恨的。"

　　倪雪见"梁艳"这次没有回绝她的话，猜想她一定在犹豫不决，便抓住时机，拿出了那张100元的假币，问道："'梁艳'，你认识这张假币吗？"

　　"梁艳"转回身，接过倪雪递过来的百元钞票，翻过来掉过去看了一会儿，问道："你是从哪里得到这100块钱的？"

　　倪雪看着"梁艳"吃惊的样子，心里顿时明白了几分，她回答道："这张钱是在那具无头男尸大衣兜里发现的。"

　　"梁艳"一听，皱起了眉头，她自言自语地说道："那件大衣不是我老公的，兜里怎么会有这种钱？不应该呀！"

　　倪雪发现了破绽，赶忙追问："你认识这张钱？"

　　"梁艳"咬着牙说道："我岂止是认识，我老公就是被他们用这破玩意给欺骗了，才铤而走险送了命。要不怎么说他是死心眼儿呢！你说说，他就要拿这破玩意儿给我买房子，你说他不是一根筋又是什么？"

　　听了"梁艳"没头没脑的话，倪雪更加迷惑，她拿回了那张100元假币，说道："'梁艳'，话已经说到这个份儿上了，你就把真相说出来吧，我会给你做主的！"

　　倪雪正说着，忽然想起了龙岩叮嘱她，提醒"梁艳"换一个地方居住的话，便提醒道："否则，否则你是有危险的！"

　　"梁艳"愣了愣神儿，接着又苦笑着点了点头，她刚要说些什么，就听到门口传来了"砰砰"的敲门声。

　　"梁艳"站起身来，压低了声音问："是你们的人来敲门吗？"

倪雪也站起身来侧耳听了听一声紧似一声的敲门声，摇着头说道："肯定不是我们的人！"

"梁艳"的脸"唰"的一下被吓得惨白，她一屁股坐回沙发，有气无力地说道："完了，他们也要对我下手了！"

倪雪急说道："'梁艳'，你快把真相告诉我，不然可真就来不及了。"

此时，"梁艳"也感觉到了危机，于是小声说道："既然如此，我就把我知道的情况全都告诉给你，我就是被他们杀了，也得留下一个知情的人。"

"梁艳"说着，又甩了一下额头前面的长发，说道："我老公绰号叫'大下巴'，他是一家大公司老板的保镖。半年前的一天，我老公亲眼看见'狐狸夜总会'的经理，拎着一个拉杆箱进了他老板的办公室。后来，他在省城的一间出租房里，又见到了这个拉杆箱，还亲眼看见拉杆箱里装着100万现金，才知道他的老板干了什么事儿。"

倪雪急忙问："他在哪家公司当保镖？老板是谁？"

"梁艳"十分为难地说道："这个我可不能说。不过，半年前，我向你们检举的那起'雇凶杀人案'就是指的这件事儿，只是撒谎说是听'猴三儿'说的，实际我是听'大下巴'说的。"

"梁艳"见倪雪并没有再追问，接着说道："后来，我老公和一个绰号叫'大皮靴'的保镖，被老板派出去抓人。我老公见财起意，把装有100万现金的拉杆箱拿回了家，说要用这笔钱给我买房子。我见他拿着这么多的钱回家，当时就傻了眼！"

倪雪偷偷打开了手机的录音，又问："你在面馆吃饭时花的钱，就是你老公拿回来的钱吗？"

"没错！当时，我还不知道'大下巴'拿回来的钱是假币，我花那100块钱时，面馆收银台也没看出来是假币。可你们那个姓毛的小民警硬说我是偷手机的，其实根本就不是那么回事儿，害得我白白蹲了7天拘留，还被你们带到刑警队，被关了差不多一天一夜。""梁艳"说着，偷眼在看倪雪是否能听出来她还在编假话，为花假币一事开脱。

第二十七章 假币"说话" 241

"嚓嚓嚓"，门外的敲门声被拨动暗锁锁芯的声音所代替。

倪雪见屋门随时都有可能被撬开，便指着"梁艳"的鼻子，火急火燎地说道："'梁艳'，事到临头，你怎么还在撒谎？你如果不知道你花的钱是假币，为什么要向我们检举'雇凶杀人案'？又为什么心甘情愿为一个根本就不存在的偷手机一事，被关进行政拘留所？"

"梁艳"见自己的谎话没有骗过倪雪，她也听到了门外开锁的声响，于是把牙一咬，终于说出了实话："我在派出所和刑警队之所以没讲实话，就是怕你们得知我花假币的事实以后，追查假币的来源，那我可就引火烧身了。那天晚上，我从你们刑警队里出来以后，我和我老公一起东躲西藏，可还是没有躲过他们的追杀。后来他们发现了我们躲藏的地点，就这样，我老公'大下巴'就被'大皮靴'带人给抓走了。那天，要不是我跑得快，你今天就见不到我了，所以，松江岸边出现无头男尸以后，我就怀疑是'大皮靴'杀了我老公。为了不让我认出尸体，还特意割下了我老公的头。"

倪雪急忙问："'大皮靴'是谁？他又是受了什么人的指使？"

"梁艳"向倪雪身边凑了凑，压低声音说道："'大皮靴'和我老公都是保镖，他们的老板是……"

"梁艳"正要说出林鑫鼎的名字，就听"咣当"一声，屋门被人从外面撞开，三个彪形大汉"呼啦"一下闯进屋内，将她和倪雪围在了当中。

一个彪形大汉撸着胳膊，问为首的大汉："大哥，哪个是'大下巴'的女人？"

为首的彪形大汉把手一挥，恶狠狠地命令道："不管哪个是，把她们都带走！"

倪雪见有人要向她动手，指着向她伸过拳头的彪形大汉鼻子，厉声呵斥道："住手，你们是什么人？你们要干什么？"

彪形大汉又向前跨了一步，一边挥拳打倪雪，一边叫道："臭娘们儿，你给我闭嘴！"

倪雪一把抓住彪形大汉的拳头，使劲儿翻动着他的手腕，将他的胳膊反扭了过来。她刚要亮出警官证，被另一个彪形大汉拦腰抱住，按倒在了地上。

为首的彪形大汉命令道:"把她们绑了,都给我带走!"

三个彪形大汉一起动手,给倪雪和"梁艳"套上了黑头套,紧接着又绑住了她们的双手。

倪雪一边挣扎,一边喊道:"你们都给我住手,我是刑警,你们这是袭警!"

为首的彪形大汉冲着倪雪就是一拳,嘴里骂道:"你给我闭嘴,你要是刑警,那我他妈还是特警呢!"

说着,彪形大汉顺手拽过两条毛巾塞进了倪雪和"梁艳"的嘴里,连推带搡地将她们带到了楼下。

正当三个彪形大汉拽着倪雪和"梁艳"走到楼门口的时候,就听见楼门口有人大吼一声:"不许动!赶快把人给我放了!"

三个彪形大汉顺着声音望去,就见有人正亮着双拳,一边对他们喊话,一边摆出了决斗的架势。

就听袁小雨大声喊道:"你们在光天化日之下,竟敢绑架正在执行公务的人民警察,难道就不怕进监狱吗?"

一个彪形大汉有些胆怯地对为首的大汉说道:"大哥,他是便衣警察!"

为首的彪形大汉瞅了瞅袁小雨,见他的周围并没有其他人,赶忙对另外两名彪形大汉吼道:"别听这小子胡说八道,深更半夜的,哪儿来的便衣警察。你们两个过去,把他也给我绑了,一起带走……"

第二十七章 假币"说话" 243

第二十八章

沆瀣一气

袁小雨借着月光,见两个彪形大汉攥着拳头向自己走了过来,急忙亮出双拳准备迎战。

两个彪形大汉一左一右,向袁小雨挥动着拳头,袁小雨左右开弓,瞬间便与他们打在了一起。

被蒙着眼睛、绑着双手的倪雪听见了厮打声,她使劲儿挣扎着,不停地用脚踹着推搡她和"梁艳"的那个彪形大汉。

袁小雨用眼睛的余光一瞥,发现那个彪形大汉正在往一辆轿车里推搡倪雪。

袁小雨急了,他用拳头挡着两个彪形大汉对他的进攻,使出了擒拿格斗中克敌制胜的绝招儿。只见他就势下蹲,给两个大汉来了个"扫堂腿",然后又"旱地拔葱",飞起了"旋风脚",两个大汉应声倒地。

袁小雨撂倒了两个大汉,紧跑几步冲到倪雪身旁,一把抓住车里推搡她的那个彪形大汉的肩膀,冲着他的膝盖关节就是一个侧踹。

与此同时,倪雪凭着感觉,抬腿就是一脚,正好踹在了彪形大汉的心口窝上,大汉疼得"妈呀"一声怪叫,身子一栽歪,脑袋重重地磕在了轿车门框上。

正在这时,一辆闪着警灯的警车呼啸而来,"嘎吱"一声停在了彪形大汉的轿车前。

几个身着警服的民警呼啦一下跳下警车,大声吼道:"住手,再不住手,我开枪啦!"

为首的彪形大汉见来了警车和警察,他一边落荒而逃,还一边招呼着同伴儿："快撤！哥们儿，快跑啊！"

听到喊声，刚被袁小雨踢倒在地的那两个彪形大汉，一骨碌爬了起来，屁滚尿流地作了鸟兽散，几秒钟后，三个大汉各奔东西消失在夜幕中……

天亮时分，正在熟睡的"二林子"，被一阵急促的敲门声惊醒，他揉着惺忪的眼睛打开屋门，只见三个彪形大汉正哆哆嗦嗦地站在他的面前。

"二林子"将三人拉进屋内，劈头便问："钱呢？"

三人你看看我，我看看你，一个个像泄了气的皮球，耷拉着脑袋一句话都说不出来。

"二林子"见三人低头不语，又怒吼了起来："人呢？"

为首的大汉揉着脑袋上被磕的"大筋包"说道："林总，这件事儿不怪我们。今天凌晨，我们在'梁艳'家刚把她抓住，还没有来得及追问那100万元钱的下落，被半路杀出的'程咬金'给拦截了！"

另一个大汉马上做着补充："林总，来的是一男一女两个'程咬金'，他们都会武功，可厉害啦。"

"林总，我认识他们，他俩是刑警大队的便衣警察，外号叫'金童玉女'。"

三个大汉你一言我一语，向"二林子"述说了事情的经过……

此时，林鑫鼎正站在"天上人间"的落地窗前生闷气，半年前，他接了"三撇了"雇凶杀人的大"活儿"，还从侯峰的手里接过了"三撇了"转交过来的100万现金。当他了解到雇主要杀的人竟是刚刑满释放的陈小文时，立即派黄培假扮杀手去劫持他。不承想，黄培背信弃义，竟然在他的眼皮子底下劫持了陈小文，逃到了省城。

林鑫鼎为自己没有得到他为报复杨大海而需要的"定时炸弹"陈小文感到恼羞成怒。他让"二林子"派保镖"大下巴"和"大皮靴"到省城去抓人起赃。黄培和陈小文这两个家伙虽然被抓回来，关进了"林家大院"，可保镖"大下巴"又见财起意，竟然"截和"了这100万元现金。

林鑫鼎虽然知道这100万现金是被自己调了包的假币，但他却担心"大下巴"一旦花了假币，会给他带来杀身之祸，便让"二林子"不惜一切代价，也要把"大下巴"和这100万假币追回来。

前不久,"大下巴"虽然被抓获了,但私藏假币的"梁艳"却脚底抹油——溜了。而此时,正巧杨大海又想要陈小文的命,他林鑫鼎只好使出了一个偷梁换柱的招法,让"大下巴"成了死鬼。

林鑫鼎保留了陈小文这颗人头,把他当成日后要挟杨大海的杀手锏。为了完成杨大海交给他的任务,还不引起杨大海的怀疑,只好"借""大下巴"的命,制造了双阳岸边那起"无头男尸案"。

说来也巧,就在几天前,林鑫鼎的一个手下人突然发现了"梁艳"的踪迹,他立即让"二林子"派人去抓"梁艳",追回那100万假币,才上演了今天凌晨的绑架案。

"当当当",一阵敲门声打断了林鑫鼎的思绪,他意识到应该是"二林子"将"梁艳"人赃俱获了,于是哼着小曲打开了屋门。

林鑫鼎见来人果然是"二林子",刚要咧开嘴笑,又见"二林子"垂头丧气。林鑫鼎的大圆脸一下拉长,成了"长白山"。

林鑫鼎靠在落地窗的扶手栏杆前,听完了"二林子"述说的经过,一声不吭地转过身去,隔着玻璃窗去俯瞰脚下的街景。

"二林子"望着林鑫鼎的背影,小心翼翼地说道:"校长,我们的车肯定被警察扣留了,他们只要一查车牌号,就会查到'狐狸夜总会'。"

林鑫鼎问:"怎么还扯上了'狐狸夜总会'?"

"二林子"回答道:"这几天,我雇打手开的是'狐狸夜总会'的车。"

林鑫鼎猛地回过头来,指着"二林子"的鼻子怒吼道:"废物!你们就是一群废物!"

林鑫鼎气鼓鼓地正要继续对"二林子"发怒,他的手机却忽然响起了急促的铃声。

林鑫鼎看了一眼来电显示,故作镇定地接通了电话:"李所长啊,有什么事儿吗?"

"林董事长,你还不知道吧,今天凌晨,'狐狸夜总会'的人在我们派出所的辖区内,绑架了刑警队的女刑警倪雪,还与我们另一名叫袁小雨的男刑警打了起来,同时遭绑架的还有一个年轻女子。"

林鑫鼎假装吃惊地问道:"哦?'狐狸夜总会'的人会干这种事情吗?"

李强所长通报道:"林董事长,这件事情千真万确,我们在出警的时候,在现场扣留了一辆轿车,经查车牌,确定了这辆车是'狐狸夜总会'的。你说,逃跑的三名绑匪不是'狐狸夜总会'的人,还能是哪儿的人?"

林鑫鼎见李强在给他通风报信,灵机一动,对李强暗示道:"李所长,不对吧,我听说,'狐狸夜总会'那辆车早就丢失了呀!"

林鑫鼎见李强没有吱声,又接着问道:"我听说,你们在现场还带走了一个年轻的女人,是这样吗?"

李强一听林鑫鼎问起了被绑架的那个年轻女人,心里马上明白了这起"凌晨绑架案"的幕后指使人就是林鑫鼎。他不愿意过早捅破这层窗户纸,便长叹一声说道:"唉,那个女人被带到派出所以后,假装上厕所,跳窗户逃走了。"

林鑫鼎一听"梁艳"溜走了,气不打一处来,他努力压了压心中的怒火,冲着电话听筒说道:"哦,既然人都溜走了,那就拜托老弟把这件事情压下去吧,我先替夜总会的侯峰总经理向你表示感谢了!"

李强一听林鑫鼎让他"平事儿",十分为难地说道:"董事长,这件事情很难办,那个叫袁小雨的刑警,直接把报警电话打到了'110'指挥中心,说有绑匪袭警。我们派出所是按照市局指令出警,结果是需要向市局上报的。另外,市局指挥中心归刘鸣放常务副局长主管,他要是追问下来,我可'平'不了,一会儿是袭警,一会儿又是绑架,这么大的警情啊!"

林鑫鼎见李强在犯难,脑筋一转,又心生一条毒计:"李所长,你刚才说,那个被绑架的那个女人在你们派出所溜走的,对不对?"

李强赶紧回答:"没错,千真万确。"

林鑫鼎见李强回答得很干脆,又开始启发:"李所长,可我怎么听说是那两个刑警和她里应外合,把她给劫走的呢?"

李强眨巴眨巴眼睛,好半天才明白了林鑫鼎的话音儿,他心领神会地说道:"我明白了,如果不是里应外合,那个女人又怎么能从女厕所里溜走呢!"

林鑫鼎见李强已经明白了他的意图，又接着给李强扔过去了一个诱惑力极强的"肉包子"："李所长，既然事情都清楚了，你就把这件事情给我压下来吧！今天晚上，我和你们杨大海局长有个约会，到时候我可以向他推荐你一下，你就等着好消息吧。"

　　李强一听，马上心花怒放起来，他兴高采烈地说道："谢谢林董事长，我立刻就去落实您老人家的重要指示！"

　　放下电话，林鑫鼎转身又对"二林子"呵斥道："你还愣着干什么？还不赶快去找个关系，补办一个丢车的报警记录！"

　　林鑫鼎见"二林子"转身出去，向鼻梁上推了一下圆圆的黑框眼镜，然后拨通了杨大海的手机。

　　林鑫鼎放下了杨大海的电话，俯瞰着脚下像沙盘一样的城市街景，指着街上蚂蚁一般的小人儿，自问自答道："我问你，你知道什么叫兵来将挡，水来土掩吗？你知道抓住了一个人的软肋，该有多么开心吗？你知道君子报仇，十年不晚，说的是什么意思吗？"

　　当天晚上，杨大海如约来到了双阳大厦顶层的"天上人间"。他刚走出电梯，就发现在林鑫鼎的"天上人间"又新装了一个带有密码锁的木门。

　　杨大海站在门前刚一愣神儿，只听"吱扭"一声，木门被从里面打开，林鑫鼎笑嘻嘻地向他伸出了双手："杨局长大驾光临，林某有失远迎，有失远迎！"

　　杨大海没有向门里迈步，他板着脸，疑惑地看着林鑫鼎，好像在问"这是什么地方"。

　　林鑫鼎看懂了杨大海的意思，他拉着杨大海的手，一边往屋里走，一边笑着说道："杨局长为了双阳市几百万老百姓的安宁，不辞劳苦、日夜操劳，没有一个好的休息环境怎么能行啊！我是你的大哥，理应为我兄弟做好后勤保障工作，以减少你的后顾之忧啊！"

　　林鑫鼎见杨大海还在疑惑，继续说道："老弟，今后这里就是你的私人空间了，入户门的密码你自己设定，想什么时候来，想什么时候走，随你心情！"

杨大海与林鑫鼎一起走进屋内。林鑫鼎指着室内的一圈真皮沙发对他说道："这是你的会客厅和电影厅，闲下来的时候会会客、看看电影，一边休息，一边玩儿，该放松的时候就得放松，身体可是革命的本钱啊！"

杨大海停下脚步，环视了一下客厅，只见这是一个差不多有100平方米的宽大客厅，除了一圈真皮沙发和茶几以外，墙上还有一个大型电影屏幕，客厅的一角还摆放着一张电动麻将桌和几把沙发椅。

杨大海走到电动麻将桌前，拍了拍高靠背沙发皮椅，微笑着说道："老兄办事儿就是周到，连大海这点爱好都替我想到了，老兄真是煞费苦心呀！"

林鑫鼎假装客气地摆了摆手，他推开客厅旁边另一扇木门对杨大海说道："这个房间是你的卧室，常用的日用品都放在这个柜子里了，如果缺什么东西，你尽管告诉我。"

杨大海看了一眼比他自家大床还要大上一圈的红木大床和带冲浪的大浴盆，心里一阵高兴。他伸手拉了拉厚厚的遮光帘，目光停留在角落里的一张梳妆台上，他问："老兄啊，我又不化妆，你干吗还配备了个这么个东西？"

林鑫鼎笑呵呵地说道："我知道杨大局长的家属在国外，万一有个红颜知己啥的，总不能让人家披头散发地离开这里吧！"

杨大海脸上露出了一丝笑意，自打他当上公安局长以后，早就觉得原来的琳琳娘俩，还有那个莜莜有些拿不出手了，现在，林鑫鼎又不失时机地给他筑了巢，引几只凤凰过来，那还不是手到擒来的事儿嘛！

想到这儿，杨大海拍着林鑫鼎的肩膀充满感激地说道："老兄为大海考虑得也真是太周全了！"

林鑫鼎连声说道："不周全，不周全！"说着，又推开了另一扇木门，指着一张普通的办公桌说道："这间临时办公室虽然小了点，但我是按照上级规定给你准备的，一旦你的下属有急事需要过来，向你请示汇报工作，看上去也不超标准，免得他们说你违反规定，对不对？"

杨大海脸上露出了少有的笑容，他指着林鑫鼎说道："老兄，我要是有你这样的办公室主任就好了。"说着，又赶忙纠正着自己刚才说过的话：

第二十八章 沆瀣一气　249

"办公室主任哪儿行，最起码也得是个政委，对不对？我的林大政委！"

两人对视了一下，两只大手紧紧地握在了一起。

林鑫鼎领着杨大海在每个房间转了一圈后，两人来到隔壁的小餐厅，餐台上摆放着餐具和火锅食材，两个小火锅正在冒着热气。

林鑫鼎向杨大海做了个"请坐"的手势，又给他的高脚杯里斟满了红酒，心里想着如何开口让杨大海摆平他导演的"凌晨绑架案"。

林鑫鼎见杨大海将一块肉放进了嘴里，开口说道："老弟，哥哥有一件事情……"

杨大海一听林鑫鼎要开口说事儿，赶忙停住了筷子，警惕地注视着林鑫鼎，洗耳恭听着他要说什么话。

林鑫鼎意识到自己刚刚给杨大海筑了巢，就提出让他摆平"凌晨绑架案"，有点太"直来直去"了。他知道，找大官办事儿要讲究说话的艺术，话说好了，事半功倍；说不好，前功尽弃。绝不能赤裸裸地直接交换条件。于是便把刚说了半句的话又咽了回去。

林鑫鼎摘下了圆圆的黑框眼镜，揉了揉有些发涩的眼睛，换了一个让杨大海对他感恩的话题，问道："老弟，哥哥为你做的那件事情，还算满意吧？"

杨大海心领神会，他端起红酒杯，站起身来对林鑫鼎说道："老兄，老弟敬你一杯酒，感谢你为我除掉了……"

林鑫鼎不等杨大海把话说完，赶忙打断了他的话，说道："咱们都是自家兄弟了，还说什么客气话。这件事情是哥哥应该做的，何足挂齿，何足挂齿。"

杨大海喝光了酒杯里的红酒，心存疑虑地问道："老兄，兄弟有一事不明，你为什么不给他留个全尸呢？"

林鑫鼎见杨大海对"无头男尸"或多或少还有些怀疑，心想，我不割下"大下巴"的头，你能相信尸体就是陈小文吗？如果我真的替你干掉了陈小文，今后我拿什么来要挟你，还怎么控制你？

想到这儿，林鑫鼎不屑一顾地笑了笑说道："老弟，哥哥之所以这么做，就是在为你消除隐患啊！你可以想一想，如果我给他留了个全尸，认识他的人，认识你的人，认识你们的人，又会做出什么反应？又会给你带来多大的麻烦呢？那不是按下葫芦起了瓢，一波未平，一波又起嘛！"

杨大海点了点头，说道："哦，是这样啊！兄弟我多虑了，来，大海再敬老兄一杯！"说着，他又将一杯红酒一饮而尽。

林鑫鼎见杨大海渐渐打消了疑虑，端着酒杯说道："老弟，老哥突然想起了一件事情，我一直犹豫该不该对兄弟你说出来。"

杨大海又喝光了杯中酒，指着林鑫鼎说道："老兄，你是不是拿大海当外人？有什么事儿，尽管开口。"

林鑫鼎摇晃着手中的高脚杯，慢声慢语地说道："哦，是这样的，我手下有个女会计贪污了我的钱，派出所出警把她抓走后，你们刑警队的两位警官却里应外合将她从派出所里给接走了。"

杨大海一听，马上发起了火，他把酒杯往餐桌上一蹾，气哼哼地问道："会有这种事儿发生？你知道他们两人的名字吗？"

林鑫鼎立即火上浇油道："我听说他们是一对男女组合，可能叫什么'金童玉女'吧！我还听说，他们两人是在你们培训班学习的学员。"

杨大海顿时火冒三丈，他又端起酒杯，对林鑫鼎说道："老兄，大海没有管教好部下，特向老兄赔个不是，回头我一定要严肃处理他们，你就听信儿吧！"

林鑫鼎见"凌晨绑架案"就这样轻而易举地化解掉了，也喜出望外，他笑呵呵地说道："其实这也没有什么大不了的，那个女人躲过了初一，她也躲不过十五，反正，这笔债我早晚都得追回来！"

杨大海见林鑫鼎不再计较，又觉得有些歉意，便问："那个女人贪污了你多少钱？"

林鑫鼎假装咬牙切齿地回答道："整整100万呢！"

杨大海掏出了手机，说道："你把她的姓名和住址告诉我，回头我安排人去抓她，贪污100万元属于数额巨大，已经构成了贪污罪，是要判重刑的。"

第二十八章 沆瀣一气 251

林鑫鼎见杨大海正在拨电话，赶忙伸出手阻止道："老弟，这件事情就不麻烦你了，我自己处理吧！"

两人推杯换盏，酣畅淋漓地喝着酒，聊着乱七八糟的陈年往事，俨然已成了一对比铁哥们儿还要亲的亲兄弟。

林鑫鼎在座位上晃晃悠悠地说道："大海，你今天喝得不少，咱哥们儿每人都喝了差不多两瓶红酒啊！"

"可不，老兄，你可能不知道，一般逢场作戏的酒局，我是滴酒不沾的。今天咱哥儿俩投缘，让你见笑啦！哈哈！"杨大海说笑着，身子也有点开始打晃。

林鑫鼎见杨大海有了醉意，又要给他添加一道"大菜"，好给自己撑起顶天立地的保护伞。

杨大海在林鑫鼎搀扶下进了自己的卧室，一屁股坐在了大床旁边的沙发上，他摘下了金丝边眼镜，微微闭上了眼睛。

林鑫鼎见状，转身出去，轻轻地关上了卧室的门。

没多大一会儿工夫，杨大海觉得自己的眼眶被轻轻贴上了带有淡淡清香味道的眼膜，他还影影绰绰地还看见了一位宛若天仙的美女，正在给他脱衣服……

罪恶有终

（下）

刘忱 著

辽宁人民出版社

罪,
并不是一般人所想象的,
如盗窃、说谎。
所谓罪,
是指一个人通过另一个人的人生,
却忘了留在那里的雪泥鸿爪。

——远藤周作《沉默》

目 录 Contents

第二十九章	"圈子"效益	/253
第三十章	主动谄媚	/262
第三十一章	如愿以偿	/271
第三十二章	埋下祸根	/280
第三十三章	暗中下套	/289
第三十四章	掌掴局长	/298
第三十五章	一桩交易	/307
第三十六章	丧失底线	/316
第三十七章	三下澳门	/325
第三十八章	骑虎难下	/335
第三十九章	迎来曙光	/344
第四十章	步步紧逼	/353
第四十一章	绝地反击	/362
第四十二章	警察失踪	/371
第四十三章	初露端倪	/381
第四十四章	利剑出鞘	/391
第四十五章	引蛇出洞	/400
第四十六章	扫黑风暴	/409
第四十七章	截车抓人	/418
第四十八章	完美爆料	/427
第四十九章	黑白无界	/436
第五十章	移师澳门	/445
第五十一章	雷霆行动	/454
第五十二章	斩首行动	/464
第五十三章	雪泥鸿爪	/474
第五十四章	罪恶有终	/483
第五十五章	扫黑继续	/493

第二十九章

"圈子"效益

时间过得飞快,一转眼,双阳市公安局第一期教育整顿培训班结业了。

媒体不惜版面、连篇累牍报道了杨大海"提高公安机关战斗力要从提升民警素质做起"的新思维,重点宣传了他坚持实施全员培训"一个不能少"的新思想;详细介绍了他在提拔干部之前,要经过培训来"择优选优"的新观点,翔实报道了他处理存在违法违纪苗头民警之前,要用通过培训来"净化队伍"的新理念。

双阳市公安机关引领公安教育培训工作的改革创新做法,取得了良好的社会效果,公安局长杨大海再次成为媒体热捧的新闻人物。

在接受媒体采访时,杨大海还对外公布了教育培训工作取得的正反两方面成果。

对在工作中存在违纪问题的"慢班"学员龙岩、袁小雨、倪雪进行了公开处理:龙岩因为丢失案件物证和擅自决定让个别学员离开教育培训基地,这两项"罪名",被免去了刑警大队大队长的职务,到距离双阳市60公里开外的交警支队高速公路大队,去当了一名普通的交警。袁小雨因报假案和装病离队,也被行政记过处分,调离了刑侦岗位,安排到郊区李家窝棚派出所当了一名治安警察;倪雪也因干扰派出所办案和私自外出,被行政记过处分,调离了刑侦岗位,安排到郊区派出所担任了一名户籍警察。

同时,为了树立正面典型,刚刚参加公安工作不久的中山路派出所青年民警毛雨辰,被破格提拔为分局刑警大队的副大队长。

就这样,杨大海一箭双雕,既让龙岩和"金童玉女"远离"无头男尸案",中断了他们手中掌握的破案线索;又给自己动用巨额公安经费填补双阳大学任职时留下的大窟窿做了冠冕堂皇的说辞。同时，还捎带脚地为林鑫鼎平息了"凌晨绑架案"。

双阳市公安局第一期教育整顿培训班刚一结束，第二期培训班又接踵而至，于是，取得了社会效益的局长杨大海给收获了真金白银的校长李梦茹打了电话，两人都对双方共同建立的"长效机制"赞不绝口。

常言道：月儿弯弯照九州，几家欢乐几家愁，这句话一点儿都不假。

连日来，双阳市公安局交警支队女子巡逻中队中队长梅玲一直闷闷不乐。作为第一期培训班"快班"的带队区队长，她本以为自己经过这次"快班"的深造，能顺理成章地被提拔成为副处级，可没承想事与愿违，她眼睁睁地看着初生牛犊的毛雨辰，被破格提拔到了刑警大队副大队长的领导岗位，而自己还要重走路口站岗、路面巡逻的老路。她这个双阳市的"学雷锋标兵"、市公安局连续多年的"爱岗敬业先进个人""新时代巾帼不让须眉的女交警"，心里既憋气又窝火。

这天傍晚，车流如潮的"晚高峰"如期而至，梅玲无精打采地站在十字路口的正中央，挥动手臂疏导着南来北往的车辆，突然，在她蓦然回首的刹那，一眼看见了神采飞扬的毛雨辰正开着私家车从她身边经过。

梅玲用余光向毛雨辰的车内瞥了一眼，只见刑侦支队副支队长杨大江，正把双脚搭在仪表台上，身子半躺在副驾驶的座位上看手机。

梅玲当然认识杨大江，更知道他的大哥姓甚名谁，可她不解的是，毛雨辰为什么能为杨大江开车，而且两人脸上的笑容又都是那么灿烂？聪明伶俐的梅玲一下子明白了"水有源、树有根"的道理，她机警地瞅了一眼毛雨辰的车牌号，转身离开十字路口岗台，上了路边的交警巡逻车。她要探索一下毛雨辰被破格提拔的奥秘。

梅玲嘴里念叨着毛雨辰的轿车牌号，指着已经隔了好几辆车的轿车，对女司机说道："跟上那辆车。"

车技高超的女司机一脚油门，超过了紧跟在毛雨辰车后的几辆轿车，与毛雨辰开的轿车保持着"安全"的距离，很快就驶离了车流如织的主要街路，不一会儿，就来到地处城边的一家律师事务所的门前。

梅玲见毛雨辰开车进了律师事务所的大院，让女司机将巡逻车停在了路边比较隐蔽的地方。

她隔着车窗玻璃清楚地看见杨大江与毛雨辰一先一后下了轿车，杨大江还把手搭在了毛雨辰的肩膀上，两人有说有笑，走进了这家律师事务所的办公楼。

梅玲心里泛起了狐疑："这都到了下班的时间，杨大江副支队长怎么和毛雨辰上这儿来了？"

梅玲正在纳闷儿，就见又有几辆私家车鱼贯驶入律师事务所的大院。她仔细一看，从车上下来的那几个穿便服的小伙子，竟然都是最近被提拔的培训班"快班"同学。

梅玲抬眼看了看这家律师事务所的门牌，又见院子的电动大门正在徐徐关闭，不由自主地发出了一声叹息。此时，她突然明白了两个问题，一是这家律师事务所里面应该有个会所，而且这里的老板一定和杨大江有着特殊的关系；二是这几个被提拔的同学，都是杨大江小圈子里面的人，否则杨大江不可能在这里搞聚会。

梅玲一拍脑门儿，突然有了醍醐灌顶的感觉。

第二天，梅玲穿着警服，坐着女司机开的巡逻警车，来到了这家律师事务所，她要亲自了解一下这个律师事务所是个什么情况，顺便认识一下这里的老板。她已经打定主意，要通过与这家老板建立私人关系的方式，先接触上杨大江，然后再凭着自己的"能说会道"和"伶牙俐齿"的特长，登着杨大江的梯子去攀上杨大海这棵大树。此时，梅玲心里十分清楚，如果自己不能成为"杨家将"当中的一员，即使她获得再多的荣誉称号，也注定要被"焊死"在马路中央的岗台上。

梅玲与女司机一起走进了律师事务所的大院，只见院内是一栋独门独院的三层小楼，院子虽然不是很大，但绿化的树种却非常名贵，假山、池塘、喷泉、怪石装点得也非常典雅，大有一种世外桃源、别有洞天的感觉。

梅玲二人上了几步台阶，通过旋转大门进入楼内，她驻足观望，只见这是一个装修得富丽堂皇的大厅，大厅的举架很高，正中心是一盏巨大的水晶吊灯，灯下是一个水晶宫般的长方形鱼缸屏风。

梅玲仅从大厅的装饰和布局上就可以判断，这个律师事务所不是面向普通人群的。

梅玲和女司机走到2米高、5米长的鱼缸屏风前，只见鱼缸内有9条一尺多长的锦鲤，正在"呼呼"吐泡的人工氧气里面悠闲地游动。

梅玲假装看了一会儿鱼，偷眼环视了一下大厅的四周，发现大厅里面十分幽静，在距离大鱼缸10多米远的地方才有几排办公岛。办公岛内，几名工作人员正在电脑前轻轻地敲着字。

梅玲又透过大鱼缸的玻璃幕墙看了看鱼缸的背后，只见鱼缸后面有一个向上的步行楼梯和一部电梯，只有绕开鱼缸，从两侧才能上楼。

女司机见梅玲站在空旷的大厅中间，并无人过来与她搭腔，十分生气，她还从来没有见过有哪个单位敢对她的队长如此怠慢，便冲着办公岛里面打字的工作人员傲慢地问："你们没有一个会说话的吗？"

她的话音刚落，只见从大鱼缸背后的楼梯上走下来一位身穿白色长袖衬衣、蓝色短裙，留着齐耳短发的年轻美女。

美女穿着高跟鞋"咔咔"地来到梅玲和女司机的面前，不冷不热地问道："你们是哪儿的？有这么问话的吗？"

女司机把眉毛一扬，犯起了职业病，她指着梅玲说道："你让你们领导出来，见见我们的双阳交警大队的梅玲队长。"

美女打量了一眼梅玲，略带嘲讽地问道："哦，我还以为是多大的官儿呢，原来才是个队长啊！失礼！失礼！请问你和我们的杨主任有约吗？"

女司机一听美女说话的口气有些阴阳怪气，而且她们的领导竟然是个主任，一下子骄傲了起来，她指着院子外面停放得横七竖八的几辆轿车，故意找茬道："路边那几辆轿车是不是你们单位的？"

美女看了看院外，回答道："那几辆车是来我们这里办事儿的，怎么了？"

女司机大声说道："你们不知道双阳市静态停车管理的八字方针？"

美女没有听明白女司机在说什么，她疑惑地问："你说什么？我听不懂你的话。"

女司机伸出手指，指点着她的鼻子说道："你可听好了，机动车停放要严格遵守'入位、头齐、顺向、守时'的八字方针，不许乱停乱放。请你转告你们主任，赶紧把门口的车辆规范整齐了，不然我们可要不客气啦！"

女司机本以为她的这番到哪儿都好使的训话，能够换来美女点头哈腰的笑脸，进而请出那位姓杨的主任，乖乖地跑到她们面前接受训话。可没想到，那位美女连眼皮都没挑一下，只是在鼻子里"哼"了一声，根本就没有理睬她说的八字方针。

女司机见美女如此傲慢，气哼哼地问道："你哼什么？没有听清楚我的话吗？"

美女眨了眨眼皮，挑衅道："你不客气，又能怎样？"

女司机见这位美女与她挑衅，从肩膀上摘下手台，狐假虎威地指着门口的车辆呵斥道："我们交警正在规范全市的静态停车秩序，你们乱停乱放车辆，我马上调几辆清障车过来，把这几辆车都拖走！"

美女见女司机冲着手台就要喊话，稍微冷静了一下，转过头来问梅玲："队长，那几辆车是来找我们杨主任办事儿的，你难道不认识我们杨主任吗？"

梅玲把手一背，心里画着问号：这个杨主任会不会与和杨大江有着什么关系呢？

梅玲背着手，在原地挪动了一下脚步，翻着眼皮问道："杨主任？我还真没听说过，他叫什么名字？"

美女一听梅玲竟然不认识杨大河，鼻子又一"哼"，没好气地说道："他叫杨大河。"

"杨大河！"梅玲轻蔑地重复了一句美女说的话，她正要继续发问，猛然想到了杨大江和杨大海两个响亮的名字。

梅玲心里一惊，赶忙又问："他和我们市局刑侦支队的杨大江支队长是什么关系？"

美女不屑一顾地回答道："你既然知道杨支队长，就应该知道他的亲

第二十九章 "圈子"效益 257

弟弟就是我们的杨主任啊！"

梅玲一听杨大河是杨大江的亲弟弟，似笑非笑、似哭非哭地理了一下刘海，语气温和地对美女说道："对不起，大水冲了龙王庙，都是一家人嘛！"

梅玲冲着女司机使了一个眼色，从警服衣兜里掏出了两张名片，双手递给美女，向美女点了点头，歉意地说道："美女，这是我的名片，今后不管是你家里还是你们单位，有什么事情就给我打电话，梅玲立马就到！然后还得麻烦你把我的名片转交给杨主任，我明天再过来拜访他。"

梅玲拉着女司机转身走出了楼门，到了院子，还回头张望了一下楼上的窗子，既狼狈不堪，又喜出望外地离开了杨大河的律师事务所。

当天晚上，一轮皎洁的月光透过窗子，洒落在了梅玲的大床上，梅玲搂着做生意的丈夫李晓明，说道："老公，我今天发现了一个秘密！"

李晓明伸手抚摸着梅玲光滑白嫩的皮肤，问道："哦，难道是哪个地下金库被你发现了不成？"

梅玲一骨碌坐了起来，兴奋地说道："去你的，人家没跟你开玩笑，我今天发现杨大海局长的亲弟弟开了一家律师事务所。"

"我说梅玲，人家开律师事务所与你有什么关系？你半夜三更不睡觉，一惊一乍的，你要干什么？"李晓明数落着梅玲，一把抓过她的胳膊，将她从坐姿拉成了卧姿。

梅玲躺在李晓明的身边，仰望着天花板，忽闪着漂亮的眸子问道："老公，怎么能没有关系呢？你想一想，他开律师事务所的目的是什么？"

李晓明拍着梅玲的肩膀，催促道："废话，律师事务所不就是帮人家打官司的吗！你赶紧把窗帘拉上，睡觉！"

梅玲一甩李晓明的胳膊，又坐直了身子，她双手托着下巴，望着窗外说道："不嘛！今晚的月光多好看啊！我就喜欢让月亮看着我。"

李晓明翻过身去，不再理会梅玲。

梅玲目不转睛地看着夜空里那一弯明月，对李晓明说道："老公，杨大河的哥哥是市公安局的局长，按理说他不应该做与司法沾边的生意，可他却敢明目张胆地开一个律师事务所，你想没想过这是为什么呢？"

李晓明见梅玲仍在想入非非，不耐烦地说道："我说你这个人是不是有毛病？人家做什么生意，用得着你瞎操心吗？"

梅玲像日本动画片《聪明的一休》中的一休和尚一样，挠着脑袋认真地做着分析："老公，你没听明白我的意思，杨大河既然能做与司法有关的生意，就说明他要借助他两个哥哥的影响力来敛财，而他的两个哥哥既然支持他这么做，就说明他们哥儿仨都是贪财之人。"

听了梅玲的分析，李晓明坐起来，他一把搂住梅玲的脖子说道："对呀！梅玲，你说得没错，他要是敛财，我就给他介绍几个打官司的'活儿'，说不定我和他还能套套近乎，处成哥们儿呢！"

梅玲眼望着窗外的月亮说道："不会，我要是杨大河，我才不会和你交朋友呢。老公，你也不想一想，他既然有这么大的靠山，能辛辛苦苦地帮人打官司、赚小钱吗？"

李晓明不解地问："那你的意思……"

梅玲眨巴眨巴眼睛说道："我的意思是，让你老舅拿出一块地来，我要和杨大河一起办个驾校。我们双阳市每年有20多万人考驾驶证，而自己有考场的驾校只有5个，你说这是不是供不应求？这个生意是不是个大生意？"

李晓明问："那得投资多少钱啊？"

梅玲对李晓明做着解释："投资多少钱都没关系，关键得能批下来办驾校的手续，手续一旦批下来，投资的人会主动找上门的。杨大河的哥哥是市公安局长，只要杨大海一落笔，手续不费吹灰之力就能审批下来。"

夜深了，梅玲翻过来掉过去，怎么也睡不着觉，她在精心做着两个美梦：一个是该如何混进杨家的圈子，攀附上杨大海，以实现自己当副支队长的梦想；另一个是如何勾住杨大河，打着他的招牌开驾校，做大生意。

梅玲越想越兴奋，眸子里放射出了光芒，她在内心里嘀咕："如果我当上了交警支队的副支队长，我就想方设法去分管车辆管理处和驾驶员管理处，到那时候，我就可以住上别墅了。一旦住上别墅，我一个窗帘都不要，我要让月亮公公天天晚上陪着我睡觉。"

梅玲瞥了一眼打着鼾声的丈夫，脑海里突然浮现出了杨大海在主席台上讲话时候的高大形象……

第二天是个星期天，吃罢了早饭，梅玲见李晓明已经出门，便冲了个澡，换上了一件漂亮的蓝色连衣裙，又将一条金光闪闪的金项链戴在了颀长的脖子上。她对着穿衣镜反复扭动着身体，直到对自己的妆饰感到十分满意，才开车去会杨大河。

梅玲推开了杨大河律师事务所的楼门，见大厅里一个人都没有，便径直向楼上走去。

梅玲挺胸抬头、刚走到二楼，就见从二楼中间办公室里走出了一个40岁左右的中年男人。

中年男人背着手，审视着气质高雅、举止不凡的梅玲，轻声问道："你，你找谁？"

梅玲止住脚步，打量着眼前的中年人，只见他身材并不是很高，体格也不是很健壮，白净的脸上泛着光芒，眉眼倒是有几分清秀。

梅玲轻声问道："你是？"

中年男人彬彬有礼地，介绍着自己："我，我姓杨，杨大河！"

梅玲吃了一惊，心想：他就是杨大河呀，怎么看着与他两个哥哥的长相都不太一样！

梅玲心里嘀咕着，笑容满面地伸出双手说道："杨主任，我是交警支队的梅玲，昨天我来过，还给你留了一张名片，不知道你收到还是没收到？"

杨大河并没有去握梅玲的手，他很绅士将四个手指搭在了梅玲的手指上说道："哦，是梅队长大驾光临啊！请进吧！"说着，将梅玲让进了自己的大办公室，随手关上了屋门……

梅玲跟在杨大河的身后进了办公室，她瞅着古董架上琳琅满目的瓶瓶罐罐，瞧着条案上那些形态各异的怪石和玉器，觉得这里并不像办公室，倒很像是一个接待室或者展览厅。

梅玲的目光停在一面画墙上，她仅从杨大河能把一幅山水画和浴女油画并排挂在一起这一细节中，便看出了他的品位并不是很高。

杨大河坐在老板台后面的高靠背真皮座椅上,他转动了一下座椅,开口问道:"梅队长,你,你过来拖车怎么也不穿警服啊?"

第三十章

主动谄媚

梅玲坐在杨大河的对面，羞赧地低了一下头，她见自己雪白的大腿露在了裙子的外面，脸一红，翘了一下屁股，重新整理了裙摆，盖住了自己露在裙子外面的大白腿。

梅玲端正了坐姿，清了清嗓子说道："杨主任，实在不好意思，昨天我手下的民警不会说话，今天梅玲特意过来向杨主任当面道歉，还请杨主任宽宏大量，多多原谅才是！"

杨大河微笑着，语气温和地说道："没关系，我，我就是开个玩笑，梅队长不必在意。"

杨大河一边说，一边开始仔细观察起了梅玲，他发现梅玲的皮肤白皙、身材姣好，衣着搭配也十分得体，尤其她穿的那件天蓝色的连衣裙，颜色与大自然相得益彰，既简洁又洒脱，使整个人显得尤为靓丽。

杨大河又仔细瞧了瞧梅玲那张圆润的瓜子脸，发现她小巧玲珑的鼻梁和那对饱满的樱色唇瓣，既精致又迷人，竟然和他百看不厌的那位偶像明星相差无几。

杨大河轻轻舒了一口气，觉得梅玲的到来，好似给他房间里吹来了一股比空调还要凉爽的清风。

梅玲见杨大河的目光一刻不停地在自己身上扫来扫去，心里一阵暗喜。她偷看了一眼眯缝着眼睛的杨大河，将他与自己印象中的杨大海和杨大江做着比较，发现杨大河的长相与他的两个哥哥并不连相。

梅玲在脑子里将"杨家将"形象做了对比，觉得杨大海不苟言笑，脸上充斥着浩然正气，身上有一股一言九鼎的霸气，骨子里充满了令人不寒而栗的威严，看上去高深莫测；杨大江正好与他哥相反，他说话大大咧咧，一言一行都带着十足的匪气，看他一眼就自然会联想到某个黑道上的大哥。杨大河正好做了他两个哥哥的中庸，他说话慢声慢语，举止略显斯文，既不像职场上的官人，也不像社会上的俗人，与其说是一介书生，倒不如说是十足暖男。

梅玲对杨大河产生了一种好感，对完成她的"使命"也充满了信心。

梅玲转了一下头，指着墙上挂着的那幅山水画，没话找话地问道："杨主任，这幅山水画太壮观了，是你画的吗？"

杨大河瞅着那幅气势磅礴的山水画，回答道："我哪会画画啊！这是著名画家送给我大哥的风水画，大哥很喜欢这幅画，我就给他挂在了墙上。旁边那幅油画是一位油画家送给我二哥的，我就把这两幅画挂在了一起，让他们谁也别挑理。"

梅玲看着表情认真的杨大河，笑着说道："杨主任想得真周到，一看就是个做事滴水不漏的老实人。"

杨大河见梅玲夸奖自己，微笑着摆了摆手，没有去接梅玲的话茬。

梅玲见杨大河没有吱声，又换了一个话题问道："杨主任是学法律的吧？"

听了梅玲的问话，杨大河的脸上露出了惊讶的表情，他问："你，你怎么看出来我是学法律的？"

梅玲微笑着，给他戴着高帽儿："不是学法律的，谁能开个律师事务所呢？当下，很多人缺乏法律保护意识，经常上当受骗，你能替他们打官司，真是难能可贵啊！"

杨大河怔了一下，轻轻摇了摇头，他在揣摩着梅玲来找他是不是要当什么官儿。因为，凡是到他这里来的警察，都是来给他送钱跑官儿的。

过了一分多钟，杨大河挺直了腰板，问道："你，你这个人挺会说话啊！说吧，你，你今天来找我，有什么事儿吗？"

梅玲这次才听出来，杨大河在说"你"的时候，多少有那么一点儿口吃，她见杨大河没有正面回答她的话，接着她刚才的话茬问道："杨主任，我说的不对吗？"

杨大河见梅玲还在问他律师事务所的话题，不好意思地解释道："梅小姐，你，你误会了，我们这个律师事务所是专门为大企业、大公司做诉讼代理的，也就是帮助他们打一些难度比较大的官司。"

杨大河故意停顿了一下话语，眯缝着眼睛看着梅玲的表情，言外之意是：你想当什么官儿就直接说，用不着绕弯子。

梅玲又笑了，杨大河发现她笑时露出的两个小酒窝非常迷人，于是说道："不过，我们公司也愿意为梅小姐提供一些帮助和服务。"

梅玲觉得杨大河说话很诚实，于是，自言自语道："哦，我明白了，原来贵公司是围绕我们两位领导的影响力来开展业务啊！"

听了梅玲直来直去的话，杨大河心里很不舒服，因为，凡是到他这里来买官儿的警察，说话唠嗑都很含蓄，根本就没有像她这样打开天窗说亮话的，于是他翻了翻眼皮问道："梅小姐，你这话是什么意思？"

梅玲见杨大河不高兴了，知道自己说话太露骨，又开始拍起了马屁："恕我直言，我发现杨主任是一个很有思想的人，所以劝你做一些你自己喜欢的事情，别总生活在别人的影子里……"

杨大河微微皱了一下眉头，他托着下巴问："梅小姐，我怎么听你的话有点含沙射影的味道，你到底是来干什么的？"

梅玲咯咯笑着说道："杨主任，我是管交通的，这次来是要给你办点实事。我已经与设施大队打好了招呼，他们明天就派人给你们公司门前画上停车位，让来你们这里办事儿的人，有停车的地方。"

杨大河脸上露出了笑容，他向梅玲拱了拱手，说道："梅队长，谢谢啦！不瞒你说，我们门前的停车秩序确实很乱，可人家都是慕名而来的企业家，我们实在不好意思对人家吆五喝六，让他们把车停规矩呀！你，你能给我门前画上停车位，真是想人之所想、急人之所急啊！"

梅玲见杨大河对自己产生了好感，知道是她画停车位这个"大礼包"拉近了他们之间的距离，她要接上下文，再抛出一个更大的"大礼包"，与他建立起一个密不可分的"统一战线"，来实现自己既当官又发财的崇高理想。

梅玲来了兴致,她眉飞色舞地说道:"杨主任,这点小事儿算不了什么,这只是梅玲为杨主任服务的一个小项目,接下来我还有一个更大的服务项目要献给杨主任呢。"

杨大河对梅玲的话表现出了兴趣,他往老板台前欠了欠身子问道:"什么大项目?"

"我的这个项目是……"梅玲故意放慢了说话的语速,她要让杨大河跟上自己的思路,再向他描绘出昨天晚上精心设计了一整夜的宏伟蓝图。

杨大河见梅玲不吱声了,有些着急地问:"梅小姐,看你这个人是个挺爽快的人,怎么说起话来吞吞吐吐的,一会儿我还要接待重要的客人呢!"

梅玲看了一眼手腕上的手表,见时间已经快到中午了,她提鼻子一闻,不知道从哪里飘过来了一股菜肴的香气,立即明白杨大河中午要在这里安排饭局。

梅玲的脑海里闪过了毛雨辰和杨大江勾肩搭背前来就餐时候的身影,明白能来此就餐的人绝非等闲之辈,便想拖延一下时间,最好能蹭个饭局,于是故意慢悠悠地问道:"杨主任,还记得刚才我好像问过你,是不是学法律的吧?"

杨大河好奇地看着梅玲,回答道:"你,你好像是问过,不过我不是学法律的,我原来在双阳大学后勤处当过采购员,是给学校买东西的。"

梅玲一听杨大河是采购员出身,立刻来了精神,她心里十分清楚,只要当过采购员的人就都有过"雁过拔毛"和"薅羊毛"经历。既然杨大河有过这种经历,就一定会对她的诱饵感兴趣,而一旦他咬住了我抛出去的这个诱饵,这条大鱼不就自动上钩了吗?想到这儿,梅玲大着胆子开始推介她的大项目:"杨主任,不知道你对驾驶员培训学校是否了解?"

杨大河被梅玲这句摸不着边际的话弄得有些莫名其妙,他心里在想,你不就是到我这里来买官儿的吗?何必东拉西扯说这些没有用的事情呢?

杨大河有些不耐烦了,他急着问:"你,你到底要说什么?我一会儿还有事儿呢。"

梅玲并不着急，她尴尬地笑了一下说道："杨主任，我刚参加公安工作那会儿，正好被分配到了交警支队驾驶员管理处当考官，所以我对驾驶员培训考试这块业务相当了解，我觉得驾校是一个非常赚钱的好项目。"

杨大河"嗯"了一声，没好气地说道："驾校赚不赚钱，跟我没有什么关系！"

梅玲见杨大河没有领会她的意图，继续推销道："杨主任，你可千万不要小瞧了驾校，你可能不知道，双阳市现在的机动车保有量已经超过了200万辆，而且每天还在以300多辆的速度持续增长。"

杨大河晃了晃脑袋，打断了梅玲的话："车辆增长不增长和我还是没有什么关系啊！"

梅玲赶忙解释："杨主任，随着车辆的增长，双阳市每年新增加的驾驶员人数也超过了10万人，而这10多万名新驾驶员都要集中在5家驾校，参加报名考试，最后取得驾驶证。"

杨大河看了看手表，摆手说道："梅小姐，我对你说的话毫无兴趣……"

梅玲见杨大河要送客，急忙打断他的话。她将拇指往手心里一扣，竖起四个手指说道："杨主任，每个学员报考驾校的报考费差不多是4000元，而驾校实际上缴财政的报考费只有700多元。也就是说，驾校收了学员的4000元报考费以后，去掉上缴财政和培训每个学员实际发生的费用，驾校从每个学员身上都能获得1500元以上的纯利润。"

杨大河皱着眉头听着梅玲对他的讲解，此时，他才明白梅玲不是来买官的，还隐约感到梅玲向他推介的大项目，就是要让他开个驾校。

杨大河微闭二目略微思考了一下，也顾不上继续欣赏梅玲脸上的小酒窝了，他板着脸说道："梅小姐，我明白了你的意思，不过，我对你向我推介的这个大项目确实不感兴趣。"

梅玲见杨大河对她的第二个"大礼包"不感兴趣，立马用采购员司空见惯的"薅羊毛"做了形象的比喻："杨主任，你不感兴趣的原因是因为你忘了'薅羊毛'的乐趣。我给你打个比方，假如报考驾驶证的学员都是'小绵羊'，驾校老板就是在羊群里'薅羊毛'的那个人，而每薅一根羊毛就如同从学员兜里抽出了'咔咔'响的金票子。如果你每年'养'了1万只'小绵羊',你薅到手的'票子'就是1500万元的真金白银啊!"

杨大河站起身来,刚做出"送客"的手势,突然又停住了手,他瞪大了眼睛问道:"1500万?能赚到这么多的钱?"

梅玲见杨大河动心了,兴奋地说道:"杨主任,我说的这个数还是个保守的数字,如果学员招生数量增加了,那就远不止这个数字。"

杨大河一屁股坐了下来,在脑海里消化着梅玲的"大礼包"。

过了一会儿,他问梅玲:"开驾校需要有很大、很大的场地吧?"

梅玲见杨大河要咬钩,急忙竖起大拇指和小拇指,说道:"超过60亩土地就可以。"

梅玲见杨大河在摇头,急忙点头说道:"我舅舅在农村当村主任,他手头有现成的土地,你要是感兴趣的话,我可以介绍你和他合作!"

杨大河又问:"那么,又需要多大的投资呢?"

梅玲不假思索地回答道:"买教练车,修建练车场地,大概有1000万的投资就差不多了。"

杨大河摇头说道:"1000万?你,你让我上哪儿去弄那么多的钱?"

梅玲笑了笑,说道:"杨主任的生意这么好,投资个千八百万也不算什么啊!"

杨大河摊着手,说道:"生意再好,跟我有什么关系?好了,你可以走了,我还有事儿呢。"

梅玲见杨大河下了逐客令,一把握住他的手,低声说道:"杨主任,投资不是难事儿,等项目审批下来,投资的人就会主动上门来找你的。"

杨大河的手像过了电似的"突"了一下,他低头瞅了一眼梅玲纤细的手背,下意识地将另一只搭在了梅玲的手上。此时,他突然闻到了梅玲身上散发出的香水味道。

杨大河深吸一口迷人的香气,觉得这件事情似乎挺靠谱,便问:"项目怎么能够审批下来?"

梅玲攥了一下杨大河的手,忽闪着长长的眼睫毛说道:"项目审批就更简单了，只要大海局长在申请报告上签个字，就 OK 了。"

听了梅玲的表白，杨大河方才恍然大悟，原来梅玲折腾来、折腾去，还是在打他大哥的主意！杨大河下意识地抚摸了一下梅玲的嫩手，笑着说道："哦，是这样啊！难怪梅小姐把这么赚钱的大生意推荐给我了呢！既然审批的事情归公安局管，一会儿，我大哥请一个朋友过来吃饭，我当面问问他行不行，再联系你。"

两人正说得起劲儿，门口传来了一阵脚步声。杨大河站起身来对梅玲说道："你走吧，我大哥来了！"

梅玲一听来人是杨大海，心里一阵狂跳，急忙把脸扭向门口，瞬间便露出了喜出望外的表情。

她站起身来，刚整理了一下自己的裙子，就见杨大海推门而入，在他的身后还跟着一个长相和电影《小兵张嘎》里的胖翻译官如出一辙的胖男人。

杨大海看见了梅玲，先是一愣，接着问道："你是？"

杨大河不等梅玲做自我介绍，赶忙把手搭在了梅玲的肩膀上，说道："大哥，她是我的朋友，交警支队的……"

梅玲脸一红，向杨大海敬了一个标准的军礼，爽快地说道："杨局长好，我是交警支队女子勤务中队的中队长梅玲。"

跟在杨大海身后的林鑫鼎被梅玲的小酒窝深深吸引，他不等杨大海说话，主动伸出手，一把握住了梅玲纤细的嫩手，自我介绍道："哦，原来是一位美女警官啊！我是双阳市鑫鼎财富投资管理有限公司的董事长，我叫林鑫鼎。"

杨大海轻轻地"咳"了一声，拍着杨大河的肩膀，对林鑫鼎介绍道："林校长，这是我一奶同胞的弟弟杨大河。"

林鑫鼎赶忙又过来抓住杨大河的手，使劲儿摇晃着说道："大海局长的弟弟就是我林某的弟弟，我的公司是双阳市最大的信贷公司，别的事情我办不了，用钱的事情你尽管吱声，用个千八百万的现金，老弟上午说话，下午钱就能到位。"

梅玲扬起眉毛，瞟了一眼杨大河，用眼神在问：怎么样？不用说，钱就自动来了吧?

杨大河看懂了梅玲的眼神,微笑着点了点头。梅玲在他点头的瞬间,仿佛看到了一条咬了钩的大鱼,正在她的鱼竿下活蹦乱跳。

梅玲背过手,礼貌地对杨大海轻声说道:"杨局长,你们还有事儿,梅玲就告辞了。"她嘴上说着,可脚下却没有挪动半步。

林鑫鼎一听梅玲要走,他看了一眼杨大海,对梅玲说道:"梅警官是杨局长的部下,哪有部下不陪领导喝酒的道理?一起吃个午饭吧!"

杨大河见林鑫鼎在挽留梅玲,也随声附和地伸手做了"请"的手势,走进了门口的专用电梯。电梯"唰"的一声把他们送到了三楼。

四个人在三楼的小餐厅里落了座,杨大河指着餐桌上已经摆好的进口红酒,问林鑫鼎:"林董事长,您喝什么酒?"

林鑫鼎瞅了瞅身旁的杨大海和梅玲,风趣地说道:"我听人民警察的,你们让我喝什么,我就喝什么!"说罢,自己哈哈地笑出了声。

杨大河给林鑫鼎和梅玲各倒了一杯红酒,站起身来说道:"欢迎林董事长大驾光临,我大哥不喝酒,我代劳,敬林董事长一杯。"

梅玲见杨大河喝光了杯中酒,扭过脸儿,用手遮挡了一下酒杯,也将自己酒杯中的红酒喝了个精光。

林鑫鼎轻轻地拍着巴掌,连声夸奖着梅玲的酒量,三人痛快地喝着酒,只有杨大海在自斟自饮喝着茶水。

梅玲几杯酒下肚,漂亮的脸蛋微微泛起了红晕。她见杨大海隔着金丝边眼镜在偷眼看自己的前胸,理了理额头的刘海,站起身来对杨大海说道:"梅玲今天能和局长大人一起喝酒,真是受宠若惊,我单独敬局长一杯。"

杨大海脸上露出了一丝不易察觉的微笑,他给自己面前的空酒杯里倒了一点儿红酒,假装矜持地抿了一口,又把酒杯放回了原处。

林鑫鼎将目光投到了梅玲红雾遮盖的漂亮脸蛋上,他举起酒杯对杨大海和梅玲说道:"杨局长,请允许我敬我最敬爱的人民警察一杯。"

林鑫鼎喝着酒,两只小眼睛一刻不停地瞟着梅玲。突然,他脑子一转,拍着梅玲的后背,说出了一句十分敏感的话题:"杨局长,你不是一直缺少一个既能说会道，又能为你独当一面的办公室主任吗？林某今天向你隆重地推荐这位梅玲警官。"

　　林鑫鼎见杨大海没有表态，像老熟人似的，冲梅玲挤挤眼睛，说道："梅警官，我可向杨局长推荐你了，他同意不同意，可全靠你自己的表现了……"

第三十一章

如愿以偿

梅玲见杨大海不动声色地端起了茶杯，表情虽然没有什么变化，但对林鑫鼎的推荐似乎并不反感，心里即刻泛起了狐疑：难道提拔处级干部这么重要的事情，也会在酒桌上轻松"搞定"吗？

梅玲将目光又投了林鑫鼎，只见他抿着嘴坏笑，好像在等着她在杨大海面前做出"表现"来。

梅玲深谙林鑫鼎这句"表现"的含义是什么，但她怎么也不能在大庭广众之下去搂杨大海的脖子吧？梅玲的大脑在飞快转动，几秒钟以后，便想出了一个用酒量来展示自己的办法。

梅玲挺了挺胸脯，拿起餐桌上的一瓶双阳白酒，对端菜过来的服务员说道："兄弟，麻烦你帮我把这瓶酒打开，顺便再给我拿一支吸管过来。"

时间不长，服务员将开了瓶盖的白酒和一支吸管送到了梅玲面前。

梅玲将吸管往酒瓶子里轻轻一插，向前倾了倾身子，对林鑫鼎说道："谢谢林董事长能向杨局长推荐我，请问，您让我怎么'表现'？"

林鑫鼎被梅玲又是要开酒，又是要拿吸管的举动，弄得有些莫名其妙，刚才，他之所以要向杨大海公开保举梅玲，只是为了试探一下杨大海对他在公安内部推荐干部是否反感。因为他不能满足杨大海仅仅把他看成是吃吃喝喝的酒肉朋友，而是要抓住杨大海感激他为之除掉陈小文的契机，把自己在公安局的几个好哥们儿都安插到重要岗位上来，并不是想要梅玲真做出什么举动来。

林鑫鼎见梅玲在问他，不知道她要起什么"幺蛾子"，指着酒瓶子没好气地说了一声："喝一半！"

林鑫鼎的话音未落，餐桌上的三双眼睛"唰"的一下，都盯住了梅玲。杨大海还在心里为她担起了心。

梅玲瞥了一眼酒瓶子，毫不畏惧地点了点头。只见她将刘海往脑后一捋，叼住了吸管，开始"嗖嗖"地往嘴里吸着白酒。不大一会儿工夫，一瓶白酒就只剩下了一半。

梅玲轻轻咳嗽了一声，从容地对林鑫鼎说道："林董事长，梅玲的'表现'还算可以吧？"

杨大河在一旁傻愣愣地看着梅玲一口气喝完了半瓶白酒，赶忙递给她一瓶矿泉水，然后又带头轻轻地拍起了巴掌，嘴里连声称赞："女中豪杰，女中豪杰！"

杨大海看了看梅玲视死如归的表情，一向严肃的面孔也露出一丝难得的微笑。他给自己的酒杯里倒了半杯红酒，不等林鑫鼎表态，抢先对他说道："林校长，梅玲的表现不错，该轮到你喝酒了！"

林鑫鼎见杨大海夸奖起了梅玲，看出他对梅玲产生了好感，顿生妒忌之心。他没有去接杨大海的话茬，而是指着梅玲剩下的那半瓶子白酒，眨了眨眼睛，狡黠地说道："梅玲警官，我刚才说的一半，指的是这瓶酒的后一半！"

梅玲脸色顿时变得煞白，她心想：没有前一半，哪来的后一半？这不是让我喝光一整瓶白酒吗？

杨大海见林鑫鼎在起高调儿，一口喝光了自己酒杯里面的红酒，又指着林鑫鼎的酒杯，说道："林校长，快点干杯啊！"

林鑫鼎见杨大海催他喝酒，轻轻摇晃他酒杯里的红酒，对杨大海说道："我在等着和梅警官一起喝呢。"

梅玲见林鑫鼎对她不依不饶，又偷眼看了一眼正在注视她的杨大海，叼住吸管，头也不抬地"咕嘟、咕嘟"吸光了剩下的那半瓶白酒。

杨大河见梅玲两口就喝光了整整一瓶白酒，又递给了梅玲一瓶矿泉水，关心地说道："梅警官，你，你这么喝酒，会喝坏身体的！"

梅玲扭头看了看杨大河，从杨大河惊诧的眼神中仿佛看到了他对自己的认可。几天前，杨大江搂着毛雨辰的肩膀并肩走进这座小楼时候的情景仿佛出现在了眼前，当时她是多么羡慕毛雨辰能和"杨家将"走到一起啊！后来，当梅玲了解到这座小楼就是"杨家将"的府邸时，曾一遍遍地问着自己：我梅玲哪一点不如毛雨辰？为什么他能进的"圈子"，我就进不来？此时此刻，梅玲眼眶变得有些湿润，她不但感觉到了杨大河对她的关心，还觉察到杨大海在内心里也已经接受了她。

杨大海见梅玲两口喝掉了一整瓶的白酒，顿生怜香惜玉之心。他见林鑫鼎色眯眯的眼神儿总是在梅玲身上打转，生怕林鑫鼎又打梅玲的坏主意，让她在大庭广众之下出丑，便站起身来对林鑫鼎说道："林校长，我还有点事情，咱们改日再聚！"

杨大海说着，拍了拍林鑫鼎的肩膀，几乎是推着林鑫鼎走出了餐厅。

林鑫鼎很不情愿地被杨大海"推"出了杨大河的律师事务所，他见自己试探杨大海的用意被梅玲节外生枝的"表现"搅了局，心里很不高兴。

林鑫鼎眯着眼睛坐在轿车的后座上，脑海里反复再现着梅玲用吸管"表现"时候的神情和她见到杨大海时谄媚的表情，突然又产生了一个坏主意：既然这位女警官想攀附杨大海，我为何不捷足先登，以促成她升迁为诱饵，再用金钱当饵料，趁机让这条"美人鱼"上钩，使她率先成为我自己的人，然后再把她派到杨大海的身边……

想到这儿，林鑫鼎马上给自己的亲信李强所长打电话要来了梅玲的电话号码，直接拨通了她的电话。

此时，梅玲正在犹豫是借助杨大河与杨大海的兄弟关系，还是利用林鑫鼎与杨大海的友情关系贴靠上杨大海，就听到手机响起了清脆的铃声。

梅玲接通了电话，一听是林鑫鼎的声音，眼前顿时一亮，于是爽快地接受了他的邀请。

半小时以后，林鑫鼎刚走进他在双阳大厦预定的歌吧包房，就听见身后传来了轻轻的敲门声。他回头一看，只见梅玲落落大方地推门而入。

林鑫鼎笑嘻嘻地握住梅玲伸过来的手，眉飞色舞地说道："梅警官果然是女中豪杰，我要是喝了一瓶白酒早就不省人事啦，可你依旧是神采飞扬。

佩服啊！佩服！"

梅玲虽然也有了些醉意，但头脑还是非常清醒。她见林鑫鼎的目光总是在自己的胸前打转，还利用与她握手的机会，在用手指勾她的手心，便明白了林鑫鼎找她过来唱歌，是不怀好意。

梅玲心想，既然你心里藏着花心，那老娘今天就给你使个美人计，不但让你帮我升官，还得让你帮我发财。

林鑫鼎拉着梅玲的手，坐在了歌吧的双人沙发上。他端着一杯满是泡沫的外国啤酒，对梅玲改口说道："梅小姐，感谢你赏光，林某敬你一杯！"

梅玲坐在林鑫鼎的身边，一小口一小口地喝着杯中的啤酒，等她慢慢悠悠地将杯中的啤酒喝完时，林鑫鼎已经一瓶酒下肚。

林鑫鼎又开了一瓶啤酒，一边给梅玲倒酒，一边没话找话地说道："梅小姐，你刚才用吸管喝白酒的场景太精彩了，看得我都傻眼了！"

梅玲微微一笑，露出了整齐的皓齿，她与林鑫鼎碰了一下酒杯，摆着兰花指吹嘘道："林董事长，梅玲出生在内蒙古的大草原，小时候和我父亲一起去放牧的时候，我骑在马背上都能陪他喝酒。对我来说，喝酒和喝马奶也没有什么不同！"

听了梅玲的话，林鑫鼎惊得倒吸一口凉气，连忙举着大拇指恭维道："哦，怪不得梅小姐这么有酒量，闹了半天你是蒙古族啊！"

梅玲一杯啤酒下肚，觉得胃里舒服了许多。她放下了酒杯，认真纠正着林鑫鼎的话："林董事长，您说错了，在我们家里，只有我妈妈是蒙古族，我和我爸爸都是汉族。"

林鑫鼎不好意思地拍了拍自己的嘴巴，说道："哦，看我这张臭嘴，连句话都说不明白，原来我们都是汉族啊！那我们就是一家人啦！"说完，他还趁机往梅玲的身边挪动了一下屁股。

两人推杯换盏喝了几杯啤酒后，林鑫鼎觉得有必要了解一下梅玲的身世，便与她拉起了家常："梅小姐，你家住在内蒙古的哪个旗？你父母都是牧民吗？"

梅玲一听林鑫鼎问起了她的父母，心里一阵难受，她喝了一口酒，说道：

"34 年前，我出生在内蒙古的巴林左旗，在我上小学的时候，爸爸就去世了。他在去世前千叮咛万嘱咐，让我一定要考上大学，为我们梅家光宗耀祖。我妈妈为了能让我上学，带着我改嫁到了镇上。继父对我妈倒是挺好，可他家的两个孩子总是打我、骂我，我妈妈看不过我受他们欺负，就毅然与继父离婚，带着我来到巴林右旗，嫁给了当地一个有钱人，目的就是供我上大学。可这个继父是个'酒蒙子'，每次醉酒后都折磨我妈妈，他还当着我妈妈的面……唉，不说了！一提起往事，我心里就特别难受。"

林鑫鼎见梅玲有些哽咽，轻轻抚摸她的手背安慰道："想不到梅小姐的经历这么坎坷，难怪你这么有出息呢！"

梅玲的眼窝有些湿润，她接着说道："就这样，我妈带着我颠沛流离，过着寄人篱下的生活，终于供我上了大学。我考上警院以后，虽然没有人敢再欺负我，可同学们见我是来自草原的牧民家庭，又戴着高度的近视眼镜，都不待见我，没有一个人和我这个'瞎子'交朋友。毕业后，我为了能够留在双阳这座大城市，很不情愿地嫁给了比我大很多的警院工作人员，就这样，我靠着我公公当厂长的人际关系，才进了双阳市公安局，当上了一名交警。"

林鑫鼎静静地听着梅玲的述说，好奇地问："这么说，你老公也是干公安的了？"

梅玲"哼"了一声，撇嘴说道："他呀，原来是公安，后来出事被公安局给开除了。"

林鑫鼎下意识地点了点头，又盯着梅玲的眼睛问道："梅小姐，我怎么看不出你是高度近视？"

梅玲眨了眨眼睛，指着自己忽闪着的假睫毛，说道："林董事长，你仔细看，能看出来我这里有隐形眼镜吗？"

林鑫鼎见梅玲让他看眼睛里面的隐形眼镜，故意将大圆脸凑到了她的面前，转动着眼珠子，不去看梅玲的眼睛，倒是盯着她鼓鼓的胸脯。一边看，还一边说："不错，不错啊！"

梅玲见林鑫鼎不怀好意，站起身来说道："林董事长，您不是请我唱歌吗？您先唱一首吧！"

林鑫鼎正要动手去抚摸梅玲的胸脯，见她突然站起身来给他拿过了麦克风，十分扫兴地瞟了一眼梅玲，继续勾引："梅小姐真是一个美人，我就把《爱江山更爱美人》这首老歌唱给你听吧。"

站在包房的大屏幕前，眼睛盯着屏幕上滚动的歌词字幕，声嘶力竭地"嚎"起了他见到任何女人都必唱的歌曲《爱江山更爱美人》：

"……好儿郎，浑身是胆，壮志豪情四海远名扬，人生短短几个秋啊，不醉不罢休，东边我的美人哪，西边黄河流，来呀来个酒啊，不醉不罢休，愁情烦事别放心头。"

梅玲站在林鑫鼎的身边，极力忍受着他鬼哭狼嚎般的歌声，林鑫鼎一会儿把手搭在梅玲的肩上，一会儿又搂着梅玲的细腰，那双色眯眯的小眼睛总是不停地在梅玲的胸前打转。

林鑫鼎自我陶醉地唱着，当他唱到"愁情烦事别放心头"的结尾之处时，还"啪啪"地拍起了巴掌。

林鑫鼎把麦克风往梅玲手里一搁，弯腰伸手，做出了一个"请"的姿势说道："下面就请梅小姐展示一下动人的歌喉吧！"

梅玲接过话筒，点了一首草原歌曲《雕花的马鞍》，屏幕上出现了牧民在大草原上策马扬鞭的场景。她整理了一下连衣裙，伴着马头琴的旋律，深沉地唱了起来：

"在我很小的时候，很小的时候，有一只神奇的摇篮，神奇的摇篮。那是一副雕花的马鞍，啊……嗬嗬……伴我度过金色的童年，金色的童年。

"当阿爸将我，扶上马背，阿妈发出亲切的呼唤，马背给我草原的胸怀，马背给我无名的勇敢，雕花的马鞍啊……成长的摇篮。"

梅玲一边唱歌，一边翩翩起舞，她飘摆起来的裙子和裙子里面的大白腿，差一点儿把林鑫鼎的眼珠子都吸引得冒出了眼眶。

林鑫鼎使劲儿咽着唾沫，被"美人鱼"馋得直流口水。

梅玲用眼睛的余光看到了林鑫鼎直勾勾的眼神儿，她妩媚地笑着，继续扭动着腰身，寻找着"直奔主题"的时机。

梅玲结束了歌舞,她把麦克风往茶几上轻轻一放,拿过两整瓶的啤酒说道:"林董事长,感谢您今天能在杨局长面前给了我一个攀登'金字塔'的机会,咱俩'吹'一瓶,怎么样?"

听了梅玲的话,林鑫鼎愣了愣神儿,他往鼻梁上推了推眼镜框,举着手中的整瓶啤酒,不解地问:"梅小姐,林某没明白你说的'金字塔'是什么意思?"

梅玲轻轻咳嗽了一声,对林鑫鼎解释道:"双阳市的公安队伍就好比是一座'金字塔',最底层数以万计的基层民警是塔基,杨局长就是塔的巅峰。在杨局长和塔基之间有着副科、正科、副处、正处这四个层级,像我这样的小科长好不容易爬到了这座'金字塔'的中间,如果上不了副处这一级,就再也没有机会向'金字塔'顶端攀爬了。所以,今天林董事长能在杨局长面前推荐我当办公室主任,我心里特别感动。"

梅玲说着,咚咚咚地喝光了一整瓶啤酒。

林鑫鼎听懂了梅玲"金字塔"的含义,他拍着胸脯马上表态:"梅小姐,不就是解决个'副处'吗?我林某一包到底。"

梅玲见林鑫鼎拍着胸脯,又将举起来的酒瓶子放回了原处。她假装没看见林鑫鼎玩的小把戏,趁机又将了他一军:"谢谢林董事长,不过,公安局队伍太大,想当官的人又太多,这件事情恐怕不是轻而易举就能办成的,您也不必太为难!"

林鑫鼎见梅玲似乎不太相信他的话,便指着自己的鼻子说道:"梅小姐,我和杨大海的关系你不知道,我说话他不敢不听。"

林鑫鼎见有些失语,赶忙又补充道:"梅小姐,我和杨局长的交情少说也有二三十年,我说话他不能不听,当个办公室主任绝对不在话下。"

梅玲见林鑫鼎表态十分诚恳,又联想到他在杨大海面前说话也并不低三下四,意识到自己的"副处"梦想即将成真,于是搂住林鑫鼎的脖子,小声说道:"林董事长,梅玲可不愿意当什么办公室主任,您要诚心帮我,就帮我运作交警支队的副支队长吧!"

林鑫鼎见梅玲主动搂上了自己的脖子,趁机摸着她的胸问:"在机关

第三十一章 如愿以偿 277

当办公室主任，风吹不着雨淋不到，多好啊，干吗非得当交警？"

梅玲微微一笑，含情脉脉地说道："林董事长，我要当交警支队副支队长，不是为了我自己，我是在为您着想啊！"

林鑫鼎懵懵懂懂地问："你说什么，是为我着想？"

梅玲娇嗔地说道："那当然喽，如果您能帮我运作成交警支队的副支队长，我就能帮着您开一个驾驶员培训学校。您一旦开了驾校，每天就能日进斗金！您说，这是不是为了您呢？"

听了梅玲的话，林鑫鼎眉头一皱，心想：这个美女警官除了当官以外，难道还另有所图？便问："开什么驾校？"

梅玲见林鑫鼎没有领会她的意图，开始给他"上课"："林董事长，你知道双阳市现在的机动车保有量是多少吗？"

林鑫鼎摇晃着大脑袋，不屑一顾地说道："不知道，有多少车辆跟我又有什么关系？"

梅玲又往林鑫鼎的身旁挪动了一下屁股，伸出两个手指头说道："我们双阳市目前的机动车已经超过了200万辆，而且每天还在以300多辆的速度在持续增长。"

林鑫鼎不知道梅玲葫芦里面卖的是什么药？他问："车辆增长不增长和我还是没有什么关系啊？"

梅玲微微一笑，继续启发道："林董事长，随着车辆的增长，双阳市每年新增加的驾驶员人数也超过了10万人，而这10万新驾驶员都必须到驾校去报名、考试才能取得驾驶证。报考驾校的报考费差不多是每人4000元，而驾校实际上缴财政的报考费只有700多元。也就是说，驾校去掉上缴财政和培训每个学员实际发生的费用，从每个学员身上都能获得1500元以上的纯利润。"

林鑫鼎瞪大了眼睛问："哦，有这么大的利润？"

梅玲点着头，十分肯定地说道："那可不，开驾校一年的毛利润不会少于1000万元的。"

林鑫鼎习惯地摘下黑框圆眼镜，眯缝着小眼睛看着梅玲，一下子明白过来眼前这个美女警官不但要当官，而且还要发财，于是他揉了揉眼睛问道："这么说，驾校是一个暴利的行业喽？"

梅玲又"哼"了一声，说道："是不是暴利我不敢说，反正投资这个生意一点儿风险都没有。"

林鑫鼎听出了梅玲要让他投资开驾校的话外之音，问道："梅警官，投资驾校需要多少钱？"

梅玲见林鑫鼎明白了自己的用意，开始给他"画饼"："买50辆教练车，再修建4个科目的考试场地和练习场地，也就是1000多万元吧。"

林鑫鼎眨巴眨巴眼睛，心生了一个一箭双雕的计谋，他觉得如果自己射出1000万元这支箭，去开驾校，既能射中梅玲，让她为自己在杨大海身边充当卧底，又能拴住杨大河让他去给自己赚钱，何乐而不为呢？于是，他一把将梅玲搂在了怀里，欲擒故纵地说道："梅警官，我对这个生意不感兴趣。"

梅玲见自己磨破了嘴皮子燃起的希望之火，被林鑫鼎一泡尿就给浇灭了，幸福的笑脸就像门帘子一样，"啪嗒"一下撂了下来。

林鑫鼎察觉到了梅玲的表情变化，又趁机将手伸进梅玲的裙子里，对着她的耳朵说道："不过，你可以去找杨大河一起做，如果他答应与你一起开驾校，我可以给你们出这笔资金……"

第三十一章 如愿以偿

第三十二章

埋下祸根

梅玲的丈夫李晓明开着一辆崭新的黑色奥迪轿车，正疾速行驶在通往双阳市郊区李家窝棚村的公路上。他的目光虽然瞅着通向远方的路，可脑海里却始终浮现出妻子梅玲不敢与他对视的那种异样眼神。

常言道：男人有钱便出轨，女人出轨便有钱。李晓明觉得这句话说得很有道理，否则，妻子最近一个时期以来，是不会像中了彩票一样幸运的。

李晓明不知道是什么人给梅玲买的这辆奥迪轿车，也不清楚是什么人把副支队长的官帽戴在了她的头上，更不晓得她天天晚上都在与什么人一起喝酒到深夜。只觉得妻子的脾气、官气，一天比一天大，对自己的体贴却不如从前那样细致入微了。

男人有男人的直觉，尤其是在夫妻生活方面就更加敏感。李晓明不是个傻蛋，每当他看到梅玲半夜三更回到家里倒头便睡，根本无视丈夫存在的时候，心里就明白了可能发生了什么事儿。他觉得照这样下去，离婚也就是早一天晚一天的事儿。

"丁零零，丁零零"，李晓明的思绪被一阵电话铃声打断，他瞥了一眼手机屏幕上的来电显示，不情愿地接听了电话。

"老公啊！你见到你老舅以后，一定要表达我对他的亲切问候！"手机里传来了梅玲熟悉的声音。

李晓明十分讨厌梅玲说话时的语气，他觉得梅玲在称呼老公时候的语调很生硬，甚至能够感觉到梅玲给他打电话时的傲慢神态，于是冷冰冰地回怼道："我说梅玲，你能不能不装腔作势？你还真把自己当成多大的领导啦？"

梅玲见李晓明挖苦自己，提高了声调说道："李晓明，你听好了：第一，不要对你老舅说我参与了这件事儿。第二，不要对他讲是什么人要做驾校这个生意。你老舅嘴没个把门的，传出去对我、对投资人的影响都不好。你只要把60亩地替我买到手或者租下来，就算完成任务了。你听懂没有？"

梅玲不等李晓明回答，"啪"的一声挂断了电话，她把手机往办公桌上一甩，一屁股坐在办公桌后面高大的真皮座椅上。

"当当当"，办公室的门口传来了敲门声。梅玲挺了挺腰板，说了一声"请进"，一本正经地坐直了身子。

"梅支队长，省交管局发来一份《推进驾驶人考试正规化》的会议通知，您是分管驾校工作的领导，省局点名让您参加会议，会议的时间和地点都在上面写着呢。"交警支队办公室文书一边说着，一边将会议通知递到了梅玲的手中。

梅玲瞥了一眼会议通知，对文书说道："省交管局动不动就出'幺蛾子'，你通知考试科科长去参加会议就行了。"

听了梅玲的安排，文书愣了一下，她看了看会议通知，又瞅了瞅傲气十足的梅玲，轻声提示道："梅支队，派科长到省里参加会议，这样恐怕不妥吧。"

梅玲将身子往高靠背皮椅上使劲儿一靠，瞪大眼睛对文书说道："我可没有时间去听他们那帮官僚瞎白话，你按照我的要求去做就行了。"

梅玲目送文书走出了她的办公室，一想，我就是不参加会议，也不能让上级机关挑出毛病来。于是，她又拿出手机，给省交管局的领导打了电话，瞎编了一个理由，就算请了假。

梅玲将头靠在了座椅上，开始想心事。

"叮咚"，梅玲的手机响起了微信的提示音，她斜了一眼手机微信，见给她发微信的人是杨大海，一把将手机捧到了眼前。

"宝贝儿，晚上陪我去打麻将。"梅玲看着微信上面的文字，知道这是一条暗语，便立即回复了一个红嘴唇。

放下手机，梅玲定了定神，她扭头看了一眼窗外，又给李晓明发了个

第三十二章　埋下祸根　281

微信:"老公,市局通知晚上有任务,今晚不能回家了。"

发完微信,梅玲走到衣柜前,打开衣柜,开始挑选晚上要穿的衣服。

梅玲换好了自己满意的裙子,看了一眼手表,见时间刚到中午,只好吐了一下舌头又马上脱掉了裙子,重新换上了警服,回坐到了真皮靠背椅子上。

梅玲刚摆正坐姿,手机又响起了清脆的铃声,她见来电人是林鑫鼎,又赶忙接听了电话。

林鑫鼎在电话里大声说道:"梅支队长,晚上我要请一个重要的客人吃饭,你得过来给我撑个场面。"

梅玲想到了杨大海刚才给她发来的微信,在电话里撒着谎:"林董事长,实在对不起,晚上局里有任务,恐怕脱不开身,实在抱歉啦!"

林鑫鼎不高兴地说道:"你有什么任务?是不是要和杨大海去约会?我可告诉你,你和杨大海逢场作戏可以,但是不能和他动真格的,晚上必须准时过来。"

梅玲见林鑫鼎挂断了电话,心里一阵忐忑,她正在想着如何在林鑫鼎和杨大海之间周旋,突然又听见桌子上的手机响起了铃声。

梅玲下意识认为这是林鑫鼎的回拨电话,赶忙抓起手机,柔声细语地说道:"林董事长……"

李晓明一听梅玲在电话里娇滴滴地叫着"林董事长",立即呵斥道:"林董事长?梅玲,你告诉我,谁是林董事长?"

梅玲被李晓明突如其来的声音吓得差一点儿把手机扔到地下,她这才意识到,刚才连来电显示都没来得及看一眼,便接听了李晓明的来电。

"梅玲,梅玲!我在问你话呢!"李晓明在电话里吃喝着。

梅玲知道自己在丈夫面前露了馅儿,稳定了一下情绪,冲着手机嚷道:"李晓明,告诉你几次了,不让你在工作时间给我打电话,你怎么就是记不住?"

李晓明见梅玲倒打一耙,大声吼道:"梅玲,我不管你有什么狗屁任务,下了班,给我准时滚回家来!"

梅玲见李晓明发了火，毫不示弱地说道："李晓明，我告诉你几次了，让你不要胡搅蛮缠，你怎么还不长记性？我有什么任务，难道还要向你汇报不成？"

"你？"李晓明被梅玲的话噎得够呛，他正要与梅玲争吵，发现轿车已经开进了李家窝棚村口的水沟，李晓明气得将手机往副驾驶的座位上一扔，"嘎吱"一声，来了一个急刹车。

"妈的，这日子算是没法儿过了，老子不管你们的破事儿了！"李晓明嘴里骂着，一打方向盘调转车头就要往回开车。

"老公，只要你把60亩地搞定，这辆车就是你的了。"李晓明的耳边突然响起了梅玲的声音。

李晓明无奈地使劲儿地擂着方向盘，轿车喇叭发出了一连串的"嘀嘀"声。

"妈的，老子看在'奥迪'的面子上，先把事情办成了再跟你算账。"李晓明嘴里嘟囔着，又调转车头，开车进了村子。

李晓明将轿车停在了村主任李放家的门前，随手按了一下锁车的遥控器，气鼓鼓地推门进了舅舅的家门。

躺在床上刷手机的李放见有人进来，一骨碌从床上爬起来，一边向门口张望，一边大声问道："谁呀？你不会敲门吗？"

李放的话音未落，见进屋的是自己的外甥李晓明，吃惊地问道："小子，今天是哪股香风把你给吹到我这儿来了？"

李晓明将两瓶茅台酒往桌子上一放，一屁股坐在了李放的床边，强装笑脸对他说道："老舅，你怎么大白天还躺在床上？是不是生病了？"

李放瞅了瞅窗外，见李晓明身后并无旁人，压低声音说道："小子，不瞒你说，老舅这病是被人吓出来的。"

李晓明一听李放装病，便指着他拎来的茅台酒说道："老舅，正好我给你买了两瓶酒，咱爷儿俩一起喝点酒，外甥给您压压惊！"

李放瞅了瞅茅台酒，摆手说道："喝酒可以，但是不能喝茅台，这么好的酒，我还要等到过年的时候才能喝。"

李晓明冲着李放说道："老舅，您也太抠门了，不就两瓶茅台吗？等过年的时候，我再给您送，不就行了吗？"

李放见李晓明执意要喝酒，猜想他一定是有什么事情，便岔开喝酒的话题，问道："我说你小子一定无事不登三宝殿吧！说吧，找我有什么事儿？"

李晓明见李放问起了他的来意，瞅了瞅窗外那辆崭新的奥迪轿车，开门见山地说道："老舅，我这次来是想求您帮我，在你们村里买60亩地。"

李放一愣神儿，急忙问道："啥，60亩地？难道你小子要开驾校不成吗？"

李晓明心里一惊，他皱了皱眉头，反问道："老舅，你怎么知道我要开驾校？莫非你能掐会算不成？"

李放板起脸，点燃了一支香烟，一边吐着烟雾，一边说道："小子，不是开驾校，谁能需要60亩地呀！"

李晓明往李放身边凑了凑身子，小声问道："老舅，既然你猜到了我买地的用处，那就帮我这个忙吧。事成之后，外甥还给您买茅台。"说着，李晓明伸直了食指。

李放看着李晓明的手指头，眨着眼睛问道："你要给我买一瓶，还是一箱？"

李晓明瞧着李放天真的神态，咧着嘴说道："不是一瓶，也不是一箱，是一直。我一直给您买，直到您喝腻了为止。"

李放使劲儿眨了眨眼睛问："小子，你交了哪门子的狗屎运，竟然做起这么大的生意来了？"

李晓明见李放有些不相信他的话，又犯起了吹牛皮的老毛病，他拍了拍胸脯吹嘘道："老舅，您也太小瞧你外甥了，外甥我现在不差钱！"

李放一看李晓明又在吹牛皮，假装生气地把头一扭说道："你不差钱？可是我没有地卖给你呀！"

李晓明见李放要封口，赶忙堆起笑脸说道："老舅，买地不成，租地也成啊！只要够60亩地就行，这是办驾校的硬件条件。"

李放见李晓明说话很认真，也严肃地说道："那你告诉我，是什么人要办驾校？我看看这个人靠不靠谱。不瞒你说，前些日子也有人来买地，也说要办驾校。我看他说话玄乎乎的，觉得不靠谱，就没帮他忙。"

李晓明皱了皱眉头，他想到了来时路梅玲对他的叮嘱，便凑到李放的耳边，胡说八道地吹嘘道："老舅，跟你说句实话，要办驾校的不是别人，他是市里边的一个领导，人家不让我说出他的名字。"

李放挠了挠脑袋，自语道："你小子还别说，如果是市里面的领导，这件事儿还真靠谱。实话对你说吧，我们这个村子被省里看中，要搞国家级自由贸易区，很多人都在抓住契机，买地、租地，等着动迁后给补偿呢。"

李晓明见自己胡说八道"唬"住了李放，趁热打铁地说道："老舅，外甥没忽悠您吧？我李晓明做事儿就是靠谱！"

李放点了点头，故弄玄虚地说道："我知道你说的市领导是谁！如果我没有猜错的话，保准是她！"

李晓明被李放的话说得丈二和尚摸不着头脑，他搂着李放的肩膀问道："老舅，你告诉我这个人是谁，我看你猜得对不对。"

李放一甩李晓明的手，转过脸来说道："你小子少跟我耍心眼儿，我们还是心照不宣为好。这几天我都被人快吓出病来了，再也不敢胡咧咧了！"

李晓明琢磨着李放说话的含义，心想：这老头子说话怎么如此怪异，难道这里面还有什么不可告人的秘密不成？

李放见李晓明在沉思，又神秘兮兮地说道："我知道你小子在想什么呢！不过，我已经答应人家要保守秘密，所以不管谁问，我都得守口如瓶。这样吧，我就把她的那块50亩地租给你，这样，肉就都烂在一口锅里了。"

李晓明没有听懂李放的话意，他问："老舅，你说什么呢？我怎么糊涂了呢？"

李放用手指点着李晓明的脑门儿，说道："你小子少跟我装糊涂，你别以为我不知道，你们一旦开办了驾校，那块农耕地就会被你们变更为商业用地，动迁的时候就能得到一大笔补偿款。小子，你说，你们办驾校是这个目的吧？"

李晓明仍不明白李放在说什么，只能憨笑着点了点头，没有去接他的话茬。

李放见李晓明点了头，心领神会地说道："小子，那块50亩地倒是好办，租给你们就当是原汤化原食了。可是，这块地原来是荒地，是我把荒地变更成农耕地的，所以你也得给我好处费。你说，该不该？"

李晓明见李放已经答应租给他50亩地，知道租地的事情已经十拿九稳，尽管他不清楚这块土地里面隐藏着什么秘密，但他从舅舅的表情和话语中，已经发现这里面有着巨大的经济利益，便打定主意，以他自己的名义从李放手中租地，然后再用这块地入股驾校。他要为自己与梅玲日后分手及早做些准备，决不能鸡飞蛋打，既搭上老婆，又失去赚钱的好机会。

想到这儿，李晓明对李放使了一个飞眼儿，说道："老舅，可50亩地不够用，您得再想办法帮我弄到10亩地，我需要的地是60亩呀！"

李放似乎看懂了李晓明的眼神，他笑着拍了拍李晓明的肩膀，大声说道："老舅知道你小子够意思，不会差老舅这点事儿！那我就把我的10亩地搭上，给你们凑足60亩地。不过，这10亩地我要100%吃租子，那50亩地我还要继续吃20%的租子。行不行，你们合计一下，尽快给我个答复。"

李晓明还是没有听明白李放表达的意思，但他听懂了李放要的价码，于是不假思索地回答道："老舅，不用和谁合计，只要你把60亩地整体租给我，我就按您的要求签合同，我说话算话！"

李放见李晓明答应得如此痛快，又补充着条件："小子，咱爷儿俩事先可得说明白，我虽然与你签的是60亩地的租地合同，可一旦动迁给补偿，你们只能拿走50亩地的补偿款，不能占我那10亩地的便宜。"

李晓明见60亩地已经顺利到手，赶忙应允："没问题啊！"

李放和李晓明又谈了一下午的细节，转眼就到了傍晚。李放打电话让村里的小吃部给他送来了几个炒菜，他要与李晓明喝点酒。

李晓明一想，反正梅玲今晚也不回家，自己一人干脆就在李家窝棚村里安营扎寨算了，更何况还赚了一辆奥迪轿车，也确实应该庆贺一下！

李晓明三杯酒下肚，早就把梅玲夜不归宿的事情忘到了脑后，他见李放喝得正在兴头上，突然想起了那50亩地里面的秘密。

李晓明想弄清楚这块地到底是什么人的，又不能直接开口问，便举着酒杯，绕着弯子开始套李放的话儿："老舅，不瞒您说，外甥从小就佩服您，您是我几个舅舅当中最有能耐的了！"

李放见李晓明夸他，高兴得不得了，他一边与李晓明碰着酒杯，一边自我陶醉道："那当然了，我要是没有能耐，能当几十年的村长、村主任吗！"

李晓明见李放跟上了自己的思路，又恭维道："老舅，当多少年村主任不重要，关键是您手里有地呀！村主任迟早都有退休、让位的时候，可是吃地租子，却是能传给子孙后代的呀！"

李放笑了，他凑到李晓明的耳边，小声说道："小子，不瞒你说，老舅为了能整到这块地，也是煞费苦心呢。当年，双阳大学要买我们村的1000亩地建新校区，我故意给他们开出了高价，给他们留出了和我讨价还价的'缝儿'。后来，他们果然和我讲价，我就把村边的60亩荒地说成50亩，给他们当了'回扣'。这样，我从中就白得了10亩地，后来，我找关系把荒地改变成了农耕地，又把这块地给租了出去，不但白拿10亩地的地租，还从他们50亩地的租金里赚到'对缝'的钱。你小子说，老舅的头脑够用不？"

李晓明见李放打开了话匣子，又开始忽悠道："老舅，您真厉害！外甥一百个佩服，一千个羡慕！"

李放一边自斟自饮，一边微闭着眼睛炫耀："我当时就看出来，那个校长是用公款买地，要送给他的领导，我就配合他完善了手续。现在，他们都当了大官儿，所以，我完全相信她能把这块地变更成商用地。到那时，你老舅我可就发大财喽！"

李晓明一下子听明白了这60亩地的来历，他闭上眼睛思考着双阳大学几任校长的姓名，突然打了一个冷战，脑子里也在画着问号："是他，还是她？"

李放见李晓明走了神儿，一捅他的胳膊，说道："你小子想什么呢？快把酒干了！"

李晓明咧开嘴一笑，开始活动起了心眼儿。他喝光了杯子里的酒，问道："老舅，咱俩签的这个租地合同算不算数？"

李放不高兴地说道："废话，有白纸黑字，有签字画押，凭什么不算数？"

李晓明板着脸，追问道："可我只看到了你有10亩地的手续，没有看到那 50 亩地的手续啊？"

李放见李晓明还对那 50 亩地不放心，拿出一份买地的合同，指着合同落款上的签名说道："这个人名是假的，我让派出所帮我查过，没有叫陈开火的人。"

李晓明翻看着这份买地的合同，重重地点了点头。此时，他已经完全明白了这块地里面隐藏着的秘密。

李晓明将自己与李放签的租地合同往兜里一揣，学着老电影《地雷战》中的台词说道："太君，地雷的秘密我探到了，那可是不见鬼子，不挂弦啊！"

第三十三章

暗中下套

李放见李晓明的脸上露出了喜悦，又对着他的耳朵小声说道："小子，你可千万不能向外人透露出这块地的主人是谁。老舅实话告诉你，我前段时间曾经给她写过信，本想提醒她将这块地改变一下土地性质，为日后动迁能得到更多的国家补偿款做好准备，可没承想，差一点被杀人灭口了。你来的时候，我不是还在装病呢嘛！"

听了李放的提醒，李晓明的眼睛渐渐眯成了一条缝，开始打起自己的小算盘……

李放和李晓明推杯换盏喝着酒，两人各自想着心事。虽然李放并没有直接对李晓明说出杨大海是如何用公款给程妍秋"买"地的经过，但他可能忘记了自己的外甥曾经也当过警察，眼睛里并不揉沙子。

李晓明经过对李放流露出的只言片语进行加工整理，再分析"买"地合同上，假身份证陈开火名字的寓意，已经初步判断出这块地里，隐藏着杨大海和程妍秋的影子。

李晓明的大脑在飞快地梳理着他获得的信息，他已经预感到妻子梅玲头上的那顶官帽以及自己头上的绿帽子，都是原来双阳大学副校长、现任公安局长杨大海给戴上的。

李放没有察觉到李晓明的表情有什么变化，他十分清楚自己的外甥有多大能耐，别说他的父亲已经退休，即使自己的姐夫仍在双阳钢厂厂长的位置上，他也拿不到办驾校的执照，更没有能力将这60亩地变更为商业用地。

李放不会忘记当年是什么人与他做的这笔土地交易，他更清楚几天前是什么人威胁他"闭嘴"。所以，他完全有理由相信李晓明今天能够来找他租地办驾校，就是杨大海和程妍秋的授意。

李晓明咬着牙，自斟自饮地喝着酒，心里正在燃烧着要报复杨大海的火焰。

李放见李晓明一个劲儿想心事，他用酒杯碰了一下外甥的手背问道："小子，你在想什么呢？怎么喝起闷酒来啦？"

李晓明苦笑了一下，正要打岔，门口突然传来了"当当"的敲门声。

李放放下酒杯，冲着门口大声喊道："谁呀？"

话音未落，只听一个老太太说道："大哥，是我。小雨下班回来要吃炸酱面，可家里没有大酱了，上你家借点大酱。"

"哦，是袁枚啊，大酱在厨房架子上，你自己去拿吧！"李放随口说着，突然像想起了什么事情，赶忙欠了欠屁股，又大声说道："大妹子，我外甥来了，你把小雨叫过来，一起喝点小酒吧，就说我请他过来啊！"

袁枚一听李放要请她儿子喝酒，急忙探过头来说道："大哥，等小雨过来你可得帮我好好劝劝他。我发现他最近总是闷闷不乐，也不知道发生了什么事情，别把孩子给憋坏了。"

李晓明见李放和刚进屋的老太太都在聊着那个叫"小雨"的人，忙问："老舅，小雨是谁？"

李放一边到厨房取碗筷，一边说道："小子，小雨不是外人，他也是我外甥。这小子非常聪明，他懂礼貌，做事儿还有分寸，我挺喜欢他的。不瞒你说，我们爷们儿相处得比你还亲呢！他前不久被贬到李家窝棚派出所来当民警了，一会儿过来，我给你引荐一下。"

李晓明好奇地问："他是警察，还被贬了？"

李放叹着气，说道："可不，也说不上他得罪了什么人，自己被从刑警队贬到了派出所不说，妹妹还被人吓成了精神失常。听说她在省城住了一段医院，病情虽然见好，可神经还是时好时坏。唉，好端端的一个家庭，也不知道摊上了什么事儿。"

李晓明不解地问："老舅，我怎么没听您说起过这一家子人呢？"

李放点燃了一支香烟，吐了一口烟雾，说道："这人世间的事情呀，说起来就是个缘分。20多年前，袁小雨他妈，哦，就是刚才来拿大酱的那个叫袁枚的老太太。她呀，挺着个大肚子，背着一岁多的袁小雨，也不知怎么的就来到了李家窝棚村，当时，她面容憔悴、脸色苍白，险些昏倒在我家门前，是你舅妈把她搀扶进屋，好生将养起来。"

"嗯，我舅妈是菩萨心肠，谁有困难，她都会伸出手来帮一把的，不能见死不救！"李晓明在一旁插着话。

李放接着说道："我后来才知道，袁小雨一岁多的时候，他爸爸就去世了，等袁枚知道自己又身怀有孕的时候，肚子里的孩子都五六个月了。那时候的人们都看中自己的名声，她怕被别人说闲话，不敢去医院做引产，又无法把孩子生下来，才一路流浪来到我们村子……"

李晓明摆手打断了李放的话，问道："老舅，您刚才说他一岁多的时候，他妈怀孕五六个月了，这里面有问题啊！"

李放不以为然地弹了一下李晓明的脑门儿，板着脸说道："去你的，用不着你瞎合计那些用不着的事儿。"

李晓明撇了撇嘴，示意舅舅接着往下说。

李放瞪了李晓明一眼说道："你舅妈见她无依无靠怪可怜的，就把后院闲置的房子让给她们住，就这样，她们一家在我们这里一住就是20多年，我们就成了她们这一家的唯一亲人。直到她儿子袁小雨考上警官大学，女儿考上传媒大学，她们一家才回到双阳市里去租房子住。"

"唉，听起来是怪可怜的。"李晓明说着，点燃了一支香烟，脸上也露出了同情的表情。

李放正向李晓明介绍着袁小雨的家世，门外传来了"当当当"的敲门声，只听袁小雨一脚门里一脚门外地说道："李舅，我妈说您家来客人了，让我过来陪客，我就过来了。"

李放笑呵呵地说道："小雨，我来给你介绍一下，这小子叫李晓明，他是我的亲外甥，他媳妇是双阳市交警支队的……"

李放正要接着介绍外甥媳妇梅玲，李晓明赶忙打断了李放的话，他一边与袁小雨握手，一边说道："小雨你好，听我老舅说，你是双阳市有名的侦探，幸会，幸会！"

"哪里，哪里。李舅说的都是过去时，我现在就是李家窝棚派出所的一个小民警，走村串户、宣传防火防盗常识，与侦查破案早就无缘啦！"袁小雨说着，礼貌地握了握李晓明的手，坐在了李放的身旁。

李放听袁小雨的话音儿，果然带着几分消极的情绪，便想起袁枚嘱咐他开导儿子的话。

李放给袁小雨倒上一杯酒，对他说道："小雨，你这话我可不爱听。什么叫小民警？难道你头上的帽徽比别人小一圈吗？你不要忘了，你是喝李家窝棚的苦水长大的警察，你有守护一方平安的责任。当年，你可是我们村里出息的唯一一个大学生，而且还考上了警察学院，全村人哪个不以你为骄傲？"

袁小雨一口喝光了杯中的啤酒，抹着嘴巴说道："李舅，我现在就是一个平凡的小警察，能到点上班、到点下班，能伺候好我老妈、照顾好我妹妹就不错啦。保一方平安，不是我能够做到的事情。"

李放一听袁小雨心里有怨气，便问："小雨，老舅怎么觉得你小子的思想有些不对头？是遇到了什么不开心的事儿，还是被什么人欺负了？说出来，别憋着。"

袁小雨咕咚一声，又喝光了一杯啤酒，不再言语。

李晓明见袁小雨说话直来直去，看上去既单纯又诚实，觉得与他相处好了，说不定会对日后开驾校有什么帮助，便端起酒杯与袁小雨套起了近乎："老弟，哥敬你一杯，不瞒你说，哥原来也是一名警察。"

袁小雨一听李晓明也是警察，用警惕的目光瞅了瞅他，问道："原来？那你现在不当警察了？"

李放见袁小雨在问李晓明为什么不当警察了，觉得这句话会让李晓明下不来台，便岔开了袁小雨的话题，替李晓明吹嘘道："我外甥虽然不当警察了，但他马上就要当大老板了。他这次来找我，就是要在咱们村开办个驾校。"

"办驾校？那好哇，我还正要让我妹妹考驾照呢，可她……"袁小雨说着，想起了袁小竹目前的状况，眼圈渐渐红了起来。

李晓明被袁小雨的话弄了个丈二和尚摸不着头脑，他挠着脑袋问道："小雨老弟，你妹妹怎么的了？"

李放见李晓明也问起了袁小雨的伤心之处，赶忙打起了圆场："小雨的妹妹袁小竹也不知被什么人给吓出毛病来了。不过，我看她最近的气色比几个月前刚回来的时候可好多了。"

李放一边替袁小雨做着解释，一边不高兴地瞪了李晓明一眼，示意他不要再问下去。他见李晓明并没有看懂自己的眼神，又转过头来问袁小雨："小雨，经常来你家吃饭的那个美女警察，是不是你对象？我看你们俩般配得就像一对儿'金童玉女'，你们结婚的时候可别忘了让我过去蹭喜酒喝呀！"

李放见袁小雨羞红了脸，接着说道："小雨，我听说离我们这儿不远的阎家沟村有一个祖传老中医，专治各种疑难杂症，听说他对癔病还有神奇的疗法。明天我就领小竹去找他瞧病，说不定他还能治好小竹的病呢！"

李放见袁小雨眼角上流出了感激的泪花，便拍了拍他的肩膀，换了一个话题说道："小雨，最近村里人听说省里要在我们这一带建设国家级自由贸易区，都开始跑马圈地盖房子、种树，所以邻里之间经常发生骂骂吵吵甚至大打出手的事情。你们派出所得出面管一管，不行就先拘留几个，杀鸡儆猴嘛！"

袁小雨连忙摆手说道："李舅，您说的这些事情属于民事纠纷，得靠你们村委会来调解。我是刑警出身，我的本事是侦查破案，处理民事纠纷，一点儿经验都没有。"

李放见袁小雨在推脱，把脸一沉，说道："小雨，我知道你喜欢侦查破案，可现在我们这个地区没有发生刑事案件。所以，治安案件你也得管啊。"

李晓明端着酒杯，一边琢磨着李放说话的含义，一边观察着袁小雨的神态举止，脑海里浮现出他始终耿耿于怀的非法盗采铁矿案……

那起案件发生在5年以前，李晓明当时还在阎家沟派出所当主管刑侦工作的副所长。那天，他正在派出所里值班，突然接到了双阳钢厂保卫处刘处长打来的报警电话，李晓明带领值班民警立即驱车赶到了双阳钢厂。

李晓明问："刘处长，厂里发生了什么案子？"

刘处长将李晓明领到了铁矿开采区，只见开采铁矿的作业面出现了大面积的塌方。

刘处长指着塌方现场，说道："李所长，我们在清理塌方现场的时候，发现引起塌方的原因是厂区地下有人通过打斜井巷道的方式，盗挖双阳钢厂地下的资源。"

李晓明意识到这是一起非法盗采国家资源案，于是带领民警来到厂区外面进行勘查，终于找到了一个非法采矿厂。而此时，非法采矿的矿主和他雇用盗采的工人早已不见了踪影。

……

李放见李晓明在沉思，提高了声调问道："小子，你不是也当过刑警吗？你俩怎么不喝一杯？"

李晓明一拍脑门，给袁小雨倒了一杯酒，笑着说道："小雨，今天能结识你这样有水平的大侦探，老哥我非常荣幸。老弟，你来派出所之前在哪个刑警队？"

袁小雨与李晓明碰了碰酒杯，礼貌地说道："我大学毕业后一直在城南分局刑警队重案组当侦查员。"

李晓明一听袁小雨曾是城南区公安分局刑警队重案组的侦查员，立即摆出了一副老刑警模样说道："哦，我认识你们刑警队的副大队长杨大江。"

袁小雨一听李晓明认识杨大江，恶心得差一点儿把刚喝进嘴里的酒喷出来。他眨了眨眼睛，瞅着李晓明，问道："李哥，李舅刚才说你是来租地开驾校的，那你是不是也得盖房子，也得种树？"

李放一听袁小雨话里有话，又觉得他是在回怼自己刚才让他拘留几个盖房子、种树，套取国家征地赔款村民一事，便不好意思地把头扭到了一边。

李晓明也听明白了袁小雨话音里的潜台词，他瞥了一眼李放，尴尬地独自端起了酒杯，心想，袁小雨这小伙子挺机灵，看问题也入木三分，我得想办法利用他喜欢侦查破案的热情，"收拾"一下让我丢掉警察饭碗的那个臭无赖。"

袁小雨见李晓明没有回答他的问话，又把脸转向了李放问道："李舅，晓明哥他们开驾校，是不是也为了向国家要更多的补偿款？"

李放看了一眼十分尴尬的李晓明，又看了看像个初生牛犊的袁小雨，呵呵一笑，说道："大人做大事儿，大笔写大字，脑袋不同，身子就不会一样。晓明他们能在政府拿到开办驾校的合法审批手续，既然有手续，就是受到国家法律保护的正常商业行为，和村民跑马圈地、乱搭乱建，不是一回事儿。"

听了李放的解释，袁小雨没有再吱声，他刚要起身告辞，却被李晓明拉住了胳膊："老弟，你不是喜欢侦查破案吗？那我给你提供一个破大案的线索吧。"

袁小雨"哦"了一声，问道："李哥，我没有听清楚，你刚才说什么？"

李晓明笑着说道："小雨老弟，我看你对在派出所处理治安案件没有什么兴趣，就给你提供一个重大案件的破案线索，你要是能把这个案子破了，回到刑警队重案组，只是个时间问题了。"

袁小雨瞅着李晓明，半信半疑地问："你说的话当真？"

李晓明点头说道："那当然了，不信你问问我老舅，我李晓明什么时候说过谎话？"

李放见李晓明说话十分认真，心想在问：你小子已经被公安机关开除5年多了，哪来的什么破案线索？李放虽然不知道李晓明葫芦里面卖的是什么药，可脸上却做出了肯定的表情。

李晓明见袁小雨相信了自己的话，便玩起了"借刀杀人"的把戏："小雨老弟，你听说过5年前，发生在双阳钢厂的非法盗挖、采矿的案件吗？"

袁小雨在心里计算着自己从警察院校毕业回到双阳市的时间，回答道："5年前，我正在北京市一个派出所实习，双阳市发生了什么事情，我怎么会知道？"

李晓明说道："那起非法盗挖、采矿案件发生的时候，我正在阎家沟派出所当主管刑侦工作的副所长，当我带领民警前去抓盗贼的时候，所有涉案人员都已经逃之夭夭了。"

第三十三章　暗中下套　295

袁小雨追问道："是因为我们内部有人通风报信吗？"

李晓明没有正面回答袁小雨的话，他站起身来背起了手，摆出当年当副所长的架势说道："魔高一尺，道高一丈，我虽然没抓到涉案的人，可是我却在现场搜查到了双阳钢厂丢失的钢锭。于是，我就从赃物入手开始顺藤摸瓜，几天以后终于发现了收赃的据点。"

袁小雨兴奋地说道："对呀，通过控制赃物，就能抓到销赃人；通过销赃人，就能抓获犯罪嫌疑人。这个侦查方向没错啊！"

李晓明背着手，踱着脚步，他见袁小雨的思路与他同频了，便绘声绘色地说道："我将这个收赃据点的老板带到了派出所，经过一天一夜的突审，可他除了交代自己的绰号叫'二黑'以外，就是不说出他是从什么人手里收的赃物。"

袁小雨惊诧地问道："李哥，你一天一夜都没有拿下这小子的口供？不能吧？"

李晓明回答道："可不，眼看24小时的传唤时间就要到了，这小子就是死猪不怕开水烫，弄得我一点儿办法都没有。"

袁小雨追问："那后来呢？"

李晓明踱了一会儿步，又回到自己的座位上说道："正在这时，你们刑警队的杨大江副大队长给我打来了电话，他说'二黑'哥儿俩都是他的线人，而且这哥儿俩正在为他侦办一起大案，让我先把人放了。就这样，我给'二黑'办了一个取保候审的手续，把他给放了。"

袁小雨一听杨大江的名字，气不打一处来，他使劲儿喝了一大口啤酒，把脸扭向了窗外。

李放见李晓明提到了"二黑"的名字，拉了一下李晓明的胳膊问道："小子，原来你就是收了这个'二黑'的2万元钱，被公安局给开除的，是不是？"

李晓明"嗯"了一声，一口气喝光了杯子里的啤酒，嘴里小声嘟囔道："我也没承想，这小子在给我钱的时候，还偷着录了像，并且还实名举报了我……"

袁小雨鼻子一哼，站起身来对李放说道："老舅，我得回家了。"

李晓明见袁小雨要回家，赶紧拦住他，说道："小雨老弟，我讲的这个事情最近有了续集。"

袁小雨好奇地问："什么续集？"

李晓明眨了眨眼睛，胡编乱造地说道："据我了解，'二黑'身上有命案。"

袁小雨一听"命案"两个字，顿时来了精神，他大声问道："什么？'二黑'身上有命案？"

李晓明又将袁小雨拉回到座位上，神秘兮兮地说道："没错儿，我被'二黑'举报丢了'饭碗'以后，一直找人盯着他。前不久，我听说他杀了一个人。"

李晓明话语一出，袁小雨立即联想到了双阳岸边的"无头男尸案"，他赶忙追问："'二黑'杀了什么人？在哪儿杀的人？"

李晓明见袁小雨追问个不停，急忙说出了他的线索来源："我是听一个朋友说的，你要想弄清楚这件事情的来龙去脉，我就帮你找到那个朋友，到时候你问他，就全清楚了。"

第三十四章

掌捆局长

李晓明在李家窝棚村旗开得胜，不但拿到了开驾校用的 60 亩地，还获知了这块土地里隐藏的秘密，捎带脚，还给袁小雨下了一个套儿。他暂时打消了与妻子梅玲离婚的念头，戴着"绿帽子"端起了"软饭碗"，"理所当然"地当上了林河驾校的总经理。

时间过得飞快，转眼到了 2020 年，林河驾校在梅玲的特殊"关照"下，报考学员不断增加，两年以后已经成为双阳市的"品牌"驾校，林鑫鼎不但收回了 1000 多万元的投资成本，还开始日进斗金。

林鑫鼎、杨大河还有梅玲这三大股东既分享了丰盛的"蛋糕"，又增进了彼此之间的"友谊"，就连跟着"分羹"的李放和李晓明都赚得盆满钵满，只有杨大海对此事一无所知，一直都蒙在鼓里。

这天，杨大海的手机响起了刺耳的铃声，他接听了电话，手机里顷刻便传出了市长程妍秋喜悦的声音："大海呀，你让我怎么感谢你？"

杨大海被程妍秋的问话弄得有些莫名其妙，他不知道程妍秋为何感谢他，只好顺着她的话音儿，客气地说道："应该的，应该的！"

程妍秋见杨大海如此大度，也将她事先准备好的大礼包回报给了他："大海呀，告诉你一个好消息，经过我的运作，市里准备给你解决一个副市级待遇，这样你就可以以'副市级干部'的身份，进入市政府领导班子了。这回，你该满意了吧？"

杨大海一听程妍秋为自己解决了副市级，距离梦寐以求的副市长只有一步之遥，高兴得差一点儿跳了起来。

"谢谢市长！谢谢市长！"杨大海说话的声音都有些颤抖，一向板着的面孔，顷刻就绽放得像花儿一样灿烂。

程妍秋在电话里都能想象出来杨大海的幸福表情，继续对杨大海做着承诺："大海呀，咱俩之间不必客气，要说谢，我还得谢谢你呢！要不是你在我那块地上批准建了一个林河驾校，我也不能把那块地批准为商业用地。变更不了商业用地，这次省里征地，怎么能给我补偿8000多万元呀！所以，我还得抓紧时间，把你运作成为副市长。"

听了程妍秋的承诺，杨大海心脏一阵狂跳，他来不及多想，只能继续说着感谢话。

倒是程妍秋把话锋一转，直接道出了她打电话的主题："大海呀，不是我批评你，你办事儿虽然靠谱，可就是有一个马马虎虎的毛病。那年，你不是说给我的那块地是50亩吗？可前些时候我让勘测队去丈量的时候，却发现实际面积是60亩，差一点儿丢了10亩地。你想想，要是真丢了10亩地，该是多么大的损失啊！"

听了程妍秋的话，杨大海先是一愣，脑海里立即浮现出了当年他与李放讨价还价，多要出50亩地时候的情景，他疑惑地问："不能吧？"

程妍秋接着说道："这件事儿，倒是解决了，可财政在给我转土地补偿款的时候，又发现陈开火的身份证没有绑定银行卡，我让人去办银行卡的时候，银行又调不出来陈开火的身份信息。所以，你还得马上再给我办一个陈开火的身份证，这样，8000万元征地补偿款，就可以顺利到账了。"

听到此时，杨大海方才恍然大悟，他放下电话，正要安排人去办理陈开火的身份证，手机又响起了铃声。

杨大海刚把听筒贴在了耳边，就听林鑫鼎在电话里冷冰冰地说道："大海，晚上到我这儿来一趟，我有事儿，跟你当面说。"

杨大海虽然十分讨厌林鑫鼎与自己说话时那种居高临下的口气，但碍于情面，他还是按时来到了林鑫鼎在双阳大厦的"天上人间"。

进了屋，杨大海见林鑫鼎的脸色非常难看，便不冷不热地问："林校长，你找我有事儿吗？"

林鑫鼎用藏在圆眼镜里的小眼睛斜了杨大海一眼，问道："大海，这几年，咱们哥儿俩相处得怎么样？"

"没得说呀！"杨大海一边回答，一边琢磨着林鑫鼎今天是搭错了哪根神经。

林鑫鼎一屁股坐在真皮沙发里，歪着大圆脑袋，又问："大海，我林某没有什么地方对不起你吧？"

杨大海坐在了林鑫鼎的对面，回答道："没有哇！"

林鑫鼎习惯性地推了推架在鼻梁上的圆眼镜，慢声慢语地接着问："大海，既然如此，你为什么拿我当猴耍？"

杨大海也向上推了推架在鼻梁上的金丝边眼镜，有些懵懂地问道："校长，你有什么话，就直截说，别绕弯子。"

林鑫鼎鼻子"哼"了一声，说道："好，那我问你，你为什么独吞了林河驾校的征地补偿款？那可是8000万元呀！你以为我林某是傻子不成？你也不想一想，这件事儿，能瞒得住我吗？"

杨大海一听"林河驾校"四个字，立即想起了程妍秋与他在电话里说过的话；当他又听到林鑫鼎说出8000万元的数字时，一下子明白了林鑫鼎和程妍秋说的是同一件事儿。于是，他把脸一沉，回答道："我不知道林河驾校是怎么回事儿啊！"

林鑫鼎以为杨大海在装傻充愣，冷笑了一声，说道："杨大局长，林河驾校可是你亲手审批的，你的记忆力不会那么差吧？"

杨大海反问道："我审批的？我怎么一点儿印象都没有呢？"

林鑫鼎苦笑了一下，用手指点着杨大海的鼻子讥讽道："杨大海，你什么时候学会演戏了？"

杨大海见林鑫鼎指着自己的鼻子说话，气不打一处来，他把眼珠子一瞪，摆着公安局长的官架子，大声呵斥道："老林，别蹬鼻子上脸，有这么跟市领导说话的吗？"

林鑫鼎见杨大海不再称呼他校长，还和他粗声大气，刚要发火，又掂量了一下杨大海话中的含义，心想：市领导？我怎么没听说他当上了副市长呢？

林鑫鼎眨了眨眼睛，隔着眼镜片观察了一下杨大海的表情，感到他并不像与自己开玩笑，便压了压火气，故弄玄虚地卖弄道："你的消息很灵通啊，还没等我说，你就知道了！"说罢，林鑫鼎还故意露出一丝诡异的微笑，潜在意思是：你这个副市长是我帮你促成的。

杨大海一听林鑫鼎在他面前卖好儿，没有去接他的话茬，吁了一口气，说道："老林，我真不知道那个林河驾校是怎么回事儿。"

林鑫鼎清了清嗓子，说道："大海，既然你不知道，那我就告诉你林河驾校的由来。林河是用我的'林'姓、用杨大河的'河'字，组在一起的名称，这个驾校共有三个股东，我出资，是大股东；大河找你批的执照，是二股东；你的宝贝儿梅玲负责输送学员，她是三股东。这回你知道林河驾校是怎么一回事了吧？"

杨大海愣着神儿，突然回忆起来杨大河确实找他批过一个驾校。一下子明白过来，原来程妍秋和林鑫鼎都是为了要得到国家对林河驾校占地的征地补偿款，才喜怒各异。想明白了事情的原委，杨大海定了定神，说道："你把你们租地的合同拿出来给我看看。"

杨大海接过林鑫鼎递过来的合同，只见甲方的名字是李放，乙方的名字是李晓明，便问："李晓明是什么人？"

林鑫鼎瞅了一眼李晓明的签名，回答道："李晓明是梅玲的老公，李放是李家窝棚村的村主任。"

杨大海仔细看了看租地合同里面的面积和位置，又核对了一下附在合同后面的图纸，立即明白过来原来是李放把自己当年用公款给程妍秋送礼的50亩地，又反租给了李晓明；而李晓明又拿着这块地，顶替梅玲入股了林河驾校。

杨大海在脑海里回忆着当年与李放进行土地交易的过程。他清楚地记得，当年自己从李放手里"买"的是50亩荒地，是李放将荒地变更成了农耕地以后，自己才送给了程妍秋。程妍秋又委托自己帮她将这块土地给租出去，所以自己只好把这块地的相关手续放到了李放的手里，委托他将这50亩农耕地出租给了几个蔬菜种植大户，从那以后，程妍秋才开始吃地租子。

看罢合同，杨大海糊涂了，这块地明明是 50 亩，李放怎么敢在合同里写成 60 亩？而程妍秋派人丈量出的实际面积还真就是 60 亩。

林鑫鼎见杨大海在想着心事，追问道："大海，你表个态，什么时候能把补偿款还给我？"

杨大海见林鑫鼎一口咬定是他独吞了这笔赔偿款，而自己又不能把这块地的来龙去脉，和程妍秋将这 8000 万元巨款运作到自己手里的情况，告诉给林鑫鼎。只好挺了挺腰板，岔开了话题："让我考虑考虑再说。"

林鑫鼎见杨大海不再装傻充愣，拱了拱手说道："好，既然如此，那就拜托啦！不过，有一句话，我林某还得提醒你。3 天之内，你要把这 8000 万征地补偿款，一分不少地给我吐出来。"

杨大海见林鑫鼎露出了一副狰狞的面孔，自言自语道："这块地又不是你的，凭什么把钱一分不少都给你？"

林鑫鼎不等杨大海把话说完，狰狞的面孔顷刻又变得杀气腾腾，他大声叫道："凭什么？凭我投资了 1000 多万元啊！凭我租地的合同是 50 年的租期啊！"

两人你一言、我一语，争吵了好一会儿，才不欢而散。

杨大海垂头丧气离开了"天上人间"，脑子里一直在画着问号：本来自己"送"给程妍秋的是 50 亩地，可她为什么能得到 60 亩地的征地补偿款？这多出来的 10 亩地，又是从哪儿冒出来的呢？

林鑫鼎见杨大海坐着电梯下了楼，按响了沙发扶手旁边的隐蔽按钮，他料定杨大海绝对不会轻易给他吐出这笔天文数字一般的补偿款，赶紧叫来了他的得力助手"二林子"，向他部署了一个"逼宫行动"计划。

三天后的早晨，太阳刚刚从地平线上冉冉升起，杨大河的律师事务所门前悄悄驶来了一辆大客车。一群穿着工作服的工人"呼啦"一下，坐在了律师事务所大门前的马路上，堵住了过往车辆。

此时，杨大河睡得正香，一阵"向杨大河讨还血债""杨大河欠钱不还"的口号声突然传进了他的耳朵。

杨大河睁着惺忪的眼睛往楼下一看，清楚地看见大门外有一伙工人正挥舞着拳头高呼着让他还钱的口号。

杨大河被突如其来的口号声吓了一跳，急忙给梅玲打了电话。

几分钟以后，梅玲派出的几名交通警察，骑着警用摩托车，风驰电掣地来到大门口，可不管他们怎么劝说，喊口号的工人就是不让路。

此时，正是上班的早高峰时段，被堵住路的行人一下子聚在了律师事务所的大门口，此起彼伏的口号声和杂乱无章的议论声、谩骂声交织在一起，律师事务所大门和门前的马路被围了一个水泄不通。

杨大河见事情有些不妙，又急忙拨通了杨大江的手机："二哥，不好了，也不知道哪儿来了一帮人，将律师事务所给围住了，他们还乱七八糟地喊口号，说我欠钱不还。"

"妈的，谁这么大胆子，敢在太岁头上动土？"杨大江骂着，挥手叫来了十几名便衣警察，坐着面包车驶向了杨大河的律师事务所。

杨大江示意面包车司机在距离大门不太远的地方停车，他在车里命令着他带来的便衣警察："你们把那些喊口号的人都给我打跑，千万不要暴露警察的身份。"

便衣警察"呼啦"一下跳下面包车，分散着"混"进人群，他们不管三七二十一，只用几分钟便打跑了喊口号的那些工人。

被打跑的那些工人跑进了路旁的那辆大客车。车上的"二林子"急忙给林鑫鼎打电话，通报了这里发生的情况，只听林鑫鼎低声命令道："实施第二套方案。"

几分钟以后，大客车上跳下了几个头上戴着建筑工人头盔的年轻人，他们又"混"进人群，将头盔一摘，露出了头上血迹斑斑的白色绷带。

建筑工人们振臂高呼："警察打人了！警察打人了！"紧接着，也不知道从哪儿出来了几名记者，不由分说就开始拍照、录像。

躲在面包车里的杨大江被这戏剧般的表演惊呆了，他急忙打电话去调特警增援，可等特警的运兵车鸣着警笛赶到现场的时候，律师事务所门前已经人去路空。

当天中午，程妍秋吃罢午饭，靠在办公室的沙发上，正懒洋洋地看着双阳电视台的午间新闻。

突然，电视节目里插播了一条快讯："今天早晨，双阳市一家律师事务所门前发生了堵路事件，有几名讨债的工人被疑似便衣警察的人打成了重伤……"

程妍秋"腾"地一下站起身来，气哼哼地拨通了杨大海的手机。

十几分钟以后，杨大海来到了程妍秋的办公室。他见程妍秋阴沉着脸，正坐在沙发上等他，急忙上前一步，小心地说道："市长，你找我？"

程妍秋挪动了一下屁股，指着墙上的电视机问道："你刚才看新闻了吗？"

杨大海回头瞥了一眼电视机，轻声说道："没有，我有午睡的习惯！"

程妍秋鼻子"哼"了一声，又问："大海，有好几位副市长向我汇报说，你经常不参加他们主持的会议，你是不是睡觉睡过站了？"

杨大海轻轻推了推鼻梁上的金丝边眼镜，嘴里说着谎话："没有的事儿啊！"

程妍秋翻了翻眼皮，接着又问："你们的便衣警察今天早上在一家律师事务所门前打人，引发了市民堵路事件的发生，你回去了解一下情况，给市里写个报告。"

"好的。"杨大海答应着，转身就要离开程妍秋的办公室。

"回来，我还没说完呢，没有礼貌！"程妍秋说着站起身来，抹了一张笑脸又问，"东西给我带来了吗？"

杨大海心里明白，程妍秋在向他要陈开火的身份证，他下意识地摸了摸衣兜里已经办好的身份证，可嘴里却说："还没有办完呢！"

程妍秋一听杨大海还没有办完身份证，立刻收起了笑容，她瞅着杨大海的脸问："这都几天了？怎么还没有办好？"

杨大海从衣兜抽出了手，嘴里编着瞎话："这几天户政处太忙了，回头我让他们抓紧时间办。"

程妍秋倒背起了双手，冷冰冰地问："杨局长，如果我没有记错的话，你们给办身份证的市民有过承诺，可是立等可取吧？"

杨大海搓了搓手，一脸无奈地回答道："那是正常的补办。"

程妍秋把脸一沉，有些不高兴地问："大海，难道我的事儿，不正常吗？"

杨大海嘴角抽搐了一下，赶忙回答："正常，正常。我马上回去办！"

程妍秋鼻子又"哼"了一下，提高了声调问道："杨大海，你的'副市级干部'还没到手，就开始对我阳奉阴违，你要是当上副市长，是不是还敢和我对着干呢？"

杨大海头上沁出了几滴冷汗，他压低了声音说道："市长，我这是对你负责啊！"

程妍秋冷笑着，声调都变了动静："你对我负责？杨大海呀，杨大海，你可真会说话，你别以为我不知道你心里在想着什么！"

杨大海往前迈了一步，冲着程妍秋的耳边说道："市长，我真是为你着想，一旦生米做成熟饭，可就不好收场了。"

程妍秋立马瞪起了眼睛，声音颤抖地叫道："杨大海，你把话给我说明白，什么叫不好收场？"

杨大海见程妍秋急了眼，脑海里立即浮现出林鑫鼎那张狰狞的面目，他结巴着说道："市长，我听说这里面有纠纷，林河驾校……"

程妍秋不等杨大海说出林鑫鼎的名字，就声嘶力竭地大声叫道："住口！杨大海，你别以为我什么都不知道，林河驾校不就是你弟弟杨大河开办的吗？什么叫纠纷？我要是把钱都给了你们哥儿俩，就没有纠纷了，对不对？"

杨大海见程妍秋强词夺理，急忙解释道："市长，驾校是有合法审批手续的，股东也不是杨大河一个人，不安顿好了他们，日后麻烦会很大的。"

程妍秋见杨大海果然要从她老虎嘴里往外掏钱，气得直跺脚，她指着杨大海的鼻子叫道："杨大海，请你告诉我，会有什么麻烦？"

杨大海慢吞吞地说道："市长，搞不好，他们会走司法途径，你是有可能摊官司的。"

程妍秋见杨大海在用法律吓唬她，气得"呼呼"直喘粗气，她在地上打了一个转儿，突然抡起胳膊"啪"的一声，抽了杨大海一记耳光，她一边甩着打疼了的手掌，一边指着杨大海的鼻子骂道："杨大海，你他妈的竟敢拿法律和我说事儿，难道你还敢抓老娘不成？"

杨大海被打得半拉脸都有些发木，两只眼睛冒出了金星。他抹了一把嘴角流出的鲜血，瞪着眼睛叫喊道："你，你敢打我？"

程妍秋毫不示弱，她上前一步，又挽起了衣袖。杨大海见程妍秋露出了泼妇相，吓得赶紧后退，一边后退，还一边嘀咕："你这是要钱不要命啊！"

程妍秋被杨大海的嘀咕声气得嘴唇发紫，她跺着脚咆哮着："杨大海，你不要忘了你手中的权力是谁给你的！实话告诉你，你这个局长能上也能下，不信咱俩就走着瞧。"

杨大海听程妍秋这么一叫，腿肚子都有些发抖，他用冒着金星的目光瞅了瞅眼珠子都要弹出眼眶的程妍秋，悻悻地退出了她的办公室。

杨大海一屁股坐在了自己商务车的后座上，"啪"的一声，点燃了一支香烟，嘴里嘟囔着，"都是让钱给闹腾的！"

杨大海大口大口吐着烟雾，心想：这马上就要到手的副市级干部，可要泡汤喽！

回到办公室，杨大海捂着被程妍秋打疼了的腮帮子正在生闷气，门口又传来了"当当"的敲门声。

杨大海猛地抬起头，只见市局办公室主任李强轻手轻脚走进了屋，毕恭毕敬地对他说道："局长，市局指挥中心刚刚接到省公安厅打来的电话，王厅长让你马上去见他。"

杨大海看了看李强，问道："省厅说没说王厅长找我过去是什么事儿？"

李强摇着头说道："我问过了，省厅指挥中心说有一个叫李放的人，在省公安厅门前拦住了王厅长的车……"

第三十五章

一桩交易

杨大海见李强离开了他的办公室,一边轻揉着被程妍秋打得火烧火燎的腮帮子,一边想着王厅长见了他的面,会采取什么方式对他兴师问罪,一边又在思索着李放到省公安厅拦车上访的原因。

杨大海在办公室里踱着脚步,把事情想到最坏的可能。他暗暗问着自己:王厅长被李放拦车以后,接见李放了吗?如果他们会了面,李放能向王厅长检举自己与他当年所做的土地交易吗?

杨大海思忖了好半天,又觉得李放这次拦车上访,并不一定是举报他杨大海,如果不是去举报他杨大海,那他又会不会去举报程妍秋呢?杨大海的大脑在飞快地转动,他一想到程妍秋,马上想起了林河驾校和那块不明不白多出来的 10 亩地。

杨大海忽然明白过来,自己当年在李家窝棚村用公款买的土地实际面积不是 50 亩,而应该是 60 亩。由于李放暗中截留了 10 亩地,所以,他才敢把 60 亩地租给林河驾校,这才导致程妍秋得到了 60 亩地的征地补偿款。

想到这儿,杨大海的眼前一亮,他终于解开了几天来一直百思不解的疑团,他料定,李放上访的原因一定是因为他没有得到那 10 亩地的征地补偿款,而并非去告他用公款向程妍秋行贿。

杨大海想明白了事情的原委,如释重负地舒缓了一下紧张的情绪。他点燃了一支香烟,继续想着心事:程妍秋之所以掌掴他,是因为自己没有把陈开火的身份证交给她,配合她得到补偿款;林鑫鼎敢与他翻脸,也是为了要得到那笔补偿款;而李放去省公安厅拦车上访,还是为了能得到补偿款。

杨大海眼前浮现出了程妍秋气势汹汹对他大打出手的场景，他觉得程妍秋是被他宠坏了；杨大海的脑海里又出现了林鑫鼎那张狰狞的面目，他觉得林鑫鼎如今已经被他养肥了，对他越来越肆无忌惮。于是，杨大海想起了一句名言：没有永远的朋友，只有永恒的利益。

既然利益是永恒的，自己为什么不抓住这次与王厅长见面的天赐良机，让王厅长也成为自己的利益共同体，为自己再打造一座大靠山呢？

杨大海摘掉了金丝边眼镜，他眼望窗外，脑海里又浮现出王厅长在主席台上讲话时的情景。

杨大海十分清楚，自己与王厅长并没有过单独的接触，更谈不上有私交。从相貌上看，王厅长与他的年龄相仿，属于同龄人；从资料上看，王厅长在空降松江省公安厅之前曾在国家部委从事文秘工作，与他杨大海有着共同的非公安专业出身的经历和妻子子女都在国外的背景。杨大海觉得这种相同的经历和共同的背景，或许是他能够与王厅长拉近距离的一个先决条件，关键是得想办法让王厅长认可自己。杨大海思考着让王厅长认可自己的办法，他突然想到了钱。

常言道：有钱能使鬼推磨。杨大海笃信钱的力量是无穷的，他坚信当官不打送礼人，是一条牢不可破的真理，他觉得，要想靠上王厅长这棵大树，最简单和最直接的办法就是让银子帮他说话。

想好了办法，杨大海戴上了金丝边眼镜，开车取出了自己存放在雪梅家地下室的50万美金，把钱装在了一个普通的小海鲜礼盒里，然后开着车，驶进了通往省城的高速公路。

晚6时，杨大海避开了省厅下班的时间，来到了松江省公安厅，他没有坐电梯，而是走楼梯直接上了4楼，轻轻地叩响了王厅长办公室的门。

杨大海在王厅长的"请进"声中走进了厅长办公室，只见王厅长正坐在宽大的办公桌前批阅文件。

杨大海将装有50万美金的小海鲜礼盒，往王厅长办公桌下面一放，"啪"的一声，给他打了一个立正。毕恭毕敬地说道："报告厅长，双阳市公安局局长杨大海奉命赶到。"

王厅长放下手中的文件，抬头看了一眼杨大海，身子靠在了高靠背真皮沙发椅上，示意他坐在自己的对面。

杨大海内心一阵紧张。他偷眼打量了一眼正襟危坐的王厅长，只见他身材魁梧、表情严肃，神情中带着一种说不出来的威严。

王厅长与杨大海对视了一下目光，又看了看手表，语气平缓地问道："你开了几个小时的车啊？"

杨大海见王厅长说话的声音不高不低，语速也不快不慢，但语音里却带着一丝责备，便整理了一下警服，一本正经地开始说谎："报告厅长，下午，程市长有一个各委办局一把手参加的会议，我过去向她请了假，就赶来向您汇报工作了。"

王厅长见杨大海虽然没有向他解释迟到的原因，却绕着弯子说明了迟到的理由，微微点了一下头，又用脚轻轻碰了一下脚下的礼盒，问道："这是什么东西？"

杨大海回头张望了一下身后，轻声回答道："我给您带来点'小海鲜'，怕被人误解、说闲话，我特意走楼梯上的楼。"

王厅长明白了杨大海的用意，他见杨大海做事很得体，想问题又比较周到，便站起身来，将他让到了会客的沙发上。

杨大海见王厅长站起身来与他并肩而行，才发现他的个子很高，比他一米八二的身高似乎还要高出一点儿。

王厅长往沙发上一坐，架起了二郎腿，开门见山地说道："大海呀，我最近听到了许多关于你的问题，今天找你过来就是想向你了解一下具体情况：第一，有人向我反映你们公安局与双阳大学联办的教育培训基地，存在着利益输送的问题，是这样吗？"

杨大海见王厅长问起了培训基地的事情，眼睛都不眨地开始给他戴高帽："厅长，我当公安局长以后，发现队伍中存在着素质不高、形象不佳的普遍问题。为了落实公安部、公安厅，尤其是您关于提高整个公安队伍业务素质、文化素质的一系列重要指示精神，我们局党委才决定组建一个对民警开展全员培训的教育培训基地。可建设基地需要有场地和财政预算，

第三十五章 一桩交易

您一再告诫我们要把钱花在刀刃上，所以我们为了省钱、省时、省事儿，才走了与双阳大学合作办学这条创新之路。"

王厅长见杨大海说话既讲政治，又讲分寸，心中的火气顿时消了一半儿，他接着又问："第二，还有人向我反映，你们用干部的时候不搞五湖四海，而是排除异己、任人唯亲，有这事儿吗？"

杨大海不假思索地回答道："厅长，我弟弟杨大江是公认的刑侦专家，在我来双阳市公安局之前他就是刑警队长，我大胆提拔他就是让大家知道外举不避仇、内举不避亲的用人道理。我们局有一个刚参加公安工作不久的青年民警叫毛雨辰，他是刑警队长龙岩的亲外甥，也被我们破格提拔重用了，大家的反响非常好啊！"

王厅长轻轻"呃"了一声，沉思了片刻，问道："双阳市的无头男尸案有进展吗？"

杨大海见王厅长又问起了无头男尸案，像背教科书一样说道："报告厅长，为了查找身源，我们请国内顶尖的刑侦专家为被害人画了像，在全市开展了地毯式的排查。虽然取得了一些进展，但是目前还没有太好的破案线索。"

王厅长又轻声"呃"了一声，杨大海观察出来王厅长说话时有个"呃呃"的口头语。

杨大海见王厅长毫无表情地听着他的汇报，眉头也时而紧皱，又时而舒展，料定他的下一个问题就该是李放拦车上访的事情了，便先入为主地说道："厅长，大海应该向您请罪，是我没有做好工作，才导致了拦车上访事件的发生，回头我一定向您做一个深刻的书面检查。"

王厅长站起身来，轻轻拍了拍杨大海的肩膀说道："大海呀！你这种勇于担当的精神很好，我们没有做好工作就应该主动承担责任嘛！今天早上，是有一个名叫李放的人拦住了我的车、交给我了一封信。我在这封信上做了批示，你带回去处理吧。记住，一定要为老百姓解决好合理诉求，要学会化解矛盾！"

杨大海站起身来，"啪"的一声，又向王厅长敬了一个军礼："是，坚决照办！"

　　王厅长的脸上露出一丝笑容，他将杨大海送到了门口，握着他的手，一边"呃"着，一边嘱咐道："大海呀！命案必破，是我对全省公安机关提出的要求，这是一项硬指标，你回去以后要加大侦破力度，尽快破获此案。如果遇到人力、物力、财力等方面的问题，我给你解决。我等着你们破案的好消息，届时我不但要为你请功，还要亲自去双阳为你颁奖。"

　　杨大海点着头，倒退着走出了王厅长的办公室，来时的忐忑心情顿时一扫而光。

　　杨大海开着车刚刚驶上高速公路，就听见手机的响声。

　　杨大海将手机贴在了耳边，耳机里立即传来了王厅长的声音："大海呀！回头把你们与双阳大学联办教育培训基地的经验，写成书面材料报到省厅来，我要在全省推广你们的做法。"

　　杨大海放下电话，激动得差一点儿流出了眼泪，他使劲儿按着汽车喇叭，兴高采烈地哼起了小曲儿，一边哼，还一边大声问着自己："杨大海，你的'小海鲜'咋就那么管用啊！"

　　杨大海急匆匆地赶回了双阳，立即将杨大江叫到了他的办公室。

　　杨大江不等杨大海开口，对着哥哥的耳边小声说道："大哥，今天早晨，有一伙来路不明的人围攻了大河的律师事务所，我带便衣过去一看，这是一起有组织、有预谋的人为事件。他们来无踪去无影，这背后一定有一只黑手在作祟。"

　　杨大海问："你们打人了吗？"

　　杨大江回答道："打是打了，可是没有打伤人，但是那伙人是带着道具来的，一亮相，就都头破血流了。对了，他们还带来了记者，一顿拍照之后，就散得无影无踪了。"

　　"大江，你也太鲁莽了。为了这件事儿，程妍秋市长特意把我叫到了办公室……严厉批评了我。"杨大海停顿了一下话语，没有说出他被掌掴的事情。

　　杨大江接着又问："大哥，我看这伙人不会善罢甘休，他们还会继续闹下去的。"

杨大海沉思了一下，说道："嗯，完全有这个可能。"

杨大江把拳头一挥，恶狠狠地说道："我去查一下幕后的黑手是谁，将他们一网打尽吧！"

杨大海摆了摆手说道："我知道幕后黑手是什么人，这件事儿你就不用插手了，我亲自处理。"

杨大江又问："大哥，我要不要带几个便衣过去保护你的安全？"

杨大海摇了摇头，说道："好兄弟，我心里有数，谅他也不敢把我怎么着，你就放心吧！"

杨大海说着，又想起了李放拦车上访的事情。他拿起王厅长交给他的上访信说道："大江，王厅长在李放状告林河驾校私吞他征地补偿款的上访信上有批示，你安排一个得力的干将去找李放了解一下情况。记住，一定要把李放安顿好，决不能让他再去任何地方上访告状。"

杨大江浏览了一下上访信的内容，说道："大哥，我把这件事儿交给毛雨辰去做，我让他把这起民事纠纷案件当作刑事案件来办，你尽管放心！"

杨大海嘱咐好了杨大江，赶忙给林鑫鼎打了电话，然后急匆匆地赶往了双阳大厦。

双阳大厦的"天上人间"里，林鑫鼎正在安排"二林子"采取第二轮行动。他挂断了杨大海的电话，扭过头来，笑呵呵地说道："老狐狸要出山了，我的钱就要到手了，明天的行动暂时可以取消了。"

十几分钟以后，杨大海来到了"天上人间"。他坐在林鑫鼎对面的沙发上，强装笑脸，对林鑫鼎说道："老哥，您老人家出手可挺重啊！"

林鑫鼎假装没有听懂杨大海的意思，他把身子一歪，侧着脸问："杨局长，林某不明白你在说什么。哦，不对，不对，应该叫你杨市长才对吧！"

杨大海一听林鑫鼎称呼他为杨市长，气得差一点儿背过了气，心想：要不是你逼我，我能得罪程妍秋吗？我要是不得罪这个"母老虎"，眼看到手的鸭子能飞走吗？

林鑫鼎见杨大海不吭声，话锋一转，问道："您老人家这么晚来找我，有什么急事儿吗？"

杨大海见林鑫鼎揣着明白装着糊涂，语气平缓地说道："老哥，做人要讲感情，做事儿要留余地，不要把事情做绝了，你说是不是？"

林鑫鼎见杨大海在挖苦自己，板着脸说道："大海，你这话林某可就不爱听了。我林某做事儿一向光明磊落，什么时候做过绝情的事儿啊？"

杨大海见林鑫鼎摆起了脸子，赶紧往回拉着话儿："老哥，你和我是没做过绝情的事情，可你去逼我弟弟和逼我有什么区别吗？"

林鑫鼎急忙摆正了姿势，装出一副无辜的样子，大声问道："大海，你把话说明白，我什么时候去逼杨大江了？"

杨大海撇了撇嘴，说道："大江在刑警支队，谅你也不敢去逼他。"

林鑫鼎见杨大海拿刑警支队来威胁他，假装委屈地说道："我是不敢去逼大江，可也不敢去逼大河啊！"

杨大海见林鑫鼎装出了一副可怜相，鼻子一哼，说道："老哥，咱哥儿俩不用把话说得太直白，免得伤了和气。我只是提醒你，有什么事情冲着我来，不要伤及无辜。"

林鑫鼎心想，我在律师事务所门前大闹一场，不就是冲着你来的吗？难道你没看明白不成？如果你不把钱乖乖交出来，我可不管你们是大海、大江，还是大河呢！想到这儿，林鑫鼎把手一拍，站起身来说道："好，既然你把话挑明了，我也直来直去，我给你的三天时间已经过去了，你怎么还不把补偿款给我吐出来？"

杨大海见林鑫鼎一提钱就急眼，便摊着手说道："老哥，你不要为难我，我真没得到这笔补偿款，你应该相信我！"

林鑫鼎一摆手，打断了杨大海的话说道："好，我相信你没拿到这笔补偿款，但是杨大河肯定是拿到了，我还是去找他要吧。大海，这件事儿与你没有任何关系，你就安心去当你的公安局长，这回总该可以了吧？"

杨大海示意林鑫鼎坐下，低声说道："老哥，我问过大河了，他对此事一无所知。"

林鑫鼎"腾"的一下跳了起来，火冒三丈地嚷道："杨大海呀！杨大海！

你刚才告诫我做事要留有余地，可你呢？有你们哥儿俩这么办事儿的吗？我一再说，这不是一笔小数目，那可是8000万啊！你换位思考一下，如果是我独吞了这笔巨款，你能无动于衷吗？你还不得把我给抓起来才怪呢！"

杨大海见实在无法把事情解释清楚，便站起身来，将身子凑到林鑫鼎的耳边说道："老哥，今天我也把话说明白，独吞这笔钱的不是杨大河。"

林鑫鼎急忙追问："真不是杨大河？"

杨大海使劲儿点了一下头："真不是他！"

林鑫鼎一把将杨大海拉到了沙发上，低声问道："大海，你快告诉我，这个人是谁？我非扒了他的皮、抽了他的筋不可。"

杨大海又摇了摇头，说道："老哥，我真不能告诉你她是谁！"

林鑫鼎皱了皱眉头，冷笑一声："看来我不把这件事情捅上天，是要不回来一分钱了。"

杨大海一听林鑫鼎还要往下闹，急忙阻拦道："老哥，千万不要把事情闹大，事情闹大了，该收不了场啦。"

林鑫鼎掂量着杨大海说话的分量，又瞧了瞧他为难的表情，搂住他的脖子，问道："大海，难道这里面真有人又插了一杠子？"

杨大海十分肯定地点着头。

林鑫鼎又问："大海，你告诉我这个人是谁，我把他干废了，不，我让他去见陈小文，还不成吗？"

杨大海又阻拦道："你废不了她，弄不好，还得让她给你废了；你让她去见陈小文，说不定，陈小文还会把你给留住呢！不瞒你说，这个人连我都敢揍，你就忍一忍，就算杨大海欠你个人情吧！"

林鑫鼎被杨大海的一席话弄得蒙了圈，他眨巴眨巴眼睛，隔着圆眼镜片问："大海，咱哥儿俩是几十年的老同事，又是相处这么多年的好哥们儿，你告诉我这个人到底是谁，我保证不出去乱说。"

杨大海见不说出程妍秋的名字，也实在不能取信林鑫鼎，更平息不了这场风波，便趴在林鑫鼎的耳边轻声说道："这个人是程妍秋市长。"

林鑫鼎一听，大声惊叫起来："啊！不会吧！"

两人回坐到了沙发上，室内一片静寂。

沉默良久以后，林鑫鼎突然凑到杨大海的面前，拉着他的手问道："大海，你刚才是不是说，我要不再闹了，你就欠大哥一个人情？"

杨大海耷拉着脑袋，有气无力地说道："没错！"

林鑫鼎摘下了圆眼镜，一拍巴掌，说道："好，有人欠了我3000万元的债，你出面帮我要回来，就算你把这个人情还给我了，一举两得，怎么样？"

杨大海一听林鑫鼎让他帮助催债，急忙点头答应："这件事儿没问题。你也知道大海是重感情、讲义气的人，你只要把他的名字告诉我就行。"

林鑫鼎见杨大海答应得如此爽快，赶忙说道："他叫'海沙子'，也是咱们双阳市人。"

杨大海嘴里默念着"海沙子"的名字，问道："你能找到他吗？"

林鑫鼎连连点头："能，能啊！不过你得派警察去抓他，他要是不还我钱，你就把他押进去。"

杨大海瞅着林鑫鼎的眼睛问道："老哥，如果我派警察帮你抓人、要钱，这笔补偿款就一笔勾销，行不行？"

林鑫鼎满口答应："行，行，行，我给你写个字据都行！"

杨大海长吁了一口气，说道："好，一言为定，你把字据给我写好了，我马上就去安排警力。"

林鑫鼎不放心地又问："一言为定？"

杨大海铿锵有力地回答："一言为定！"

过了一会儿，杨大海把林鑫鼎写得工工整整的字据往兜里一揣说道："老哥，这件事情就这么定了，你把'海沙子'的居住地点告诉我，就算成交了。"

林鑫鼎冷笑着，说道："澳门，他就在澳门开赌场呢！"

第三十六章

丧失底线

杨大海一听"海沙子"是在澳门开赌场的人，惊得差一点儿坐在地上，金丝边眼镜的一条腿儿都从鼻梁滑到了嘴边。他张口结舌地问道："老林，你是不是在和我开玩笑？"

林鑫鼎瞅了瞅杨大海，一本正经地回答道："没有哇，'海沙子'他人确实在澳门呢！"

杨大海见林鑫鼎没有半点开玩笑的意思，赶忙将林鑫鼎给他写的字据往地上一扔，一边往门外走，一边头也不回地大声说道："林鑫鼎，我办不了你这么大的事儿！"

林鑫鼎见杨大海生了气，急忙小跑两步，一把抓住杨大海的胳膊央求道："大海，瞧你这脾气，还没听我把话说完，你就急了。其实，这件事情非常简单。"

杨大海止住脚步，回头看了看满脸堆笑的林鑫鼎，一脸狐疑地问："你说什么？让我到境外去为你抓人讨债，还简单？你是不是吃错了药？"

林鑫鼎将杨大海拉回到了沙发上，嬉皮笑脸地说道："大海，这件事儿，对我来说是一件很难很难的事儿，可对你这位顶天立地的公安局长来说，却是一件很小很小的小事儿。"

杨大海坐在沙发上，气鼓鼓地喘着粗气，他掏出一支香烟，掰掉了过滤嘴，刚叼在嘴里，林鑫鼎赶忙给他点燃了烟。

林鑫鼎见杨大海大口吸着香烟，为他鼓着劲儿道："大海，你想想，澳门虽然离我们双阳市远隔千山万水，可它也是咱中国的土地呀！你是中国人民警察，到澳门去抓人，不是天经地义的事情吗！"

杨大海斜眼瞅了一眼林鑫鼎那张无赖一般的脸，吐出一大口烟雾说道："天经地义个屁！澳门虽然是中国的领土，但那是特别行政区，司法制度和内地不同。"

林鑫鼎"嘿嘿"一笑，竖起"大拇哥"说道："杨局长，现在咱中国警察多牛啊！中国公民在湄公河被害后，中国警察不是即刻去'缅、泰、老'跨境抓人了吗？那个叫糯康的大毒枭，不照样被警察抓回到国内给枪毙了吗？所以，当你接到双阳市民林鑫鼎的报警后，就该义不容辞奔赴澳门，为他讨回公道呀！"

杨大海被林鑫鼎举的例子弄得哭笑不得，他憋住笑，提高了声调说道："这是两码事儿！"

林鑫鼎见杨大海似乎消了气，接着说道："大海，这其实就是一回事儿，只要你给上级机关编个理由，办个出境手续，不就完事儿了吗！"

杨大海冷笑了一声，说道："你以为出境的理由也是能编出来的吗？你是不是拿谁都当白痴呀！"

林鑫鼎扮了一个鬼脸，十分诡异地说道："那就看由谁来编啦！不是有那么一句话嘛，叫什么……叫天下事儿难不倒你'杨大白话'呀！"

杨大海见林鑫鼎在自己面前如此放肆，把眼睛一瞪，厉声呵斥道："林鑫鼎，你再敢说一句'杨大白话'试试，看我不打烂你的嘴才怪！"

林鑫鼎见杨大海又生气了，赶忙点头哈腰地说道："杨局长，双阳市黑恶势力都害怕你二弟'杨大巴掌'。他伸手五支令，拳手就要命，如果你派他去澳门，我敢保准儿，他一巴掌就能把'海沙子'打得屁滚尿流，乖乖地把我输的钱给要回来。这样一来，你杨大海既交下了市长程妍秋，又没有得罪我林鑫鼎，这不是天大的好事嘛！"

杨大海看着白话得满嘴冒沫的林鑫鼎，感觉他就像一只令人讨厌的癞皮狗，但转念一想，杨大海又觉得自己还真就惹不起这只癞皮狗。昨天，自己之所以没敢把已经办好的陈开火身份证交给程妍秋，不就是怕这条癞皮狗咬人，才挨了程妍秋的一记耳光吗？现在，这条癞皮狗居然想出了以向"海沙子"讨债的办法来换取补偿款，杨大海一时还真没了主意。

第三十六章　丧失底线

杨大海在"海沙子"和程妍秋之间做着选择，他知道"海沙子"是黑道上的人，黑道上的人无论如何是不敢得罪公安局的；可程妍秋就不同了，她虽然不是黑道上的人，但她手中攥有至高无上的权力，她只要暗中使个绊子，就会让他杨大海丢官罢职。

一想到那只煮熟的鸭子，杨大海觉得还是向"海沙子"开刀，比从程妍秋嘴里掏钱要容易一些，风险也要小很多。

第二天，杨大海打定了要用"海沙子"来换"和平"的主意，于是主动给程妍秋打了电话，准备把"陈开火"的身份证亲自送到她的手中，以此来缓和他们之间的关系。

杨大海来到了程妍秋的办公室，见程妍秋正背着手向窗外远眺，便双手捧着"陈开火"的身份证，冲着程妍秋的背影深鞠一躬，说道："市长，大海错了！大海辜负了您的培养和信任，大海特意向您负荆请罪来了！"

程妍秋慢慢转过身来，接过了身份证，像一个母亲原谅犯错误的孩子一样，轻轻抚摸着杨大海被她扇肿的腮帮子，说道："大海呀！不要自责了，知错就改就是好同志嘛！"

杨大海假装像过了电似的，叫出了声："哎呀，疼死我了！"

程妍秋见杨大海在撒娇，脸上露出了一丝得意的微笑，她一把搂住杨大海的脖子，柔声说道："大海，真打疼你了吗？"

杨大海装出一副既委屈又大度的样子，轻声说道："大海的记忆只有7秒，昨天的事儿，早就忘得一干二净了。"

程妍秋不好意思地说道："我当时也是一时情急，你可不要记恨我啊！"

杨大海见程妍秋脸上露出了内疚的表情，赶忙又把大长脸伸到了她的面前说道："市长，大海知道打是爱、骂是亲，不打、不骂不成亲。大海这张脸，你想怎么打，就怎么打；想什么时候打，就什么时候打！"

程妍秋望着憨态十足的杨大海，忽然想起来他昨天对自己说过的话，便问："大海，昨天你走后，我冷静想了想，也觉得你说话有一定的道理。现在你告诉我，我一旦得到这笔补偿款后，会遇到什么麻烦？"

杨大海坐直了身子，趁机给程妍秋讲起了道理："市长，恕我直言，其实你本不应该得到这么多的补偿款,这笔巨款当中还应该有其他人的份儿。"

程妍秋一听,立马板起了面孔,问道:"大海,你什么意思?"

杨大海又要分她的钱,接着说道:"当初我给你'买'的地确实是50亩,所以你只应该得到50亩地的补偿款。"

程妍秋用眼角斜了杨大海一眼,问道:"大海,勘测队的报告上可是明明写着那块地是60亩啊!"

杨大海板着脸,认真地说道:"那多出来的10亩地是李家窝棚村主任李放的,他见自己没有得到补偿款,昨天已经到省城去拦公安厅王厅长的车,上访去了。"

程妍秋"激灵"打了一个冷战,赶忙问道:"哦,真有这事儿?"

杨大海见程妍秋的脸上出现了惧色,继续吓唬道:"可不,昨天王厅长特意把我叫到了办公室,让我把事情查清楚,避免国家受损失。"

程妍秋一听王厅长过问了此事,脸色顷刻大变,她冷静了几秒钟后,问道:"大海,你没有骗我吧?"

杨大海赶紧回答:"市长,大海怎么敢骗你呀!"

程妍秋站起身来,倒背着双手思考了起来,脚下的高跟鞋跟着她的心跳发出了"咔咔"的响声。

杨大海为了让程妍秋领他情,更为了那只煮熟了的鸭子,加重了语气说道:"市长,李放是想要10亩土地的补偿款,可林河驾校除了要50年租地的损失以外,他们还索要办驾校时实际发生的费用,为此他们股东之间已经开始了内讧,昨天把路都给堵上了。"

程妍秋皱了皱眉头问:"大海,你说的就是昨天电视台午间新闻报道的那起堵路事件吗?"

杨大海十分肯定地回答道:"没错!如果不控制好局面,事态还不知道往哪个方向发展呢!"

程妍秋见杨大海说得有道理,便哈下腰来说道:"大海,你办法多,得想办法控制好局面,免得授人以柄、节外生枝啊。"

杨大海见程妍秋的态度发生了一些转变，赶紧趁热打铁地向她要官儿："市长，你放心，我会全力以赴的。不过……"

程妍秋急切地问："不过什么？你有什么话，直接说出来，不必顾虑！"

杨大海看了看程妍秋的表情，又叹气道："唉，我要是有你那么大的权力就好了！"

程妍秋突然恍然大悟，她语气坚定地说道："大海，你放心，我马上就联系组织部，尽快把你'副市级干部'的任命书发下来。"

杨大海按捺不住内心的喜悦，却故作镇定地说道："市长，大海一定会尽心尽力去办，你就把心放在肚子里吧。"

听了杨大海的表态，程妍秋一把抓住杨大海的大手，使劲儿摇晃了好半天都不愿意松开……

杨大海满面春风地走出了程妍秋的办公室，他为自己花言巧语吓唬住了程妍秋，如愿以偿地与她修复了几乎破碎的关系感到欢欣。

路上，杨大海又急忙给杨大江打了电话，要他抓紧时间，迅速"摆平"李放。

毛雨辰接到了杨大江让处理李放拦车上访的事情以后，却没有领会杨大江让他把上访当成刑事案件来办的含义。他仔细阅读了李放的上访信，觉得李放的诉求无外乎就是要得到林河驾校被征地的部分补偿款，而林河驾校到底占了他们村子多少地、这些占地中又有多少是属于李放个人的，李放在上访信中却没有表达清楚。

毛雨辰首先来到了林河驾校，他要找驾校的总经理李晓明去了解一下具体情况。

毛雨辰穿着警服、开着警车来到了林河驾校总经理办公室，见李晓明正在与一位50多岁的男人说话。他上前一问，知道那人正是李家窝棚村主任李放，便将他们二人一起"请"到了派出所留置室，对两人分别开始了询问。

毛雨辰首先问李晓明："林河驾校在李家窝棚村租地是你经手的吗？"

李晓明把他与李放签的为期50年的租地合同递给了毛雨辰，回答道："没错，这是我和李放主任签的租地合同。"

毛雨辰边阅读合同，边问："你们一共租了多少亩地？"

李晓明很干脆地回答："一共租了60亩地，这是审批驾校的硬性规定。"

毛雨辰又来询问李放："李主任，我们接到了省公安厅转过来你的上访信，所以要了解一下你的诉求。"

李放见毛雨辰找他过来是为了他拦车上访一事，笑呵呵地回答道："警察同志，事情是这样的，我们村里有一块闲置的土地，让我租给了林河驾校，现在，这块地被国家征用了，可我们却没有得到补偿款。我打听了一下有关部门，他们告诉我，国家给这块地的补偿款是8000万，可我们一分钱也没有得到啊！所以，我就到省公安厅上访去了。我的诉求很明确，就是要得到补偿款。"

毛雨辰将李晓明提供给他的租地合同递给李放，问道："李主任，你看看是不是这块地？"

李放看了一眼合同上面自己的签名，回答道："没错，就是这块地，当初我把这块地租给了李晓明，李晓明是林河驾校的总经理，所以我才天天去找他要钱。我就纳闷了，这8000万元补偿款到底给了谁呢？"

毛雨辰问："李主任，林河驾校租用的这60亩地是你个人的，还是集体的？"

李放犹豫了一下，回答道："当然是我个人的了。"

毛雨辰又问："那么，你有什么证据能证明这块地是你的？"

李放将揣在兜里的土地转让合同递给毛雨辰，说道："我有土地转让合同啊！"

毛雨辰看了看合同，问道："李主任，这份土地转让合同是李家窝棚村转让给陈开火的，和你个人也没有什么关系啊？"

李放眨巴眨巴眼睛，解释道："事情是这样的，我们李家窝棚村原来有一个废弃的大坑，我发扬愚公精神，组织村民把大坑给回填成了农耕地，然后转让给了一个叫陈开火的人，转让费都分给了大家，全村人没有一个有意见的。"

毛雨辰没好气地问："我是说，这块地和你个人也没有什么关系，更

第三十六章 丧失底线　321

说明不了这是你个人的地，你又为什么去上访？"

李放解释道："陈开火买了地，然后又把地租给了我，我每年都要付给他租金，这块地不就是我的吗？"

毛雨辰又问："你是说，你又以个人的名义把这块地给租了回来，对吗？"

李放赶紧回答："对呀！就是这么回事儿，所以我才把地又转租给了林河驾校，现在政府没有把征地补偿款给我，我就只好上访了。"

毛雨辰听明白了事情的原委，对李放讲起了道理："李主任，既然陈开火把地又转租给了你，就说明你并不是土地的所有人，而是使用人，要说给补偿款也得给陈开火，怎么也轮不到你的头上啊！"

李放一听急了，他大声叫道："怎么轮不到我的头上？我是受了陈开火的委托呀！"

毛雨辰不假思索地问："你有委托书吗？"

李放摸了摸口袋说道："没有哇，但是我们之间有口头协议，陈开火让我代替他管理这块地，所以这块地理所当然就是我的。"

毛雨辰见李放说的话并没有法律依据，便又做着解释："李主任，你想要补偿款的心情我可以理解，但是民间有句话，叫作官凭文书私凭印。你们之前的口头协议是不受法律保护的，所以你上访也是没有道理的。"

李放一听，急得嚷了起来："怎么没有道理？我压根就不认识什么陈开火！"

毛雨辰一听李放出尔反尔，把眼睛一瞪，厉声问道："李主任，你说什么？你不认识陈开火？那你们之间怎么能有的口头协议？你又是怎么把租金转到他的手中的？"

李放见自己说走了嘴，只好为自己打起了圆场："警察同志，实话告诉你吧，陈开火其实是个假名，我找人在派出所查过人口信息，没有叫陈开火这个名字的，不信，你可以上网查一查嘛。"

毛雨辰一听李放说陈开火是个假名，警觉地追问："你是怎么认识他的？"

李放皱着眉头思索了一会儿，岔开了话题："警察同志，你不是来处理我上访的吗？那你就应该为我做主，把我应该得到的补偿款给我要回来，至于陈开火到底是真名还是假名，不关我的事儿。"

毛雨辰见李放在往回拉着话儿，顺着他的话音儿问道："那么，我想听一听，你到底应该得到多少补偿款？"

李放将两个指头搭成了"十"字，说道："10亩地的，我只要得到10亩地的征地补偿款就行。"

毛雨辰见李放又改了口，不解地问："李主任，你刚才不是还要60亩地的征地补偿款，怎么又突然变成10亩地的了？"

李放不好意思地傻笑了一下说道："你刚才不是看到转让合同了吗，我们村卖给陈开火的地就是50亩，我租给林河驾校的地一共是60亩，这里面有我个人的10亩地。这回我说明白了吧！"

毛雨辰仔细看了看李家窝棚村和陈开火签的转让土地合同，又瞅了瞅李放僵硬的表情，心想：本来是一件很简单的民事纠纷，怎么弄得这么复杂？李放说的陈开火其人，又到底是真还是假？

毛雨辰正在沉思，突然屋门一响。

李放抬头一看，只见了杨大江推门而入，立刻愣了神儿：这个人怎么和杨大海长得这么像？

毛雨辰见杨大江坐在了自己的身旁，指着李放对他说道："杨支队，他就是李放。"

李放一听来人姓杨，又是支队长，长相还酷似当年与他做土地交易的杨校长，立即耷拉下脑袋，庆幸自己没有和毛雨辰"瞎说"下去。

毛雨辰见杨大江开始翻阅起了他给李放做的笔录，对杨大江耳语了几句，转身去调取陈开火的身份信息。

过了一会儿，毛雨辰将一张人口信息表，递给了李放看："李主任，你看看陈开火是不是这个人？"

李放接过信息表，只见表格里清楚地打印着：陈开火，男，45岁，家住双阳市城北区。

李放看着陈开火的信息表，额头上渐渐渗出几点冷汗，他结巴着大声

第三十六章 丧失底线 323

叫道:"陈开火不是这个人!"

　　杨大江看完了李放的笔录,"啪"的一声,将笔录摔在桌子上,他厉声呵斥道:"李放,你把已经卖给陈开火的土地租给了林河驾校,经过他本人同意了吗?"

　　李放哆嗦着回答:"我怎么知道从哪儿冒出来的陈开火呀!"

　　杨大江转过头来对毛雨辰命令道:"李放把本不属于他的土地租给了林河驾校,涉嫌合同欺诈,立即对他采取刑事拘留措施。"

　　李放一听自己要被拘留,"腾"地一下跳了起来,冲着杨大江咆哮道:"你凭什么拘留我?"

　　杨大江摇晃着"大巴掌",大声吼道:"凭什么?就凭你编造了事实,隐瞒了真相,未经本人同意,就把属于陈开火的土地租给了李晓明。"

　　毛雨辰见杨大江下了命令,赶紧将他叫到屋外,小声说道:"杨支队,虽然人口信息表中有陈开火的信息,可上面没有任何联系方式,而陈开火本人也没有报案,拘留李放有点不妥啊!"

　　杨大江斜了一眼毛雨辰,斩钉截铁地说道:"你把刑事拘留审批表给我拿过来,我现在就签字同意,回头我再把陈开火的报案材料补上,附在卷宗里。你去执行吧!"

　　几分钟以后,李放被戴上手铐,押上了警车。

第三十七章

三下澳门

　　杨大江迅速出手,把民事纠纷当成刑事案件来办,在缺少犯罪证据的前提下,将李放刑事拘留了。

　　杨大海得知李放被押进了看守所,如释重负地吁了一口气,他再也不用为李放的"节外生枝"担心了。

　　星期天,杨大海见天气不错,心情也随之好了起来。他换上了藏青色的警用作训服,约了两个弟弟要一起吃个午饭。其实,他的真实目的还是要准备派杨大江去澳门抓"海沙子",帮林鑫鼎要回赌博输掉的3000万元钱。

　　杨大海开车来到了他在兰亭山脚下的"憩园"。一进大院,"战狼"老远就嗅到了他的气味,摇着尾巴"汪汪"地叫,恨不得一下子跳出狗笼子,扑到主人的身边。

　　杨大海紧走几步,迫不及待地打开狗笼子,"战狼"呼的一下扑到了他的身上,两只前爪啪的一声,搭在了杨大海的肩上,还用潮乎乎的狗鼻子使劲儿蹭着他的脸。

　　杨大海轻轻拍打着"战狼"的大黑脑袋,嘴里一遍遍地夸着好狗,人狗之间很快便亲热到了一起。

　　杨大海和"战狼"正玩得起劲儿,只听身后传来杨大江的声音:"别动,这情景简直盖了帽儿!"

　　杨大海回头一看,只见杨大江正在用手机给他和"战狼"拍照。他配合弟弟摆着各种驯狗的姿势,脸上露出了久违的笑容。

　　杨大海和狗玩累了,招呼着杨大江:"走,进屋喝茶去。"哥儿俩并肩进了茶室。

杨大海给大弟倒了一杯毛尖，问道："大江，最近是不是有点累？一会儿，大哥陪你喝点酒，放松放松。"

杨大江知道大哥说"累"的含义，他一边从杨大海作训服上往下摘着乱七八糟的狗毛，一边说道："大江能为大哥排忧解难，累点也值！"

杨大江说着，忽然想起了办李放的案子时，还缺少一些证据材料，对大哥说道："大哥，你得把那8000万元补偿款的凭证拿过来，附到卷宗里，这样，检察院就能给李放下捕票了。这老小子诈骗这么大的金额，这辈子恐怕都出不了监狱啦。"

杨大海脸上露出了得意的笑容，他拍着弟弟的肩膀，高兴地说道："大江，干得漂亮！"

杨大江见大哥表扬他，咧开嘴笑了。

杨大海偷眼观察了一下弟弟的表情，开始为派他去澳门作起了铺垫："大江，前几天，我在王厅长面前给你好一顿夸奖，你杨大江的名字已经在厅长的脑海里打下了深深的烙印。今后，你一定会前途无量啊！"

杨大江一听自己在王厅长那里标名挂了号，脸上像开了花儿一样灿烂，仿佛手里端着的不是茶杯而是酒杯，一扬脖子，将一杯茶水一饮而尽。

杨大江将茶杯往桌上一蹾，兴高采烈地问道："大哥，你结交上王厅长了？"

杨大海微笑着说道："嗯，要说这事儿，还真得感谢李放呢，要不是他到公安厅门前拦住王厅长的车，我还真不能这么快就结交上这位王大厅长啊！"

杨大江见哥哥说话时，压抑不住内心的喜悦，知道他一定给王厅长使了银子，便会意地笑着，伸出了大拇指："大哥，你真霸气！听说王厅长曾经当过大领导的秘书，你能攀上他这个高枝儿，日后一定会飞黄腾达，到时候，弟弟也会跟着你沾光啊！"

杨大海点着头，笑盈盈地说道："大江，你干得不错，过些时候，我就给你扶正，不能让你杨支队长的称呼总有个'副'字，你说是不是？"

杨大江一听哥哥要把他的职务变副为正，赶紧以茶代酒，感激道："还是亲哥关心我！"

杨大海心里想着林鑫鼎和他做的交易，问道："大江，你去过澳门吗？"

杨大江不知道大哥说话的用意，笑容满面地回答道："没去过，不过我一直想去那边玩玩。听人说，那边的赌场很刺激，我还真想去体验一下呢！"

杨大海又给弟弟倒了杯茶水，说道："大江，你去澳门玩玩倒是可以，但不许你去赌钱，赌博那玩意儿虽然瞬间可以暴富，可瞬间也能让你家破人亡，成为穷光蛋。"

杨大江见哥哥说话比较认真，赶忙说道："大哥放心，我只是痛快痛快嘴而已，如果真有机会去澳门，我也就是开开眼界，绝对不会赌钱。"

杨大海见杨大江对澳门充满了向往，言归正传道："大江，过几天，我还真想派你去一趟澳门。"

杨大江喜出望外，赶紧问："真的？"

杨大海一本正经地说道："真的，我准备派你去澳门，把双阳市的'海沙子'给我抓回来。"

杨大江一听大哥让他到澳门是去抓"海沙子"，噗的一声，将满口的茶水喷到了茶桌上，他瞪圆了眼睛，问："大哥，你说什么？"

杨大海重复道："我是说让你去澳门，把'海沙子'给我抓回来呀。"

杨大江眨巴眨巴眼睛，问道："大哥，'海沙子'犯了什么案子？"

杨大海毫不隐讳地说道："他欠我一个好哥们儿一笔钱。"

杨大江追问："多少？"

杨大海回答："3000万。"

杨大江又问："怎么欠的？"

杨大海慢吞吞地回答道："他把我哥们儿骗到了赌场，我哥们儿一下子就输了3000万，所以，这笔钱得问他要。"

杨大江长叹一声说道："大哥，这件事儿千万不能做，你不懂得赌场上的规矩，输打赢要，那是臭流氓干的事儿！"

杨大海无可奈何地解释道："大江，我知道这件事情有风险，但我不得不做！说得严重一点儿，它关系到我能不能当上副市长。"

杨大江腾地站起身来，说道："大哥，别说副市长，就是给你个厅长干，你都不能答应这件事儿。这件事儿，一旦出了岔子，轻则丢官罢职，重则……"

杨大海见弟弟止住了话语，恳切地说道："我这不是也实在没办法了，才想到了'打仗亲兄弟'这句话嘛！"

杨大江见哥哥不听劝，又给他介绍起了"海沙子"的背景："大哥，你可能不了解'海沙子'的底细。不瞒你说，我刚当刑警的时候就认识他，这小子是双阳市'黑道'上的风云人物，人也特别讲义气。只要在澳门见到双阳市来的人，不管当官的还是有钱的，他都会招待吃饭喝酒，口碑好着呢。"

哥儿俩正说得起劲儿，门口传来了杨大河的声音："大哥，二哥，你们聊什么呢，这么起劲儿？"

哥儿俩回头一看，只见三弟杨大河拎着午餐，推门而入，只好止住了话语。

哥儿仨坐在一起喝起了酒，杨大江想起了杨大海刚才说要当副市长的话，笑呵呵地恭维道："大哥，松江省其他城市的公安局长差不多都挂上了副市长的头衔，你当副市长也是众望所归，二弟提前祝贺我大哥早日高升！"

杨大河一听大哥要当副市长，也急忙端起了酒杯，哥儿仨砰砰碰着酒杯，喝得越来越起劲儿。

杨大江站起身来一边向哥哥敬酒，一边再次劝道："大哥，大江还是要进一句忠言，那件事儿可千万不能做！"

杨大海看着杨大江的表情，知道他肯定不会接受这项"光荣"任务了，便把脸扭向了窗外，不再理他。

第二天，杨大海突然想到了一个更为合适的人选，他将办公室主任李强叫到了办公室，严肃地说道："我准备派你去澳门了解一下'海沙子'的底细，看看用什么办法能把他抓回双阳来。"

李强一听"海沙子"的名字，知道杨大海是要帮林鑫鼎要赌债。他瞧了一眼板着"战斗脸"的杨大海，竟想不到他身上还有一种为哥们儿两肋插刀的侠义之气。

李强故意问道："局长，'海沙子'是谁？"

杨大海推了推鼻梁上的金丝边眼镜，说道："你去问林鑫鼎就知道了。"

李强一听杨大海让他去问林鑫鼎，心中暗想：怪不得林鑫鼎和杨大海说话那么好使，一句话就能让他这个科级所长一跃成为副处级主任，原来他们之间有着这么"铁"的关系呀！

李强瞅了瞅一脸正气的杨大海，心想，不管杨局长多么讲义气，做事情也应该是有底线的。他不相信杨大海真会让他去做如此龌龊的事情，也就是让他到澳门逢场作戏一下，给林鑫鼎一个面子而已。

一架波音737客机在双阳机场跑道上滑行了一会儿，展着翅膀飞向了蓝天。

李强望着机舱外的一片片白云，满脑子都想着怎么能既让林鑫鼎领情，又不让杨大海丢面子的办法。

当天下午，波音737客机准时在珠海落地。李强为了能让林鑫鼎知道杨大海的举动，一下飞机便与他通了电话。

林鑫鼎见杨大海对"海沙子"下了手，心里十分得意，便将他赴澳门输钱的经过对李强和盘托出。

李强夹着一个黑色皮包，疾步走出了机场，他按着林鑫鼎给他所指引的路线，让出租车将他送到了横琴海关。过境进入澳门以后，便在接站的车队中，寻找着"天边度假村"的接站车。

李强正在东张西望，见一个穿着红色短裙、白色小衫的高个子美女，正在向他挥手。

李强深吸了一口带着海风的空气，将这个模特一般的美女与林鑫鼎对他的描述，在大脑中对着号。

"模特女"走到了李强的身边，笑着问："大哥，就你一个人来的？住在哪个酒店？"

李强打量着眼前的"模特女"，觉得她身上有一股特别的香水味道，

第三十七章 三下澳门

他正要与其搭话，只见"模特女"已经挽住了他的胳膊，挤眉弄眼地在问他："大哥，我是天边度假村的迎宾，您住我们那里吧，我们那里的住宿条件是澳门一流的。"美女说着，指了指前边不远处停着的一辆劳斯莱斯大轿车。

李强上了"模特女"的轿车，劳斯莱斯急速行驶在澳门滨海大道上。

李强坐在大轿车的后座，他按下了电动车窗，一边领略着车窗外的澳门风光，一边让海风尽情吹拂着他疲惫的面庞。

"模特女"一边开着车，一边与李强聊着天："大哥，听口音你是北方人吧？你是做什么生意的啊？"

李强随口说道："我在双阳市开矿，过来度周末的。"

"模特女"一听李强是双阳人，立马来了精神，她从倒车镜里看了一眼坐在后排的李强，惊呼道："大哥，这么巧吗？我也是双阳人，咱们是老乡啊！"

李强鼻子"哼"了一声，心想：我要说我是北京人，你是不是该说你家就住在天桥呀！

"模特女"没有理会李强的不屑，兴奋之余，她立即打了一个电话："二哥，我在海关刚接到了一位双阳市来的矿老板，说不定你们还认识呢！"

"模特女"挂断了电话，回头对李强说道："大哥，我二哥说了，过一会儿，他请你吃晚茶。"

李强立刻明白过来，林鑫鼎就是这么进入这家酒店的。

过了一会儿，"模特女"将轿车开到了天边酒店门前。那个被她称作二哥的年轻人，不等轿车停稳，便拉开了轿车的后车门。

李强一只脚刚迈出车门，就听见那个人在叫着他的名字："哎哟，我当是谁呢？这不是我敬爱的李所长吗！"

李强见来人叫出了他的名字，感到很意外，他下车一看，见来人是曾经被自己处理过的"二黑"时，也惊奇地叫道："这不是'二黑'老弟吗？这也太巧了！"

"二黑"向"模特女"使了一个眼色，与李强寒暄了起来。"模特女"赶紧到吧台取来房卡，递给了"二黑"。

"二黑"将房卡往李强手里一塞，搂着他的肩膀说道："李所，你去房间冲个凉，然后老弟给你接风。"

酒店的餐厅内，"二黑"端着酒杯，慷慨说道："李所，我们这个酒店是'一条龙'服务，你来这里就像回家一样，想住几天就住几天。一切费用，老弟全包了。"

李强对"二黑"说了一会儿客套话，两人又回忆起了十几年前，"二黑"偷东西被李强抓获时的情景。

"二黑"说道："李所，你对我'二黑'有过恩，当年要不是得到你的关照，'二黑'早就进监狱了。所以，我从心里往外感谢你。"

李强岔开了叙旧的话题，问道："'二黑'，你怎么来澳门了？现在做什么大生意呢？"

"二黑"一边喝酒，一边说道："前不久，有人找我干个'大活'，我不敢做，就收了点对缝钱，跑到澳门来投靠'海哥'了。"

李强见"二黑"提了"海哥"，知道这个"海哥"一定就是"海沙子"，便不动声色地问道："'海哥'是谁？"

"二黑"皱了一下眉头，问道："'海哥'就是'海沙子'啊！你不认识他吗？"

李强摇了摇头，回答道："听说过，但是不认识他本人。"

"二黑"与李强碰了一下酒杯，说道："明天我给你引荐一下'海哥'，他为人非常仗义，我就是在他开的这个天边酒店，给他当经理呢。"

李强一边喝着酒，一边顺着"二黑"的话音儿，了解着"海沙子"的情况，心里盘算着这场戏该如何演下去。

第二天，"二黑"把李强领到了赌场，按着"惯例"，他给李强下了几万块钱的筹码，故意让他赢了几万元钱。

李强在"二黑"的引荐下，又见到了"海沙子"，"海沙子"一听李强是来自家乡的警察，热情地与他推杯换盏起来。

李强让"二黑"给他和"海沙子"拍了合影，觉得凭着这张照片就可以证明他李强已经接触上了"海沙子"，便兴冲冲地回去向杨大海复命。

杨大海听了李强的汇报，眯着眼睛问："你感觉'海沙子'这个人怎么样？"

李强回答道："这个人长相虽然凶狠，但给人的印象倒是十分和气；他说话大大咧咧，一看就是一个很有钱的大佬。"

杨大海"哦"了一声，又问："你还了解到他什么情况？"

李强不知道杨大海要问什么，回忆着"海沙子"请他吃饭时候的情景，说道："经过'二黑'的引荐，他请我吃了一顿饭，我看他对警察的印象挺好，不过，我发现这个人非常好色，一见到女服务生过来，总是喜欢摸人家的屁股。"

杨大海又"哦"了一声，问道："你想好把他抓回双阳的办法了吗？"

李强苦笑了一下，心想：抓"海沙子"回双阳？那不是白日做梦吗？为了给杨大海一个在林鑫鼎面前"下台阶"的托词，他随口说道："抓他回双阳是绝对不可能的事情，不过，'海沙子'讲排场、要面子，除非我们市公安局出面请他回来，他或许……"

李强说着，用眼睛的余光看了看杨大海，他觉得这是杨大海借坡下驴的最好理由，因为作为一个主政一方的公安局长，是绝对不会接受这一"丧权辱国"的条件的。

杨大海眨了眨眼睛，问道："那么简单吗？"

李强被杨大海的问话问得有些懵懂，赶忙又跟进了一个他认为更加不可能的条件："他是一个好色的生意人，除非……"

杨大海挥手打断了李强的话，语气坚定地说道："我知道该怎么办了。"

几天以后，杨大海将李强和梅玲叫到了办公室，对梅玲吩咐道："梅玲，你和李强到澳门去见'海沙子'，你拿着双阳市检车线项目的招商项目书，以你交警支队副支队长的身份，设法让他拿出3000万元来投资这个项目。记住，一定要以高额的回报吸引他回双阳来。"

李强和梅玲赶赴了澳门，经过"二黑"的牵针引线，他们如愿以偿与"海沙子"见了面。

梅玲果然没有辜负杨大海对她的信任，几个照面下来，"海沙子"便被她迷得神魂颠倒，答应只要这个项目获得了审批，他就可以回来投资。

杨大海见他的"钓鱼"计划取得了初步进展，决定立即兵分两路：一路由梅玲去澳门诱骗"海沙子"；另一路由李强带人在珠海设埋伏。只要"海沙子"一进入内陆口岸，就把他抓起来，带回双阳。

梅玲拿着有杨大海签字的双阳检车线审批文件，再次来到澳门，她一见"海沙子"的面，就给他来了一个"大尺度"的拥抱。

"海沙子"见项目果真落了地，又见梅玲对他如此火热，即刻兴奋了起来。他把"二黑"叫到身边，吩咐道："明天，你和梅支队长一起回双阳，替我实地考察一下这个项目，今晚，我要和梅支队长喝庆功酒。"

梅玲见"海沙子"让"二黑"回双阳，心里顿时凉了半截。为了还把"海沙子"弄到珠海去，她只好施展"美人计"了。

酒宴间，梅玲只用了一半儿的酒量，就将"海沙子"灌得迷迷糊糊，趁机把迷药下在了他的酒里。

"海沙子"搂着梅玲的脖子，迷离着兔子一样的眼睛，说道："不喝了，上楼睡觉吧！"

梅玲也假装喝得东倒西歪，摇晃着身子发嗲道："我可不敢在澳门和你睡觉。"

"海沙子"见梅玲"半推半就"，急忙搂住了她的细腰，两只手还不停地在她身上摸摸索索。

梅玲就势倒在了"海沙子"的怀里，故意和他说着醉话："海哥，你是不是要算计我？"

"海沙子"摸着梅玲的屁股说道："瞎说！海哥怎么会算计你呢？"

梅玲扒拉掉了"海沙子"的手，一屁股坐在了他的大腿上，用纤细的手指点着"海沙子"的鼻子，嗲声说道："我知道你房间里有监控；我还知道不一定什么时候，我的裸照就会满天飞。"

"海沙子"用手指点着梅玲的鼻子，咧着嘴说道："当警察的就是比别人心眼儿多。梅小姐尽管放心，海某绝不会干那些鸡鸣狗盗的勾当。"

梅玲摇了摇头，一甩披肩发，撒娇道："不信，男人说话就是不能轻信。"

"海沙子"一听,急了,他瞪着眼睛,大声问道:"我都答应给你投资了,还有什么不相信的?"

　　梅玲挺了挺胸脯,趴在"海沙子"的耳边,轻声说道:"要不,咱俩到珠海去住吧,反正也就是一脚油门的事儿。"

　　没多大一会儿工夫,劳斯莱斯大轿车拉着"海沙子"和梅玲就来到了横琴海关。两人互相搀扶着,刚过了海关的安检,李强立即将"海沙子"搂着梅玲的胳膊扭到了他的身后。

　　"你,你们……""海沙子"被突然冒出来的李强吓了一跳,他刚要往后退,又见两名便衣堵住了他的退路。

第三十八章

骑虎难下

"海沙子"见势不妙,"咣当"一声倒在地上,装起了癫痫病。

李强等人拖着口吐白沫的"海沙子"出了海关,正巧迎面遇见了一辆救护车。

梅玲拦住救护车,对司机说道:"赶快把这个人给我送到医院去。"

司机见李强在拉救护车的车门,急忙问:"给钱不?"

梅玲回答:"你把我们送到双阳市,我给你20万现金。"

司机一听要去2000公里开外的双阳市,讨价还价道:"你们要能给我30万,我就送。不行,你们立马下车。"

"海沙子"躺在了救护车的担架上,梅玲见他"昏迷不醒",摸了摸他的脉搏,觉得他心跳正常,又将车上的病号被子盖在了他的身上。

"海沙子"一开始只是假装癫痫,当他意识到自己已经躺在了救护车的担架上的时候,心里还在纳闷:这伙人真是警察吗?他们为什么要绑架我?"海沙子"在心里问着自己,突然觉得身子渐渐发软,手脚也开始不听使唤,即便他想把眼睛睁开,可眼皮再也抬不起来了。

救护车开着夜光灯,在通往双阳市的高速公路上疾驰。

"海沙子"不知道自己的酒杯里被梅玲下了迷药,只感觉身上被什么人盖上了被子,便带着这一丝温暖进入了梦乡……

第二天早晨,"二黑"在餐厅里没看见"海沙子"和梅玲来吃早饭,心里顿生疑窦:海哥从来没有不吃早饭的时候,怎么到现在还不见他的身影?

"二黑"坐着电梯来到"海沙子"卧室门前,轻叩屋门,还把耳朵贴在门缝上,听了听里面是否有动静。良久,他感觉有点不对劲儿,便拨打了"海沙子"的手机。

"怎么关机了?海哥从来都不关机啊!""二黑"心里一阵慌乱,他赶紧让人打开了卧室门,只见卧室内根本就没有人住过的痕迹。他急忙又询问了司机,才知道海哥和梅玲昨晚去了珠海。

"二黑"心里顿生疑窦:海哥去珠海,也不应该关机啊!莫非……

"二黑"不敢继续往下想,他叫来了十几个保安,吩咐道:"你们马上和我去珠海。"

过了海关通道,"二黑"将保安分成了两拨,他让一伙人去五星级酒店查开房记录,自己亲自带人赶往了飞机场。

在去机场的路上,"二黑"又给李强打了电话:"李所,你问问上次和你一起来的那个姓梅的警官,把海哥领到哪儿去了?"

此时,李强正在高速服务区给救护车上的人买早餐,接了"二黑"的电话,他心想,"二黑"一旦找不到"海沙子"会不会向当地警方报案?如果他报了案,当地警方会不会追过来拦截救护车?李强把事情想到了最坏的可能,于是,把梅玲叫到身边,压低声音说道:"我刚接到'二黑'的电话,他正在珠海到处找你和'海沙子',实在找不到你们,极有可能连夜赶到双阳去找我,我得马上回到局里应对可能发生的意外事件。"

听了李强的话,梅玲倒是表现出了异常的冷静,她问李强:"我们不是按着杨局长的指示,在执行特殊任务吗?"

李强见梅玲蒙在鼓里,接着说道:"是的,我刚才还接到了杨局长的指示,他让你负责押送'海沙子'回双阳,让我立即改乘飞机回双阳给你们打前站。"

梅玲使劲儿点了一下头,说了一声:"请你转告杨局长,梅玲保证完成任务!"

李强见梅玲来了"彪乎乎"的劲头,冷笑一声,又叮嘱道:"路上要小心,你们一定要把'海沙子'安全押送到双阳,不要出现任何闪失。"

"没事儿,车上有特警保护,'海沙子'又被我在酒里下了迷药,他一时半会儿还醒不过来,你就放心吧!"梅玲说着,和李强上了救护车。

李强怕"海沙子"提前醒来出现意外，让特警将熟睡中的'海沙子'捆了个结结实实，他自己在收费口下了救护车，打车去了机场。

第二天一大早，李强刚刚来到局里，还没等他见到杨大海，就见"二黑"已经在大门口等着他。

李强搜寻了一下记忆，觉得他并没有把自己调到市局办公室的事情告诉过"二黑"，便问："你怎么找到这儿来了？"

"二黑"回答道："李所，不，该叫你李主任才对吧。昨天晚上，我飞机一落地，就急忙赶到派出所去找你，值班民警说你已经调到市局当主任了，我一看时间太晚了，就没给你打电话，直接过来找你了吗。"

李强故意问："你找到'海沙子'了吗？"

"二黑"回答："宾馆、酒店、机场都找遍了，连个踪影都没有。"

李强又问："你报警了吗？"

"二黑"摇了摇头。

李强假装沉思了一会儿，说道："这就怪了，你昨天给我打电话以后，我找过梅支队长，可她的手机一直处于关机状态啊。"

"二黑"皱着眉头说道："是啊！'海哥'的司机说，眼看着他们一起进了横琴海关，可他们怎么就失踪了呢？"

李强掐指一算时间，估计梅玲一行人用不了几个小时就能赶回双阳，便用假话稳着"二黑"："你先不要着急，等我问明了情况，马上给你打电话，晚上我们一起吃饭。"

"二黑"点了点头，目送李强转身进了双阳市公安局的大楼。

"二黑"在附近找了一家宾馆，在房间里焦急等着李强的消息，他见时间还早，便突然产生了一种要荣归故里的冲动。

"二黑"打车来到了阔别已久的废品收购站，只见这里到处都是破破烂烂的垃圾，就连他的办公室门前都是杂草丛生。

睹物思情，"二黑"觉得一阵心酸。

"二黑"正在收购站的院子里东张西望，身后忽然传来一个熟悉的声音："谁呀？"

第三十八章　骑虎难下

"二黑"回头一看，见自己当年的更夫，正拎着个大棒子向他走了过来。

更夫一见来人是"二黑"，连忙说道："哎哟，这不是老板吗！"

更夫说着，扔掉了手中的棒子，回头冲站在门口的老伴儿使了一个眼色。

更夫走到了"二黑"的身旁，说道："老板，你这几年上哪儿去了？你看看，这么好的家业全败光了，就剩下我们老两口还在给你看门呢！"

"二黑"触景生情，想起自己当年因为收赃，被李晓明抓到派出所时候的情景。

"二黑"清楚记得，当年，他为了不被定上销赃的罪名，咬牙硬挺，就是没有说出那几个为他偷钢锭哥们儿的名字。李晓明见没有证据给"二黑"定罪，便暗示他"表示表示"。"二黑"一气之下，便暗算了李晓明，将他举报到了纪委。

"二黑"心神不定地想着往事，突然，一辆警车"嘎吱"一声，停在了门前。

"二黑"一愣神儿，就见身着警服的袁小雨将一支乌黑的枪口对准了他的脑袋。

袁小雨大声命令道："不许动！跟我到派出所去！"

"二黑"被袁小雨带到了派出所的审讯室，他望着威风凛凛的袁小雨问道："你是……你是新来的吧？"

袁小雨冷笑了一声，反问道："难道派出所的人你都认识吗？"

"二黑"咧嘴一笑，回答道："那都是过去的事情了，不值一提了，反正我没见过你。"

袁小雨坐在"二黑"的对面，问道："'二黑'，认识一下，我叫袁小雨，你知道我为什么抓你到派出所来吗？"

"二黑"嬉皮笑脸地回答道："不知道啊！我还纳闷呢，我又没犯法，干吗把我给带到派出所来了？"

袁小雨问道："'二黑'，这些年，你跑到哪里去了？"

"二黑"拍着自己的胸脯回答道："我没跑啊！我是大大方方去的澳门，现在澳门天边酒店当经理。既然我们认识了，你有时间就到澳门去玩儿，费用我全包了。"

袁小雨又问："那你为什么要去澳门呢？"

"二黑"怕袁小雨追问他当年销赃的事情，急忙反问道："我又没有犯案子，凭什么不能到澳门去？"

袁小雨跟着"二黑"的话音儿，追问道："你没犯案？那你就说说，都是谁作了案吧。"

"二黑"听明白了袁小雨话语中的含义，急忙解释道："这位警官，我说的不是这个意思，我怎么知道谁作案了呀！"

袁小雨一拍桌子，呵斥道："'二黑'，别以为我不掌握你的情况。近的不说，就你们盗窃双阳钢厂成品钢锭的事情，你还没交代清楚呢！"

"二黑"见袁小雨果然又提起了当年偷盗、销赃钢锭的事情，赶紧打岔道："我收赃的事情已经被你们处理完了呀！"

袁小雨站起身来走到"二黑"的身边，拍着他的肩膀问道："'二黑'，你收赃的事情没有处理完，你还没有把给你偷钢锭的人名供出来呢！我今天把你抓到派出所，就是让你供出他们的名字，听懂没？"

"二黑"为难地说道："这位警官，我真不认识他们，更不知道他们姓甚名谁啊！"

袁小雨又回到了"二黑"的对面，从桌子上拿起"二黑"的手机说道："我可没有时间和你磨嘴皮子，你的手机先'借'我用用，等你想出他们姓名的时候，我再过来。"

袁小雨说罢，转身离开了审讯室，要去调"二黑"手机里的通话记录。

"二黑"见自己被独自关在了审讯室里，急得大声呼叫："警察同志，我还有急事儿呢，快放我出去！"

袁小雨隔着门缝，见"二黑"急得团团转，心想：用不了几个小时，你就得乖乖给我说出偷钢锭人的名字。到时候我顺藤摸瓜，说不定还能抓获一批盗窃成品钢锭的犯罪嫌疑人，一举破获钢厂钢锭被盗的系列案件呢。

袁小雨在审讯室外观察着"二黑"的一举一动，"二黑"在审讯室内惦记着"海沙子"的安危。两人就这样消磨着时间。

审讯室内，"二黑"急得连蹦带跳起来，一边跳，还一边大声喊叫："放我出去！快放我出去！"

审讯室外，袁小雨像猫戏老鼠一样盯着"二黑"，直到见他耷拉着脑袋蔫了下来，才推门进屋。

"二黑"见袁小雨又回来了，双手作揖道："警察同志，我还有很重要的事情要去办，你快放我走吧！"

袁小雨不慌不忙地说道："只要你把给你偷钢锭的人名说出来，我就让你出去。"

"二黑"心想：我要是说出了他们的姓名，你就会一追到底去抓人，那我可就真出不去了。拍了拍脑门儿，假装想了一会儿，与袁小雨讲起了条件："警察同志，你说话当真？"

袁小雨点了点头，说道："当真！"

"二黑"心想：看来，我今天要是不"扔"出一个半个"犯事儿"的人来，这个警察是绝对不会放我出去的，干脆，我把"三撇了"扔出去吧，反正警察一时半会儿也抓不到他。即使日后抓住了"三撇了"，也是他杀人，跟我还是扯不上干系，"二黑"想好了脱身的办法，站起身来，一本正经地说道："我只知道有人杀了人。他的绰号叫'三撇了'。"

袁小雨一听"三撇了"三个字，差一点儿叫出了声，他与倪雪突审"梁艳"时的情景仿佛就出现在眼前。

袁小雨心想：真是踏破铁鞋无觅处，得来全不费工夫。我今天一定要撬开"二黑"的嘴巴，了解清楚那起雇凶杀人案到底是怎么一回事儿……

梅玲一行押着"海沙子"顺利回到了双阳市，杨大海立即给林鑫鼎打了电话："老哥，我派人从澳门把'海沙子'给你抓回来了，现在就关在宾馆里，你自己过去向他要钱吧！"

林鑫鼎见杨大海让他自己去向"海沙子"要钱，脑袋摇得像个"拨浪鼓"似的，连声拒绝："杨局长，我只要钱，不要人。你就帮人帮到底吧！"

杨大海见林鑫鼎不出面，当即傻了眼，手里仿佛捧了一个刺猬，既不想要，又送不出去。

杨大海又将李强叫到办公室，把门一关，问道："'海沙子'醒过来了吗？"

李强摇着头说道："按药量缓解的时间，再过十几个小时，他就能醒过来。"

杨大海又问："他会不会有什么危险？"

李强十分肯定地回答道："不能。"

杨大海紧锁眉头，一边在屋里踱着脚步，一边想着该怎样向"海沙子"张口要钱。

李强见杨大海做的这件事情完全丧失了底线，十分后怕，为了找借口不再参与此事，他轻声说道："局长，'二黑'过来了，他还在宾馆等我呢。"

杨大海一听"二黑"的名字，紧锁的眉头渐渐舒展开来，他压低声音说道："李强，我看这件事儿，你还得找'二黑'去办，解铃还须系铃人啊！"

李强见自己还是躲不过去，出了杨大海办公室的门，立刻给"二黑"打了电话。

此时，袁小雨正在给"二黑"做笔录，他一看"二黑"手机的来电显示的是公安局李强，便将手机递给了"二黑"："你接吧，是李主任来的电话。"

"二黑"像抓住了一根救命稻草，他对着手机声嘶力竭地叫喊着："李主任，我被抓到李家窝棚派出所了，你赶快来救我呀！"

李强不知道发生了什么事情，他开着车，很快就来到了李家窝棚派出所，将袁小雨叫到审讯室的门外，问道："他犯了什么事儿？"

袁小雨拿着讯问笔录汇报道："据我掌握，他参与了一起雇凶杀人案。"

李强翻看着讯问笔录又问："他的上线是谁？"

袁小雨回答道："他没说，我正在追问他的上线，但是'三撇了'可是他雇的下线。"

李强将笔录递给袁小雨说道："我怎么没有听说过双阳市发生过雇凶杀人案啊！"

袁小雨马上回答道："主任，我在刑警队的时候也曾经审出来一起雇凶杀人案，案件情节和嫌疑人情况和他说的都一致，所以，我要拿下'二黑'的口供，把这起案件弄清楚。"

李强沉思了一会儿，对袁小雨说道："你把他交给我，我帮你问清楚。"

第三十八章　骑虎难下

袁小雨见李强要把"二黑"带走，马上阻拦道："李主任，我的审讯还没有结束，'二黑'现在还不能跟你走。"

李强见袁小雨不同意放人，鼻子一哼，说道："袁小雨，我是在执行杨大海局长的命令，难道连杨局长的指令你都敢违抗吗？"

袁小雨见李强搬出了杨大海，只好眼巴巴地看着李强带走了"二黑"。

李强领着垂头丧气的"二黑"回到了宾馆，神秘兮兮地对他说道："老弟，告诉你一个好消息，'海沙子'找到了。"

"二黑"一听找到了"海哥"，脸上的颓气一扫而光，他急着问道："海哥在哪儿呢？"

李强慢声慢语地回答道："他人在双阳。"

"二黑""腾"地一下站起身来，一把抓住李强的手说道："快带我去见他。"

李强拍了拍"二黑"的手，不紧不慢地说道："我目前还不知道他在哪儿，只知道他是被绑架到双阳的。"

"二黑"一屁股坐空，"扑通"一声倒在了地上，他顾不上疼痛，仰着脸问："绑架？谁干的？"

李强一把将"二黑"拽了起来，说道："不知道，只知道是他的仇人。"

"二黑"捂着摔疼了的屁股，问："仇人？你是怎么知道的？"

李强板着脸说道："前天晚上，他和梅警官刚一进入珠海，就被一伙身份不明的人给绑架了。他们是开着车回到双阳市的。"

李强见"二黑"满脸疑惑，又开始胡诌道："他们今天回到双阳以后，把梅警官给放了，说只要拿出3000万赎金，就放了'海沙子'，否则……"

"二黑"一听，顿时火冒三丈，他冲着李强嚷道："他们这是在抢钱，你们为什么还不去抓他们？"

李强斜了"二黑"一眼，说道："你不怕他们撕票吗？"

"二黑"一听"撕票"二字，气得直哆嗦，他指着李强的鼻子说道："你们……你们难道是一伙的？"

李强见"二黑"气得"呼呼"粗气，岔开了话题："'二黑'，你杀人了吗？"

"二黑"赶紧解释:"大哥,我刚才一时心急,是怕那个小警察耽误了我和你见面的时间,才向他检举了那起雇凶杀人案,这里面没有我的事儿。"

李强见"二黑"情绪有些激动,示意他坐在了自己身边,问道:"'二黑'老弟,我问你,那个叫'三撇了'的人,是不是你雇的?"

"二黑"摊开双手,无可奈何地说道:"大哥,我只是转手而已。转包,你懂不懂?"

李强摆了摆手,问道:"有谁能证明你是转包?"

"二黑"被李强问得一怔,他眨巴眨巴眼睛在想:谁能证明?我大哥"老黑"能证明呀!可到什么时候,我也不能出卖自己的亲哥哥呀!于是不再言语。

李强见"二黑"有些认尿,在他的面前卖好儿道:"要不是我过去得及时,你早被派出所给拘留了。"

"二黑"听出来李强在向他卖好,急忙作揖道:"好好好,'二黑'感谢你这位救命恩人,还不行吗!你赶快想办法把'海哥'给解救出来,我欠你的人情一定会还上的。"

李强思考了一会儿,对"二黑"说道:"我的意思是放长线钓大鱼,解救人质得分两步走。"

"二黑"不解地问:"大哥,你意思就是给钱呗?"

李强点头说道:"你们给完钱,我们不就知道是谁绑架了'海沙子'吗?知道了是什么人干的,不就能将他们一网打尽了吗!"

"二黑"咧着嘴说道:"可是,可是你让我上哪儿弄那么多钱啊!"

李强把手一摊,说道:"那我可就没有别的办法了。"

"二黑"一屁股坐在了地上,左思右想了好半天,才开口问道:"怎么给钱?"

第三十九章

迎来曙光

李强想了想，说道："他们好像给了梅警官一个卡号。"

"二黑"又问："什么时候放人？"

李强不假思索地回答："他们说，见到钱以后，在机场领人。"

"二黑"从地上爬了起来，扭了一下腰，说道："你把卡号给我，我给他们打钱。"

"二黑"从李强嘴里获知了"海沙子"的下落，尽管他还不知道"海沙子"目前的处境，更不知道"海沙子"仍处在"熟睡"的状态，但他了解海哥的宁折不弯的脾气秉性，知道"海哥"宁可自己被"撕票"都不会向绑匪屈服，更加担心起了"海哥"的安危。

"二黑"又想到了李强和那个梅警官，他觉得近期发生的一切事情好像都是精心设计好的圈套，他怕海哥在双阳市出现意外，要连夜筹集这笔赎金。尽管3000万元是一个近乎天文数字的数目，但为了救海哥，"二黑"只能豁出去了。

此时，"二黑"只有一个想法，那就是赶快带着海哥离开双阳这座令他不寒而栗的城市。

袁小雨今天的心情很坏，他望着李强和"二黑"离开派出所的背影，心都凉透了。

如果说，当初他和倪雪从"梁艳"嘴里了解的"雇凶杀人案"还只是个粗略线索，可今天从"二黑"的口供中，他已经将粗略线索梳理成了一起闭环的刑事案件。

袁小雨不知道李强为什么要打着杨大海的旗号，非要将"二黑"带走，但作为一名基层民警,他知道下级服从上级的道理。可作为一名刑警,他又扼腕叹息:假如李强不把"二黑"接走,自己完全有把握将这起雇凶杀人的案件弄个水落石出。

夜深人静,袁小雨躺在床上,反复琢磨着"二黑"说过的每一句话,还原着当时案发时可能会出现的场景,脑海里又浮现出龙岩大队长与他们"金童玉女"在一起分析"梁艳"口供时的情景。

此时,袁小雨越来越觉得这起案件与日前发现的无头男尸,有着一种微妙的关系。

突然,袁小雨想起了"二黑"说过他不久就回澳门的话,心想,如果他一旦回了澳门,这起雇凶杀人案岂不又将石沉大海?

袁小雨一骨碌从床上爬起来,他想到了自己在刑警队时候的大队长龙岩,尽管龙岩目前已被调离刑警队,到交警队成了一名普通的交警,但袁小雨还是相信这位足智多谋的老刑警,是绝对不会轻易放过任何蛛丝马迹的,更何况,在此之后,还发生了那起惊天动地的"无头男尸案"。

"对,找龙岩去。"袁小雨捋清了思路。第二天一大早,便拨通了龙岩的电话。

星期天的早晨,龙岩正在打扫自家的小院,忽然听到了电话的铃声,他见来电人是袁小雨,说道:"小雨啊,我们有好几个月没有见面了,今天正好是星期天,你约上倪雪一起到我家里来,有话我们见面时再说。"

袁小雨知道龙岩家住在省城,还知道自打龙岩从省厅调到双阳市以后,就和老伴两地分居,可能只有星期天才能夫妻团聚。

袁小雨本来不想占用龙岩星期天的幸福时光,但眼下案情十万火急,他还是约上倪雪赶往了省城。

袁小雨和倪雪开车来到龙岩居住的小区,老远就见他正在大门口等着他们。

"龙队,您瘦了!"袁小雨轻声问候着阔别已久的老领导,一汪泪水夺眶而出。

自打在教育培训基地一别,他与龙岩再也没有见过面,此时,袁小雨明显感到龙岩大队长面庞消瘦了许多,脸上新添了好几道皱纹。

倪雪像一个走失的孩子遇见久别亲人一样,拥抱着龙岩宽厚的肩膀,哽咽着声音问道:"龙队,您还好吧?"

"还好,还好!"龙岩笑着,拉着"金童玉女"进了家门。三人没唠几句家常嗑,便又开始聊上了案子。

倪雪问龙岩:"龙队,您还记得几个月以前,从派出所逃出去的那个'梁艳'吗?"

龙岩见倪雪问起了"梁艳",脑海里也浮现出了他为了查清那具无头男尸身上的假币,安排"金童玉女"去"梁艳"家蹲点守候的事儿。点头说道:"怎么会不记得,要不是那天我的决定太草率,你们两人也不会跟着我受牵连,受了处分不说,还被从刑警队发配到了派出所啊!"

倪雪见龙岩自责,赶忙说道:"龙队,您的决定一点儿都没有错,办案子就怕贻误战机。那天,'梁艳'刚对我说出她所知道的一切,就发生了有人撬门入室的意外事件,才使我们与破案失之交臂,真是太遗憾了!不过,那天我和'梁艳'倒是互相留下了联系方式,可事后,我也曾经多次主动联系过她,她的电话一直都关机。唉,如果能有刑侦技术部门配合,那就好办了!"

袁小雨见龙岩掏出记录本,在上面记着什么,接茬说道:"龙队,您还记得我和倪雪突审'梁艳',从她嘴里问出来的那起雇凶杀人案吗?"

龙岩咳嗽了一声,回答道:"你是不是怀疑我大脑出现了短路现象?不瞒你说,那天晚上你们给'梁艳'做的笔录,我至今都保留着,每一个情节我都过目不忘。"

袁小雨开始向龙岩汇报他抓捕"二黑"的经过:"龙队,昨天我抓到了一个叫'二黑'的嫌疑人,他原来是双阳钢厂附近废品收购站的小老板。自打5年前,钢厂出现作业面塌方事件以后,他就跑路了。可不知道他昨天怎么又突然回来了,由于我在他收购站布置了眼线,他一回来,我就把他抓到了。"

龙岩略微寻思了一会儿,问道:"这个'二黑'是不是向阎家沟派出所副所长李晓明行贿的那个人？"

袁小雨点了点头，回答道："没错，'二黑'这条线索，也是李晓明给我提供的。我知道李晓明之所以给我提供这条线索，是想让我替他收拾'二黑'，我能看出来他这是一条借刀杀人的诡计，可他哪里知道，我居然将计就计，真的抓获了'二黑'，而且还差一点儿就拿下了他的口供。"

听了袁小雨的话，龙岩不住地点着头，接着，又"咳咳"咳嗽了起来。

倪雪问："龙队，您是不是病了，看医生了吗？"

龙岩摆了摆手，微笑着回答道："没事儿，年龄大了，身上的零件有些老化，不过，还没有到大修的程度呢。"

"龙队，'二黑'在这起雇凶杀人案中起着链条的作用，如果李强主任不把他接走，我肯定会把这起案件弄个水落石出的，只可惜……"袁小雨欲言又止，话语中带着几分惆怅。

倪雪快人快语地说道："龙队，您说这起案子怎么这么蹊跷？为什么一有线索就会出现意外，我现在高度怀疑雇凶杀人案和'无头男尸案'有着千丝万缕的联系，那些意外绝不排除人为干扰。"

龙岩沉思了一下，问道："倪雪，你的怀疑不无道理，其实，我之所以从宋法医手里拿走那张假币，就是怕这关键的证据也会出意外。"

袁小雨接过龙岩的话茬说道："龙队，我赞成倪雪的分析判断，案子一次次莫名其妙中断，绝对不是偶然的巧合！"

龙岩若有所思地说道："当浑浊成了常态，清白自然就会被掩盖！所以古人才说：举世浑浊，而我独清；众人皆醉，而我独醒。你们两人面对复杂的案件，竟能如此清醒，真是太难得了，我从你们两人的身上看到了优秀刑警应该具备的基本素质，破案的希望就寄托在你们身上了。"

"金童玉女"被龙岩说得红了脸，他们互相对视了一下目光，脸上一阵发热。

沉默一会儿，袁小雨握住龙岩的大手，激动地说："龙队，不瞒您说，我现在很迷茫，总觉得像在走夜路，您快给我指一条通往光明的道儿吧。"

倪雪见袁小雨说话时眼窝里浸满了泪花，也声音颤抖着说："是啊！

第三十九章　迎来曙光

我和小雨也有着同样的心情。"

龙岩轻轻拍了拍袁小雨的手背，又看了看倪雪那张充满稚气的面容，语重心长地说道："小雨，小雪，不是因为夜太长，只是因为你们比别人起得都早。你们要坚定信念，黎明总在长夜后，阳光不会因为夜长就会迟到，所以我要对你们说，与其坐等天亮，不如主动去迎接曙光。"

"金童玉女"见龙岩的语气十分坚定，知道老领导一定拿定了主意，他们期待地瞪大了眼睛，揣摩着他会发出什么样的指令。

只见龙岩站起身来，铿锵有力地说道："路见不平一声吼！"

"金童玉女"立即随声附和："该出手时就出手！"

三个人会心一笑，三双手紧紧地握到了一起。正在这时，龙岩的手机响了起来。

龙岩接听了电话，听筒里立即传出了一个洪钟般的声音："龙岩呀，知道我是谁吗？"

龙岩听到了熟悉的声音，问道："何飞总队长吧？你怎么用座机给我打电话？"

何飞见龙岩听出了自己的声音，忙在电话里问："龙岩，你在哪儿呢？有件事情，我得当面和你说。"

龙岩赶紧回答："我在省城家里。"

何飞一听龙岩人在省城，马上说道："你把位置发给我，我马上过去。不过，你得让弟妹给我准备点好吃的，我还要带一位老朋友，一起到你家蹭饭呢。"

龙岩点着头，还没有放下电话，就听屋门一开，他的老伴苗医生拎着满满一篮子菜进了家门。

苗医生见到了龙岩身边的"金童玉女"，将菜篮子往地上一放，上前一步，一手一个，抱住了袁小雨和倪雪的肩膀，连声说道："听说你们要来家里串门，老龙让我买了好多东西，一会儿，请你们尝尝我的厨艺！"

苗医生兴高采烈地说着，忽然又像想起了什么，她拉着袁小雨的手问道："小竹在我家住的那会儿，我领着她看了好多医生，中药、西药也没少吃，她现在的病情应该好转了吧？"

袁小雨见苗阿姨心里还在惦记着他的妹妹袁小竹，十分感激地说道："谢谢阿姨，小竹现在的精神状态不错，她仿佛变了一个人，把往事忘得一干二净，专心致志在家里创作剧本呢！"

龙岩见老伴儿和"金童玉女"唠个没完，催促道："老伴儿，一会儿，何飞总队长带一个朋友过来吃午饭，你快去准备准备。"

苗医生一听何飞的名字，急忙问："何飞？那不是你的老领导吗？他可是双阳市的传奇英雄啊！"

龙岩见老伴儿在夸奖自己的老领导，也跟着自豪起来，他意味深长地对"金童玉女"说道："何飞是我最尊重的人，准确地说，他是一位新时代的侦查英雄。"

"金童玉女"见马上就能见到偶像，脸上像开了花儿一般灿烂。

龙岩领着"金童玉女"来到小区门口，老远就看见穿着一件米黄色风衣的何飞正向他们疾步走来。一边走，还一边与身旁的一个穿着紫色风衣、披肩发飘逸的美女没完没了说着话儿。

"金童玉女"眼尖，他们一眼就认出了与何飞说话的美女，惊呼道："那不是夏菁菁队长吗！"

龙岩上前一步，使劲儿摇晃着何飞的大手，瞅着夏菁菁，风趣地开起了玩笑："你们，你们俩怎么凑到一起了？"

夏菁菁点着龙岩的鼻子，笑着说道："你这个老龙啊！这双眼睛就是揉不进去沙子，嘴还是那么不饶人。"

龙岩和何飞、夏菁菁有说有笑走进家门，一进屋就冲着厨房嚷道："老伴儿呀，你看谁来了！"

苗医生一见何飞和夏菁菁，高兴得连围裙都来不及脱，手上还粘着菜叶就与他们握起了手。她一会儿瞧瞧何飞，一会儿又瞅瞅夏菁菁，眼睛都笑成了两道弯弯的"月亮"。

几个人坐在了餐桌旁，何飞指了指桌上的酒瓶子说道："不是说好了，就是过来蹭饭嘛，酒就不喝了！"

第三十九章 迎来曙光

龙岩给大家倒了茶水，笑容满面地说道："今天是个好日子，我们老中青三代刑警聚在了一起，我提议，以茶代酒，共同干一杯！"

喝罢了茶水，龙岩又将"金童玉女"介绍给何飞和夏菁菁："他们两位是我们刑侦队伍的新兵，他们来刑警队时，你们二位都高升了。今天，我向二位领导隆重推荐这对'金童玉女'，他们可是未来的警界精英啊！"

龙岩说着，又对转过脸来对"金童玉女"说道："你们都听说过'黑白有界'的故事吧，这两位就是双阳市'扫黑除恶'的英雄。何局原来是我们城北区公安分局主管刑侦工作的副局长，后来被刘硕局长调到了市局刑侦支队当常务副支队长，他在'扫黑除恶'专项斗争中立了功，又被万方厅长调到了省厅，现在是我们松江省公安厅刑侦总队的总队长。"

龙岩说着，又指着夏菁菁介绍道："这位警中之花，你们都认识，我就不多介绍了。'扫黑除恶'专项斗争以后，她被调到了公安部，现在是刑侦局侦查处的夏处长，不过，他们两位是怎么凑到一起的，我还真是说不清楚啊！"

何飞见龙岩拿夏菁菁与自己开玩笑，拍着他的肩膀说道："菁菁刚才说，你老龙的眼睛揉不进去沙子，那你就猜猜我们是怎么凑到一起的吧！"

何飞见龙岩哑了火，清了清嗓子说道："咱们言归正传，夏处长今天是带着重要使命来松江的。她一到省厅就让我约见你，你说，你老龙在她的心目中的地位该有多重要。"

苗医生一听大家要聊正事儿，赶忙找了个借口出去，龙岩家的餐桌立即改成了"会议桌"。

夏菁菁开门见山地说道："近一个时期以来，公安部接连接到了有关双阳市公安局有案不立、立案不查、滥用职权、越权办案的来信和举报。部里派我过来，就是要深入调查了解一下这些举报是否属实，你们是当事人，最有发言权，所以，我第一个要见的人就是你们。"

夏菁菁的目光在龙岩和"金童玉女"的身上扫视了一下，眨着漂亮的眸子说道："有人反映，在双阳市有一个带有黑社会性质的犯罪集团，他们非法采矿，大肆盗窃国家资源。这个犯罪集团的骨干成员，就是我们当年'扫黑除恶'专项行动中的漏网之鱼。所以，我们要搜集他们犯罪的证据，把这伙儿黑恶势力彻底打掉。"

何飞接过夏菁菁的话茬，对龙岩和"金童玉女"说道："还有人为你们被调离了刑侦第一线打抱不平，所以，正义的声音一直都在为你们呐喊啊！"

听了何飞的话，龙岩的眼圈有些湿润，他瞅了瞅"金童玉女"，对何飞和夏菁菁说道："我们个人的一点点遭遇算不了什么，也不值一提，可到了手的破案线索，被一次次掐断就不正常了。比如说，他们在审理一起小案的过程中，曾在一个叫'梁艳'的女人嘴里获得了一条雇凶杀人案的重要线索，可我在部署他们顺线追踪的时候……"

夏菁菁打断了龙岩的话问道："龙队，你说的'梁艳'是不是'狐狸夜总会'的经理放贷？"

"金童玉女"几乎异口同声地回答："没错！就是她。"

夏菁菁翻看着记录本接着说道："'梁艳'刚刚从澳门给公安部写信，举报了无头男尸案的幕后元凶。公安部已经把这起案件列为督办案件，我很快就要到澳门去找她核实情况，回头再去双阳市督办侦破这起'雇凶杀人案'。"

袁小雨一听公安部将"无头男尸案"列为部督案件，迫不及待地说道："我昨天还抓了一个叫'二黑'的人，他是雇凶杀人案中的重要证人，他交代的许多情节和"梁艳"的口供都相一致。我认为'无头男尸案'是'雇凶杀人案'的继续，所以，我建议将这两起案件并案侦破。"

何飞紧锁了一下眉头，问："老龙，你也这么认为的吗？"

龙岩使劲儿点了点头。

何飞又问："你们谁了解李家窝棚村的村主任李放？昨天我接到了公安部转给我们刑侦总队的一封李放老伴写的上访信，还有个叫李晓明的人，也向我们举报了一些涉黑涉恶的案件线索。我也正要对此事展开调查呢。"

龙岩一听李放的案子也在省厅的调查范围之内，急忙说道："这个案子我了解，办案人是我的亲外甥毛雨辰。他告诉我说，这是一起案中案，来头不小，背景很深，只可惜……可惜我们现在的处境实在无法介入这起案件啊！"

何飞听懂了龙岩话语中的含义，他笑了笑，说道："王厅长去北京开会了，我和菁菁来之前，已经请示了在家主持工作的常务副厅长。他同意省厅迅速成立专案组，我回去安排一下，就尽快把你们仨人都抽调到专案组来。"

龙岩和"金童玉女"一听自己又能回到侦查破案第一线，高兴得击起了掌……

第四十章

步步紧逼

就在何飞和夏菁菁向龙岩发出向双阳市黑恶势力宣战信号的同时,"二黑"按着他与李强的约定,来到了双阳机场。

"二黑"在 3 号候机楼一家书店门前止住脚步,他一会儿看看手表,一会儿又向过往的人群张望,焦急等待着"海哥"的出现。

"嗡嗡嗡,嗡嗡嗡。""二黑"的手机振动起来,他低头一看是李强的来电,压低了声音问:"人呢?"

李强在电话的另一端反问:"钱呢?"

"二黑"赶快回答:"钱在银行卡里,见到'海哥',我就给你打过去。"

李强停顿了一下说道:"你进书店,在左边书架上找一本黑色封面的小说《黑白有界》,把银行卡夹在那本小说里,然后去 20 号登机口等我电话。"

"二黑"见李强在电话里指挥着他的行动,不禁"激灵"打了个冷战,他感觉李强好像就在不远处观望着他的一举一动,便在书店门前东张西望寻找李强的踪影,心里却在问:不是说好了,是绑匪带着"海哥"过来,一手交钱、一手领人吗?怎么来人却是你李强?"二黑"的脑中突然闪过了一个不好的念头,那就是李强极有可能和绑匪是一伙的。

"二黑"转身进了书店,将一张没有钱的银行卡放在了那本《黑白有界》小说里,然后按着李强的吩咐,向 20 号登机口走去。

"二黑"刚来到 20 号登机口,又接到了李强的电话:"'二黑',银行卡的查询密码和交易密码是多少?"

"二黑"顺口编了一个假密码,转身躲在了暗处,他要亲眼看一看会有什么情况发生。

过了一会儿，"二黑"看到西装革履的李强来到了20号登机口，却没有见到"海哥"出现，心里顿时凉了半截。

"嗡嗡嗡，嗡嗡嗡"，"二黑"的手机又发出了振动的声音。

李强在电话里问："'二黑'，你是不是耍我？"

"二黑"知道自己向李强提供的假密码露了馅儿，问道："你怎么不把'海哥'带过来？"

李强见"二黑"跟他玩起了猫捉老鼠的游戏，冷冷地问："我见不到钱，能让你见到人吗？"

"二黑"见李强现了原形，咬牙问道："李强，其实我早就看出来，'海哥'就是被你们绑架的。你能不能告诉我，为什么要这么做？"

李强后退几步，背靠着机场的大落地窗，一边东瞅西瞧，一边低声说道："既然你都看出来了，我也明人不做暗事。实话告诉你，我的一个朋友在你们赌场输了3000万块钱，你们要是不把3000万吐出来，谁都别想离开双阳市。"

"二黑"在暗处看到了李强那张原形毕露的脸，从牙缝里挤出了几个字："李强，你就不怕我报警吗？"

李强恶狠狠地说道："'二黑'，难道你忘了我是干什么的了吗？你们开赌场、出老千骗钱，报警不正好自投罗网吗？"

"二黑"鼻子一哼，说道："你以为我会那么傻吗？我就不会回澳门报警吗？"

"二黑"正要继续往下说，突然感觉有人拍了他一下后背，他吓得汗毛倒立，险些坐在了地上。

"二黑"正要回头，就听后背有人对他说道："'二黑'，我给你送钱来了。"

"二黑"猛一回头，见说话人是哥哥"老黑"，急忙对他说道："你赶快拿钱走人，这里有危险。"

说音未落，他发现自己的手机还处在通话状态，赶紧关掉了手机。

"二黑"拉着"老黑"没跑出几步，就见李强迎面站在了他们的面前。

"我看你们还想往哪里跑！"李强说着，一把抢过"老黑"手里的提包，冲着他大声叫道："'老黑',真是冤家路窄,难道你忘了你是被警察追捕的人吗?"

"二黑"一听李强说哥哥是被追捕的人,又见有几个便衣已经开始向他们围了过来,赶紧冲李强一抱拳:"李哥,放了我哥,我给你钱。"说着,使劲儿踹了"老黑"一脚。

"老黑"挨了弟弟一脚,心领神会,他踉跄着,一个箭步冲进了过往的行人当中。

李强瞥了一眼"老黑"的背影,向几个便衣使了个眼色,转过身来把"二黑"围在了当中,问道:"钱呢?"

"二黑"又掏出了一张银行卡,双手递给了李强,边作揖边说:"李哥,'二黑'认栽了,你放人吧!"

李强接过银行卡,问道:"都在里面吗?"

"二黑"说道:"卡里有1700万,我大哥那个提包里有100万现金,你都拿走吧!"

李强一听钱数不对,瞪着眼睛问:"不是说好了是3000万吗?"

"二黑"见李强并不满足,摊着手说道:"李主任,你满世界打听打听,除了我'二黑'以外,还能有谁在一夜之间给你凑到这么多的钱?"

李强见"二黑"已经黔驴技穷,又觉得在候机楼不能再与他继续纠缠,便问:"密码是多少?"

"二黑"牙关一咬,说出了密码,嘴里又蹦出了三个字:"放人吧!"

李强向30米开外的长廊方向努了努嘴,说道:"他在那儿等你呢!"

"二黑"顺着李强手指的方向一看,只见面容憔悴的"海沙子",正靠在远处的座椅上打瞌睡。

他飞也似的跑了过去,一把抱住"海沙子",连哭带喊地叫道:"海哥,海哥,你怎么变成这样了啊!"

一个小时以后,"二黑"搀扶着呆若木鸡的"海沙子",登上了飞往珠海的航班。

机舱内,"二黑"搂着和日本电影《追捕》中"横路敬二"一个模样的海哥,

第四十章 步步紧逼

一汪泪水夺眶而出。他瞥了一眼机翼下渐渐消失的双阳城，暗暗下定决心，一定要与李强这伙绑匪算账。

一场离奇的绑架风波悄然平息，杨大海如释重负地松了一口气，他本以为这场令人啼笑皆非的闹剧就此拉上了帷幕，没想到，林鑫鼎却没有一点儿罢手的意思。

当天晚上，杨大海应邀来到了林鑫鼎的"天上人间"，他见林鑫鼎已经给他准备好了热气腾腾的小火锅，内心里产生了一丝温暖。

林鑫鼎举着红酒杯，眯着眼睛对杨大海说道："大海局长，请允许林某代表双阳市几百万人民，热烈祝贺我老弟荣升副市长，来，咱哥儿俩干一杯！"

杨大海心里一阵得意，脸上也露出了一丝笑容。他摆正了姿势说道："谢谢老兄，可我现在只解决了副市级干部的待遇，距离副市长还差半步，用不着祝贺！"

林鑫鼎微微一笑，说道："大海市长，半步之遥，那还不是挪动一下脚步的事儿嘛，更何况你还给自己上了个双保险呢！"

火锅升起的热气扑在了杨大海的金丝边眼镜上，他摘下眼镜，揉了揉眼睛问道："老兄，大海怎么没听懂你的意思，哪儿来的双保险呀？"

林鑫鼎将一块肥牛肉放进了嘴里，低着头，一边咀嚼，一边说道："市里有程妍秋市长为你保驾，省里有王厅长为你护航，这还不是双保险，又是什么呢？"

杨大海一愣，心想：这老家伙怎么会知道我与王厅长通过"小海鲜"建立了关系？他转念一想，又觉得疑心太重的林鑫鼎是在胡乱猜测，便摇晃着红酒杯，不冷不热地说道："王厅长只是欣赏我的工作业绩，还没有达到为我护航的地步。"

林鑫鼎抬起头，用诡异的眼神儿瞅了瞅杨大海，问道："不会吧，你不是让'小海鲜'帮你说话了吗？"

杨大海一听林鑫鼎说出了"小海鲜"三个字，立即傻了眼。他惊恐地看着林鑫鼎，心想：这老家伙是能掐会算，还是在我身边安插了眼线？

看着杨大海疑惑的表情，林鑫鼎立即得意起来，他心里在说：你杨大海就是做梦也不会想到，和你在一个被窝里睡觉的雪梅，是我派到你身边的卧底吧！

杨大海有些发蒙，他回忆着自己到省厅拜见王厅长的前后经过，怎么也想不出来还会有谁看到过他精心准备的"小海鲜"。

杨大海忐忑了起来，自己回家取钱的过程除了雪梅以外，再无旁人看见，莫非……杨大海不敢多想，竟不敢去正视林鑫鼎那双狡诈的眼睛了。

林鑫鼎瞧了瞧杨大海失魂落魄的表情，将红酒杯举到他的眼前说道："杨市长，喝酒啊！"

杨大海的思绪有些混乱，他一口喝光了杯子里的红酒，偷眼看着林鑫鼎，不知从他嘴里还能冒出什么令自己不寒而栗的话来。

林鑫鼎见杨大海没有与他碰杯，把话锋一转，说了正题："感谢杨市长帮林某讨回了部分债务，请允许林某敬杨市长一杯。"

杨大海心里在骂：你那钱也能叫债务吗？

林鑫鼎与杨大海喝光了酒杯里的酒，接着说道："杨市长，在林某的感谢之余，还不得不强调一下，'海沙子'欠我的钱不是1800万，而是3000万。"

听了林鑫鼎的话，杨大海气得差一点儿背过了气，手里的酒杯都险些滑落到地上。他皱着眉头问："老兄，你在赌场上输的钱也能叫债务吗？"

林鑫鼎翻了翻眼皮，回答道："那当然叫债务了，不然他'海沙子'怎么会轻易就吐出了1800万？对了，他说没说剩下的钱，什么时候能还给我？"

杨大海脑袋"嗡"的一下瞬间变大，他眨了眨眼睛，问道："老兄，你还没完没了了，是不是？"

林鑫鼎微微一笑，说道："不是林某没完没了，我上次和你说得很清楚，我要的3000万元，只是你和程妍秋联手骗国家8000万补偿款中的一部分，你答应还我的钱数也是3000万元啊！"

杨大海瞅了瞅无赖一般的林鑫鼎，气得一句话也说不出来了。

林鑫鼎见杨大海不再说话，觉得自己的铺垫也差不多了，便问："杨市长，'海沙子'要是不再还我钱，你就得替他还，对不对？"

杨大海此时感到林鑫鼎就像一只生癞的蛤蟆蹦到了他的身上，他感觉浑身都在发麻，就连嘴唇都有些发紫。

林鑫鼎见杨大海额头上渗出了冷汗，乘胜追击道："杨市长，你说，什么时候还钱吧？"

杨大海实在不想多看一眼林鑫鼎那副流氓的嘴脸，他把酒杯往桌上使劲儿一蹾，说道："我没钱。"

林鑫鼎将大脑袋凑到了杨大海的面前，阴笑着说道："你没钱，可是你有权啊！你可以用你手中的权力，把银行欠我的钱给我要回来呀！"

杨大海一听林鑫鼎要故伎重演，差一点儿从座位上滑落到地上。

林鑫鼎站起身来，走到杨大海的身后，拍着他的肩膀，轻声说道："大海呀！咱哥儿俩是好哥们儿，林某拿你的事儿就当成是我自己的事儿，连玩命掉脑袋的事情，是不是也没含糊过？那你也得把哥哥的事情当成是你自己的事儿来办，对不对？哥哥又没有让你去杀人放火，不就是催个债嘛，对你来说还不是小菜一碟，你说是不是呢？"

杨大海见林鑫鼎拿杀害陈小文这件掉脑袋的事情来威胁自己，顿时乱了方寸，一时半会儿，还真拿不出什么好办法来对付这个贪得无厌的臭无赖。

林鑫鼎回到了座位上，他见杨大海耷拉了脑袋，摇晃着红酒杯开始对他摊牌："杨市长，实话跟你说吧，在我们双阳市的郊区有个很大的采矿场，他们资金周转不开时，经常向我的鑫鼎财富管理投资公司借高利贷。他们到期还不上的时候，我就收他们的股份，几年的光景，这个采矿场就支撑不下去了。好多年前，我让'二林子'接管了这个采矿场，'二林子'脑袋也灵光，他打了几口斜井，从双阳钢厂的地下往外挖矿石，然后再卖给钢厂，这样我的生意就做大了。"

杨大海一听林鑫鼎竟然是控制采矿场的后台老板，眼睛立刻睁得老大，他心里暗暗叫苦，原来那伙盗挖国有资产黑恶势力的幕后黑手，就是他林鑫鼎啊！

林鑫鼎见杨大海目瞪口呆，接着炫耀道："人活在世上都会有个马高蹬短的时候，我林某也是一样。头几年，采矿场为了维持资金周转，每年都向银行贷款，到年底还不上的时候，我就用鑫鼎财富投资公司的钱把贷款先还给银行，第二年初的时候，再从银行把钱贷出来。可最近银行换了新行长，这家伙是个吃'生米'的主儿，他见我还完了贷款，就再也不给我放贷了。这样，我的3000万就被他'扣'在了银行，我拿这个行长实在没办法了，只好向你杨市长求救了。"

杨大海听着林鑫鼎的"表白"，只觉得身子都有些摇晃。

"杨市长，其实这件事情对你来说，并不算是个难事儿，你只要派人将这个行长抓起来，他就得像'海沙子'那样，乖乖地给我往出吐钱。"

杨大海使劲儿摇着头，声音颤抖着说道："老兄，亏你能想出来这么个馊主意来，不瞒你说，你让我去抓'海沙子'这件事儿，我都后怕，还让我去抓银行行长？我……"

林鑫鼎见杨大海封口，急忙又给他打气道："杨市长，其实，对付银行行长可比绑架'海沙子'省事儿得多。"

杨大海无可奈何地摇头，说道："这不一样吗！"

林鑫鼎点着大脑袋说道："这可不一样，对付'海沙子'要用黑道，可对付银行行长就不用那么麻烦了，我只要给你们公安局写一封举报信，你不就可以顺理成章地抓他了嘛。再说了，哪个银行行长会清清白白，我就不信他会不贪！你派人把他抓到公安局，给他来一个一哄、二骗、三过电，还说不定能审出来个贪腐大案呢，你说是不是？"

杨大海一听，差一点儿气炸了肺，他"啪"的一拍桌子，鼓起勇气叫道："姓林的，你以为公安局是我杨大海家开的私人公司？我让谁去抓人，谁就会去抓人，是不是？"

林鑫鼎见杨大海动了怒，急忙安慰道："杨市长，公安局虽然不是你杨大海家开的，可公安局里的干部可是任你随意摆布的啊！你随便提拔个能管银行的官儿，不就能成全我了吗？反过来说，我不去举报你和程妍秋欺诈国家巨款，不也一样成全你们了吗！"

第四十章 步步紧逼　359

林鑫鼎见杨大海头上冒着冷汗，又不言语，继续给他出着馊主意："杨市长，你弟弟杨大江外号不叫'杨大巴掌'吗？你派他去，我敢保准儿，他一巴掌就能把行长打得服服帖帖！"

　　杨大海被林鑫鼎气得张着嘴，好半天才骂了一声："去你的吧！我让他去澳门抓'海沙子'，他都不愿意去，你回家等着他给你去抓银行行长吧。"

　　林鑫鼎一听"澳门"二字，立马有了新主意，他嬉皮笑脸地说道："那你让李强去啊！这小子够黑，不瞒你说，'海沙子'给我吐出来的100万现金，都被他给要走了啊！"

　　杨大海见林鑫鼎提到了李强，一下子想到他是林鑫鼎安插在自己身边的危险人物，便开始活动起了心眼儿。

　　突然，杨大海想到了"小海鲜"一事，便问："老兄，刚才忘了问，你是怎么知道'小海鲜'里面的秘密的？"

　　林鑫鼎摇晃着大脑袋，故弄玄虚地说道："这是关系到是否构成行贿受贿犯罪的大事儿，我可不敢随便乱说。"

　　杨大海见林鑫鼎又在拿职务犯罪来威胁自己，把脸一沉说道："你可以不说，但你也休想让我去为你做那件事儿。"

　　林鑫鼎闭上眼睛想了半天，觉得自己已经有了更多的渠道来控制杨大海，即使抛出去雪梅，也无碍他继续操纵杨大海，便挤眉弄眼地问道："大海，你知道我有几个老婆吗？"

　　听了林鑫鼎的问话，杨大海一愣，他将身子往座椅上一靠，没好气地说道："你有几个老婆关我屁事儿。"

　　林鑫鼎见杨大海没有明白他的用意，掰开手指计算道："和我睡过觉的女人不计其数，给我生过孩子的嘛，至少有5个。我的大老婆叫春花，老三叫秋月，老四叫夏梦，老五……"

　　杨大海斜着眼睛瞥着得意忘形的林鑫鼎，很难想象从他狗嘴里能吐出什么象牙来。

　　杨大海面无表情地看着林鑫鼎数着他老婆的名字，却没有听到二老婆姓甚名谁。

林鑫鼎正要接着往下说，忽然像想起了什么事儿，他板起脸问杨大海："大海，我要是告诉你个秘密，你是不是就答应帮我要钱？"

　　林鑫鼎见杨大海不言语，拿起酒杯，自言自语道："算了，我还是保守秘密吧！"

　　杨大海正在揣摩林鑫鼎的几个老婆与"小海鲜"之间会存在着什么样的关联，却见他欲言又止，接茬问道："你能不能不和我讨价还价？"

　　林鑫鼎阴沉着脸说道："不能，我是生意人，讨价还价是我从小养成的习惯。"

　　杨大海又问："难道说，你的老婆和我的'小海鲜'之间有什么关系吗？"

　　林鑫鼎坐直了身子，一本正经地说道："当然有了！"

　　听了林鑫鼎十分肯定的回答，杨大海心里"咯噔"一下。他预感到林鑫鼎刚才漏掉"二老婆"是故意的，便心急火燎地说道："好，我答应，你说吧！"

　　林鑫鼎将酒杯举到杨大海的眼前，煞有介事地说道："君子一言！"

　　杨大海与林鑫鼎碰了酒杯，催促道："你就别磨叽了，快点说吧！"

　　林鑫鼎清了清嗓子，说道："20多年以前，我遭到了你们哥儿俩的陷害，被抓到了派出所。我从派出所里逃出来以后，偷渡到了韩国，在那里认识了我的二老婆雪梅。"

　　杨大海一听，脑袋嗡的一声，两眼冒着金花，差一点儿晕倒在地。

　　林鑫鼎看都没看杨大海，慢声慢语继续说道："这个雪梅就是一直和你睡在一个被窝里的那个雪梅。她告诉我，你回家取了一盒'小海鲜'，到省公安厅去给王厅长行贿了。"

　　杨大海瘫倒在了座椅上，哭丧着脸问："姓林的，你这是为什么？为什么要这么做啊？"

　　林鑫鼎冷笑一声，大声回答道："为了和你的关系更加紧密啊！"

第四十一章

绝地反击

杨大海遭到了林鑫鼎的讹诈和羞辱,一甩袖子离开了"天上人间"。他漫无目的地开着车,挥舞着拳头愤怒地咆哮着:"林鑫鼎,你这个老流氓!臭无赖!给你点阳光你就灿烂,给你个机会你就蹬鼻子上脸!你,你不得好死!"

杨大海骂了一会儿林鑫鼎,又开始责怪起了自己:"杨大海,你个无能懦弱的家伙,竟被一个流氓无赖牵着鼻子招摇过市,你还有一点儿尊严吗?你个堂堂的公安局长,难道就是一块案板上的鱼肉,任他林鑫鼎挥刀砍来剁去?你可是统领护卫军的'执金吾'啊!你的威风哪里去了?"

杨大海疯狂地开着车,接连闯着红灯,不知不觉,他的车已经开到了雪梅的住处。

要在以往,杨大海肯定会疾步走进屋内,去接受雪梅火热的嘴唇,喝一杯她精心调制的销魂烈酒,再享受她温暖的体温。可现在,尽管他看见了屋内那盏还没有熄灭的灯光,甚至想到了床上那个柔软的胴体,但他再也不想往屋里挪动半步了。

"林鑫鼎,你竟然把卧底派到了老子的床上,你也欺人太甚了!"

杨大海骂着,使劲儿一踩油门,离开了曾经让他魂牵梦绕的"老窝"。

杨大海开着车,很快又来到了他的"新窝",这是他给梅玲新"买"的房子。

自打他在弟弟杨大河的律师事务所见到了梅玲,尤其是见她用吸管两口就喝光了一整瓶白酒时,内心就产生了一种躁动。

杨大海喜欢女人,但他的审美却与众不同,有时甚至是变态。他从梅玲喝酒时表现出来那种大无畏的气概中,发现了她敢于担当的精神,更看到了她视死如归的勇气，他想把梅玲培养成为自己事业上的好帮手，能够为他独当一面，才毫不犹豫地提拔她当了交警支队的副支队长。

后来，杨大海让梅玲离了婚，他幻想着梅玲能给他生个儿子，更寄希望于这个儿子将来能子承父业，使他杨家"执金吾"的香火能代代相传，让他父亲的在天之灵能够含笑九泉。

"妈的，林鑫鼎在我面前一再保举梅玲，他们之间会不会也……"杨大海骂着，一想到林鑫鼎竟能够把他的二老婆派到了自己的床上，立即对梅玲产生了一丝警觉。

杨大海疑虑重重地在梅玲的门前止住脚步，徘徊了一阵子以后，又转身离去。

杨大海觉得"老窝""新窝"都靠不住了，他又想到了自己的"金窝"和"银窝"。

杨大海看了看手表，见指针已指向凌晨，他不知道"金窝"里的妻子和女儿都在做着什么。他想给她们打个电话，可虽然按出了电话号码，却没有勇气按动手机拨通键。

杨大海本想退休以后能和妻子女儿在境外的"金窝"过上天伦之乐的生活，可自打他收到妻子从国外寄给他的离婚书以后，只能偷偷地给女儿打钱，再也没有底气与"金窝"的女主人通电话了。

杨大海找不到了"金窝"，心里又惦记上了"银窝"里的莜莜。莜莜是他窝里最为温柔体贴的一个女主人，起初，杨大海和她曾经有过一段如胶似漆的蜜月期。莜莜年轻漂亮又很会撒娇，为了投入杨大海的怀抱，她还毅然决然地与自己的丈夫离了婚。为了回报莜莜对他的"忠心"，杨大海安排她当了双阳大学史上最年轻的学生科长，可自打她被杨大海派到公安局与双阳大学联办的教育培训基地，当上了财务总管以后，莜莜就痴迷上了"培训经费"而不再迷恋他杨大海。杨大海看着一天比一天贪婪的莜莜，也只好减少了与她藕断丝连的次数。

杨大海在迷茫之中回到了他的"银窝"。

此时，"银窝"里的女主人莜莜正在睡觉，她迷迷糊糊地听到那个熟悉的脚步声走到了自己的床前，身子一歪，将雪白的后背送给了杨大海。

杨大海也只好忍受着孤独，冷冰冰地熬到了天明。

第二天是星期天，杨大海起早来到自己在兰亭山脚下的"兰亭憩园"。他心事重重，不再像往常那样与爱犬"战狼"玩耍，而是约来了弟弟杨大江，他要把自己几乎一夜未眠谋划出来的"战略方针"说给弟弟听。

杨大海不想再老老实实地成为林鑫鼎案板上的鱼肉，也不想稀里糊涂地为林鑫鼎充当打手，更不愿意再窝窝囊囊地去充当林鑫鼎的保护伞让他为所欲为，他要动用自己手中至高无上的权力，开始绝地反击，给林鑫鼎这个王八蛋点厉害看看，也好让他知道他这个公安局长也不是一个省油的灯。

杨大江赴约来到了"兰亭憩园"，他第一眼就看见了给哥哥养狗的"迷彩服"。他讨厌"迷彩服"那说不清是仇恨还是善良的怪异眼神儿，即便他进屋来到了杨大海的面前，那双警惕的眼睛还一直瞟着远处"迷彩服"的一举一动。

杨大海看到杨大江，露出了和蔼可亲的笑容。

杨大江见杨大海有些憔悴，吃惊地问："哥，你是没有休息好，还是遇到了什么烦心的事儿？"

杨大海只有在他的亲人面前，才能放松一下紧绷着的神经，他苦笑着问道："大江，你还有要离开刑侦战线的念头吗？"

杨大江见哥哥问起了这件事儿，不假思索地回答道："大哥，原来我最大的理想是能到交警支队当个政委，那个职务既清闲又有实权，可是现在我已经打消了这个念头。"

杨大海问："为什么？"

杨大江把胸脯一拍，表白道："我要为您掌握刀把子，保证您的安全啊！"

杨大海用感激的目光看了看杨大江，尽管他相信自己的弟弟不论在什么情况下，都会为自己冲锋陷阵，但他还是十分犹豫要不要把自己要与林鑫鼎展开决战的想法对他和盘托出。

杨大江见哥哥在想心事，自己又不好开口去问，便从烟盒里抽出一支香烟叼进嘴里,啪的一声打着了打火机。他不敢在哥哥面前耀武扬威地架起"二郎腿",就连嘴里的烟雾都小心翼翼地吐向了地上。

杨大海伸出手,主动向杨大江要了一支烟,他在寻思着是以"打黑"的名义,还是以"扫黄"的借口来惩治林鑫鼎,便问:"大江,你干了这么多年的刑警,你和我句说实话,在我们双阳市,有没有称霸一方的黑社会组织?"

杨大江没有听懂哥哥问话的弦外之音,吐着满口的烟雾说道:"大哥,我在双阳的市面上混了20多年,对双阳市的'黑道''白道'了如指掌,就连赌博行业那帮'蓝道'家伙,见到我都得给我打立正。所以,我觉得黑社会倒是没有,但是涉'黄赌毒'的恶势力倒是有几个。"

杨大海被杨大江的回答有所提醒,他盯着弟弟问:"哪个是?"

杨大江犹豫了一下,回答道:"'狐狸夜总会'就是。"

杨大海又问:"你知道'狐狸夜总会'是什么人开的?"

杨大江眨了眨眼睛,回答道:"我不知道夜总会的后台老板是谁,只知道前台的总经理叫侯峰,管理小姐的'妈咪'叫琳琳……"

杨大海一听"琳琳"的名字,急忙打断弟弟的话:"你说的琳琳多大年龄?她长得什么样?"

杨大江顺口说道:"她呀,也就20多岁,人长得挺漂亮,还陪我喝过酒呢。我听说她是双阳大学艺术专业的毕业生,很多陪酒小姐都是她招去的。"

杨大海的手抽搐了一下,他低头一看才知道是烟头烫到了他的手指。

杨大海把烟头往烟缸里面使劲儿一扔,突然想到了琳琳曾经对他说过"有人雇她当老板"的话,又联想到林鑫鼎和雪梅之间曾经有过的夫妻关系,猜想这个琳琳既是自己的情人,又应该是林鑫鼎的女儿,便问:"大江,你听没听说过'狐狸夜总会'的后台老板是什么人?"

杨大江托着下巴想了想说道:"我没听说过。不过,我可以向你提供一个人,他原来是管'狐狸夜总会'那片的派出所所长,你问问他,就什么情况都清楚了。"

杨大海又点燃了一支香烟,问道:"你说的是李强吧?"

"没错儿，我说的就是李主任，外面对他的风言风语可多了，说他就是这家夜总会的保护伞，还听说……"杨大江欲言又止，停顿了话语。

杨大海见杨大江没有把话说完，忙追问："你还听说了什么？怎么跟我还吞吞吐吐的？"

杨大江不好意思地微微一笑，真就吞吞吐吐地说道："外面还传说，你才是夜总会的大靠山。"

杨大海一听，"啪"地一下将烟头扔在了地上，大声吼道："胡说！我跟他们一点儿瓜葛都没有，不信，我现在就下令把'狐狸夜总会'给端了。"

杨大江见哥哥有些生气，又解释道："大哥，我知道你和他们之间没有什么联系，可是……"

杨大海板着面孔问："可是什么？"

杨大江见哥哥刨根问底，接着说："可是，人言可畏呀！大哥，你可以想一想，假如是李强故意放出去的风声，而他又被你提拔当了主任，还有谁会不相信他的话呢？所以，满街的流言蜚语就这么一传十、十传百地传开了，你连个解释的地方都没有。"

经过杨大江这一番点拨，杨大海方才醒悟，自打自己被林鑫鼎攥住把柄以后，便被他威逼、利用，不知不觉已来到了悬崖的边上。

杨大海以往也曾想过要与林鑫鼎撕破脸皮，甚至还有过把他抓起来的念头，可一想到林鑫鼎那张阴险毒辣的脸和凶狠残忍的做事手段，尤其是想到了陈小文无头的尸体，他又投鼠忌器，不得不放弃了萌生出来的念头。

现在，杨大海连憋气带窝火，他再也不想忍气吞声，于是问："大江，你有'狐狸夜总会'涉黄赌毒的证据吗？"

杨大江见哥哥似乎要对"狐狸夜总会"采取行动，十分干脆地回答道："那还不好办吗，收集呗！"

杨大海站起身来在屋内踱起了脚步，他考虑了一会儿，问道："大江，我派你去打掉这个夜总会，你敢不敢去？"

杨大江见哥哥果然要对"狐狸夜总会"下手，便要试探一下哥哥是为了撇清外界的传说，还是真要扫清黄赌毒，便问："大哥，你是要真打，还是要假打？"

杨大海问："真打怎么打，假打又怎么打？"

杨大江抽了一口烟，一边思索，一边说道："真打，我就派人去秘密搜集证据，然后用特警包围夜总会，将涉'黄赌毒'的人员全部拿下，让'狐狸夜总会'在双阳市的地面上彻底消失；假打，你就派治安派出所过去，随便抓几个卖淫嫖娼的人，让媒体曝个光也就行了。"

杨大海站起身来，抱着双肩，权衡着利弊。他想：如果真打，有利之处，是能让林鑫鼎知道我杨大海的厉害，不再往悬崖边上逼我；有弊之处，是会将他逼得狗急跳墙，像疯狗一样乱咬人。如果假打，那就极有可能没打着狐狸反倒惹了一身骚……

杨大海举棋不定了，他害怕出现林鑫鼎与他拼命的局面，影响到他和程妍秋的仕途。杨大海思来想去，觉得起码现在还没到与林鑫鼎展开厮杀的时候。

杨大海权衡了好半天利弊，也没拿定个主意，他隔着玻璃窗远眺到了连绵起伏的兰亭山，忽然又想到了林鑫鼎对他说过山脚下的那个采矿场。

林鑫鼎不是挑明了他是通过放高利贷，将采矿场收入囊中，而且还打斜井盗窃国有资产吗？我为何不派人去秘密收集他们盗采国有资源的证据，再把他们定成黑社会组织，请王厅长异地调警去与林鑫鼎正面搏杀？这样，我杨大海只要在背后把刀子递过去，不照样可以达到一剑封喉、置林鑫鼎于死地的目的嘛！

杨大海想出了借刀杀人的办法，便开始忽悠起了杨大江："大江啊！我刚才寻思了一下你说的话，我觉得让你带特警去打黄赌毒，还真有点不太合适。你是刑警，主业应该是侦查破案、打击犯罪，抓人破案才是你的强项，所以对你不能大材小用，得将你派到战场上去杀敌立功，才能为你当政委创造条件。"

杨大江被杨大海突发奇想的"大反转"弄得有些莫名其妙，他挠挠脑袋问："大哥，又不让我去扫黄了？"

杨大海微微一笑，说道："你不去扫黄，但可以去打黑呀！"

杨大海完善了自己的思路，说出了他的打算："我准备成立一个'扫黑除恶'办公室，重点打击那些危害国家安全、侵害人民利益、盗窃国家资源的有组织犯罪，你看如何？"

杨大江被哥哥的东一榔头、西一棒子的问话，弄得丈二和尚摸不着头脑，他问："大哥，大江怎么没听懂您的意思？"

杨大海板起面孔，一本正经地说道："杨支队长，我准备让你去担任这个'扫黑办公室'的主任，你该不会不接受吧！"

杨大江愣了愣神儿，他看了看哥哥严肃的面孔，立马表态道："没问题！不过，我也有两个建议。"

杨大海问："说，什么建议？"

杨大江回答道："大哥，'扫黑办'主任的责任太大，我建议让辛然副局长来担任；毛雨辰年轻有为，干劲儿十足，我建议把他抽调到'打黑办'来当专案队长。"

杨大海看出了弟弟的心事，他指着杨大江的鼻子，嘴里夸道："大江，我发现你的头脑越来越灵光了，他们两人都是你向我推荐的，一旦出了问题，有辛然替你顶缸；要是毛雨辰干出成绩来，你又是他的直接领导。这样一来，做出成绩是你的，出了问题是辛然的，你是这个意思不？"

杨大江不好意思地点了点头。

杨大海说穿了弟弟的心事，接着又说："我最近接到举报信，兰亭山后面有个涉黑、涉恶的采矿场，你们'打黑办'要办的第一起案件就是想办法摸清采矿场的内幕，掌握证据以后，立即动手抓他几个喽啰兵。既要让他的老板感觉到我们是冲着他来的，又要让他觉得我们是搂草打兔子无意碰上他的。也就是说，既要打他疼，又不要让他死，明白没？"

杨大江紧锁眉头，仔细品味着杨大海的用意，好半天才舒展开了紧锁的眉头……

时间过得飞快，转眼就到了年底，双阳市迎来了冬季。

双阳市公安局"扫黑办公室"成立了，杨大江经过一段时间的"招兵买马"，开始利用打黑的名义，紧锣密鼓地深挖林鑫鼎的根基了。

毛雨辰被调到了"打黑办",他接受了杨大江交给他的秘密侦查任务以后,首先把电话打给了舅舅龙岩,然后又驱车来找袁小雨。

毛雨辰来到李家窝棚派出所,见袁小雨正在电脑前刷屏,便神神秘秘地对他说:"走,跟我去执行一项侦查任务。"

袁小雨上了毛雨辰的车,忙问:"什么任务?"

毛雨辰一边开车,一边对袁小雨说道:"市局成立了'扫黑办',抽调我来当专案队长,所以,我推荐你过来当我的助手了。"

袁小雨一听自己回到了专案组,顿时喜出望外,他拍着毛雨辰的肩膀连连称谢:"谢谢你,毛雨辰,还是好哥们儿关心我,让我又能搞案子了!"

毛雨辰没有告诉袁小雨这是龙岩的主意,他一听袁小雨直呼着他的大名,便摆出了专案队长的架势,说道:"小雨,你到我身边工作以后,不能直呼我的名字,得叫我队长,记住没?"

袁小雨撇着嘴,不服气地说道:"毛雨辰,你这才当了几天的队长啊,就开始摆架子了!"

毛雨辰见袁小雨还在称呼他的大名,突然来了一个急刹车,他狠狠地瞪了袁小雨一眼,问道:"袁小雨,你叫还是不叫?"

袁小雨被闪了一个趔趄,他见毛雨辰板起了脸,急忙吐了一下舌头,说道:"报告毛队长,袁小雨知错了。"

毛雨辰开着车,在巍峨绵延的兰亭山山脚下跑了十几公里,也没有找到杨大江说的那个采矿场,便问:"小雨,你来李家窝棚派出所也好几个月了,听没听说过这里有个盗采稀有矿产的采矿场?"

袁小雨一听毛雨辰问起了采矿场,立即回答道:"毛队长,你还真问对人了,这件事儿,我曾经听被公安机关开除的李晓明说过。他说阎家沟派出所管内,有个盗采稀有矿的采矿场,他们打斜井、挖巷道盗采双阳钢厂的地下资源,钢厂还出现过作业面塌方的事故。可我去了解情况的时候,根本没有找到这个采矿场在哪儿,你说怪不怪?"

毛雨辰眼睛一亮,问道:"那你怎么不去钢厂了解一下情况啊?"

袁小雨用警惕的目光看着毛雨辰,反问道:"钢厂大门都不让我进,

第四十一章 绝地反击

保卫处的同志也都守口如瓶，你让我到哪儿去了解情况啊？"

　　毛雨辰和袁小雨开着车，在山脚下的土路上缓缓而行，继续寻找着采矿场。

　　袁小雨望着车窗外的荒山野岭，突然想到了龙岩对他说过毛雨辰是他派到杨大江身边的卧底的话，便打消了对毛雨辰的怀疑，笑着说道："毛队长，我领你去一个地方，或许能够揭开这家采矿场的秘密……"

第四十二章

警察失踪

黄昏时候,袁小雨指引毛雨辰来到了兰亭山脉的一座无名山脚下,将轿车隐蔽在了大路旁边的枯草丛中。

两人下了车,眼前出现了一条很不起眼儿的小路。小路与大路相连,蜿蜒延伸到了大山的深处,他们顺着小路徒步向山里走去。

"雨辰……"袁小雨想对毛雨辰说话,可刚一开口,觉得说走了嘴。他瞥了一眼毛雨辰,见他正在用眼睛的余光瞪着自己,便改口叫了一声"毛队长"。

毛雨辰脸上露出了一丝得意,他微笑着对袁小雨说道:"这就对了,对领导就要常怀敬畏之心嘛!"

一阵冷风吹过,小路上扬起了一片尘土。袁小雨用手挡着眼睛,说道:"毛队长,你注意到没,这条小路上有很多乱七八糟的车辙印,而且还都是货车碾压的痕迹。"

毛雨辰低头看了看脚下,点了点头。

小路不长,说话间,两人就来到了小路的拐弯处。

袁小雨指着不远处一个用干树枝伪装的大铁门,说道:"我以前来这里侦查过,这个铁门里面是个山洞,只要司机按一下遥控器,铁门就会自动打开,卡车就可以进山洞了。"

毛雨辰顺着袁小雨手指的方向望去,果然看见树枝后面有一扇锈迹斑斑的大铁门。

毛雨辰问:"小雨,难道你怀疑这里就是采矿场的出入口吗?"

袁小雨点着头,拉着毛雨辰穿过树林开始爬山。不大一会儿工夫,两人便爬到了半山腰。

袁小雨指着山脚下的一处深宅大院，说道："这个大院的正门在前面的村子里，那个村子就是阎家沟村。前几天，我用望远镜观察了好久，发现从这个大院里面也可以绕到刚才看到的那扇大铁门。"

毛雨辰问："这么神秘，你是怎么发现的？"

袁小雨没有回答毛雨辰的问话，他拉着毛雨辰又向山顶爬了一段坡路，问道："雨辰，你知道这个大院是谁家的吗？"

袁小雨的问话刚一出口，便一拍脑门说道："瞧我这记性，又忘了称呼队长啦。"

毛雨辰气喘吁吁地摆了摆手，说道："算了，你小子愿意怎么称呼就怎么称呼吧，不过，我可警告你，当着外人的面，你必须得管我叫队长，这回记住没？"

袁小雨勉强笑了一下，说道："毛队长，你放心吧，下次我一定长记性。"

袁小雨站在了一块青石板上，手搭凉棚向山下张望了一会儿，回头对毛雨辰说道："我曾经去过阎家沟村，一打听才知道，这个大院叫林家大院，院子的主人就是双阳市赫赫有名的鑫鼎财富管理投资有限公司的老板林鑫鼎。"

毛雨辰紧走几步，与袁小雨并肩站在了青石板上。他们极目远眺，将林家大院尽收眼底。

毛雨辰环视着周围荒秃秃的大山，深有感触地说道："不错，这个地方真是个世外桃源，要是夏天来，风景一定会很美！"

袁小雨叹了一口气，说道："要是夏天过来，林家大院就会被茂密的森林所掩映，你就看不到大院与大铁门之间还能有条相互连通的路喽！"

毛雨辰忙问："小雨，你的意思是说，那扇大铁门也是林家大院的后门？"

袁小雨点了点头，指着林家大院的墙边说道："前几天，我用望远镜看过，大院和大铁门之间确实有一条路相通。"

毛雨辰惊讶地问道："小雨，你难道在怀疑林鑫鼎与采矿场有关系？"

袁小雨头也不回地说道："雨辰，不，毛队长，我谁也不怀疑，我只相信我的直觉和眼睛。我的直觉告诉我,那个大铁门就是采矿场的出入口;我的眼睛告诉我,林家大院与大铁门之间有路相通。"

毛雨辰使劲儿拍了一下袁小雨的肩膀,说道:"小雨,可以呀!我看你都快成神探了!看来,市局把你发配到李家窝棚派出所就对了,不然,你也发现不了这么神秘的采矿场啊!"

袁小雨晃了一下肩膀,抖掉了毛雨辰的手,说道:"前不久,我在派出所接待了一个来找儿子的老大妈。她说她儿子在采矿场打工,好几年都没有回家了,她就知道采矿场在这座无名大山里,可眼睛都快找瞎了也没有找到具体在哪儿。我问过派出所的老民警,老民警说,他也曾遇到过前来找丈夫的妻子。所以,我就经常来山里转,正好是冬季帮了我的忙。"

毛雨辰用敬佩的目光打量着眼前的袁小雨,他觉得他的这位警院同门师兄,确实有着过人的敏锐。

袁小雨拉着毛雨辰坐在了青石板上,他眼望着山脚下的林家大院,自言自语道:"我觉得,越是神秘的地方就越隐藏着惊天的秘密,如果我的直觉没有错误,这里肯定发生过命案。"

毛雨辰一愣,忙问:"小雨,你说什么?"

袁小雨扭过头来,看着毛雨辰,说道:"今天晚上,我俩就在大铁门附近隐蔽下来,如果有车过来,我们就可以搭车混进山洞。或许,这里面的秘密就能被我们揭开。"

毛雨辰点了点头,两人疾步下山,饱餐一顿以后,将手机放在了车里,回到了大铁门附近,隐蔽在了大树的后面。

夜空里,一片巨大的乌云罩在了两人的头顶,遮住了天上的一弯明月,大山里刮起了阵阵冷风。

凛冽的寒风摇曳着光秃秃的树梢,发出了"哗哗"的响声,两人不禁打了一个寒战。

突然,远处传来了卡车的轰鸣声,轰鸣声由远而近,两道白色的汽车灯光,顷刻便照射在了小路上。

已经换了农民工破棉袄的袁小雨和毛雨辰,互相使了一个眼色,他们在大铁门徐徐拉开的瞬间,飞身跳上了卡车的车厢,钻进了车厢的帆布棚里。

卡车进了大铁门,没开出几十米,便进了一个山洞。山洞内漆黑一片,毛雨辰和袁小雨只觉得车子在走着下坡的路,还觉得车外的空气里都散发着难闻的湿气和霉味。

卡车走了十几分钟,便停了下来。袁小雨和毛雨辰一骨碌跳下车,趴在了卡车的底盘下。

卡车司机熄了火,下车走进旁边的一间简易房,简易房里顷刻亮起了幽暗的灯光。

"咣当",卡车尾部传来了关闭大铁门的声音和铁链摩擦地面发出的声响。

两人趴在地上向四周观瞧,周围伸手不见五指,只有车头方向闪着鬼火一般的微弱灯光。

袁小雨和毛雨辰借着灯光仔细一看,发现车子的前后都关上了大铁门,卡车的尾部是第一道门,卡车前方是第二道门,只有停车的地方才是一块较为平坦的地面。显然,他们二人已经被关到了两道大铁门的中间。

过了一会儿,两人小心翼翼地从车底盘下面爬出来,身子靠在石壁上观察着周围的动静。他们发现这里的空间不是很大,地上到处都散发着湿漉漉的潮气,四周便是凸凹不平的石壁山体,他们已经进入了山洞的中间。

袁小雨和毛雨辰背靠着山体的石壁,向着前方亮灯的地方慢慢移动,发现二道铁门里面是一排住人的简易房,简易房门前的空地上架着几口铁锅。

铁锅里冒着煮饭的热气,几个做饭的工人正在往菜锅里扔着菜叶,两人意识到,二道门里面这个空间,就是采石场的生活区。

袁小雨和毛雨辰又把目光投向了生活区深处的第三道大铁门,只听大门里不时传来机器的轰鸣声,时间不长,便看见有升降机在从地下往上运着矿石。

袁小雨回头瞅了瞅紧挨着自己的毛雨辰,又向升降机的位置努了努嘴,毛雨辰点点头。

两人屏住呼吸,紧靠石壁观察着动静,也不知道过了多长时间,才见二道门里面突然亮起了大面积的灯光。紧接着,第三道铁门大开,又见一群衣衫褴褛的作业工人被升降机从第三道门里面的井下升到了地面。

作业的人疲惫不堪地走进了二道门里的那排简易房,不大一会儿,他们拎着饭盆到大锅里去盛饭。

最后升到地面的是一个穿着大皮靴的工头儿,他一只手拎着一根木棒,另一只手牵着一只伸着舌头、流着口水的大黑狗。

大黑狗一到井上,便闻到了袁小雨和毛雨辰的气味,它瞪着血红的眼珠,一边"汪汪"叫,一边向袁小雨和毛雨辰躲藏的地方扑了过来。

"大皮靴"发现大黑狗有了异常举动,他一松狗绳子,那只狼狗疯狂扑向了二道门,隔着二道门的铁矿栏杆,冲着袁小雨和毛雨辰"汪汪"地狂吠不止。

"大皮靴"见山洞里来了陌生人,挥动着手中的木棒,声嘶力竭地叫喊着:"快抓住他们!"

不大一会儿,袁小雨和毛雨辰被脚上拴着长长铁链子的两个看门人用木棒逼在了他们躲避的石壁旁。

"大皮靴"见到陌生的袁小雨和毛雨辰,牵着大黑狗站在了两人的面前。

大黑狗张牙舞爪,后腿弯曲,使劲儿蹭着地面,两只前爪腾空,险些扑到了袁小雨的身上,它"嗷嗷"叫着,口水都甩到了袁小雨的身上。

"大皮靴"举着木棒,问道:"你们两个是什么人?怎么进来的?"

"大皮靴"一边说,一边抡起了木棒,冲着袁小雨的脑袋就是一棒子,袁小雨把头一歪,肩膀上重重挨了一木棒。

"大皮靴"又将木棒抡向了毛雨辰,毛雨辰双手抱头,木棒重重地砸到了他的手背上。

"大皮靴"抡着木棒,左右开弓,几个回合,袁小雨和毛雨辰便被打倒在地。

"大皮靴"打了一会儿,觉得累了,回头对看门人恶狠狠地说道:"你俩把他们给我绑起来关进黑屋里,等我吃完饭,再过来收拾他们。"

吃罢了饭，"大皮靴"牵着大黑狗、拎着大木棒，迈着八字步来到了关押袁小雨和毛雨辰的小黑屋。

他用木棒指着袁小雨问："说，你们是什么人？怎么进来的？"说着，又抡起了他手中的木棒。

……

山洞内，"大皮靴"收拾着袁小雨；山洞外，袁小雨放在车里的手机一遍遍响着清脆的铃声。

倪雪见电话铃声响了半天袁小雨也不接听，便挂断了电话。她在派出所忙活了一天，晚上睡觉前又给袁小雨发了一条微信："你不接我电话，还不给我回微信，记过一次。"

次日早晨，倪雪醒来，见袁小雨仍然没有给她回微信，心里一惊，急忙又拨通了袁小雨的电话，可电话仍然无人接听。

倪雪的心立刻悬到了嗓子眼儿，一种不祥的感觉袭上了心头，于是风风火火地赶往了李家窝棚派出所。

当天下午，杨大江在办公室里忽然想起了他交代给毛雨辰秘密侦查采矿场的任务，心里泛起了"嘀咕"："这小子怎么也不向我汇一下侦查工作的进展情况？"

杨大江靠在沙发的靠背上，在茶几上架起了"二郎腿"，他一边抽烟，一边拨着毛雨辰的手机。

杨大江反复拨打了几次，见无人接听，嘴里骂道："你小子竟敢不接我的电话，看来是找'收拾'了，是不是？"

杨大江嘴里骂着毛雨辰，突然手机响起了急促的电话铃声。

杨大江刚一接听电话，听筒里立即传来李家窝棚派出所所长的声音："杨支队长，我们派出所的民警袁小雨失踪了。"

杨大江"腾"地一下从沙发上跳了起来，大声问道："你再说一遍！"

所长清了清嗓子，在电话里说道："昨天，袁小雨一天没来上班，也没向我请假，就连他女朋友倪雪给他打电话，他都不接。倪雪现在就在我的对面，她向我要人呢！"

杨大江忙问："毛雨辰在你们所里没？"

所长回答道："他昨天来过，听民警说，是他开车把袁小雨拉走的。我不知道是不是你让他们去执行任务了，这不就给你打电话了吗。"

杨大江心里一惊，嘴里念叨道："他们两人都不接电话，难道……"

杨大海脑子里画着问号，突然感到事情有些不妙，便对着电话说道："你等着，我带技侦过去给手机定位。"

几辆警车闪着警灯，风驰电掣般地驶向了兰亭山脉的无名山，技侦通过手机定位没费任何周折就搜索到了毛雨辰和袁小雨的手机信号，并发现了他们停在枯草丛里的轿车。

"不好，出大事儿了！"杨大江嘴里说着，一边向市局指挥中心报告，一边把电话打给了局长杨大海。

杨大江向杨大海报告了他让毛雨辰侦查采矿场以及毛雨辰和袁小雨突然失踪的事情经过。杨大海赶紧派出特警队前来支援。

半个小时以后，两辆特警运兵车鸣着警笛，呼啸着赶了过来，一队队荷枪实弹的特警队员不等车子停稳，就"嗖嗖"跳下运兵车，来向杨大江报到。

杨大江把大手一挥，大声命令道："立即搜山，活要见人，死要见尸。一定要把毛雨辰和袁小雨给我找回来。"

训练有素的特警队员分成了几个战斗小组，迅速上山开始搜索。

杨大江跟着特警队长沿着山间小路，很快来到了毛雨辰和袁小雨来过的那块青石板前。

特警队长指着山下的林家大院对杨大江说道："杨支队，山下有个大院，毛队长他们会不会被绑架到了那里？"

杨大江点着头，此时，他也认为毛雨辰和袁小雨一定是遭到了绑架。于是，指着林家大院说道："你让队员看看，我们从哪儿能下去。"杨大江说着，便和特警队长一起开始寻找着进到林家大院的山路。

"报告队长，一组没有发现目标。"

"报告队长，二组没有发现目标。"

……

"报告队长,山上没有能进大院的路。"

对讲机里传来特警队员一个接着一个的报告声。杨大江见天色渐渐黑了下来,果断命令道:"留下一组在山上控制制高点,用夜视仪观察大院里的动静,其他各组跟我绕到村子里,把大院给我包围起来。"

十几分钟以后,杨大江率领着特警队进了阎家沟村,林家大院顷刻便被围了个水泄不通。

院外,特警队员开始"咚咚"地砸门。

院内,十几条恶狗"汪汪"的叫声,连成了一片。

"报告队长,院子里有很多狗,进门时要小心。"对讲机里,传来了山上观察小组的报告声。

杨大海一把抓过运兵车里的高音喇叭,扯着嗓子喊道:"院子里的人听着,我们是双阳市公安局特警队,赶快把狗给我关起来,把门打开,我们要进去搜查!"

高音喇叭的刺耳音响,惊动了大院里的"二林子",他急忙给林鑫鼎打了电话:"校长,林家大院被公安特警包围了,警察正在喊话,他们要进来搜查。"

林鑫鼎一听他的林家大院被特警包围,警察还要进院搜查,接电话的手都开始发抖。

"真的?"林鑫鼎哆哆嗦嗦地问着,他心里明白,这是杨大海在向他亮剑。

林鑫鼎稳定了一下情绪,嘴里骂道:"妈的,难道他真敢跟我翻脸吗?"

忽然,林鑫鼎想到了关在后院山洞采石场里面的陈小文和黄培,忙问:"是不是那两个人跑出去报警了?"

"二林子"知道林鑫鼎是在问陈小文和黄培,赶忙回答:"没有,他俩的脚上一直拴着铁链子,肋插双翅也飞不出去采矿场啊!"

"这就怪了!"林鑫鼎嘴里说着,就听"二林子"在电话里急切地问:"校长,快拿主意啊!不然警察就冲进来了!"

林鑫鼎挂断了"二林子"的电话,犹豫了一小会儿,急忙拨通了杨大海的电话,他故作镇定地问:"杨局长,你怎么派特警包围了我的林家大院?"

杨大海一听,心里顿时明白,果然是林鑫鼎绑架了毛雨辰和袁小雨,便"啪"地一拍桌子,厉声呵斥道:"姓林的,你胆子也忒大了,竟敢在光天化日之下绑架人民警察!"

林鑫鼎一听杨大海不是冲着陈小文而来,忙问:"杨局长,你说什么?谁绑架警察了?"

杨大海见林鑫鼎还在装糊涂,双眉倒竖,他冲着电话吼道:"林鑫鼎,念在我们哥儿俩多年的情面上,我给你10分钟时间,你赶快把人给我交出来,不然,我就端掉你的林家大院。"

林鑫鼎见杨大海急了眼,急忙又把电话打给了"二林子":"你们绑架警察了吗?"

"二林子"刚要说没有,突然想起工头"大皮靴"说过采矿场里混进了两个人的话,忙说:"昨天山洞里确实混进了两个人,可不知道他们是警察呀!"

林鑫鼎一听,脑袋"嗡"的一下,险些栽倒在地,他恶狠狠地骂道:"你们这帮蠢猪,还不快把那两个人给我放了!快放了!他就给我10分钟的时间!"

杨大江正犹豫着要不要强攻林家大院,忽然接到了杨大海的电话指令,他忘了手里还拿着高音喇叭,便对特警下达了命令:"9分钟以后,把门给我炸开,狙击手进去把院里的狗统统打死,然后开始给我搜查!"

"二林子"从高音喇叭里听到了杨大江的说话声音,他马上拿出对讲机,对山洞里的"大皮靴"喊道:"你,你快把那两个人给我放出来!"

"大皮靴"一时没有听懂"二林子"说话的意思,他语无伦次地说道:"我都把他俩打晕了,走不了啊!"

"二林子"急三火四地叫道:"你他妈的,抬也得快把他们给我抬出来,就剩8分钟啦!"

时间在一分一秒地流逝,杨大江看着手表,嘴里数着时间。

特警将破门的爆炸装置,扣在了大铁门上,只要杨大江下令,他们就要立即引爆。

"五、四、三、二、一！"杨大江大声读着倒计时，忽然，他把大手一挥，向特警下达了引爆的命令。

"轰"，只听一声巨响，爆炸点腾起了一股灰尘和烟雾，林家大院的大铁门连同大门两侧的院墙瞬间便被炸塌，满院子的恶狗被爆炸声吓得四处乱窜了起来。

特警不等烟尘落定，端着冲锋枪正要往院子里面冲，就听院子里传出了一个破锣般的叫喊声："不要开枪！不要开枪啊！"

第四十三章

初露端倪

跟随增援警力刚刚赶到林家大院的倪雪，一下车，便听到了门前的爆炸声响。她呼喊着袁小雨的名字，奋不顾身地冲进了硝烟四起的林家大院。

此时，硝烟在空中弥漫，飞扬的尘土一片片往地面上散落，满院子的恶狗被爆炸声吓得东躲西藏，整个院子已是一片狼藉。

特警不等硝烟散去，端着冲锋枪冲进了林家大院，就见袁小雨和毛雨辰正在一些人的搀扶下，缓步向大门口走了过来。

倪雪不顾一切地飞奔到了袁小雨的面前，一把抱住袁小雨，泪水瞬间打湿了她的面颊。

倪雪轻轻抚摸着袁小雨脸上的血痕，声音哽咽道："小雨，小雨，我们来了！"

杨大江见毛雨辰和袁小雨已经被解救出来，大声喊叫道："快送医院！"说罢，他又指了指送袁小雨和毛雨辰过来的那几个人，对特警命令道："把他们都给我带走！"

特警搀扶着袁小雨和毛雨辰上了警车。

警车卷着尘土，嘶鸣着，驶离阎家沟村，飞驰向了医院……

医院里，医生包扎好了袁小雨和毛雨辰的伤口，两人分别被送进了特护病房。

病房内，倪雪紧紧攥着袁小雨的手，颤抖着声音说道："小雨，你可吓死我了！"

袁小雨头上缠着绷带，勉强笑了笑说道："没事儿，不就是挨了一顿揍嘛，我皮糙肉厚，没啥事儿。"

倪雪给袁小雨盖好了被子，轻声说道："饿了吧？我给你买点吃的去。"

袁小雨有气无力地说道："给雨辰……毛队长也带点吃的，我们俩两天都没吃东西了。"

倪雪答应了一声，刚走到屋门口，又被袁小雨叫了回来。他示意倪雪关好了屋门，对她轻声说道："雪儿，我和毛雨辰发现了采矿场里面的惊天秘密。"

倪雪见袁小雨有了收获，眼前一亮，她一把抓住了袁小雨的手，急切地问道："真的？"

袁小雨稳定了一下情绪说道："还有，雇凶杀人案的来龙去脉也被我搞清楚了。"

倪雪一听，更加喜出望外，她激动地摇晃着袁小雨的手臂，连声说道："太好了！太好了！"

倪雪见袁小雨说话时嘴唇裂开了口子，心疼得不得了，她犹豫了一下，将自己的嘴唇轻轻贴在了袁小雨的嘴上……

袁小雨的心在颤抖，他一把抱住倪雪，两人的心跳动在了一起。过了一会儿，倪雪睁开眼睛，轻声问道："还疼吗？"

袁小雨红着脸，理着倪雪的秀发，回答道："有你的滋润，疼也不疼。"

倪雪的眼窝湿润了，她深情望着袁小雨，觉得一股暖流流遍了全身。

袁小雨再次将倪雪揽在了怀里，对着她的耳朵说道："雪儿，告诉你一个秘密。"

袁小雨说着，脑海里又浮现出了他在采矿场被关着的那个小黑屋，还有那位给他喂水、喂粥的老人……

那天，袁小雨被"大皮靴"打昏了以后，关进了小黑屋，也不知道过了多长时间，他听到了一个嘶哑的声音在对他说着话："孩子，喝点热水吧，你都一天一夜没吃没喝了。"

袁小雨慢慢睁开眼睛，想活动一下身子，却发现自己被五花大绑捆在了一个破椅子上。他眨了眨眼睛，向四周观望，只见一位沧桑的老人手里捧着破饭碗，正在喂他喝水。

袁小雨问:"您是?"

老人把破饭碗送到袁小雨的嘴边,慢慢说道:"先喝点水吧,一会儿我再喂你吃点东西。"

袁小雨借着微弱的灯泡光亮,仔细打量蹲在他面前的老人,只见他眼窝塌陷,黑黢黢的老脸上布满了刀刻一样的皱纹,端着破饭碗的手上抖动着一道道青筋。

袁小雨喝了一口老人送进他嘴里的温水,问道:"老人家,和我一起来的那个小伙子呢?"

老人轻声说道:"他在隔壁小黑屋里,和你一样也被捆绑着手脚关着呢。"

袁小雨关切地问:"他怎么样了?"

老人小声回答道:"没死,我的一个好兄弟在看着他呢。"

袁小雨心里踏实了许多,他看了一眼老人,又问:"老人家,您的脚上怎么拴着铁链子?"

老人一边喂袁小雨喝水,一边回答道:"怕我们跑呗。"

袁小雨想起了自己挨打时的情景,便问:"老人家,那个牵着狗的'大皮靴',为什么对我们下手这么重?"

老人咳嗽了一声,说道:"他是个'酒蒙子',一耍酒疯就打人,没轻没重的,不被他打死,你们就算命大了。对了,你们是干什么的?怎么进来的?"

袁小雨一听老人问起了自己的身份,心里顿时有了些警觉,他沉默着,没有再说话。

老人喂袁小雨喝了几口水,又端过一碗稀粥说道:"小伙子,喝点粥吧,我这儿也没有其他可吃的东西,这碗粥还是我从嘴里给你留的呢。我怕粥凉了,一直放在灯泡前面烤着,快趁热喝几口,不然挺不过去三天啊!"

袁小雨心里一阵酸楚,他使劲儿喝了几口还有着些温度的稀粥,眼窝开始湿润。

老人见袁小雨喝了粥,脸上露出了一丝苦笑,他伸出了三个指头说道:"三天,你快熬过一半儿了,看你的身体挺棒的,估计能挺过去。"

第四十三章 初露端倪 383

袁小雨不解地问:"三天以后呢?"

老人说道:"三天以后,就到井下干活呗!"

老人停顿了一下话语,像想起了什么,又问:"小伙子,听口音你不是外地人啊?"

袁小雨脑海里闪过了他和毛雨辰看到的那个第三道大铁门,仿佛又听到了铁门里面"轰隆隆"的机器轰鸣声,便问:"那些在井下干活的工人都是外地人吗?"

老人点头说道:"那当然了,要是双阳市人,早就有家属来找了。可外地人就不一样了,人死了,在井下随便找个地方一扔,用不了多久,就烂成骨头渣了。没人找、没人问的,更没有人给他们收尸了!"

袁小雨心里一惊,忙问:"老人家,这里经常死人吗?"

老人又咳嗽了几声说道:"那当然了,不然他们也不会经常从外地往这儿拉人啊!我是一个看大门的,不管是拉矿石的车,还是往井下送人的车,都要从我眼皮子底下经过。车要是出去,我就去拉开那扇大铁门;车要是回来,我就过去把铁门关上。天天如此,天天如此啊!"

袁小雨皱了皱眉头,对采石场里的一些事情有了一些数。

过了一会儿,袁小雨问:"老人家,您在这里待多长时间了?"

老人望着黑乎乎的屋顶,寻思了一会儿,说道:"有几个月了吧,也许有几年了吧,连个太阳月亮都看不见,我也不知我在这里待了多长时间了。"

袁小雨疑惑地问:"老人家,听口音您也是双阳市人,您的家属怎么不来找您呢?"

老人长叹一声,嘶哑着声音问着自己:"我的家属?我还有家属吗?"

老人瞅了瞅袁小雨,咳嗽了几声,接着问道:"小伙子,你多大岁数了?"

袁小雨咽了一下唾沫,回答道:"我今年28岁。"

老人见袁小雨有些口渴,又把那个盛水的破饭碗送到了他的嘴边,一边喂水,一边问:"你属鸡吧?"

袁小雨点着头。

老人仔细端详着袁小雨一会儿，长叹一口气，说道："唉，我儿子和你同岁，可我连他的面儿都没见过啊！28年了，我时时想，天天盼，就盼望能见到我儿子，可是他们母子又在哪儿呢？"

袁小雨用眼神儿示意老人来到了他的近前，压低声音说道："老人家，我能帮您找到他们。"

听了袁小雨的话，老人睁大了眼睛问："你能？"

袁小雨对着老人的耳朵说道："老人家，不瞒您说，我是警察，您只要告诉我地址，我就能找到您的亲人。"

老人手里的破饭碗"啪嚓"一声掉在了地上。他接连后退几步，端详了袁小好半天才问："你真是警察？"

袁小雨用眼神做了肯定的回答。

老人拖着脚上的铁链，又疾步来到袁小雨的面前，惊恐地问："你能出去吗？"

袁小雨十分肯定地说道："我的手机和车子都在外面，我的战友一定会找到我的。"

老人听着，干瘪的眼窝慢慢闪动出了一串晶莹的泪花，他一屁股坐在了袁小雨的面前，哽咽着对袁小雨诉讲述了自己被追杀的经过……

倪雪见袁小雨结束了回忆，惊诧地问道："一个老人，脚上还被拴着铁链子，这也太残忍了吧？"

袁小雨点着头："这位老人名叫陈小文，家住工人村，他记得好像是在3年前，也就是他刚刑满释放回来不久的一天晚上，他家里突然闯进来了一个拿着刀的蒙面人。蒙面人进屋后，不由分说就向他行刺，两人厮打过程中，陈小文认出了这个蒙面人是他在监狱里的狱友黄培，于是他喊出了黄培的名字。"

倪雪瞪大了眼睛问："哦？这么巧吗？"

"巧的还在后面呢。"袁小雨说着，喝了一口水。

"这时，黄培也认出了陈小文，他告诉陈小文，有人出了100万现金，雇他来杀人。"

倪雪像听天书一样，颦起了两道俊俏的眉毛。

袁小雨接着说道："黄培没有杀害陈小文，他把陈小文家的煤气罐装进了麻袋里，骑着平板车来到松江大桥的中央，将麻袋当作陈小文投进了松江的江心，伪造了一个杀人的假现场。"

倪雪问："就是我们从江心里面打捞出来的那个装着煤气罐的麻袋吗？"

袁小雨使劲儿点着头："黄培制造了杀人现场，并没有把陈小文交给雇凶的人，而是拎着雇主给他的100万现金，连夜乘火车去到了省城。第二天，他们两人租了一个房子，还没有安顿下来，又被跟踪他们的人发现了。"

倪雪听得入了神，她自言自语道："这也太戏剧化了吧！"

袁小雨拍了拍倪雪的手背，继续说道："陈小文对我说，他一觉醒来，就见一个穿着大皮靴和一个长着大下巴的人，敲开了他们的出租房，给他们戴上了头套，将他们带到了一个神秘的地下室。"

倪雪忽闪着漂亮的眸子，惊奇地说道："'大下巴'？'梁艳'曾经和我说过，她老公绰号就叫'大下巴'啊！"

袁小雨接着说道："后来，陈小文和黄培被扔进了山洞，脚上还给拴上了长长的铁链子，成了那个采石场的看门人。"

倪雪倒吸了一口凉气，说道："原来是这样啊！"

袁小雨"嗯"了一声，问道："雪儿，你还记得那具无头男尸的衣着吗？"

倪雪不假思索地回答："军大衣呀！"

袁小雨压低了声音说道："陈小文告诉我，监狱发给他的军大衣和棉布鞋都被人扒走了。"

倪雪一拍脑门儿，说道："哦，难怪袁小竹一眼就认出被害人的衣着了呢，原来他的衣服和鞋子有着特有的特征啊！看来雇凶杀人案和无头男尸案之间还真有着紧密的关联呀。"

倪雪又问："那陈小文大衣兜里的假币是怎么回事儿？袁小竹又是怎么认出被害人的呢？"

袁小雨说道："他说了，他兜里的钱是黄培从那100万雇佣金中，随便抽出两张让他买吃的东西的钱，他花了一张，还剩下一张100元大钞和买东西找回的一点零钱。至于小竹是不是与被害人有过接触，回头我再问问她。"

倪雪又拍着脑门说道："全对上了，这可真是踏破铁鞋无觅处，得来全不费工夫啊！"

袁小雨假装生气地问道："我都被打成这样了，你咋还说没费工夫呢？"

倪雪不好意思地做了一个鬼脸，慢慢陷入了沉思。好半天，她才又问："陈小文知道是什么人要雇凶杀他吗？"

袁小雨摇了摇头："我反复问过，可他说，他也不知道。"

倪雪又颦起了两道秀眉，说出了她心中的疑问："这就怪了，一个蹲大牢刚被释放出来的穷光蛋，身价怎么能值100万？还有，跟踪他们的'大皮靴'和'大下巴'是什么人派去的？为什么不杀了他们，还给他们拴上铁链子，养活到了今天？"

袁小雨若有所思地说道："是啊，这里面还有着更多的谜团，等着我们去破解啊！"

袁小雨说着，突然像想起了什么事情，便急忙对倪雪说道："你快去把我妈接来！"

倪雪以为自己听错了袁小雨的话，瞪大了眼睛，不解地问："你，你是要让老妈来看你现在这个模样吗？你可浑身都是伤啊！"

袁小雨拍着倪雪的手背轻声说道："没事儿，我受的都是皮肉伤，啥事儿都没有，你快接我妈去吧！"

倪雪噘着嘴，头也不抬地说道："我不去，等你把伤养好了，再见老妈也不迟。我现在就去给你买吃的去，你得先吃点东西。"

袁小雨声音疲惫地说道："雪儿，你快去把我刚才跟你说的情况报告给龙岩大队长，然后把我妈接来！"

倪雪低着头，一边整理袁小雨的床铺，一边问："那你告诉我，你为什么急着要见老妈？"

袁小雨示意倪雪来到他的近前，对着她的耳朵说道："我要和我妈核实一下我的身世！"

第四十三章　初露端倪　387

倪雪摸了摸袁小雨的额头，吃惊地问："小雨，你没发烧啊，怎么说起胡话来了？"

袁小雨绷着脸说道："雪儿，我没和你开玩笑，我怀疑我见到的陈小文是我爸！"

倪雪激灵打了个冷战，她惊恐地问："小雨，你说什么？你父亲不是早就去世了吗？"

袁小雨挪动了一下身子说道："等我妈来了就全清楚了。听话，我交给你的两个任务都必须完成。我太累了，也要睡一觉了。"

望着倪雪离开病房的背影，袁小雨慢慢闭上了眼睛，很快就进入了梦乡。

一个多小时以后，倪雪扶着袁枚来到袁小雨的病床前，袁枚轻轻抚摸着儿子青一块紫一块的面庞，一行行老泪夺眶而出。

袁小雨香甜地睡着觉，一会儿嘴角露出了笑靥，一会儿又抽搐着哭出了声。

也不知过了多长时间，袁小雨苍白的脸上渐渐有了血色，他慢慢睁开眼睛，看了看坐在身旁的母亲，又瞅了瞅站在床头的倪雪，活动了一下身子睡意蒙眬地问道："我怎么睡着了？"

倪雪见袁小雨有了精神头，扑哧一笑，说道："大觉包，你都睡了一天一夜了！"

袁小雨扭头问袁枚："妈，您怎么来了？"

倪雪见袁小雨忘了让她去接老妈的事儿，立即涨红了脸，她蹙着眉头，指着袁小雨鼻子问："袁小雨，你？"

袁小雨定了定神，问："妈，我是在哪里出生的？"

袁枚拍了拍儿子的手背，笑着回答道："傻儿子，在妈妈肚子里出生的呗！"

袁小雨摇了摇头，又问："妈，我是说我出生的时候，我们家住在哪里？"

袁枚收起笑容回答道："工人村啊！"

袁小雨在心里验证着陈小文家地址，坐直了身子又问："妈，我爸是怎么死的？"

袁枚心里一惊，急忙问："你问这个干什么？"

袁小雨将后背靠在了床头，抓着袁枚的手问道："妈，您告诉我，我到底姓什么？"

袁枚没有回答儿子的问话，她扭过头去，眼窝里滚出了泪珠。

倪雪拿过纸巾，轻轻给袁枚擦着眼泪，用异样的眼神看着袁小雨。

病房内一下子静寂了，过了好半天，袁小雨紧紧握着袁枚的手，问道："妈，您告诉我，我是不是姓陈？我爸是不是叫陈小文？"

袁枚脑袋嗡的一下，整个身子都在剧烈地抖动，她镇定了一下，踉跄着进了卫生间。

袁枚靠在了卫生间的墙上，心脏怦怦地狂跳，她在想：小雨出生的时候，他爸就进了监狱，不长时间就死在了监狱。自己隐姓埋名离开工人村，流浪到了李家窝棚村，在村里一住就是20多年，任何人都不知道她的这段经历，小雨是怎么知道的？小雨是只知道自己的身世，还是也知道了袁小竹的身世？

袁枚打开了水龙头，特意用冷水冲着脸，眼前浮现着女儿遭到惊吓后，倒在她怀里畏缩一团的情景。她在想：不管儿子知道了多少情况，都不能让可怜的女儿心灵再受到任何伤害，更不能让小雨知道小竹的生身父亲就是杨大海这个畜生。想到这儿，袁枚擦干了脸上的泪痕，神情自若地走出了卫生间。

袁枚回到袁小雨床前，像什么事情都没有发生过一样，问道："小雨，你刚才说什么来着？"

袁小雨见到妈妈和刚才忽然判若两人，立即惊呆了，他吞吞吐吐地对袁枚说道："妈，我刚才问您，我是不是姓陈？"

袁枚一脸平静地看了一眼袁小雨，又把目光投向了站在一旁发愣的倪雪，说道："雪儿，小雨是不是饿昏了头，快把咱俩给他买的饭拿过来。"

袁小雨看了一眼异常冷静的妈妈，又瞅了一眼呆若木鸡的倪雪，竟一句话都说不出来。

袁枚见袁小雨和倪雪都在看着自己，突然想起了一件事，她急忙从兜里掏出一个信封，说道："看我这记性，连这个信封还没来得及拆开呢！"

　　袁枚说着，打开了信封，刚看几行字，眼泪便流了出来。

　　袁小雨急忙抓过了袁枚手中的信，问道："妈，谁的信？"

　　袁枚颤抖着声音说道："这是小竹留给咱俩的信，她，她离家出走啦！"

第四十四章

利剑出鞘

袁小雨一把抓过袁枚手中的信，飞快地浏览了一下信的内容说道："妈，小竹在信上告诉我们，她去南方拍戏去了，也不是离家出走啊！"

袁枚鼻涕一把、眼泪一把地问："那你告诉我，小竹她去了什么地方？拍的又是什么戏？她什么时候能够回来？"

袁小雨被妈妈问得哑口无言，只好默不作声。

袁枚抹了一把眼泪，又问："小雨，你倒是回答我的话呀？"

袁小雨不知道说什么才好，便问："妈，小竹最近有什么反常的举动吗？"

袁枚想了想，说道："她整天把自己关在房间内，也不知道她一天到晚都在写着什么，有时候饭都不吃、觉也不睡，人都瘦一圈了。"

袁小雨转头对倪雪说道："雪儿，你把我妈送回家去，顺便看看小竹的电脑，看看能不能找到一些蛛丝马迹。"

袁枚一听，冲着儿子嚷道："好啊，袁小雨，你又犯职业病了是不是？你在拿你亲妹妹当嫌疑人，是不是？"

袁枚在对袁小雨说"亲妹妹"的时候，还故意加重了"亲"字的语气，偷眼看着儿子有没有什么反应。

倪雪见袁枚有些生气，拉过她的手，安慰道："老妈，小雨的意思是让我看看小竹能到哪里去拍戏，我们也好去找她呀！"

袁枚见袁小雨对她试探的话并无反应，便跟着倪雪离开了病房。

第二天一大早，袁小雨一觉醒来，觉得身体恢复了许多，他脱掉了病号服，准备出院。

忽然，袁小雨听到门口传来了"当当"的敲门声，他回头一看，就见龙岩大队长推门而入。

袁小雨不好意思地问:"龙队,您怎么来了?"

龙岩拉过一把椅子,坐在袁小雨的床前,说道:"昨天,我接到倪雪的电话后,把你们发生的情况报告给了何飞总队长。何总队听了以后非常愤怒,指示我一定查清采矿场的内幕。"

龙岩说着,把袁小雨的手机充电器插在了电源上,表情严肃地说道:"小雨,你出事这几天,局里先后发生了两件大事儿。第一件事是杨大海局长当上了双阳市的副市长,他现在已经是副市长兼公安局局长啦!"

袁小雨皱了皱眉问:"第二件大事儿呢?"

龙岩脸上露出了一丝笑容,说道:"就在杨局长高升的第二天,公安部召开了全国公安系统电视电话会议,传达了中央要在全国政法系统开展教育整顿活动的会议精神。省公安厅随后便向双阳市派进了工作组,何飞总队长还亲临双阳市公安局,对开展教育整顿活动提出了具体要求。"

袁小雨一拍巴掌,惊呼道:"太好了!"

正在这时,病房门一开,只见倪雪一手搀扶着毛雨辰,另一只手拎着早餐,站在了门口。

毛雨辰看见了龙岩,故意板着脸问:"老舅,您也太偏心眼儿了,我身上的伤比袁小雨重得多,您来医院看病号应该先看重伤号才对呀!"

毛雨辰说着,又故意使劲儿攥了攥倪雪纤细的手,一边故意气着袁小雨,一边开玩笑道:"袁小雨,你怎么还不向我这个队长请安呢?"

龙岩看了一眼滑稽的毛雨辰,笑着问道:"你小子是不是还欠揍?"

龙岩看着三人狼吞虎咽吃着早餐,心里有说不出的高兴,他清了清嗓子说道:"省公安厅成立了专案组,何飞总队长担任组长,辛然副局长担任副组长,我也被抽调到了专案组。"

袁小雨一听龙岩被抽调到了专案组,忘了嘴里还嚼着一片面包,急忙问:"我呢?"

倪雪和毛雨辰也瞪着眼睛问:"我呢?我呢?"

龙岩指着袁小雨和倪雪说道:"我推荐你们这对儿'金童玉女'也进

了专案组。"

毛雨辰着急地问："老舅，您老人家连您的亲外甥都没有推荐吗？"

龙岩拍了拍外甥的肩膀，轻声说道："我和他们俩都是培训基地'慢班'的同学，你小子是'快班'的好学生，就用不着我推荐了。"

毛雨辰使劲儿咽了一口面包，竖着眉毛问："老舅，我们可是一个战壕里的战友啊！您，您怎么还把胳膊肘往外拐，有远近之分呢？"

龙岩按着毛雨辰的肩膀，说道："小子，这你就不懂了，陈毅元帅在梅岭被围困的时候曾说过：此去泉台招旧部，旌旗十万斩阎罗。我就是要把我的老部下重新招到我的麾下，去向那帮邪恶的魑魅魍魉宣战！"

毛雨辰站起身来，辩解道："龙队长，我是最听您的话的好学生了，您老人家解甲归田的时候，我可是一如既往地站在您的身边，按照您的将令行事啊！"

龙岩微微一笑，说道："你小子要是不按我的将令行事，我们还能是一个战壕里面的战友吗？我现在需要你还和以往一样，当好'余则成'，继续潜伏下去，明白没？"

龙岩说着，又将手机和车钥匙递给毛雨辰，说道："充电器在小雨那儿，我把你的车子开过来，停在楼下停车场了。"

毛雨辰接过手机和车钥匙问："老舅，记得我们被解救的那天晚上，特警还带走了几个搀扶我们的人，他们和山洞里打我们的人，可是没有任何关系啊。我清楚记得，打我们的人是一个穿着大皮靴、牵着狼狗的'酒蒙子'。"

龙岩皱着皱眉问："你还记得你们是怎么从山洞里出来的？"

毛雨辰拍着脑门说："我整个人都处在迷迷糊糊的状态，就感觉被松了绑绳以后，还被戴上了头套，出了山洞。"

袁小雨也在一旁补充道："对，我摘下头套时就觉得眼冒金星，天旋地转，大脑一片空白。"

毛雨辰点着头："对、对，我也是这种感觉。"

袁小雨和毛雨辰正说得起劲儿，就听龙岩的手机响起了"叮铃铃"的

第四十四章　利剑出鞘

电话铃声。

龙岩接听了电话，紧锁着双眉说道："好，我们马上过去。"

龙岩放下电话，转身说道："倪雪，你到雨辰的车上把他俩的衣服取过来，让他们换上，我们一起去现场。"

毛雨辰问："龙队，发生了什么事情？"

龙岩竖着剑眉，说道："打你们的那个人跳楼自杀了！"

袁小雨急忙问："龙队，您怎么知道自杀的人就是打我们的人？"

龙岩语气坚定地说道："在他身上发现了遗书。"

自杀现场距离采矿场有10公里左右，是一个10多层楼高的烂尾楼工地，报案人是一个晨练的老人。

龙岩一行人赶到现场的时候，辛然副局长和杨大江已经带着法医在勘查现场。

辛然副局长指了指躺在血泊中的尸体，问毛雨辰和袁小雨："你们看看，这个人是不是对你们行凶的人？"

毛雨辰和袁小雨来到尸体旁，辨认了一下尸体，只见尸体穿着发了黄的旧大衣，脚上穿着一双大皮靴，尽管面部摔地后有些变形，但他们还是十分肯定地确认，尸体正是在山洞里向他们挥动大棒子的那个"大皮靴"。

辨认了尸体，毛雨辰和袁小雨异口同声地对辛然副局长说道："没错，打我们的人就是他！"

听到了肯定的回答，杨大江将手里的一份遗书递给毛雨辰说道："派出所出警的时候，民警从尸体的衣兜里发现了这份遗书。我刚才看了看，他在遗书中也承认曾经殴打了你们。"

袁小雨鼻子一哼，扭头对龙岩说道："弄巧成拙！杀人灭口！"

杨大江瞪了一眼袁小雨，问道："谁让你过来的？"

站在一旁的辛然副局长见杨大江不高兴，便对他说道："袁小雨和倪雪已经被抽调到专案组了。"

杨大江一愣，他问辛然："什么专案组？我怎么不知道？"

辛然瞥了一眼盛气凌人的杨大江，没好气地说道："这是省厅领导的决定。"

杨大江被辛然的话噎了一下,他又问:"辛局,你怎么不和我打个招呼呢?"

辛然冷笑了一下,反问道:"杨支队长,你派毛雨辰去搞秘密侦查,和我打招呼了吗?"

杨大江用眼睛白了白辛然,接着问:"这个专案组主要负责哪个案子?"

辛然不冷不热地回答道:"主要侦破那起'无头男尸案',所以,才把龙岩他们几个都抽回来了。"

杨大江皱了皱眉头:"我是'无头男尸案'的专案组长啊!怎么又成立了一个专案组?"

辛然把手一背,回答道:"省公安厅刚刚把'无头男尸案'确定为省厅挂牌督办的重点案件,这起案件由省厅刑侦总队负责主侦了。"

"由省厅主侦了?"杨大江问着,心里在想:莫非"无头男尸案"有了破案的线索?

杨大江又看了看辛然,指着毛雨辰对说道:"你把毛队长也抽过去吧!"

辛然冷冰冰地回答道:"你去向省厅何飞总队长请示吧!"

杨大江吃了个瘪,一甩袖子离开了勘查现场,怨气十足地骂道:"好你个辛然,你难道忘了是谁推荐你,又是谁提拔你当的常务副局长了?你居然在大庭广众之下,打着省厅的旗号和我耍威风,咱们走着瞧!"

毛雨辰见杨大江拂袖而去,一下子愣住了,他把目光投向了站在一旁的龙岩。

龙岩冲着他使了一个眼色,毛雨辰紧跑几步,跟上了气哼哼的杨大江。

辛然瞥了一眼杨大江的背影,对龙岩说道:"我现在虽然无法判断他杨大江派毛雨辰搞秘密侦查的目的是什么,但眼下发生的一幕幕怪事儿,却让我感到很震惊。我还真难以想象,在我们双阳市,竟敢有人在光天化日之下搞绑架,非法拘禁、限制人身自由!简直是无法无天,罄竹难书!他们这是公开在向法律挑战,如果不把这伙丧心病狂的黑恶势力打掉,还要我们这些扛着徽章的人民警察干什么?"

龙岩见辛然动了怒，急忙表态："局长，我马上带'金童玉女'去阎家沟，摸清采矿场的内幕。"

辛然一把握住龙岩的手，语气坚定地说道："好，你们不但要摸清采矿场的内幕，连那个林家大院也不要放过。何飞总队长已经安排无人机在空中收集数据了，他还派了技侦人员进行秘密侦查，你们公开与秘密互相配合，任何蛛丝马迹都不要放过。"

龙岩向辛然敬了个礼，带着"金童玉女"开车驶向了阎家沟村。

阎家沟村村委会的一间办公室内，龙岩向村主任说明了来意。

村主任是个50多岁的黑脸胖子，他看了看龙岩和"金童玉女"的警官证，一边往烟袋锅里填着旱烟丝，一边打开了话匣子："要说采矿场嘛，我还真能说明白，远的不说，解放前，国民党就在这里采过矿。"

龙岩问："这么说，这是个历史悠久的采矿场了？"

村主任点头说道："解放后，这个采矿场荒废了。大概是备战备荒的那个年头吧，有一天，几个民兵背着枪去巡山，突然发现了一只半米多长的野兔子，就冲着野兔子开了一枪。这只野兔子听见了枪声，嗖的一声钻进了一片茂密的草丛，胆儿大的民兵就扒开了草丛，往里边看，发现草丛下面是个黑黢黢的山洞。他们又趴在洞口向洞里观望，只见洞里阴森森冒着凉风，大夏天都能让人打冷战，于是就赶忙回村去招呼人了。"

倪雪紧了紧大衣领子，说道："主任，我现在听着，都觉得发冷。"

村主任看了一眼倪雪，接着说道："民兵队长带着好多民兵赶了过来，他们打着手电、举着火把进了洞。哪知道这个洞越走越深，温度也越来越低。十几分钟以后，他们就被冻得直打哆嗦，只好按着原路返回，好不容易才爬出了洞口。"

袁小雨问："后来呢？"

村主任吧嗒着旱烟锅，说道："后来村里就向公社报告了，来了一大批警察和解放军，经过好几天的勘查才发现，这是个废弃的金属矿场。再后来，市里就来人开始在这里采矿了。"

"哦，原来是这样啊！"龙岩点着头，对采矿场有了一些了解。

村主任抽着烟，接着又说："改革开放以后，市里要把这个矿承包出去，可是没有任何人敢接手。这时，正好村里有哥儿俩刑满释放出了狱，天天闹着要分地，村里就动员他们承包了这个矿。你别说，这哥儿俩还真挺能耐，他们到处招工，还答应给工人现钱，于是，村里很多人都跟着下井采矿去了，就这样，采矿场就算又重新开张了。"

龙岩问："现在还是这哥儿俩在经营这个采矿场吗？"

村主任被自己的旱烟呛得"咳咳"咳嗽了两声，连忙摆起了手："他们呀，早就不干了。"

袁小雨问："为什么啊？"

村主任敲着烟锅里的烟灰，说道："死人了呗！"

龙岩眉头一皱，问道："死人了？"

村主任点头说道："嗯，那年，矿里发生了塌方事故，砸死了三个人。据说，当时家属要的赔偿费挺高，说不给钱就要打官司。"

倪雪追问："那后来呢？"

村主任又装了一袋烟，一边吧嗒着，一边说道："这哥儿俩见与死者家属谈不拢，就花大价钱雇了个律师，要与死者家属打官司。可律师告诉这哥儿俩，要想保住采矿场就得息事宁人。于是，那个律师便开始给家属做工作，他让家属改口说死者是因病死亡，才能给赔钱。后来，家属开出了100万的天价。无奈，这哥儿俩就只好去借高利贷，给家属赔偿。"

袁小雨问："赔偿费国家不是有标准的吗？"

村主任哼了一声，说道："标准是对合法采矿场而言，这哥儿俩接手采矿场后，什么手续都没去办，一来二去就成了非法采矿了。上边来人让他们关停，他们表面上答应，暗地里一直在偷着干呢。"

龙岩了解了采矿场的大致情况，故意问："采矿场不是挺挣钱吗？几百万元钱，还至于去借高利贷吗？"

村主任摇了摇头，说道："这位领导，你可能有所不知。采矿场的矿石要卖到李家窝棚村的双阳钢厂才能换回钱，钢厂那边转款要是跟不上趟儿，就得去借债开支。你想啊，他们雇的矿工都是乡里乡亲的，人家拿不到工钱,谁还给他干啊。"

倪雪点着头,说道:"哦,是这样啊!看来做生意还真不是个容易的事儿啊。"

村主任见倪雪都听懂了他的话,长叹一声,说道:"唉,这回你可说对了。后来,这哥儿俩赔偿了家属,却又和那个律师闹掰了,这才导致采矿场寿终正寝了。"

袁小雨问:"律师不是他们请的吗?怎么还能闹掰呢?"

村主任笑了笑,又说:"那个律师在向采矿场要律师费的时候,哥儿俩觉得律师没给他们省钱,就借故拖延付款时间。律师没拿到钱,就暗中使坏,就这样,哥儿俩只好跑路,非法采矿场也被查封了。"

倪雪惊讶地问:"采矿场被查封了?"

村主任摊开手说道:"对呀!采矿场被查封的那天,我就在现场。政府说这是非法采矿场,必须关停,就把大门给砌上了墙,洞口也被灌上了混凝土。从那以后,这个采矿场就在阎家沟彻底消失了。"

袁小雨眨了眨眼睛,疑惑地问:"主任,林家大院后山上有个能走车的大铁门,那不是采矿场的出入口吗?"

村主任摆手说道:"那个大铁门是备战备荒时挖的防空洞口,不是采矿场的出入口。"

袁小雨"哦"了一声,立即明白是有人利用防空洞出入口,在地下打通了连接原来采矿场的通道。

袁小雨大脑一转个儿,联想到了他在山上看到林家大院与大铁门之间的道路,心里已经猜到了林家大院与采石场之间的关系,便装着糊涂问道:"主任,林家大院是谁家的庄园啊?"

村主任站起身来笑着说道:"那是林鑫鼎的庄园啊!林鑫鼎可是双阳市最有钱的'现金王'了。双阳市最高的双阳大厦楼顶上就是他的公司,据说他有好几个老婆呢!"

龙岩见袁小雨把话题引到了林鑫鼎身上,接过话茬问道:"这么说,林鑫鼎是从你们村子里出去的人才了?"

村主任走到窗前,他看着窗外,深沉地说道:"他呀,可是个传奇人物。十多年前,他在韩国认识了我们村出去打工的寡妇,名叫雪梅。他们在韩国挣了钱,回来后就把雪梅家原来房子以及周围的几处房子都给买了下来,在村里做起了向国外输出劳务的生意,后来,生意做大了,他们就搬到市里去住了。不过,林鑫鼎也算够意思,我们村里的柏油路都是他给修的,后来,他也不知道用了什么办法,把村里通往山下防空洞的50多亩地都弄到了手,还建了这么大的一座庄园。唉,有钱人就是牛啊!"

村主任说着,俯下身子问龙岩:"听说他家的大门就是被你们警察给炸开的,是这样的吗?"

龙岩正想着该如何回答,就见村主任眯着眼睛说道:"但是人家有钱人就是牛,连夜就把大门又给砌上了。"

出了村委会,龙岩和"金童玉女"来到了林家大院的大门口,果然看见了一道新砌起来的高墙。

龙岩在墙根下面转悠,他踢开一堆碎砖头,捡起了几块被熏黑的碎砖头块。

龙岩闻了闻砖头块,对"金童玉女"说:"你们闻闻是什么味道?"

袁小雨和倪雪提鼻子一闻,惊叫道:"炸药!"

龙岩慢声慢语地说道:"特警破门的爆破点不可能炸倒一面墙啊!"

"金童玉女"受到了龙岩的启发,他们互相交换了一下眼神儿,齐声说道:"对呀,采矿场里会有炸药啊!"

第四十五章

引蛇出洞

龙岩通过提取垃圾里被熏黑的碎砖块，发现了砖块上面残留着炸药成分，顿时明白了一切。于是，他把电话打给了辛然："辛局，我们通过村主任了解到了林家大院的一些情况，还在被特警炸开的墙体中发现了炸药的成分，我们怀疑采矿场的山洞里面有炸药。"

辛然问："根据呢？"

龙岩回答道："袁小雨和毛雨辰是由林家大院后山的防空洞口进到采矿场里面的，这就说明防空洞口与采矿场是相通的。而根据村主任的介绍，山洞内的采矿场早在很多年以前就被政府关停了，原来的大门也被有关部门用混凝土给堵死了。所以，我分析有人利用防空洞口做出入口，用炸药在山洞里面炸开了一条连接防空洞口与废弃采矿场之间的秘密通道，才重新启用了废弃的采矿场，继续盗采金属矿藏。"

辛然觉得龙岩分析得很有道理，迅速做出了工作部署："老龙啊，袁小雨不是确定了那个跳楼的'大皮靴'，就是在采矿场里非法拘禁他们的人吗？那你们就可以以调查尸体身源为由，正面接触林家大院里的人，要起到打草惊蛇、引蛇出洞的作用，为无人机搜集证据提供支持。"

龙岩心领神会地说道："好，我马上就办！"

辛然接着说道："另外，你们身上没有佩带武器，要时刻提高警惕，保证自身安全。我马上把情况向何飞总队长汇报，请他派出的秘密侦查警力随时观察院内的情况，以确保你们的安全。"

龙岩挂断辛然的电话，率领"金童玉女"来到林家大院新砌好的大门前，按响了门铃。

"叮咚，叮咚"，门铃响过，大院内传来了一阵此起彼伏的狗叫声。

正在客厅里仰望天空的"二林子"听到了门铃声，心里有了一种不祥的预兆，他牵着一条大黑狗来到大门前，隔着铁大门问道："谁呀？"

袁小雨在门外回答道："警察！"

"二林子"一听来了警察，顿时慌了手脚，他在大门里面问："哪儿的警察？找谁？"

龙岩大声说道："开门，我们就找你！"

"二林子"心里一惊，两天前，他目睹了特警解救人质时惊心动魄的场面，一听警察是来找他，立即心惊肉跳。

"二林子"哆哆嗦嗦地打开了大铁门，壮着胆子问："你们是……"

龙岩瞅了瞅"二林子"问道："你姓什么？叫什么？是这个大院的主人吗？"

"二林子"见龙岩来势汹汹，手忙脚乱地答道："我叫'二林子'，你们有什么事情可以跟我说。"

"走，进屋说去。"袁小雨说着，东张西望地观察大院里面的情况。

这是一座朝向正南的苏州园林式大院，院内十分宽敞，地面铺着大青砖。院子的正中是一座用太湖石堆砌起来的假山；假山下面是一个巨大的水池，水池里面冻着一层薄冰。

距离假山正北是一趟有着屋脊、屋檐的青砖灰瓦平房，平房从东到西，横亘到了两侧的院墙，表面看不到房子的后面还有后院。

"二林子"将龙岩他们让进了平房中间的一间会客厅，落座以后问："你们……"

龙岩掏出手机，指着手机里的"大皮靴"尸体照片，问道："你认识这个人吗？"

"二林子"眨了眨眼睛，摇着头说道："不认识。"

袁小雨见"二林子"摇头，指着"大皮靴"的照片大声问道："我就是被他打伤的，特警就是从你们大院里把我解救出去的，你怎么会不认识你们自己院子里面的人？"

"二林子"一听袁小雨就是被"大皮靴"绑架的那个人，急忙说道："这位兄弟，你可能记错了吧！不过，既然你找上门来，我愿意给你赔偿医药费和一些精神损失，你需要多少钱？尽管开口说。"

倪雪把手一摆，故意混淆着是打人凶手还是杀人凶手的概念，加重着"凶手"二字的语气说道："这不是赔钱的事儿，我们是警察，我们要抓到凶手。"

"二林子"见倪雪语气坚定地说出了"凶手"二字，装出一副很为难的样子，摊着手说道："可我不认识凶手啊！"

倪雪马上跟进一句："你不认识凶手，为什么还要给赔钱？"

"二林子"见自己说走了嘴，低头摆弄着手指，不再出声。

龙岩见"二林子"不再说话，又见他们已经起到了打草惊蛇的作用，站起身来说道："绑架事件发生在你们林家大院，你们有责任协助警方开展调查。我给你两天的时间，两天以后，我们还来找你问话。"

"二林子"强装笑脸，送走了龙岩和"金童玉女"，急忙把电话打给了林鑫鼎："校长，坏了，刚才来了三个便衣警察，其中还有被'大皮靴'打伤的那个小子，他们气势汹汹来向我要凶手了！"

林鑫鼎一听，气得一蹦高，冲着电话听筒恶狠狠地骂道："妈的，凶手不是给他们了吗，还找个屁？"

"二林子"说道："校长，他们拿着'大皮靴'的尸体照片来的，问我要'大皮靴'的身份，说过两天还来呢。"

林鑫鼎气哼哼地说道："'大皮靴'已经畏罪自杀了，就此结案不就完了吗？还查什么身份？"

"二林子"把头摇得像个拨浪鼓似的说道："我看他们没有结案的意思，好像是要追查到底，您得想个法子。不然，他们要是还像前两天那样大兵压境进院搜查；如果在后院发现印刷车间，那麻烦可就大了！"

林鑫鼎习惯地推了推鼻梁上的圆眼镜，有气无力地说道："把车间先关了，把印刷机器都炸碎，等躲过了这段危险期再说。"

"二林子"劝说道："校长，这些事儿我都能马上去办，但是最重要的事情得尽快'摆平'警方。不然，我做得再干净也还会留下蛛丝马迹的。"

林鑫鼎"嗯"了一声挂断了电话。

林鑫鼎闭着眼睛想着让警方终止调查的办法，他见时间已到了中午，估计杨大海这会儿该吃过了午饭，便打通了他的电话。

杨大海故意没有接林鑫鼎的电话，直到他打了第三次，才冷冰冰地问："你找我有什么事儿吗？"

林鑫鼎皮笑肉不笑地说道："杨市长，瞧你说的，没事儿就不能问候老弟一下吗？"

杨大海坐在床头，一边用牙签剔着牙，一边说道："好了，我要睡会儿觉，没事儿挂了吧！"

林鑫鼎见杨大海要挂断电话，知道他心里还记着前几天的仇，便问："杨市长，你都派人把我家给抄了，还不解气啊？"

杨大海把身子靠在了床头，一边脱着皮鞋，一边把手机夹在耳朵上说道："那是你多行不义必自毙，炸了你家的墙是轻的，看你今后还敢不敢和我装腔作势。"

林鑫鼎一听杨大海说话的口气，即刻装出了一副孙子相，连连点头说道："杨市长威武，人民警察厉害，我林某服了您了，林某认尿还不行吗！"

杨大海鼻子一"哼"，冷笑道："姓林的，你欺人太甚，不给你点厉害看看，你能认尿吗？说实在的，我这也是让你给逼的，不然也不会出手这么重。"

林鑫鼎听杨大海的语气多少有了点缓和，像鸡叨碎米一样连连点头："杨市长，既然林某都服了、怕了，您老人家就高抬贵手，不要再让警察盯着林某，也别再私闯民宅了吧！俗话说，杀人不过头点地，今后我们还要精诚合作呢，您说是不是？"

杨大海见林鑫鼎服软了，也不想得罪他，毕竟自己还有把柄在人家手里攥着，便把话拉了回来说道："好了，我要休息了，下午市里还有个市长办公会议，需要全体副市长参加呢！"

林鑫鼎见杨大海松了口，嘿嘿一笑，说道："杨市长，那林某就不打扰你了，可别忘了给你手下过个话儿，别让他们再去骚扰我的林家大院啦！"

杨大海放下了电话，心里一阵得意，心想：这就叫打你疼，不打你死，

第四十五章 引蛇出洞

既让你服服帖帖，还不让你狗急跳墙。

杨大海从里间卧室里出来，端坐在了办公桌前，他披上了警服，用座机给辛然副局长打了电话。

不大一会儿，辛然敲门进了杨大海的办公室。

辛然笑着问："市长，您都当副市长了，怎么没去市政府那边办公啊？"

杨大海示意辛然坐在了他对面的椅子上，说道："市政府那边也给我准备了办公室，可我还是愿意和你们几个副局长在一个楼层办公，这样有事情也好商量嘛。"

辛然又问："市长，您找我有什么指示？"

杨大海一本正经地问："听说你亲自去勘查那个跳楼自杀的现场了？"

辛然回答："是的，我和法医还有大江支队长一起去勘查的现场。不过，那个死者是不是自杀，暂时还不能下定论。"

杨大海板着面孔又问："我听大江告诉我，死者在遗书里对殴打警察一事感到追悔莫及，才畏罪自杀的，是这样吗？"

辛然寻思了一下杨大海话语中的含义，心想：难道杨市长是在给这起跳楼事件定性？

辛然沉默了片刻说道："市长，死者的身份还没有搞清楚，仅凭遗书就下自杀的结论，还为时过早。另外，省厅刑侦总队对这起案件也十分关注，何飞总队长刚才还向我询问案情呢！"

杨大海隔着金丝边眼镜片，瞪起了眼睛，他问："辛然，你是双阳市局的，还是松江省厅的？你的职务是谁给你的，你不知道吗？你不经过请示，就直接向省厅透露案情，这合适吗？"

辛然见杨大海的话带着火药味，急忙解释："杨市长，我和何飞在'扫黑除恶'专项斗争中曾经一起共过事，我们通话不涉及案情，他也就是随便问问。"

杨大海"嗯"了一声，缓和了一下语气，接着说道："辛局，现在，我们正处在公安系统教育整顿时期，你是市局主管刑侦工作的副局长，处理问题还需要从大局出发，能不给局里添乱，还是不要添乱，你明白我的意思吗？"

辛然假装不懂的样子，轻声问道："市长，您的意思……"

杨大海鼻子一"哼"说道："你这个滑头，还非得让我亲口说出'结案'这两个字吗？"

辛然摆手说道："不用，不用，辛然明白。"

辛然回到办公室，立即拨通了何飞的电话："何总，你让我引蛇出洞，我还以为是要引出一条小蛇，结果是一条'大蟒蛇'浮出了水面。"

何飞会心一笑，说道："自打你向我反映双阳市局有案不立，立案不查的情况以后，我派人对有些案件进行了调研，感觉这其中确实存在着许多违纪违法问题，所以我认为这些问题的存在极不正常。"

辛然"嗯"了一声，坚定地说道："从个人情感上来说，我感激他对我的提拔，但我是一名人民警察，我要履行捍卫法律的职责，请你放心，不管是谁，只要他犯罪，我就要将他绳之以法，绝不会徇私枉法。"

何飞重重点着头。

时间过得飞快，两天以后，"二林子"又给林鑫鼎打了电话，把袁小雨和倪雪又来林家大院的情况，再次报告给了他。

林鑫鼎气急败坏地骂道："好你个阳奉阴违的杨大海，给你点阳光你就灿烂，是不是？你以为我林鑫鼎真就拿你没办法了是吗？咱们走着瞧，我林某倒是要你也尝尝我的厉害。不然，你就不知道马王爷有几只眼啦！"

林鑫鼎在"天上人间"里转着圈，思考着该使用什么武器、要采取什么样的"特殊行动"来打击教训一下杨大海。他想到了他的二老婆雪梅，于是拨通了雪梅的电话。

连日来，雪梅一直闷闷不乐，她既在为与杨大海的"失联"而恼火，又在为林鑫鼎的绝情而恼怒。突然，她的手机响起了铃声，雪梅接过了电话，听筒里传来了林鑫鼎的声音……

当天晚上，夜幕降临，双阳市的夜空里吹来了一丝凉爽的微风。

夜色中，一辆私家轿车来到了雪梅家的门口，司机从她家屋子里搬出了两个沉甸甸的海鲜包装箱，悄悄送到了杨大河律师事务所的大门口。

第二天，天刚蒙蒙亮，早起的更夫发现大门口放着海鲜箱，他打开箱子一看，里面竟是一捆捆的外国钞票。

更夫倒吸了一口凉气，急忙上楼敲开了杨大河的卧室门，气喘吁吁地对杨大河说道："不知道是什么人将两箱子外国钱放到了大门口。"

杨大河把箱子搬到了办公室，一看里面全是美金，惊出了一身冷汗，他赶紧打电话叫来了二哥杨大江。

杨大江手里掂量着成捆的美钞，后背都在冒着凉风，他怎么也弄不明白这几十万的美金为何从天而降。杨大江端详着装钱的海鲜礼盒，忽然想到了哥哥曾经对他说过给王厅长送"小海鲜"的事情，便立刻找来了杨大海。

杨大海一见包装箱，马上明白这是雪梅送过来的，他用脚趾头都能想明白，这肯定是林鑫鼎又换了一个花样在向他示威。

杨大海一想到跟自己睡了七八年的雪梅，竟是林鑫鼎的卧底，内心一阵恶心。他想不明白林鑫鼎这次与他撕破脸皮，到底又是因为什么事儿。

杨大海思忖着事情的缘由，突然想起了什么，便问："大江，跳楼的事情结案了吗？"

杨大江一脸为难地说道："大哥，自打何飞把龙岩和'金童玉女'抽调到新成立的'无头男尸案'专案组以后，他们就对我有了戒备。现在，辛然那小子什么事情都不和我说了，凭我的直觉，他们不可能轻易结案。"

杨大海"哦"了一声，一下子明白了林鑫鼎的险恶用心，他在想：既然这只老狐狸成了缩头乌龟，把他那个臭老婆推到了前线，那就只好兵来将挡了。

杨大海捋清了思路，来到弟弟杨大河给他装修的卧室，拨通了雪梅的电话，他用温和的口气问道："雪梅啊，你怎么把东西直接送到这儿来了？"

雪梅一改往日的温柔，没好气地回答道："那是你的东西，你什么时候要就什么时候拿走，我是不会占你便宜的。"

杨大海问："我什么时候让你送东西过来了？"

雪梅冷冰冰地回答道："我问你，你多长时间没回家了？"

杨大海还是第一次听到雪梅用质问的口气与他说话，便解释道："最近不是太忙了嘛。"

雪梅鼻子一"哼"说道："大海，你别以为我什么事情都不知道，你在外面'彩旗飘飘'我并不太在意，可你不能不辞而别，让我这个半老徐娘守一辈子活寡吧？"

杨大海见雪梅在向他吐苦水，他又不能直接挑明是由于林鑫鼎暴露了她在自己身边充当卧底的原因，只好安慰道："雪梅，我们都这把子年龄了，做事不能授人以柄，这件事情就此打住，我们之间的感情还在，你答应我下不为例就行啦。"

雪梅不甘示弱地说道："下不为例？那咱俩的事儿怎么解决？我跟你说句实话，雪梅现在什么都没有了，不能再没有你，我一辈子都离不开你，你甭想甩掉我。"

杨大海没想到雪梅的话软中带硬，更没想到她会用这种威胁的口气来和他说话，便问："咱俩之间有需要解决的事情吗？我给你房子、给你钱，你还不满足吗？"

雪梅声音哽咽着说道："杨大海，我当初死心塌地跟你的时候，是看你人好，并不是要你的房子和钱。为了留住你的心，我把我的黄花大闺女都搭上了，你难道还不满足吗？"

杨大海见雪梅情绪有些激动，自己三言两语又说不明白，只好也吐着心中的苦水："雪梅，我知道你们娘儿俩对我都好，可我也有我的难处啊！我总不能和你这个在我身边的……"

杨大海停顿了一下，他觉得有些话既不能不说，又不能说透，便点到为止地说道："我最近心情不好，我心里有障碍。"

雪梅一听，即刻明白是林鑫鼎对杨大海说出了他们之间的关系，便牙关一咬骂道："杨大海，你不要听林鑫鼎那个王八蛋胡说八道。实话告诉你，那个王八蛋不是个人，他霸占了我的房子，欺骗了我的感情，我对他早就死了心。自打跟了你以后，我就再也没有见过他的面，更谈不上和他还有其他事情了。"

杨大海见雪梅自己说出了她和林鑫鼎之间的勾当，也直来直去地问道：

第四十五章 引蛇出洞

"你们没见过面,你怎么送钱过来的?"

雪梅吞吞吐吐地说道:"昨天晚上,他来电话说你急于用美金,让他的司机过来取钱,说给你送过去,至于他把钱送到哪儿了,我也不知道。"

杨大海见雪梅还在狡辩,接茬问道:"他怎么知道我把钱放在你那里了?还有,我回家取钱去省城的事情,他又是怎么知道的?"

雪梅见林鑫鼎出卖了自己,哭丧着脸骂道:"林鑫鼎这个挨千刀的王八蛋,他不得好死!大海,这个老王八蛋每次向我打听你的情况时,都拿琳琳来威胁我。我也是实在没有办法了,才告诉他的。"

杨大海见雪梅说出了实情,又想起杨大江对他说过的话,便问:"琳琳毕业以后,到底去了什么公司?"

雪梅哭咧咧地说道:"那个老东西让琳琳接管了他的'狐狸夜总会',他不让我告诉你,我才没对你说。"

杨大海解开了心中的一团乱麻,站在窗前沉思了起来。他想:既然林鑫鼎知道我藏钱的地方,又能操控雪梅让钱"飞"到这儿,就是在警告我:如不乖乖就犯,肯定还会有下一次。可那些钱一旦长了腿,那就不知道还会"飞"到什么地方了!

杨大海在屋里转着圈,突然想出了一个一箭双雕,既能够控住制雪梅,又能震慑林鑫鼎的办法,于是冲着隔壁房间喊道:"大江,你过来。"

杨大海见弟弟跨着大步来到了面前,压低声音说道:"你派人收集一下'狐狸夜总会'卖淫嫖娼的证据,然后把那个叫琳琳的'妈咪'给我抓起来!"

第四十六章

扫黑风暴

一直被何飞专案组边缘化的杨大江,一听大哥让他去"狐狸夜总会"扫黄,并没有意识到杨大海让他"扫黄"是泄私愤,更不知道大哥是在利用他实施一箭双雕的计谋,是觉得这是副市长、公安局长交给他的一项重要任务。

杨大江想,自己不久前刚刚被任命为双阳市公安局"扫黑办公室"的常务副主任,而他亲自领导下的"扫黑办",除了刑拘了一个拦车上访的村主任李放,再也没有做出什么成绩来。他觉得,虽然在"扫黑"上没有取得什么成果,可一旦有了"扫黄"的战绩,照样可以通过"扫黄"推动"扫黑",深挖出"黄"后面的"黑"。

想到这儿,杨大江不但欣然接受了这项光荣的任务,还安排手下人把"扫黑办公室"改成了"扫黄打黑办公室",并且挂上了一块大木牌子。

毛雨辰接受了"扫黄"的任务,他首先想到的是要向杨大江申请经费。常言道:不入虎穴,焉得虎子。自己如果不深入一线,又怎么能够发现"黄"在哪里?更何况任何一家"涉黄"的场所都极为隐蔽,不"候个正着",又怎么能够抓住"现行"?

毛雨辰没有拿到杨大江的经费,而是获得了杨大江给他开的空头支票,他带着几个便衣警察潜入到了"狐狸夜总会",开始了卧底侦查。

毛雨辰心里十分清楚,杨大江交给他的任务,主要是通过查获卖淫嫖娼,来抓获组织、容留卖淫女的"妈咪"琳琳,也就是打幕后。可是,他们在夜总会里卧底了几天后才发现,歌厅里的食客除了和陪酒小姐"摸摸索索"以外,"黄"的尺度并不大。

毛雨辰他们又开始到楼上去洗浴，洗浴的足疗室、按摩室虽然都涉黄，可基本上都是足疗、松腿，常规按摩什么的一般套路，很难在瞬间"人赃俱获"，既抓到嫖客又抓到卖淫女。抓不到卖淫女，还是不能给琳琳定上"组织容留"的罪名，毛雨辰一时犯了难。

这天晚上，心烦意乱的毛雨辰假装上卫生间，用微型耳麦与他带来的便衣警察沟通着情况：

"我在足疗这里，这里没有发现什么情况。"

"小姐见我是陌生人，一句话都不多说。"

"我发现小姐对我很戒备，时间长了很有可能会引起她的怀疑，弄不好，还会暴露身份。"

毛雨辰听着手下人的汇报，这才感觉到"扫黄"的工作一点儿都不比"扫黑"轻松。

毛雨辰东张西望，忽然，他头顶的楼板上面传来了"哗哗"的流水声。

毛雨辰屏住呼吸，顺着流水声音找到了排下水的管道，又向楼上张望，此时，他敏感地意识到楼上也是一个卫生间。

正在这时，毛雨辰又听到了楼上有开窗户的响声，响声虽然不大，但他听得还是十分清楚。

毛雨辰刚来到卫生间的窗前，便发现有人从楼上卫生间的窗户往楼下扔着东西。

毛雨辰打开窗户往楼上一看，果然发现楼上的窗户正在关闭，他又低头一瞧，发现窗户底下竟然是一个乱七八糟的垃圾堆。

毛雨辰仔细看着垃圾堆里面的杂物，发现从楼上卫生间里扔下的竟然是一些避孕套。

毛雨辰眼前顿时一亮，他迅速做出判断，卖淫嫖娼的场所就在楼上，于是，赶忙用微型耳麦向手下侦查员下达了寻找上楼通道的指令。然后，又赶紧把情况向杨大江做了报告。

杨大江一听发现了卖淫嫖娼的窝点，立即向杨大海做了汇报，杨大海当即决定，扫黄打黑风暴揭幕战连夜打响。

入夜的双阳，万籁俱寂。路面两侧的照明灯眨着橘黄色的眼睛，注视着安静的街面。街面上，一辆辆警车呼啸着驶出了市公安局大院，风驰电掣般向"狐狸夜总会"进发。

杨大江见大哥调来了多警种参战，立即来了精神，他挥舞着大手安排特警队员封锁了夜总会的出入口。紧接着，又亲自率领十几个身着警服的派出所民警，直接奔向毛雨辰指引的秘密通道。

夜总会楼上的秘密房间里，吃饱喝足了的嫖客，正在与卖淫女寻欢作乐，突然听到门口出现了杂乱的脚步声。

杨大江带人来到了一排秘密房间的门前，大吼一声："都不许动！"踹开了一个个隐蔽的屋门。

警察们蜂拥而至，几对赤身裸体的"野鸳鸯"，顷刻便暴露在了公安记者摄像机、照相机的闪光灯下。

毛雨辰见杨大江率领的警察捣毁了"狐狸夜总会"卖淫嫖娼的黑窝，立即带着他手下的便衣警察冲进了经理办公室。

进了屋，毛雨辰一眼认出了坐在老板台前的"妈咪"琳琳，他一把抢过琳琳的手机，大声命令道："不要打电话，跟我们走吧！"

琳琳惊慌失措地问："你们是干什么的？"

毛雨辰大声说道："警察！"

毛雨辰一挥手，几个便衣警察不由分说，将琳琳连推带搡带到了警车旁边。

琳琳被眼前发生的一切惊得一头冷汗，她心惊胆战地站在了那些披头散发的卖淫女和衣着不整的嫖客中间。

正在这时，一辆黑色商务车在警车的引导下驶进了"狐狸夜总会"的大院，杨大海不等秘书拉开商务车的车门，便迈步下了车。

杨大海身着警监制服，威风凛凛地站在大院的中央，他环视了一眼满院子的警车和那些战战兢兢的"战利品"，脸上露出了一丝难以察觉的微笑。

电视台的摄像车来到了现场，记者扛着摄像机呼啦一下站在了杨大海的面前。

杨大海回头看了看身后被抓获的卖淫嫖娼人员，以警车为背景，对着摄像机宣布了这次扫黄成果："今天晚上，我们市公安局的扫黄打黑办公室接到了市民的举报，一举端掉了'狐狸夜总会'组织、容留妇女卖淫的黑窝，以此拉开了我市'扫黄打黑'风暴的序幕。"

杨大海停顿了一下话语，回头瞥了一眼身后的警车，接着说道："下一步，我们公安机关将狠狠打击涉黄涉黑犯罪，一定要把'扫黄打黑'斗争进行到底。同时，还要通过查处'黄赌毒'来深挖'涉黑涉恶'线索，坚决打击幕后的组织者、领导者。为此，我们还设立了举报电话和信箱、邮箱，欢迎广大市民积极参与到公安机关'扫黄打黑'的行动中来。公安机关将重奖举报人，并对举报人的人身安全予以保护。"

琳琳躲在卖淫嫖娼的人群中，她无心去听杨大海慷慨激昂的讲话，而是借着黑夜的掩护，在人们的注意力都集中到杨大海身上的同时，悄悄溜在了卖淫嫖娼队伍的后面。她慢慢蹲下身子，一骨碌滚到了警车后面的垃圾箱旁，"嗖"的一声，钻进了臭气熏天的垃圾箱里。

琳琳蜷缩着身子，躲在了垃圾箱里，她捂着嘴，艰难地熬着时间，过了好半天，才听到了警车远去的声音。

琳琳钻出垃圾箱，跌跌撞撞地跑回了家，她顾不上满身的垃圾，一进门便冲着妈妈"呜呜"大哭起来。

雪梅见女儿身上沾满了垃圾，脸色还吓得苍白，急忙问："琳琳，快告诉妈妈，出了什么事儿了？"

琳琳一把鼻涕一把眼泪地哭诉道："杨大海领着一大帮警察抄了我们的夜总会，还抓走了好多人。我要是不钻进垃圾箱里，他们就把我也给带走了！"

雪梅被琳琳的话吓得差一点儿坐在了地上，她浑身哆嗦着，乱了章法。

正在这时，雪梅的电话响起了刺耳的铃声，她战栗着接听了电话，听筒里传来了林鑫鼎低沉的声音："琳琳是不是回家了？"

雪梅嘴里"嗯"着，眼前冒着金星。她手扶着墙壁，险些摔倒在地。

林鑫鼎在电话里催促道："我的司机马上就到，你让琳琳来我这里躲一躲。"

雪梅问:"你怎么知道琳琳回家了?"

林鑫鼎低声回答道:"刚才,有一个和我关系不错的警察认识琳琳,他假装什么也没有看见,故意放走了琳琳。"

雪梅有气无力地说道:"我就说嘛,不让你和他斗,他手里有枪有炮,咱们斗不过他,你偏不听。这回牵扯到孩子身上了,她能经受起这么大的打击吗?"

林鑫鼎在电话里骂道:"妈的,他有枪有炮能怎么的?不是也不敢和我正面交火吗?你们不要怕,我手里有能置他于死地的'核武器',我会对他采取精准打击的。反正他在明处,我在暗处,我光脚的还怕他穿鞋的不成?"

雪梅使劲儿摇着头,理着纷乱的头发说道:"一会儿我给杨大海打个电话服个软,你们就化干戈为玉帛吧!本来你有钱,他有权,你们俩就该和平共处,何必非得弄个你死我活、鱼死网破呀?"

林鑫鼎冷笑着,大声说道:"我没有想过要和他鱼死网破,可这小子最近翅膀硬了,开始不听我召唤了,这是我不能容忍的,所以,我也要对他开始反制。过一会儿,我派人把他放在你那里的钱都拉走,权当是他给我夜总会包赔的损失了。"

雪梅一听林鑫鼎既要把琳琳接走,又要把杨大海受贿的赃款拿走,立即猜到了他的险恶用心,她大声说道:"姓林的,你别以为我看不出你的阴谋诡计。你让琳琳到你那里去是假,要吞杨大海的钱才是真。我告诉你,往后休想再打他那笔钱的歪主意。"

雪梅停顿了一下话语,继续说道:"你们男人没有一个是好东西,我雪梅这些年被你们召之即来,挥之即去,到头来谁都不管我了,让我成了牺牲品,我才不干呢!今后,我还得靠这些钱养老呢!实话告诉你,既然这笔钱存在了我的家里,那就是我的了!钱是我的了,你听明白没有?"

第二天,双阳市的各大媒体纷纷报道了市公安局开始"扫黄打黑"专项行动的消息,杨大海深夜的电视讲话和警方端掉"狐狸夜总会"的新闻也都上了头条。

杨大海坐在办公室里，一边欣赏着自己的电视讲话，一边想象着林鑫鼎和雪梅看到他的讲话以后，都会做出什么反应。

杨大海想到了林鑫鼎暴跳如雷的场景，也想到了雪梅瑟瑟发抖的画面，他陶醉着自己一箭双雕的"扫黄"成果，又想着该怎样用琳琳做筹码，来换回放在雪梅家里的巨款。

杨大海感觉他昨晚曾经看到了躲在卖淫嫖娼队伍里面的琳琳，便给杨大江打了电话："大江，谁在审讯琳琳？她都说了些什么？"

此时，杨大江正在与毛雨辰发火，见哥哥给他打来了电话，没好气地说了一声："琳琳逃走了！"

杨大海一听自己精心策划的一箭双雕之计出现了意外，气得险些从椅子上跳了起来。他强压住心中的怒火，问道："昨天晚上，你们不是把她抓到了吗？怎么还能让她逃走？"

杨大江无可奈何地说道："是啊！我们回到局里清点人数的时候才发现，她不知道什么时候溜走了！"

杨大海再也压抑不住内心的火气，冲着手机训斥道："我兴师动众搞出了这么大的动静，你们竟然能让一个小女人从你们这帮大老爷儿们的眼皮子底下溜走，你们是干什么吃的？"

杨大江哭丧着脸说道："我正批评毛雨辰呢。"

杨大海一听"毛雨辰"的名字，气不打一处来，他厉声呵斥道："毛雨辰，毛雨辰，你问他还想不想干了？"

杨大江见哥哥动了怒，急忙说道："我马上把琳琳列为网上逃犯，让毛雨辰将功补过，尽快把她抓回来。"

杨大海啪的一声摔了电话，嘴里骂道："废物，饭桶！一帮成事不足，败事有余的家伙！"

毛雨辰在电话里听到了杨大海对他的训斥，他皱着眉头，心里犯起了嘀咕：我在琳琳的电话里分明查到了杨大海和林鑫鼎与她的通话记录。一个堂堂的副市长、公安局长竟然与夜总会妈咪经常保持着电话联系，为什么还反过来问罪于我？

毛雨辰越想越糊涂，他无法猜测杨大海和林鑫鼎与琳琳之间存在着什么样的特殊关系，但他仅从林家大院和采矿场之间的秘密通道便可断定，林鑫鼎和采矿场肯定有着不为人知的关联。于是，他又把自己满心的狐疑向舅舅龙岩做了倾诉。

林鑫鼎从李强嘴里获知了琳琳被公安机关列为网上逃犯的信息，他不放心琳琳，又把电话打给了雪梅："雪梅，琳琳被杨大海列为网上逃犯，公安机关通过定位，很快就能抓到她。"

雪梅一听公安机关还在追捕女儿，马上说道："你少吓唬我，琳琳的电话在警察手里呢。"

林鑫鼎松了一口气，他沉思了一会儿，说道："你还是让她躲到我这里来吧。"

雪梅问："她躲到你那里，就能不被抓到吗？"

林鑫鼎回答道："我不是告诉过你，我手里有能置他于死地的'核武器'嘛，他投鼠忌器，不敢把我怎么着，只要我按动电钮，他即刻就会被炸上天。你们不要怕，他现在已经被我逼到悬崖边上，快走投无路了。"

雪梅见林鑫鼎满脑子都是坏主意，十分不屑地问道："你把他逼到了悬崖边上，你不也岌岌可危了吗？你如果让他走上了绝路，你还会有活路吗？"

雪梅见林鑫鼎默不作声了，又接着说道："琳琳的事情不用你管了，我有办法对付杨大海。"

林鑫鼎一听，气得差一点儿笑出了声，他用嘲讽的语气问道："你个老娘们儿，能对付了杨大海？"

雪梅冷笑一声，问道："我要是不听你给我出的馊主意，我能有今天吗？"

林鑫鼎被雪梅的话噎住，一时没了下文。

当天晚上，雪梅思索了再三，还是给杨大海打了电话。她见杨大海两次都挂断了她的电话，便将她精心录制的抖音视频，用微信发给了杨大海。

雪梅在视频里讲述了一个女人和男人常年姘居的故事，但是没有说出那个男人就是杨大海本人。

杨大海看了视频，回复道："我不怕你曝光。"

雪梅见杨大海有了回复，不慌不忙，又给他发了第二段视频。视频中，她又讲述了那个男人让女人给他红酒里下春药的故事。

杨大海回复："你真不要脸！"

雪梅又给杨大海发了第三段视频，讲述了那个男人喝完春酒后，强奸她女儿的故事。

杨大海回复："造谣，传谣，小心我抓你坐牢！"

雪梅接着又发了一个视频，讲述了那个男人时不时就往家里拿"海鲜礼盒"的故事。

杨大海有些急了，他给雪梅回复了一张狰狞的脸谱，又加了一句话："知道你会留这么一手，不过我不怕，那东西是我朋友的。"

雪梅见杨大海不为所动，紧接着又讲述了那个男人向"大人物"送"小海鲜"的故事，还配合故事，在画面截图了一张那个"大人物"的网上照片。

杨大海这次没有回复文字，而是发了一连串的匕首图标。

雪梅用讲故事的方式，像猫捉老鼠一样戏弄着杨大海，一步步把杨大海引进了故事的情节和细节之中。

雪梅见杨大海开始用匕首威胁她，便又把程妍秋的照片发给了他，还添油加醋地描绘了那个男人与程妍秋之间不可告人的勾当。

杨大海的头上渗出了冷汗，他犹豫片刻，把匕首图标换成了笑脸，回了一句话："道听途说，没人相信。"

雪梅不再继续讲故事，她让琳琳将几段视频连接起来，在屏幕上打上了杨大海道德败坏、收受巨额贿赂的字幕，发给了杨大海。

杨大海有些坐不住了，他不再回复雪梅的微信，而是直接把电话打了过来。

杨大海使劲儿咽了一口唾沫，劈口说道："雪梅，算你狠！你难道真要和我拼个鱼死网破吗？告诉你，我马上就可以派人去抓你！"

雪梅不甘示弱地说道："只要你敢对我下手，我就马上把视频传到网上去，我还要给中纪委写信，看看有没有人能为我主持公道，看看你能不能受到法律制裁！反正为了女儿，我什么都能豁出去！"

杨大海见没有吓唬住雪梅，又开始打起了感情牌："雪梅，难道你真就这么无情无义吗？"

雪梅冷冷地说道："你把琳琳当成了逃犯，还说我无情无义？等我把视频公布出去，让大家评判到底是谁无情无义吧！"

杨大海见雪梅在与他耍横，缓和了一下语气说道："雪梅，你要不向林鑫鼎出卖我，我能这么做吗？"

雪梅用强硬的语气说道："杨大海，我算看透了，你们俩没有一个是好东西。跟你说句实话，我们娘儿俩都写好了遗书，我们就是到了阴曹地府都不会放过你！"

杨大海心里一惊，他觉得雪梅不是在与他说气话，便摇了摇头，长叹一声说道："算了吧，回头我让人把琳琳的通缉撤下来，咱们既往不咎，重归于好，这回行了吧？"

雪梅平静了一下情绪，突然大声吼了起来："杨大海，除非你把那些钱也给我！"

杨大海闭上了眼睛，想了好半天，才恶狠狠地说道："除非你，还有琳琳，不再与林鑫鼎有任何往来；除非你们发誓，再也不要与我为敌！"

窗外刮起了凛冽的寒风，紧接着便飘起了漫天飞舞的鹅毛大雪。

雪梅站在了窗前，她仰望着黑乎乎的天空和纷纷飘落的雪片，回头对女儿哽咽道："琳琳，一切都过去了，天亮后，妈妈领你到楼下堆雪人去。"

第四十七章

截车抓人

毛雨辰蒙了，他怎么也想不到杨大江竟然让他把琳琳的名字从全国联网的逃犯名单上撤下来。毛雨辰坐在电脑前，又把杨大江交给他侦办过的案件，在脑海里过了一遍电影，感到每一起案件都是"疑罪从有"的有罪推论，到头来，说有就有，说无便无。

毛雨辰心里产生了疑惑，又想起了最近他侦办的"李放合同诈骗案"。他按着"疑罪从无"的无罪推断，重新梳理了一下案情，渐渐发现给李放定的这个罪名太牵强，甚至根本就够不上是一起刑事案件。

毛雨辰的大脑在飞快转动，他意识到自己被杨大江当成了想打谁就打谁的一支"枪"。毛雨辰又将龙岩对他的一次次的提醒和忠告做了重回顾，从心里往外敬佩龙岩的远见卓识。

毛雨辰火速赶到了省公安厅在双阳市设立的专案组，把自己心中的所有疑惑一股脑倾诉给了龙岩。

龙岩听了"李放合同诈骗案"的来龙去脉，问道："李放案件的卷宗在哪里？"

毛雨辰回答道："卷宗在杨大江手里，他说，他还要补充一些证据，把李放这起案件定成铁案。"

龙岩表情严肃地问："李放涉嫌犯罪的证据是你收集的吗？"

毛雨辰回答道："卷宗里的所有证据，都是杨支队交给我的，不是我收集的。"

龙岩沉思了一下，又问："李放的罪名能定得住吗？"

毛雨辰转了一下眼珠，说道："我讯问他的时候，他并不认罪。后来，杨大江过来与他谈了什么，我就不清楚了。反正最后他还是认了罪。"

　　龙岩紧皱着眉头，思索了一会儿，说道："杨大江认识李放吗？"

　　毛雨辰想了想说道："凭我的感觉，他们好像并不认识，但我从李放的表情可以看出，他内心里好像很恐惧杨大江。"

　　龙岩不动声色地问："杨大江对李放刑讯逼供了吗？"

　　毛雨辰摇头说道："应该没有。除了我去调取涉案人陈开火身份信息时，他们有过接触以外，整个审讯过程，我都在场。至于杨大江是否还单独提审过李放，我就不知道了。"

　　龙岩站起身来，在屋里踱了一会儿步，转头对毛雨辰说道："为了澄清一些案情，你应该再去提审一下李放，以免授人以柄，出现冤假错案。"

　　毛雨辰点着头，说道："我也是这么想的。"

　　毛雨辰见龙岩又在沉思，走到他的面前，低声说道："我是办案人，我手里有提审票，最好让袁小雨和我一起连夜突审李放，或许疑点就可以搞清楚了。"

　　龙岩点了点头，转身去向辛然副局长汇报。

　　夜深了，天空中闪烁着点点繁星。

　　夜幕下，毛雨辰和袁小雨换好了警服，开车向羁押李放的双阳市看守所驶去。

　　坐在副驾驶位置上的袁小雨，眼望着黑色的天空，自语道："李放当了二三十年的村主任，按说他应该懂法，怎么会犯合同诈骗罪呢？"

　　毛雨辰问："你了解李放吗？"

　　袁小雨说道："我对他何止是了解啊！如果没有他，我可能都没有今天。"

　　毛雨辰问："怎么回事儿？"

　　袁小雨扭过头来对毛雨辰说道："在我很小很小的时候，我妈就带着我流浪到了李家窝棚村，那时我妈肚子里还怀着我的妹妹袁小竹，如果不是李放收留了我们，我们一家还说不定要流浪到哪里去呢。"

　　毛雨辰瞪大了眼睛问："我怎么没听你说过，你还有这么悲惨的童年呢？"

袁小雨又把目光投向了车窗外，深情地说道："我一直都管李放叫舅舅，他们一家人对我们都很好。李放舅舅不但收留了我们，在他家后院给我们家腾出了一间房子让我们住，还帮助我妈办了一个乡村民办教师的指标，我妈就是靠这点收入，把我和妹妹拉扯大的。李放为了让我和妹妹能读书，给我们兄妹俩资助了很多学费，如果我当年考不上警察学院，说不定现在还在李家窝棚村当农民呢！"

毛雨辰眨了眨眼睛又问："李放被刑拘以后，你不会不知道是我办案，怎么不向我反映他的情况，打听打听他的案情呢？"

袁小雨苦笑着说道："你呀，你不是背靠大树、如日中天的毛队长嘛！我可不敢高攀你这个高枝儿。说句老实话，即使我当初找到你，你也不会给我这个'副民警'面子，所以，我只好给他请了一个律师。可没承想，你们连律师阅卷都不允许，就更不要说会见当事人了，真有点太过分了。"

毛雨辰不好意思地说道："小雨，你知道，我这个队长也就能在你面前吆五喝六，在别人眼里就是个放屁都不响的小人物，根本就不好使。"

袁小雨微微一笑，拍了拍毛雨辰的肩膀说道："幸亏你小子还能幡然醒悟，有了深明大义之举。"

毛雨辰见袁小雨表扬自己，开心地笑着说道："好哥们儿，还是你了解我。你放心，既然你说我幡然悔悟，就相信我一定会秉公办案；既然你说我深明大义，就相信我绝不贪赃枉法。"

袁小雨又使劲儿拍了拍毛雨辰的肩膀，说道："好兄弟，自打我俩在山洞里患难与共以后，我就知道你是好样的，我敬爱的毛队长！"

两人有说有笑，又聊了一会儿李放的案情，车子便开进了看守所。

看守所的值班警察见有警察来夜审李放，看了毛雨辰的提审票，又查看了毛雨辰和袁小雨的警官证，便将李放从监舍带到了审讯室，还伸手打开了监控。

李放耷拉着脑袋，坐在了审讯桌对面的椅子上，他看都没看毛雨辰和袁小雨一眼，便摆弄起了手指头。

毛雨辰问："李放，你刑事拘留的延押时间就要到了。今天，我们按照检察院的要求，需要对一些事实做补充侦查，所以，还需要你配合我们的审讯。"

睡意蒙眬的李放似懂非懂地听着毛雨辰的问话，无精打采地抬起头，将目光投向了坐在对面的毛雨辰。突然，他看到了毛雨辰身边的袁小雨，眼睛顿时一亮，赶忙坐直了身子。

毛雨辰瞥了一眼身旁的袁小雨，转头问道："李放，你认识他吗？"

李放刚要点头说是，却见袁小雨一本正经地板着面孔，假装不认识自己，便揉了揉眼睛，说道："我不认识他。"

毛雨辰心里一阵好笑，他瞅着李放，接着说道："请你把你合同诈骗的事情经过再说一遍吧。"

李放见毛雨辰在做笔录，瞪着眼睛辩解道："我没诈骗，我一分钱都没有得到，我诈骗谁了？"

毛雨辰没有回答李放的反问，接着问道："那块地真是你的吗？"

李放十分肯定地回答："没错，那块地就是我的。"

袁小雨接过毛雨辰的话茬问道："我问你，那60亩地都是你的吗？"

李放眨了眨眼睛，他打量了袁小雨一会儿，又把目光转向了毛雨辰，说道："我对他都说过了。"

毛雨辰说道："请你再说一遍。"

李放见毛雨辰今天的问话十分和气，根本就不像第一次审讯他时那样拍桌子、瞪眼睛地呵斥，又见他身边坐着的不是杨大江而是袁小雨，心里顿时踏实了许多。

他环视了一下预审室的周围，问道："上次审讯我的那位领导怎么没来呢？"

毛雨辰摆弄着手里的碳素笔，眼睛盯着李放，没有正面回答。

李放见毛雨辰没有回答他的问话，摆弄着手指，继续问道："你们什么时候能放我出去？"

毛雨辰一听李放问了一个如此天真的话题，一下子想到了杨大江让李放认罪时，曾经"忽悠"过他的话，便不好意思地看了看袁小雨，对李放说道：

第四十七章 截车抓人 421

"你能不能出去，得看你有没有罪了。"

李放见毛雨辰没有放他出去的意思，说道："你们不是说好了，让我按照你们说的内容都承认了，就放我出去吗？"

袁小雨一听，一下子明白过来，原来是杨大江对李放"引供诱供"了，便使劲儿瞪了毛雨辰一眼，转过脸来对李放说道："你不懂法吗？"

李放见毛雨辰低头不语，急忙辩驳道："我没有犯罪，我也没有诈骗，我签的那份合同是给李晓明用来审批驾校的，不是用来索要征地赔偿款的。"

李放见毛雨辰"唰唰"做着记录，接着解释道："当时，李晓明对我说，他办驾校需要60亩地，我一想，我自己有10亩地，还有一个叫陈开火的人让我帮他经营50亩地，就把两块地加在一起，合并租给了李晓明。"

毛雨辰接过话茬问："你将陈开火的50亩地给出租了，通过他本人了吗？你们之间有合同吗？"

李放摊了摊手，问道："我不是告诉过你们，我到派出所去查过，根本没有叫陈开火名字的人，你让我上哪儿找他签合同去啊？"

毛雨辰追问："我上次不是给你看过我在人口信息档案里调出来的陈开火人口信息吗，你怎么能说没有这个人？"

李放把眼一瞪说道："我就是说不明白这件事儿，才按照那个杨领导要求承认的。但是，我敢打赌，确实没有叫陈开火的人，当初是有人拿着陈开火身份证复印件和我签的买地合同，可后来我发现那个身份证是假的，这就是事实。"

李放停顿了一下，接着又说："我敢保准，陈开火的身份证肯定是假的。"

毛雨辰见李放还是一口咬定陈开火的身份证有假，指着他的鼻子问道："李放，人口信息档案中明明能查到陈开火的人口信息，你怎么一再强调是假的？"

李放摆着手说道："这件事儿，你们应该比我更清楚，你们有权有势，办个身份证、做个假档案都是轻而易举的事情。如果你们秉公办案，可以按照身份证地址去找陈开火本人啊！如果你们能把他本人找来，让我认什么罪，我就认什么罪。"

袁小雨见李放如此坚定自己的判断，觉得这里面一定有隐情，便问："你怎么能这么肯定，确实没有陈开火这个人？"

李放冷笑一声，说道："那50亩地是经我卖的，卖给了什么人，我能不知道吗？"

袁小雨追问："那你说说，卖给了什么人？"

李放摇着脑袋说道："这个我可不能说，即使说了，你们也不会相信。所以，我宁可蹲几天拘留也就算了。"

袁小雨见李放还被蒙在鼓里，提醒道："这可不是蹲几天拘留的事情，如果事实清楚，等着你的就是逮捕、判刑，蹲大狱啊！"

李放一听，头上立刻冒出了冷汗，他支支吾吾地问道："啊？有这么严重？难道那个姓杨的领导是在骗我吗？"

李放开始沉默，他仔细掂量着袁小雨说他要蹲大狱这句话的分量，双腿不禁颤抖了起来，好半天以后才开口问道："你们，你们能保证我的安全吗？"

李放见袁小雨在点头，把心一横，把杨大海如何用公款给程妍秋买地，程妍秋又如何把地租给他收取租金的全过程，像竹筒倒豆子一般"哗啦"一下倒了出来……

天空渐渐露出了鱼肚白，一缕阳光斜射进了预审室的窗户。毛雨辰长长地伸了一个懒腰，他整理好了几十页的讯问笔录，将李放交给看守警察，和袁小雨走出了看守所。

此时，毛雨辰和袁小雨的心情都十分沉重，他们谁也没有想到李放的口供竟能道出一个惊天的腐败大案，更没有想到整天在主席台上口若悬河讲着反腐败大道理的杨大海和程妍秋，竟是表面上标榜着"以人民的名义"，暗地里却干着损害人民利益的勾当；他们整天高举着反腐败的大旗，说得比唱得还好听，实际自己就是十足的腐败蛀虫。

毛雨辰手里拿着那份沉甸甸的讯问笔录，竟像捧了一个支棱着尖刺的刺猬。他不知道该如何是好，便把电话打给了龙岩。

龙岩见事情的发展远远超出了他的想象，对毛雨辰吩咐道："你们两

第四十七章 截车抓人

人先找个地方吃点早餐,我马上向辛然副局长和何飞总队长汇报。"

毛雨辰和袁小雨找了一家小饭店,刚要了好了早点,就见远处的马路上尘土飞扬,飞速驶过来了一辆霸道警车。

毛雨辰见警车眨眼就驶到了饭店的门前,捅了一下袁小雨说道:"不好,杨大江来了!"

袁小雨一愣神儿,问道:"你的车不是没停在饭店门前吗?"

毛雨辰点着头,两人闪身躲在了饭店玻璃窗旁边的墙垛处,用眼睛的余光盯着窗外,只见霸道警车呼地一下,驶过了饭店门前,向着看守所方向急速行驶了过去。

"丁零零,丁零零",毛雨辰的手机响起了急促的铃声,他接通电话,听筒里立即传来龙岩的声音:"我把你们讯问李放的情况报告给了辛然和何飞,何飞总队长要我们马上把讯问笔录给他送过去。那我们就在省公安厅门前汇合吧。"

毛雨辰"嗯"了一声,说道:"杨大江去看守所了,我看他是有备而来,肯定不会放过我们的。"

龙岩说道:"事不宜迟,你们就赶快去省城吧。"

杨大江是接到看守所的报告,才风风火火赶过来的。值班的警察将他领到了监控室,给他调出了毛雨辰和袁小雨提审李放的监控录像。

杨大江扣着耳机听着李放的口供,他越听越冒汗,不等听完,便摘下耳机,取出监控录像的硬盘,走出了看守所。

毛雨辰开着车,眼看就要到了通往省城的高速公路收费口,电话响起了急促的铃声。

毛雨辰刚接听电话,就听到了杨大江狮子一般的怒吼声:"毛雨辰,你个小兔崽子,竟敢背着我,私自提审李放!你马上把讯问笔录给我送过来!"

放下电话,杨大江觉得还不放心,又给技侦人员打了电话:"你们马上把毛雨辰的定位发给我。"

几分钟后,杨大江见毛雨辰和袁小雨的定位在通往省城的高速公路收费口，立即慌了神儿。他一边骂，一边给高速交警队打了电话："你们马上设卡堵截一辆车。"

毛雨辰开着车刚进收费口，就见几个交警正在路面摆着路障锥桶，他使劲儿一打方向盘，在交警路障锥桶的空隙中间穿过了拦截区域，擦着交警刚亮出的停车检查牌子，飞驰进了高速公路。

交警队长急忙向杨大江报告："报告杨支队，刚才那辆轿车闯了卡子，驶进了高速公路。"

"给我追！"杨大江一边命令，一边开着警车，冲向了高速公路。

毛雨辰双手紧握着方向盘，将油门踩到了最底。轿车像离弦之箭飞驶在了高速公路上。

袁小雨回头一看，见后面有警车追赶，便直接给辛然副局长打了电话。

辛然见形势十万火急，立即给交警支队指挥中心下达了停止追击的命令，然后带着龙岩坐上警车，风驰电掣般地驶向了通往省城的高速公路。

十几分钟以后，杨大江的警车也驶进了高速公路，他见交警的警车闪着警灯停在了应急道上，按下警车副驾驶的玻璃窗问："你们为什么不去追那辆车？"

交警向杨大江转达了指挥中心下达停止追击的指令，杨大江气得一跺脚，他的警车呼啸着向省城方向去追毛雨辰。

在通往省城的高速公路上，毛雨辰的车在前，杨大江的警车在后，两车渐渐缩小着原本只有20多公里的距离。

毛雨辰将车开到了160迈，他攥方向盘的手心都出了汗，轿车车轮似乎都在高速路面上悬浮着飞转。

袁小雨为防止意外，急忙拿出毛雨辰做的讯问笔录，一边用手机拍照，一边将照片发给了龙岩。

一个多小时以后，毛雨辰开车出了高速口，袁小雨一回头，只见杨大江追赶过来的警车已经距离他们只有几百米了，便对毛雨辰说道："兄弟，杨大江追上来了，现在我们已经到了省城，只要我们先他一步赶到省厅，我们的讯问笔录就安全了。"

第四十七章 截车抓人 425

毛雨辰说道:"那我就只好在省城闯红灯了!"

袁小雨把嘴一撇,说道:"你一路超速行驶,驾驶证肯定得被吊销了,就不差再闯几个红灯了。"

毛雨辰鼻子一哼,目视着车水马龙的街面说道:"你小子少给我臭美,我被吊销了驾驶证,你就得给我当司机,"

两人勉强地笑了笑,不断超着车,眼看车子就到了省公安厅的大门前,就见杨大江的霸道警车从右边直接横在了毛雨辰的车前。

毛雨辰"嘎吱"一个急刹车,只差1厘米就撞到了警车的踏板上。

杨大江嗖的一声跳下了警车,将乌黑的枪口顶在了毛雨辰轿车的玻璃窗上,厉声呵斥道:"小兔崽子,给我下车!"

"快看呐,警察抓警察了!"

"拍电影吧!"

"那两个小子是假警察,你没看见真警察手里有枪吗?"

就这样,毛雨辰和袁小雨在围观人群的一片议论声中,被杨大江带上了警车。紧接着,他们的手机也被关掉了。

十几分钟以后,辛然和龙岩来到了何飞的办公室,辛然不等落座,便急着对何飞说道:"毛雨辰和袁小雨关机了,他们肯定被杨大江追上了。"

何飞剑眉倒竖,迅速给省厅交管局下达了命令:"请你们立即派人在高速公路口拦截双阳市一辆霸道警车。"

说罢,何飞又转身对辛然和龙岩说道:"我已经把你们传给我的讯问笔录转发给了王厅长,走,我们一起向他汇报去。"

王厅长见何飞领来了辛然和龙岩,便问:"那两个办案人呢?"

何飞回答道:"他们被双阳市局派人给堵截了。"

王厅长一听,拍着桌子吼道:"双阳市局竟敢在省城堵截抓人?简直是无法无天!"

何飞嗯了一声,说道:"厅长,我已经通知省厅交管局派人到高速口去拦截了!"

王厅长松了一口气,说道:"好!你的决定非常果断。来,说说情况吧!"

第四十八章

完美爆料

何飞见王厅长要听情况,便示意辛然开始汇报。

辛然整理了一下警服,汇报道:"王厅长,我们市局'扫黑办'的毛雨辰队长和袁小雨同志,昨天晚上在夜审李家窝棚村主任李放的时候,李放交代了杨大海副市长在任双阳大学副校长期间,用公款向时任双阳大学校长程妍秋行贿50亩地的重大腐败线索……"

王厅长一边翻看着手机里讯问笔录的截图,一边在心里默念着李放的名字,突然想起前不久拦他车上访的那个村主任,同时也想起了杨大海送给他的"小海鲜",便不露声色地问道:"这就是何总刚才转给我的这份笔录吧?"

何飞瞥了一眼王厅长的手机,回答道:"是的。"

王厅长用手指着手机屏幕上放大了字的讯问笔录截图,说道:"笔录的截图太不清楚了,我们省公安厅怎么也不能将截图转给省委和省纪委吧!"

何飞见王厅长在说讯问笔录的质量问题,提醒道:"办案人在把笔录送往省厅的路上被双阳市局给拦截了,但如果我们即刻派人去提审李放,情况还是会搞清楚的。"

王厅长放下手机,问何飞:"提审李放?我们是公安机关,能越权办理腐败案件吗?"

王厅长看了看何飞,接着说道:"老何,你不是让人去拦截了他们了吗?等拿到讯问笔录再说吧!"

王厅长说着,又把目光投向了辛然和龙岩,问道:"省公安厅督办的那起'无头男尸案'有进展吗？"

辛然回答道："目前还没有，不过，我们专案组倒是有个想法。"

王厅长做了一个"请"的手势，说道："什么想法？说说看。"

辛然清了清嗓子说道："我们想以省公安厅专案组的名义，发一份悬赏征集案件线索的通报，不知道厅长是否同意？"

王厅长思索了片刻，说道："可以，我同意你们的想法。"

正在这时，何飞的手机响起了"叮铃铃"的铃声，他看了一眼来电显示，用免提接听了电话。

电话里即刻传来了省厅交管局的报告声："何总，我们在通往双阳市的高速公路收费口设卡拦截了所有车辆，没有发现双阳市局那辆霸道警车。"

王厅长听到了交管局的报告，吁了一口气，说道："何总，你应该把精力用在省厅督办的'无头男尸案'上来，侦破重特大疑难案件才是你们的主责嘛！"

何飞听懂了王厅长的话音，起身敬了一个礼，领着辛然和龙岩离开了王厅长的办公室。

回到办公室，何飞又把电话打给了省城市局指挥中心，继续追查杨大江警车的踪迹。

一个小时以后得到的回复是，杨大江开着他那辆黑色霸道警车，警车司机开着毛雨辰的轿车，一前一后绕开高速公路的卡子，走省级公路返回了双阳市。

辛然和龙岩悻悻地离开省公安厅，辛然刚回到双阳市局，还不等他向杨大江询问毛雨辰和袁小雨的下落，便被杨大海叫到了办公室。

杨大海将毛雨辰和袁小雨做的讯问笔录往办公桌上狠狠一摔，劈头便问："辛然，我把你提拔到常务副局长的位置上来，就是让你找我的黑材料吗？"

辛然见杨大海气急败坏，一时也无话可说，便低头搓起了手。

杨大海跺着脚，骂着辛然，见他仍一言不发，觉得目前还不是与辛然彻底决裂的时候，便努力调整了一下自己的情绪，挥手说道："你回去好好想一想吧，你这么做，对得起我对你的栽培吗？"

杨大海见辛然耷拉着脑袋离开了他的办公室，又叫来市局纪委书记，吩咐道："毛雨辰和袁小雨私自提审犯罪嫌疑人，还在高速公路上超速驾驶，既违反了工作纪律，又触犯了《交通法》，要对他们实施禁闭，根据他们的认错态度再做后续处理。"

杨大海处理了毛雨辰和袁小雨，觉得也消了几分气，便调整了一下心态，给王厅长打了电话……

倪雪获知了袁小雨和毛雨辰被关禁闭的消息，她怕袁枚见不到袁小雨着急上火，下班后，便来到了袁小雨家。

倪雪进了门，对袁枚说道："阿姨，小雨出差了，他让我过来陪陪您。"

袁枚笑呵呵地拉着倪雪的手，说道："你们这些当警察的一天到晚就是忙活，小雨出差都不给他妈打个电话，还得折腾你过来陪我老太太，真是太不好意思了。"

两人聊了一会儿天，倪雪问袁枚："阿姨，小竹有消息吗？"

袁枚把嘴一噘，说道："她呀，一点儿都不让我省心，至今仍杳无音信。"

倪雪笑着问道："阿姨，我看看小竹的电脑行吗？"

袁枚点着头说道："那有什么不行的。今晚，你就睡在小竹的房间吧，顺便帮我看看她整天都在写些什么。"

夜深人静，倪雪见袁枚去睡觉了，开始破译起了袁小竹的电脑开机密码。

倪雪反复试着，过了好长时间才打开了袁小竹的电脑，翻看起了她的文档。

倪雪见袁小竹的文档里备份了一部名为《踏雪有痕》的侦破小说，便津津有味地读了起来：

春风吹绿了双阳，松江江面上传来野鸭的叫声，踏青的人们踩着松软的草坪来到了江边，却不想，看到了一具无头的男尸……

倪雪刚读到小说的开篇，一下子愣住了，她瞪圆了眼睛仔细读着小说，感到后背都在冒着凉风。

袁小竹写的小说怎么和那起"无头男尸案"有着惊人的相似之处？倪

雪问着自己，一口气读了个通宵，直到她把整部书读完，心情都久久不能平静。

第二天早上，袁枚做好了饭，喊倪雪出来吃饭的时候，倪雪的思绪还停留在小说描写的情节和细节当中。

袁枚见倪雪有些发呆，便问："雪儿，你怎么了？"

倪雪打了一个激灵，她问："阿姨，小竹的神经不正常吗？"

袁枚被倪雪问得有些莫名其妙，她惊恐地望着倪雪，回答道："前一段时间，小竹的神经确实受到了很大的刺激，她跟我都很少说话。可后来慢慢恢复了过来，没见她再有什么不正常的地方啊！"

倪雪又问："那她最近接触过什么人吗？"

袁枚回答道："没有啊！"

倪雪喃喃自语道："这就奇怪了！她怎么说警察局长是杀人凶手呢？"

袁枚听了倪雪没头没脑的话，更加懵懂，她急着问："雪儿，好好跟阿姨说话，你这是中了哪门子的邪啊？"

倪雪接着问道："阿姨，小竹的出身有问题吗？"

袁枚一听倪雪问起了女儿的出身，联想到儿子也曾问过他的身世，吓得浑身颤抖，半天都说不出一句话来。

倪雪见袁枚的脸色变得有些发白，解释道："阿姨，我昨天晚上看了小竹写的小说，小说交代的背景就是双阳市发生的那起'无头男尸案'，她描写的女主人公也与她的长相极为相像。"

袁枚一听女儿一直闷头在写"无头男尸案"，并且女主人公的长相还与她自己极为相像，脸色顷刻由白变成了苍白。

倪雪安慰了袁枚一会儿，对她说起了小说中的情节："阿姨，小竹在小说里塑造了一个名叫'貂蝉'的女侦探形象。那个女侦探是个心理学大师，她靠逻辑思维、判断推理，拨开了一层又一层的迷雾，终于让杀人凶手浮出了水面。可意想不到的是，杀人凶手竟是指挥她破案的警察局长。"

袁枚一听警察局长是杀人凶手，脸色即刻由苍白变成了惨白，一下子瘫在了座椅里。

倪雪见袁枚嘴唇都有些发紫，吓了一跳，她一边按着袁枚的人中穴，一边惊叫："阿姨，阿姨，您怎么了？"

袁枚有气无力地说道："袁小竹，她，她成精了！"

倪雪被袁枚弄得丈二和尚摸不着头脑，急忙问道："阿姨，要不要去医院看医生？"

袁枚摆了摆布满青筋的老手，喃喃说道："她说的一点儿都不错，杨大海不仅是凶手，他还是个恶魔。"

倪雪一下子被震惊了，她给袁枚倒了一杯热水，见她的脸色渐渐恢复了正常，才问："阿姨，您认识我们杨局长？"

袁枚冷笑一声，从牙缝里挤出一句话："我岂止认识他！就是扒了皮，我都能认出他的骨头来呀！"

听了袁枚的话，倪雪的脸色开始变白了。

袁枚冷静了一会儿，抓着倪雪细嫩的手，向她叙说出沉积在心底近30年的往事。

……

"那个夜晚，我被杨大海强奸后，想到了死，可一看见才一岁的小雨，我的心就软了下来。后来，我又想到了报警，可一想到小雨他爸是个杀人犯，不会有人能相信我说的话，就只好忍气吞声了！"

倪雪听着听着，眼泪扑簌簌地流满了面庞。

袁枚抹了一把眼泪，接着说道："后来，我发现自己怀孕了，就要去打胎，可，可我又能到哪里去开证明信呢？丈夫进了监狱，自己又怀了孕，我，我到哪儿能说出清白啊！于是我就带着小雨开始流浪，还是苍天有眼，让我昏倒在了李放大哥家的门前。"

袁枚喝了一口热水，继续说道："李放大哥救了我，也救了我们全家，是他给了我活下去的勇气，于是我忘掉了过去的一切，把名字李梅改成了袁枚，开始了新的生活。我记得很清楚，我来到李家窝棚村的那天，天空中正下着小雨，生小竹的时候我仿佛走进了一片竹林，就这样，我就给他们兄妹俩起了现在的名字。"

袁枚一口气说出了袁小雨和袁小竹的身世，然后叮嘱道："雪儿，阿姨见你善良，就什么都没对你隐瞒。不过，你可千万要替我保密，绝不能让小竹知道她是杨大海的女儿，更不能让小雨知道他爸爸是个杀人犯，也不要把我说的事情告诉给任何人。"

倪雪点头答应了。

袁枚忽然像想起了什么事情，她问："对了，那天在医院，小雨怎么突然向我问起了他的身世？"

倪雪想了想，说道："小雨好像对我说过，他可能见到了他的父亲。"

袁枚一听，摇头说道："那是不可能的，他爸爸进监狱不久就死在了狱中。"

倪雪问："您怎么知道叔叔死在了狱中？"

袁枚回答："我在去监狱探监的时候，管教警察亲口对我说陈小文死在了狱中。其实，这也是我对小雨隐瞒他身世的原因，我不想让别人嘲笑小雨他爸爸是个杀人犯。"

倪雪"哦"了一声，方才恍然大悟。

袁枚一把抓住倪雪的肩膀，声音哽咽着说道："雪儿，小雨他爸名叫陈小文，他虽然死了，我也恨他！我恨他什么事情都对我隐瞒。小文为人忠厚老实，脑子也不会转弯，至今我都不相信他会去杀人，所以，我一直怀疑他是受了杨大海的教唆。我敢断定，陈小文和杨大海之间肯定有着什么不可告人的勾当。"

听了袁枚的话，倪雪也疑惑地问着自己："是啊，他们之间能有什么勾当呢？"

突然，倪雪颦起眉头问："阿姨，既然陈叔叔已经去世了，可小雨为什么又说他可能见到了父亲？"

倪雪见袁枚解答不了自己心中的疑惑，又问："阿姨，假如小竹在小说里描写的情节有生活来源，那陈叔叔就应该还活着；如果陈叔叔还活着，那小雨见到父亲这件事儿也就可以解释得清楚了。我记得，'无头男尸案'刚发生不久，小竹就向小雨提供了被害人的长相和衣着，可令我百思不得其解的是，她提供的被害人长相为什么和您刚才描述陈叔叔的长相极为相似？记得当时我还按着小竹提供被害人鞋子的样式进行过调查，还真证明了这双鞋子是监狱自制的，只有在监狱服过刑的人才会有。因此，我分析，江边那具无头男尸极有可能真是陈叔叔。"

听了倪雪的分析，袁枚倒吸了一口凉气，她不相信死人能够复活。脸色唰的一下，又变白了。

倪雪站起身来，在屋子里踱着脚步，她像外国电影里的大侦探一样推理道："阿姨，刚才我计算了一下陈叔叔入狱时间和刑期，假如陈叔叔还活着，正好在'无头男尸案'发之前该刑满释放了。如果我的推理能够成立，那就是陈叔叔刚被释放就被人杀害了。所以，我不敢再往下推理，我建议您还是去辨认一下那具尸体，不辨认尸体，我们谁也解不开心中的疑团……"

松江省公安厅发出了"悬赏征集无头男尸案线索"的通报，一石激起千层浪，双阳市公安局刑事案件尸检中心一下子来了好几位前来辨认尸体的家属。

这天上午，倪雪领着袁枚来到了尸检中心，正好遇见一位老太太说他的儿子失踪了很长时间，也要辨认尸体。

法医安排袁枚和那位老太太一起辨认了尸体，可两人都摇着头，走出了尸检中心。

倪雪见那位老太太腿脚有些不利索，又是一个人过来，便对她说："大娘，我送您回家吧！"

老太太见倪雪十分热心，又见她身边的袁枚也不介意，便笑了笑说道："那敢情好了！"

车上，倪雪问老太太："大妈，您儿子是什么时候失踪的？"

老太太掐着手指头计算了好一会儿，也没计算出时间来，便说："他刚从监狱出来不久就失踪了。"

倪雪一听老太太的儿子也是从监狱被释放出来的，赶忙追问："大娘，您儿子犯了什么罪？"

老太太回答道："他向人借了高利贷，被债主给送进了监狱。不过，那个债主还挺仁义，我儿子进监狱以后，他还经常来看我，既给我钱花，还给我买东西。我就弄不明白了，既然他是这么善良的人，为什么还要把我儿子给送进监狱？"

倪雪警惕地问："大娘，您儿子判了几年刑？"

老太太伸出了五个指头，说道："5年。"

倪雪又问："他叫什么名字？"

老太太瞅了瞅倪雪，又瞧了瞧袁枚，说道："他叫黄培。"

倪雪将老太太送到了家，记住了老太太家的门牌号。她怕袁枚看错了尸体，又问："阿姨，您确信，那尸体不是陈叔叔吗？"

袁枚点着头说道："不会错的，陈小文入狱不久就死在了监狱，这是千真万确的。"

倪雪"嗯"了一声，自言自语道："那就更奇怪了，袁小竹又是怎么描述出陈叔叔的长相的呢？"

袁枚见倪雪一直沉浸在女儿小说的情节之中，没好气地说道："雪儿，你不要被小竹的小说给误导了，她那是创作，人物都是虚构的。"

倪雪赶忙解释："阿姨，她描绘被害人的长相和衣着肯定不是虚构，她要是描绘得不像，能遭到恐吓吗？"

袁枚听倪雪这么一说，瞬间便瞪大了眼睛……

时间过得飞快，袁小雨和毛雨辰7天的禁闭很快就结束了。

这天早晨，倪雪刚从禁闭室将两人接上车，就接到了龙岩给她打来的电话："倪雪，你接到他们了吗？"

倪雪爽快地答应着，就听龙岩急切地说道："我刚给你发了一个抖音视频，你让小雨看看那个叫'貂蝉'的主播，是不是他的妹妹。"

倪雪将车停在了路边，打开了手机，只见袁小竹头戴鸭舌帽，留着八字胡，正女扮男装讲着无头男尸的由来：

朋友们，我不知道你来没来过双阳，更不知道你听没听说松江边岸边曾发现一具无头的男尸？但我今天要告诉你的是，这是一件发生在我们身边的真人真事儿，死者是一个刚刚被刑满释放的人，原谅我今天还不能告诉你死者的名字，如果你想知道死者是谁？他又是被什么人杀害的，请关注我的抖音账号，记住我的名字，我叫"貂蝉"……

"哇，上百万人关注啦！"倪雪惊叫着，赶快把手机递给了袁小雨。

袁小雨回放了一遍抖音，也惊出了一身冷汗。

"貂蝉"的抖音曝料震惊了"无头男尸案"专案组，更震惊了整个双阳市。一时间，大家街谈巷议，开始议论起了"无头男尸案"的话题。

中午时分，杨大海一看到"貂蝉"的抖音视频，金丝边眼镜都被吓到了地上，他瞪大眼睛，目不转睛地盯着视频，手脚不由自主地颤抖起来。

杨大海哆嗦着手，从地上捡起了金丝边眼镜，嘴里嘀咕着："'貂蝉'？这名字好熟悉啊！"

杨大海记起了他微信里好像有个"貂蝉"，便使劲儿打了一下颤抖的手背，开始在微信朋友中寻找着"貂蝉"的名字。不一会儿，他的目光呆滞了，紧接着眼睛都充出了血丝。

"我怎么把她给忘了！"杨大海说着，把刚拾起来的金丝边眼镜又重重地摔在了地上，他看着地上滚动着的眼镜碎片，一屁股坐在了地上。

杨大海在地上坐了好半天，才站起身来，他努力控制着不听使唤的双腿，慢慢镇定了下来。

杨大海抓起办公桌上的警备电话，拨通了网监控制室的电话，声音瞬间便出现了沙哑："你们立即把'貂蝉'的抖音账号给我封了！"

"杨市长，这个抖音账号地址在澳门，我们封不了号啊！"杨大海得到了网监否定的回答，刚刚平稳了的双腿又剧烈地抖动起来。

第四十九章

黑白无界

杨大海一屁股坐在了沙发上，脑海里又浮现出了四年前，他在火锅店里请刚出狱的陈小文吃肥牛时候的情景。

"貂蝉"不就是那个穿着棉旗袍的美女服务生吗？杨大海问着自己。他此时已经记起"貂蝉"是个传媒大学的毕业生，来火锅店当服务生是为了体验生活，要写一部都市题材的电影剧本。

杨大海在手机里找出了"貂蝉"的微信，又想起了自己曾经给她微信里转过几百块钱"手续费"，让她帮助陈小文提现金的事情。

一想到"貂蝉"，杨大海很快就想到了她那百灵鸟一般的说话声和甜甜的笑声，还有她脸上那团只有纯情少女才特有的淡淡红晕。

杨大海不会忘记，当时他一见"貂蝉"，就曾有一种似曾相识的感觉，他曾清楚记得，自己还给"貂蝉"讲过"吃饺子不蘸酱油"的故事。如果自己不是当了公安局长，成为了公众人物，或许一直与她保持着联系，也许……

杨大海从美好的回忆又回到了残酷的现实，此时此刻，他非常害怕"貂蝉"那段视频曝料，他有理由相信，仅凭"貂蝉"的口才，是完全有可能将他和陈小文同框的场景，描绘得活灵活现的。因为就在"无头男尸案"发生不久，她就曾向警方提供过那具无头男尸的相貌。如果当时林鑫鼎不派人去威胁"貂蝉"，如果杨大江不让画像专家画了一张与陈小文大相径庭的画像……或许，龙岩和"金童玉女"他们早就按图索骥查到了无头男尸的身源。

杨大海毫不怀疑龙岩和"金童玉女"侦查破案的能力，所以，他要动用手中的权力,避免林鑫鼎成为被警方拔出的一个萝卜。因为,对他来讲,拔出萝卜带出泥的后果是十分危险的。

杨大海一支接着一支地抽着烟,他在想着能够让"貂蝉"闭嘴的办法。

除了弟弟杨大江以外,还能有谁会担当如此重任呢?况且,技侦部门经过定位,还确定这个抖音账号在境外。

杨大海把他信任的人在脑海里过了一遍电影,思来想去,最后还是把画面定格在了林鑫鼎的身上。

一想到的林鑫鼎,杨大海就感觉自己像吃了苍蝇一样恶心。他觉得林鑫鼎就是一只令他既讨厌又生畏的苍蝇,甚至是一只连苍蝇都不如的蛆虫,可自己现在已经掉入了粪坑,除了身边的蛆虫还能靠什么呢?

杨大海无可奈何地掏出手机,刚要给林鑫鼎拨打电话,眼前又浮现出了林鑫鼎的狰狞面目和那张比开口狮子还要大的大嘴岔子。

杨大海想着自己一旦让林鑫鼎去搞定"貂蝉",他这张血盆大口又能开出什么天价来。

想着想着,他想到了林鑫鼎被银行冻结的3000万"过桥"钱,他料定林鑫鼎肯定会以要让他从银行要回这笔钱来与自己做交易,可除此之外,自己还有其他能去境外搞定"貂蝉"的合适人选吗?

杨大海把身子靠在了办公桌后面的高靠背真皮沙发上,闭上了眼睛。正在这时,门口传来了一阵"当当"的敲门声。

杨大海说了一声"请进",便在办公桌上寻找他的金丝边眼镜,一低头,才发现眼镜片已经碎在了地上。

推门进来的是办公室主任李强,他坐在杨大海对面的座椅上,轻声说道:"杨市长,我想求您一件事儿。"

杨大海眨了眨眼睛,上下打量李强好半天,心想,怎么刚一想到"曹操","曹操"自己就送上门来了?于是问道:"什么事儿?说吧。"

李强挠了挠脑袋,说道:"我想换一换工作环境,能不能把我调到内保分局去当局长?"

杨大海一听李强要去内保分局当局长,心想:我何不利用他去帮林鑫鼎要钱，然后再让林鑫鼎去为我搞定"貂蝉"？

杨大海虽然心里暗喜，表面却不动声色，他摇着头说道："老弟，你在办公室主任的位置上干得不错，就不要这山望着那山高了。"

李强见杨大海在婉言拒绝，不好意思地说道："内保分局的职能是管理企事业单位，没有什么实权，我就想图个安逸。"

杨大海斜了一眼李强，直来直去地问道："听说你媳妇在银行工作，你是不是要利用内保分局能够管理银行的条件，帮你媳妇谋个好差事？"

李强一听，杨大海根本就不了解他的真实用意还自以为是，赶紧借坡下驴道："是啊！什么事情都瞒不过市长的法眼。"

李强见杨大海拿出了一支香烟，赶忙给他点燃，献着殷勤。

杨大海吸了一口香烟，慢慢吐出一团烟雾说道："老林和你的关系不错，他跟我说过，他有一笔'过桥'钱，被银行给冻结了，顺便帮他把钱要回来吧。"

李强见杨大海答应了他的要求，只是附带了一个帮林鑫鼎要钱的条件，连连点头应着，还站起来给杨大海鞠了一个躬。

李强走马上任了，他以内保分局局长的身份，向银行行长发出了邀请，两人坐在了酒桌旁。

银行行长也想结交一下刚上任的公安分局局长，便欣然接受了邀请。

行长非常善于人际交往，他见李强说话不绕弯子，便端着酒杯与他套着近乎："李局，看你也是个豪爽之人，今后有用得着我的事儿，尽管吱声。"

李强见行长挺实在，便频频举杯。两人互相称兄道弟推杯换盏了起来，没多大一会儿工夫，俨然已是多年不见的好哥们儿。

李强连干了三杯啤酒说道："行长，我们既然都认哥们儿了，老弟就不拐弯抹角了，有一件事儿，还拜托老兄帮忙。"

行长也连喝了三杯啤酒说道："老弟，用不着跟大哥客气，你的事儿就是我的事儿，说吧。"

李强说道："我们市局杨局长有个好大哥，他给人'过桥'的3000万块钱，被你们银行给冻结了，能不能通融通融，把这笔钱给他解冻了？"

行长一听，摇头说道："老弟，虽然我来这家银行当行长的时间不长，但对你说的情况也非常清楚。鑫鼎财富投资管理有限公司欠了我们银行一个亿的贷款，为了周转资金，这个公司每年年初还得从银行贷款3000万做流动资金，年底虽然还上了，可年初还得再贷出来。你说的那3000万元，就是这笔年底临时还上的'过桥'钱。其实，他就是拿银行的钱来做生意，目的是不想还欠银行那一个亿的贷款。现在，总行正在清理不良贷款，所以我就冻结了他的3000万，为的是让银行减少点损失。"

李强见行长在封口，"吧嗒"一下撂下脸，说道："行长，这是上级领导交给我的一项任务，我必须得完成啊！老兄还是给老弟一点面子吧！"

行长把头摇得像拨浪鼓似的说道："老弟，这件事儿就免提了吧，咱哥儿俩喝酒。"

李强见行长满口拒绝，板起面孔说道："据我了解，林鑫鼎可是与银行有合同的，银行是不是也得履行合同？"

行长不甘示弱地说道："他林鑫鼎从银行贷了一个亿，也是有合同的，他履行合同了吗？如果他能把那一个亿的贷款还上，我立马就把3000万给他解冻了。"

李强阴沉着脸，好半天不再说话。

第二天，行长刚上班，就见一辆警车停在了银行的大门口，他刚走到办公室的门前，只见两名身着警服的警察正在走廊等着他。

行长看了看公安局给他下的传票，乖乖跟着两名警察来到了内保分局。

行长被带到了审讯室，李强示意那两个警察出去，他自己坐在了行长对面的审讯桌前。

行长开口便问："李局长，你的脸变得怎么比翻书还快？没有这么求大哥办事儿的吧？"

李强把眼睛一瞪，大声说道："你少跟我废话，我问你，你在原来的银行当了20年的正副行长，经你一手提拔的女主任、女经理就有29个吧？"

行长被李强问得有些蒙头转向，他不明白李强问话的目的是什么，一时间竟说不出话来。行长冷静了一会儿，问道："李局长，看来你找我之前，是做足了功课啊！"

李强冷笑一声说道："对你这种不识抬举的人，就得让你尝尝蹲班房的滋味，不然你就不知道公安机关的厉害了。"

行长鼻子一"哼"，说道："我知道公安机关厉害，但我提拔过谁，好像不归你们公安机关管吧？"

李强啪地一拍桌子，怒吼道："我问你，被你提拔的这29个女下属，有几个人被你强奸过？强奸犯罪该归公安机关处理吧？"

行长被李强的问话吓了一跳，他翻了翻眼皮问道："李局长，能不能不这么开玩笑？"

李强伸手将一份手写的揭发材料往行长面前一扔，冷冷地说道："你自己看吧，你这个不见棺材不掉泪的色狼！"

行长一把抓过材料，瞪着眼睛看着，不一会儿，头上就开始冒汗。

李强得意地看着行长看材料时的表情，心想：杨局长呀，杨市长！你哪里知道我当这个局长的良苦用心啊！其实，我就是要亲手"收拾"这个占了我媳妇便宜的大色狼。

行长反复看了好几遍揭发材料，他指着揭发材料落款的签名，战战兢兢地问："李局长，你好像认识她吧？"

李强走到行长的面前，一把抓住行长的裤裆，从牙缝里挤出几句话："你他妈的活腻了，竟然敢占警察老婆的便宜！今天老子就让你尝尝当太监的滋味，然后还要让你过上蹲监坐牢的痛苦生活！"

行长一下子明白过来眼前发生的一切，他料定李强是不会轻易放过他了，便想用钱摆平此事。

行长正想着，见李强掐他裤裆的手还在用着力，他"哎哟"一声，差一点儿断了气，脸都没了血色。

过了一会儿，他见李强松开了手，上气不接下气地说道："老弟，大哥错了，咱哥儿俩私了吧！"

李强见行长服了软，提高了声调说道："我要把你那29个女下属都叫过来，一个一个取证，我还要把你审批过的贷款查个底朝天，看你下半辈子还能不能活着走出监狱。"

行长被李强吓得腿肚子都转到了小腿的前面，他哆哆嗦嗦地说道："兄弟，我给你100万现金，200万现金也行啊！还有，林鑫鼎的那3000万，我回去就解冻。"

李强狞笑着，他假公济私，用老婆给他喂的"料"，报复了行长，还得到了行长给他的200万补偿款，心里可算出了一口恶气。

李强为林鑫鼎要回了3000万冻结款，既从林鑫鼎身上收到了100万好处费，又向杨大海交了差，心里自然很得意。

杨大海走活了李强这颗棋子，也加重了他求助林鑫鼎摆平"貂蝉"的砝码。

这天，杨大海接到了林鑫鼎的邀请电话，他踌躇满志地来到了林鑫鼎的"天上人间"，一进屋，就见林鑫鼎拱着手给他作着揖："杨市长威武，够哥们儿意思！"

林鑫鼎将杨大海拉到小餐厅，他给杨大海倒上了红酒，脸上洋溢着灿烂的笑容说道："杨市长，咱哥儿俩好长时间没在一起喝酒了，今天一醉方休怎么样？"

杨大海微微一笑，心想：等我说出让你派人去澳门摆平"貂蝉"的时候，看你还能不能笑得出来。

几杯红酒下肚，两人的脸上都泛起了红晕，林鑫鼎摇着头，装出一副喝多了酒的样子，恭维道："林某甘拜下风，还是杨市长酒量大！"

杨大海见林鑫鼎要告饶，觉得该言归正传了，便问："老兄，兄弟帮你解决了3000万元'过桥'钱，你是不是也该投桃报李啊？"

林鑫鼎一边吞咽着嘴里的大肉片儿，一边说道："没问题，有什么事情，尽管吩咐。"

杨大海摘下新换的金丝边眼镜，揉着眼角说道："我在澳门有个仇人，你派人让她闭嘴吧！"

林鑫鼎见杨大海又要杀人灭口，便问："大海，你能不能告诉我，你究竟有多少仇人？"

杨大海点燃了一支香烟，一边吐着烟雾，一边慢声慢语地说道："就

第四十九章 黑白无界　441

这一个，也是最后一个。"

林鑫鼎一听杨大海这次是让他去灭一个小姑娘的口，便想起了雪梅曾经对他说过的话，摇着脑袋说道："大海，恕我直言，给别人留个活路，也是给自己留一条退路，何必动不动就要杀人灭口呢？"

杨大海叹息一声说道："其实，我也不想杀她，可她是出卖了我，我就不能再继续当副市长、公安局长了。我不能让别人耻笑我的下场，所以，我不能允许任何人威胁到我的地位。"

林鑫鼎不解地问："一个小姑娘怎么能威胁到你的地位啊？"

杨大海说道："她一旦拿出了我和陈小文在一起的证据，我就会成为杀害陈小文的犯罪嫌疑人。现在，省公安厅已经把这起案件确定为挂牌督办案件了，为了我，也为了你，我们必须露头就打，不留后患。"

林鑫鼎一听杨大海至今还以为江边的那个被他移花接木的无头男尸就是陈小文，毫不怀疑陈小文被他"保护"在山洞采矿场里，便要进一步试探警方对山洞采石场的态度，于是问道："大海，那两个小警察说没说，他们是怎么摸进那个山洞的？"

杨大海想起了林鑫鼎让他阻拦龙岩和袁小雨继续调查"大皮靴"畏罪自杀案的事情，他知道，辛然副局长已经按照他的暗示了结了那起案件，便问："老兄，既然咱哥儿俩今天推心置腹，你就和我说实话，你的林家大院是不是有着什么惊天的秘密？还有，我们那两个小警察被绑架的那个山洞，是不是你盗挖金属矿的采矿场？"

林鑫鼎诡异一笑，说道："大海，既然你问了，林某也不瞒着你。我在没有和你结盟之前，一直在林家大院后院的地下室里印假钞，印钞的技术是我在韩国黑社会买来的，一般的验钞机是识别不了真伪的。不过，现在我已经将印钞车间给捣毁了！还有，那两个小警察进入的山洞，也让我从里边给炸毁了，大门虽然没有什么变化，可里面全是坍塌的废墟，你就不用担心了。"

杨大海问："你不再经营采矿场了吗？"

林鑫鼎嘿嘿一笑，说道："我又换了一个出入口，这回谁也甭想发现。"

杨大海用手指点着林鑫鼎的鼻子说道:"你可真够黑的呀!"

林鑫鼎连连摆手:"我黑不要紧,可以慢慢洗白呀!你我现在连一点儿界限都没有,黑白无界,我还怕什么?"

杨大海又用手指点着林鑫鼎的鼻子,说道:"你在利用我?"

林鑫鼎将杨大海的手指往旁边一拨,喷着满口的酒气说道:"咱俩之间,你中有我,我中有你,谈不上谁利用谁,黑白无界嘛!"

杨大海鼻子一哼,冷冷地说道:"你挺无耻啊!"

林鑫鼎急忙辩解道:"话可不能这么说,我原本也是怀着当校长理想的好人,可自打被你陷害,从派出所背着折叠床逃出来以后,我就被杨大江贴上了逃犯的标签,不得已才走的黑道。可你就不同了,你当上了公安局长以后还杀人越货,不比我还无耻吗?所以你的标签虽然白,可你比我更黑。咱俩是一丘之貉,就别老鸹落在猪身上,看见别人黑,看不到自己黑了。"

杨大海被林鑫鼎的这番表白气乐了,他问:"除了我让你杀陈小文以外,我还有什么地方黑?"

林鑫鼎呲着满口的白牙,笑着说道:"你别说,我二老婆雪梅倒是没少说你的好儿,她说你讲义气,对她非常好!"

杨大海脸色一沉,说道:"那她还算有良心,我要是不信任她,能把钱放她家里吗?"

林鑫鼎见杨大海提到了钱,赶忙把酒杯举到他的眼前:"你要不说,林某还忘了感谢你了,你那些钱当时还真帮了我很大的忙呢。不过,你也是粗心大意,回家也不数一数,看看钱少了没有。"

杨大海被林鑫鼎的话气得手都在发抖,他咬着牙问:"你干吗要把你老婆派到我身边卧底?"

林鑫鼎点着头:"我要报复你毁了我的一生啊!你和陈小文偷了学校的文物,反倒诬陷我监守自盗,让我为你当替罪羊,你说我能不怨恨你吗?对了,大海,你能不能告诉我,你把文物藏在哪儿了,这都快30年了,可别放烂了!"

第四十九章 黑白无界

杨大海把眼睛一瞪，骂道："滚犊子，你才偷文物了呢！"

林鑫鼎见杨大海生气了，又将酒杯举到了他的眼前，笑嘻嘻地说道："不说拉倒，反正我林某也不会去举报你，我还要在你这个保护伞下面乘凉呢！"

杨大海将林鑫鼎的酒杯一拨，气哼哼地说道："我可没给你过当保护伞。"

林鑫鼎一听，急赤白脸地说："大海，我可一直拿你当我的保护伞呢，没有你的保护，我哪有开矿的胆子？没有你的保护，我又怎么敢把他杀了呢？"

杨大海眉头一皱，问道："你杀谁了？"

林鑫鼎说的"他"本来指的是保镖"大下巴"，他见杨大海在追问，知道自己说走了嘴，连忙加重语气说道："陈小文啊！对了，陈小文到死都不知道是你要杀他啊！"

杨大海遗憾地说道："老兄，说实话，我也怪对不起陈小文的。其实，我之所以这么做，就是因为我在他的人生中留下了永远抹不去的雪泥鸿爪。"

林鑫鼎眨巴了一下眼睛问："什么叫雪泥鸿爪？"

杨大海寻思了一会儿，说道："今天咱哥儿俩尽兴，我也敞开心扉，说一说一直压在我心底的话。"

杨大海说着，喝了一大口红酒，他见林鑫鼎洗耳恭听，开口说道："我和陈小文夫妻俩是从小一起长大的发小，他比我大1岁，我比他媳妇大1岁。陈小文很有大哥样儿，他处处谦让我。那时候，我们两家都很穷，他宁可自己挨饿，都能把仅有的一个窝窝头让给我吃。一晃40多年过去了，现在想起来，我真留恋儿时的那份真情……"

第五十章

移师澳门

　　林鑫鼎见杨大海动了情,趁机问道:"既然你们关系那么好,那你干吗还非得要杀了他?"

　　杨大海将满满一杯红酒一饮而尽,叹息道:"令我不能容忍的是,他在我当兵的时候,娶了我一直暗恋着的小妹李梅。当初,我为了不让小妹被大孩子欺负,没少和人打架,你看这里,至今还留着被人用砖头留下的伤疤呢。我接受不了她嫁给了别人,尤其嫁给那个一扁担都压不出来一个屁来的陈小文!真的,我真接受不了啊!"

　　杨大海说着,眼窝渐渐有些湿润,他拨开了自己的头发,指着一条长长的疤痕给林鑫鼎看。

　　杨大海轻轻抚摸着自己头上的伤疤,泪流满面地说道:"小时候,李梅长得非常招人喜欢,她的脸蛋儿粉红似白,水汪汪的大眼睛就像会说话,还有她头上那条长辫子,让我一下子就能想到我儿时喜欢的电影明星。那时候,我一见到她,心跳就加快,在我少男萌动的心里,她就是我的女神;一想到我都舍不得碰一下的心上人,被陈小文那个憨子搂在了被窝里,我气得半夜都想去砸他们家的玻璃。所以,当陈小文告诉我他得了绝症以后,我毫不犹豫就设计了一个圈套儿,把他送进了监狱。"

　　林鑫鼎见杨大海说话的声音都有些颤抖,问道:"后来呢?"

　　杨大海长吁了一口气,说道:"陈小文进了监狱以后,我去找过李梅,才知道她从来就没有在意过我对她的真情,她就像一个冷血动物,对我十分麻木。那一刻,我的心彻底凉了,于是我就……"

　　林鑫鼎见杨大海停顿了,问道:"你把她给干了吧?"

杨大海把眼一瞪，问道："你怎么知道？"

林鑫鼎冷笑着说道："我一猜就会是这么一回事。不过，你既然都报复他了，就不应该再对他起杀心，不值得啊！"

杨大海没有理会林鑫鼎，他唉声叹气地说道："唉，值不值得，只有我自己能知道。不过，我要是知道他当初是被庸医误诊，能活着走出监狱的话，我也许不会那么激进。"

林鑫鼎问："这么说，你后悔了？"

杨大海摇了摇头，说道："我才不后悔呢！在我杨大海的人生字典里从来就没有'后悔'二字。不管是谁，只要挡我的路，我就要与他拼命！"

林鑫鼎点了点头，他将一杯红酒举到杨大海面前，说道："嗯，这一点倒是和我林鑫鼎很相似，要不咱哥儿俩怎么能有那么多的共同语言呢！"

杨大海与林鑫鼎碰了一下酒杯，接着说道："不过，有一件事儿，至今都令我百思不得其解。"

林鑫鼎忙问："什么事儿？"

杨大海若有所思地说道："陈小文进监狱以后，我曾经去监狱打听过他的情况。我亲耳听监狱管教员说过，他死在了监狱中，还亲眼看到过他的死亡通知书。"

林鑫鼎不屑地说道："这有什么不解的，天下之大，无奇不有，同名同姓的人多了去了，我看你就是太希望他死了！"

杨大海点头说道："嗯，有这个可能，这也是老天爷的安排吧！算了，都是过去的事情了，不提他了，你还是合计一下，赶快派人去澳门吧！"

林鑫鼎见杨大海又把话题拉回到去澳门除掉"貂蝉"的事情上来，叹息道："唉，要是'大下巴'还活着就好了！"

杨大海见林鑫鼎面露难色，便问："谁是'大下巴'？"

林鑫鼎闭上了眼睛，脑海里闪现出了四年前那个月黑风高的夜晚……

那天，侯峰提着一个装有100万现金的拉杆箱，来到了林鑫鼎的"天上人间"，将一张陈小文的照片递到他的手中，说道："校长，有人出100万，雇'三撇了'要杀这个人，我们能接这个活儿吗？"

林鑫鼎接过陈小文的照片，随口问了一句："他是什么人？家住哪里？"

侯峰回答道："'三撇了'只知道他刚从监狱出来的，家住在工人村。"

林鑫鼎自语道："一个刚从监狱里放出来的一个老头，能值100万吗？"

林鑫鼎说着，仔细端详起了照片，他发现这是一张用手机偷拍的一个胡子拉碴的老头吃火锅时候的照片，可那个老头背后玻璃幕墙里反射出来的人影又是什么人呢？林鑫鼎瞪大眼睛端详着拍照片人含糊不清的身影，心里泛起了狐疑。他灵机一动，接了雇凶杀人的活儿。

林鑫鼎打发走了侯峰，赶忙将100万现金换成了假钞，又让"二林子"叫来了被他派到监狱里去贴近陈小文的黄培。

林鑫鼎指着侯峰送过来的照片问："黄培，你见过这个人吗？"

黄培对林鑫鼎说道："老大，这个人就是你让我在监狱里结交的那个叫陈小文的人。"

林鑫鼎"哦"了一声。他证实了自己的判断，也预感到那个拍照片的人是谁了。于是，他将装有100万假钞的拉杆箱交给黄培，说道："你真戏假做，去工人村制造一个杀人假现场，然后把陈小文带给我送到兰亭山山脚下，交给我的人就行。"

林鑫鼎望着黄培拿钱离去的背影，又有了一丝警觉，又叫来了他的保镖"大下巴"，吩咐道："你去跟踪黄培，确保他把人送到兰亭山脚下，然后，给他们戴上头套，把他们给我押到林家大院的地下室里去……"

林鑫鼎回忆着往事，心想："大下巴"呀"大下巴"，如果你当初不是见钱眼开背叛了我；如果杨大海不让我替他除掉陈小文，而你的身材又与陈小文相似，我能让"大皮靴"杀你灭口，让你成为无头之鬼吗？

林鑫鼎心里默默悼念了"大下巴"一小会儿，又开始怀念起了"大皮靴"："大皮靴"呀"大皮靴"，我让你"畏罪自杀"也是实属无奈！你要是不"自杀"，被你打伤的那两个小警察就要追查我的采矿场，那后果就不堪设想啦！"大皮靴"，你用生命保护了我的采矿场，你就是我心中的英雄。我已经在兰亭山上给你立了一块刻着一双靴子的无名墓碑，每年清明节，我都会过去给你扫墓，你就安息吧！

第五十章 移师澳门

杨大海见林鑫鼎闭着眼睛，一直想着心事，接着他刚才的话茬说道："我虽然查封了你的'狐狸夜总会'，但是，我却没有追究组织容留妇女卖淫的总经理侯峰的刑事责任，还把他的名字在逃犯网上给撤了下来。我看，让他戴罪立功，去一趟澳门吧。"

林鑫鼎见杨大海打上了侯峰的主意，又一想，现在也确实没有比他更适合的人选，便"嗯"了一声，说道："既然你看好侯峰，我马上就让他去澳门办这件事儿。"

就在杨大海和林鑫鼎策划着让侯峰去澳门执行"闭嘴行动"的同时，远在万里之外的澳门海边沙滩上，"海沙子"和"二黑"也正在谈论着抖音主播"貂蝉"。

"海沙子"问："'二黑'，这几天怎么看不见那个叫'貂蝉'的美女播视频了？"

"二黑"嘿嘿一笑，说道："老大，我在吊观众的胃口，想利用她多吸引一些粉丝儿，所以，猛料不能一下子都爆出去，得增加她'粉丝'的人数，等她的'粉丝'达到1000万人以上，我们就可以让她带货赚钱了。到那时候，我还准备把她写的那本《踏雪有痕》的小说也给出版了，还能大卖一场呢。"

"海沙子"笑了笑，说道："你小子鬼点子就是多，不过我倒是怀疑，那个'貂蝉'说的那些事儿，是真还是假？"

"二黑"又嘿嘿一笑，他接着说道："我才不管是真是假呢，只要她胡编乱造的事情，都发生在双阳市就行。等我攒够了双阳市特定的'粉丝'量，我就把李强那帮警察中的无赖揭发出去，我要报一箭之仇。"

"海沙子"点着头，突然像想起了什么，便问："'二黑'，你把那个'貂蝉'给我照顾好，既不能让她跑了，又不能让人给我糟蹋了，明白我的意思没？"

"二黑"心领神会地说道："老大，你就放心吧！我把她和'梁艳'安排在了一个房间里。我也不让'梁艳'再当保洁工了，她现在的工作就是专门服侍'貂蝉'。"

"海沙子"一听，嘴角露出了一丝得意的淫笑。

几天以后，袁小雨和毛雨辰7天的禁闭结束了。袁小雨心里惦记着采矿场山洞里的陈小文，便要和毛雨辰去采矿场的山洞再观察一下动静。

袁小雨坐在副驾驶的座位上问："毛队长，'大皮靴'畏罪自杀的疑点那么多，你说领导为什么不让我们去林家大院继续调查了呢？"

此时毛雨辰已经被杨大海免去了队长的职务，他见袁小雨还称呼他为队长，便点着袁小雨的鼻子说道："袁小雨，你给我听好了，以后不允许你再叫我队长了，记住没？"

袁小雨伸了伸舌头，假装生气地说道："唉，好不容易才习惯叫队长了，又让改口再叫回去，这也太难了！"

毛雨辰使劲儿一打方向盘，故意将袁小雨闪了一个趔趄，气哼哼地与袁小雨开着玩笑："袁小雨，虽然我毛雨辰不是队长了，但我还是杨支队派到专案组里的'密探'。你给我老实点，小心我打你的小报告，真把你降为副民警。"

袁小雨见毛雨辰幽默地说着气话，将拇指和食指扣成一个小圆圈儿，往头顶上一比画，风趣地说道："副民警的帽徽是不是比你的帽徽还要小上一圈儿？"

毛雨辰被袁小雨逗得"扑哧"一下笑出了声，两人互相击了一掌，来到了他们曾经"搭车"进入山洞的那扇大铁门前。

毛雨辰问："小雨，门口怎么没有车辙印了？"

袁小雨蹲在地上瞧了瞧，又把脸贴在大铁门缝向门里观望了一会儿，说道："啥也看不见，大门好像被人从里面给堵死了。"

回到专案组，毛雨辰和袁小雨将洞口被封死的情况汇报给了辛然和龙岩。

辛然皱着眉头说道："何总队长派出去的无人机，最近也没有观察到地面有任何动静。看来，我们虽然没有进林家大院继续打草惊蛇，但还是引起了'蛇'的警觉。"

龙岩"嗯"了一声，点着头说道："完全有这个可能，看来我们原来制定双管齐下的侦查思路，只好调整成针对'无头男尸案'一个侦查方向了。"

几个人正梳理着省厅发出"悬赏提供无头男尸案线索"后获得的信息，

第五十章　移师澳门

辛然的手机响起了"叮铃铃"的电话铃声。

辛然见来电人是何飞，便用免提接通了电话。电话听筒里立即传来了何飞铿锵有力的声音："辛局，我刚接到夏菁菁从北京打来的电话，她说公安部又收到了'梁艳'的举报信，要我带几个人立即移师澳门去调查取证。"

辛然示意身边的倪雪做着电话记录，他问："何总，你准备派谁去澳门？"

何飞思考了一下，回答道："这次去澳门是执行秘密任务，袁小雨和倪雪与'梁艳'都有过接触，让他们俩去就行。"

毛雨辰一听没有让自己去澳门，连忙大声申请道："何总，'梁艳'是我最早抓获的，也让我一起去吧！"

何飞沉思了一下，说道："也好，你去了，还能起到引蛇出洞的作用。"

毛雨辰不好意思地红了脸，语气坚定地表态道："何总，我可不是谁的'卧底'，我头上刻着police，我是人民的卫士，我忠于我的职责！"

辛然放下何飞的电话，在倪雪的电话记录本上签上了自己的名字。

他刚要对倪雪说话，就见倪雪凑到了毛雨辰的面前，瞅着他的额头问道："哪儿呢？我怎么没有看见你头上刻有police呢？"

正在这时，辛然的手机又响起了清脆的电话铃声，只听何飞在电话里问道："辛局，你给我问问，你们市局捣毁'狐狸夜总会'以后，除了处理卖淫嫖娼人员以外，还深挖幕后黑手了吗？"

毛雨辰马上回答："这件事情我清楚，我当时将组织容留卖淫嫖娼的夜总会总经理侯峰和'妈咪'琳琳作为逃犯都挂在了刑侦网上，可没过长时间，又让杨大江给撤下来了，他说是杨市长的命令。"

何飞"哦"了一声，说道："公安部刑侦局刚刚来过电话，他们在澳门的工作小组在跟踪一个境外杀手的时候，发现这个杀手这两天频频接触一个叫侯峰的人。他们确定，这个侯峰正是'狐狸夜总会'的总经理。"

龙岩一听侯峰也去了澳门，问道："侯峰认识'梁艳'，他会不会是去灭口？"

何飞果断命令道："事不宜迟，我让人马上办理出境手续，一会儿，我们机场见。"

一架波音飞机在跑道上滑行了一会儿，展着翅膀飞向了蓝天，何飞一行人当天晚上就落地在了澳门机场。

公安部工作小组的李组长，将何飞一行人接到了一个秘密地点，夏菁菁已经先期在那里等着他们。

李组长将几张密拍的照片递给何飞和夏菁菁，说道："这个穿着花布衫的小个子就是境外杀手，这个穿着短袖白衬衣的人就是侯峰。'小个子'现在住在天边酒店前楼 A 座的 605 房间，侯峰住在他楼下的 503 房间，他们目前都在我们外线侦查员的控制之内。"

夏菁菁看了看侯峰和"小个子"的照片，说道："'梁艳'就是这家宾馆的保洁。我来澳门之前，打通了她在举报信上留的联络电话，她告诉我她就住在 A 座 717 房间。"

李组长拿出一张楼层分布图，说道："天边酒店的老板是双阳市人，名字叫'海沙子'。他的宾馆集购物消费、赌博、娱乐于一体，北方来澳门的人都习惯住在他这里，A 座的 7 楼是内部员工居住的地方，楼下就是客房。因此我分析，杀手极有可能就是要对住在楼上的'梁艳'下手。"

袁小雨看了看侯峰的照片，说道："'梁艳'曾经是'狐狸夜总会'的员工，她肯定认识侯峰。"

倪雪心存疑虑地说道："'梁艳'在我们视线中已经消失了好长时间，如果侯峰要对她下手，不会等这么长时间吧。"

大家你一言我一语梳理着各种信息，李组长的微型耳麦有了轻轻的振动，他走进里间屋去接听电话。

两分钟以后，李组长对夏菁菁说道："夏处长，你从北京给我打电话以后，我就让'外线'跟踪了'梁艳'。刚才'外线'报告，'梁艳'的房间内还住着一个年轻女孩，是个网红。"

李组长说着，打开手机，将外线密拍的袁小竹照片递给夏菁菁看。

坐在夏菁菁身旁的倪雪瞥了一眼照片，惊呼道："小雨，小竹怎么和'梁艳'住在一起？"

袁小雨接过手机，一边看着手机里的照片，一边说道："这就怪了，她俩不认识啊！"

听着"金童玉女"的对话，何飞问："这个网红是不是讲述双阳无头男尸案那个网名叫'貂蝉'的主播？"

何飞见"金童玉女"点头，接过手机看了看'貂蝉'的照片，说道："我倒是认为侯峰找杀手是冲着她来的，理由是'貂蝉'的爆料刺激到了有些人的敏感神经。"

李组长拿回手机，对何飞和夏菁菁点了点头，说道："二位领导，为了工作方便，我把你们的住处特意安排在了天边酒店的B座，B座与A座是前后楼，我现在就送你们过去。"

夜深人静，澳门的夜空里轻拂着潮湿的海风。

717房间内，"梁艳"见"貂蝉"已经熟睡，便穿着睡衣，悄悄来到房间的阳台上，她深深呼吸了一口潮湿的空气，耳边传来了海浪拍岸的哗哗声。

"梁艳"望着黑漆漆的海面，嘀咕道："我是不是看错了人？不会呀！侯峰那副尖嘴猴腮的模样，扒了皮我都能认出他的骨头来！"

"梁艳"回想着她在餐厅里见到侯峰吃饭时候的情景，琢磨着侯峰为什么突然会出现在澳门。

"他来澳门干什么？莫非他知道了我向公安部写举报信的事情，来杀我灭口？"一想到杀人灭口，"梁艳"心里咯噔一下，她双肘挂着阳台的扶手栏杆，双手托着下巴，眼望远处黑漆漆的海面，心神不安。

月光下，海浪翻滚着，荡起了一片片浪花。"梁艳"的思绪就像大海的波涛，久久不能平静，她从海浪里仿佛看到一具尸体被冲到了岸边。

"梁艳"激灵打了一个冷战，眼前又浮现出她老公"大下巴"和她离别时候的情景……

那天晚上，"梁艳"正在出租房里看电视，就见"大下巴"提着一个沉甸甸的拉杆箱，站在了她的面前："艳儿，这回我们有钱了，我明天就带你去澳门。"

"去澳门？""梁艳"惊恐地问道。

"大下巴"指着拉杆箱对"梁艳"说道："对，我和'老大'去澳门赌过钱，那里才是人间天堂，这里有100万现金，够我们生活的了。""梁艳"问："你哪来这么多的钱？"

"大下巴"回答道："艳儿，事情是这样的，'老大'让黄培去劫持一个人，让我负责接应，把他们带到林家大院去。没想到，黄培这小子竟然背叛'老大'，带着那个人去省城租了房子。我把黄培的行踪报告给了'老大'，'老大'又派来了'大皮靴'，让我和'大皮靴'绑了黄培和那小子，把他们抓回了林家大院。我见黄培的箱子里有100万现金，趁他们不备，就拿着钱回家来了。"

"老公，'老大'不会放过你的，那可是100万元呀！""梁艳"惊慌失措地叫出了声。

"没事儿，明天一早，我们就离开双阳市了，他绝对想不到我们会去澳门的。再说了，他这钱也不是好道来的。""大下巴"说着，开始催促"梁艳"收拾一下东西，赶紧睡觉。

"梁艳"摇了摇头，不安地说道："不行，你赶快走吧。你先去澳门，我留下来看看动静，随后再去澳门找你。"

"那也好，回头你把钱存上，我在澳门天边酒店等你。""大下巴"说着，离开了"梁艳"，转身下楼。

"梁艳"趴在窗户上，突然看见"大下巴"被"大皮靴"推上了一辆轿车，心里即刻凉了半截……

"梁艳"思念起了"大下巴"，她静静回忆着与老公的最后一面，内心产生了恐惧。

忽然，"梁艳"听到门口有了用钥匙开门的响动声，她断定是侯峰要对她灭口了，赶紧闪身躲在了阳台的黑暗处。

"唰"，房门被从外面轻轻推开，一个蒙面人轻手轻脚走进了屋内，"梁艳"吓得双腿不住地打起了颤……

第五十一章

雷霆行动

凌晨4时，住在605房间的杀手打开了床头灯，他翻下床，穿好了衣服，又将一把尖刀送到嘴边吹了吹刀刃，插在了腰间。

杀手戴着头套，走步梯上了7楼，他踮着脚尖来到717房间门口，环视了一下静寂的走廊，将一把万能钥匙插进了锁孔，轻轻推开了房门。

站在阳台上胡思乱想的"梁艳"猛一回头，借着杀手开门瞬间走廊里的那束光亮，见有蒙面人进了自己的房间，吓得汗毛都倒立了起来。她急忙闪身躲在了黑暗处，瞪着眼睛观望着蒙面人的一举一动。

717房间内一片昏暗，蒙面杀手摸索着来到"貂蝉"的床前，嗖的一声，拔出腰间的尖刀。

"梁艳"见杀手举刀刺向了熟睡中的"貂蝉"，惊恐得差一点儿叫出了声。她来不及多想，一个箭步从阳台冲进了屋内，就在杀手手起刀落的刹那，奋不顾身地抓住了杀手举刀的手，拼命叫喊着："来人啊！杀人了！"

杀手被突然冲出来的"梁艳"吓得一哆嗦，他见自己举刀的手被"梁艳"死死抓住，胳膊向下一用力，用胳膊肘使劲儿击倒了"梁艳"。

倒地的"梁艳"声嘶力竭地叫喊，任凭杀手猛烈地肘击她的胸部、面部，就是没有松开杀手握刀的手。

正在这时，只听"咣当"一声，屋门被人从外面踹开，两个外线侦查员呼啦一下冲进屋内。一个侦查员用铁钳般的大手扼住了杀手的手腕，另一个侦查员一个窝心脚，将杀手踹倒在地。

杀手的尖刀"咣当"一声落在了地上，两个侦查员不到一秒钟便给杀手戴上了手铐。

睡梦中的袁小竹被喊声和打斗声音惊醒，她一骨碌爬起来，睁着惺忪的眼睛看着眼前发生的一切，吓得哆嗦成了一团。

"梁艳"望着杀手被侦查员推出房间的背影，身子一软，闭上了眼睛。

与此同时，503房间内，侯峰将随身携带的衣物放进了皮包，他看了看手表，见他与杀手约定的时间已到，正要推门出去，就听到了楼上传来了"梁艳"撕心裂肺的叫喊声。

侯峰刚一愣神儿，就听房门咣的一声响，门板重重地撞击在了他的头上。

外线侦查员闪身进屋，一把掐住了侯峰的脖子，将他挤在了门后，低声命令道："别动！"说着，又将他的双手扭到了背后，给他戴上了手铐。

就在侯峰和蒙面杀手双双被擒的同时，何飞和夏菁菁带领着"金童玉女"和毛雨辰也从B座火速赶了过来。

倪雪第一个冲进717室内，她打开电灯，见"梁艳"倒在了血泊中，一把将她抱在怀里，摇晃着她的肩膀问道："'梁艳'，你受伤了？"

"梁艳"无力地睁开眼睛，她看了看眼前的倪雪，慢慢举起了被尖刀划伤的双手。

袁小竹见到了久别的哥哥，她叫了一声"哥"，一头扎进袁小雨的怀里，浑身还在发抖。

何飞见"梁艳"双手还在滴着鲜血，对毛雨辰命令道："快把她送到医院去！"

717房间里的战斗惊醒了同楼层睡觉的酒店员工，"海沙子"和"二黑"接到了员工的电话，他们从另外一个楼里连跑带颠地赶了过来。刚跑到A座的楼门口，就看见蒙面杀手被押上了一辆商务车；他们刚来到电梯口，又遇到了脸色苍白的"梁艳"。

"二黑"问"梁艳"："你怎么了？"

"梁艳"气喘吁吁说道："侯峰来杀我，是警察救了我！"

"'二黑'，快把送她送医院去。""海沙子"说着，转身进了电梯间。

"海沙子"来到了717房间，他看了一眼满地的鲜血，又瞧了瞧浑身还在发抖的"貂蝉"，转身对何飞说道："这位领导，谢谢你们救了我的员工，

第五十一章 雷霆行动

你们在酒店的吃住费用，我全免单了。"

何飞来到"海沙子"的面前，问道："你是酒店的老板'海沙子'吧？"

"海沙子"点着头。

何飞说道："麻烦你给我们找个大一点儿的房间，不要惊动其他住宿的客人。"

"海沙子"又点着头。

海面上升起了一轮红日，人们满怀欣喜，又迎来了崭新的一天！

"二黑"和毛雨辰在医院给"梁艳"包扎好伤口，回到了酒店，他一眼就认出了房间里的袁小雨，吃惊地问："袁警官，你，你怎么来了？"

袁小雨正要与他搭话，就见夏菁菁走到了"二黑"和"海沙子"的面前，自我介绍道："我是公安部刑侦局的夏菁菁，我们有重要情况需要'梁艳'配合。"

"梁艳"一听公安部来人了，脸上露出了笑容，她上前一步，伸出缠满纱布的手就要去握夏菁菁的手。

夏菁菁抚摸着'梁艳'手上的绷带，亲切地问道："伤得重不重？"

"梁艳"腼腆地说道："谢谢你们救了我！不然……"

袁小雨不等"梁艳"把话说完，拍了拍她的肩膀说道："不然，我妹妹就没命了！谢谢你，'梁艳'！"

"梁艳"看了看袁小雨，又瞅了瞅站在一旁的倪雪，不好意思地说道："谢啥呀！上次你们救了我一条命，我还没来得及感谢，这回又欠了一条命。"

"梁艳"说着，又把目光投向了身边的"二黑"，说道："上次要不是他们救了我，我也活不到今天，更不会来澳门见到二哥了。"

"梁艳"见"二黑"还在莫名其妙，笑着解释道："二哥，这两位就是我常提起的警界精英，他们救过我的命，也把我送进过拘留所。"说罢，还不好意思地吐了吐舌头。

"二黑"点着头，对袁小雨说道："袁警官，我上次被你抓到派出所以后，就感觉你和有些警察不一样。你虽然话语不多，但我却发现你骨子里有着一股子正气。"

"二黑"说着,又将"海沙子"拉到一边,小声说着什么。

"海沙子"与"二黑"耳语了几句,转回身,走到夏菁菁面前说道:"夏警官,我正式向公安部举报一起越境绑架案……"

"二黑"把袁小雨也拉到一边,小声说道:"袁警官,你不是想知道那起雇凶杀人案的详情吗?如果你把'貂蝉'留下来,我就把真相告诉你。"

一场惊心动魄的战斗结束了。

何飞和夏菁菁从澳门回到了省城,他一方面让省厅刑侦总队的预审员对侯峰展开突击审讯,另一方面让"梁艳"秘密辨认了那具无头男尸……

一场围剿黑恶势力的"雷霆行动"计划,悄悄拉开了序幕。

夏菁菁代表公安部刑侦局坐镇省城,何飞异地调警补充了专案组的警力,双阳市公安局常务副局长刘鸣放也被抽调到了专案组。

会议室内,夏菁菁开始做工作部署:"根据'海沙子'和'二黑'的证人证言以及他们提供的大量音频、视频证据,可以证实,双阳市局内保分局局长李强和交警支队副支队长梅玲,涉嫌犯绑架和敲诈勒索罪,现在决定对他们立即实施抓捕,抓捕任务由刘鸣放副局长负责指挥。"

会议室内鸦雀无声,夏菁菁继续说道:"经过对松江省公安厅督办的双阳市'无头男尸案'和'雇凶杀人案'并案侦查,现已获得'雇凶杀人案'关键证人'二黑'的证人证言,现决定立即追捕'二黑'的上线'老黑'和他的下线'三撇了'这两个犯罪嫌疑人。另外,经过'梁艳'的辨认,'无头男尸案'的被害人已经确定是'大下巴'。杀害'大下巴'的犯罪嫌疑人也基本可以锁定是'大皮靴',虽然'大皮靴'已经'畏罪自杀',但我们决定对'大皮靴'的死因重新展开调查。这起案件由何飞总队长和辛然副局长负责侦办。"

夏菁菁清了清嗓子,正要继续做部署,就见身旁的何飞向她使了一个眼色,夏菁菁心领神会,便宣布散会。

何飞见与会人员纷纷离开了会场,对夏菁菁说道:"菁菁,情况又有了新的变化,预审员刚刚打来电话,侯峰推翻了原来的口供,将指使他去澳门雇杀手的幕后元凶,由林鑫鼎改为了杨大海。这样,我们一方面要继续审讯侯峰，另一方面也要改变一些侦查策略。"

夏菁菁沉思了一会儿，说道："'大皮靴'是采矿场的工头，袁小雨和毛雨辰对他的死因一直存在着质疑，虽然我们前一段时间使了个'欲擒故纵'之计，暂时没有追查'大皮靴'身份，但'梁艳'这次不但向我们证实了'大下巴'是被'大皮靴'抓走的，又向我们提供了'大皮靴'和'大下巴'是林鑫鼎保镖这一重要线索，所以，我们要把林鑫鼎立即纳入侦查视线。"

何飞"嗯"了一声，说道："经过我们对'梁艳'的询问，她说，'大下巴'被'大皮靴'抓走以后，她曾花过'大下巴'留给她100万现金里的钱；她还说，在这100万现金当中，有一捆已经被打开，也就是说，在她花钱之前，还有人也花过这笔钱，所以，她上缴的这100万现金已经不足100万了。既然还有人花过这笔钱，我们就要把这批假币与龙岩提供的尸体大衣兜里的那张假币进行鉴定，看看是不是同一批假币。"

夏菁菁点着头说道："公安部刑侦局开始做这项工作了，不久就会有鉴定结论。还有，有关'杨家将'的情况，刑侦局也向公安部和省委主要领导做了汇报，稍后，一定会得到有关领导的具体指示的。"

何飞又"嗯"了一声，接着说道："还有一个好消息，我们总队的刑侦技术人员刚刚恢复了侯峰的手机通话记录，获知了他与许多人的通话信息，其中就包括'三撇了'。我相信，只要通过定位，很快就可以抓到'三撇了'，而我们一旦抓到了'三撇了'，就会知道是什么人实施了这起雇凶杀人案了。现在，'雇凶杀人案'和'无头男尸案'已经串并在了一起，破案指日可待了。"

夏菁菁点头说道："对，我们既然将林鑫鼎纳入了侦查视线，便要死死盯住林家大院，我相信，采矿场的秘密不久也会被揭开。"

何飞点了点头："这样，我们一条明线，一条暗线，双管齐下，明线就是你刚才的工作部署，暗线就需要我们把公开与秘密的手段结合起来。我相信，任何狡猾的狐狸都不会斗过我们这些好猎手。"

刘鸣放副局长接受了抓捕李强和梅玲的任务，他亲自部署了抓捕的行动。

这天下午，梅玲在交警支队办公大楼处理完了手头的工作，开车前往她分管的驾驶员管理处。

头天晚上，她在酒桌上答应给两个朋友办驾驶证，当场就收下了中间人给她的1万块钱。

梅玲坐在她在驾管处办公室的电脑前，输入了密码，将那两个人的身份信息偷偷录入到了驾驶人档案中，便通知中间人到办证窗口去取驾驶证。

梅玲刚办好了两个驾驶证，又接到了光明驾校崔校长给她打来的电话。

梅玲穿着警服，开车来到了崔校长的办公室，将车钥匙往茶几上一扔，一屁股坐在沙发上问："崔哥，你找我有事儿吗？"

崔校长眯起眼睛，打量着梅玲的金丝边眼镜问道："梅支队长，你怎么戴上眼镜了？"

梅玲摸了一下金光闪闪的眼镜腿儿，忽闪着镜片后面的大眼睛问："好看吗？"

崔校长连忙恭维："有风度！你戴上眼镜更像大领导了！"

崔校长见梅玲抿嘴笑了，便坐到了她对面的沙发上，直来直去地问："梅支队长，听说交警支队要调整干部了，有这事儿吗？"

梅玲摆弄着指甲，瞥了一眼崔校长，问："你消息挺灵通啊？"

崔校长"嘿嘿"笑着说道："开驾校的，能不关心管考场的人是谁吗？"

梅玲开口问道："你又想给谁说情啊？"

崔校长满脸堆笑地说："考试科柳副科长副科都好几年了，帮他就地扶正吧。"

梅玲板着脸说道："就地扶正？考试科长这个位置太重要了，恐怕不好办吧！"

崔校长指着自己脚下的一个大皮包说道："我们几大驾校给他凑了500万现金，拜托梅支队长帮个忙吧！"

梅玲用眼睛的余光扫了一眼鼓鼓囊囊的大皮包，点着崔校长的鼻子说道："你要让我犯错误，是不是？"

第五十一章　雷霆行动

崔校长连忙暗示道:"看你说的,安排个科长,能犯什么错误啊!"说着,伸手抓过梅玲扔在茶几上的车钥匙,提着大皮包,转身下了楼。

暗中跟踪梅玲的便衣警察见有人将一个大皮包放进了梅玲轿车的后备箱,"啪"的一声,拍下了照片。

"叮铃",刘鸣放的手机传来了接收微信的提示音,看了一眼梅玲的车牌号,立即回了微信:"实施抓捕!"

没多大一会儿工夫,梅玲下楼来到自己的轿车前,她回头对崔校长小声说道:"再给我准备30箱茅台酒吧。"

崔校长犹豫了一下,点了点头。

梅玲开着车,飞速驶上了公路,眼前出现了杨大河的律师事务所,她车子一拐,进了大院。

梅玲打开后备箱,拉开大皮包的拉链,脸上刚露出笑容,就见两辆轿车停在了她的车前。

梅玲愣了一下神儿,还没等她反应过来,便被几个便衣警察围在了当中。

梅玲扯着嗓子问:"你们要干什么?"

便衣警察二话不说,手脚麻利地将她推进了车内。

梅玲被带到了专案组指定的一家宾馆,两名女警察撕掉了梅玲警服上的领花和肩章,将她按坐在了一张椅子上。

刘鸣放端坐在临时审讯桌前,大声宣布:"梅玲,你涉嫌到澳门参与绑架,现在要对你进行审查。"

梅玲被眼前发生的一切弄蒙了,她眨巴眨巴眼睛问道:"澳门绑架?我那是执行杨市长的命令,跟你有什么关系?"

刘鸣放啪的一拍桌子:"梅玲,你放老实点,听我问话!"

梅玲见刘鸣放急了眼,赶忙捂着肚子"哎呦"了起来:"刘局长,你能不能小点声,别吓着我肚子里的宝宝。"

刘鸣放见梅玲要耍无赖,他正要发火,见有电话进来,便示意女警看管好梅玲,接听了电话:"刘局长,李强与一个银行行长刚刚进了一家酒店,我们跟踪上楼,发现包房里还有杨大海局长。"

"继续监视，决不能让他跑了。"刘鸣放说着，又给何飞打了电话。

酒店的小包房内，李强见杨大海已经坐在了酒桌前，他指着银行行长介绍道："杨市长，这位就是银行的行长。"

杨大海起身握住了行长的手，微笑着说道："谢谢你！"

行长微微弓了一下身，赔着笑脸说道："应该的！应该的！"

杨大海示意行长和李强坐在了自己的左右两边。李强一边把两盒中华烟放在他们的面前，一边招呼服务生上菜。

行长打开一瓶自带的茅台酒，一边给杨大海倒着酒，一边说道："杨市长，这是我收藏了20年的年份酒，您看酒的颜色都发黄了。"

杨大海端起酒杯，闻了一下酒的芳香，说道："好酒，好酒！可是，我从来不喝酒啊！"

李强对行长说道："行长，市长的酒我替他喝。"

三人说笑着，喝起了酒。

杨大海问："行长，听说你们正在清理不良贷款，在这种大环境下，你还帮我的忙，我今天破例陪你喝一杯。不过，只喝这一杯。"

行长站起身来，将杯中的酒一饮而尽，他亮了一下杯底，说道："市长只要喝一小口，我就干一杯！"

杨大海抿了一小口酒，拉着行长坐了下来，说道："都是自家人，不必客气，今后有什么需要我办的事情，你告诉李局长一声就行。"

行长见杨大海说话如此敞亮，又站起身来干了一杯酒。

正在这时，一个女服务生走到了李强的身后，轻声说道："这位先生，门口有人找您！"

此时，李强正喝得兴奋，他一扒拉女服务生，说道："你没看见我正忙着吗？让他在门口等着！"

李强见女服务生转身出了包房，将嘴巴凑到了杨大海的耳边与他说起了悄悄话。

行长见杨大海不住地在点着头，而李强又说个没完没了，便起身出去上卫生间。

第五十一章 雷霆行动

卫生间内，行长打着饱嗝，身子一歪，将尿尿在了旁边一个"大个子"的脚面上，"大个子"立马和他嚷了起来。

女服务生见行长和"大个子"在走廊里还在推推搡搡，走进包房，在李强耳边耳语了几句。

李强出门将行长拽进了包房，嘴里骂道："别搭理他，等我喝完酒再收拾他。"

杨大海不知道发生了什么事情，他问："怎么了？"

行长气哼哼地说道："没事儿！"

杨大海见行长脸色煞白，衣领子也有些歪，便问："是不是有人欺负你了？"

行长不好意思地点了点头。

杨大海二话不说，掏出手机，给派出所所长打了电话："你们马上派人过来，把欺负行长的那小子给我拘留了。"

工夫不大，酒店楼下传来了警车的嘶鸣声。

守候在酒店门前的刘鸣放见突然来了警车，一下子愣住了。

几个警察跳下警车，跑步上了楼，不由分说，便将与行长拉扯的那个"大个子"从酒桌上拽到了走廊。

与"大个子"同桌的人呼啦一下子围住了前来出警的警察，酒店走廊里，吵吵嚷嚷乱做了一团。

见此情景，前去抓捕李强的便衣警察一时也没了辙。

李强推开包房门一看走廊里乱做了一团，急忙回头对杨大海说道："市长，这屋子有个后门，您先走吧，免得让人认出您来！"

抓捕李强的便衣警察看到了李强，他们怕出现意外，干脆直接闯进了包房，而此时，李强已经领着杨大海走后门出了酒店。

便衣警察赶紧向刘鸣放报告："刘局，李强不见了！"

刘鸣放一听李强不知了去向，赶紧带人跑进酒店。他刚来到走廊，就见一伙人正在从派出所出警警察手中往回抢着那个"大个子"。

刘鸣放大喊一声："住手！"

462　第五十一章　雷霆行动

出警警察听见了喊声，又看清了刘鸣放的面孔，急忙敬礼："刘局长，刚才我们接到杨……"

没等出警警察把话说完，只见李强满嘴酒气挤进了人群，对刘鸣放说道："刘局来了！"

刘鸣放见李强"失而复得"，假装吃惊地问："你怎么也在这儿？"

李强将刘鸣放拉到了一边，小声嘀咕了几句。

刘鸣放点着头，转身和李强进了包房，此时，行长已经溜得无影无踪。

刘鸣放见包房内只有李强一人，便问："你带枪了吗？"

李强不知道刘鸣放的用意，他拍了拍腰间的手枪，刚要说话，就见两名便衣警察推门而入，一个抱住李强，一个卸掉了他腰间的手枪……

第五十二章

斩首行动

杨大海刚出酒店不久，就听到了李强被刘鸣放抓走的消息，他正在犹豫是否要向刘鸣放询问详情，又接到了何飞给他打来的电话："杨市长，李强和梅玲涉嫌非法绑架和敲诈勒索，经有关部门批准，省厅决定对他们立案侦查。"

何飞的话虽然简短，但杨大海一下子明白过来，这是省厅专案组开始动手了，他预感到了李强和梅玲被抓后会给他带来的危机，觉得自己已经坐在了火山口，就等着火山喷发的那一道火光了。

"丁零零，丁零零"，杨大海的手机响起了刺耳的铃声。他以为是王厅长在向他通气，可一看来电显示才知道，是杨大江约他去一起去杨大河的律师事务所。

杨大河见大哥和二哥半夜三更来到了他的律师事务所，预感到一定是出了什么大事儿，联想到下午他在窗前亲眼看到梅玲被抓走时的情景，便问："大哥，今天下午，我亲眼看见梅玲被几个便衣警察给带走了，她出了什么事儿啊？"

杨大海铁青着脸问："她是在你这儿被带走的？"

杨大河描述道："我从楼上见她开车刚进院儿，就被几个便衣推进了一辆轿车；我还看见便衣好像在她车的后备箱里拎出了一个沉甸甸的大皮包，我估摸着皮包里装的应该是钱。"

杨大江瞅了瞅面如土灰的杨大海，嘴里骂道："这个臭娘们儿，保不齐又打着你的旗号收黑钱了。"

杨大海对杨大河使了个眼色，杨大河看出来他的两个哥哥要谈事情，便转身离开。

杨大江问:"大哥,你事先知道省厅要抓李强和梅玲吗?"

杨大海摇了摇头,心里责怪道:王厅长怎么事先也不和我打个招呼?哪怕暗示一下也行啊!

杨大江见哥哥不言语,又问:"大哥,我听说他俩参与了一起绑架案,你知道他俩绑架的是什么人吗?"

杨大海觉得此时不应该再对弟弟有隐瞒,吞吞吐吐地说:"他俩绑架了'海沙子',帮林鑫鼎要回了在赌场输掉的钱。"

杨大江翻了翻眼皮,想起了哥哥曾经对他说过,让他去澳门帮林鑫鼎要钱的事情,一拍大腿说道:"大哥呀,我不是和你说过,这件事儿不能管吗?林鑫鼎那小子不是什么省油的灯,你干吗总和他搅在一起啊!"

杨大海叹气道:"唉,请神容易,送神难啊!"

杨大江见哥哥有难言之隐,点燃了一支烟,递给杨大海,说道:"大哥,我早就提醒过你,梅玲和李强这两个人不地道,你就是不信啊!"

杨大海使劲儿吸了一口香烟,不高兴地反问道:"你不是说,辛然是你的好哥们儿吗?他难道就地道吗?"

杨大江被杨大海的话噎住,他给自己也点燃了一支香烟,岔开了话题:"大哥,他们俩犯案,不能牵扯到你吧?"

杨大海吐着烟雾说道:"梅玲不知道我在帮林鑫鼎要钱;李强趁机敲诈过林鑫鼎100万现金。"

杨大江又问:"大哥,侯峰和你没有什么关系吧?"

杨大海摇了摇头。

杨大江点着头,说道:"那就好,省厅刑侦总队的一个哥们儿告诉我,何飞带人在澳门抓到了侯峰。我怕牵扯到你,就让那个哥们儿暗示侯峰,让他自己顶缸了。"

杨大海眼前一亮,问:"他不会说出是受了林鑫鼎的指使,去的澳门吧?"

杨大江略微沉思了一下说道:"应该不会。据我了解,侯峰是林鑫鼎的私生子，他替他爹顶缸也在情理之中。"

杨大海见弟弟早有安排，心里轻松了一些，他让杨大河准备了一点酒菜，准备喝点酒压压惊。

杨大江见哥哥心事重重，帮他分析道："这件事儿看来牵扯不到你。不过，我发现何飞和辛然他们正在紧锣密鼓地侦破那起'无头男尸案'，一旦他们查出尸体身源是陈小文，那麻烦可就大了。"

杨大海摘下金丝边眼镜，揉着眼睛，心存侥幸地说道："陈小文是林鑫鼎杀的，跟我有个屁关系。"

杨大江又使劲儿一拍大腿，急赤白脸地说道："我的亲大哥啊，林鑫鼎不认识陈小文，他为什么要杀他？这件事儿，用脚趾头都能想明白啊！"

杨大海一听，头上浸出了几滴冷汗，喉咙也有些发紧，他嘶哑着声音问道："那该怎么办？"

杨大江搓着手说道："没什么好办法，只好听天由命了。"

杨大海一听，心又提到了嗓子眼儿，一想到林鑫鼎会出卖自己的可怕后果，他的心跳都在加快。突然，他又想到了另一个最坏的可能，于是问道："那个叫李放的村主任投监了吗？"

杨大江不以为然地说道："哪有那么快呀，他还关在看守所里呢，不过，我已经让管教员威胁过他，让他永远闭嘴。"

杨大江说着，瞥了一眼神色慌张的杨大海，忽然也有了一种不妙的感觉。

杨大海咕咚咚地喝着酒，他仰望天花板发着愣。过了好半天，他又问："大江，你说林鑫鼎为什么要割下陈小文的头颅？"

杨大江回答道："他怕有人认出来呗……哎呀！这小子会不会李代桃僵，给你摆迷魂阵呢？"

杨大江说着，心里一惊，他停顿了一下话语，接茬说道："我听宋法医说，最近可有好几个家属到尸检中心去认尸了。如果无头男尸不是陈小文，如果他们再抓到'老黑'……"

杨大江正在继续着"如果"，只见杨大河拿着烧鸡推门而入，于是赶忙停止了他的"如果"。

杨大河给两位哥哥各掰了一只鸡大腿儿，他端着酒杯说道："大哥、二哥，咱们哥儿仨好久没有在一起喝酒了，老弟敬两位哥哥一杯。"

哥儿仨碰了酒杯，杨大江话锋一转，问道："大河，最近生意怎么样？"

杨大河憨笑着说道："有大哥、二哥罩着，还能差吗！现在我们的账上大概已经有了 5000 万元的盈利了。"

杨大江拍了拍杨大河的肩膀说道："不错，不过，别让钱都趴在账面上，尽可能都提现才安全。"

哥儿仨各自想着心事，杨大海担心李强和梅玲被抓后，自己是否会露出马脚；杨大江怕"老黑"一旦被抓获，会咬出他是"雇凶杀人案"的元凶；杨大河则思忖着二哥为什么要让他把钱都提现。而就在此时，省公安厅专案组通过技侦的手机定位，将"三撇了"抓获了。

何飞见"三撇了"已经招供，知道"雇凶杀人案"已初露端倪，他一边决定迅速抓获"老黑"，一边把案情故意泄露给杨大江，让他自我暴露。

第二天早上，杨大江正在食堂吃早饭，就听邻桌两名侦查员在小声议论。

"哎，你听说没，昨晚省厅专案组抓获了一个叫'三撇了'的'毒人'，这小子交代有人曾雇他去杀人，这小子当时吸毒还正缺钱，就对个缝，把杀人的活儿给转包了出去。"

"靠，杀人也能转包啊？"

"可不，听说他转包给了'狐狸夜总会'的总经理侯峰。"

"是吗？侯峰不是也被抓了吗？"

"可不，看来省厅就要收网了。"

杨大江不动声色地听着议论，他虽然不认识"三撇了"，但他用脚趾头都能想明白"三撇了"一定是"老黑"雇的下线。既然"三撇了"又把杀陈小文的活儿兑给了侯峰，那么陈小文就应该是侯峰杀的。现在，侯峰在何飞的控制之中，何飞拿下他的口供，那还不是一件轻而易举的事情吗？

杨大江把他雇"老黑"杀陈小文和后来发生的"无头男尸案"联系在了一起，觉得自己已经陷进了这起"无头男尸案"之中。一想到江边的那具无头男尸，杨大江不禁惊出了一身冷汗。

第五十二章 斩首行动

"他妈的，'老黑''三撇了'这帮家伙分了我的200万元，结果给我制造了一个杀人的假现场，我非剥了他们的皮不可！"杨大江心里骂着，将刚嚼了两口的馒头往餐桌上一扔，转身离开了食堂。

杨大江一边走，一边想着昨天晚上哥哥对他说过的每一句话，脑子里想象着侯峰接到"三撇了"转包给他杀陈小文这个活儿以后，应该都做了些什么。

他判断：既然大哥说是林鑫鼎出手杀死了陈小文，那么就是侯峰接活儿以后，亲自或者派人制造了将陈小文投进松江的假现场。可他为什么要这么做？莫非他与林鑫鼎有过预谋不成？如果他们之间做了精心的策划，那么制造假现场的幕后指使人就应该是林鑫鼎，大哥看到的那几张文物照片和U盘，也应该是林鑫鼎派人送去的。

杨大江不知道大哥与林鑫鼎之间到底有着什么微妙的关系，不过，仅凭大哥能找林鑫鼎去杀陈小文这件事儿就可以判断，"无头男尸案"一定是自己雇"老黑"杀人的继续。如果何飞他们通过"三撇了"顺藤摸瓜，抓住"老黑"也就是早一天晚一天的事情了。

一想到"老黑"被抓以后会交代是他雇凶杀人的可怕后果，杨大江顿时慌了手脚。他思来想去，觉得"老黑"即使交代出是他杨大江雇凶杀人，也不会拿出什么证据来，那200万雇佣金上又没有写着他杨大江的名字，只要他杨大江死活不认账，那起雇凶杀人案就是一起只有"老黑"的孤证，而没有死尸的假案了。

杨大江心里捋着思路，他又想到了发生在江边的那起"无头男尸案"，他认为，既然大哥说"无头男尸案"是林鑫鼎干的，那么，现在唯一能做的就应该让林鑫鼎把这起案子扛下来，不要牵扯到幕后指使他的大哥。

杨大江一门心思要保住大哥，他认为，只要保护住了大哥，就能保全他自己，于是，他要深入虎穴，亲自去会一会林鑫鼎。

杨大江拿定了主意，他从枪柜里取出了手枪，独自一人来到了鑫鼎财富管理投资有限公司。

"叮咚"，林鑫鼎听见了门铃声，他通过监控见来人是杨大江，心里翻了一个个儿。

"他来干什么？"林鑫鼎问着自己，随手将一把弹簧刀藏在了沙发的缝隙中。

林鑫鼎按开了"天上人间"的自动门，笑盈盈地将杨大江迎进了屋内，热情地打着招呼："大江啊，这是哪股香风把你这位大侦探、大领导刮到林某这里来了？"

林鑫鼎给杨大江戴着"高帽儿"，就是没好意思叫出他的绰号"杨大巴掌"。

杨大江见林鑫鼎对他还算客气，也装出了一副笑脸，说道："早就听说林大老板住在天上人间，今天有幸一见，果然是天上人间啊！"

林鑫鼎习惯地推了推圆圆的眼镜框，指着落地窗外的蓝天白云，说道："杨支队长过奖了，这里不就是楼层高一点，能看到别人看不到的风景嘛！"

杨大江坐在沙发上，架起了"二郎腿"。他掏出一支香烟，往嘴里一扔，舌头滚动着摆正了香烟的位置，啪的一声，用打火机点燃了香烟。

林鑫鼎看着杨大江抽烟的动作，伸出大拇哥，恭维道："杨支队长不愧为黑道白道上的风云人物，连抽烟都这么有派头。请问，你找我有什么事情吗？"

杨大江嘴里吐出了一长串的烟圈，开门见山地说道："李强不是进去了吗，所以，我想问问你，你该什么时候去投案啊？"

林鑫鼎摇晃着大脑袋说道："他是受了你大哥的委派去澳门的，跟我没有半毛钱的关系啊！"

杨大江见林鑫鼎在甩锅，气不打一处来，他把只吸了两口的香烟往烟缸里一扔，愤愤地说道："林大老板，我大哥是一介书生，你是江湖上的老大，你这么对待他，有些不仗义吧？"

林鑫鼎眨巴着小眼睛问道："那你的意思是？"

杨大江使劲儿盯着林鑫鼎的眼睛，说道："你和李强是铁哥们儿，他帮你要钱是天经地义的事情，我觉得这是你们哥俩之间的事儿，不应该把我大哥扯进来吧！"

第五十二章 斩首行动

林鑫鼎明白了杨大江的来意，他冷笑一声，问道："老弟，你的意思是让我替你大哥顶缸，我没说错吧？"

　　杨大江瞥了一眼林鑫鼎，说道："还是和明白人说话透亮，一点就透。"

　　林鑫鼎鼻子一"哼"道："我林某虽然是个明白人，但我不能办糊涂事儿，所以，我才不会引狼入室，把警方的视线吸引到我的身上呢！"

　　杨大江见林鑫鼎拒绝为大哥顶缸，便启发道："林老板应该明白丢卒保车的道理吧？"

　　林鑫鼎指着自己的鼻子说道："丢卒保车？我才是车呢，你们都应该保护我才对啊！"

　　杨大江瞧了瞧林鑫鼎那副"滚刀肉"般的嘴脸，冷冷地说道："你是车？我怎么从来没有听说过有杀人的车呢！"

　　林鑫鼎听出了杨大江的话音，立马急了眼，他问："姓杨的，你把话说清楚，我杀谁了？"

　　杨大江冷笑一声，说道："陈小文啊！"

　　林鑫鼎一听杨大江在拿陈小文来威胁自己，便撇着嘴说道："陈小文？他没死呀，他随时都可以复活啊！"

　　杨大江一听陈小文还活着，呼地一下站起身来，指着林鑫鼎的鼻子问："你说什么？陈小文没死？那你告诉我，那无头的男尸是什么人？"

　　林鑫鼎往沙发里挪动了一下身子，躲避着杨大江充满血丝的目光说道："尸体是'大下巴'呀！"

　　杨大江一把抓住林鑫鼎的衣领子，凶狠地问道："你告诉我，谁是'大下巴'？"

　　林鑫鼎双手用力掰着杨大江的手腕，回答道："'大下巴'是我的保镖啊！"

　　杨大江马上追问："那么，他又是被什么人杀的？"

　　林鑫鼎挣扎着说道："杀他的人是我的另一个保镖'大皮靴'，可'大皮靴'已经畏罪自杀了呀！"

　　杨大江一听林鑫鼎的布局如此周密，使劲儿提着他的衣领子，从牙缝里往出蹦着字:"你这只老狐狸,你他妈的竟然敢耍我大哥,是不是?"

林鑫鼎嘟囔道:"我可没耍他,是他一直在耍我。还包括你,你们哥儿俩把我的前途都给毁了,还反过来说我耍他,岂有此理。"

杨大江用力把林鑫鼎往沙发里一推,恶狠狠地问道:"姓林的,你把话说明白,我们怎么毁你了?"

林鑫鼎活动了一下被杨大江勒了半天的脖子,慢吞吞地说道:"当年,你大哥和陈小文一起偷了双阳大学的文物,他栽赃陷害我,让你把我抓到了派出所,就是想要让我替他背黑锅。可你没想到吧,还是苍天有眼,让我从你的眼皮子底下逃出了派出所,不然,我早就当了替罪羊了。"

杨大江一听大哥曾经偷过文物,脑海里又浮现出杨大海看见文物照片时,气急败坏的情景。

杨大江如梦初醒,原来这只老狐狸是抓住了大哥偷文物的把柄,才把大哥一步步逼向深渊的啊!杨大江明白事情的原委,也反应过来大哥为什么非要除掉陈小文了。

杨大江明白了一切,他问:"你,难道你是张鑫?"

林鑫鼎揉着脖子回答道:"对呀!不过,我原来叫张鑫,现在改名换姓叫林鑫鼎了。"

正在这时,杨大江的手机响起了急促的铃声,他一看来电是支队办公室,便接通了电话:"杨支队,辛然副局长通知你马上回支队开会。"

杨大江挂断电话,他预感到是"老黑"落网了,他还预感到自己回到支队以后将会发生什么了。

林鑫鼎见杨大江挂断了电话,继续表白道:"杨支队,不是林某不想为杨大海顶缸,你可能不知道,我还有5个老婆和一大帮孩子,还有这么大的家业,还有,还有你大哥手里的文物呢!"

杨大江一听林鑫鼎不但不能替大哥顶缸,反过来还要拿手里的杀手锏继续纠缠大哥,顿时起了杀心,联想到自己一旦回到支队就将被戴上手铐,便把心一横,决定为哥哥铲除祸害。

杨大江决心已下,眼睛里喷出了愤怒的火焰,他一步步逼向了畏缩在

第五十二章 斩首行动

沙发里的林鑫鼎，咬牙切齿地说道："姓林的，你就不怕我替我大哥枪毙你吗？"

林鑫鼎翻着眼皮说道："你敢？"

杨大江咬着牙说道："你都死到临头了，还敢跟我叫板是不是？"

林鑫鼎看到了杨大江那双要吃人的眼神儿，他哆嗦着手，从身后拽出了身先准备好的那把弹簧刀，说道："你，你别逼我！"

杨大江见林鑫鼎拿出了刀子，嗖的一声拔出腰间的手枪，他哈哈大笑着说道："就你那破玩意儿，也想和老子比画吗？"

林鑫鼎看到杨大江那黑洞洞的枪口，吓得浑身都冒出了冷汗，他扑通一声跪在地上，苦苦哀求道："大江兄弟，别，别开这种玩笑，我再也不……"

杨大江不等林鑫鼎把话说完，"咔嚓"一声推上子弹，用枪口顶着林鑫鼎的胸膛说道："姓林的，你记住了，明年的今天，就是你的周年！"

杨大江说着，食指一扣扳机，射出了罪恶的子弹。

林鑫鼎见杨大江扬长而去，脑袋一歪，弹簧刀"哐当"一声落在了地上，他使出全身最后的一点儿力气，拨通了给杨大海养狗的那个"迷彩服"的电话……

杨大江枪杀了林鑫鼎，觉得为大哥报了仇，于是决定一不做二不休，再为大哥铲除祸患。

杨大江在车上换好了警服，开着警车来到了看守所。他将提审票交给管教员，把李放带出了看守所，铐在了他车后座的扶手上，然后开车驶上了公路。

辛然接到了李放被杨大江提走的报告，立即按着技侦的定位，带着特警队和警犬队对杨大江展开了大追捕。

杨大江在公路上开着车，回头问道："李放，你认识我吗？"

李放不知道杨大江要带他去哪儿，赶忙与他套着近乎："认识，认识，你不是杨支队长吗，我还认识你哥呢！"

杨大江又问："你有老婆孩子吗？"

李放不明白杨大江问话的用意，也没有意识到自己已经命悬一线，他瞅着车窗外绿油油的田野，轻松地回答道："有啊！人活在世，谁能不娶妻生子呢？"

杨大江"啪"地一拍方向盘，突然咆哮道："你放屁，我就什么都没有，我老婆跟别人跑了，我孩子还在他妈的腿肚子里面转筋呢！"

李放觉得杨大江的神情有些反常，他瞅了瞅警车的前风挡玻璃窗，见车子在往偏僻的地方开，便问："杨支队，你这是要把我带到哪儿去呀？"

杨大江说道："到你应该去的地方啊！那里风平浪静、四季如春，你会衣食无忧，过着天堂一般的生活。不对，那里就是天堂。"

李放听得毛骨悚然，他预感到自己有了危险，使劲儿挣脱着手铐，哀求道："杨支队，你放了我吧，我什么都没说呀！"

杨大江放慢了车速，轻声问道："我放过你，可是谁又能放过我呀？"

杨大江说罢，一脚急刹车，把车停在了路边。他将车上的抹布往李放嘴里一塞，将李放连拖带拽，拉上了路旁的一个小山坡。

"李放，你就在这里安息吧！"说着，杨大江掏出了手枪，将枪口对准了李放的脑袋。

李放扑通一声跪在了地上，鸡叼碎米一般头点地，嘴里已经说不出话来。

"啪"，山坡上响起了一声清脆的枪声，李放眼睛一闭，倒在了地上。

稍后，他睁开眼睛，觉得自己好像还活着，偷眼一看，只见杨大江正甩着血淋淋的手腕"呀呀"怪叫。

李放猛地一翻身，见一只黑背警犬正向他们扑了过来，警犬后面还跑过来了一队荷枪实弹的特警。

特警队伍中有人高喊："杨大江，放下武器！"

杨大江见警犬和特警已经近在咫尺，他忍着手腕的疼痛，"呼"的一声，从地上捡起了被狙击手打掉在地的手枪。

"啪"，又是一声枪响，杨大江手指一动，枪口里射出了一颗罪恶的子弹。子弹贯穿了杨大江的头颅，他倒在了自己的血泊之中。

第五十三章

雪泥鸿爪

杨大海得到了杨大江枪杀林鑫鼎，又开枪自杀的噩耗以后，当场就惊呆了。他目光呆滞，就像一具僵尸一样，直挺挺地站着，好半天才倒过一口气来。

杨大海不知道是怎么回到卧室的，他把门一关，将自己反锁在了屋内，傻愣愣地看着漆黑的窗外，大脑一片空白。

也不知过了多长时间，杨大海方才缓过神儿来，他一头扎进被子里，双拳使劲儿擂着床板，号啕大哭起来。

"大江啊，大江，你可疼死哥哥了！"杨大海叫着，仿佛天都塌了下来。

杨大海耳边回响着父亲临终前对他叮嘱："大海，我就要去与你妈为伴了。记住，长兄为父，不论遇到什么艰难险阻，你都要保护好你的两个弟弟，让老爸含笑九泉。"

杨大海眼前又浮现出了杨大江与他分手时，与他回眸的笑脸。他扑通一声，跪在了床前，颤抖着声音说道："老爸，儿子没有保护好弟弟，儿子对不起您老人家呀！"

这一夜，杨大海心境坏到了极点，他时而悲痛欲绝，时而又朗声大笑，不知道是怎么熬过的漫漫长夜。

第二天，杨大海慢慢缓过神儿来，他洗掉了脸上的泪痕，搓了搓红肿的面庞，喃喃自语道："结束了，一场暴风雨过去了！"

杨大海渐渐冷静了下来，他仰望苍穹，似乎看到了弟弟在天堂里正在向他微笑。

杨大海向天上敬了一个礼，感激弟弟结束了林鑫鼎罪恶的生命，使他摆脱了恶魔的纠缠,让他从岌岌可危的困境中走了出来。

杨大海心里十分清楚,虽然杨大江和林鑫鼎都不在人世了,证人和证据链条也彻底中断了,但双阳市公安队伍发生了这么严重的警察杀人自杀事件,他作为副市长、公安局长,作为公安机关的掌门人,仍然难辞其咎。至于是让他承担刑事责任还是行政责任,那就事在人为了。

杨大海看了看挂在墙上"全国优秀公安局长"的奖状,又瞅见了他的警监制服,重新振作起了精神。

"大江啊,大江!大哥不会让你白死!'执金吾'这个宝座决不能丢掉!这既是老爸的重托,难道不也是你大江的希望吗?"杨大海嘴里念叨着,他换了一身崭新的警服,挺着胸膛,像往常一样,迈着大步,走进了机关食堂的小餐厅。

几天以后,杨大海见事态得以平息,自己也不再是人们议论的中心,便要重整旗鼓。

这一天,他来到了市政府,准备打一张悲情牌,让程妍秋买他的账,避免被纪委追责。

程妍秋见杨大海过来,关上办公室的屋门,劝说道:"大海,别难过了!"

杨大海眼窝里含着晶莹的泪花,哽咽道:"大江是为保护你,才铤而走险要杀掉李放的!他的死,重于泰山。"说罢,偷眼看了一眼程妍秋的表情。

程妍秋掂量着杨大海说话的分量,轻轻为他擦着眼泪,用动作做了回答。

杨大海看着平静如水的程妍秋,接着说道:"李放被大江吓傻了,他现在什么都记不起来了,你可以放心了。"

程妍秋点着头,轻声说道:"我知道了!回头我去找纪委沟通一下,你就安心工作吧,一切都会好转过来的!"

杨大海见程妍秋明白了他的意图,使劲儿握了握她的手,转身离开了她的办公室。

杨大海又从杨大河律师事务所里取出100万美元,开着一部崭新的跑车,赶往了省城。他要重操旧业,让"小海鲜"来打动王厅长,帮他渡过表面上风平浪静,暗地里激流涌动的难关。

杨大海来到王厅长的办公室，见他独自一人在沙发里刷着手机，便笔挺地站在他的面前，声音不高也不低地说道："杨大海向您报告！"

连日来，王厅长一直坐立不安，自打公安部工作组坐镇松江省以后，他就开始对杨大海有了担心，生怕拔出萝卜带出泥。杨大江杀人自杀的案件发生后，他心里倒是踏实了许多，他知道杨大海是个聪明绝顶的人，更希望杨大海能够借尸还魂，把自己洗得干干净净。

这会儿，王厅长见杨大海毕恭毕敬地站在自己的面前，便示意他坐在了沙发上。

杨大海没有坐，他装出一副虔诚忏悔的模样，提高了一点儿声调说道："大海没有带好队伍，也没有管教好弟弟，特来向您负荆请罪。"

王厅长放下手机，阴沉着脸说道："大海呀！警察开枪杀人，这在我们松江省还是第一次，更何况凶手还是你的亲弟弟。"

杨大海意识到王厅长这句话是要让自己承担责任，便"啪"的一个立正，说道："大海一定汲取这次深刻的教训，认真反省自己的过错！"

"过错？"王厅长翻了一下眼皮，表情严肃地说道，"大海呀，刑侦总队经过讯问李强和梅玲，他们都说绑架'海沙子'是受了你的指派，这是过错吗？你这是犯罪呀！"

杨大海哈下腰，降低了声调说道："王厅长，事实不是这样的，李强和林鑫鼎是好哥们儿，他当办公室主任都是林鑫鼎向我推荐的，对此，我有失察的责任。不过，他绑架'海沙子'，帮林鑫鼎要回1700万元钱，是为了收取100万元的好处费；他帮林鑫鼎解冻了被银行冻结的3000万元原抵押款，是为了敲诈勒索银行行长200万元钱。"

王厅长听出了杨大海"甩锅"的话意，滚动了一下眼珠说道："你说的情况很重要，回头我让何飞他们再提审李强，详细核实一下，情况是否属实。"

王厅长似乎放松了一点儿紧张的情绪，他沉思了片刻，又问："大海呀，何飞他们抓获了'老黑'，据'老黑'交代，是杨大江雇他杀人的。杨大江是你的亲弟弟，你不该不知道这件事情吧？"

杨大海心想：这件事情，不管"老黑"怎么说，都已死无对证了。便摆正坐姿，语气坚定地说道："厅长，那是'老黑'的一面之词，不足为证。"

王厅长又问："侯峰也交代是你派他去澳门要杀一个网红，这件事情，你又该怎么解释？"

杨大海挺直了腰板，回答道："厅长，我根本就不认识侯峰，网红也与我无冤无仇，何谈派他去澳门杀人？不过，据我所知，侯峰是林鑫鼎的私生子，他为保护他爹，加害于我，也在情理之中。"

王厅长按着杨大海的思路想了想，渐渐消除了一些担忧，为了避免兔死狐悲，他只好点头说道："好了，一会儿，我还要参加个会议，你先回去吧。如果有什么新情况，我会让何飞直接联系你的，你就不要再往省厅跑了。"

杨大海起身将一把车钥匙放在了茶几上，轻声说道："王厅长，在前面路口边上的停车场里，有一部没有牌照的新跑车，这是大海送给您家属的礼物；车子的后备箱里还有100只'小海鲜'，是大海送给您补身体用的。"

王厅长假装没有听见杨大海说的话，他拍了拍杨大海的肩膀，温和地说道："回头你给厅里写一份深刻的检查，就按你刚才说的，对下属失察，对亲属漏管。"

杨大海心领神会，心里悬着的那块大石头"咣当"一声落在了地上。

杨大海重新焕发了工作热情，他像什么事情也没有发生过一样，逢会必到，逢会必讲，一贯摆出的"战斗脸"也变得有了一些笑容。

这一天，杨大海听说何飞要开案情分析会，他觉得自己已经没有回避的必要，便要痛打林鑫鼎这只落水狗，为自己脸上再贴一层金。

会议室内，微机操作员将一组组现场照片投在大屏幕上。龙岩站在大屏幕前，手持激光笔，对照着照片说道："刚才我重新梳理了'雇凶杀人案'和'无头男尸案'的整个案情，这是一桩极其复杂又特别离奇的连环案。每当有了破案的线索，就会莫名其妙地中断；而一旦有了犯罪嫌疑人，又会出现意想不到的意外。为了不迷失侦查方向，我们不妨找出案件当中的所有疑点，一层层剥茧抽丝，破解一个又一个的谜团。"

何飞坐在大屏幕前的长条会议桌前，用激光笔点着大屏幕上"老黑"

第五十三章 雪泥鸿爪 477

的照片说道："没错，他到案以后，交代是杨大江花200万元现金雇他去杀人，他自己留了30万元后，把杀人这个活儿转包给了'二黑'；'二黑'在中间对了20万元的对缝钱，又转包给了'三撇了'；'三撇了'留了50万元后，再出兑给了侯峰。据侯峰供述，他最后雇了个杀手，完成了雇凶杀人案。那么，这个杀手是什么人？被他杀的人又是谁？他自己都一无所知。现在，杨大江死了，谜题出现了，大家可以分析一下，谜底又会是什么？"

袁小雨马上回答："谜底就是一起假案，被害人就是我们前不久从江心里打捞出来的煤气罐。"

袁小雨说着，忽然又想起了他在山洞里见到的陈小文，他犹豫了一下，没有说出陈小文的名字。

刘鸣放副局长点着头说道："我再说说后来发生的那起'无头男尸案'。经过'梁艳'的辨认，无头男尸是她的丈夫'大下巴'，她提供的杀人凶手是'大皮靴'，而这两个人又都是林鑫鼎的保镖。现在，林鑫鼎也死了，仅凭'梁艳'的口供就确定杀人凶手，还缺少证据，也为时过早，所以'无头男尸案'也是扑朔迷离。"

倪雪接过刘鸣放的话茬说道："龙队长从尸体衣兜里提取的那张百元假币，和'梁艳'向我们提供被'大下巴'截留的雇佣金，鉴定一致。这足以说明死者被害前使用过假币，那么这100万假币是从哪里来的？这不也是一个谜吗？"

夏菁菁十分肯定地说道："经过公安部鉴定，这些假币不是境外流入，在其他省市也没有发现过同版的假币，所以，我怀疑这批高仿的假币是双阳市的地产货。也就是说，在双阳市应该有一个制造假币的黑加工厂。"

辛然副局长清了清嗓子说道："我觉得侯峰的口供不完全可信，他绝对不会把100万假币当作雇佣金，交给一个不认识的杀手的。理由是，万一杀手发现雇佣金是假的，侯峰还要不要命了？"

大屏幕上出现了一摞摞的假币和落网犯罪嫌疑人的照片，倪雪指着屏幕说道："同样道理，那杨大江也不敢拿200万假币去雇'老黑'，况且，'老黑''二黑'，还有'三撇了'，他们把对缝得来的钱都花了出去，并没有人因为收到假币而报案，所以，杨大江的那200万元钱应该是真钱！"

毛雨辰受到了启发："对，一定是有人移花接木，在某个环节将真钱偷换成了假币。"

龙岩示意微机操作员又换了一组照片，他用激光笔指点着照片分析道："没错，那么我们就来分析一下，有谁具备偷换假币的条件？要么是侯峰，要么就是侯峰背后还存在一个神秘之人。如果是侯峰，他就在说假话；如果侯峰隐瞒了这个神秘之人，他就是在为这个神秘人物顶缸。可他们之间存在着什么样的关系，侯峰才愿意为之顶缸呢？"

夏菁菁接过龙岩的话茬儿说道："林鑫鼎啊！王厅长告诉我，侯峰是林鑫鼎的私生子，儿子为爹顶缸，倒是可以解释得通。"

龙岩转过脸问："王厅长是怎么知道他们是父子关系？"

夏菁菁回答道："他说是杨大海告诉他的。"

杨大海名字一出，会议室唰的一下，安静了下来，大家都把目光投向了何飞。

何飞沉思了一会儿，说道："要是假定林鑫鼎是那个神秘人物，是他雇杀手制造了'无头男尸案'，一切疑点就可以解释得清清楚楚了。可问题是林鑫鼎已经死了，所以，我一再强调这只能是假定。"

倪雪忽然像想起了什么事情，她忽闪着大眼睛说道："还有一个重要的线索，'梁艳'说她曾经是小额贷款公司的经理，她在侯峰手里拿过假币，给'狐狸夜总会'的坐台小姐放过'套路贷'。"

袁小雨一拍脑门儿，说道："这不正好对上了吗！侯峰既然有假币的来源，那他就不会制造假币吗？"

毛雨辰连忙摆手道："侯峰的夜总会肯定没有这个条件。"

袁小雨追问道："那林家大院呢？林家大院戒备森严，会不会有这个可能？侯峰可是林鑫鼎的儿子呀！"

夏菁菁用手指轻轻敲着桌子，十分果断地说道："对，我们要是能揭开林家大院的神秘之处，或许就能够揭开假币的奥秘了；如果假币的奥秘被揭开了，一环套一环的案中案也就露出端倪了。"

第五十三章 雪泥鸿爪

何飞的脸上露出了笑容，他关掉了激光笔，突然吟诵起了一首诗："人生到处知何似，应是飞鸿踏雪泥。泥上偶然留指爪，飞鸿那复计东西。"

毛雨辰眨了眨眼睛问："何总，这首诗是什么意思啊？"

何飞刚要解释，只见会议室的大门一开，杨大海推门而入。

会议室内的气氛顿时紧张了起来，与会人员你看看我，我看看你，大家都不知道该如何是好。

何飞不知道杨大海为何不请自到，赶忙站起身来对大家说道："大家欢迎杨市长莅临！"

杨大海看了看大屏幕，又环视了一下与会人员，说道："何总刚才说的那首诗，我小时候就会背诵。苏轼这首诗的意思是说，天上飞翔的鸿鹄，不管落在泥里还是雪地，只要一落脚，就会留下爪子的痕迹。所以说，人做事，天在看，上天对任何人都不会眷顾，你们说对不对呀？"

听了杨大海的解释，大家面面相觑：难道他在说着自己？

杨大海的话让所有人全都蒙了圈，只有倪雪在心里骂道："要不是我答应了袁枚阿姨，把她被你强奸的事情永远埋在心底，我现在就当场揭穿你这人面兽心的罪恶！"

杨大海清了清嗓子，接着表白道："林鑫鼎曾经是我的朋友，我们之间的交往虽然不是很多，但我对他还是有些了解的。这个人胆大妄为，野心膨胀，一直幻想做黑社会的老大；他妻妾成群，私生子也不少。在城里，他住在天上人间；在乡下，他住着深宅大院。杨大江一枪要了他的狗命，其实也是为民除害。当然，我不是在说杨大江做得对，我的意思是我们要乘胜追击，一举捣毁林鑫鼎的老巢，把他的罪恶昭告天下。"

杨大海说着，观察了一下何飞和夏菁菁的表情，又看了看大家的反应，他来时，已经打好了算盘，要用砸碎林鑫鼎的坛坛罐罐来解心头之恨，还要用彻底摧毁林鑫鼎的老巢来给自己添彩，给弟弟祭旗。

杨大海的表白几乎镇住了所有的与会人员，他们谁也没有料到杨大海会扮演出一个分不清正派还是反派的角色，更猜测不到杨大海葫芦里面到底卖的是什么药。

龙岩虽然也有些莫名其妙，但他灵光一现，觉得这也是一个解开迷雾的好时机，便对杨大海说道："市长，我忽然想起来阎家沟村主任曾经说过，林家大院后山有一条几十年前就被堵死了的防空洞暗道口，林鑫鼎会不会重新启用了这个暗道口来做林家大院的后门出入口呢？"

杨大海根本就不知道采矿场中含有玄机，他一听"林家大院"几个字，便不假思索地挥着手，毫不犹豫地说了一声："我看就从这个暗道口作为突破口，一举摧毁地下采矿场。你们的行动，我也要参加！"

久经沙场的何飞，大脑飞快转动了一下，他虽然还看不出来杨大海使的是什么计谋，但他明白了龙岩声东击西的用意，便要将计就计，趁机揭开林家大院的秘密，于是点着头，笑呵呵地带头鼓起了掌……

"二林子"接到了林鑫鼎被杨大江枪杀的死讯，他含泪火化了哥哥的尸体，召集了几个嫂子开始研究如何处理林家的家产。

林鑫鼎的几个老婆个个狮子大开口，弄得"二林子"愁眉苦脸，一点儿辙都没有，他不想再陷入这难以理出个头绪的家产之争，便使了一个缓兵之计。

"二林子"不能给自己留下祸患，他把拟订好的财产清单交给了几个嫂子，定好一周后分账，自己则偷偷准备好了炸药，要让采矿场和那些血迹斑斑的人证、物证都灰飞烟灭，然后带着与他通奸的财务总监远走高飞。

井下，劳累了一天的工人都已进入了梦乡，"二林子"伴着工人们的鼾声，蹑手蹑脚将炸药箱子送进了陈小文和黄培睡觉的屋门口，插上了导火索……

龙岩按着村主任的指引，发现采矿场果然启动了废弃防空洞的出入口。

与此同时，侦查员发现"二林子"带着两个大箱子从防空洞入口进入了山洞，他们边向何飞报告，边悄悄潜伏在了山洞口，准备伺机抓捕"二林子"。

"二林子"摆好了炸药箱，捋着导火索，坐升降梯升到了井上的山洞口，"嚓"的一声，点燃了导火索。他转身刚要离开山洞，只见两个黑洞洞的枪口顶住了他的脑门儿。

侦查员低声命令道："不许动，我们是警察！"

第五十三章　雪泥鸿爪

"二林子"见来了警察，回头瞅了一眼"呲呲"冒火的导火索，撒腿就往洞外跑。

　　侦查员紧追几步，一个"扫堂腿"将他摔了个嘴啃泥。

　　"二林子"一骨碌从地上爬起来，声嘶力竭地叫喊着："快跑啊！快响了！"

　　导火索"呲呲"冒着火，顺着升降梯燃烧到了井下，眼看就要引燃陈小文门口的炸药箱。

　　这时，正赶上睡得迷迷糊糊的陈小文出来撒尿，陈小文听到了"呲呲"的响声和刺鼻的火药味儿，他顺着响声观瞧，只见导火索迸着"噼里啪啦"的火星子，眼看就要燃烧到了他的脚下，情急之下竟忽然想到了尿尿。

第五十四章

罪恶有终

"黄培，快起来，要爆炸了！"陈小文惊呼着，一边喊叫，一边用尿浇着就要燃烧到炸药箱的导火索。

睡得迷迷糊糊的黄培，不知道发生了什么事儿，他听到了陈小文的叫喊声，翻身下地，晃晃悠悠走到了陈小文的身边，也冲着"呲呲"冒火星子的导火索浇起了尿。

"哗哗哗"，火药味儿和尿臊味儿交织在一起，升起了一股热气。导火索的火星亮光渐渐变弱，就在燃烧到炸药箱的最后一刻，失去了最后一点光亮。

井上，侦查员们撂倒了"二林子"，他们闻到了从井下串过来的火药味儿，紧跑几步，踩着升降梯就下了井。

井下，侦查员头上的红外线灯光照在了还在撒尿的陈小文和黄培身上，他们看到熄灭的导火索和火药箱，明白了刚才发生的一切，于是，大喊一声："闪开，别动！"

侦查员迅速排除了险情，拉着陈小文和黄培，三步并作两步上了升降梯。

陈小文和黄培被侦查员解救到了井上，刚走出山洞口，就看见面前站满了荷枪实弹的特警。

陈小文腿肚子一软，瘫坐在了地上。他指着山洞，声音嘶哑着对警察叫喊道："井下还有人呢！"

何飞一听井下还有人，挥着手，命令道："快去救人！"

几十名身穿防弹衣的特警打开头盔上的红外线探测仪，提着远光探照灯开始下井救人，山洞内外即刻被探照灯和警车灯光照得如同白昼。

灯光下，瘫坐在地上的陈小文被特警搀扶起来，他刚走几步，就看见警车前面站着一个熟悉的身影。

陈小文停下脚步，眨着眼睛，定睛观瞧了几秒钟，一眼认出这个熟悉的身影就是他的发小杨大海。

陈小文小跑几步，一把抱住杨大海，声音哽咽着说道："大海，我就知道你一定会来救我的，一定会的！"

陈小文声泪俱下地说着，像一个走丢的孩子见到久别的亲人一般，抱着杨大海不住地抽泣起来。

此时，身着便衣的杨大海也认出了陈小文，瞬间便被眼前突然发生的一幕惊呆了。

杨大海僵尸一般站着，任凭陈小文不停地叫他、敲打他，大脑已是一片空白。

正要下井的袁小雨也看清了站在警车旁边的陈小文，他紧紧握住陈小文的手问："井下还有人吗？"

陈小文顺着说话的声音望去，他认出了袁小雨，抹了一把眼泪，嘶哑着声音回答道："有，有啊！没有一百人也差不多少。"

何飞一听说井下还有百十来号人，意识到这个山洞就是他们侦查了许久的地下采矿场。他和身边的夏菁菁耳语了几句，转身对杨大海说道："市长，我们得马上调几辆大客车，把井下的人都安顿到宾馆调查取证，然后调集警力对山洞展开搜查。"

夏菁菁在一旁插话道："让警力把林家大院也包围起来，我们要扩大搜索范围，任何蛛丝马迹都不能放过！"

杨大海不知道何飞和夏菁菁在与他说着什么，他木讷地连连点头。刘鸣放和辛然立即开始用对讲机喊话。

……

夜色渐渐褪去，天空里吹来了暖融融的晨风，一轮红日冉冉升起，给夏日的早晨送来了曙光，双阳市又迎来了崭新的一天。

双阳市公安局的会议室内，何飞看着搜查人员缴获的假币印刷机残片和堆积得像小山一样的假币,马上向王厅长汇报了战果。

夏菁菁也把电话打给了公安部刑侦局,她向部局领导汇报道:"经过夜以继日的架网侦查和收网行动,我们彻底摧毁了隐藏在双阳市兰亭山洞里的地下采矿场,解救出了被从外省市骗来的98名劳工,还在山洞里发现了死去劳工的累累白骨。"

部局领导在电话里兴奋地说道:"好,我马上将这一喜讯报告给部领导,你们要继续扩大战果,把双阳市的这伙黑恶势力彻底打掉。"

夏菁菁点着头,继续汇报道:"紧接着,我们又一举捣毁了林家大院内的假币制造车间。据林鑫鼎的弟弟'二林子'交代,他们制造的假钞,除少部分以小额贷款的形式'贷款'给'狐狸夜总会'里的坐台小姐以外,大部分都以发放工钱的方式支付给了那98名劳工,每人少则十几万元,多则几十万元,仅收缴的假钞就有近千万元。由此可见,他们是用假币在他们经营的场所内部做资金循环,欺诈那些从业的劳工和坐台小姐。"

听了夏菁菁的汇报,部局领导马上部署道:"看来,这是一个带有黑社会性质的采矿场,犯罪分子采取欺骗、绑架、非法限制人身自由的方式,让民工充当当代的'包身工',还制造出了骇人听闻的累累血案,到了罄竹难书的程度。他们制造假币,扰乱国家经济秩序,也到了令人发指的地步。由此可见,这背后一定有着巨大的保护伞,你们要既要打黑、又要打伞,彻底铲除这些魑魅魍魉,让双阳市的天重新亮起来!"

夏菁菁放下电话,正与何飞说话,何飞的手机响起了清脆的电话铃声。

何飞刚接听电话,就听王厅长在电话里没好气地埋怨道:"何飞,你为什么不经我同意,就擅自向公安部领导汇报案情?"

何飞还没有来得及解释,就听王厅长又说:"公安部领导刚刚给我打来电话,公安部已经将这起案件确定为全国扫黑除恶重点督办案件,稍后,部领导还将亲临双阳市亲自督导这起案件。你把事情闹得这么大,让双阳市乃至松江省都很被动。"

此时,大脑一直处于空白状态的杨大海终于恢复了常态,他见何飞和夏菁菁不停地在接打着电话,便假装去方便,悄悄离开了会议室。

"他妈的，我怎么又遇上了鬼？5年前，陈小文从监狱里死而复活，我就没弄明白。昨天，他成了无头的男尸，可今天怎么又长出了脑袋？"

杨大海心里骂着，回到了办公室。穿上警监制服，立即赶往被解救劳工临时住的宾馆。他要赶在何飞他们询问陈小文之前，采取果断措施亲手干掉陈小文。

陈小文在宾馆的房间里洗了他出狱5年以来的第一次澡，也吃了5年以来的第一顿饱饭，他正要睡上5年以来的第一个安稳觉，就见杨大海推门而入。

陈小文见杨大海穿着一身警服，心里很是纳闷，他惊诧地问道："大海，你，你怎么当警察了？"

杨大海坐在椅子上，板着脸"嗯"了一声，所答非所问地反问道："小文，你怎么又活了？"

陈小文眨巴眨巴眼睛，疑惑不解地回答道："我压根儿也没死呀！"

杨大海无法想象陈小文一次次的死而复活到底是怎么一回事，只能在心里骂着林鑫鼎："你这个老王八蛋，老子竟然被你的无头男尸给蒙蔽了这么多年，你他妈的也太歹毒了！"

杨大海没心思再继续骂林鑫鼎，也没有再去回忆那些陈芝麻烂谷子的破事儿，他现在只关心5年前的那天晚上，自己与陈小文在火锅店里最后诀别以后，陈小文去了哪里，又是怎么进入到的采矿场，便故作冷静地问道："你怎么到这儿来了？"

陈小文沉默了一会儿说道："5年前的那天晚上，你请我吃过火锅以后，没过几天，就有人来杀我。可你说巧不巧，来杀我的人竟是我在监狱服刑时候的狱友黄培，他不但没杀我，还连夜带我坐火车去了省城。可没承想，我们俩刚在省城租了房子，就被林鑫鼎派人给抓了回来。"

杨大海听陈小文说出了林鑫鼎的名字，不等他把话说完，就急着问："你认识林鑫鼎？"

陈小文鼻子一"哼"说道："我上哪儿认识他呀！不过，黄培倒是认识他。黄培对我说，他欠了林鑫鼎的高利贷，林鑫鼎便把他送进了监狱，还以帮照顾他妈为条件，让他从我嘴里套出你偷文物的事情。"

杨大海一听，金丝边眼镜差一点儿被吓到地上，他抹了抹鼻梁浸出来的冷汗，问道："真有这么回事儿？"

陈小文不以为然地反问道："我还能胡编乱造不成？"

杨大海赶忙催促道："然后呢？"

陈小文叹着气，继续说道："然后的事情多了去了，你想问什么？"

杨大海急三火四地说："文物，你就说文物的事儿！"

陈小文长叹一声，接着说道："大海呀！你关心文物可胜过我的命呀！"

杨大海不耐烦地说道："别和我说那些没有用的破事儿，快告诉我，后来都发生了什么事情？"

陈小文心里明白杨大海还是对他心存芥蒂，甚至不杀他灭口都不能善罢甘休，便抓着杨大海的手臂说道："大海呀，咱哥儿俩从小情同手足，我为了你能出人头地，甘愿钻进你给我设计好的圈套，在监狱里一蹲就是25年。25年来，你是不是一直都想要我的命啊？"

杨大海见自己原形毕露了，便实话实说道："小文，你不要怪罪我心狠，我这辈子一是想当官儿，二是想发财。为了这两样，我会不惜一切代价，什么都能豁出去。"

陈小文见杨大海说出了心里话，心境反倒平静了下来。他站起身来，眼望着宾馆的窗外，自言自语道："大海，我现在终于明白了，在你心里，我就是你向上爬的牺牲品，我的命没有那几件文物值钱，所以你才动不动就要杀掉我。可当官儿掌权和那几件破文物，真的就比我的一条命还重要吗？实话对你说，我虽然不知道你现在当了多大的官儿，也不知道你把文物藏到了哪儿，但我在监狱的图书馆里潜心研究了你让我偷的那6件文物，现在我明白，那几件文物都是春秋战国时期的青铜酒器，应该是价值连城的国宝吧？"

杨大海被陈小文的话吓了一跳，他怎么也不会想到陈小文对那6件文物的了解，竟然比他自己还要透彻。他心想，既然你什么都知道了，那我就离进监狱、上断头台只有半步之遥了，所以，今天对你对我来说，也就是最后一次见面了。杨大海想着，将右手悄悄插进了衣兜，攥住了手枪的枪柄，推上了子弹。

陈小文慢慢回转过身来，他瞅了瞅杨大海，接着说道："大海，当我知道那6件文物的价值以后，我对任何人都一直守口如瓶。黄培威逼利诱我，我没说；'大皮靴'让狼狗撕烂我大腿的肉，我也没说。后来，林鑫鼎用铁钳子拔掉了我的10个手指甲，我被他折磨得死去活来，还是没说出文物就在你的手里，你说小文还算够意思吧！"

陈小文的话大大出乎了杨大海的意料，使他悬到嗓子眼儿的心唰的一下落回到了心房。

他嗖的一声，从衣兜里抽出紧握着枪柄的右手，一把抓住陈小文没了指甲的双手，几乎惊叫了起来："小文，你太够意思了！你真是一条好汉！"

杨大海夸奖了陈小文几句，又半信半疑地问："你说的是真的？"

陈小文淡淡一笑，问道："我要是把你说出来了，你还能有今天吗？"

杨大海重重地点了点头，眼里滚动着感激的泪花，他双手抱住陈小文，激动地说道："小文，大海错怪你了！你是个爷们儿，大海是小人、王八蛋，你看在我们从小一起光屁股长大的情面上，就把这个秘密永远保守到底吧！大海现在有权有势，回头我会回报你的大恩大德的！"

陈小文掰开了杨大海的手，慢吞吞地说道："大海，你要我继续保守秘密可以，但你能不能把文物主动交出去？那些东西不是我们的，留着是要遭报应的。"

杨大海的大脑在飞快地转动，他眼珠一转，使出了一个安抚陈小文的缓兵之计，于是说道："你说得对。"

陈小文不等杨大海把话说完，咚的一下给了他一拳，说道："这就对了，我等你交出了文物，咱哥儿俩还去吃火锅。"

杨大海安顿好了陈小文，刚一出门，险些与正要进门的袁小雨撞了个满怀。

杨大海把脸一沉，问道："你来干什么？"

袁小雨赶忙解释："刘局长让我和毛雨辰负责联系这些劳工的家属，

我上次从山洞里出来，就一直怀疑陈小文和我似乎有血缘关系，就把陈小文的照片给我妈看了。我妈刚才给我打电话，说她要过来见一见陈小文。"

杨大海一听，立即警觉起来，他问："你妈是叫李梅吗？"

袁小雨没有留意杨大海的表情，他笑呵呵地回答道："我妈不叫李梅。"

杨大海仔细端详了一下袁小雨，突然又觉得他与陈小文的长相确实很像，连忙追问："那你妈就什么名字？"

袁小雨回答道："我妈叫袁枚啊！"

杨大海一听，立即皱起了眉头，他自言自语道："袁枚？不对呀！"

杨大海与袁小雨正说着话，只见一老一少两个女人正在向他们这边走了过来。

杨大海仔细打量着距离他越来越近的这一老一少，一眼便认出了面容憔悴的李梅，紧接着，又认出了李梅身边的"貂蝉"。

"貂蝉"此时也认出了杨大海，她一个跨步来到杨大海身边，忽闪着水灵灵的大眼睛，惊奇地问："你，你不是要给我投资拍电影的那位市长吗？原来你是警察叔叔啊！"

袁小竹说着，一把抓住杨大海的手说道："警察叔叔，你好！"

杨大海被动地接受着握手，他翻着眼皮看着"貂蝉"，心里泛着狐疑："侯峰怎么没有杀了她？"

此时，袁枚也认出了杨大海，她见杨大海在拉女儿的手，一把将袁小竹拽到了身后。

袁枚眼睛里喷着怒火，浑身颤抖着站在杨大海的面前，她凝视了杨大海有几秒钟，突然，她抡起手臂，"啪"的一声，扇了杨大海一个大嘴巴，骂道："别碰我女儿！你这个恶魔，你咋没被雷给劈死呢！"

袁小雨见妈妈打了杨大海一巴掌，一把抱住袁枚，将她推到了一边。

杨大海揉着被扇得火辣辣的嘴巴，赶忙转身下了楼，他一边走，还一边回头看着"貂蝉"，脚下突然踩了空，一屁股摔倒在了楼梯上，"咕噜噜"滚到了楼下。

杨大海正要站起身来，就听远处传来了袁小竹的甜润的声音："妈，你干吗打那位警察叔叔呀？"

　　杨大海一听"貂蝉"管李梅叫妈妈，一下子想到自己强奸李梅时候的情景，嘴里嘀咕道："莫非'貂蝉'是我的女儿？"

　　杨大海使劲儿扇了自己一个嘴巴，慢慢站起身来，他揉着滚楼梯摔疼了的屁股，仰望着陈小文的窗户，心里翻起了巨浪。

　　杨大海心里十分清楚，一旦自己强奸李梅的事情败露，陈小文和袁小雨，还有李梅，他们谁都不会轻易饶过自己。

　　杨大海不知所措了，他漫无目的地开着车，突然想到了自己藏在"憩园"的那6件青铜器，于是一打方向盘，向着"憩园"驶去。

　　"憩园"里，给杨大海养狗的"迷彩服"正蹲在地上"吭哧吭哧"磨着一把一尺多长的尖刀，他的耳边回响着林鑫鼎前不久给他打电话时的微弱声音："孩子，一定要替我杀了杨大海。"

　　"迷彩服"当时就预感到林鑫鼎遇到了不测，他大声叫着："干爹，干爹！"

　　任凭"迷彩服"一再叫喊，他再也没有听到林鑫鼎说话的声音。

　　"迷彩服"想到了10年前自己杀人潜逃的那个夜晚，要不是林鑫鼎鼎力相助，他绝对活不到今天；他还想到了自己隐姓埋名以后，林鑫鼎为自己妻儿老小付出的一切。想着，想着，一行眼泪夺眶而出。

　　连日来，"迷彩服"几乎每天都要这样磨刀，他要感恩林鑫鼎的救命之恩，他发誓要一刀捅死杨大海，为干爹报仇。

　　"嘀嘀"，"迷彩服"听到了汽车喇叭的声响，他知道杨大海来了，便把尖刀往后腰一插，一瘸一拐地打开了大门。

　　杨大海下了车，他没有像往常那样与他的"战狼"共舞，也没有注意到"迷彩服"那双充满杀气的眼睛，他快步走进影壁墙后面的四合院，关上屋门，坐在沙发里想着心事。

　　杨大海从袁小雨嘴里得知了李梅已经改名叫袁枚，他觉得李梅之所以改名换姓，就是为了隐瞒儿女不光彩的身世，因此，他笃定袁枚不会说出自己心中的难言之隐。

杨大海闭上了眼睛，眼前又浮现出了"貂蝉"一笑就泛出红晕的俊俏脸蛋儿，耳边也响起了"貂蝉"甜美的笑声。此时，他倒是觉得"貂蝉"的眉眼儿确实与自己有些相像。

"血缘，亲骨肉！"杨大海嘴里嘀咕着，将被"貂蝉"刚握过的手送到眼前看了又看，还把手贴在了脸上，久久不愿放下。

"咣当"，一声开门的响声，打断了杨大海的温情思绪，他睁开眼睛一看，只见"迷彩服"举着那把一尺多长的尖刀，正一步步向他逼近。

杨大海腾地一下站起来问："你疯了？"

"我没疯！""迷彩服"咬牙说着，挥着尖刀，迎面刺向了杨大海。

杨大海把头一低，躲开了"迷彩服"的刀尖，他大声喊叫："你，你为什么要杀我？"

"报仇！""迷彩服"说着，将尖刀顺势向下一砍，杨大海"噗"的一声，卧倒在了沙发里。

"迷彩服"的尖刀走了空，他抡起尖刀就要往倒在沙发里的杨大海身上剁。

杨大海一骨碌滚落在了地上，他一只手抓住"迷彩服"的腿，另一只手就要去摸裤兜里的手枪。

"迷彩服"双膝一跪，身子压在了杨大海的后背上，一个反手，将尖刀顶在了杨大海的后脖颈。

杨大海只觉得刀尖已经扎在了自己的后脑海，他眼睛一闭，就等着那声"扑哧"了。

就在这千钧一发之际，只听"咣当"一声响，杨大河推开了屋门。

杨大河见"迷彩服"正要把尖刀捅进哥哥的后脑海，他纵身一跃，将"迷彩服"扑倒在地。

杨大海"呼"地一下从地上爬起，掏出手枪，"咔嚓"一声顶上了子弹。

杨大河见哥哥对着"迷彩服"的脑袋就要射击，大喊一声："不要！"一把推开了杨大海。

"迷彩服"一骨碌滚到了墙角。

第五十四章 罪恶有终 491

杨大海见他用尖刀做支撑，正要站起身来，手指一勾，扣动了扳机。

"啪啪"，杨大海手枪里射出了两颗罪恶的子弹，"迷彩服"两腿一蹬，闭上了眼睛。

"大哥，你杀人了！"杨大河哆哆嗦嗦地叫着，吓得浑身剧烈颤抖了起来……

杨大海枪杀了"迷彩服"，一屁股坐在地上，大口大口喘着粗气，好半天才缓过神儿来。

他抹了一把脸上的冷汗，将"迷彩服"的尸体拖到了后花园，埋在了一棵大树旁，然后又清理了杀人现场的痕迹。

杨大海埋尸灭迹以后，又见他隐藏青铜器的两个地方安然无恙，便像没事儿人一样离开了"憩园"……

第五十五章

扫黑继续

公安部领导来到双阳市，果断决定要通过媒体把前期工作成果宣传出去，一来回应社会的关注，二来促进这起全国扫黑除恶重点督办案件尽快破获。

几天以后，新华社播发了一条简短的新闻：

全国扫黑除恶重点督办案件取得突破性进展

新华社消息：在公安部的直接领导和指挥下，松江省和双阳市警方一举摧毁了盘踞在双阳市的黑社会组织，打掉了以林鑫鼎为首的带有黑社会性质的犯罪集团，捣毁了盗采国家资源的非法采矿场及印制假币的地下车间，解救出了被非法拘禁的98名劳工，缴获假币近千万元。同时，警方还抓获了这个犯罪集团的骨干成员侯峰和林雨（二林子），一举破获了骇人听闻的"无头男尸案"。

目前，专案组正在扩大案件线索，深挖犯罪集团的余罪，揪出为黑社会组织撑腰壮胆、参与犯罪活动的保护伞。

新华社的统稿一石激起千层浪，人们在奔走相告，庆祝警方"扫黑除恶"取得重大成果的同时，也在纷纷猜测这个犯罪集团还有哪些罪恶以及幕后保护伞是谁、又参与了哪些犯罪活动。

连日来，杨大河一直惶惶不可终日。他看到了新华社这则消息，开始回想起自打大哥杨大海当上公安局长以后，发生在自己身边那些触目惊心的往事。

杨大河首先想到了他开办的这家律师事务所，这个律师事务所表面是以法律咨询业务为主，可前来送钱的那些人，哪个又是为寻求咨询而来？

在这里，不该立的案子能立，不该撤的案子能撤；不该抓的人能抓，不该放的人能放；不该办的事儿能办，不该收的钱能收。这些无所不能的事例，哪一桩、哪一件能是我杨大河能办得到的？那些前来办事儿的人，哪一个又是冲着我杨大河而来？

杨大河的思绪停留在了和他一奶同胞的两个哥哥身上。他清楚记得，在他刚上学的时候，大哥就去当了兵，他每次被人欺负的时候，都是胆大手黑的二哥在帮他打架；他还记得，自己找不到工作时，还是大哥将他安排进了双阳大学，当上了食堂采购员。那时候，根本就没有人来求他办事儿，更谈不上有人给他送钱了。

突然，杨大河的耳边响起了二哥杨大江的声音："大河，二哥就是你的大靠山！"

此时，杨大河想到了杨大江，眼前浮现出了二哥的音容笑貌，他知道二哥是最疼爱他的人，为了他，二哥可以豁出去一切。可如今，二哥是上了天堂还是下了地狱？杨大河实在不敢再继续想下去。

"大河，还愣着干什么？快帮我把他埋了！"杨大河的脑海里又出现了杨大海在"憩园"后花园挖坑埋尸时对他说过的话。大哥开枪打死"迷彩服"的情景，仿佛也出现在了眼前。

小时候，杨大河最喜欢的就是哥哥军帽上那颗闪闪发光的红五星，他从心里往外羡慕、崇拜大哥，发誓要做一个像大哥那样的人。可他实在想不明白，如今的大哥怎么变成了一个令他望而生畏的魔鬼？不知道为什么，只要一想到大哥，杨大河的后背就在"嗖嗖"冒凉风。

杨大河回到了家，他见妻子和儿子睡得正香，便坐在了床前，轻轻给他们盖好了被子，又慢慢抚摸着他们的头发。

妻子睡梦中露出了甜美的微笑，仿佛在对他唠叨："老公，我最希望你是一个农民，你挑水，我浇园，我们一家过着两亩地一头牛，老婆孩子热炕头的日子，那才叫幸福！"

杨大河坐在了妻子的床头，轻声问道："老婆，老公的律师事务所日进斗金，拿钱都到了手发软的程度，可怎么从来就看不到你的脸上出现过这样的笑容？"

杨大河问着自己，心里萌生出了一种追悔莫及的感觉。

第二天，杨大河觉得不能沉默，他要洗心革面与大哥划清界限，于是，毅然决然地走向了专案组……

陈小文回家了，他与妻子团圆了。夜里，他小声问袁枚："小雨在哪儿又冒出了一个妹妹？"

袁枚早就想好了一个善意的谎言，她微笑着说道："小竹是我抱养的！"

久别的夫妻紧紧拥抱在一起，他们的脸上虽然多了许多皱纹，但还是像新婚之夜那样幸福。

第二天，一家人围坐在餐桌旁，陈小文瞧着眼前的一双儿女，觉得此时的自己才是世界上最快乐的人。

袁小雨看了看慈祥的父亲，又瞅了瞅和蔼的母亲，笑呵呵地说道："爸爸，等忙完了案子，我和小竹带着你和我妈到大城市去旅游。"

袁小竹一晃手机，咯咯笑着说道："我给你们拍照，然后给你们做好多好多的精美相册！"

袁枚笑开了脸上的皱纹，眼睛都笑成了一条缝，她突然想到了倪雪，便问："小雨，倪雪怎么没来？"

袁枚的话音未落，门外传来了几声"咚咚"的敲门声，紧接着，倪雪推门而入。餐桌上顷刻又多了一张笑脸。

陈小文开心地笑着，笑着笑着，表情又慢慢严肃起来。他叹息道："我还有一件事情没办完，这件事情我埋在心里都快30年了……"

没过几天，"梁艳"也来到专案组，向办案人讲述了她母亲去世前对她说出的一个惊天大案。

那天，老太太将一个发黄的报纸包交给"梁艳"，对她轻声说道："艳儿，30年前的一天晚上，有个人让你爸到双阳大学陈列室去抓一个偷文物的人，结果被那个偷文物的人重重打了一拳，你爸身子一歪，头碰到了陈列室门前的铁柜子上昏了过去。等他醒来时，发现让他来陈列室的那个人正在用毛巾堵他的嘴，还掐他的脖子，你爸在挣扎之中，顺手抓掉了他的一缕头发。"

"梁艳"打开了报纸包，果然看见了一缕头发，便问："妈，你知道那凶手是谁吗？"

老太太指了指登载"杨大海见义勇为勇斗歹徒"的报纸，慢慢闭上了眼睛……

专案组获得了杨大海的诸多罪证，决定立即抓捕杨大海，同时搜查他的"憩园"。于是，就在杨大海被从市政府会议楼押上车的同时，几辆警车鱼贯驶入了"憩园"。

何飞和夏菁菁下了警车，见杨大河和陈小文也被警察带到了"憩园"高大的影壁墙旁，便向他们走了过去。

杨大河看了一眼面容冷峻的何飞和夏菁菁，指着杨大海四合院后面的一片林子说道："'迷彩服'的尸体就埋在那棵大树下。"

杨大河指认完了埋尸地点，又指着四合院里的客厅说道："我大哥就是在这间屋子里枪杀的'迷彩服'。"

何飞示意法医和刑侦技术人员开始勘查杀人现场，不大一会儿工夫，"迷彩服"的尸体便被挖了出来。

何飞见杨大海枪杀"迷彩服"的证据链形成了闭环，转头对夏菁菁说道："杨大海这个'憩园'充满了罪恶。我断定，陈小文交给杨大海的那6件文物也应该藏在这里，我们要是不把这些国宝搜查出来，30年前的惊天大案还不会真相大白。"

夏菁菁点头说道："等一会儿，文物勘探人员和警犬到了以后，一切就会都清楚了。"

两人正说着，警犬训练员牵着几只搜索犬和文物勘探队员一起来到了"憩园"，开始在院里、院外寻找嗅源。

过了一会儿，一只警犬突然在影壁墙周围打起了转儿，勘探队员赶忙用探测仪在影壁墙上探测。

勘测队员用冲击钻在影壁墙上钻开了一个大窟窿。"哗啦"，墙里出现了一个用黑色雨衣包裹着的油布包。

与此同时，"憩园"门口也传来了警犬"汪汪"的叫声。

警犬训练员气喘吁吁跑过来报告："警犬在狗笼子里也发现了异常情况。"

文物勘探队员用冲击钻凿开了狗笼子里面的青石板，在青石板的底下又发现了一个用雨衣包裹着的大油布包。

刑侦技术人员小心翼翼地打开了两个油布包。大家都屏住呼吸，瞪大了眼睛……

陈小文见杨大海让他在双阳大学偷盗的6件青铜酒器，一件不少都摆在了他的眼前，一行老泪夺眶而出。

"嘀嘀"，正在这时，一辆红旗牌黑色轿车由远而近，在何飞和夏菁菁身边慢慢停住。

一个戴着眼镜的年轻人下了车，将一个密封的牛皮纸专用信封递给夏菁菁说道："您是公安部的夏处长吧？北京发来一封密件，需要您签收。"

夏菁菁打开密封件，浏览了一下密电的内容，对何飞小声说道："何总，中纪委决定对松江省公安厅王厅长和程妍秋立案调查，公安部通知你我立即赶到北京，去接受新的任务。"

……